HEYNE <

DAS BUCH

Als Ryland Grace erwacht, muss er feststellen, dass er ganz allein ist. Er ist anscheinend der einzige Überlebende einer Raumfahrtmission, Millionen Kilometer von zu Hause entfernt, auf einem Flug ins Tau-Ceti-Sternsystem. Aber was erwartet ihn dort? Und warum sind alle anderen Besatzungsmitglieder tot? Nach und nach dämmert es Grace, dass von seinem Überleben nicht nur die Mission, sondern die Zukunft der gesamten Erdbevölkerung bhängt. *Der Astronaut* wird derzeit mit Ryan Gosling in der Hauptrolle groß verfilmt.

Von Andy Weir sind im Heyne Verlag erschienen:
Der Marsianer
Artemis
Der Astronaut

DER AUTOR

Andy Weir war bereits im Alter von fünfzehn Jahren als Programmierer und später als Softwareentwickler für diverse Computerfirmen tätig, bevor er mit seinem Roman *Der Marsianer* einen internationalen Megabestseller landete. Seither widmet er sich ganz dem Schreiben und beschäftigt sich in seiner Freizeit mit Physik, Mechanik und der Geschichte der bemannten Raumfahrt – Themen, die sich auch immer wieder in seinen Romanen finden. Sein Debüt *Der Marsianer* wurde von Starregisseur Ridley Scott brillant verfilmt.

ANDY WEIR

DER ASTRONAUT

ROMAN

Aus dem Amerikanischen
von Jürgen Langowski

Deutsche Erstausgabe

WILHELM HEYNE VERLAG
MÜNCHEN

Die Originalausgabe erscheint unter dem Titel
PROJECT HAIL MARY
bei Ballantine Books, New York

9. Auflage
Deutsche Taschenbuchausgabe 03/2023
Redaktion: Ralf Dürr

in der Penguin Random House Verlagsgruppe GmbH,
Neumarkter Straße 28, 81673 München
produktsicherheit@penguinrandomhouse.de
(Vorstehende Angaben sind zugleich
Pflichtinformationen nach GPSR.)

Umschlaggestaltung: Das Illustrat, München,
unter Verwendung von Motiven von Shutterstock.com
(Rick Partington , nasti23033, atk work)
Satz: KCFG – Medienagentur, Neuss
Druck und Bindung: GGP Media GmbH, Pößneck
Printed in Germany

ISBN 978-3-453-32283-7

www.diezukunft.de

Für John, Paul, George und Ringo

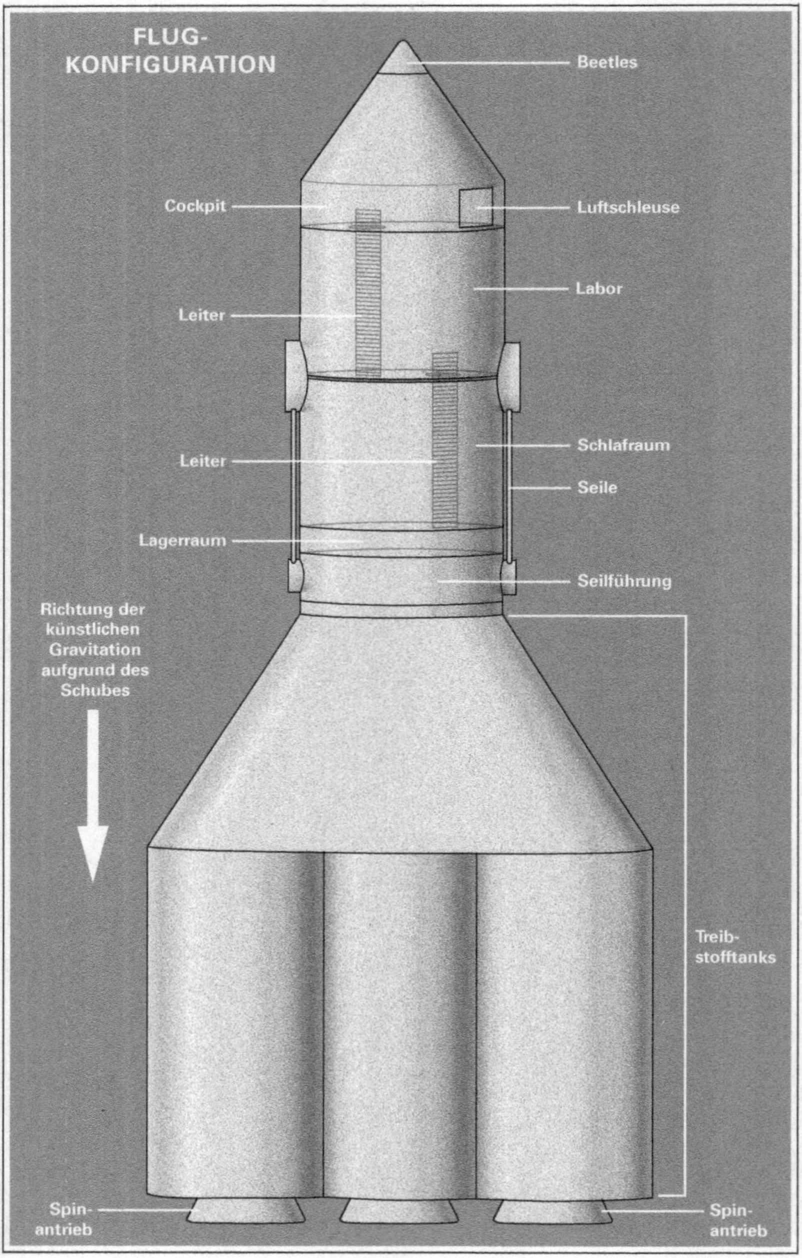
FLUG-
KONFIGURATION
Beetles
Cockpit
Luftschleuse
Labor
Leiter
Leiter
Schlafraum
Seile
Lagerraum
Seilführung
Richtung der künstlichen Gravitation aufgrund des Schubes
Treib-
stofftanks
Spin-
antrieb
Spin-
antrieb

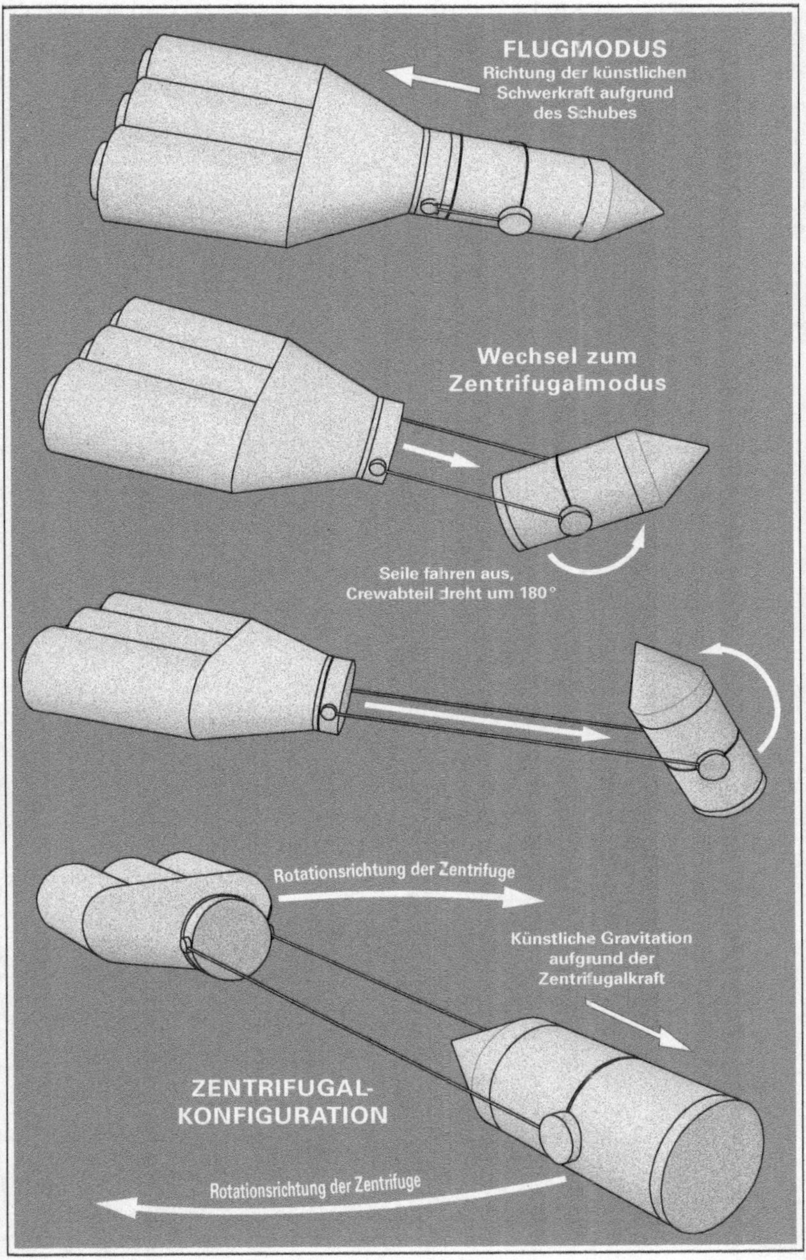
FLUGMODUS
Richtung der künstlichen
Schwerkraft aufgrund
des Schubes
Wechsel zum
Zentrifugalmodus
Seile fahren aus,
Crewabteil dreht um 180°
Rotationsrichtung der Zentrifuge
Künstliche Gravitation
aufgrund der
Zentrifugalkraft
ZENTRIFUGAL-
KONFIGURATION
Rotationsrichtung der Zentrifuge

1

»Was ist zwei plus zwei?«

Aus irgendeinem Grund ärgert mich die Frage. Ich bin müde. Beinahe schlafe ich wieder ein.

Ein paar Minuten vergehen, dann höre ich sie wieder.

»Was ist zwei plus zwei?«

Der leisen Frauenstimme fehlt jedes Gefühl, und der Tonfall ist genau derselbe wie beim letzten Mal. Es ist ein Computer. Ein Computer, der mich nervt. Meine Verärgerung wächst.

»Lsmchnr«, sage ich und staune. Eigentlich wollte ich sagen: »Lass mich in Ruhe«, was meiner Ansicht nach eine absolut verständliche Reaktion ist. Aus irgendeinem Grund kann ich nicht richtig sprechen.

»Nicht korrekt«, entgegnet der Computer. »Was ist zwei plus zwei?«

Zeit für ein Experiment. Ich will versuchen, »Hallo« zu sagen.

»Harch?«

»Nicht korrekt. Was ist zwei plus zwei?«

Was ist hier eigentlich los? Das wüsste ich wirklich gern, aber ich habe nicht viele Anhaltspunkte. Außer dem Computer kann ich nichts anderes hören. Ich kann nicht einmal etwas fühlen. Nein, das stimmt nicht. Ich spüre etwas. Ich liege auf etwas Weichem. Auf einem Bett.

Ich glaube, meine Augen sind geschlossen. Das ist gar nicht so schlecht. Ich muss sie nur öffnen. Ich versuche es, aber nichts passiert.

Warum bekomme ich die Augen nicht auf?

Öffnen.

Uuuuuund ... öffnen!

Verdammt noch mal, geht auf!

Oh! Gerade hat etwas gezuckt. Die Augenlider haben sich bewegt. Das konnte ich fühlen.

GEHT AUF!

Ganz langsam gehorchen die Augenlider, gleißendes Licht fällt auf die Netzhäute.

»Nampf«, sage ich und halte mit größter Willenskraft die Augen offen. Alles ist grellweiß und tut weh.

»Augenbewegung entdeckt«, sagt meine Peinigerin. »Was ist zwei plus zwei?«

Das grelle Weiß schwächt sich ab. Meine Augen passen sich an die Helligkeit an. Ich erkenne Umrisse, die mir aber noch nichts sagen. Mal sehen ... kann ich die Hände bewegen? Nein.

Die Füße? Ebenfalls nein.

Aber ich kann den Mund bewegen, oder? Ich habe etwas gesagt. Nichts Verständliches, aber immerhin.

»Vrrmp.«

»Nicht korrekt. Was ist zwei plus zwei?«

Allmählich schälen sich Umrisse heraus. Ich liege in einem Bett. Es ist ... oval geformt.

Über mir strahlen LED-Lampen. Kameras in der Decke überwachen jede Bewegung. So unheimlich das auch auf mich wirkt, die Roboterarme machen mir noch viel größere Sorgen.

An der Decke hängen zwei Edelstahlausleger. Beide sind mit beunruhigenden, nach Penetration aussehenden Geräten bestückt, wo die Hände sein sollten. Ich kann nicht behaupten, dass mir der Anblick gefällt.

»Virch... ie... rrr«, stöhne ich. Ob das reicht?

»Nicht korrekt. Was ist zwei plus zwei?«

Verdammt. Ich raffe meine ganze Willenskraft und meine innere Stärke zusammen. Außerdem gerate ich allmählich in Panik. Na gut, auch das kann ich nutzen.

»Vvvvviiiierrr«, sage ich endlich.

»Korrekt.«

Gott sei Dank. Ich kann sprechen. Irgendwie.

Erleichtert atme ich aus. Moment mal – ich habe gerade meine Atmung kontrolliert. Ich hole noch einmal Luft. Absichtlich. Mein Mund brennt, die Kehle ist wie ausgedörrt. Aber es ist *mein* Brennen. Ich habe die Kontrolle.

Ich trage eine Atemmaske. Sie sitzt fest auf meinem Gesicht und ist mit einem Schlauch verbunden, der über meinem Kopf verschwindet.

Kann ich aufstehen?

Nein. Aber ich kann den Kopf ein wenig bewegen. Ich betrachte meinen Körper. Ich bin nackt und mit mehr Schläuchen verbunden, als ich zählen kann. Je einer steckt in den Armen und Beinen, einer in meiner Herrenausstattung, zwei führen unter dem Oberschenkel entlang. Vermutlich sitzt einer davon da, wo niemals die Sonne scheint.

Das verheißt nichts Gutes.

Außerdem bin ich mit Elektroden zugepflastert. Die Sensoren ähneln denen eines EKG-Geräts, aber sie sind überall. Na ja, wenigstens kleben sie auf der Haut und sind nicht in mich hineingebohrt.

»Wa…«, keuche ich. Ich versuche es noch einmal. »Wo bin ich?«

»Was ist die Kubikwurzel von acht?«, fragt der Computer.

»Wo bin ich?«, frage ich noch einmal. Es geht schon besser.

»Nicht korrekt. Was ist die Kubikwurzel von acht?«

Ich hole tief Luft und spreche betont langsam. »Zwei mal *e* hoch zwei-*i*-pi.«

»Nicht korrekt. Was ist die Kubikwurzel von acht?«

Meine Antwort war aber gar nicht falsch. Ich wollte nur sehen, wie schlau der Computer ist. Nicht besonders, wie mir scheint.

»Zwei«, antworte ich.

»Korrekt.«

Ich warte auf weitere Fragen, aber der Computer scheint zufrieden zu sein. Ich bin müde, und langsam dämmere ich weg.

Ich wache auf. Wie lange habe ich geschlafen? Anscheinend ziemlich lange, denn ich fühle mich ausgeruht. Ohne Schwierigkeiten öffne ich die Augen. Das ist ein Fortschritt.

Als Nächstes versuche ich, die Finger zu bewegen. Sie wackeln wie gewünscht. Alles klar. Das wird schon wieder.

»Handbewegung entdeckt«, stellt der Computer fest. »Bleiben Sie ruhig liegen.«

»Was? Warum ...«

Die Roboterarme nähern sich. Sie sind sehr schnell. Im Handumdrehen haben sie mir die meisten Schläuche aus dem Körper gezogen. Ich habe überhaupt nichts gespürt. Meine Haut ist irgendwie taub.

Nur drei Schläuche sind noch da: eine Infusion im Arm, der Schlauch im Hintern und ein Katheter. Die letzten beiden wäre ich zwar gern so schnell wie möglich losgeworden, aber sei's drum.

Ich hebe den rechten Arm und lasse ihn wieder auf das Bett sinken. Dann noch einmal das Gleiche mit dem linken Arm. Sie fühlen sich ungeheuer schwer an. Ich wiederhole die Übung einige Male. Meine Arme sind kräftig. Das kann doch nicht sein. Es sieht ganz danach aus, als hätte ich ein größeres gesundheitliches Problem gehabt und eine Weile in diesem Bett verbracht, sonst hätten sie mich ja wohl kaum an dieses ganze Zeug angeschlossen. Aber hätten dabei nicht meine Muskeln schrumpfen müssen?

Sollten hier nicht auch Ärzte sein? Oder wenigstens die Geräusche, die man in einem Krankenhaus erwartet? Und was ist mit dem Bett los? Es ist nicht rechteckig, sondern oval, und ich glaube, es ist in der Wand verschraubt, statt auf dem Boden zu stehen.

»Nimm ...« Ich muss noch einmal ansetzen, ich bin immer noch müde. »Nimm die Schläuche raus.«

Der Computer reagiert nicht.

Ich hebe noch einige Male die Arme und wackle mit den Zehen. Ja, es wird allmählich besser.

Dann bewege ich die Füße. Sie gehorchen. Als Nächstes ziehe ich die Knie an. Auch meine Beine sind muskulös. Nicht so muskulös wie bei einem Bodybuilder, aber immer noch viel zu kräftig für jemanden, der offensichtlich dem Tode nahe war. Andererseits kann ich nicht genau sagen, wie dick sie eigentlich sein sollten.

Ich stemme die Hände flach auf das Bett und drücke mich hoch. Mein Oberkörper hebt sich. Ich kann mich tatsächlich aufrichten! Es erfordert meine ganze Kraft, aber ich lasse nicht locker. Sobald ich den Kopf weit genug gehoben habe, sehe ich, dass das Kopf- und das Fußende des ovalen Betts an stabilen Verankerungen in der Wand hängen. Es ist eine Art starre Hängematte. Eigenartig.

Kurz danach sitze ich auf dem Schlauch in meinem Hintern. Kein sehr angenehmes Gefühl, aber wann wäre so ein Schlauch schon einmal angenehm gewesen?

Jetzt kann ich mehr erkennen. Es ist kein gewöhnliches Krankenzimmer. Die Wände sehen aus, als wären sie aus Plastik, und der Raum ist rund. Aus den LED-Leuchten in der Decke strahlt grelles Licht.

An den Wänden sind noch zwei weitere Hängemattenbetten verankert, in denen Patienten liegen. Wir sind in einem Dreieck angeordnet, und die Folterarme sind zwischen uns an der Decke angebracht. Ich nehme an, sie kümmern sich um uns drei Patienten. Von meinen Leidensgenossen kann ich nicht viel erkennen, sie sind so tief im Bett versunken, wie ich es war.

Eine Tür gibt es nicht. Nur eine Leiter, die zu einer ... ist das eine Luke? Sie ist rund und hat in der Mitte ein Handrad. Ja, es muss eine Art Luke sein. Wie auf einem U-Boot. Ob wir drei eine ansteckende Krankheit haben? Vielleicht ist dies ein Quarantänezimmer? Hier und da entdecke ich kleine Lüftungsgitter in den Wänden, und ich spüre einen leichten Luftstrom. Es könnte eine kontrollierte Umgebung sein.

Ich schiebe ein Bein über die Bettkante, worauf die Liege wackelt. Die Roboterarme rasen auf mich zu. Ich zucke zusammen, doch sie halten kurz vor mir inne und schweben in der Luft – bereit, mich aufzufangen, falls ich stürze.

»Vollständige Körperbewegung entdeckt«, sagt der Computer. »Wie heißen Sie?«

»Ist das dein Ernst?«, frage ich.

»Nicht korrekt. Zweiter Versuch: Wie heißen Sie?«

Ich öffne den Mund und will antworten.

»Äh ...«

»Nicht korrekt. Dritter Versuch: Wie heißen Sie?«

So langsam dämmert es mir. Ich weiß nicht, wer ich bin. Ich weiß nicht, wo ich bin. Ich weiß nicht, was ich tun soll. Ich erinnere mich an rein gar nichts.

»Ähm«, mache ich.

»Nicht korrekt.«

Schlagartig werde ich müde. Es ist sogar ganz angenehm. Anscheinend hat mich der Computer über die Infusion betäubt.

»... haaaalt ...«, murmle ich noch.

Die Roboterarme legen mich sachte auf das Bett.

Wieder wache ich auf. Einer der Roboterarme berührt mein Gesicht. Was macht er da?

Ich schaudere, eher erschrocken als alles andere. Der Arm zieht sich auf seine Warteposition unter der Decke zurück. Ich taste mein Gesicht nach Verletzungen ab. Auf einer Seite sind Stoppeln, die andere ist glatt.

»Hast du mich rasiert?«

»Bewusstsein entdeckt«, sagt der Computer. »Wie heißen Sie?«

»Das weiß ich immer noch nicht.«

»Nicht korrekt. Zweiter Versuch: Wie heißen Sie?«

Ich bin weiß, männlich und spreche Englisch. Also lassen wir es mal darauf ankommen. »J-John?«

»Nicht korrekt. Dritter Versuch: Wie heißen Sie?«

Ich ziehe die Infusionsnadel aus dem Arm. »Leck mich doch.«

»Nicht korrekt.« Der Roboterarm greift nach mir.

Ich rolle mich vom Bett herunter. Das ist ein Fehler. Die anderen Schläuche sind noch angeschlossen. Der Schlauch im Hintern rutscht einfach heraus. Das spüre ich kaum. Dagegen wird der geblockte Katheter extrem unsanft aus meinem Penis gerissen. Das tut furchtbar weh, als hätte ich einen Golfball gepinkelt.

Schreiend winde ich mich auf dem Boden.

»Physisches Leiden«, stellt der Computer fest. Die Roboterarme greifen nach mir. Ich krieche über den Boden, um ihnen zu entkommen, und kann unter einem Bett verschwinden. Die Arme halten kurz davor inne, geben aber nicht auf. Sie warten. Sie werden von einem Computer gesteuert. Ihre Geduld ist unendlich.

Ich lasse den Kopf auf den Boden sinken und schnappe nach Luft. Nach einer Weile ebben die Schmerzen ab, und ich wische mir die Tränen ab.

Ich habe keine Ahnung, was hier los ist.

»He!«, rufe ich. »Ihr zwei da, wacht auf!«

»Wie heißen Sie?«, fragt der Computer.

»Einer von euch Menschen, wacht doch bitte auf!«

»Nicht korrekt«, sagt der Computer.

Mein Unterleib tut so weh, dass ich lachen muss. Es ist absurd. Außerdem wirkt das Endorphin, und mir wird schwindlig. Ich blicke wieder zum Katheter auf meiner Koje und schüttle verwundert den Kopf. Das Ding hat in meiner Harnröhre gesteckt. O Mann.

Und es hat beim Herausreißen Schaden angerichtet. Auf dem Boden entdecke ich ein wenig Blut. Nur ein schmaler roter Streifen ...

Ich schlürfte Kaffee, schob mir das letzte Stück Toast in den Mund und winkte der Kellnerin, um zu bezahlen. Ich hätte mir das Geld sparen und zu Hause frühstücken können, statt jeden Morgen ein Lokal aufzusuchen. Angesichts meines bescheidenen Gehalts wäre das vermutlich sogar eine gute Idee gewesen. Aber ich koche nicht gern, und ich mag Eier mit Speck.

Die Kellnerin nickte und ging zur Kasse, um meine Rechnung auszudrucken. In diesem Augenblick trafen neue Gäste ein, denen sie zuerst noch einen Platz zuweisen musste.

Ich sah auf die Uhr. Es war kurz nach sieben Uhr. Ich hatte es nicht eilig. Ich musste erst um acht anfangen, war aber meist schon um zwanzig nach sieben im Büro, um mich auf den Tag vorzubereiten.

Ich zückte das Handy und checkte meine E-Mails.

AN: Astronomische Kuriositäten astrocurious@scilists.org
VON: (Dr. Irina Petrowa) ipetrowa@gaoran.ru
BETREFF: Die dünne rote Linie

Mit gerunzelter Stirn betrachtete ich den Display. Ich dachte, ich hätte mich von dieser Mailingliste abgemeldet. Dieses Leben hatte ich schon vor langer Zeit aufgegeben. Es war nicht viel, was über die Liste hereinkam, aber wenn mich meine Erinnerung nicht trog, waren die wenigen Beiträge meist recht interessant. Nur ein paar Astronomen, Astrophysiker und Experten auf anderen Gebieten, die sich über alles unterhielten, was ihnen seltsam vorkam.

Ich warf einen Blick in Richtung Kellnerin. Die neue Kundschaft hatte viele Fragen zur Speisekarte. Wahrscheinlich wollten sie wissen, ob es in Sallys Diner auch glutenfreie vegane Grashalme gab oder so. Die lieben Leute in San Francisco konnten ziemlich anstrengend sein.

Da ich nichts weiter zu tun hatte, las ich die E-Mail.

Hallo, Kollegen, ich bin Dr. Irina Petrowa, und ich arbeite am Pulkowo-Observatorium in Sankt Petersburg in Russland.

Ich schreibe Ihnen, weil ich Ihre Hilfe brauche.

Seit zwei Jahren arbeite ich an einer Theorie, die mit Infrarot-Emissionen aus Nebeln zu tun hat. In diesem Zusammenhang habe ich detaillierte Beobachtungen zu einigen speziellen Infrarotwellenbändern durchgeführt. Dabei bin ich auf etwas Seltsames gestoßen – aber nicht in einem Nebel, sondern hier, in unserem eigenen Sonnensystem.

Ich habe eine sehr schwache, aber erkennbare Linie entdeckt, die auf einer Wellenlänge von 25,984 Mikrometern infrarotes Licht abstrahlt. Es gibt keine Schwankungen, die Wellenlänge ist anscheinend immer gleich.

Ich sende eine Excel-Tabelle mit den Daten mit. Außerdem

habe ich ein paar neuere Darstellungen der Daten in Form eines 3-D-Modells angefertigt.

Sie können dem Modell entnehmen, dass die Linie die Form eines Bogens hat, der am Nordpol der Sonne entspringt und 37 Millionen Kilometer weit gerade aufsteigt. Dann schwenkt sie scharf nach unten ab und entfernt sich in Richtung Venus von der Sonne. Jenseits des Apex erweitert sich die gekrümmte Linie zu einem Trichter. In der Nähe der Venus ist der Querschnitt so groß wie der Planet selbst.

Das infrarote Leuchten ist sehr schwach. Ich konnte es nur entdecken, weil ich auf der Suche nach Infrarotemissionen von Nebeln sehr empfindliche Messgeräte eingesetzt habe.

Um ganz sicherzugehen, habe ich das Atacama-Observatorium in Chile darum gebeten, die Daten zu überprüfen. Meiner Ansicht nach ist es das beste Infrarotobservatorium weltweit. Sie haben meine Erkenntnisse bestätigt.

Es gibt viele Gründe, warum man im interplanetaren Raum Infrarotstrahlung findet. Es könnten Staubwolken oder andere Partikel sein, die das Sonnenlicht reflektieren. Oder es handelt sich um eine Molekülansammlung, die Energie absorbiert und im Infrarotbereich wieder abstrahlt. Dies würde sogar erklären, warum die Wellenlänge immer gleich bleibt.

Besonders interessant ist die Form des Bogens. Zuerst nahm ich an, es handelte sich um eine Ansammlung von Partikeln, die sich an Magnetfeldlinien orientieren. Doch die Venus besitzt kein nennenswertes Magnetfeld. Keine Magnetosphäre, keine Ionosphäre, nichts. Welche Kräfte sollten die Partikel zu ihr ziehen? Und warum sollten sie dabei glühen?

Ich bin dankbar für alle Anregungen und Theorien.

Was, zum Teufel, war das denn?

Die Erinnerung war schlagartig da. Sie ist ohne Vorwarnung in meinem Kopf aufgetaucht.

Über mich selbst habe ich dabei nicht viel herausgefunden: Ich lebe in San Francisco, so viel weiß ich jetzt. Und ich frühstücke gern. Außerdem habe ich mich früher mit Astronomie beschäftigt, was ich aber jetzt anscheinend nicht mehr mache.

Mein Gehirn war wohl der Ansicht, es sei wichtig, mich an die E-Mail zu erinnern und nicht an so triviale Dinge wie meinen Namen.

Mein Unterbewusstsein will mir etwas mitteilen. Die Blutspur auf dem Boden hat mich anscheinend an die »dünne rote Linie« in der E-Mail erinnert. Aber was hat das mit mir zu tun?

Ich rutsche unter dem Bett hervor und lehne mich an die Wand. Die Roboterarme tasten nach mir, erreichen mich aber nicht.

Es ist an der Zeit, einen Blick auf meine Mitpatienten zu werfen. Ich weiß nicht, wer ich bin und warum ich hier bin, aber wenigstens bin ich nicht allein und ... sie sind tot.

Eindeutig. Direkt neben mir liegt eine Frau, glaube ich. Jedenfalls hatte sie lange Haare. Davon abgesehen, ist sie größtenteils mumifiziert. Ausgetrocknete Haut hängt auf den Knochen. Es riecht nicht. Hier verwest nichts. Sie ist offensichtlich schon lange tot.

Der zweite Patient war ein Mann. Er scheint sogar noch länger tot zu sein. Seine Haut ist nicht nur trocken und ledrig, sondern zerkrümelt bereits.

Na gut. Also bin ich hier in der Gesellschaft von zwei Leichen. Ich sollte es widerlich und entsetzlich finden, aber das gelingt mir nicht. Sie sind schon vor so langer Zeit gestorben, dass sie kaum noch wie Menschen aussehen. Eher wie Halloween-Dekorationen. Ich hoffe, ich war nicht mit ihnen befreundet. Falls doch, dann werde ich mich hoffentlich nicht daran erinnern.

Tote Menschen sind eine Sache. Größere Sorgen bereitet mir die Tatsache, dass sie schon so lange hier liegen. Selbst aus einem Quarantänebereich würde man Tote entfernen, oder? Was hier schiefläuft, muss ziemlich übel sein.

Ich stehe auf. Es geht nur langsam und ist ziemlich anstrengend. Ich halte mich an der Bettkante von Frau Mumie fest. Die Liege wackelt, und ich schwanke mit, bleibe aber aufrecht stehen.

Die Roboterarme fischen nach mir, und ich schmiege mich wieder an die Wand.

Ich bin ziemlich sicher, dass ich im Koma gelegen habe. Genau. Je länger ich darüber nachdenke, desto klarer wird es.

Ich kann nicht sagen, wie lange ich schon hier bin, aber wenn ich zur gleichen Zeit wie meine Zimmergenossen hier angekommen bin, muss es eine ganze Weile her sein. Ich reibe mir über das halb rasierte Gesicht. Die Roboterarme sind fähig, bewusstlose Patienten längere Zeit zu versorgen. Noch ein Beweis dafür, dass ich im Koma gelegen habe.

Vielleicht kann ich die Luke erreichen?

Ich mache einen Schritt, dann noch einen. Und dann sinke ich zu Boden. Es ist zu anstrengend. Ich muss mich ausruhen.

Warum bin ich trotz meiner gut ausgebildeten Muskeln so schwach? Warum habe ich überhaupt Muskeln, wenn ich im Koma war? Ich sollte ein verwittertes dürres Bündel sein und kein strammer Rettungsschwimmer.

Ich habe keine Ahnung, was hier läuft. Was soll ich jetzt tun? Bin ich wirklich krank? Ich meine, natürlich fühle ich mich miserabel, aber nicht krank. Mir ist nicht übel, ich habe keine Kopfschmerzen. Fieber habe ich wohl auch nicht. Wenn ich nicht krank bin, warum habe ich dann im Koma gelegen? Eine schwere Verletzung?

Ich taste meinen Kopf ab. Keine Schwellungen, Narben oder Verbände. Auch der Rest meines Körpers kommt mir ziemlich stabil vor. Mehr als stabil. Ich habe sogar einen Waschbrettbauch.

Am liebsten würde ich ein Nickerchen machen, aber ich kämpfe gegen die Müdigkeit an.

Es wird Zeit, es noch einmal zu versuchen. Ich stemme mich wieder hoch. Es ist wie Gewichtheben, geht dieses Mal aber etwas leichter. Wie es scheint, erhole ich mich langsam. Hoffentlich.

Ich schlurfe an der Wand entlang und stütze mich mit dem Rücken genauso stark ab wie mit den Füßen. Die Roboterarme tasten ständig nach mir, aber ich bleibe außer Reichweite.

Ich keuche und japse und fühle mich, als wäre ich einen Marathon gelaufen. Vielleicht habe ich eine Lungenentzündung? Vielleicht bin ich zu meinem eigenen Schutz in Isolation?

Endlich erreiche ich die Leiter. Ich stolpere darauf zu und packe eine Sprosse. Ich bin furchtbar schwach. Wie soll ich eine zehn Fuß hohe Leiter hinaufklettern?

Zehn Fuß!

Ich denke im angloamerikanischen Maßsystem. Das ist ein Hinweis. Wahrscheinlich bin ich Amerikaner. Oder Brite. Oder Kanadier. Für kurze Entfernungen benutzen die Kanadier manchmal Fuß und Zoll.

Ich frage mich: Wie weit ist es von Los Angeles bis New York? Die Antwort ist sofort da: 3000 Meilen. Ein Kanadier hätte die Kilometer genannt. Also bin ich Brite oder Amerikaner. Oder aus Liberia.

Ich weiß, dass sie in Liberia das angloamerikanische Maßsystem benutzen, aber ich weiß meinen eigenen Namen nicht. Das ist ärgerlich.

Ich hole tief Luft, halte mich mit beiden Händen an der Leiter fest und stelle den Fuß auf die unterste Sprosse. Ich ziehe mich hoch. Es ist wacklig, aber es geht. Jetzt stehen beide Füße auf der untersten Sprosse. Ich greife nach oben und packe die nächste Sprosse. Na gut, ich mache Fortschritte. Mein ganzer Körper ist bleischwer, jede Bewegung ist eine Qual. Ich will mich hochziehen, aber ich habe nicht genug Kraft.

Ich kippe rückwärts von der Leiter. Das wird wehtun.

Es tut nicht weh. Die Roboterarme fangen mich auf, ehe ich auf den Boden pralle, weil ich in ihrer Reichweite gestürzt bin. Sie zögern keine Sekunde und stecken mich wieder ins Bett wie eine Mutter, die ihr Kind schlafen legt.

Wissen Sie was? Das ist mir ganz recht. Ich bin jetzt wirklich müde, und es tut gut, einfach nur dazuliegen. Das sanfte Wiegen des Bettes ist beruhigend. Etwas an der Art und Weise, wie ich von der Leiter gefallen bin, stört mich. Ich gehe es im Kopf noch einmal durch, kann aber nicht genau bestimmen, was mir daran seltsam vorkommt. Irgendetwas ist einfach falsch.

Hm.

Ich schlafe ein.

»Essen Sie.«

Auf meiner Brust liegt eine Zahnpastatube.

»Ähm?«

»Essen Sie«, wiederholt der Computer.

Ich nehme die Tube. Sie ist weiß mit schwarzer Beschriftung: TAG 1 – MAHLZEIT 1.

»Was soll das?«, frage ich.

»Essen Sie.«

Ich schraube den Verschluss ab und ein köstlicher Duft steigt mir in die Nase. Mir läuft sofort das Wasser im Mund zusammen. Erst jetzt wird mir bewusst, wie hungrig ich bin. Ich drücke auf die Tube, aus der ein widerlicher brauner Matsch quillt.

»Essen Sie.«

Wer bin ich, dass ich einem unheimlichen Computerboss mit Roboterarmen widersprechen würde? Vorsichtig lecke ich an der Paste.

O mein Gott, schmeckt das gut! Es ist wie dicke Bratensoße, aber nicht zu aufdringlich. Ich quetsche mir eine Ladung direkt in den Mund. Ich könnte schwören, dass es besser ist als Sex.

Ich weiß, was das heißt. Man sagt ja, Hunger sei das beste Würzmittel. Wenn man am Verhungern ist, schenkt einem das Gehirn eine hübsche Belohnung, sobald man endlich etwas zu sich nimmt. *Gut gemacht,* sagt das Gehirn. *Jetzt werden wir für eine Weile nicht sterben.*

Allmählich fällt der Groschen. Ich habe lange im Koma gelegen und wurde künstlich ernährt. Beim Aufwachen hatte ich keinen Schlauch im Magen, also haben sie mich vermutlich mit einer Nasensonde durch die Speiseröhre versorgt. Das ist die am wenigsten invasive Art, einen Patienten zu füttern, der nicht selbst essen kann, aber keine Verdauungsprobleme hat. Außerdem bleibt so das Verdauungssystem aktiv und gesund. Und das erklärt, warum der Schlauch nicht mehr da war, als ich wach wurde. Wenn möglich, soll man die Nasensonde entfernen, solange der Patient noch bewusstlos ist.

Woher weiß ich das? Bin ich Arzt?

Ich quetsche mir noch eine Ladung Bratencreme in den Mund. Immer noch köstlich. Ich schlucke das Zeug herunter. Bald ist die Tube leer. Ich halte sie hoch. »Mehr davon!«

»Mahlzeit beendet.«

»Ich habe aber noch Hunger. Gib mir noch eine Tube!«

»Nahrungszuteilung für diese Mahlzeit ist ausgeschöpft.«

Das ist sogar vernünftig. Mein Verdauungssystem hat sich an halb flüssige Nahrung gewöhnt. Ich sollte es langsam angehen. Wenn ich so viel esse, wie ich will, wird mir wahrscheinlich übel. Der Computer macht das schon richtig.

»Gib mir mehr zu essen!« Wenn man Hunger hat, ist einem egal, was richtig ist.

»Nahrungszuteilung für diese Mahlzeit ist ausgeschöpft.«

»Pah.«

Trotzdem fühle ich mich erheblich besser als vorhin. Das Essen hat mir sofort neue Energie geschenkt, und ich habe mich ausgeruht.

Ich rolle mich aus dem Bett heraus und strebe eilig zu der Wand, doch dieses Mal verfolgen mich die Roboterarme nicht. Anscheinend darf ich das Bett verlassen, nachdem ich bewiesen habe, dass ich essen kann.

Ich betrachte meinen nackten Körper. Es kommt mir nicht richtig vor. Sicher, die einzigen anderen Menschen hier sind tot, aber trotzdem.

»Kann ich etwas zum Anziehen haben?«

Der Computer schweigt.

»Na gut, von mir aus.«

Ich ziehe das Laken vom Bett und wickle es mir mehrmals um den Rumpf. Eine Ecke lege ich mir von hinten über die Schulter und verknote sie vorne mit einer anderen Ecke. Spontantoga.

»Eigenständige Fortbewegung entdeckt«, bemerkt der Computer. »Wie heißen Sie?«

»Ich bin Kaiser Koma. Knie nieder vor mir.«

»Nicht korrekt.«

Mal sehen, was da oben jenseits der Leiter ist.

Ich bin noch immer etwas wacklig auf den Beinen, wandere aber unverdrossen quer durch den Raum. Das ist schon ein kleiner Sieg – ich bin nicht auf schaukelnde Betten oder Wände angewiesen, um mich festzuhalten.

Als ich die Leiter erreiche, greife ich sofort zu. Ich brauche nichts mehr, um mich festzuhalten, aber es macht das Leben leichter. Die Luke da oben sieht ziemlich massiv aus. Wahrscheinlich ist sie luftdicht. Und höchstwahrscheinlich ist sie zugesperrt. Aber ich muss es wenigstens versuchen.

Ich steige eine Sprosse hinauf. Schwer, aber machbar. Noch eine Sprosse. Gut, so langsam komme ich in Fahrt. Ruhig und gleichmäßig.

Ich erreiche die Luke, halte mich mit einer Hand an der Leiter fest und betätige mit der anderen das Handrad. Tatsächlich, es dreht sich!

»Heiliger Strohsack!«, sage ich.

Heiliger Strohsack? Ist das mein Standardspruch, wenn ich überrascht bin? Ich meine, dagegen ist ja nichts einzuwenden, aber ich hätte etwas erwartet, das nicht so stark nach den 1950er-Jahren klingt. Was bin ich eigentlich für ein Knallkopf?

Sobald ich das Handrad dreimal herumgedreht habe, höre ich ein Klicken. Ich mache Platz, und die Luke klappt herunter. Der Deckel fällt an einer Seite herab und hängt an dem kräftigen Scharnier. Ich bin frei!

Gewissermaßen.

Jenseits der Luke ist es stockfinster. Etwas beunruhigend, aber immerhin, es ist ein Fortschritt.

Ich strecke den Arm aus und ziehe mich nach oben in den nächsten Raum. Sobald ich dort ankomme, flammt das Licht auf. Wahrscheinlich war es der Computer.

Der Raum ist genauso groß wie der, den ich gerade verlassen habe. Auch er ist rund.

Im Boden ist ein großer Tisch – anscheinend ein Labortisch – verschraubt. In der Nähe sind drei Hocker befestigt. Ringsherum sehe ich nur Laborausrüstung. Alles ist auf Tischen oder Werkbänken montiert, die ihrerseits im Boden verankert sind. Es sieht so aus, als sei der Raum für ein katastrophales Erdbeben gerüstet.

An einer Wand führt eine Leiter zu einer weiteren Luke in der Decke hinauf.

Ich befinde mich in einem gut ausgestatteten Labor. Seit wann dürfen in einer Isolierstation die Patienten ins Labor? Außerdem sieht es nicht einmal nach einem medizinischen Labor aus. Verflixt und zugenäht, was ist hier los?

Verflixt und zugenäht? Ehrlich? Vielleicht habe ich kleine Kinder. Oder ich bin fromm.

Ich richte mich auf und sehe mich gründlich um.

Auf dem Labortisch sind mehrere Geräte montiert. Ich erkenne ein Mikroskop mit 8000-facher Vergrößerung, einen Autoklav, ein Gestell mit Reagenzgläsern, Schubladenkästchen mit Vorräten, einen Kühlschrank für Proben, einen Laborkammerofen, Pipetten – Moment mal. Woher kenne ich diese Gerätschaften?

Ich betrachte die größeren Apparate an der Wand. Rasterelektronenmikroskop, Mikro-3-D-Drucker, Labormischer, Laser-Interferometer, Vakuumkammer mit einem Kubikmeter Fassungsvermögen – ich bin mit all dem vertraut. Und ich weiß, wie man es benutzt!

Ich bin Wissenschaftler. Jetzt kommen wir weiter! Also wird es Zeit, die Wissenschaft zu nutzen. *Mach schon, du Superhirn, lass dir was einfallen!*

Ich ... habe Hunger.

Gehirn, du lässt mich im Stich.

Na gut, ich habe keine Ahnung, warum dieses Labor hier ist und warum ich es betreten darf. Also ... weiter!

Die Luke in der Decke befindet sich zehn Fuß über dem Boden. Ein weiteres Abenteuer auf der Leiter. Wenigstens bin ich jetzt etwas kräftiger.

Ich atme einige Male tief durch und steige die Leiter hinauf. Es geht genauso mühsam wie vorher, sogar diese einfache Tätigkeit ist eine große Belastung. Auch wenn es mir besser geht, von »gut« kann keine Rede sein.

Lieber Himmel, bin ich schwer. Mit Mühe und Not schaffe ich es bis nach oben.

Ich richte mich auf den unbequemen Sprossen ein und stemme mich gegen den Griff der Luke. Er rührt sich nicht.

»Bitte nennen Sie Ihren Namen, um die Luke zu entriegeln«, verlangt der Computer.

»Aber ich weiß meinen Namen nicht!«

»Nicht korrekt.«

Ich schlage mit der flachen Hand nach dem Riegel. Er gibt nicht nach, und mir tut die Hand weh. Verstehe. So wird das nichts.

Diese Luke muss warten. Vielleicht fällt mir mein Name noch ein, oder ich sehe ihn irgendwo aufgeschrieben.

Ich steige die Leiter hinunter. Oder besser gesagt, ich versuche es. Man könnte meinen, es sei einfacher und sicherer, nach unten zu klettern. Aber nein. Keineswegs. Statt anmutig den Fuß auf die nächste Sprosse zu setzen, rutsche ich ab und verliere den Halt am Griff der Luke. Ich stürze ab wie ein Idiot.

Ich winde mich wie eine wütende Katze und greife nach irgendetwas, an dem ich mich festhalten kann. Leider ist das eine richtig schlechte Idee. Ich lande auf dem Tisch und pralle mit dem Schienbein gegen ein Schubladenkästchen mit Laborutensilien. Das tut höllisch weh. Ich schreie auf, greife an mein schmerzendes Schienbein, rolle vom Tisch und falle auf den Boden.

Dieses Mal fangen mich keine Roboterarme auf. Ich lande auf dem Rücken und kann nicht mehr atmen. Um das Maß vollzumachen, kippt das Kästchen um, die Schubladen gehen auf, und das Laborzubehör prasselt auf mich herab. Die Baumwolltupfer sind kein Problem. Die Reagenzgläser tun nur ein bisschen weh und gehen überraschenderweise nicht kaputt. Das Maßband fällt mir mitten auf die Stirn.

Noch mehr Sachen poltern herab, aber ich bin zu sehr damit beschäftigt, die wachsende Beule auf der Stirn zu betasten. Wie kann ein Maßband nur so schwer sein? Es fällt drei Fuß tief vom Tisch herunter, und ich habe eine Beule auf der Stirn.

»Das hat nicht geklappt«, sage ich zu niemandem im Besonderen. Diese ganze Aktion war einfach lächerlich. Wie aus einem Charlie-Chaplin-Film.

Ja ... genau so war es. Sogar ein wenig zu viel davon.

Wieder habe ich das Gefühl, dass irgendetwas nicht stimmt.

Ich schnappe mir ein Reagenzglas und werfe es hoch. Es steigt empor und kommt herunter, wie es sein sollte. Trotzdem ist etwas an der Art, wie Objekte hier fallen, grundverkehrt. Ich will es herausfinden.

Was steht mir hier zur Verfügung? Nun ja, ein ganzes Labor, das ich sogar zu benutzen weiß. Aber was davon ist schnell zur Hand? Ich betrachte das Zeug, das auf den Boden gefallen ist. Mehrere Reagenzgläser, Labortupfer, Holzspatel, eine digitale Stoppuhr, Pipetten, Klebeband, ein Stift ...

Fein. Ich glaube, das ist alles, was ich brauche.

Ich rapple mich auf und klopfe die Toga ab. Sie ist gar nicht verstaubt. Anscheinend ist meine ganze Welt hier sauber und steril. Ich mache es trotzdem.

Ich nehme das Maßband und betrachte es. Es ist metrisch. Vielleicht bin ich in Europa? Wer weiß. Dann sehe ich mir die Stoppuhr an. Sie ist ziemlich robust, wie etwas, das man auf eine Wanderung mitnimmt. Eine kräftige Plastikhülle mit einem schützenden Hartgummiring. Zweifellos wasserdicht. Außerdem mausetot. Die LCD-Anzeige ist leer.

Ich drücke auf mehrere Knöpfe, aber nichts passiert. Ich werfe einen Blick auf das Batteriefach auf der Rückseite. Vielleicht finde ich in einer Schublade die richtigen Batterien, wenn ich weiß, welchen Typ die Stoppuhr braucht. Hinten ragt ein kleiner roter Plastikstreifen hervor. Ich ziehe, und er rutscht ganz heraus. Die Stoppuhr erwacht zum Leben.

Wie bei dem Spielzeug, auf dem »Batterie inklusive« steht. Der kleine Plastikstreifen soll verhindern, dass sich die Batterie entlädt, bevor der neue Besitzer das Ding zum ersten Mal benutzt. Schön, jetzt habe ich also eine nigelnagelneue Stoppuhr. In diesem Labor sieht eigentlich alles nagelneu aus. Sauber, aufgeräumt, keine Gebrauchsspuren. Ich weiß nicht, was ich davon halten soll.

Ich spiele eine Weile mit der Stoppuhr herum, bis ich verstanden habe, wie sie funktioniert. Eigentlich ist es ganz einfach.

Mit dem Maßband ermittle ich, wie hoch der Tisch ist. Die Unterkante ist genau 91 Zentimeter über dem Boden.

Ich nehme ein Reagenzglas. Es besteht gar nicht aus Glas. Vermutlich ein extrem widerstandsfähiges Plastikmaterial. Jedenfalls ist es nicht zerbrochen, als es aus drei Fuß Höhe auf den harten Boden gefallen ist. Wie auch immer, die Dichte ist groß genug, um den Luftwiderstand vernachlässigen zu können.

Ich lege es auf den Tisch und halte die Stoppuhr bereit. Mit einer Hand schiebe ich das Reagenzglas über die Tischkante, mit der anderen starte ich die Stoppuhr und messe, wie lange das Reagenzglas braucht, um auf den Boden zu fallen. Dabei kommen etwa 0,37 Sekunden heraus. Das ist ziemlich schnell.

Ich notiere die Zeit mit dem Stift auf dem Arm. Papier habe ich bisher noch nicht gefunden.

Dann lege ich das Röhrchen wieder hin und wiederhole den Test. Dieses Mal sind es 0,33 Sekunden. Ich versuche es noch zwanzigmal und notiere die Ergebnisse, um die Auswirkung meiner Ungenauigkeit beim Starten und Stoppen des Zeitnehmers zu verringern. Am Ende bekomme ich einen Durchschnittswert von 0,348 Sekunden heraus. Mein Arm sieht aus wie die Tafel eines Mathelehrers, aber das stört mich nicht.

0,348 Sekunden. Die Strecke entspricht der halben Beschleunigung mal Zeit zum Quadrat. Die Beschleunigung entspricht demnach zweimal Strecke durch Zeit zum Quadrat. Die Formeln fallen mir sofort ein. Es ist wie meine zweite Natur. Mit Physik kenne ich mich also aus. Gut zu wissen.

Ich gehe die Zahlen durch und bekomme ein Ergebnis, das mir nicht gefällt. Die Schwerkraft in diesem Raum ist zu hoch. Die Fallbeschleunigung liegt bei fünfzehn Metern pro Quadratsekunde, obwohl der Wert nur 9,8 betragen sollte. Deshalb kommt es mir so falsch vor, wenn etwas fällt – die Dinge fallen zu schnell. Und deshalb bin ich trotz meiner Muskeln so schwach. Hier ist alles anderthalbmal so schwer, wie es sein sollte.

Das Problem ist nur, dass rein gar nichts die Schwerkraft beeinflussen kann. Man kann sie nicht erhöhen oder vermindern. Die Fallbeschleunigung auf der Erde beträgt 9,8 Meter pro Quadratsekunde. Ende der Diskussion. Aber hier liegt der Wert höher. Dafür gibt es nur eine mögliche Erklärung.

Ich bin nicht auf der Erde.

2

Erst mal tief durchatmen. Keine voreiligen Schlussfolgerungen. Ja, die Schwerkraft ist zu hoch. Gehe davon aus und überlege dir *vernünftige* Antworten.

Ich könnte in einer Zentrifuge stecken. Sie müsste allerdings ziemlich groß sein. Die Erdschwerkraft beträgt 1 g, und man könnte diese Räume schräg auf Schienen laufen lassen oder sie ans Ende eines langen starken Auslegers hängen oder so. Durch die Rotation könnte man dank der Summe aus Zentrifugalkraft und Erdschwerkraft auf fünfzehn Meter pro Sekundenquadrat kommen.

Warum sollte jemand eine riesige Zentrifuge mit Krankenhausbetten und einem Labor bauen? Keine Ahnung. Ist so etwas überhaupt möglich? Wie groß müsste der Radius sein? Und wie schnell bewegt sich die Vorrichtung?

Vielleicht weiß ich, wie ich Antworten auf diese Fragen finden kann. Ich brauche einen genauen Beschleunigungsmesser. Gegenstände von einem Tisch zu werfen und die Zeit zu messen, das mag für eine grobe Schätzung reichen, aber das Ergebnis kann nur so genau sein wie meine Reaktionszeit beim Bedienen der Stoppuhr. Ich brauche etwas Besseres. Es gibt nur eines, das für diese Aufgabe geeignet ist: ein kleines Stück Schnur.

Ich durchwühle die Schubladen im Labor.

Nach ein paar Minuten habe ich die Hälfte geschafft und so ziemlich alles gefunden, was man im Labor brauchen kann, außer eine Schnur. Als ich schon aufgeben will, entdecke ich endlich eine Spule mit Nylonfaden.

»Ja!« Ich ziehe ein paar Fuß Faden ab und beiße ihn mit den

Zähnen durch. An einem Ende knote ich eine Schlaufe, das andere verbinde ich mit dem Maßband. Es soll bei diesem Experiment das Gegengewicht spielen. Jetzt muss ich die Vorrichtung nur noch irgendwo aufhängen.

Ich blicke zur Luke in der Decke hoch. Wieder steige ich die Leiter empor (schneller als vorher) und streife die Schlaufe über den Griff der Luke. Dann lasse ich das Maßband die Schnur stramm ziehen.

Ich habe ein Pendel.

Das Schöne an einem Pendel ist: Die Zeit, die es von einem bis zum anderen Ende schwingt – die Periode –, bleibt immer gleich, ganz egal, wie weit es ausschlägt. Wenn es viel Energie hat, schwingt es weiter und schneller, aber die Periode ist immer die gleiche. Dies nutzen mechanische Uhren, um die Zeit anzuzeigen. Letzten Endes wird die Periode ausschließlich von zwei Faktoren bestimmt: von der Länge des Pendels und der Schwerkraft.

Ich ziehe das Pendel zur Seite, lasse es los und starte die Stoppuhr. Während es hin und her schwingt, zähle ich die Zyklen. Aufregend ist das nicht. Ich könnte gleich wieder einschlafen, aber ich halte durch.

Zehn Minuten später bewegt sich das Pendel kaum noch. Ich beschließe, dass es reicht. Gesamtsumme: 346 volle Zyklen in zehn Minuten.

Weiter zu Phase zwei.

Ich messe die Distanz vom Lukengriff bis zum Boden. Etwas mehr als zweieinhalb Meter. Dann steige ich hinunter ins »Schlafzimmer«. Auch dieses Mal ist die Leiter kein Problem. Ich fühle mich viel besser. Das Essen hat sehr geholfen.

»Wie heißen Sie?«, will der Computer wissen.

Ich betrachte meine Bettlakentoga. »Ich bin der große Philosoph Pendulus!«

»Nicht korrekt.«

Ich hänge das Pendel an einem Roboterarm unter der Decke auf. Hoffentlich bleibt es auch eine Weile dort. Dann schätze ich die Entfernung zwischen dem Roboterarm und der Decke ab. Sagen wir mal, das ist ein Meter. Mein Pendel hängt jetzt viereinhalb Meter tiefer als vorher.

Ich wiederhole das Experiment. Zehn Minuten auf der Stoppuhr, und ich zähle die Zyklen. Es sind 346, genau wie oben.

Meine Güte.

In einer Zentrifuge wird die Fliehkraft umso stärker, je weiter man sich vom Zentrum entfernt. Wäre ich in einer Zentrifuge, dann müsste die Schwerkraft hier unten höher sein als oben. Das ist sie aber nicht.

Und wenn ich in einer sehr großen Zentrifuge bin? So groß, dass die Differenz zwischen diesem Raum und dem Labor so klein ist, dass sich die Zahl der Zyklen nicht verändert?

Mal sehen ... die Formel für ein Pendel ... und die Formel für die Kraft einer Zentrifuge ... Halt, ich habe ja gar nicht die Kraft, sondern nur die abgezählten Zyklen, also muss ich mit eins durch x rechnen ... Es ist wirklich ein sehr lehrreiches Problem.

Ich habe einen Stift, aber kein Papier. Na gut, ich habe eine Wand. Nach vielen Kritzeleien, die an einen verrückten Gefangenen im Kerker erinnern, habe ich die Antwort.

Sagen wir mal, ich sitze auf der Erde in einer Zentrifuge. Dies würde bedeuten, dass die Zentrifuge einen Teil der Kraft beisteuert (den Rest liefert die Erde). Meinen Berechnungen zufolge (ich bin stolz auf mein Werk!) müsste die Zentrifuge einen Radius von 700 Metern haben (beinahe eine ganze Meile) und sich mit 88 Metern pro Sekunde drehen. Das entspricht mehr als 200 Meilen pro Stunde!

Hm. Wenn ich wissenschaftlich arbeite, denke ich immer in metrischen Einheiten. Interessant. So halten es doch die meisten Wissenschaftler, oder? Sogar diejenigen, die in den USA aufgewachsen sind.

Wie auch immer, das wäre die größte Zentrifuge, die je gebaut wurde ... Warum sollte man so etwas tun? Außerdem wäre so ein Apparat furchtbar laut. Mit zweihundert Meilen pro Stunde durch die Luft sausen? Man müsste hier und da zumindest ein paar

Turbulenzen spüren, ganz zu schweigen vom Fahrtwind. Aber ich höre und spüre überhaupt nichts.

Es wird immer seltsamer. Und wenn ich im Weltraum bin? Dann gäbe es keine Turbulenzen und keinen Windwiderstand, aber die Zentrifuge müsste noch größer und schneller sein, weil die unterstützende Schwerkraft der Erde fehlt.

Noch mehr rechnen, noch mehr Kritzeleien an der Wand. Der Radius müsste 1280 Meter betragen – beinahe eine Meile. So etwas Großes wurde noch nie im Weltraum gebaut.

Also bin ich nicht in einer Zentrifuge. Und ich bin nicht auf der Erde.

Auf einem anderen Planeten? Aber es gibt keinen anderen Planeten, Mond oder Asteroiden, der eine so hohe Schwerkraft hat. Die Erde ist das größte massive Objekt im Sonnensystem. Die Gasriesen sind natürlich größer, aber solange ich nicht in einem Ballon durch die Stürme auf Jupiter treibe, gibt es keinen Ort, an dem ich solchen Kräften ausgesetzt wäre.

Woher weiß ich das alles? Das Wissen ist einfach da. Es kommt mir ganz selbstverständlich vor. Informationen, auf die ich ständig zurückgreife. Vielleicht bin ich Astronom oder Planetologe. Vielleicht arbeite ich für die NASA oder die ESA oder ...

Jeden Donnerstagabend traf ich mich mit Marissa auf ein Steak und ein Bier im Murphy's in der Gough Street. Immer um achtzehn Uhr, und weil uns die Mitarbeiter kannten, bekamen wir immer denselben Tisch.

Wir hatten uns vor beinahe zwanzig Jahren an der Universität kennengelernt. Sie war damals mit meinem damaligen Zimmergenossen zusammen. Ihre Beziehung war, wie so oft unter Studenten, eine Katastrophe, und nach drei Monaten trennten sie sich wieder. Doch Marissa und ich waren am Ende gute Freunde.

Als mich der Wirt bemerkte, lächelte er und deutete mit dem Daumen auf den üblichen Tisch. Ich ging an der kitschigen Deko vorbei zu Marissa. Vor ihr standen zwei leere Gläser, ein volles hielt sie in der Hand. Anscheinend hatte sie früh angefangen.

»Hast du einen Vorsprung?« Ich setzte mich zu ihr.

Sie senkte den Blick und spielte mit ihrem Glas.

»He, was ist denn los?«

Sie trank einen Schluck Whisky. »Ein harter Tag in der Arbeit.«

Ich winkte dem Kellner. Er nickte und kam nicht einmal zu uns. Er wusste, dass ich ein Ribeye medium mit Stampfkartoffeln und ein Pint Guinness haben wollte. Wie jede Woche.

»Wie hart kann es denn sein?«, fragte ich. »Ein behaglicher Regierungsjob im Energieministerium. Du hast – wie viel? Zwanzig bezahlte Urlaubstage? Und du musst einfach nur erscheinen, um dein Gehalt zu kassieren, oder?«

Sie lachte immer noch nicht. Verzog keine Miene.

»Ach, nun komm schon«, sagte ich. »Wer hat dir in die Suppe gespuckt?«

Sie seufzte. »Weißt du, was der Petrowa-Strahl ist?«

»Klar. Das ist ein interessantes Rätsel. Ich tippe auf Strahlung von der Sonne. Die Venus hat kein Magnetfeld, aber positiv geladene Partikel könnten dort angezogen werden, weil das Feld elektrisch neutral ist ...«

»Nein«, widersprach sie. »Es ist etwas anderes. Wir wissen nicht genau, was es ist, aber es ist ... etwas anderes. Egal. Lass uns Steak essen.«

Ich schnaubte. »Hör doch auf, Marissa, erzähl's mir schon. Was ist los mit dir?«

Sie dachte nach. »Na gut. In zwölf Stunden erfährst du es sowieso vom Präsidenten.«

»Vom Präsidenten?«, fragte ich. »Dem Präsidenten der Vereinigten Staaten?«

Sie trank noch einen Schluck Whisky. »Hast du schon mal etwas von der *Amaterasu* gehört? Das ist eine japanische Solar-Sonde.«

»Sicher«, bestätigte ich. »Die JAXA hat ausgezeichnete Daten gewonnen. Das ist eine feine Sache. Die Sonde umkreist die Sonne auf halbem Wege zwischen Merkur und Venus und hat zwanzig verschiedene Messinstrumente an Bord, die ...«

»Ja, schon gut, das weiß ich selbst«, unterbrach sie mich. »Den Daten zufolge nimmt die Strahlung der Sonne ab.«

Ich zuckte mit den Achseln. »Ja, und? Wo sind wir gerade im Sonnenzyklus?«

Sie schüttelte den Kopf. »Es hat nichts mit dem Elfjahreszyklus zu tun. Es ist etwas anderes. Die JAXA hat den Sonnenzyklus berücksichtigt. Trotzdem geht es nach unten. Sie sagen, die Sonne sei 0,01 Prozent weniger hell, als sie sein sollte.«

»Ja, das ist interessant. Aber das rechtfertigt keine drei Whisky vor dem Essen.«

Sie schürzte die Lippen. »Das dachte ich auch. Aber die Dämpfung der Helligkeit nimmt zu. Und die Steigerungsrate nimmt ebenfalls zu. Es ist eine Art exponentieller Verlust, den sie dank der empfindlichen Instrumente in der Sonde sehr, sehr früh wahrgenommen haben.«

Ich lehnte mich zurück in meiner Nische. »Ich weiß nicht, Marissa. Eine exponentielle Progression so früh wahrzunehmen, das kommt mir sehr unwahrscheinlich vor. Aber meinetwegen, nehmen wir an, die Wissenschaftler der JAXA haben recht. Wohin verschwindet dann die Energie?«

»In den Petrowa-Strahl.«

»Wie bitte?«

»Die JAXA hat sich den Petrowa-Strahl gründlich angesehen und ist der Meinung, dass er in demselben Maße heller wird, in dem die Sonne dunkler wird. Irgendwie stiehlt der Petrowa-Strahl der Sonne die Energie.«

Sie zog einen Papierstapel aus ihrer Handtasche und legte ihn auf den Tisch. Es waren vor allem Kurven und Diagramme. Nach einigem Blättern hatte sie die richtige Zeichnung gefunden und schob sie zu mir herüber.

Die x-Achse war mit »Zeit« beschriftet, die y-Achse mit »Leuchtkraftverlust«. Ja, der Verlauf war definitiv exponentiell.

»Das kann doch nicht sein«, sagte ich.

»Es stimmt aber«, beharrte sie. »Der Ausstoß der Sonne wird im Laufe der nächsten neun Jahre um ein ganzes Prozent sinken.

In zwanzig Jahren sind es fünf Prozent. Das ist übel, wirklich übel.«

Ich starrte auf das Diagramm »Das würde eine neue Eiszeit bedeuten. Und zwar in kürzester Zeit. Eine Blitz-Eiszeit.«

»Ja, mindestens das. Missernten, Hungersnöte ... ich weiß nicht, was sonst noch alles.«

Ich schüttelte den Kopf. »Wie kann es in der Sonne zu einer so abrupten Veränderung kommen? Du meine Güte, das ist ein *Stern*. Bei Sternen geschieht nichts schnell. Veränderungen dauern Millionen von Jahren, nicht nur ein paar Dutzend. Komm schon, das weißt du doch.«

»Nein, das weiß ich nicht. Früher habe ich es gewusst. Jetzt weiß ich nur, dass die Sonne stirbt«, entgegnete sie. »Leider ist mir nicht klar, warum, und ich habe keine Ahnung, was wir dagegen tun können. Aber ich weiß, dass sie stirbt.«

»Wie ...« Ich runzelte die Stirn.

Sie kippte den Rest ihres Drinks hinunter. »Der Präsident hält morgen früh eine Ansprache an die Nation. Ich glaube, sie stimmen sich noch mit den Regierungen anderer Staaten ab, um es gleichzeitig zu verkünden.«

Der Kellner brachte mein Guinness. »Bitte, Sir. Die Steaks kommen gleich.«

»Ich nehme noch einen Whisky«, sagte Marissa.

»Für mich auch einen«, fügte ich hinzu.

Ich blinzle. Wieder ein Erinnerungsfetzen.

War er echt? Oder nur eine beliebige Erinnerung, wie ich mit einer Freundin gesprochen habe, die einer absurden Weltuntergangstheorie aufgesessen war?

Nein. Es ist echt. Ich bekomme Angst, wenn ich nur daran denke. Keine plötzlich hochschießende Angst. Es ist eine vertraute Angst, die einen Stammplatz am Tisch hat. Ich kenne sie schon lange.

Es ist real. Die Sonne stirbt, und ich habe etwas damit zu tun. Nicht nur als ein Erdenbürger, der zusammen mit allen anderen sterben wird – nein, ich bin aktiv beteiligt. Ich spüre eine Art Verantwortungsgefühl.

An meinen Namen kann ich mich immer noch nicht erinnern, aber ich stoße auf verschiedene Informationsbröckchen, die mit dem Petrowa-Problem verknüpft sind. Sie nennen es das Petrowa-Problem. Das ist mir gerade wieder eingefallen.

Mein Unterbewusstsein hat Prioritäten. Und es versucht verzweifelt, mir etwas über diese Situation zu sagen. Ich glaube, es ist meine Aufgabe, das Petrowa-Problem zu lösen.

Und zwar in einem kleinen Labor, gekleidet in eine Bettlakentoga und ohne zu wissen, wer ich bin. Meine Helfer sind ein tumber Computer und zwei mumifizierte Zimmergenossen.

Mir verschwimmt alles vor den Augen. Tränen. Ich wische sie ab. Ich kann ... ich kann mich nicht an die Namen meiner Kollegen erinnern. Aber sie waren meine Freunde. Meine Kameraden.

Erst jetzt wird mir bewusst, dass ich ihnen die ganze Zeit den Rücken zugewandt habe. Ich habe getan, was ich konnte, um sie nicht ansehen zu müssen. Wie ein Irrer habe ich die Wand bekritzelt, während hinter mir die Leichen von zwei Menschen lagen, die mir wichtig waren.

Aber jetzt kann ich mich nicht länger ablenken. Ich drehe mich um und betrachte sie.

Ich schluchze. Die Erinnerung bricht ohne Vorwarnung über mich herein. Die Frau war witzig – immer zu Scherzen aufgelegt. Der Mann war professionell und hatte Nerven wie Drahtseile. Ich glaube, er war beim Militär und unser Kommandant.

Ich sinke zu Boden und berge den Kopf in den Händen. Ich kann es nicht mehr zurückhalten, ich weine wie ein Kind. Wir waren viel mehr als Freunde. Und »Team« ist auch nicht die richtige Bezeichnung. Es ist stärker. Es ist ...

Es liegt mir auf der Zunge.

Endlich taucht das Wort in mein Bewusstsein empor. Es musste warten, bis ich nicht mehr hinschaute, um sich anzuschleichen.

Crew. Wir waren eine Crew. Und ich bin der Einzige, der noch übrig ist.

Dies ist ein Raumschiff. Das weiß ich jetzt. Ich weiß nicht, woher die Schwerkraft kommt, aber es ist ein Raumschiff.

Allmählich fügen sich die Puzzleteile zusammen. Wir waren nicht krank. Unsere Vitalfunktionen waren nur stark verlangsamt.

Diese Betten sind keine magischen »Kältekammern« wie im Film. Hier ist keine spezielle Technologie im Spiel. Ich glaube, wir haben in einem künstlichen Koma gelegen. Schläuche, Infusionen mit Nährstoffen, ständige medizinische Überwachung. Alles, was ein Körper braucht. Die Roboterarme haben wahrscheinlich die Laken gewechselt und uns gedreht, damit wir uns nicht wund liegen, und alles andere getan, was sonst die Pfleger auf der Intensivstation tun.

Elektroden am ganzen Körper haben unsere Muskeln stimuliert. Uns trainiert und fit gehalten.

Aber so ein Koma ist gefährlich. Extrem gefährlich. Ich bin der Einzige, der überlebt hat, und mein Gehirn ist ein Haufen Matsch.

Ich gehe zu der Frau. Wenn ich sie ansehe, fühle ich mich sogar besser. Vielleicht liegt es daran, dass ich jetzt gewissermaßen Frieden schließen kann. Oder es ist die Ruhe, die sich nach einem Heulkrampf einstellt.

An der Mumie sind keine Schläuche befestigt. Sie wird nicht mehr überwacht. In der ledrigen Haut ihres Handgelenks ist ein kleines Loch. Da war wohl vor dem Tod die Infusion angebracht. Also ist das Loch nicht mehr verheilt.

Der Computer hat alle Zugänge entfernt, als sie starb. Spare in der Zeit, dann hast du in der Not. Es ist sinnlos, Ressourcen auf tote Menschen zu verschwenden. Lieber mehr für die Lebenden aufheben.

Anders ausgedrückt: mehr für mich.

Ich hole tief Luft und atme langsam wieder aus. Ich muss ruhig bleiben. Ich muss klar denken. Mir ist inzwischen eine Menge eingefallen – meine Crew, einige Aspekte ihrer Persönlichkeiten und dass ich in einem Raumschiff bin (deshalb werde ich später noch ausflippen). Erfreulich ist, dass immer mehr Erinnerungen zurückkehren, und sie kommen sogar, wenn ich sie bewusst abrufe, und nicht willkürlich und zufällig. Darauf will ich mich konzentrieren, aber die Trauer ist zu groß.

»Essen Sie«, sagt der Computer.

Mitten in der Decke öffnet sich eine Klappe, aus der eine Nahrungstube fällt. Ein Roboterarm schnappt sie und legt sie auf mein Bett. Auf dem Etikett steht: TAG 1 – MAHLZEIT 2.

Mir ist nicht nach Essen, aber mein Magen knurrt, sobald ich die Tube sehe. Ganz egal, in welcher seelischen Verfassung ich bin, mein Körper hat Bedürfnisse.

Ich öffne die Tube und quetsche mir die Paste in den Mund.

Ich muss zugeben, es ist schon wieder ein unglaubliches Geschmackserlebnis. Hühnchen mit einer Andeutung von Gemüse. Natürlich hat es keine Textur, im Grunde ist es Babybrei. Und es ist ein wenig zäher als die erste Mahlzeit.

»Wasser?«, frage ich zwischen zwei Happen.

Wieder öffnet sich die Klappe in der Decke, dieses Mal kommt eine Metallröhre zum Vorschein. Ein Roboterarm reicht sie mir. Der glänzende Behälter ist mit TRINKWASSER beschriftet. Ich schraube den Deckel ab, und richtig, drinnen ist Wasser.

Ich nehme einen Schluck. Es hat Zimmertemperatur und schmeckt schal. Wahrscheinlich ist es destilliert und enthält keine Mineralstoffe. Aber Wasser ist Wasser.

Ich beende meine Mahlzeit. Bisher musste ich noch nicht auf die Toilette, aber irgendwann wird es nötig. Ich möchte ja nicht auf den Boden pinkeln.

»Toilette?«, frage ich.

Ein Teil der Wand gleitet seitlich weg, und eine metallene Kloschüssel kommt zum Vorschein. Sie ist direkt in der Wand angebracht wie in einer Gefängniszelle. Ich sehe sie mir genauer an. Das Ding hat Knöpfe und Bedienelemente. Ich glaube, in der Schüssel ist eine Vakuumpumpe. Und es gibt kein Wasser. Möglicherweise ist es eine Null-g-Toilette, die man für den Gebrauch in der Schwerkraft umgebaut hat. Warum sollte man so etwas tun?

»Gut, äh ... Toilette schließen.«

Das Wandstück gleitet zurück. Die Toilette ist verschwunden.

Na schön, ich habe gegessen und getrunken und fühle mich insgesamt etwas besser. Das Essen macht so etwas mit einem.

Ich muss mich auf etwas Positives konzentrieren. Ich lebe noch. Was auch immer meine Freunde getötet hat, es hat mich verschont. Ich befinde mich in einem Raumschiff. Genaueres weiß ich noch nicht, aber ich bin in einem Raumschiff, das anscheinend einwandfrei funktioniert.

Und meine seelische Verfassung verbessert sich. Da bin ich ganz sicher.

Ich hocke mich im Schneidersitz auf den Boden. Es wird Zeit für den nächsten Schritt. Ich schließe die Augen und lasse die Gedanken schweifen. Ich will mich absichtlich an etwas erinnern. Ganz egal, woran. Aber ich will die Erinnerung bewusst auslösen. Mal sehen, was dabei herauskommt.

Ich beginne mit Dingen, die mich glücklich machen. Ich mag Wissenschaft. Das weiß ich. Die kleinen Experimente, die ich durchgeführt habe, fand ich spannend. Und ich bin im Weltraum. Also, vielleicht kann ich über den Weltraum und die Wissenschaft nachdenken und sehen, was dann kommt ...

Ich nahm die kochend heißen Fertig-Spaghetti aus der Mikrowelle und lief eilig zum Sofa. Dort zog ich die Plastikfolie ab und ließ den Dampf entweichen.

Dann schaltete ich den Ton des Fernsehers ein und verfolgte die Livesendung. Mehrere Kollegen und ein paar Freunde hatten mich eingeladen, es mit ihnen zusammen anzusehen, aber ich wollte nicht den ganzen Abend damit verbringen, Fragen zu beantworten. Ich wollte einfach in Ruhe zuschauen.

Das Ereignis hatte die höchste Zuschauerzahl in der Menschheitsgeschichte. Mehr als die Mondlandung. Mehr als jede Weltmeisterschaft. Alle Sender, alle Streamingdienste, alle Nachrichtenwebsites zeigten die gleichen Bilder: den Livefeed der NASA.

Eine Reporterin stand zusammen mit einem älteren Mann auf der Galerie eines Flugkontrollraums. Hinter ihnen beobachteten Männer und Frauen in blauen Hemden ihre Terminals.

»Ich bin Sandra Elias«, begann sie. »Ich stehe hier im Jet Propulsion Laboratory in Pasadena, Kalifornien. Bei mir ist Dr. Browne, der Leiter der Abteilung für Planetologie bei der NASA.«

Sie wandte sich an den Wissenschaftler. »Doktor, wie ist im Augenblick die Lage?«

Browne räusperte sich. »Wir haben vor neunzig Minuten die Bestätigung erhalten, dass die *ArcLight* erfolgreich in die Umlaufbahn um die Venus eingeschwenkt ist. Jetzt warten wir auf die ersten Datenpakete.«

Seit der Verlautbarung der JAXA zum Petrowa-Problem war ein hektisches Jahr vergangen. Studie um Studie hatte die bisherigen Erkenntnisse bestätigt. Die Uhr tickte, und die Welt musste herausfinden, was dort im Gange war. So erblickte das Projekt ArcLight das Licht der Welt. Die Situation war erschreckend, das Projekt selbst jedoch beeindruckend. Mein innerer Nerd konnte gar nicht anders, als aufgeregt zuzusehen.

Die *ArcLight* war das teuerste unbemannte Raumschiff, das je gebaut wurde. Die Welt brauchte Antworten und hatte keine Zeit für Kleinkrämerei. Normalerweise lachten einen die Raumfahrtagenturen aus, wenn man sie bat, in weniger als einem Jahr eine Sonde zur Venus zu schicken. Doch es ist erstaunlich, was man tun kann, wenn unbegrenzte Mittel zur Verfügung stehen. Die Vereinigten Staaten, die Europäische Union, Russland, China, Indien und Japan halfen, die Kosten zu decken.

»Erzählen Sie uns etwas über die Venus«, bat die Reporterin Browne. »Warum ist es gerade dort so schwierig?«

»Das Hauptproblem ist der Treibstoff«, erklärte der Wissenschaftler. »Es gibt bestimmte Zeitfenster, in denen interplanetare Reisen ein Minimum an Treibstoff verbrauchen, aber das nächste Erde-Venus-Fenster liegt in weiter Ferne. Deshalb mussten wir deutlich mehr Treibstoff als normalerweise üblich in den Weltraum schaffen, um die *ArcLight* ans Ziel zu bringen.«

»Schlechtes Timing, also?«, fragte die Reporterin.

»Ich glaube, dafür, dass die Sonne dunkler wird, gibt es überhaupt keinen guten Zeitpunkt.«

»Das ist wahr. Bitte fahren Sie fort.«

»Die Venus bewegt sich im Vergleich zur Erde sehr schnell, was bedeutet, dass wir noch mehr Treibstoff benötigen, um sie einzuholen. Selbst unter idealen Bedingungen braucht man für einen Flug zur Venus erheblich mehr Treibstoff als für einen Flug zum Mars.«

»Erstaunlich, wirklich erstaunlich. Dr. Browne, einige Leute haben gefragt: Warum kümmern wir uns überhaupt um den Planeten? Der Petrowa-Strahl ist riesig und führt in einem Bogen von der Sonne zur Venus. Warum steuern wir nicht irgendeinen Punkt dazwischen an?«

»Weil der Petrowa-Strahl dort am breitesten ist – so breit wie der ganze Planet. Und wir können die Schwerkraft des Planeten zu unserem Vorteil nutzen. Die *ArcLight* umkreist die Venus zwölfmal, während sie Proben von dem Material des Petrowa-Strahls nimmt.«

»Was glauben Sie, worum es sich bei dem Material handelt?«

»Wir haben keine Ahnung«, gestand Browne. »Absolut keine Ahnung. Aber bald werden wir hoffentlich die Antworten erfahren. Nach dem ersten Umlauf um die Venus müsste die *ArcLight* genügend Proben gesammelt haben, um im eingebauten Labor eine vorläufige Analyse durchzuführen.«

»Wie viel können wir heute Abend herausfinden?«

»Nicht viel. Das Bordlabor ist recht einfach. Nur ein starkes Mikroskop und ein Röntgenspektrometer. Die Mission besteht vor allem darin, mit Proben zur Erde zurückzukehren. Es wird noch einmal drei Monate dauern, bis die *ArcLight* mit den Proben hier eintrifft. Das Labor ist nur ein Provisorium, um wenigstens einige Daten zu gewinnen, falls es während der Rückkehr Probleme gibt.«

»Wie immer gut vorbereitet, Dr. Browne.«

»So halten wir es hier.«

Hinter der Reporterin brach Jubel aus.

»Ich höre gerade ...« Sie wartete, bis sich der Aufruhr legte. »Ich höre, dass der erste Umlauf abgeschlossen ist und die Daten hereinkommen ...«

Der Hauptbildschirm des Kontrollraums wechselte zu einer Schwarz-Weiß-Darstellung. Das Bild war überwiegend grau, hier und dort waren schwarze Punkte verstreut.

»Was sehen wir da, Doktor?«, fragte die Reporterin.

»Die Aufnahmen stammen aus dem internen Mikroskop«, erklärte Browne. »Es hat eine zehntausendfache Vergrößerung. Die schwarzen Punkte sind etwa zehn Mikrometer groß.«

»Sind die Punkte denn das, was wir gesucht haben?«, fragte Sandra Elias.

»Das wissen wir nicht genau. Es könnten auch nur Staubpartikel sein. Eine so große Schwerkraftquelle wie ein Planet sammelt eine Staubwolke in der Umgebung ...«

»Scheiße, was ist das denn?«, fluchte jemand im Hintergrund. Mehrere Flugüberwacher schnappten nach Luft.

Die Reporterin kicherte. »Hier im JPL ist ja richtig was los. Wir senden live, deshalb entschuldigen wir uns für alle ...«

»O mein Gott!«, sagte Browne.

Auf dem Hauptbildschirm wurden weitere Bilder sichtbar. Eines nach dem anderen. Alle sahen beinahe gleich aus.

Beinahe.

Die Reporterin betrachtete die Bilder. »Bewegen sich die Partikel etwa?«

Die Aufnahmen, die nacheinander eingespielt wurden, zeigten, dass sich die schwarzen Punkte deformierten und hin und her wanderten.

Die Reporterin räusperte sich und machte eine Bemerkung, die man durchaus als Untertreibung des Jahrhunderts betrachten konnte. »Finden Sie nicht auch, dass das ein wenig nach Mikroben aussieht?«

»Telemetrie!«, rief Dr. Browne. »Flattert die Sonde?«

»Schon überprüft«, antwortete jemand. »Kein Flattern.«

»Bleibt die Bewegungsrichtung gleich?«, fragte er. »Ist da etwas, das man mit einer externen Kraft erklären könnte? Magnetisch vielleicht? Statische Aufladung?«

Es wurde still in dem Raum.

»Vorschläge?«, fragte Browne.

Ich ließ die Gabel mitten in die Spaghetti fallen.

Sollte es sich um außerirdisches Leben handeln? Habe ich wirklich so großes Glück? Auf der Welt zu sein, wenn die Menschheit das erste Mal extraterrestrisches Leben entdeckt?

Mann! Ich meine – das Petrowa-Problem ist immer noch beängstigend, aber ... Mann! Aliens! Es könnten Aliens sein! Ich kann es gar nicht erwarten, morgen mit den Kindern darüber zu sprechen.

»Bahnanomalie«, sagt der Computer.

»Mist!«, schimpfe ich. »Ich hatte es fast geschafft. Beinahe hätte ich mich an mich selbst erinnert!«

»Bahnanomalie«, wiederholt der Computer.

Ich entfalte meine Gliedmaßen und stehe auf. Trotz der eingeschränkten Interaktionen mit ihm versteht der Computer anscheinend in gewisser Weise, was ich sage. So ähnlich wie Siri oder Alexa. Also rede ich mit ihm, wie ich mit den Geräten reden würde.

»Computer, was ist eine Bahnanomalie?«

»Bahnanomalie: Als kritisch bewertete Objekte oder Körper dürfen sich nicht weiter als 0,01 Radiant vom erwarteten Standort entfernt befinden.«

»Welcher Körper hat die Anomalie?«

»Bahnanomalie.«

Das hilft mir nicht weiter. Ich bin in einem Raumschiff, also muss es etwas mit der Navigation zu tun haben. Das verheißt nichts Gutes. Und wie soll ich dieses Ding eigentlich lenken? Ich entdecke nichts, was irgendwie an Steuerinstrumente erinnert – nicht, dass ich wüsste, wie die überhaupt aussehen. Alles, was ich bisher gefunden habe, sind ein »Komaraum« und ein Labor.

Die andere Luke in dem Labor, die weiter nach oben führt, muss wichtig sein. Es ist wie in einem Videospiel. Erkunde die Umgebung, bis du eine verschlossene Tür findest, und dann such nach dem Schlüssel. Aber statt in Bücherregalen und Mülleimern muss ich in meinem Kopf suchen. Denn der »Schlüssel« ist mein eigener Name.

Der Computer ist nicht unvernünftig. Wenn ich mich nicht einmal an meinen Namen erinnern kann, ist es nur sinnvoll, dass ich sensible Bereiche des Schiffs nicht betreten darf.

Ich steige in meine Koje und lege mich auf den Rücken. Vorsichtshalber beobachte ich die Roboterarme unter der Decke, aber sie rühren sich nicht. Anscheinend glaubt der Computer, dass ich jetzt für mich selbst sorgen kann.

Ich schließe die Augen und konzentriere mich auf den letzten Erinnerungsfetzen. Verschiedene Bilder tauchen auf. Es ist, als würde ich ein beschädigtes altes Foto betrachten.

Ich bin in meinem Haus ... nein, in meiner Wohnung. Ich habe ein Apartment. Es ist ordentlich, aber winzig. An einer Wand hängt ein Foto von der Skyline von San Francisco. Nicht hilfreich. Ich weiß ja schon, dass ich in San Francisco gelebt habe.

Vor mir auf dem Sofatisch steht ein Mikrowellen-Fertiggericht mit Spaghetti. Die Wärme hat sich noch nicht verteilt, deshalb liegen Brocken mit fast gefrorenen Nudeln neben Plasma, das mir die Zunge schmilzt. Trotzdem esse ich. Ich muss großen Hunger haben.

Im Fernsehen verfolge ich einen Bericht der NASA. Ich sehe all das dank meines Erinnerungsfetzens noch einmal. Mein erster Impuls ist ... Begeisterung. Gibt es wirklich außerirdisches Leben? Das muss ich den Kindern erzählen.

Habe ich Kinder? Dieses Apartment passt zu einem alleinstehenden Mann, der gerade eine Single-Mahlzeit zu sich nimmt. Nichts deutet darauf hin, dass es eine Frau in meinem Leben gibt. Bin ich geschieden? Schwul? Wie auch immer, hier leben offensichtlich auch keine Kinder. Kein Spielzeug, keine Fotos von Kindern an der Wand oder auf dem Kaminsims, nichts. Und die Wohnung ist viel zu sauber. Kinder bringen alles durcheinander. Besonders wenn sie anfangen, Kaugummi zu kauen. Alle machen die Kaugummiphase durch – oder wenigstens viele von ihnen –, und sie hinterlassen überall die Reste.

Woher weiß ich das?

Ich mag Kinder. Aha. Es ist nur so ein Gefühl, aber ich mag sie. Kinder sind cool. Es macht Spaß, mit ihnen zusammen zu sein.

Also bin ich ein Mann Mitte dreißig, der allein in einem kleinen Apartment lebt, ich habe keine Kinder, aber ich mag Kinder sehr. Mir gefällt nicht, wohin das führt ...

Lehrer! Jetzt erinnere ich mich!

Gott sei Dank. Ich bin Lehrer.

3

»Also.« Ich sah auf die Uhr. »Noch eine Minute, bis es schellt. Ihr wisst, was das heißt.«

»Blitzrunde!«, riefen meine Schüler.

Seit der Regierungserklärung zum Petrowa-Strahl hatte sich das Leben überraschend wenig verändert.

Es war eine bedrohliche, sogar tödliche Situation, aber es war auch die Normalität. Im Zweiten Weltkrieg waren die Menschen in London sogar während der Luftangriffe ihren Alltagsgeschäften nachgegangen und hatten es einfach hingenommen, dass gelegentlich mal ein Gebäude in die Luft flog. Egal, wie verzweifelt die Lage war, die Milch musste ausgeliefert werden. Und wenn Mrs. Creedys Haus über Nacht zerbombt wurde, dann strich man es eben von der Lieferliste.

So war es auch mit dieser drohenden Apokalypse, die möglicherweise durch eine außerirdische Lebensform verursacht wurde. Ich stand vor meiner Klasse und unterrichtete sie in Naturkunde. Denn was nützt eine Welt, wenn man sie nicht an die nächste Generation weitergibt?

Die Kinder saßen an den ordentlich aufgestellten Pulten und blickten nach vorn. Alles ziemlich normal. Doch der Rest des Raumes sah aus wie das Labor eines irren Wissenschaftlers. Ich hatte Jahre damit zugebracht, diesen Anblick zu vervollkommnen. In einer Ecke hatte ich eine Jakobsleiter aufgebaut (der Strom war abgeschaltet, damit sich die Kinder nicht versehentlich umbrachten). An einer anderen Wand stand ein Bücherregal voller Schaugläser mit Körperteilen von Tieren in Formaldehyd. In einem Glas waren allerdings nur Spaghetti und ein gekochtes Ei.

Mitten unter der Decke hing mein ganzer Stolz – ein riesiges Mobile unseres Sonnensystems. Jupiter war so groß wie ein Basketball, Merkur so klein wie eine Murmel.

Ich hatte Jahre gebraucht, um meine Reputation als »cooler« Lehrer zu kultivieren. Kinder sind klüger, als die meisten Menschen denken. Und sie spüren, ob sie einem Lehrer wirklich wichtig sind, oder ob er ihnen nur etwas vormacht. Wie auch immer, es war Zeit für die Blitzrunde!

Ich schnappte mir eine Handvoll Bean Bags vom Pult. »Wie heißt der Nordpolarstern wirklich?«

»Polaris!«, antwortete Jeff.

»Richtig!« Ich warf ihm einen Bean Bag zu. Ehe er ihn fing, feuerte ich die nächste Frage ab: »Was sind die drei wichtigsten Gesteinsarten?«

»Magmatite, Sedimente und Metamorphite«, antwortete Abby mit einem herablassenden Grinsen. Eine kleine Nervensäge, aber ungeheuer klug.

»Ja!« Ich warf ihr einen Bean Bag zu. »Welche Welle spürt man bei einem Erdbeben zuerst?«

»Die P-Welle!«, sagte Abby.

»Du schon wieder?« Ich warf ihr einen Bean Bag hinüber. »Wie hoch ist die Lichtgeschwindigkeit?«

»Drei mal zehn hoch ...«, setzte Abby an.

»C!«, rief Regina aus der letzten Reihe. Sie beteiligte sich nur selten. Um so mehr freute ich mich, dass sie sich nun aus ihrem Schneckenhaus traute.

»Raffiniert, aber korrekt!« Ich warf einen Bean Bag zu ihr.

»Ich habe zuerst geantwortet!«, beklagte sich Abby.

»Aber sie war mit ihrer Antwort zuerst fertig«, erwiderte ich. »Welcher Stern ist der Erde am nächsten?«

»Alpha Centauri!«, antwortete Abby sofort.

»Falsch!«, gab ich zurück.

»Nein, das ist nicht falsch!«

»Doch. Sonst noch jemand?«

»Oh!«, machte Larry. »Das ist die Sonne!«

»Richtig«, bestätigte ich. »Larry bekommt den Bean Bag. Vorsicht mit deinen Schlussfolgerungen, Abby.«

Sie verschränkte beleidigt die Arme vor der Brust.

»Wer kann mir den Erdradius nennen?«

Trang hob die Hand. »Dreitausendneunhundert ...«

»Trang«, sagte Abby. »Die Antwort lautet ›Trang‹.«

Trang hielt erschrocken inne.

»Was?«, fragte ich.

Abby genoss es sichtlich. »Sie haben gefragt, wer den Radius der Erde nennen kann. Trang kann es sagen. Meine Antwort ist richtig.«

Übertölpelt von einer Dreizehnjährigen. Es war nicht das erste Mal. Es schellte, als ich den Bean Bag auf ihr Pult legte.

Die Kinder sprangen sofort auf und sammelten ihre Bücher und Rucksäcke ein. Abby, noch ganz siegestrunken, ließ sich etwas mehr Zeit als die anderen.

»Vergesst nicht, die Bean Bags vor dem Wochenende gegen Spielzeug und andere Preise einzutauschen!«, rief ich den Kindern hinterher, die eilig nach draußen strömten.

Bald war der Klassenraum leer, der Nachhall der lärmenden Schüler auf dem Flur war das letzte Lebenszeichen. Ich nahm den Stapel mit den Hausaufgaben vom Lehrerpult und verstaute ihn in meinem Handkoffer. Die sechste Stunde war vorbei.

Es war Zeit, ins Lehrerzimmer zu gehen und einen Kaffee zu trinken. Vielleicht würde ich noch ein paar Arbeiten korrigieren, ehe ich mich auf den Heimweg machte. Hauptsache, ich konnte dem Gedränge auf dem Parkplatz entgehen. Ein wahres Geschwader von Helikoptermüttern stürmte gerade das Schulgelände, um die Kinder abzuholen. Wenn mich eine von ihnen erwischte, musste ich mit Klagen oder Vorschlägen rechnen. Ich kann es niemandem vorwerfen, dass er die eigenen Kinder liebt, und es wäre sicher gut, wenn sich mehr Eltern für die Ausbildung ihrer Kinder interessieren würden, aber es gibt Grenzen.

»Ryland Grace?«, sagte eine Frau.

Ich fuhr auf. Ich hatte ihr Eintreten nicht bemerkt.

Sie war etwa Mitte vierzig und trug einen gut geschnittenen Geschäftsanzug. Sie hatte eine Aktenmappe dabei.

»Äh, ja«, sagte ich. »Kann ich Ihnen behilflich sein?«

»Ich glaube schon.« Sie sprach mit leichtem Akzent. Ich konnte ihn nicht genau einordnen, aber er klang europäisch. »Ich bin Eva Stratt. Ich arbeite bei der Petrowa-Taskforce.«

»Bei der was?«

»Bei der Petrowa-Taskforce. Das ist ein internationales Gremium, das sich mit der veränderten Situation seit der Entdeckung des Petrowa-Strahls befasst. Ich habe den Auftrag, eine Lösung zu finden. Man hat mir ein gewisses Maß an Autorität verliehen, um diese Aufgabe zu erfüllen.«

»Man? Wer ist man?«

»Alle Mitgliedsstaaten der Vereinten Nationen.«

»Warten Sie mal, wie bitte? Wie ...«

»Eine geheime Abstimmung mit einstimmigem Ergebnis. Es ist kompliziert. Ich würde gern mit Ihnen über einen wissenschaftlichen Aufsatz sprechen, den Sie verfasst haben.«

»Eine geheime Abstimmung? Ach, egal.« Ich schüttelte den Kopf. »Ich bin kein Wissenschaftler mehr. Meine akademische Karriere war nicht gerade erfolgreich.«

»Sie sind Lehrer. Sie arbeiten noch als Akademiker.«

»Ja, meinetwegen. Ich meinte eher den Wissenschaftsbetrieb. Wissenschaftliche Arbeiten, Peer-Review und ...«

»Und die Arschlöcher, die Sie aus der Universität vertrieben haben?« Sie zog eine Augenbraue hoch. »Die Ihre Finanzierung gestrichen und dafür gesorgt haben, dass Sie nie wieder publizieren können?«

»Ja, genau das.«

Sie zog einen Schnellhefter aus der Aktentasche. Dann schlug sie ihn auf und fing an, laut vorzulesen: »›Eine Analyse wasserbasierter Annahmen und die Rekalibrierung der Erwartungen an Modelle der Evolution.‹« Sie sah mich an. »Das haben Sie doch geschrieben, oder?«

»Es tut mir leid, aber wie haben Sie ...«

»Ein langweiliger Titel, aber ich muss schon sagen, der Inhalt ist sehr spannend.«

Ich stellte meinen Handkoffer auf das Pult. »Hören Sie, es ging mir nicht gut, als ich das geschrieben habe, ja? Ich hatte genug von der Forschung, und das war eine Art ›Ihr könnt mich mal‹ zum Abschied. Als Lehrer fühle ich mich wohler.«

Sie blätterte ein paar Seiten weiter. »Sie haben jahrelang gegen die Annahme angekämpft, Leben erforderte flüssiges Wasser. Ein Abschnitt ihres Aufsatzes trägt die Überschrift: ›Die Lebenszone ist ein Fall für Idioten‹. Sie nennen Dutzende bekannte Wissenschaftler beim Namen und beschimpfen sie, weil sie behaupten, eine bestimmte Temperaturbandbreite sei unerlässlich.«

»Ja, aber ...«

»Sie haben in Molekularbiologie promoviert, nicht wahr? Sind sich nicht die meisten Wissenschaftler einig, dass flüssiges Wasser für die Entwicklung des Lebens unbedingt notwendig sei?«

»Die irren sich!« Ich verschränkte die Arme vor der Brust. »Wasserstoff und Sauerstoff haben nichts Magisches an sich. Sie sind für das Leben auf der Erde notwendig, aber auf einem anderen Planeten könnte es ganz andere Bedingungen geben. Das Leben braucht lediglich eine chemische Reaktion, die zu Kopien des ursprünglichen Katalysators führt. Dazu benötigt man kein Wasser!«

Ich schloss die Augen, holte tief Luft und ließ es raus. »Wie auch immer, ich war wütend und habe diesen Aufsatz geschrieben. Dann bekam ich die Zulassung als Lehrer, konnte den Beruf wechseln und mein neues Leben genießen. Ich bin froh, dass mir niemand geglaubt hat. Es geht mir jetzt besser.«

»Ich glaube Ihnen«, sagte sie.

»Danke«, antwortete ich. »Verraten Sie mir, was Sie hier wollen? Ich muss noch Arbeiten korrigieren.«

Sie steckte den Schnellhefter in die Aktentasche zurück. »Sie haben doch sicher von der *ArcLight*-Sonde und dem Petrowa-Strahl gehört.«

»Ich wäre ein schlechter Naturkundelehrer, wenn nicht.«

»Glauben Sie, die Punkte leben?«, fragte sie.

»Das weiß ich nicht. Es könnte Staub sein, der in Magnetfeldern hin und her springt. Das werden wir vermutlich herausfinden, wenn die *ArcLight* auf die Erde zurückkehrt. Ich glaube, es ist bald so weit, oder? Nur noch ein paar Wochen?«

»Sie trifft am Dreiundzwanzigsten ein«, bestätigte Stratt. »Roskosmos holt sie mit einer Sojus-Mission aus der niedrigen Erdumlaufbahn.«

Ich nickte. »Dann wissen wir ja bald Bescheid. Die brillantesten Köpfe der Welt sehen es sich an und finden heraus, was es damit auf sich hat. Wissen Sie schon, wer daran forschen wird?«

»Sie«, antwortete Stratt. »Sie werden das tun.«

Ich starrte sie an.

Sie wedelte mit der Hand vor meinen Augen herum. »Hallo?«

»*Ich* soll mir die Punkte ansehen?«

»Ja.«

»Die ganze Welt hat Sie beauftragt, das Problem zu lösen, und Sie kommen direkt zu einem Naturkundelehrer an einer Junior-Highschool?«

»Ja.«

Ich drehte mich um und ging zur Tür. »Sie lügen. Oder Sie sind verrückt, oder sogar beides. Ich muss jetzt gehen.«

»Das ist nicht verhandelbar«, rief sie mir hinterher.

»Das sehe ich anders.« Ich winkte ihr zum Abschied.

Sie hatte recht. Es gab nichts zu verhandeln.

Als ich mein Apartment erreichte, umzingelten mich vier gut gekleidete Männer, noch bevor ich die Tür aufschließen konnte. Sie zeigten mir ihre FBI-Ausweise und verfrachteten mich in einen der drei schwarzen SUVs, die auf dem Parkplatz des Wohnblocks warteten. Nach einer zwanzigminütigen Fahrt, auf der sie keine Fragen beantworteten und kein Wort mit mir sprachen, parkten sie und führten mich in ein neutrales Bürogebäude.

Kaum stand ich wieder auf den Füßen, da bugsierten sie mich schon durch einen leeren Flur, in dem wir etwa alle zehn Meter unbeschriftete Türen passierten. Schließlich öffneten sie eine

Doppeltür ganz am Ende des Flurs und schoben mich in den Raum.

Im Gegensatz zu dem übrigen, verlassen wirkenden Gebäude war dieser Raum voller glänzender Möbel und Hightech-Geräte. Es war das am besten ausgerüstete Biologielabor, das ich je gesehen hatte. Mitten darin stand Eva Stratt.

»Hallo, Dr. Grace«, sagte sie. »Willkommen in Ihrem neuen Labor.«

Die FBI-Agenten schlossen die Tür hinter mir und ließen mich mit Stratt allein. Ich rieb mir die Schulter, wo sie mich ein wenig zu hart angefasst hatten.

Ich warf einen Blick zu der geschlossenen Tür. »Als Sie sagten, Sie hätten ein gewisses Maß an Autorität …«

»Ich besitze eine umfassende Autorität.«

»Sie sprechen mit einem Akzent. Sind Sie überhaupt Amerikanerin?«

»Ich bin Niederländerin. Ich war Direktorin bei der ESA. Aber das spielt keine Rolle mehr. Jetzt habe ich hier die Leitung. Wir haben keine Zeit für behäbige internationale Ausschüsse. Die Sonne stirbt. Wir brauchen eine Lösung. Es ist meine Aufgabe, sie zu finden.«

Sie zog einen Laborhocker heran und setzte sich. »Diese Punkte sind vermutlich eine Lebensform. Die exponentielle Zunahme der Verdunkelung der Sonne entspricht dem exponentiellen Wachstum einer typischen Lebensform.«

»Glauben Sie … diese Dinger *fressen* die Sonne?«

»Auf jeden Fall verschlucken sie den Energieausstoß«, erwiderte sie.

»Also, das ist … erschreckend. Aber trotzdem, was wollen Sie denn nun von mir?«

»Die *ArcLight*-Sonde bringt die Proben zur Erde. Einige könnten noch leben. Sie sollen sie untersuchen und so viel darüber herausfinden, wie Sie können.«

»Das sagten Sie schon«, gab ich zurück. »Aber ich nehme an, es gibt qualifiziertere Leute als mich.«

»Auf der ganzen Welt werden sich Wissenschaftler die Proben ansehen, aber Sie werden der Erste sein.«

»Warum?«

»Diese Dinger leben auf der Oberfläche der Sonne oder in ihrer Nähe. Kommt Ihnen das wie eine wasserbasierte Lebensform vor?«

Sie hatte recht. Bei diesen Temperaturen kann kein Wasser existieren. Bei mehr als 3000 Grad Celsius können die Wasserstoff- und Sauerstoffatome ihre Bindung nicht mehr aufrechterhalten. Die Oberfläche der Sonne ist 5500 Grad heiß.

Stratt fuhr fort: »Das Gebiet der spekulativen extraterrestrischen Biologie ist klein. Auf der ganzen Welt gibt es nur etwa fünfhundert Experten. Und jeder, mit dem ich rede – von Professoren in Oxford bis zu Forschern an der Universität von Tokio –, ist der Ansicht, Sie hätten auf diesem Gebiet die Führung übernehmen können, wenn Sie nicht so abrupt aufgehört hätten.«

»Meine Güte«, staunte ich. »Es war nicht gerade ein friedlicher Abschied. Ich bin überrascht, dass sie so nette Sachen über mich sagen.«

»Jeder begreift, wie ernst die Situation ist. Dies ist nicht die Zeit, einen alten Groll zu hegen. Sie bekommen jedenfalls die Gelegenheit zu beweisen, dass Sie recht hatten. Das Leben braucht kein Wasser. Das müsste Sie doch interessieren.«

»Klar«, stimmte ich zu. »Sicher ... das schon. Aber nicht so.«

Sie rutschte vom Hocker herunter und ging zur Tür. »Es ist, wie es ist. Ich erwarte Sie am Dreiundzwanzigsten um neunzehn Uhr hier. Dann steht die Probe für Sie bereit.«

»Wa...«, setzte ich an. »Aber sie landet doch in Russland, oder?«

»Ich habe Roskosmos angewiesen, die Sojus-Sonde in Saskatchewan zu landen. Die kanadische Luftwaffe holt die Probe ab und bringt sie mit einem Kampfflugzeug direkt hierher nach San Francisco. Die USA erlauben den Kanadiern den Überflug.«

»Saskatchewan?«

»Die Sojus-Kapseln starten im Kosmodrom in Baikonur, das sich auf einer hohen geografischen Breite befindet. Die sichersten

Landeorte liegen auf dem gleichen Breitengrad. Saskatchewan ist für San Francisco das nächstgelegene große und flache Gebiet, das alle Bedingungen erfüllt.«

Ich hob die Hand. »Warten Sie mal – die Russen, die Kanadier und die Amerikaner machen einfach so, was Sie ihnen sagen?«

»Ja. Ohne Rückfragen.«

»Wollen Sie mich veräppeln?«

»Dr. Grace, machen Sie sich mit Ihrem neuen Labor vertraut. Ich habe noch andere Aufgaben, um die ich mich kümmern muss.«

Ohne ein weiteres Wort ging sie hinaus.

»Ja!« Triumphierend recke ich die Faust.

Ich springe auf und steige die Leiter zum Labor hinauf. Dort klettere ich die zweite Leiter bis zur Luke empor und packe den Griff.

Genau wie beim ersten Mal sagt der Computer, sobald ich den Griff berühre: »Bitte nennen Sie Ihren Namen, um die Luke zu entriegeln.«

»Ryland Grace«, antworte ich mit einem selbstzufriedenen Lächeln. »*Doktor* Ryland Grace.«

Es klickt leise, das ist alles. Nach all der Meditation und Introspektion, um meinen eigenen Namen herauszufinden, hätte ruhig etwas Aufregenderes passieren können. Vielleicht ein kleiner Konfettiregen.

Ich packe den Griff und drehe ihn herum. Er gehorcht. Mein Reich wird um wenigstens einen weiteren Raum wachsen. Ich versuche, die Luke nach oben aufzustoßen. Im Gegensatz zu der Verbindung zwischen Schlafraum und Labor gleitet diese Luke jedoch zur Seite auf. Der anschließende Raum ist recht klein, vermutlich war nicht genug Platz für eine Klappluke. Und dieser Raum ist ... ja, was eigentlich?

LED-Lampen flammen auf. Dieses Abteil ist rund wie die anderen beiden, aber nicht zylindrisch. Die Wände laufen zur Decke hin spitz zu. Es ist ein Kegelstumpf.

Bis zu diesem Zeitpunkt habe ich kaum neue Informationen gewonnen. Jetzt stürzt es von allen Seiten über mich herein. Sämtliche Flächen sind mit Monitoren und Touchscreens bedeckt. Unzählige Lichter blinken in allen nur denkbaren Farben. Manche Bildschirme zeigen Zahlenreihen, andere Diagramme, wieder andere sind schwarz.

Unten in der schiefen Wand ist eine weitere Luke, die aber überhaupt nicht geheimnisvoll ist. Sie ist mit LUFTSCHLEUSE beschriftet und hat ein rundes Fenster. Durch das Bullauge sehe ich eine winzige Kammer – gerade groß genug für eine einzige Person –, in der sich ein Raumanzug befindet. In der Rückwand ist eine weitere Luke. Ja, genau, es ist eine Luftschleuse.

In der Mitte steht ein Sessel. Er ist perfekt positioniert, damit man alle Bildschirme und Konsolen gut erreichen kann.

Ich steige ganz hinauf und lasse mich auf dem Sessel nieder. Er ist bequem, eine Art Schalensitz.

»Pilot erkannt«, sagt der Computer. »Bahnanomalie.«

Pilot. Na gut.

»Wo ist die Abweichung?«, frage ich.

»Bahnanomalie.«

Das ist ganz sicher kein HAL 9000. Ich lasse den Blick über die vielen Bildschirme wandern, um einen Hinweis zu bekommen. Der Sessel dreht sich leicht, was in diesem Rundumcockpit sehr angenehm ist. Schließlich entdecke ich einen Bildschirm mit blinkendem rotem Rand. Ich beuge mich vor, um ihn mir näher anzusehen.

BAHNANOMALIE: RELATIVER BEWEGUNGSFEHLER
VORHERGESAGTE GESCHWINDIGKEIT: 11.423 KMS
GEMESSENE GESCHWINDIGKEIT: 11.872 KMS
STATUS: AUTOKORREKTUR DER FLUGBAHN,
KEIN EINGREIFEN ERFORDERLICH

Tja. Das sagt mir nichts. Bis auf »kms«. Das könnten »Kilometer pro Sekunde« sein.

Über dem Text ist eine Abbildung der Sonne. Sie wackelt leicht hin und her. Vielleicht ein Video? Oder ein Livefeed? Oder bilde ich mir das nur ein? Ich folge meinem ersten Impuls, berühre den Bildschirm mit zwei Fingern und ziehe die Darstellung auseinander.

Und richtig, das Bild zoomt heran. Es ist wie auf einem Smartphone. Links im Bild erkenne ich einige Sonnenflecken. Ich zoome weiter hinein, bis sie den Bildschirm ausfüllen. Das Bild bleibt erstaunlich klar. Es ist entweder ein extrem hoch aufgelöstes Foto oder ein Sonnenteleskop mit hervorragender Optik.

Ich schätze, dass die Gruppe der Sonnenflecken ungefähr ein Prozent der gesamten Fläche ausmacht. Das ist für Sonnenflecken ziemlich normal. Es bedeutet, dass ich ein halbes Grad des Umfangs der Sonne ansehe (sehr grob geschätzt). Die Sonne dreht sich in fünfundzwanzig Tagen einmal um die eigene Achse (als Naturkundelehrer weiß man so etwas). Also müsste es eine Stunde dauern, bis die Flecken vom Bildschirm verschwinden. Ich will später nachsehen, ob das geschehen ist. Falls ja, ist es ein Livebild. Wenn nicht, ist es ein Foto.

Hm ... 11.872 Kilometer pro Sekunde.

Geschwindigkeit ist relativ. Sie ergibt erst dann Sinn, wenn man zwei Objekte miteinander vergleicht. Ein Auto auf dem Freeway kann im Verhältnis zur Fahrbahn mit siebzig Meilen pro Stunde fahren, aber verglichen mit dem Auto auf der benachbarten Spur, beträgt die Geschwindigkeit fast null. Was ist also die Vergleichsebene, mit der meine Geschwindigkeit gemessen wird? Ich glaube, ich weiß es.

Ich befinde mich in einem Raumschiff, also beschreibt dieser Wert meine Geschwindigkeit. Aber verglichen womit? Dem großen Bild über dem Text nach zu urteilen, dürfte es die gute alte Sonne sein. Offenbar fliege ich im Verhältnis zur Sonne mit 11.872 Kilometern pro Sekunde.

Unten im Text flackert es. Was tut sich denn da?

BAHNANOMALIE: RELATIVER BEWEGUNGSFEHLER
VORHERGESAGTE GESCHWINDIGKEIT: 11.422 KMS

GEMESSENE GESCHWINDIGKEIT: 11.871 KMS
STATUS: AUTOKORREKTUR DER FLUGBAHN,
KEIN EINGREIFEN ERFORDERLICH

Die Zahlen haben sich verändert! Beide sind um eins gesunken. O Mann. Warte mal. Ich hole die Stoppuhr aus der Toga (die klassischen griechischen Philosophen hatten immer eine Stoppuhr in der Toga) und starre eine halbe Ewigkeit auf den Bildschirm. Als ich schon aufgeben will, fallen die Zahlen wieder um den Wert eins. Ich starte die Zeit.

Dieses Mal weiß ich ungefähr, wie lange ich warten muss. Abermals kommt es mir wie eine Ewigkeit vor, aber ich gebe nicht auf. Schließlich fallen die Zahlen wieder. Ich stoppe die Zeit.

Sechsundsechzig Sekunden.

Die »gemessene Geschwindigkeit« sinkt alle sechsundsechzig Sekunden um den Wert eins. Ein paar schnelle Berechnungen ergeben eine Beschleunigung von ... 15 Metern zum Sekundenquadrat. Das ist genau die »Schwerkraft«, die ich vorher ermittelt hatte.

Die Kraft, die ich spüre, ist keine Schwerkraft. Und es ist keine Zentrifugalkraft. Ich bin in einem Raumschiff, das auf einer Geraden stetig beschleunigt. Nein, genau genommen bremst es, weil die Werte kleiner werden.

Und diese Geschwindigkeit ... ist ziemlich hoch. Ja, sie sinkt, aber Mann! Um die Erdumlaufbahn zu erreichen, braucht man nur 8 km/s. Ich fliege mit mehr als 11.000 Sachen. Das ist schneller als alles andere im Sonnensystem. Etwas, das so schnell ist, entkommt sogar der Anziehungskraft der Sonne und verschwindet im interstellaren Raum.

Die Anzeige verrät mir nicht, in welche Richtung ich mich bewege. Ich sehe nur die relative Geschwindigkeit. Die Frage ist jetzt: Rase ich auf die Sonne zu, oder entferne ich mich von ihr?

Das ist eine akademische Frage. Entweder ich bin auf Kollisionskurs mit der Sonne, oder ich fliege in den Weltraum und kehre nie wieder zurück. Oder ich fliege in die Richtung der

Sonne, bin aber nicht auf Kollisionskurs. Falls das zutrifft, verfehle ich die Sonne und verschwinde danach auf Nimmerwiedersehen im Weltraum.

Also, falls das Abbild der Sonne eine Liveübertragung ist, müssten die Sonnenflecken auf dem Bildschirm größer oder kleiner werden, während ich meine Reise fortsetze. Deshalb muss ich nur eine Weile abwarten, um herauszufinden, ob ich ein Echtzeitbild sehe. Eine Stunde sollte reichen. Ich starte die Stoppuhr.

Inzwischen mache ich mich mit den unzähligen anderen Bildschirmen in dem kleinen Raum vertraut. Die meisten wollen mir irgendetwas sagen, aber einer zeigt nur ein rundes Symbol. Wahrscheinlich ein Bildschirm, der gerade nichts zu tun hat. Sobald ich ihn berühre, erwacht der Computer. Der bisher untätige Bildschirm ist womöglich der informativste in diesem Raum.

Er zeigt das Symbol der Mission. Ich habe genügend NASA-Dokumentationen gesehen, um es zu erkennen. Das runde Abzeichen hat einen blauen Außenring mit weißem Text. Oben steht HAIL MARY, unten steht ERDE. Der Name des Schiffs und sein »Heimathafen«.

Ich dachte sowieso nicht, dass das Raumschiff von einem anderen Ort als der Erde gekommen ist, aber meinetwegen. Wenigstens weiß ich endlich den Namen des Schiffs, auf dem ich fliege.

Ich bin an Bord der *Hail Mary*.

Allerdings ist mir nicht klar, was ich mit dieser Information anfangen soll.

Außerdem ist das längst noch nicht alles, was mir das Symbol verrät. Innerhalb des blauen Rings befindet sich ein schwarzer Kreis mit eigenartigen Symbolen: ein gelber Kreis mit einem Punkt in der Mitte, ein blauer Kreis mit einem weißen Kreuz und ein kleinerer gelber Kreis mit einem kleinen t. Ich habe keine Ahnung, was das bedeuten soll. Rings um den schwarzen Bereich lese ich: »姚«, »ИЛЮХИНА« und »GRACE«.

Die Crew.

Ich bin »Grace«, also beziehen sich die anderen beiden Namen auf die Mumien, die unten in den Kojen liegen. Eine Person aus

China, eine aus Russland. Die Erinnerungen an sie sind dicht unter der Oberfläche, aber ich kann sie nicht packen. Ich glaube, ein innerer Abwehrmechanismus unterdrückt sie. Wenn ich mich an die beiden erinnere, wird es wehtun, also weigert sich mein Gehirn, die Erinnerung hervorzuholen. Vielleicht. Ich weiß es nicht genau. Ich bin kein Traumaspezialist, ich unterrichte Naturwissenschaften. Ich reibe mir die Augen. Vielleicht lasse ich diese spezielle Erinnerung noch ein Weilchen ruhen.

Ich muss eine Stunde totschlagen. Also lasse ich die Gedanken schweifen und sehe, was mir sonst noch einfällt. Mit der Zeit geht es immer leichter.

»Ich bin immer noch nicht so ganz glücklich damit«, sagte ich. Meine Stimme wurde durch den schweren Schutzanzug gedämpft. Mein Atem ließ das durchsichtige Visier beschlagen.

»Ihnen wird schon nichts passieren«, versicherte Eva Stratt mir über die Gegensprechanlage. Sie stand draußen vor dem Fenster mit der sehr dicken Doppelverglasung und sah mir zu.

Sie hatten das Labor noch weiter aufgerüstet. Die Einrichtung war gleich geblieben, aber inzwischen war der ganze Raum luftdicht abgeschlossen. Die Wände waren mit dicken Plastikplanen bedeckt, die von einem Spezialklebeband festgehalten wurden. Überall sah ich das Logo der CDC. Quarantänevorschriften. Nicht gerade beruhigend.

Der einzige Zugang war nun eine massive Luftschleuse aus Plastik. Außerdem hatten sie mich vorher in den Schutzanzug gesteckt. Vom Anzug führte ein Luftschlauch in Spiralen zur Decke.

All die erstklassigen Geräte waren bereit für das, was ich mit ihnen tun wollte. Nie zuvor hatte ich ein so gut ausgestattetes Labor gesehen. Mittendrin stand ein Rollwagen mit einem zylindrischen Behälter. Darauf hatte jemand mit einer Schablone geschrieben: образец. Nicht sehr hilfreich.

Stratt war nicht allein im Beobachtungsraum. Bei ihr waren etwa zwanzig Personen in Militäruniformen, die mich interessiert beäugten. Es waren anscheinend Amerikaner, ein paar Russen, mehrere chinesische Offiziere und viele Uniformen, die ich nicht erkannte. Eine große internationale Gruppe. Keiner von ihnen sagte auch nur ein Wort, und als hätten sie sich insgeheim abgesprochen, standen sie alle ein paar Schritte hinter Stratt.

Ich packte mit der behandschuhten Hand den Luftschlauch und winkte Stratt damit. »Ist das wirklich nötig?«

Sie drückte auf den Sprechknopf. »Es ist gut möglich, dass es sich bei der Probe im Zylinder um eine außerirdische Lebensform handelt. Wir wollen kein Risiko eingehen.«

»Warten Sie mal ... *Sie* gehen kein Risiko ein. Ich schon.«

»Nein, so ist das nicht.«

»Wie sollte es anders sein?«

Sie schwieg einen Moment. »Na gut, es ist so.«

Ich ging zu dem Zylinder. »Haben alle anderen die gleichen Prozeduren absolviert?«

Sie wandte sich an die Militärs, die mit den Achseln zuckten. »Was meinen Sie mit ›alle anderen‹?«

»Sie wissen schon«, antwortete ich. »Die Leute, die das Zeug in die Verpackung gesteckt haben.«

»Das ist der Probenbehälter aus der Kapsel. Er besteht aus einer drei Zentimeter dicken Bleiwand rings um einen Kern aus zentimeterdickem Stahl. Der Behälter ist versiegelt, seit er die Venus verlassen hat. Er hat vierzehn Verschlüsse, die Sie nacheinander öffnen müssen, um an die Probe zu gelangen.«

Ich betrachtete den Behälter, dann Stratt, dann wieder den Behälter und wieder Stratt. »Damit fühle ich mich gleich besser.«

»Sehen Sie's doch mal von der positiven Seite«, erwiderte sie. »Sie gehen als der erste Mensch, der mit außerirdischem Leben Kontakt hatte, in die Geschichte ein.«

»Falls es überhaupt eine Lebensform ist«, murmelte ich.

Mit einiger Mühe bekam ich die vierzehn Verschlüsse auf. Sie saßen sehr stramm. Ich fragte mich, wie die *ArcLight*-Sonde sie überhaupt geschlossen hatte. Es musste da eine raffinierte Mechanik geben.

Das Innere war nicht sonderlich beeindruckend, aber damit

hatte ich auch nicht gerechnet. Nur eine durchsichtige Plastikkugel, die allem Anschein nach leer war. Die geheimnisvollen Punkte waren mikroskopisch klein, und es waren nicht sehr viele.

»Keine Strahlung«, berichtete Stratt über Lautsprecher.

Ich warf ihr einen kurzen Blick zu. Sie betrachtete konzentriert ihr Tablet.

Ich inspizierte die Kugel. »Steht sie unter Vakuum?«

»Nein«, antwortete sie. »Sie ist voller Argongas bei einer Atmosphäre Druck. Während des Rückflugs von der Venus haben sich die Punkte die ganze Zeit bewegt. Es scheint, als würde sie das Argon nicht stören.«

Ich sah mich im Labor um. »Es gibt hier keinen Handschuhkasten. Ich kann doch die unbekannte Probe nicht der normalen Luft aussetzen.«

»Der ganze Raum ist mit Argongas gefüllt«, erwiderte sie. »Achten Sie darauf, die Luftversorgung nicht zu unterbrechen oder den Anzug aufzureißen. Wenn Sie Argon einatmen ...«

»Dann ersticke ich und bemerke es nicht einmal. Schon gut.«

Ich brachte die Kugel zu einem Tablett und drehte an ihr, bis sich die obere Hälfte löste. Eine Hälfte schob ich in eine versiegelte Plastikbox, die andere wischte ich mit einem trockenen Baumwolltupfer aus. Dann klemmte ich den Tupfer auf einen Objektträger und ging zu einem Mikroskop.

Ich hatte angenommen, sie wären schwerer zu finden, aber da waren sie. Dutzende kleine schwarze Punkte. Und sie wuselten tatsächlich umher.

»Zeichnen Sie das alles auf?«

»Aus sechsunddreißig verschiedenen Blickwinkeln«, bestätigte Stratt.

»Die Probe besteht aus vielen runden Objekten«, berichtete ich. »In der Größe unterscheiden sie sich kaum, anscheinend haben sie alle einen Durchmesser von etwa zehn Mikrometern ...«

Ich stellte die Schärfe nach und versuchte es mit unterschiedlich starkem Hintergrundlicht. »Die Proben sind undurchsichtig ... ich kann auch bei höchster Lichtstärke nicht hineinschauen ...«

»Sind sie lebendig?«, fragte Stratt.

Ich richtete mich auf und starrte sie verärgert an. »Das kann ich auf den ersten Blick nicht erkennen. Was erwarten Sie denn?«

»Sie sollen herausfinden, ob sie lebendig sind, und falls sie lebendig sind, wie sie funktionieren.«

»Das ist viel verlangt.«

»Warum? Biologen haben herausgefunden, wie Bakterien funktionieren. Tun Sie das, was die Biologen getan haben.«

»Dafür haben Tausende Wissenschaftler zweihundert Jahre gebraucht!«

»Na dann ... müssen Sie einfach schneller sein.«

»Wissen Sie was?« Ich zeigte auf das Mikroskop. »Ich mache mich jetzt an die Arbeit. Wenn ich etwas herausfinde, sage ich Ihnen Bescheid. Bis dahin können Sie sich alle eine Pause gönnen.«

Die nächsten sechs Stunden verbrachte ich mit abgestuften Tests. Im Laufe der Zeit wanderten die Militärs hinaus, bis nur noch Stratt da war. Ich fand ihre Geduld bewundernswert. Sie saß hinten im Beobachtungsraum, beschäftigte sich mit ihrem Tablet und hob manchmal den Kopf, um zu verfolgen, was ich gerade tat.

Als ich mich durch die Luftschleuse arbeitete und in den Beobachtungsraum zurückkehrte, stand sie auf. »Haben Sie was?«, fragte sie.

Ich zog die Reißverschlüsse des Anzugs auf und stieg heraus. »Ja, eine volle Blase.«

Sie tippte auf ihr Tablet. »Das habe ich nicht berücksichtigt. Noch heute Abend lasse ich im Quarantänebereich eine Toilette einrichten. Es muss eine Chemietoilette sein. Wir können keine normalen Leitungen hinein- und hinauslaufen lassen.«

»Soll mir recht sein«, willigte ich ein. Ich verschwand eilig, um mein Geschäft zu verrichten.

Als ich zurückkehrte, hatte Stratt einen kleinen Tisch und zwei Stühle mitten in den Beobachtungsraum gezogen. Sie saß schon auf einem Stuhl und zeigte auf den anderen. »Setzen Sie sich.«

»Ich bin mitten in einer ...«

»Setzen Sie sich.«

Ich gehorchte. Sie konnte sehr energisch sein. Vielleicht hatte es mit ihrem Tonfall oder ihrer Souveränität zu tun. Wie auch immer, wenn sie sprach, begriff man sofort, dass man am besten tat, was sie sagte.

»Was haben Sie bisher herausgefunden?«, wollte sie wissen.

»Es war doch erst ein einziger Nachmittag«, gab ich zurück.

»Ich habe nicht gefragt, wie lange Sie gearbeitet haben. Ich will wissen, was Sie herausgefunden haben.«

Ich kratzte mich am Kopf. Nach vielen Stunden im Schutzanzug war ich verschwitzt und roch vermutlich nicht mehr gut. »Es ist ... eigenartig. Ich weiß nicht, woraus die Punkte bestehen. Ich würde das gern genauer untersuchen.«

»Brauchen Sie Hilfsmittel, die Sie im Augenblick noch nicht haben?«, fragte sie.

»Nein, nein. Das Labor hat alles, was man sich nur wünschen kann. Es ist nur ... die Geräte funktionieren bei diesen Punkten nicht.« Ich lehnte mich auf dem Stuhl zurück. Den ganzen Tag über war ich auf den Beinen gewesen, und es tat gut, sich einen Augenblick zu entspannen. »Als Erstes habe ich es mit dem Röntgenspektrometer versucht. Es sendet Röntgenstrahlen in die Probe, damit sie Photonen ausstößt. Aus den Wellenlängen der Photonen kann man schließen, welche Elemente vorhanden sind.«

»Was ist dabei herausgekommen?«

»Nichts. Soweit ich es sagen kann, absorbieren die Punkte die Röntgenstrahlen. Die Strahlen gehen hinein, und nichts kommt heraus. Absolut nichts. Das ist äußerst seltsam. Ich kann mir keinen Stoff vorstellen, der zu so etwas fähig wäre.«

»Gut.« Stratt machte sich Notizen auf dem Tablet. »Was können Sie mir sonst noch sagen?«

»Als Nächstes habe ich es mit dem Gaschromatografen versucht. Dabei wird die Probe verdampft, und im entstehenden Gas kann man die Elemente oder Bestandteile analysieren. Auch das hat nichts ergeben.«

»Warum nicht?«

Hilflos warf ich beide Hände hoch. »Weil sich die verdammten Dinger nicht verdampfen lassen. Ich habe es mit einer ganzen Reihe von Brennern, Öfen und Schmelztiegeln versucht. Es hat alles nichts genützt. Die Punkte lassen sich bis zu einer Temperatur von zweitausend Grad nichts anmerken. Nichts.«

»Und das ist seltsam?«

»Es ist verrückt«, bekräftigte ich. »Aber diese Dinger leben auf der Sonne. Wenigstens zeitweise. Also leuchtet es ein, dass sie gegenüber Hitze sehr widerstandsfähig sind.«

»Sie *leben* auf der Sonne?«, fragte sie. »Demnach handelt es sich um eine Lebensform?«

»Da bin ich ziemlich sicher, ja.«

»Erklären Sie das.«

»Sie bewegen sich. Das kann man durch das Mikroskop sehr gut beobachten. Das allein beweist noch nicht, dass sie lebendig sind. Auch tote Materie kann sich durch statische Aufladung oder Magnetfelder oder so bewegen. Aber ich habe noch etwas anderes bemerkt, das ich eigenartig fand. Und da fiel es mir wie Schuppen von den Augen.«

»Ja?«

»Ich habe ein paar Punkte unter Vakuum gesetzt und ein Spektrogramm gemacht. Es war ein einfacher Test, um herauszufinden, ob sie Licht abstrahlen. Das tun sie natürlich. Sie strahlen Infrarotlicht mit einer Wellenlänge von 25,984 Mikrometer ab. Das ist die Petrowa-Frequenz. Das Licht, aus dem der Petrowa-Strahl besteht. Damit hatte ich gerechnet. Aber dann fiel mir auf, dass sie nur Licht abstrahlen, wenn sie sich bewegen. Und Mannomann, sie strahlen eine Menge Licht ab! Ich meine, aus unserer Sicht ist es nicht viel, aber für einen winzigen einzelligen Organismus ist es eine gewaltige Menge.«

»Inwiefern ist das wichtig?«

»Ich habe ein paar grobe Berechnungen durchgeführt und bin ziemlich sicher, dass sie sich mithilfe des Lichts bewegen.«

Stratt zog eine Augenbraue hoch. »Ich kann Ihnen nicht folgen.«

»Ob Sie es glauben oder nicht, Licht hat einen Impuls«, erklärte ich. »Es übt eine Kraft aus. Wenn Sie draußen im Weltraum sind und eine Taschenlampe einschalten, erleben Sie einen ganz winzigen Rückstoß.«

»Das wusste ich nicht.«

»Jetzt wissen Sie es. Und ein ganz winziger Rückstoß kann bei einer ganz winzigen Masse ein wirkungsvoller Antrieb sein. Ich habe für die Punkte eine durchschnittliche Masse von etwa zwanzig Picogramm gemessen. Das hat übrigens sehr lange gedauert, aber die Laboreinrichtung ist wirklich hervorragend. Wie auch immer, die Bewegung, die ich sehe, entspricht dem Impuls des abgestrahlten Lichts.«

Stratt ließ das Tablet sinken. Anscheinend hatte ich es geschafft, ihre ungeteilte Aufmerksamkeit zu erheischen. »Kommt so etwas in der Natur vor?«

Ich schüttelte den Kopf. »Das kann gar nicht sein. Nichts in der Natur kann so viel Energie speichern. Sie verstehen nicht, wie viel Energie diese Punkte abstrahlen. Es ist, als ... Man muss hier an die Konversion von Masse und Energie denken. $E = mc^2$, solche Sachen eben. Diese winzigen Punkte speichern mehr Energie, als es eigentlich möglich sein sollte.«

»Nun ja«, meinte Stratt. »Sie kommen ja direkt aus der Sonne, und die Sonne verliert Energie.«

»Richtig. Deshalb glaube ich, dass es sich um eine Lebensform handelt«, erwiderte ich. »Sie konsumieren Energie, speichern sie auf eine Art und Weise, die wir nicht verstehen, und benutzen sie für die Fortbewegung. Das ist kein einfacher physikalischer oder chemischer Prozess. Es ist komplex und gezielt. Etwas, das sich entwickelt haben muss.«

»Also ist der Petrowa-Strahl ... eine Ansammlung winziger Rückstoßfahnen?«

»Wahrscheinlich. Ich möchte wetten, dass wir nur einen winzigen Prozentsatz des gesamten Lichts sehen, das in diesem Bereich entsteht. Sie benutzen es, um sich in die Venus oder in die Sonne zu schießen. Oder in beide Körper. Ich weiß es nicht. Jedenfalls entsteht das Licht entgegen ihrer Flugrichtung. Die Erde liegt nicht auf dieser Bahn, deshalb sehen wir nur das Licht, das in der Nähe vom Staub im Weltraum reflektiert wird.«

»Warum wollen sie zur Venus?«, fragte sie. »Und wie pflanzen sie sich fort?«

»Das sind gute Fragen. Leider kenne ich die Antworten nicht. Aber wenn es einzellige Organismen sind, die ein Reiz-Reaktionsschema haben, dann reproduzieren sie sich wahrscheinlich durch Mitose.« Ich hielt inne. »Das bedeutet, dass sich die Zellen teilen und zwei neue Zellen ...«

»Ja, das weiß ich gerade noch, vielen Dank.« Sie blickte zur Decke. »Bisher haben wir immer angenommen, wir würden bei unserem ersten Kontakt mit außerirdischem Leben – falls es überhaupt existiert – kleine grüne Männchen mit Ufos sehen. An eine einfache, nicht intelligente Spezies haben wir nie gedacht.«

»Ja«, bestätigte ich. »Das sind keine Vulkanier, die vorbeischauen und Hallo sagen. Das sind ... Weltraumalgen.«

»Eine invasive Spezies. Wie die Aga-Kröten in Australien.«

»Das ist ein guter Vergleich.« Ich nickte. »Und die Population wächst. Schnell sogar. Je mehr es sind, desto mehr Sonnenenergie wird verzehrt.«

Sie kniff sich ins Kinn. »Wie würden Sie einen Organismus nennen, der Sterne frisst?«

Ich legte mir die griechischen und lateinischen Wortstämme zurecht. »Ich glaube, man könnte sie ›Astrophagen‹ nennen.«

»Astrophagen«, wiederholte sie und tippte es auf dem Tablet ein. »Gut. Machen Sie sich wieder an die Arbeit. Finden Sie heraus, wie sie sich vermehren.«

Astrophagen!

Ich verkrampfe mich schon, wenn ich nur an das Wort denke. Ein eiskalter Schrecken, der mich wie ein Klumpen Blei trifft.

So heißen sie jetzt. Diese Dinger, die das Leben auf der Erde bedrohen. Astrophagen.

Ich werfe einen Blick auf den Monitor mit dem herangezoomten

Abbild der Sonne. Die Sonnenflecken haben sich merklich bewegt. Demnach ist es ein Echtzeitbild. Gut zu wissen.

Moment mal ... ich glaube, sie bewegen sich nicht mit der richtigen Geschwindigkeit. Ich sehe auf die Stoppuhr. Meinen Tagträumen habe ich nur zehn Minuten lang nachgehangen. Die Sonnenflecken hätten sich in dieser Spanne um den Bruchteil eines Grades bewegen sollen. Aber sie sind schon halb vom Bildschirm heruntergewandert. So weit hätten sie nicht davonziehen dürfen.

Ich hole das Maßband aus der Toga, zoome wieder heraus und messe die Breite der Sonne und der Sonnenflecken an der Seite. Jetzt schätze ich nicht mehr, sondern ich will belastbare Werte bekommen.

Die Sonnenscheibe auf dem Bildschirm ist 27 Zentimeter groß, die Sonnenflecken messen drei Millimeter. Sie haben sich in zehn Minuten um die Hälfte ihrer Breite weiterbewegt (1,5 Millimeter). Genauer gesagt, waren es 517 Sekunden, wie mir die Stoppuhr verrät. Ich kritzle mir die Werte auf den Arm.

Bei dieser Auflösung bewegen sie sich alle 355,66 Sekunden um einen Millimeter weiter. Um die ganzen 27 Zentimeter zu überwinden, brauchen sie (kritzel-kritzel) etwas mehr als 93.000 Sekunden. So lange braucht die Gruppe also, um über die mir zugewandte Seite der Sonne zu wandern. Doppelt so lange brauchen sie, um einmal ganz herum zu laufen. Das sind 186.000 Sekunden. Etwas mehr als zwei Tage.

Mehr als zehnmal schneller, als es der Eigenrotation der Sonne entspricht.

Dieser Stern, den ich betrachte ... das ist nicht die Sonne.

Ich bin in einem anderen Sonnensystem.

4

Also gut.

Ich glaube, es wird allmählich Zeit, einen langen und *sehr* genauen Blick auf die Bildschirme zu werfen.

Wie komme ich in ein anderes Sonnensystem? Das ist doch völlig unmöglich! Welcher Stern ist das überhaupt? Mein Gott, ich werde sterben!

Ich hyperventiliere eine Weile.

Dann erinnere ich mich daran, was ich meinen Schülern immer sage: Wenn ihr aufgeregt seid, dann holt tief Luft, atmet langsam aus und zählt bis zehn. Das hat die Zahl der Wutanfälle in meinem Klassenzimmer deutlich verringert.

Ich hole tief Luft. »Eins ... zwei ... dr... es klappt nicht! Ich werde hier sterben!«

Ich berge den Kopf zwischen den Händen. »O Gott. Wo, zum Teufel, bin ich?«

Ich suche die Monitore nach einem Hinweis ab, den ich verstehen kann. Über einen Mangel an Informationen kann ich mich nicht beklagen – es sind eher zu viele. Die Bildschirme sind am oberen Rand mit Etiketten beschriftet. »Lebenserhaltung«, »Status der Luftschleuse«, »Antrieb«, »Robotik«, »Astrophagen«, »Generatoren«, »Zentrifuge« – Moment mal. Astrophagen?

Ich sehe mir die Anzeige genauer an.

VERBLEIBEND: 20.905 KG
VERBRAUCH: 6,045 G/S

Viel interessanter als die Zahlen erscheint mir das Diagramm direkt darunter. Es zeigt meiner Ansicht nach die *Hail Mary*. Nach den spitz zulaufenden kegelförmigen Wänden des Cockpits zu urteilen, befinde ich mich hier ganz vorne im Schiff. Unter mir ist das Labor. Auf dem Diagramm ist dieser Raum tatsächlich mit »Labor« beschriftet. Wieder darunter ist der Raum, in dem ich aufgewacht bin.

Der Raum mit meinen toten Freunden.

Ich schniefe und wische eine Träne weg. Dazu habe ich jetzt keine Zeit. Ich schiebe den Gedanken daran beiseite und betrachte das Diagramm. Der Raum heißt »Schlafraum«. Schön, die Darstellung entspricht meinen bisherigen Erfahrungen. Gut, dass ich jetzt die offiziellen Namen der Dinge weiß. Unter dem Schlafraum ist ein weiterer kleiner Raum von höchstens einem Meter Höhe, der als »Lager« bezeichnet wird. Aha! Es muss eine Klappe im Boden geben, die ich übersehen habe. Ich nehme mir vor, es später zu überprüfen.

Hier ist aber noch mehr, viel mehr. Unter dem Lager ist ein Bereich, der »Seilführung« heißt. Ich habe keine Ahnung, was das bedeutet. Darunter wird das Schiff breiter, anscheinend gibt es dort drei Zylinder, die jeweils so breit sind wie mein kleiner Bereich. Sie sind nebeneinander angeordnet. Ich vermute, die Konstrukteure haben die *Hail Mary* im Weltraum zusammengebaut, und der größte Durchmesser, den sie transportieren konnten, betrug vier Meter.

Die drei Zylinder, die etwa 75 Prozent des gesamten Schiffsvolumens einnehmen, sind mit »Treibstoff« beschriftet.

Die Treibstofftanks sind in neun kleinere Abteile untergliedert. Neugierig tippe ich einen an, und sofort erscheint die Anzeige für diesen Tank. Ich lese: ASTROPHAGEN: 0,000 KG. Außerdem gibt es einen Knopf mit der Aufschrift »Abwurf«.

Ich bin nicht sicher, warum ich hier bin und was das alles zu bedeuten hat, aber auf einen Knopf mit der Aufschrift »Abwurf« drücke ich ganz bestimmt nicht.

Wahrscheinlich ist es gar nicht so dramatisch, wie es klingt. Es sind Treibstofftanks. Wenn der Treibstoff aufgebraucht ist, kann das Schiff die leeren Tanks abwerfen, um die Masse zu verringern, damit der restliche Treibstoff länger reicht. Aus diesem Grund haben Raketen, die auf der Erde starten, mehrere Stufen.

Interessant, dass das Schiff sie nicht automatisch abgestoßen hat, sobald sie leer waren. Ich schließe das Bildschirmfenster und wende mich wieder der Darstellung des Schiffs zu.

Unter den großen Treibstofftanks erkenne ich trapezförmige Bereiche, die mit »Spinantrieb« beschriftet sind. Diesen Ausdruck habe ich noch nie gehört, aber da sich die Trichter im Heck des Schiffs befinden und »Antrieb« im Namen vorkommt, müssen es die Düsen meines Raumschiffs sein.

Spinantrieb ... Spinantrieb ... ich schließe die Augen und denke darüber nach.

Nichts. Ich kann die Erinnerungen nicht willentlich wachrufen. Ganz so weit bin ich noch nicht.

Ich betrachte das Diagramm genauer. Warum befinden sich 20.000 Kilogramm Astrophagen auf dem Schiff? Ich habe einen starken Verdacht. Sie sind der Treibstoff.

Warum auch nicht? Astrophagen bewegen sich mithilfe des Lichts fort und besitzen eine absurd hohe Speicherfähigkeit für Energie. Sie haben Gott weiß wie viele Milliarden Jahre der Evolution gebraucht, um so gut zu werden. Genau wie ein Pferd energieeffizienter ist als ein Lastwagen. Astrophagen sind energieeffizienter als ein Raumschiff.

Gut, das erklärt, warum eine Menge Astrophagen auf der *Hail Mary* sind. Sie sind der Treibstoff. Aber warum wird auf diesem Bildschirm ein Diagramm des Raumschiffs dargestellt? Das ist, als würde man den Konstruktionsplan eines Autos an das Gaspedal hängen.

Interessanterweise verrät das Diagramm nicht viel über die Räume. Es zeigt nicht einmal, was sich in ihnen befindet. Nur eine Beschriftung, das ist alles. Aber dafür ist das Diagramm im Hinblick auf die Hülle und den rückwärtigen Teil sehr ausführlich.

Ich sehe rote Leitungen, die von den Treibstofftanks zum Spinantrieb laufen. Wahrscheinlich kommt der Treibstoff auf diese Weise zu den Maschinen. Doch auch in anderen Bereichen sind überall Leitungen auf der Schiffshülle. Sie überspannen auch die Seilführung. Also ist der Astrophagen-Treibstoff hauptsächlich im Tank, aber zusätzlich noch in der doppelten Schiffshülle.

Warum tut man so etwas?

Oh, und überall sind Temperaturanzeigen. Ich nehme an, die Temperatur ist wichtig, weil alle paar Meter auf der Hülle die Werte eingezeichnet sind. Und alle liegen bei 96,415°C.

He, diese Temperatur kenne ich. Ich kenne genau diesen Wert! Woher kenne ich ihn nur? Komm schon, Gehirn ... *nun mach schon ...*

»96,415°« stand auf dem Display.

»Äh«, sagte ich.

»Was ist?«, fragte Stratt sofort.

Es war mein zweiter Tag im Labor. Stratt bestand darauf, dass ich die einzige Person war, die sich die Astrophagen ansehen durfte – zumindest vorläufig. Sie legte das Tablet auf den Tisch und trat ans Fenster des Beobachtungsraums. »Gibt es etwas Neues?«

»Irgendwie schon. Die Umgebungstemperatur der Astrophagen liegt bei 96,415 Grad Celsius.«

»Das ist ziemlich heiß, oder?«

»Ja, es ist fast der Siedepunkt von Wasser«, bestätigte ich. »Für alle Lebewesen auf der Erde wäre das tödlich. Aber für Lebewesen, die es sich in der Nähe der Sonne gemütlich gemacht haben, wer weiß?«

»Was ist dann so bedeutsam daran?«

»Ich kann die Probe weder erhitzen noch abkühlen.« Ich deutete auf das Experiment, das ich unter dem Rauchabzug aufgebaut hatte. »Ich habe einige Astrophagen eine Stunde lang in eiskaltes Wasser gelegt. Als ich sie herausgeholt habe, waren sie 96,415 Grad Celsius heiß. Dann habe ich ein paar bei tausend Grad in einen Schmelzofen gesteckt. Auch da betrug die Temperatur danach 96,415 Grad.«

Stratt schritt vor dem Fenster hin und her. »Vielleicht sind sie extrem gut isoliert?«

»Das dachte ich auch schon, deshalb habe ich ein weiteres Experiment durchgeführt. Ich habe einen sehr kleinen Tropfen Wasser genommen und ein paar Astrophagen hineingesetzt. Nach ein paar Stunden war der ganze Tropfen 96,415 Grad heiß. Die Astrophagen haben das Wasser erhitzt, was bedeutet, dass sie die Wärme abstrahlen können.«

»Welche Schlussfolgerung ziehen Sie daraus?«, fragte sie.

Ich wollte mich am Kopf kratzen, aber der Plastikanzug war im Weg. »Also, wir wissen, dass in ihnen sehr viel Energie gespeichert ist. Ich nehme an, sie benutzen die Energie, um die Körpertemperatur zu regulieren. Genau so, wie Sie und ich es tun.«

»Ein warmblütiger Mikroorganismus?«, fragte sie.

Ich zuckte mit den Achseln. »So sieht es aus. He, wie lange soll ich hier noch als Einziger arbeiten?«

»Bis Sie aufhören, neue Dinge zu entdecken.«

»Ein Mann allein in einem Labor? So funktioniert die Wissenschaft nicht«, wandte ich ein. »Eigentlich sollten auf der ganzen Welt Hunderte von Leuten an diesem Problem arbeiten.«

»Sie sind nicht ganz und gar auf sich gestellt«, erklärte sie. »Allein heute Morgen haben mich drei verschiedene Staatschefs angerufen.«

»Dann setzen Sie die anderen Wissenschaftler darauf an!«

»Nein.«

»Warum nicht?«

Sie wandte kurz den Blick ab, dann sah sie mich durch das Fenster wieder an. »Die Astrophagen sind außerirdische Mikroben. Wenn sie nun Menschen anstecken können? Wenn sie tödlich sind? Wenn Schutzanzüge und Neoprenhandschuhe nicht ausreichen?«

Ich erschrak. »Warten Sie mal! Bin ich etwa ein Versuchskaninchen? Ja, ich bin ein Versuchskaninchen.«

»Nein, so ist das nicht«, behauptete sie.

Ich starrte sie an.

Sie starrte mich an.

Ich starrte sie an.

»Also gut, es ist so«, gab sie zu.

»Verdammt auch!«, schimpfte ich. »Das ist nicht nett.«

»Übertreiben Sie nicht so«, erwiderte sie. »Ich will nur auf Nummer sicher gehen. Stellen Sie sich vor, was passiert, wenn ich die Astrophagen an die klügsten Geister auf dem ganzen Planeten verschicke, und sie sterben alle daran. Auf einen Schlag würden wir genau die Leute verlieren, die wir am dringendsten brauchen. Das kann ich nicht riskieren.«

Ich sah sie finster an. »Das hier ist kein billiger Film, Stratt. Pathogene entwickeln sich im Laufe der Zeit, um spezifische Wirte anzugreifen. Der Astrophagus war noch nie auf der Erde. Er kann keine Menschen ›infizieren‹. Außerdem sind schon ein paar Tage vergangen, und ich bin noch nicht tot. Also schicken Sie das Zeug an die richtigen Wissenschaftler.«

»Sie *sind* ein richtiger Wissenschaftler. Und Sie machen so schnelle Fortschritte, wie es die anderen könnten. Es ist sinnlos, weitere Menschenleben zu gefährden, solange Sie das allein schaffen.«

»Machen Sie Witze?«, gab ich zurück. »Wenn hundert kluge Köpfe daran arbeiten, kommen wir viel schneller voran ...«

»Außerdem haben die meisten tödlichen Krankheiten eine Inkubationszeit von mindestens drei Tagen.«

»Ah, jetzt kommen wir zur Sache.«

Sie kehrte zu ihrem Tisch zurück und nahm das Tablet in die Hand. »Der Rest der Welt kommt auch noch an die Reihe. Aber im Augenblick sind Sie allein. Sagen Sie mir wenigstens, woraus die Dinger bestehen. Dann können wir darüber reden, sie anderen Wissenschaftlern zu geben.«

Stratt konzentrierte sich wieder auf ihr Tablet. Damit war die Unterhaltung beendet. Und sie hatte sie beendet, indem sie mir etwas vorgesetzt hatte, das meine Schüler als »Gemeinheit des Jahrhunderts« bewerten würden. Obwohl ich mich sehr bemüht hatte, wusste ich immer noch nicht, woraus die Astrophagen bestanden.

Sie waren undurchsichtig und für jede Wellenlänge des Lichts, die ich einsetzte, undurchdringlich. Sichtbar, Infrarot, Ultraviolett, Röntgenstrahlen, Mikrowellen ... Ich hatte sogar ein paar Astrophagen in eine strahlensichere Kiste gepackt und sie der Gammastrahlung von Cäsium-137 ausgesetzt (in diesem Labor war wirklich *alles* vorhanden). Das nannte ich den »Bruce-Banner-Test«. Ich fand den Namen wirklich gut. Aber nicht einmal Gammastrahlen konnten die kleinen Biester durchdringen. Es war, als würde man mit einem Elefantentöter auf ein Blatt Papier schießen, und die Kugel prallte ab. Es war schlicht unmöglich.

Mürrisch schlurfte ich zum Mikroskop zurück. Die kleinen Punkte trieben sich auf dem Objektträger herum wie gewohnt. Das war meine Kontrollprobe. Diejenigen, die ich nicht mit verschiedenen Lichtquellen bombardiert hatte. »Vielleicht sollte ich es noch mal durchdenken ...«, murmelte ich.

Ich wühlte in den Vorräten herum, bis ich fand, was ich brauchte: Nanospritzen. Sie waren selten und teuer, aber das Labor hatte sie. Im Grunde waren es winzig kleine Nadeln. Klein und spitz genug, um Mikroorganismen aufzuspießen. Mit einem dieser Dinger konnte man Mitochondrien aus einer lebenden Zelle holen.

Wieder ans Mikroskop. »Also gut, ihr kleinen Gauner. Ihr seid strahlenfest, na schön. Aber was passiert, wenn ich euch ins Gesicht steche?«

Normalerweise wird eine Nanospritze mit genau kalibrierten Geräten gesteuert. Ich wollte aber einfach nur irgendwo hineinstechen, und ob das Werkzeug dabei kaputtging, war mir egal. Ich nahm die Klemmhülse (die normalerweise mit dem Steuermechanismus verbunden würde) und schob die Nadel unter dem Mikroskop ins Sichtfeld. Sie heißen Nanospritzen, sind aber genau genommen etwa 50 Nanometer dick. Trotzdem war die Nadel, verglichen mit dem riesigen 10 Mikrometer großen Astrophagen, winzig – sie hatte nur etwa ein Zweihundertstel seiner Größe.

Ich pikste einen Astrophagen mit der Nadel. Mit dem, was dann geschah, hätte ich nie gerechnet.

Zuerst einmal drang die Nadel ein. Da gab es keinerlei Zweifel. Trotz der Widerstandskraft gegenüber Licht und Wärme kam der Astrophage mit spitzen Gegenständen genauso schlecht zurecht wie jede andere Zelle.

Sobald ich hineinstach, wurde die ganze Zelle durchsichtig. Es war kein konturloser schwarzer Punkt mehr, sondern eine Zelle mit Organellen und allem anderen, was ein Mikrobiologe wie ich sehen will. Einfach so. Es war, als hätte ich einen Schalter umgelegt.

Und dann starb sie. Die verletzte Zellwand gab den Geist auf und löste sich vollständig auf. Der Astrophage verwandelte sich von einem festen runden Objekt in eine langsam zerlaufende Pfütze ohne äußere Grenze. Ich nahm eine normale Nadel aus dem nächsten Regal und saugte den Klecks ein.

»Ja!«, rief ich. »Ich habe einen getötet!«

»Das freut mich für Sie«, antwortete Stratt, ohne den Blick vom Tablet zu heben. »Der erste Mensch, der jemals einen Alien getötet hat. Genau wie Arnold Schwarzenegger in *Predator*.«

»Ich verstehe ja, dass Sie einen Witz reißen möchten, aber dieser Predator starb durch eine absichtlich ausgelöste Bombenexplosion. Der erste Mensch, der tatsächlich einen Predator getötet hat, war Michael Harrigan – gespielt von Danny Glover – in *Predator 2*.«

Sie starrte mich einen Moment lang durch das Fenster an, schüttelte den Kopf und verdrehte die Augen.

»Ich will damit sagen, dass ich endlich herausfinden kann, woraus die Astrophagen bestehen!«

»Wirklich?« Sie legte das Tablet weg. »Haben Sie das beim Umbringen herausgefunden?«

»Ich glaube schon. Die Zelle ist nicht mehr schwarz. Das Licht scheint durch. Die seltsamen Effekte, die alles blockiert haben, wirken nicht mehr.«

»Wie haben Sie das gemacht? Was kann ihn töten?«

»Ich habe die äußere Zellwand mit einer Nanospritze durchbohrt.«

»Sie haben mit einem Stock nach ihm gestochert?«

»Nein!«, entgegnete ich. »Na gut, ja. Aber es war ein wissenschaftliches Stochern mit einem sehr wissenschaftlichen Stock.«

»Sie haben zwei Tage gebraucht, um herauszufinden, dass Sie die Astrophagen mit einem Stock stupsen müssen, um sie zu töten.«

»Sie ... halten Sie den Mund.«

Ich ging mit der Nadel zum Spektroskop und entleerte den Astrophagenbrei auf den Träger. Dann versiegelte ich die Kammer und startete die Analyse. Während ich auf die Ergebnisse wartete, hüpfte ich wie ein kleiner Junge von einem Bein aufs andere.

Stratt drehte sich um, so weit sie konnte, und sah mir zu. »Was tun Sie da?«

»Das ist das Emissionsspektroskop«, sagte ich. »Ich habe es Ihnen schon einmal erklärt – es sendet Röntgenstrahlen in die Probe, um die Atome anzuregen, dann beobachtet es die Wellenlängen, die wieder herauskommen. Als ich es mit lebendigen Astrophagen versucht habe, ist absolut nichts passiert, aber da das Licht jetzt nicht mehr aufgehalten wird, sollte die Prozedur normal funktionieren.«

Die Maschine piepste.

»Alles klar, da haben wir es! Jetzt können wir klären, welche Chemikalien in einer Lebensform vorkommen, die kein Wasser benötigt!« Ich las die Werte auf dem LCD-Bildschirm. Er zeigte die Ausschläge für alle erkannten Elemente. Stumm starrte ich auf die Anzeige.

»Nun?«, drängte Stratt. »Was ist?«

»Äh, da sind Kohlenstoff und Stickstoff ... aber die Probe besteht überwiegend aus Wasserstoff und Sauerstoff.« Ich seufzte und ließ mich neben der Maschine auf einen Stuhl fallen. »Das Verhältnis von Wasserstoff und Sauerstoff beträgt zwei zu eins.«

»Was stimmt damit nicht?«, fragte sie. »Was bedeutet das?«

»Es ist Wasser. Die Astrophagen bestehen größtenteils aus Wasser.«

Sie sperrte den Mund auf. »Wie kann das sein? Wie können sie auf der Oberfläche der Sonne existieren und aus Wasser bestehen?«

Ich zuckte mit den Achseln. »Wahrscheinlich, weil sie die Innentemperatur konstant bei 96,415 Grad Celsius halten, ganz egal, was draußen passiert.«

»Was hat das alles zu bedeuten?«, fragte sie.

Ich barg den Kopf in den Händen. »Das bedeutet, dass alle wissenschaftlichen Abhandlungen, die ich je geschrieben habe, falsch sind.«

Tja, das war ein Tritt in den Hintern.

Aber im Labor war ich sowieso nicht glücklich. Sie haben dann wohl klügere Leute als mich engagiert, denn nun sitze ich hier: in einem fremden Sonnensystem in einem Schiff, das von Astrophagen angetrieben wird.

Warum bin ausgerechnet ich hier draußen? Ich habe doch nur bewiesen, dass ich mein Leben lang etwas Falsches gedacht habe.

Ich glaube, an diesen Teil will ich mich lieber erst später erinnern. Zuerst einmal möchte ich herausfinden, was für ein Stern das ist. Und warum wir ein Schiff gebaut haben, um Menschen hierher zu schaffen.

Das sind auf jeden Fall wichtige Fragen. Aber vor allem gibt es einen Bereich des Schiffs, den ich mir überhaupt noch nicht angesehen habe. Das Lager. Vielleicht finde ich dort noch etwas, das mich besser kleidet als eine improvisierte Toga.

Ich steige die Leiter hinunter ins Labor und dann in den Schlafraum.

Meine Freunde sind noch da, immer noch tot. Ich bemühe mich, sie nicht anzusehen.

Ich suche den Boden nach einer Zugangsluke ab. Nichts. Schließlich rutsche ich auf Händen und Knien umher. Endlich entdecke ich sie – eine sehr dünne quadratische Fuge direkt unter der Koje meines männlichen Begleiters. Sie ist so schmal, dass ich nicht einmal den Fingernagel hineinschieben kann.

Im Labor ist jede Menge Werkzeug. Dort gibt es bestimmt einen Schraubenzieher mit schmaler Spitze, mit dem ich die Klappe aufhebeln kann. Oder ...

»He, Computer! Öffne diese Luke.«

»Spezifizieren Sie, welche Luke geöffnet werden soll.«

Ich zeige auf die Klappe. »Diese hier. Dieses Ding. Öffnen.«

»Spezifizieren Sie, welche Luke geöffnet werden soll.«

»Äh ... öffne den Zugang zum Lager.«

»Entriegle Lager«, antwortet der Computer.

Es klickt, und die Klappe öffnet sich ein paar Zentimeter. Dabei zerreißt ringsherum eine Dichtungsmanschette aus Gummi. Solange die Klappe zu war, konnte ich sie nicht sehen, weil der Deckel so dicht schloss. Ich bin froh, dass ich nicht versucht habe, sie mit Gewalt zu öffnen. Das wäre sehr anstrengend geworden.

Ich ziehe die Überreste der Dichtung ab, bis sich die Klappe leicht bewegen lässt. Nach etwas Fummelei finde ich heraus, dass ich den Deckel drehen muss. Sobald ich ihn um 90 Grad drehe, löst er sich, und ich kann ihn zur Seite legen. Ich strecke den Kopf in den unteren Raum und entdecke eine Menge weißer Würfel mit weichen Kanten. Das finde ich vernünftig. Wenn man die Sachen in weiche Kisten packt, kann man mehr in den Raum hineinstopfen.

Das Lager ist etwa einen Meter hoch, genau wie es mir die Anzeige im Cockpit verraten hat. Und es ist vollständig mit den weichen Behältern ausgefüllt. Um hinunterzusteigen, müsste ich sogar einige von ihnen herausnehmen. Falls ich das überhaupt will. Früher oder später muss ich das wahrscheinlich. Um ehrlich zu sein, es kommt mir etwas beengt vor. Wie der Kriechkeller unter einem Haus.

Ich nehme das oberste Paket und hole es herauf.

Es wird mit elastischem Krepp zusammengehalten. Ich ziehe die Streifen ab, und die Verpackung entfaltet sich wie eine chinesische Schnellimbissschachtel. Darin befinden sich mehrere Uniformen.

Jackpot! Ein Zufall ist das sicher nicht. Wer auch immer die Sachen eingepackt hat, er hat es vermutlich sehr genau geplant. Sie wussten, dass die Crew sofort nach dem Aufwachen Uniformen anziehen wollen würde. Also musste die Kleidung in das erste Paket. In dieser Kiste finde ich mindestens ein Dutzend Uniformen. Jede steckt in einem vakuumversiegelten Plastikbeutel. Willkürlich wähle ich einen aus und öffne ihn.

Es ist ein hellblauer, einteiliger Overall. Astronautenkleidung. Der Stoff ist dünn, fühlt sich aber bequem an. Auf der linken Schulter sitzt das Missionssymbol der *Hail Mary*. Dieses Symbol habe ich auch schon im Cockpit bemerkt. Darunter ist die chinesische Flagge angebracht. Auf der rechten Schulter ist ein weißes Abzeichen mit blauem Winkel, umgeben von einem Kranz und den Buchstaben »CNSA«. Das erkenne ich Nerd natürlich sofort. Es ist das Logo der chinesischen Raumfahrtbehörde.

Über der linken Brusttasche ist ein Namensschild. 姚 – dieses Zeichen habe ich auch in dem Missionswappen der *Hail Mary* gesehen. Es wird »Yáo« gesprochen.

Woher weiß ich das? Aber ja, richtig. Kommandant Yáo. Er war unser Anführer. Jetzt sehe ich auch sein Gesicht vor mir. Jung und einnehmend, ein entschlossener Blick. Er wusste genau, wie wichtig die Mission war und welche Bürde auf unseren Schultern lastete. Er war für diese Aufgabe bereit. Ernst, aber zugänglich. Und man wusste – man wusste es einfach –, dass er ohne Zögern für die Mission oder seine Crew sein Leben gegeben hätte.

Ich ziehe eine andere Uniform heraus. Viel kleiner als die des Kommandanten. Das Missionsabzeichen ist das gleiche, aber dieses Mal ist darunter eine russische Fahne angebracht. Auf der rechten Schulter sitzt ein schiefer roter Winkel in einem Ring. Das Symbol von Roskosmos, der russischen Raumfahrtagentur. Auf dem Namensschild steht ИЛЮХИНА, auch diesen Namen habe ich auf dem Wappen schon gesehen. Es war Ilyukhinas Uniform.

Olesya Ilyukhina. Sie war bezaubernd. Dreißig Sekunden nachdem man sie kennengelernt hatte, brachte sie einen dazu, sich kaputtzulachen. Sie hatte eine mitreißende, heitere Persönlichkeit. So ernst Yáo war, so locker war Ilyukhina. Gelegentlich gerieten sie deshalb aneinander, aber nicht einmal Yáo konnte ihrem Charme widerstehen. Ich weiß noch, wie er einmal aufgab und über einen ihrer Scherze lachte. Kein Mensch kann die ganze Zeit immer nur ernst bleiben.

Ich stehe auf und betrachte die Toten. Kein strenger Kommandant mehr, keine fröhliche Freundin mehr. Nur zwei leere Hüllen, die einmal Seelen enthielten und jetzt kaum noch an Menschen erinnern. Sie verdienen etwas Besseres. Sie haben eine Bestattung verdient.

In der Kiste sind für jedes Besatzungsmitglied mehrere Garnituren Kleidung. Schließlich finde ich auch meine eigenen Sachen. Sie sind genau so, wie ich sie mir vorgestellt habe. Das Missionsabzeichen der *Hail Mary* mit der amerikanischen Flagge darunter, auf der rechten Schulter das Logo der NASA und ein Namensschild: GRACE.

Ich steige in meinen Overall. Nach etwas Wühlen im Lager entdecke ich auch die Schuhe. Nein, eigentlich sind es keine Schuhe. Eher dicke Socken mit Gummisohlen. Babyschühchen mit Profil. Mehr brauchen wir wohl auch nicht für diese Mission. Ich ziehe sie ebenfalls an.

Dann mache ich mich an die trostlose Arbeit, meine verstorbenen Kameraden anzukleiden. Die Overalls haben nicht einmal mehr annähernd die richtige Größe für diese schmalen, ausgedörrten Körper. Ich ziehe ihnen sogar die Schühchen an. Warum auch nicht? Das ist unsere Uniform. Und ein Astronaut sollte in Uniform bestattet werden.

Ich beginne mit Ilyukhina. Sie wiegt fast nichts. Ich trage sie auf der Schulter, während ich die Leitern bis zum Cockpit hinaufsteige. Dort lege ich sie auf den Boden und öffne die Luftschleuse. Der Raumanzug, der dort wartet, ist unförmig und stört mich. Stück für Stück hole ich ihn heraus und lege die Teile ins Cockpit. Dann befördere ich Olesya in die Luftschleuse.

Die Bedienung der Luftschleuse ist selbsterklärend. Der Luftdruck im Inneren und sogar die Außentür können über das Pult im Cockpit gesteuert werden. Außerdem gibt es einen Knopf zum Abwerfen. Ich schließe die Tür und aktiviere den Abwurfvorgang.

Es beginnt mit einem lauten Summen, dann blinken Lichter in der Luftschleuse, und ein gesprochener Countdown ist zu hören.

In der Luftschleuse blinken drei Tasten mit der Aufschrift ABBRUCH. Wer während des Abwurfs da drin ist, kann den Vorgang jederzeit unterbrechen.

Sobald der Countdown beendet ist, senkt die Luftschleuse den Druck auf zehn Prozent des normalen Werts (wie mir die Anzeigen verraten). Dann öffnet sie die Außentür. Ein lautes Zischen, und Olesya ist verschwunden. Da das Schiff weiterhin stetig abbremst, fällt sie sofort zurück.

»Olesya Ilyukhina«, sage ich. Ich kenne nicht einmal ihre Religion und habe keine Ahnung, ob sie überhaupt gläubig war. Ich weiß nicht, was sie sich zum Abschied gewünscht hätte. Aber wenigstens will ich mir ihren Namen merken. »Ich übergebe deinen Körper den Sternen.« Das scheint mir angemessen. Vielleicht kitschig, aber ich fühle mich besser.

Als Nächstes schleppe ich Kommandant Yáo zur Luftschleuse. Ich packe ihn hinein, schließe die Tür und werfe auch seinen Leichnam ab.

»Yáo Li-Jie«, sage ich. Ich weiß gar nicht, wieso ich mich plötzlich an seinen Vornamen erinnere. Er fällt mir einfach ein. »Ich übergebe deinen Körper den Sternen.«

Die Luftschleuse arbeitet, und dann bin ich allein. Ich war ja schon die ganze Zeit allein, aber jetzt bin ich wirklich allein. Der einzige lebende Mensch im Umkreis von mindestens einigen Lichtjahren.

Was jetzt?

»Willkommen zurück, Mr. Grace!«, sagte Theresa.

Die Kinder saßen an ihren Plätzen und waren bereit für den naturwissenschaftlichen Unterricht.

»Danke, Theresa«, antwortete ich.

Michael mischte sich ein. »Der Vertretungslehrer war laaaaangweilig.«

»Tja, das bin ich nicht.« Ich holte vier Plastikboxen aus der Ecke. »Heute sehen wir uns Steine an! Na gut, vielleicht ist das etwas langweilig.«

Die Kinder kicherten.

»Teilt euch in vier Gruppen auf, jede Gruppe bekommt eine Kiste. Dann sortiert ihr die Steine nach Magmatiten, Sedimenten und Metamorphiten. Das Team, das zuerst fertig ist und alle Steine richtig sortiert hat, bekommt Bean Bags.«

»Dürfen wir unsere Teams selbst aussuchen?«, fragte Trang begierig.

»Nein. Das gibt nur unnötiges Theater, denn Kinder sind wie Tiere. Schreckliche, garstige Tiere.«

Alle lachten.

»Wir teilen die Teams alphabetisch ein. Das erste Team ist deshalb ...«

Abby zeigte auf. »Mr. Grace, darf ich etwas fragen?«

»Klar.«

»Was passiert mit der Sonne?«

Auf einmal war die Klasse sehr aufmerksam.

»Mein Dad sagt, das sei nichts weiter«, warf Michael ein.

»Mein Dad sagt, das sei eine Verschwörung der Regierung«, bemerkte Tamora.

»Na gut ...« Ich stellte die Boxen weg und hockte mich auf die Kante des Lehrerpults. »Also ... ihr wisst doch, dass es im Meer Algen gibt, oder? Nun ja, in der Sonne wächst eine Art von Weltraumalgen.«

»Astrophagen?«, fragte Harrison.

Ich rutschte fast vom Schreibtisch. »W-wo hast du das Wort gehört?«

»So nennen es jetzt alle«, erklärte Harrison. »Der Präsident hat das Wort gestern Abend in einer Rede gesagt.«

Im Labor war ich so isoliert gewesen, dass ich nicht einmal etwas von der Ansprache des Präsidenten wusste. Du meine Güte, ich hatte das Wort erst am Vortag für Stratt erfunden. So schnell war es zum Präsidenten und von da aus zu den Medien gelangt.

O Mann.

»Ja, meinetwegen. Astrophagen. Und sie wachsen auf der Sonne. Oder in der Nähe der Sonne, das weiß man noch nicht genau.«

»Wo ist dann das Problem?«, fragte Michael. »Die Algen im Meer tun uns doch auch nichts. Warum sollten uns die Algen auf der Sonne etwas tun?«

Ich deutete mit dem Finger auf ihn. »Gute Frage. Das Problem ist, dass die Astrophagen eine Menge Sonnenenergie absorbieren. Nein, eigentlich ist es nicht so viel, es ist nur ein kleiner Prozentsatz. Aber das bedeutet, dass die Erde etwas weniger Sonnenlicht abbekommt Und das kann echte Schwierigkeiten verursachen.«

»Dann wird es eben etwas kälter. Ein oder zwei Grad oder so?«, fragte Abby. »Wo ist das Problem?«

»Ihr wisst doch, was der Klimawandel ist, oder? Wie unsere CO_2-Emissionen unsere Umwelt zerstören?«

»Mein Dad sagt, das ist nicht wahr«, meinte Tamora.

»Nun, es ist wahr«, erwiderte ich. »All die Umweltprobleme, die durch den Klimawandel entstanden sind, wurden dadurch verursacht, dass die Durchschnittstemperatur auf der Erde um anderthalb Grad gestiegen ist. Mehr war es nicht. Nur anderthalb Grad.«

»Wie stark werden denn diese Astrophagen die Temperatur auf der Erde verändern?«, fragte Luther.

Ich stand auf und schritt vor den Schülern auf und ab. »Das wissen wir nicht. Aber die Klimaforscher glauben, dass die Temperatur auf der Erde um zehn bis fünfzehn Grad sinken könnte, wenn sich die Astrophagen mit der Geschwindigkeit vermehren, die wir von den Algen kennen.«

»Was passiert dann?«, hakte Luther nach.

»Das wird übel. Viele Spezies sterben aus, weil ihre Lebensräume zu kalt werden. Auch das Wasser im Meer kühlt ab, und dadurch könnten ganze Nahrungsketten zusammenbrechen. Selbst die Lebewesen, die die niedrigen Temperaturen überleben, müssten verhungern, weil alles gestorben ist, was sie fressen.«

Die Kinder starrten mich entsetzt an. Warum hatten ihre Eltern ihnen das nicht erklärt? Wahrscheinlich, weil sie es selbst nicht richtig verstanden.

Außerdem, wenn ich für jede Gelegenheit, bei der ich die Eltern eines Kindes ohrfeigen wollte, weil sie ihm nicht einmal die einfachsten Dinge beigebracht hatten, zehn Cent bekommen hätte ... nun ja ... dann hätte ich genug Münzen gehabt, um sie in eine Socke zu stecken und die Eltern damit zu verhauen.

»Tiere werden aussterben?«, fragte Abby entsetzt.

Abby ritt in Wettkämpfen und verbrachte den größten Teil ihrer Zeit auf dem Milchviehbetrieb ihres Großvaters. Menschliches Leid ist für Kinder oft zu abstrakt, aber das Leiden von Tieren ist ein ganz anderes Kapitel.

»Ja. Es tut mir wirklich leid, aber viele Nutztiere werden sterben. Es ist sogar noch schlimmer. Auf den Feldern wird es Missernten geben. Unsere Nahrungsmittel werden knapp. Wenn das geschieht, bricht oft die gesellschaftliche Ordnung zusammen, und ...« Ich hielt inne. Es waren Kinder. Musste ich es wirklich so weit treiben?

»Wie ...«, setzte Abby an. So betreten hatte ich sie noch nie erlebt. »Wie lange dauert es, bis es so weit ist?«

»Die Klimaforscher glauben, dass es in den nächsten dreißig Jahren geschehen wird«, antwortete ich.

Auf einmal entspannten sich die Kinder wieder.

»Dreißig Jahre?« Trang lachte. »Das ist eine Ewigkeit.«

»Ganz so lange ist es nicht«, widersprach ich. Aber für Zwölf- und Dreizehnjährige sind dreißig Jahre so gut wie eine Million.

»Darf ich zum Steinesortieren in Tracys Team?«, fragte Michael.

Dreißig Jahre. Ich betrachtete die jungen Gesichter. In dreißig Jahren wären sie Anfang vierzig. Sie würden es mit voller Wucht zu spüren bekommen. Und es würde nicht leicht werden. Diese Kinder wuchsen in einer idyllischen Welt auf und gerieten schon bald in einen apokalyptischen Albtraum.

Sie waren die Generation, die das »Sechste Sterben« erleben würde.

In meiner Magengrube verkrampfte sich etwas. Vor mir dieser Raum voller Kinder. Es waren glückliche Kinder, und doch bestand die Möglichkeit, dass einige von ihnen buchstäblich verhungern würden.

»Ich ...«, stammelte ich. »Ich muss etwas erledigen. Vergesst die Aufgabe mit den Steinen.«

»Was?«, fragte Luther.

»Macht ... eine Übungsstunde. Ja, ihr könnt den Rest der Stunde selbst lernen. Macht eure Hausaufgaben für die anderen Fächer. Bleibt nur ruhig sitzen und arbeitet leise, bis es schellt.«

Ohne ein weiteres Wort ging ich hinaus. Ich zitterte so sehr, dass ich auf dem Flur beinahe zusammengebrochen wäre. Ich ging zu einem Wasserspender in der Nähe und spritzte mir Wasser ins Gesicht. Dann holte ich tief Luft, sammelte mich ein wenig und trabte zum Parkplatz.

Ich fuhr schnell. Viel zu schnell. Ich ignorierte rote Ampeln. Ich schnitt andere Fahrzeuge. So etwas tat ich sonst nie, aber an diesem Tag war alles anders. Dieser Tag war ... ich wusste es selbst nicht.

Vor dem Labor hielt ich mit quietschenden Reifen an und parkte mein Auto schief in einer Lücke.

Vor dem Gebäude standen zwei Soldaten der US Army. Dort hatten sie auch in den vergangenen beiden Tagen gestanden, als ich in dem Gebäude gearbeitet hatte. Ich stürmte an ihnen vorbei.

»Hätten wir ihn aufhalten sollen?«, hörte ich einen fragen. Mir war egal, was der andere antwortete.

Ich rannte in den Beobachtungsraum. Stratt war natürlich da und las etwas auf ihrem Tablet. Sie hob den Kopf und schien ehrlich überrascht.

»Dr. Grace, was tun Sie denn hier?«

Hinter ihr sah ich durch das Fenster vier Leute in Schutzanzügen im Labor arbeiten.

»Wer sind die?« Ich deutete auf das Fenster. »Und was machen die in meinem Labor?«

»Ich kann nicht sagen, dass ich Ihren Ton ...«, setzte sie an.

»Das ist mir egal.«

»Und es ist nicht Ihr Labor. Es ist meins. Die Techniker sammeln die Astrophagen ein.«

»Was haben Sie damit vor?«

Sie klemmte sich das Tablet unter den Arm. »Ihr Traum wird wahr. Ich teile die Astrophagen auf und schicke sie an dreißig verschiedene Laboratorien auf der ganzen Welt. Vom CERN bis zu einer Biowaffenfabrik der CIA ist alles dabei.«

»Die CIA hat eine Biowaffen...« Ich unterbrach mich. »Egal. Ich will weiter an den Proben arbeiten.«

Sie schüttelte den Kopf. »Sie haben Ihren Beitrag geleistet. Wir dachten, es sei eine wasserfreie Lebensform, aber wie sich herausgestellt hat, trifft das nicht zu. Das haben Sie bewiesen. Und da aus Ihrem Brustkorb kein Alien geschlüpft ist, können wir davon ausgehen, dass auch die Versuchskaninchenphase abgeschlossen ist. Damit sind Sie raus.«

»Nein, ich bin nicht raus. Es gibt noch so viel zu lernen.«

»Natürlich«, stimmte sie zu. »Und ich habe dreißig Laboratorien, die darauf brennen, mit der Arbeit zu beginnen.«

Ich trat einen Schritt auf sie zu. »Lassen Sie ein paar Astrophagen hier. Lassen Sie mich weiter daran arbeiten.«

Auch sie machte einen Schritt. »Nein.«

»Warum nicht?«

»Nach Ihren Aufzeichnungen waren hundertvierundsiebzig lebende Astrophagenzellen in der Probe. Gestern haben Sie eine getötet, deshalb haben wir nur noch hundertdreiundsiebzig.«

Sie wies auf ihr Tablet. »Jedes dieser Labore – es sind große, von den Regierungen geförderte Einrichtungen – bekommt fünf oder sechs Zellen. Das ist alles. So knapp ist unser Material. Diese Zellen sind gerade die hundertdreiundsiebzig wichtigsten Dinge auf der Erde. Unsere Analyse wird klären, ob die Menschheit eine Chance hat zu überleben.«

Sie hielt inne und sprach etwas leiser weiter. »Ich verstehe das. Sie haben Ihr Leben lang zu beweisen versucht, dass Leben kein Wasser benötigt. Dann bekommen Sie, so unwahrscheinlich es sein mag, extraterrestrisches Leben zu Gesicht, und es stellt sich heraus, dass es Wasser braucht. Das ist hart. Aber schütteln Sie diese Enttäuschung ab und kümmern Sie sich wieder um Ihr eigenes Leben. Ich komme jetzt ohne Sie zurecht.«

»Ich bin immer noch ein Mikrobiologe, der an theoretischen Modellen für außerirdisches Leben gearbeitet hat. Ich bin eine nützliche Ressource mit einer Ausbildung, die nicht viele Leute haben.«

»Dr. Grace, ich kann mir den Luxus, ein paar Proben hierzulassen, nur um Ihr verletztes Ego zu hätscheln, nicht leisten.«

»Mein Ego? Es geht nicht um mein Ego. Es geht um meine *Kinder*!«

»Sie haben keine Kinder.«

»Und ob ich die habe! Dutzende. Sie kommen jeden Tag in meinen Unterricht. Und sie werden alle in einem *Mad-Max*-Albtraum landen, wenn wir dieses Problem nicht lösen. Ja, ich habe mich im Hinblick auf das Wasser geirrt. Das ist mir egal. Aber die Kinder sind mir wichtig. *Also geben Sie mir ein paar von diesen verdammten Astrophagen!*«

Sie wich zurück und schürzte die Lippen. Sie drehte den Kopf zur Seite und dachte nach. Dann wandte sie sich wieder an mich. »Drei. Sie bekommen drei davon.«

Ich entspannte mich. »Gut.« Ich atmete durch. Mir war nicht bewusst gewesen, wie angespannt ich war. »Gut. Drei Astrophagen. Damit kann ich leben.«

Sie tippte etwas auf ihrem Tablet ein. »Ich halte dieses Labor offen. Es gehört Ihnen. Kommen Sie in ein paar Stunden wieder her, dann sind meine Leute weg.«

Ich war schon halb in den Schutzanzug geschlüpft. »Ich fange sofort mit der Arbeit an. Sagen Sie Ihren Leuten, sie sollen mir nicht in die Quere kommen.«

Sie funkelte mich an, sagte aber nichts weiter.

Ich muss das für meine Kinder tun.

Ich meine … es sind nicht meine leiblichen Kinder. Aber sie sind meine Kinder.

Ich betrachte die vor mir angeordneten Bildschirme. Ich muss darüber nachdenken.

Meine Erinnerung ist lückenhaft. Einigermaßen verlässlich,

aber unvollständig. Ich bin in einem Raumschiff und befinde mich in einem anderen Sonnensystem. Das Schiff war nicht leicht zu bauen und hatte eine internationale Besatzung. Wir reden über eine interstellare Mission – etwas, das mit unserer Technologie nicht möglich sein sollte. Na gut, offenbar hat die Menschheit viel Zeit und Mühe in die Mission gesteckt, und die Astrophagen waren das fehlende Bindeglied, das sie ermöglicht hat.

Es gibt nur eine Erklärung: Vor mir liegt die Lösung unseres Astrophagen-Problems. Oder eine potenzielle Lösung. Etwas, das vielversprechend genug war, um eine riesige Menge von Ressourcen dafür aufzuwenden.

Ich suche auf den Bildschirmen nach weiteren Informationen. Überwiegend zeigen sie das, was man auf einem Raumschiff erwartet. Lebenserhaltung, Navigation, solche Dinge eben. Auf einem Bildschirm steht »Beetles«. Der nächste Schirm ist …

Moment mal, was für Käfer?

Ich weiß ja nicht, ob das ernst gemeint ist, aber ich wüsste schon gern, ob auf diesem Schiff ein Schwarm Käfer krabbelt. So was möchte man einfach ganz genau wissen.

Der Bildschirm ist in vier Fenster unterteilt, die alle mehr oder weniger das Gleiche zeigen. Einen kleinen Bauplan und viel erläuternden Text. Die Grafiken beschreiben ein knolliges, längliches Objekt mit schmaler Spitze und einem Trapez am Ende. Wenn man den Kopf schief legt und blinzelt, könnte man das Ding tatsächlich für einen Käfer halten. Die vier Exemplare haben sogar Namen: John, Paul, George und Ringo.

Ja, ich verstehe es. Ich lache nicht, aber ich verstehe es.

Aufs Geratewohl nehme ich mir einen Beetle vor, es ist John, und betrachte ihn genauer.

John ist kein Insekt. Ich bin ziemlich sicher, dass er ein Raumschiff ist. Das Trapez am hinteren Ende heißt »Spinantrieb«, und der knollige Teil ist mit »Treibstoff« beschriftet. Auf dem kleinen Kopfende steht »Computer« und »Funk«.

Ich sehe noch genauer hin. Auf dem Informationsfenster für den Treibstoff lese ich: ASTROPHAGEN 120kg – TEMP: 96,415°C.

Das Fenster für den Computer verrät mir: LETZTE SPEICHERPRÜFUNG: VOR 3 TAGEN. 5 TB FEHLERFREI. Beim Funk steht nur: STATUS: 100 %.

Es ist eine unbemannte Sonde. Etwas Kleines, nehme ich an. Der Treibstoff hat nur eine Masse von 120 Kilogramm. Das ist nicht viel. Aber ein wenig Astrophagentreibstoff reicht ziemlich lange. Von wissenschaftlichen Instrumenten sehe ich dort nichts. Welchen Sinn hat ein unbemanntes Raumschiff, das nichts an Bord hat?

Moment mal ... vielleicht sind die fünf Terabyte Speicher der Punkt, auf den es ankommt.

Da dämmert es mir.

»Oh, was für ein Mist«, sage ich.

Ich bin im Weltraum. In einem anderen Sonnensystem. Ich weiß nicht, wie viele Astrophagen ich verbraucht habe, um hierher zu gelangen, aber es waren vermutlich ziemlich viele. Wahrscheinlich war eine absurde Menge an Treibstoff notwendig, um ein Schiff zu einem anderen Sonnensystem zu schicken. Das Schiff zu schicken und zurückzuholen würde zehnmal so viel Treibstoff erfordern.

Ich überprüfe die Astrophagen-Anzeige, um meinem Gedächtnis auf die Sprünge zu helfen.

VERBLEIBEND: 20.8672 KG
VERBRAUCHSRATE: 6,043 G/S

Vorher lag der Verbrauch bei 6,045 Gramm pro Sekunde. Er ist also leicht gesunken. Auch die verbliebene Treibstoffmenge hat sich verringert. Wenn Treibstoff verbraucht wird, sinkt die Gesamtmasse des Raumschiffs, und deshalb braucht es weniger Treibstoff pro Sekunde, um die konstante Beschleunigung zu halten. Gut, das leuchtet mir alles ein.

Ich habe keine Ahnung, wie groß die Masse der *Hail Mary* ist, aber wenn man sie mit ein paar Gramm Treibstoff pro Sekunde mit einer Beschleunigung von 1,5 g antreiben kann ... Astrophagen sind ein erstaunliches Zeug.

Jedenfalls weiß ich nicht genau, wie sich der Verbrauch im Laufe der Zeit verändern wird. (Ich könnte es zwar ausrechnen, aber das ist kompliziert.) Also gehe ich im Moment einfach von sechs Gramm pro Sekunde aus. Wie lange reicht der Treibstoff noch?

Es ist schön, einen Overall zu haben. Er hat Taschen für alle Arten von Utensilien. Einen Taschenrechner habe ich immer noch nicht gefunden, deshalb führe ich die Berechnungen mit Stift und Papier aus. Mir wird in etwa vierzig Tagen der Treibstoff ausgehen.

Ich weiß nicht, was für ein Stern das ist, aber es ist nicht die Sonne. Und man kann, wenn man vierzig Tage lang mit 1,5 g beschleunigt, nicht von einem anderen Stern zur Erde kommen. Wahrscheinlich hat der Flug hierher mehrere Jahre gedauert – und vermutlich habe ich genau deshalb im Koma gelegen. Interessant.

All das kann nur eines bedeuten: Die *Hail Mary* soll nicht zurückkehren. Ich habe keine Rückfahrkarte. Und ich bin ziemlich sicher, dass diese Beetles dazu dienen, Informationen zur Erde zu schicken.

Keinesfalls habe ich einen Sender, der stark genug ist, um mehrere Lichtjahre zu überbrücken. Ich weiß nicht, ob man so etwas überhaupt bauen kann. Deshalb habe ich diese kleinen »Käfer«-Sonden mit jeweils fünf Terabyte Speicher. Sie sollen zur Erde zurückfliegen und die Daten senden. Aus Gründen der Redundanz sind es vier. Ich soll vermutlich meine Erkenntnisse an sie überspielen und sie alle nach Hause schicken. Wenn mindestens eine von ihnen es schafft, ist die Erde gerettet.

Dies ist ein Selbstmordkommando. John, Paul, George und Ringo fliegen nach Hause, aber meine *Long And Winding Road* endet hier. Anscheinend war mir das schon bekannt, als ich mich freiwillig gemeldet habe. Aber für mein von Gedächtnisverlust geplagtes Gehirn ist das Neuland. Ich werde hier draußen sterben. Ganz allein.

5

Ich funkelte die Astrophagen an. »Warum wollt ihr Mistkerle zur Venus?«

Das Sichtfeld des Mikroskops wurde auf den großen, an der Wand montierten Bildschirm projiziert. Bei dieser Vergrößerung war jede der drei Zellen einen Fuß groß. Ich beobachtete sie und suchte nach Hinweisen auf ihre Motive, aber Larry, Curly und Moe antworteten nicht.

Natürlich hatte ich ihnen Namen gegeben. Ein Lehrer kann nicht anders.

»Was ist so Besonderes an der Venus? Und wie habt ihr sie überhaupt gefunden?« Ich verschränkte die Arme vor der Brust. Wenn die Astrophagen meine Körpersprache verstanden, dann wussten sie jetzt, dass ich es ernst meinte. »Die NASA braucht einen Raum voller wirklich kluger Leute, um zur Venus zu fliegen. Und ihr macht das als einzellige Organismen ohne Gehirn.«

Zwei Tage waren vergangen, seit Stratt mir das Labor überlassen hatte. Die Leute von der Army standen immer noch an der Tür. Einer hieß Steve. Ein freundlicher Typ. Der andere redete nicht mit mir.

Ich fuhr mir mit den Händen durch die fettigen Haare (ich hatte am Morgen nicht geduscht). Wenigstens musste ich den schweren Schutzanzug nicht mehr tragen. Die Wissenschaftler in Nairobi waren das Risiko eingegangen, einen ihrer Astrophagen der Erdatmosphäre auszusetzen, um zu sehen, was passieren würde. Das Ding ließ sich nicht beeindrucken. Dank ihres Einsatzes konnten nun die Laboratorien auf der ganzen Welt erleichtert aufseufzen und mussten nicht mehr in mit Argon gefüllten Räumen arbeiten.

Ich betrachtete den Stapel Papiere auf dem Tisch. Die Wissenschaftler hatten inzwischen eine sehr unwissenschaftliche Hektik entwickelt. Vorbei waren die Tage, in denen nur sorgfältig überprüfte Artikel veröffentlicht wurden. Die Astrophagenforschung war ein völlig neues Gebiet, auf dem jeder die Ergebnisse sofort und ohne harte Beweise weitergab. Das führte zu Missverständnissen und Fehlern, aber wir hatten einfach nicht genug Zeit, um gründlich zu arbeiten.

Stratt hielt mich größtenteils auf dem Laufenden. Nicht in jeder Hinsicht, da war ich mir sicher. Wer konnte schon sagen, welche verrückten Dinge sie sonst noch tat? Anscheinend hatte sie überall das Sagen.

Ein belgisches Forscherteam konnte nachweisen, dass die Astrophagen auf Magnetfelder reagierten – aber nur manchmal. Bei anderen Gelegenheiten schienen sie Magnetfelder völlig zu ignorieren, ganz egal, wie stark diese waren. Trotzdem konnten die Belgier (manchmal) die Astrophagen steuern, indem sie sie in Magnetfelder setzten und die Orientierung des Feldes veränderten. War das nützlich? Keine Ahnung. Zu diesem Zeitpunkt sammelte die ganze Welt einfach nur Daten.

Ein Forscher in Paraguay zeigte, dass Ameisen die Orientierung verloren, wenn sie sich den Astrophagen bis auf wenige Zentimeter näherten. War diese Information nützlich? Na ja, vermutlich nicht, aber sie war interessant.

Bemerkenswert war dagegen, dass eine Gruppe in Perth einen ihrer Astrophagen opferte, um eine detaillierte Analyse der in ihm enthaltenen Organellen durchzuführen. Sie fanden DNA und Mitochondrien. In jeder anderen Situation wäre das die Entdeckung des Jahrhunderts gewesen. Außerirdisches Leben – unzweifelhaft außerirdisch – besaß DNA und Mitochondrien!

Und ... (leises Grollen) ... jede Menge Wasser.

Es lief darauf hinaus: Das Innere der Astrophagen unterschied sich nicht sehr vom Innenleben aller anderen Einzeller, die man auf der Erde fand. Sie benutzten ATP, RNA-Transkription und eine ganze Reihe anderer sehr gut bekannter Faktoren. Manche Forscher spekulierten, sie seien sogar auf der Erde entstanden. Andere waren der Ansicht, diese besondere Anordnung von Molekülen sei die einzige Art und Weise, auf die überhaupt Leben entstehen könne, und die Astrophagen hätten sich unabhängig entwickelt. Eine kleinere, aber lautstarke Fraktion postulierte, das Leben habe sich womöglich überhaupt nicht auf der Erde entwickelt, und die Astrophagen und das Leben auf der Erde hätten gemeinsame Vorfahren.

»Wisst ihr«, sagte ich den Astrophagen, »wenn ihr nicht die Existenz meines Planeten bedrohen würdet, dann fände ich euch ziemlich beeindruckend. Ihr seid voller Geheimnisse.«

Ich lehnte mich an einen Tisch. »Ihr habt Mitochondrien. Na gut, das bedeutet, dass ihr, genau wie wir, ATP als Energiespeicher einsetzt. Aber das Licht, das ihr zur Fortbewegung benutzt, erfordert viel mehr Energie, als euer ATP speichern kann. Ihr müsst also noch einen anderen Energiespeicher haben. Einen, den wir nicht verstehen.«

Ein Astrophage flitzte auf dem Bildschirm ein wenig nach links. Das geschah öfter. Ab und zu zappelten sie ohne ersichtlichen Grund einfach herum.

»Was regt eure Bewegungen an? Warum bewegt ihr euch überhaupt? Und wie kommt ihr mit diesen willkürlichen, ruckartigen Bewegungen von der Sonne zur Venus? Und warum wollt ihr überhaupt zur Venus?«

Viele Leute arbeiteten am Innenleben der Astrophagen. Sie wollten herausfinden, wie die Organismen funktionieren, sie analysierten die DNA. Sollten sie. Ich wollte den grundlegenden Lebenszyklus entdecken. Das war mein Ziel.

Einzellige Organismen speichern nicht einfach so irrsinnige Mengen an Energie und fliegen ohne triftigen Grund durch den Weltraum. Auf der Venus musste es etwas geben, das die Astrophagen wollten, sonst wären sie auf der Sonne geblieben. Und sie brauchten auch etwas von der Sonne, sonst wären sie auf der Venus geblieben.

Die Sache mit der Sonne war recht simpel. Dort gibt es Energie.

Aus dem gleichen Grund lassen sich Pflanzen Blätter wachsen. Man muss die süße, süße Energie auffangen, wenn man eine Lebensform sein will. Das ist absolut einleuchtend. Aber was ist mit der Venus?

Ich nahm mir einen Stift und spielte beim Nachdenken damit herum.

»Laut der indischen Raumfahrtbehörde könnt ihr Kerlchen bis zu 92 Prozent der Lichtgeschwindigkeit erreichen.« Ich deutete auf sie. »Ihr wusstet gar nicht, dass wir so etwas können, was? Eure Geschwindigkeit messen? Sie haben das von euch abgestrahlte Licht mit einer Doppler-Effekt-Analyse überprüft. Deshalb wissen sie auch, dass ihr in beide Richtungen fliegt: zur Venus hin und von ihr weg.«

Ich runzelte die Stirn. »Aber wenn ihr mit dieser Geschwindigkeit auf die Atmosphäre prallt, müsstet ihr eigentlich sterben. Warum sterbt ihr nicht?«

Ich rieb mir mit einem Fingerknöchel über die Stirn. »Weil ihr mit jeder Menge Hitze keine Probleme habt. Genau. Ihr rast in die Atmosphäre, aber ihr heizt euch nicht auf. Schön. Trotzdem, ihr müsstet doch wenigstens etwas langsamer werden. Ihr haltet euch anscheinend nur in den oberen Atmosphärenschichten der Venus auf. Und dann ... was tut ihr dann? Dreht ihr euch um und fliegt wieder zur Sonne? Aber warum?«

Ich starrte geschlagene zehn Minuten auf den Bildschirm und dachte nach.

»Na gut, das soll dann reichen. Jetzt will ich wissen, wie ihr die Venus findet.«

Ich ging in den nächsten Baumarkt und kaufte mehrere Latten, zwei Zentimeter dickes Sperrholz, einen Akkuschrauber und einige andere Dinge, die ich brauchte. Steve von der Army half mir, die Sachen nach drinnen zu schleppen. Der Schweiger von der Army rührte sich nicht.

In den nächsten sechs Stunden baute ich einen lichtdichten Verschlag mit einem Regal. Er war gerade groß genug, damit ich hinein und wieder nach draußen schlüpfen konnte. Das Mikroskop stellte ich auf das Regal. Die »Tür« bestand aus einer Sperrholzplatte, die ich mit Schrauben befestigen und lösen konnte.

Durch ein kleines Loch, das ich mit Knetgummi abdichtete, damit kein Licht durchdrang, führte ich Strom- und Videokabel hinein. Dann verband ich die Infrarotkamera mit dem Mikroskop und verschloss die Kabine.

Draußen im Labor zeigte mir der Monitor das Infrarotlicht, das die Kamera auffing. Es war im Grunde eine Falschfarbendarstellung. Sehr niedrige Infrarotwellenlängen erschienen rot. Höhere Wellenlängen wären orange, gelb und so weiter durch den ganzen Regenbogen. Die Astrophagenzellen sah ich wie erwartet als kleine rote Punkte. Mit ihrer konstanten Temperatur von 96,415 Grad Celsius strahlten sie Infrarot auf einer Wellenlänge von 76,8 Mikrometer ab. Das war das untere Ende des Bereichs, auf den ich die Kamera eingestellt hatte. Es war eine gute Bestätigung dafür, dass der Aufbau funktionierte.

Die dunkelrote Farbe war mir allerdings egal. Ich wollte hellgelbe Blitze sehen. Das wäre die Petrowa-Frequenz, die die Astrophagen abstrahlten, wenn sie umherflitzten. Wenn einer meiner Astrophagen sich nur ein winziges Stück bewegte, würde ich einen deutlichen gelben Blitz sehen.

Dazu kam es nicht. Nichts geschah. Absolut nichts. Normalerweise sah man wenigstens alle paar Sekunden bei einem von ihnen eine ruckartige Bewegung. Jetzt war da gar nichts mehr.

»So«, überlegte ich. »Dann habt ihr kleinen Racker euch zur Ruhe gesetzt?«

Licht. Worauf ihr Navigationssystem auch beruhte, es hatte mit Licht zu tun. Das hatte ich schon vermutet. Was sonst hätten sie im Weltraum nutzen können? Da gibt es keine Geräusche und Gerüche. Es konnte nur Licht, Schwerkraft oder Elektromagnetismus sein. Licht ist unter diesen dreien am leichtesten zu entdecken. Wenigstens, soweit es die Evolution betrifft.

Für das nächste Experiment klebte ich eine kleine weiße LED und eine Uhrenbatterie zusammen. Natürlich schloss ich sie zuerst falsch herum an, und die LED leuchtete nicht. Das ist eine

Grundregel in der Elektronik. Beim ersten Versuch stimmen die Anschlüsse einer Diode eigentlich nie. Jedenfalls verdrahtete ich das Ding neu, und die LED leuchtete auf. Ich klebte die ganze Vorrichtung im Verschlag an die Wand. Die Position wählte ich so, dass die Astrophagen eine direkte Sichtlinie darauf hatten. Dann versiegelte ich den Kasten erneut.

Vom Standpunkt der Astrophagen aus war da jetzt viel schwarzes Nichts und ein strahlender weißer Punkt. Ungefähr so sah die Venus im Weltraum aus, wenn man die Sonne im Rücken hatte.

Sie rührten sich nicht. Nicht die geringste Bewegung.

»Hmpf«, machte ich.

Um ehrlich zu sein, es war sowieso ein Schuss ins Blaue. Wenn man auf der Sonne war, ihr den Rücken kehrte und den hellsten Lichtpunkt suchte, würde man wahrscheinlich zuerst Merkur und nicht Venus entdecken. Merkur ist kleiner als die Venus, aber er ist näher an der Sonne und reflektiert deshalb mehr Licht.

»Warum die Venus?«, überlegte ich. Dann fiel mir eine bessere Frage ein. »Jungs, wie könnt ihr die Venus *identifizieren*?«

Warum bewegten sie sich willkürlich? Meine Theorie: Rein zufällig dachte alle paar Sekunden ein Astrophage, er hätte die Venus bemerkt. Also schoss er in die betreffende Richtung. Aber dann war der Moment wieder vorbei, und er hielt inne.

Die Lichtfrequenzen mussten der Schlüssel sein. Meine Jungs zappelten im Dunklen überhaupt nicht. Es lag aber nicht allein an der Intensität des Lichts, denn sonst hätten sie sich zu der LED bewegt. Es musste mit der *Frequenz* des Lichts zu tun haben.

Planeten reflektieren nicht nur das Licht. Sie strahlen es auch ab. Alles strahlt Licht ab. Die Temperatur eines Objekts bestimmt die Wellenlänge des abgestrahlten Lichts. Planeten sind da keine Ausnahme. Vielleicht hielten die Astrophagen Ausschau nach der Infrarotsignatur der Venus. Sie war nicht so hell wie bei Merkur, aber anders. Sozusagen eine andere Farbe.

Nach kurzer Google-Suche wusste ich, dass die Durchschnittstemperatur auf der Venus 462 Grad beträgt.

Ich hatte eine ganze Schublade voller Ersatzbirnen für Mikroskope und andere Laborgeräte. Ich nahm mir eine und verband sie mit einer regelbaren Stromversorgung. Glühbirnen funktionieren, indem das Fädchen so stark erhitzt wird, dass es sichtbares Licht abstrahlt. Das passiert bei etwa 2500 Grad Celsius. So dramatisch wollte ich es gar nicht haben. Ich brauchte nur bescheidene 462 Grad. Ich stellte die Stromzufuhr der Birne höher und niedriger und sah mit der Infrarotkamera zu, bis genau die richtige Lichtfrequenz herauskam.

Dann trug ich die ganze Vorrichtung in meinen Testverschlag, beobachtete den Monitor, der mir meine Jungs zeigte, und schaltete die künstliche Venus ein.

Nichts. Absolut keine Bewegung bei den kleinen Taugenichtsen.

»Was wollt ihr von mir?«, fragte ich sie.

Ich nahm die Schutzbrille ab, warf sie auf den Boden und trommelte mit den Fingern auf den Tisch. »Wenn ich ein Astronom wäre und jemand zeigte mir einen Lichtfleck, wie könnte ich dann feststellen, ob es die Venus ist?«

Die Antwort gab ich mir selbst: »Ich würde auf die Infrarotsignatur achten! Aber das tun die Astrophagen nicht. Nun gut, jemand zeigt mir einen Lichtpunkt und sagt, ich darf das abgestrahlte Infrarotlicht nicht benutzen, um die Temperatur des Körpers zu bestimmen. Wie sonst könnte ich herausfinden, dass es die Venus ist?«

Spektroskopie. Suche nach Kohlendioxid.

Als es mir einfiel, zog ich eine Augenbraue hoch.

Wenn Licht auf Gasmoleküle trifft, werden die Elektronen angeregt. Dann beruhigen sie sich wieder und strahlen die Energie als Licht ab. Aber die Frequenz der Photonen, die sie abstrahlen, hängt von den betroffenen Molekülen ab. Die Astronomen benutzen diese Tatsache schon seit Jahrzehnten, um herauszufinden, welche Gase da draußen, weit weg, im Weltraum vorkommen. Darum geht es ja bei der Spektroskopie.

Die Atmosphäre der Venus weist den neunzigfachen Druck der Erdatmosphäre auf und besteht fast ausschließlich aus Kohlendioxid. Die CO_2-Signatur wäre in der Spektroskopie ungeheuer stark. Merkur besitzt überhaupt kein Kohlendioxid, und der nächste Mitbewerber wäre die Erde. Aber verglichen mit der Venus haben wir nur eine winzige CO_2-Signatur. Vielleicht benutzten die Astrophagen die Emissionsspektren, um die Venus zu finden?

Neuer Plan!

Das Labor hatte einen unendlichen Vorrat an Lichtfiltern. Ich schlug die Spektralsignatur von CO_2 nach – die höchsten Ausschläge der Wellen lagen bei 4,26 und 14,99 Mikrometern.

Dann suchte ich mir die passenden Filter zusammen und baute sie in eine kleine Kiste ein. Drinnen montierte ich eine kleine weiße Glühbirne. Jetzt hatte ich eine Schachtel, die die Spektralsignatur von Kohlendioxid abstrahlen würde.

Ich brachte die Vorrichtung in die Testkabine und ging nach draußen, um den Monitor zu beobachten. Larry, Curly und Moe hingen auf dem Objektträger herum, wie sie es schon den ganzen Tag getan hatten.

Ich schaltete den Lichtkasten ein und wartete auf die Reaktion.

Die Astrophagen verschwanden. Sie wanderten nicht einfach zum Licht. Sie waren schlagartig weg. Einfach weg.

»Äh ...«

Natürlich hatte ich die Bilder von der Kamera aufgezeichnet. Ich spulte zurück und sah es mir Bild für Bild an. Zwischen zwei Einzelbildern verschwanden sie einfach.

»Äh!«

Die gute Nachricht: Die Astrophagen wurden von der Spektralsignatur von Kohlendioxid angezogen!

Die schlechte Nachricht: Meine drei unersetzlichen, zehn Mikrometer großen Astrophagen waren irgendwohin abgeschwirrt – vielleicht mit einem Tempo, das nahe an der Lichtgeschwindigkeit lag –, und ich hatte keine Ahnung, wo sie waren.

»Miiiiiist.«

Mitternacht. Überall war es dunkel. Die Jungs von der Army wurden von zwei Wächtern abgelöst, die ich nicht kannte. Ich vermisste Steve.

Die Fenster des Labors hatte ich mit Aluminiumfolie und Klebeband gesichert. Die Ritzen am Eingang und Ausgang hatte ich mit Isolierband verklebt. Alle Geräte, die eine optische Ausgabe oder eine LCD-Anzeige hatten, waren ausgeschaltet. Die Armbanduhr steckte ich in eine Schublade, weil sie selbstleuchtende Zeiger hatte.

Ich wartete, bis sich meine Augen an die absolute Dunkelheit gewöhnt hatten. Wenn ich auch nur einen einzigen Umriss sah, der nicht meiner Einbildung entsprang, suchte ich das Lichtleck und klebte es zu. Endlich war die Dunkelheit so vollkommen, dass ich nichts mehr sehen konnte. Es machte keinen Unterschied, ob ich die Augen öffnete oder schloss.

Als Nächstes setzte ich die gerade von mir erfundene Infrarotbrille ein.

Im Labor gab es viele Dinge, aber eine Infrarotbrille gehörte nicht zur Ausstattung. Ich hatte mit dem Gedanken gespielt, Steve von der Army zu fragen, ob er mir eine besorgen konnte. Wahrscheinlich hätte ich auch Stratt anrufen können, und sie hätte dem Präsidenten von Peru gesagt, er solle sie persönlich vorbeibringen. Aber so ging es schneller.

Die »Brille« war einfach nur der LCD-Ausgang meiner Infrarotkamera, um den ich eine Menge Klebeband gewickelt hatte. Ich presste sie ans Gesicht und wickelte noch mehr Klebeband ringsherum. Und noch ein paar Runden. Wahrscheinlich sah ich lächerlich aus. Egal.

Ich startete die Kamera und sah mich in dem Labor um. Jede Menge Wärmestrahlung. Die Wände waren noch warm, nachdem am Nachmittag die Sonne geschienen hatte, und alles, was mit elektrischem Strom lief, glühte leicht. Mein Körper war wie ein Leuchtfeuer. Ich stellte die Frequenz nach, um heißere Dinge aufzuspüren. Genauer gesagt, alles, was heißer als 90 Grad Celsius war.

Schließlich kroch ich in mein improvisiertes Mikroskophäuschen und betrachtete die Lichtkiste, die ich für die CO_2-Spektralemission gebaut hatte.

Astrophagen sind nur zehn Mikrometer groß. Mit der Kamera konnte ich sie auf keinen Fall sehen (natürlich auch nicht mit bloßem Auge). Aber meine kleinen Aliens waren sehr heiß, und sie blieben heiß. Wenn sie sich nicht bewegt hatten, müssten sie in den vergangenen sechs Stunden langsam die Umgebung aufgewärmt haben. Darauf hoffte ich.

Es funktionierte. Auf einem der Lichtfilter aus Plastik sah ich sofort einen hellen Kreis.

»Gott sei Dank«, keuchte ich.

Der Kreis war schwach, aber gut zu erkennen. Der Fleck war ungefähr drei Millimeter groß und wurde zu den Rändern hin schwächer und kälter. Der kleine Bursche hatte stundenlang das Plastik aufgeheizt. Ich überprüfte die beiden Plastikquadrate. Sofort fand ich einen zweiten Fleck.

Mein Experiment funktionierte besser als erwartet. Die Astrophagen sahen, was sie für die Venus hielten, und stürzten darauf zu. Als sie die Lichtfilter erreichten, konnten sie nicht weiter. Wahrscheinlich hatten sie dort gedrängelt, bis ich das Licht ausgeschaltet hatte.

Sobald ich sicher war, dass alle drei Astrophagen gelandet waren, konnte ich die Filter in eine Tüte stecken und die Jungs mit einem Mikroskop und einer Pipette einsammeln, ganz egal, wie lange es dauern mochte.

Da war er auch schon. Der dritte Astrophage.

»Damit wäre der Trupp beisammen!«, sagte ich. Ich griff in die Tasche, holte einen Probenbeutel heraus und machte mich daran, den Filter ganz vorsichtig aus der Lichtkiste zu holen.

Da sah ich den vierten Astrophagen.

Eine vierte Zelle. An derselben Stelle auf dem Filter, wo ich auch die ersten drei gefunden hatte.

»Heilige ...«

Ich hatte die Jungs eine ganze Woche lang beobachtet. Auf keinen Fall hätte ich einen übersehen. Es gab nur eine Erklärung. Einer der Astrophagen hatte sich geteilt. Ich hatte die Astrophagen dazu gebracht, sich fortzupflanzen.

Ich starrte eine geschlagene Minute auf den vierten Punkt und verdaute die Neuigkeit. Wenn wir die Astrophagen dazu bringen konnten, sich zu vermehren, hatten wir einen unbegrenzten Vorrat an Untersuchungsobjekten. Wir konnten sie töten, sie stupsen, sie zerlegen und tun, was immer wir wollten. Das änderte alles.

»Hallo, Shemp«, sagte ich.

Die nächsten zwei Tage verbrachte ich wie besessen damit, dieses neue Verhalten zu untersuchen. Ich fuhr nicht einmal nach Hause, sondern schlief im Labor.

Steve von der Army brachte mir das Frühstück. Ein toller Kerl.

Ich hätte meine Entdeckung mit den anderen Wissenschaftlern teilen sollen, aber ich wollte ganz sicher sein. Auch wenn die gründlichen Kontrollen durch Kollegen nicht mehr stattfanden, konnte ich es wenigstens selbst überprüfen.

Was mich als Erstes störte: Die Spektralemissionen von CO_2 liegen bei 4,26 und 14,99 Mikrometern. Doch die Astrophagen sind nur 10 Mikrometer groß. Mit Licht, das eine größere Wellenlänge hat, können sie kaum interagieren. Wie konnten sie das Licht im Bereich von 14,99 Mikrometer überhaupt sehen? Ich wiederholte das Spektralexperiment nur mit dem Filter für 14,99 Mikrometer und bekam ein Ergebnis, mit dem ich nicht gerechnet hatte.

Zuerst einmal sausten zwei Astrophagen zum Filter. Sie sahen das Licht und flitzten hin. Aber wie? Es sollte eigentlich unmöglich sein, dass ein Astrophage mit einer so großen Wellenlänge interagierte. Ich meine wirklich *unmöglich*.

Licht ist seltsam. Die Wellenlänge definiert, womit es interagieren kann und wo es wirkungslos bleibt. Alles, was kleiner ist als die Wellenlänge des Lichts, existiert für das betreffende Photon im Grunde nicht. Deshalb ist vor dem Fenster der Mikrowelle ein Gitter. Die Löcher im Gitter sind so klein, dass die Mikrowellen nicht nach außen dringen können. Doch das sichtbare Licht, das eine viel kürzere Wellenlänge hat, dringt ungehindert durch. Also kann man zusehen, wie das Essen warm wird, ohne sich das Gesicht zu schmelzen.

Die Astrophagen waren kleiner als 14,99 Mikrometer, absorbierten aber trotzdem das Licht. Wie schafften sie das bloß?

Aber das war noch nicht einmal das Seltsamste. Nur zwei von ihnen waren zum Filter gesaust. Die anderen beiden blieben, wo sie waren. Das Licht war ihnen anscheinend egal. Sie blieben einfach auf dem Objektträger hocken. Vielleicht reagierten die beiden nicht auf die größere Wellenlänge?

Also führte ich noch ein weiteres Experiment durch. Ich bestrahlte sie noch einmal mit 4,26 Mikrometer. Das Ergebnis war das gleiche. Dieselben zwei sausten wie vorher zum Filter, und die anderen beiden rührten sich nicht.

Damit war das geklärt. Ich war noch nicht hundertprozentig sicher, aber ich glaubte, den ganzen Lebenszyklus der Astrophagen entdeckt zu haben. Es klickte in meinem Kopf, und die Puzzleteile fügten sich endlich zusammen.

Die beiden trägen Exemplare wollten nicht mehr zur Venus fliegen. Sie wollten zurück zur Sonne. Warum? Weil einer von ihnen sich gerade geteilt und das neue Exemplar hervorgebracht hatte.

Die Astrophagen hingen auf der Oberfläche der Sonne herum und sammelten mithilfe der Hitze Energie. Sie speicherten sie auf eine Weise, die wir nicht verstanden, im Inneren. Wenn sie genug hatten, wanderten sie zur Venus, vermehrten sich und benutzten dabei die gespeicherte Energie, um durch den Weltraum zu fliegen. Als Antrieb diente ihnen das Infrarotlicht. Viele Spezies wandern, um sich zu vermehren. Warum sollte das bei den Astrophagen anders sein?

Die Australier hatten schon herausgefunden, dass sich das Innere der Astrophagen nicht wesentlich von den Lebensformen auf der Erde unterschied. Sie brauchten Kohlenstoff und Sauerstoff, um die komplexen Proteine für ihre DNA, die Mitochondrien und all die anderen hübschen Dinge zu produzieren. In der Sonne gibt es reichlich Wasserstoff. Aber die anderen Elemente sind einfach nicht vorhanden. Also wanderten die Astrophagen zum nächsten Vorrat an Kohlendioxid: zur Venus.

Zuerst folgten sie den Magnetfeldern und stiegen am Nordpol der Sonne direkt nach oben. Das musste so sein, weil sonst das Licht der Sonne zu hell gewesen wäre, um die Venus zu finden. Da sie vom Pol aus gerade nach oben flogen, konnten die Astrophagen auch die gesamte Umlaufbahn der Venus überblicken. Kein Abschnitt wurde von der Sonne verdeckt.

Ah, deshalb reagierten die Astrophagen auch so willkürlich auf Magnetfelder. Die waren ihnen nur am Anfang der Reise wichtig, danach nicht mehr.

Anschließend suchten die Astrophagen nach der starken Kohlendioxid-Spektralsignatur der Venus. Nun ja, eigentlich sahen sie sich nicht danach um. Wahrscheinlich war es eine einfache Reiz-Reaktions-Geschichte, die von den Lichtfrequenzen 4,26 und 14,99 Mikrometer angeregt wurde. Wie auch immer, sobald die Astrophagen die Venus »sahen«, flogen sie hin. Der Weg, den sie dabei einschlugen – vom Pol der Sonne nach oben und dann ein scharfer Knick in Richtung Venus –, war der Petrowa-Strahl.

Unsere heldenhaften Astrophagen erreichten die obere Atmosphäre der Venus, sammelten so viel CO_2 ein, wie sie brauchten, und vermehrten sich. Danach flogen die Eltern und das Kind zurück zur Sonne, und der Zyklus begann wieder von vorne.

Es war im Grunde ganz einfach. Energie speichern, Ressourcen beschaffen, Kopien herstellen. Genau das, was alles Leben auf der Erde tut.

Und deshalb waren meine beiden kleinen Faulpelze nicht zum Licht geflogen.

Wie fanden die Astrophagen denn nun die Sonne? Meine Vermutung: Halte nach diesem extrem hellen Ding Ausschau und fliege hin.

Ich trennte Moe und Shemp (die Sonnensucher) von Larry und Curly (den Venus-Suchern). Larry und Curly legte ich auf einen anderen Objektträger und sperrte sie in einen lichtdichten Probenbehälter. Dann baute ich im dunklen Verschlag für Moe und Shemp einen Versuch auf. Dieses Mal schloss ich eine helle Glühbirne an und schaltete sie ein. Ich rechnete damit, dass sie sofort losflogen, aber nichts dergleichen geschah. Sie rührten sich nicht. Wahrscheinlich war es nicht hell genug.

Ich suchte einen Fotoladen in der Innenstadt von San Francisco auf (in San Francisco gibt es viele Hobbyfotografen) und kaufte den größten, hellsten und stärksten Blitz, den ich finden konnte. Ich ersetzte die Glühbirne durch das Blitzgerät und wiederholte den Versuch.

Moe und Shemp nahmen den Köder an!

Ich musste mich setzen und Luft holen. Ich hätte eine Weile schlafen sollen – ich hatte seit sechsunddreißig Stunden kein Auge mehr zugetan. Aber dies war viel zu aufregend. Ich zückte mein Handy und wählte Stratts Nummer. Sie meldete sich mitten im ersten Klingelton.

»Dr. Grace«, sagte sie. »Haben Sie etwas herausgefunden?«

»Ja«, bestätigte ich. »Ich weiß, wie sich die Astrophagen vermehren, und ich konnte es auslösen.«

Sie schwieg eine Sekunde. »Sie haben erfolgreich Astrophagen vermehrt?«

»Ja.«

»Ohne sie zu zerstören?«

»Ich hatte drei Zellen. Jetzt habe ich vier. Sie sind lebendig und wohlauf.«

Wieder schwieg sie einen Augenblick. »Bleiben Sie, wo Sie sind«, sagte sie und legte auf.

»Ach«, machte ich und steckte das Telefon wieder in die Tasche des Laborkittels. »Dann kommt sie wohl her.«

Steve von der Army platzte herein. »Dr. Grace?«

»Wa... ja?«

»Bitte folgen Sie mir.«

»Gut«, antwortete ich. »Aber lassen Sie mich meine Astrophagenproben sicher ...«

»Es sind schon Labortechniker unterwegs, die sich darum kümmern. Sie müssen sofort mitkommen.«

»N-na gut.«

Die nächsten zwölf Stunden waren … ungewöhnlich.

Steve von der Army fuhr mich zu einem Highschool-Sportplatz, wo bereits ein Hubschrauber des US Marine Corps gelandet war. Wortlos schoben sie mich hinein, und schon flogen wir los. Ich vermied es, nach unten zu sehen.

Der Hubschrauber brachte mich zum Luftwaffenstützpunkt Travis, der rund sechzig Meilen nördlich der Stadt liegt. Ob die Marines oft auf Luftwaffenstützpunkten landeten? Ich wusste nicht viel über das Militär, aber es kam mir seltsam vor. Außerdem fand ich es ein wenig extrem, die Marines zu schicken, nur damit ich mich nicht zwei Stunden lang durch den Straßenverkehr kämpfen musste, aber gut.

Auf dem Rollfeld, wo der Hubschrauber landete, wartete ein Jeep, daneben stand ein Soldat der Air Force. Er stellte sich mir vor. Ich schwöre, dass er es tat, aber ich habe seinen Namen vergessen.

Er fuhr mich über das Rollfeld zu einer wartenden Düsenmaschine. Nein, es war kein Passagierflugzeug. Auch kein Learjet oder so etwas. Es war ein Kampfflugzeug. Ich weiß nicht, welcher Typ es war. Wie gesagt, ich kenne mich mit militärischen Dingen nicht so gut aus.

Mein Führer bugsierte mich die Leiter hinauf und setzte mich hinter den Piloten. Dann gab er mir eine Tablette und einen kleinen Becher mit Wasser. »Nehmen Sie das.«

»Was ist das?«

»Das verhindert, dass Sie in unser schönes, sauberes Cockpit kotzen.«

»Gut.«

Ich schluckte die Pille.

»Und es hilft Ihnen zu schlafen.«

»Was?«

Er war schon wieder weg, und das Bodenpersonal zog die Leiter zurück. Der Pilot sagte kein Wort zu mir. Zehn Minuten später hoben wir ab wie eine Fledermaus aus der Hölle. So eine Beschleunigung hatte ich noch nie im Leben gespürt. Die Pille wirkte. Ich hätte mit Sicherheit gekotzt.

»Wohin fliegen wir?«, fragte ich über das Headset.

»Tut mir leid, Sir, aber ich darf nicht mit Ihnen sprechen.«

»Dann wird es wohl ein langweiliger Flug.«

»Die meisten Flüge sind langweilig«, antwortete er.

Ich weiß nicht genau, wann ich einschlief, aber es muss schon wenige Minuten nach dem Start gewesen sein. Sechsunddreißig Stunden irre Wissenschaft und der Wirkstoff in der Tablette schickten mich sofort ins Land der Träume, obwohl der Düsenjäger eine Menge Krach machte.

Es ruckte, und ich wurde im Dunklen wach. Wir waren gelandet.

»Willkommen auf Hawaii, Sir«, sagte der Pilot.

»Hawaii? Warum bin ich auf Hawaii?«

»Diese Information hat man mir nicht gegeben.«

Der Düsenjäger rollte zu einer seitlichen Startbahn oder so, und das Bodenpersonal brachte eine Leiter. Ich war noch nicht einmal halb heruntergeklettert, da rief schon jemand: »Dr. Grace? Hier entlang, bitte!«

Der Mann trug eine Uniform der US Navy.

»Verdammt, wo bin ich hier?«, fragte ich.

»Auf dem Marinestützpunkt Pearl Harbor«, erklärte der Offizier. »Aber nur kurz. Folgen Sie mir bitte.«

»Ja, warum auch nicht?«

Sie steckten mich in einen weiteren Düsenjäger mit einem weiteren schweigsamen Piloten. Der einzige Unterschied war, dass dieses Flugzeug der Navy und nicht der Luftwaffe gehörte.

Wir flogen *sehr* lange. Ich verlor die Übersicht, wie viele Stunden es waren. Übersicht war sowieso nicht von Bedeutung. Niemand hatte mir verraten, wie lange der Flug dauern würde. Schließlich, ob Sie es glauben oder nicht, landeten wir auf einem Flugzeugträger.

Im Handumdrehen stand ich auf dem Deck und kam mir wie ein Idiot vor. Sie gaben mir einen Gehörschutz und einen Mantel und lotsten mich zu einem Hubschrauberlandeplatz. Dort wartete eine Maschine der Navy auf mich.

»Wann ist diese Reise endlich vorbei?«, fragte ich.

Sie ignorierten mich und schnallten mich an. Der Hubschrauber startete sofort. Dieses Mal dauerte der Flug nicht so lange, höchstens eine Stunde.

»Das wird interessant«, sagte der Pilot. Es waren die einzigen Worte, die er auf dem ganzen Flug gesagt hatte.

Wir sanken, und er fuhr das Fahrwerk aus. Unter uns war schon wieder ein Flugzeugträger. Ich blinzelte. Er sah irgendwie anders aus. Was war ... Oh, richtig. Auf ihm wehte eine große chinesische Flagge.

»Ist das ein chinesischer Flugzeugträger?«

»Ja, Sir.«

»Wir fliegen mit einem Hubschrauber der US Navy und wollen auf dem chinesischen Flugzeugträger landen?«

»Ja, Sir.«

»Verstehe.«

Wir landeten auf dem Helipad, wobei uns mehrere Angehörige der chinesischen Marine neugierig musterten. Dieser Hubschrauber würde nach dem Flug keine Wartung bekommen. Mein Pilot glotzte sie durch das Fenster an, und sie glotzten zurück.

Kaum dass ich draußen war, startete er schon wieder. Jetzt hatte China mich in der Hand.

Ein Marinesoldat kam und winkte mir, ihm zu folgen. Ich glaube, hier sprach niemand Englisch, aber ich begriff, was er wollte. Er führte mich zu einer Tür in dem Aufbau. Wir gingen hinein und wanderten durch Gänge, über Treppen und durch Räume, deren Sinn ich nicht verstand. Die ganze Zeit beobachteten mich chinesische Matrosen voller Neugierde.

Schließlich blieb er vor einer Tür mit chinesischen Schriftzeichen stehen. Er öffnete sie und wies mich hinein. Ich trat ein, worauf er die Tür sofort wieder zuknallte. Kein freundlicher Fremdenführer.

Ich glaube, es war ein Konferenzraum für Offiziere. Die Annahme stützte sich auf die Tatsache, dass an einem großen Tisch fünfzehn Leute saßen. Alle drehten die Köpfe herum und sahen mich an. Einige waren weiß, einige schwarz, einige Asiaten. Ein paar trugen Laborkittel, andere Anzüge.

Stratt saß natürlich am Kopfende. »Dr. Grace, wie war Ihr Flug?«

»Wie mein Flug war?«, entgegnete ich. »Man hat mich über den ganzen verflixten Planeten geschleppt, ohne mir auch nur ein Wort ...«

Sie hob die Hand. »Die Frage war eine höfliche Geste, Dr. Grace. Mir ist egal, wie Ihr Flug war.« Sie stand auf und wandte sich an die anderen im Raum. »Meine Damen und Herren, dies ist Dr. Ryland Grace aus den Vereinigten Staaten. Er hat herausgefunden, wie man die Astrophagen vermehren kann.«

Die anderen Teilnehmer der Konferenz schnappten nach Luft. Ein Mann sprang auf und sagte mit starkem französischem Akzent: »Ist das Ihr Ernst? *Stratt, pourquoi avez-vous ...*«

»*Parlez anglais*«, unterbrach sie ihn.

»Warum erfahren wir das erst jetzt?«, fragte der Franzose.

»Ich habe auf die Bestätigung gewartet. Während Dr. Grace unterwegs war, ließ ich sein Labor von Technikern untersuchen. Sie haben dort vier lebende Astrophagen gefunden. Ich hatte ihm jedoch nur drei zugeteilt.«

Ein älterer Mann im Laborkittel sagte mit ruhiger, sanfter Stimme etwas auf Japanisch. Ein jüngerer Japaner neben ihm, der einen schwarzen Anzug trug, übersetzte für ihn. »Dr. Matsuka möchte höflichst um eine detaillierte Beschreibung des Prozesses bitten.«

Stratt trat zur Seite und deutete auf ihren Stuhl. »Doktor Grace, setzen Sie sich und erklären Sie es uns.«

»Moment«, widersprach ich. »Wer sind diese Leute? Warum bin ich auf einem chinesischen Flugzeugträger? Und haben Sie eigentlich schon mal etwas von Skype gehört?«

»Dies ist ein internationaler Ausschuss hochrangiger Wissenschaftler und politischer Vertreter, die ich versammelt habe, um das Projekt Hail Mary voranzubringen.«

»Was ist das denn?«

»Das zu erklären würde eine Weile dauern. Wir alle wollen unbedingt von Ihren Erkenntnissen über die Astrophagen hören. Lassen Sie uns damit beginnen.«

Ich schlurfte nach vorn und setzte mich linkisch ans Kopfende des Tischs. Alle Augen ruhten auf mir.

Also erzählte ich es ihnen. Ich berichtete ihnen von den Experimenten mit dem Holzkasten. Ich beschrieb alle meine Tests, was ich zur Vorbereitung getan und wie ich sie durchgeführt hatte. Dann erläuterte ich meine Schlussfolgerungen. Ich schilderte meine Hypothese über den Lebenszyklus der Astrophagen und wie und warum er funktionierte. Es gab ein paar Fragen von den versammelten Wissenschaftlern und Politikern, aber die meisten hörten nur zu und machten sich Notizen. Mehrere Vertreter hatten Dolmetscher dabei, die ihnen ins Ohr flüsterten.

»Also ... ja«, sagte ich. »Das wäre es für den Augenblick. Ich meine, es ist nicht gründlich überprüft, aber es scheint recht simpel zu sein.«

Der Franzose hob die Hand. »Wäre es möglich, Astrophagen in großem Maßstab zu züchten?«

Die anderen beugten sich vor. Anscheinend war das eine wichtige Frage, die auch ihnen auf der Zunge lag. Ich erschrak, als sie mich auf einmal wie gebannt anstarrten.

Sogar Stratt schien ungewöhnlich interessiert. »Nun?«, fragte sie. »Bitte beantworten Sie Minister Vigots Frage.«

»Sicher«, sagte ich. »Ich meine ... warum nicht?«

»Wie würden Sie das anfangen?«, wollte Stratt wissen.

»Ich glaube, ich würde ein großes gekrümmtes Keramikrohr nehmen und mit Kohlendioxid füllen. Ein Ende wird so stark erhitzt, wie es nur möglich ist, und dort muss ein helles Licht sein. Wickeln Sie eine Spule darum, um das Magnetfeld der Sonne zu simulieren. Bauen Sie am anderen Ende einen Infrarotsender ein, der Licht mit 4,26 und 14,99 Mikrometer Wellenlänge abstrahlt. Halten Sie das Innere der Röhre so dunkel wie möglich. Das müsste funktionieren.«

»Wie genau funktioniert es denn?«, hakte sie nach.

Ich zuckte mit den Achseln. »Der Astrophage sammelt Energie an der ›Sonnenseite‹. Wenn er zur Fortpflanzung bereit ist, folgt er dem Magnetfeld bis zur Krümmung des Rohrs. Dort erkennt er das Infrarotlicht am anderen Ende und steuert es an. Wenn er das Licht sieht und dem Kohlendioxid ausgesetzt ist, teilt er sich. Dann fliegen Eltern- und Tochterzellen zur Sonnenseite zurück. Ganz einfach.«

Ein wie ein Politiker aussehender Mann hob eine Hand und sprach mit einem afrikanisch klingenden Akzent. »Wie viele Astrophagen kann man auf diese Weise herstellen? Und wie schnell geht es?«

»Sie haben wahrscheinlich eine gewisse Verdopplungszeit«, erklärte ich. »Genau wie Algen oder Bakterien. Ich weiß nicht, wie groß diese Zeitspanne ist, aber da sich die Sonne verdunkelt, dürfte es recht schnell gehen.«

Eine Frau im Laborkittel telefonierte bereits. Sie legte das Gerät weg und wandte sich mit starkem chinesischem Akzent an mich. »Unsere Wissenschaftler haben Ihre Ergebnisse reproduziert.«

Minister Vigot sah sie finster an. »Woher wussten Sie von seinem Verfahren? Er hat es uns doch gerade erst beschrieben.«

»Vermutlich Spione«, meinte Stratt.

Der Franzose war empört. »Wie können Sie es wagen, uns derart zu hintergehen und ...«

»Seien Sie still«, unterbrach Stratt ihn. »Über so etwas sind wir längst hinaus. Ms. Xi, haben Sie zusätzliche Informationen für uns?«

»Ja«, bestätigte sie. »Wir schätzen, dass die Verdopplungszeit unter idealen Bedingungen etwas mehr als acht Tage beträgt.«

»Was bedeutet das?«, wollte der afrikanische Diplomat wissen. »Wie viel können wir herstellen?«

»Also ...« Ich startete den Taschenrechner meines Smartphones und tippte ein paar Zahlen ein. »Wenn wir mit den Astrophagen beginnen, die wir jetzt haben, und sie ein Jahr lang vermehren, haben wir am Ende ... etwa 173.000 Kilogramm Astrophagen.«

»Wären das Astrophagen mit der höchsten Energiedichte? Wären sie alle bereit, sich zu vermehren?«

»Sie wollen also ... sagen wir mal, angereicherte Astrophagen haben?«

»Ja«, bestätigte er. »Das ist genau der richtige Ausdruck. Wir wollen Astrophagen haben, die so viel Energie speichern, wie sie nur können.«

»Äh ... ich glaube, das ließe sich machen«, antwortete ich. »Zuerst einmal produzieren Sie die Zahl von Astrophagen, die Sie haben wollen, und dann setzen Sie sie starker Hitze aus, zeigen ihnen aber keine CO_2-Spektrallinien. Sie nehmen die Energie auf und warten einfach ab, bis sie irgendwo an CO_2 kommen.«

»Und wenn wir zwei Millionen Kilogramm angereicherte Astrophagen brauchen?«, fragte der Diplomat.

»Sie verdoppeln sich alle acht Tage«, erklärte ich. »Zwei Millionen Kilogramm wären etwa vier weitere Verdopplungen. Also dauert es einen Monat länger.«

Eine Frau beugte sich vor und legte die Fingerspitzen zusammen. »Vielleicht haben wir noch eine Chance.« Sie sprach mit amerikanischem Akzent.

»Eine sehr geringe«, meinte Vigot.

»Wir haben noch Hoffnung«, warf der japanische Übersetzer ein, der wahrscheinlich für Dr. Matsuka sprach.

»Wir müssen uns beraten«, entschied Stratt. »Ruhen Sie sich etwas aus, Dr. Grace. Der Matrose draußen zeigt Ihnen eine Koje.«

»Aber ich wüsste gern, was es mit dem Projekt Hail Mary auf sich hat!«

»Oh, das werden Sie noch erfahren, glauben Sie mir.«

Ich schlief vierzehn Stunden.

Flugzeugträger sind in mehr als einer Hinsicht erstaunlich, aber sie sind keine Fünfsternehotels. Die Chinesen hatten mir eine saubere, bequeme Koje in einem Offiziersschlafraum zugewiesen. Ich konnte mich nicht beklagen. Ich war so müde, ich hätte auch auf dem Flugdeck geschlafen.

Als ich aufwachte, spürte ich etwas Seltsames auf der Stirn. Ich hob die Hand und bemerkte einen Klebezettel. Jemand hatte mir, während ich geschlafen hatte, eine Notiz auf die Stirn geklebt. Ich zog sie ab und las:

Saubere Kleidung und Toilettenartikel in der Reisetasche unter Ihrer Koje. Zeigen Sie diese Notiz einem Matrosen, wenn Sie sich frisch gemacht haben: 请带我去甲板7的官员会议室

– Stratt

»Die nervt aber ganz schön«, murmelte ich.

Ich stolperte aus meiner Pritsche heraus. Einige Offiziere warfen mir flüchtige Blicke zu, ignorierten mich aber weitgehend. Ich fand die Tasche und darin wie versprochen Kleidung, Zahnputzzeug und Seife. Ich sah mich in dem Schlafraum um und bemerkte jenseits einer Tür eine Umkleide.

Ich benutzte das Bad, anschließend duschte ich mit drei anderen Männern. Ich trocknete mich ab und zog den Overall an, den Stratt mir zur Verfügung gestellt hatte. Er war strahlend gelb und hinten mit chinesischen Zeichen beschriftet. Auf dem linken Bein war ein großer roter Streifen. Vermutlich ein deutliches Zeichen, dass ich ein fremder Zivilist war und nicht zu allen Bereichen Zutritt hatte.

Ich winkte dem nächsten Matrosen, der mir begegnete, und zeigte ihm den Zettel. Er nickte und bedeutete mir, ihm zu folgen. Dann führte er mich durch ein Gewirr von gewundenen kleinen Gängen, die einander völlig glichen, bis wir den Raum erreichten, in dem ich schon am Vortag gewesen war.

Ich trat ein und sah Stratt und einige ihrer … Kollegen? Eine Untergruppe des Ausschusses vom vergangenen Tag. Nur Minister Vigot, die chinesische Wissenschaftlerin – ich glaube, sie hieß Xi – und ein Mann in russischer Uniform. Der Russe war auch beim ersten Mal schon dabei gewesen, hatte aber nichts gesagt. Alle schienen sehr konzentriert, und der Tisch war voller Papiere. Ab und zu tuschelten sie leise miteinander. Ich wusste nicht, wie ihre Beziehungen untereinander aussahen, aber Stratt hatte offensichtlich die Leitung.

Sie hob den Kopf, als ich eintrat.

»Ah, Dr. Grace. Sie sehen erholt aus.« Sie deutete nach links. »Da auf der Anrichte ist etwas zu essen.«

Aber hallo! Reis, aufgebackene Brötchen, Gebäck und eine Kanne Kaffee. Ich eilte hinüber und bediente mich. Ich hatte einen Bärenhunger.

Mit einem vollen Teller und einer Tasse Kaffee setzte ich mich an den Konferenztisch.

»So«, sagte ich mit dem Mund voller Reis, »verraten Sie mir jetzt, warum wir auf einem chinesischen Flugzeugträger sind?«

»Ich brauchte einen Flugzeugträger. Die Chinesen haben mir einen gegeben. Also, sie haben ihn mir geliehen.«

Ich schlürfte Kaffee. »Es gab mal eine Zeit, da hätte mich so etwas überrascht. Aber ... das ist wohl vorbei.«

»Kommerzielle Flüge dauern zu lange und haben oft Verspätung«, erklärte sie. »Das Militär fliegt, wann immer es nötig ist, und sogar mit Überschallgeschwindigkeit. Ich musste ohne Verzögerung Fachleute von der ganzen Erde hierherholen können.«

»Ms. Stratt kann sehr überzeugend sein«, sagte Minister Vigot.

Ich schaufelte mir Essen in den Mund. »Werfen Sie es dem vor, der ihr diese Autorität gegeben hat.«

Vigot kicherte. »Das war ein Teil des Entscheidungsprozesses. Ich bin der französische Außenminister. Das entspricht bei Ihnen dem Secretary of State.«

Ich hielt beim Kauen inne. »Mann«, sagte ich mit vollem Mund. Dann schluckte ich herunter. »Sie sind der hochrangigste Politiker, dem ich je begegnet bin.«

»Nein, bin ich nicht.« Er deutete auf Stratt.

Sie legte ein Blatt Papier vor mich hin. »Das hier hat zum Projekt Hail Mary geführt.«

»Sie zeigen es ihm?«, fragte Vigot. »Ohne ihm die Sicherheitsfreigabe ...«

Stratt legte mir eine Hand auf die Schulter. »Dr. Ryland Grace, hiermit gewähre ich Ihnen die höchste Sicherheitsfreigabe für alle Informationen in Zusammenhang mit dem Projekt Hail Mary.«

»So meinte ich das nicht«, wandte Vigot ein. »Es gibt entsprechende Verfahren und Überprüfungen, wenn man ...«

»Wir haben keine Zeit für diesen Unsinn«, entgegnete Stratt. »Deshalb haben Sie mir schließlich die Leitung übertragen. Damit es schnell geht.«

Sie wandte sich an mich und tippte auf das Papier. »Das sind die Daten von Amateurastronomen auf der ganzen Welt. Sie belegen etwas sehr Wichtiges.«

Auf dem Blatt waren Zahlen in Kolonnen angeordnet. Über den Spalten stand: »Alpha Centauri«, »Sirius«, »Luyten 726-8« und so weiter.

»Sterne?«, fragte ich. »Das sind die Sterne in unserer lokalen Gruppe. Warten Sie – sagten Sie, das käme von Amateurastronomen? Wenn Sie den französischen Außenminister herumkommandieren können, warum lassen Sie dann nicht professionelle Astronomen für sich arbeiten?«

»Das mache ich doch«, erwiderte Stratt. »Das hier sind historische Daten, die in den letzten Jahren gesammelt wurden. Professionelle Astronomen kümmern sich nicht um die lokale Gruppe. Sie betrachten weit entfernte Dinge. Nur die Amateure sammeln Daten über nahe Objekte. Wie die Trainspotter. Hobbysterngucker im Hinterhof. Einige haben Ausrüstungen, die Zehntausende Dollar wert sind.«

Ich nahm das Blatt in die Hand. »Und was ist das hier?«

»Daten zur Leuchtkraft. Aus den Beobachtungen von Tausenden Amateuren gewonnene Daten, normalisiert und mit Rücksicht auf Wetterlage und Sichtbarkeit korrigiert. Dazu hat man Supercomputer eingesetzt. Es läuft auf Folgendes hinaus: Unsere Sonne ist nicht der einzige Stern, der sich verdunkelt.«

»Ehrlich?«, staunte ich. »Oh! Das ist absolut plausibel. Die Astrophagen können sich mit 92 Prozent der Lichtgeschwindigkeit fortbewegen. Wenn sie in einen Schlafzustand fallen und lange genug am Leben bleiben, könnten sie auch benachbarte

Sterne infizieren. Sie verteilen sich wie Sporen! Wie Schimmel! Sie wandern von Stern zu Stern.«

»Ja, das ist unsere Theorie«, bestätigte Stratt. »Die Daten reichen Jahrzehnte zurück. Sie sind nicht völlig zuverlässig, aber man kann einen Trend erkennen. Die NSA hat zurückgerechnet, dass ...«

»Warten Sie mal. Die NSA? Die National Security Agency der USA?«

»Sie haben die besten Supercomputer der Welt. Ich brauchte ihre Rechenleistung und die Techniker, um alle möglichen Szenarien und Ausbreitungsmodelle für die Astrophagen in der Galaxis zu untersuchen. Kommen wir wieder zurück zur Sache: Die Sterne in der lokalen Gruppe werden schon seit Jahrzehnten dunkler. Und die Abnahme der Leuchtkraft wächst exponentiell – genau wie bei unserer Sonne.«

Sie reichte mir ein anderes Blatt. Es zeigte mehrere mit Linien verbundene Punkte, über jedem Punkt stand der Name eines Sterns. »Wir mussten bei den Berechnungen der Verdunkelung die Lichtgeschwindigkeit und die Entfernungen zwischen den Sternen und so weiter berücksichtigen. Dabei kam ein klarer Ablauf der Infektion von Stern zu Stern heraus. Wir wissen jetzt, welcher Stern zu welchem Zeitpunkt von welchem anderen Stern infiziert wurde. Unsere Sonne wurde von einem Stern namens WISE 0855-0714 infiziert. Dieser Stern wurde seinerseits von Sirius angesteckt und Sirius von Epsilon Eridani. Dann verliert sich die Spur.«

Ich betrachtete die Darstellung. »Oh. WISE 0855-0714 hat auch Wolf 359, Lalande 21185 und Ross 128 infiziert.«

»Ja. Irgendwann hat ein Stern alle seine Nachbarn angesteckt. Anhand unserer Daten glauben wir, dass die Astrophagen eine maximale Reichweite von etwas weniger als acht Lichtjahren haben. Jeder Stern in Reichweite eines infizierten Sterns wird früher oder später ebenfalls infiziert.«

Ich betrachtete die Daten. »Warum gerade acht Lichtjahre? Warum nicht mehr oder weniger?«

»Wir vermuten, die Astrophagen können ohne Stern nur eine

gewisse Zeit leben, und in dieser Spanne schaffen sie es, etwa acht Lichtjahre weit zu treiben.«

»Von einem evolutionären Standpunkt aus leuchtet das ein«, sagte ich. »Die meisten Sterne haben im Umkreis von acht Lichtjahren einen Nachbarn, also mussten sich die Astrophagen auch nur gerade weit genug entwickeln, um diese Distanz zu überwinden und sich auszubreiten.«

»Wahrscheinlich«, stimmte Stratt zu.

»Hat denn niemand vorher bemerkt, dass die Sterne trüb wurden?«, fragte ich.

»Sie verdunkeln sich nur um zehn Prozent, dann hört es auf. Den Grund kennen wir nicht. Das bloße Auge sieht es nicht, aber ...«

»Aber wenn unsere Sonne zehn Prozent schwächer strahlt, sind wir alle tot.«

»So ziemlich.«

Xi beugte sich am Tisch vor. Ihre Haltung war extrem förmlich. »Ms. Stratt hat Ihnen noch nicht das Wichtigste gesagt.«

Der Russe nickte. Es war das erste Mal, dass er sich überhaupt bewegte.

Xi fuhr fort: »Wissen Sie, was Tau Ceti ist?«

»Ob ich das weiß?«, antwortete ich. »Ich meine ... es ist ein Stern, meines Wissens ungefähr zwölf Lichtjahre von uns entfernt.«

»Elf Komma neun«, bestätigte Xi. »Sehr gut. Die meisten Menschen wissen das nicht.«

»Ich unterrichte Naturkunde an einer Junior Highschool«, erklärte ich. »Da kommt so etwas schon mal zur Sprache.«

Xi und der Russe wechselten einen überraschten Blick. Dann wandten sie sich beide an Stratt.

Stratt funkelte sie an. »In ihm steckt noch viel mehr.«

Xi fasste sich (nicht, dass sie wirklich die Fassung verloren hätte). »Ähm ... wie auch immer, Tau Ceti befindet sich mitten in der Gruppe der infizierten Sterne. Genauer gesagt, ist das System dem Zentrum sogar sehr nahe.«

»Gut«, antwortete ich. »Ich habe so eine Ahnung, dass das, was jetzt kommt, wichtig ist.«

»Der Stern ist nicht infiziert«, fuhr Xi fort. »Ringsherum sind alle Sterne betroffen. Im Abstand von acht Lichtjahren gibt es sogar zwei stark infizierte Sterne, aber Tau Ceti selbst bleibt unbeeinflusst.«

»Warum das?«

Stratt wühlte in ihren Papieren. »Genau das wollen wir herausfinden. Wir haben vor, ein Raumschiff zu bauen und es dort hinzuschicken.«

Ich schnaubte. »Sie können doch nicht einfach ein interstellares Raumschiff bauen. Wir haben nicht die nötige Technologie. Wir haben nicht einmal etwas, das dieser Technologie auch nur nahekäme.«

Jetzt meldete sich zum ersten Mal der Russe zu Wort. »Aber ja, mein Freund, das haben wir.«

Stratt deutete auf den Russen. »Dr. Komorow ist ...«

»Bitte nennen Sie mich Dimitri«, warf er ein.

»Dimitri leitet die Forschung der russischen Föderation zu den Astrophagen«, sagte sie.

»Freut mich, Sie kennenzulernen«, sagte er. »Ich möchte Ihnen mitteilen, dass wir tatsächlich interstellare Reise unternehmen können.«

»Nein, können wir nicht«, widersprach ich. »Es sei denn, Sie besitzen ein Alien-Raumschiff, von dem Sie bisher noch niemandem etwas erzählt haben.«

»In gewisser Weise, wir besitzen schon«, behauptete er. »Wir haben sogar viele außerirdische Raumschiffe. Wir nennen sie Astrophagen. Verstehen Sie? Meine Gruppe hat das Energiemanagement der Astrophagen untersucht. Es ist *höchst* interessant.«

Auf einmal vergaß ich alles andere, was sonst noch in dem Raum vor sich ging. »Mein Gott, bitte sagen Sie mir, dass Sie verstanden haben, wohin die Hitze verschwindet. Ich kann mir einfach nicht zusammenreimen, was sie mit dieser Hitzestrahlung tun.«

»Ja, das haben wir herausgefunden«, berichtete Dimitri. »Mit Laserstrahlen. Es war sehr erhellendes Experiment.«

»War das ein Wortspiel?«

»Das war es!«

»Nicht schlecht.«

Wir lachten. Stratt starrte uns an.

Dimitri räusperte sich. »Also ... ja. Wir haben eng gebündelten Laser mit einem Kilowatt Leistung auf einzelnen Astrophagen gerichtet. Wie üblich, wurde nicht wärmer. Aber nach fünfundzwanzig Minuten prallt das Licht ab. Unser kleiner Astrophage ist voll. Hat gut gegessen. Hat 1,5 Megajoule Lichtenergie aufgenommen. Mehr wollte er nicht. Aber das ist sehr viel Energie! Wo steckt er diese Energie hin?«

Ich beugte mich viel zu weit über den Tisch vor. Ich konnte nicht anders. »Wohin denn nun?«

»Wir haben Astrophagenzelle natürlich vor und nach dem Experiment gewogen.«

»Natürlich.«

»Astrophagenzelle ist danach siebzehn Nanogramm schwerer. Erkennen Sie, wohin das führt, ja?«

»Nein, das ist doch nicht möglich. Sie muss durch Reaktionen mit der Luft oder so schwerer geworden sein.«

»Nein, sie war während des Versuchs natürlich im Vakuum.«

»O mein Gott.« Mir wurde schwindlig. »Siebzehn Nanogramm ... mal neun mal zehn hoch sechzehn ... 1,5 Megajoule!«

Ich ließ mich auf den Stuhl fallen. »Heiliger ... ich meine ... o Mann.«

»Ja, so habe ich mich auch gefühlt.«

Umwandlung von Energie in Masse. Wie es der große Albert Einstein einmal ausdrückte: $E = mc^2$. In der Masse steckt eine absurde Menge an Energie. Ein modernes Atomkraftwerk kann eine ganze Stadt ein Jahr lang mit der Energie versorgen, die in einem einzigen Kilogramm Uran gespeichert ist. Mehr nicht. Die ganze Jahresproduktion eines Atomkraftwerks kommt aus einem einzigen Kilogramm Masse.

Anscheinend können die Astrophagen dies in beide Richtungen tun. Sie benutzen Wärmeenergie, die sie in Masse verwandeln. Wenn sie die Energie brauchen, verwandeln sie die Masse wieder in Energie – in Form von Licht mit der Petrowa-Frequenz. Und damit treiben sie sich selbst an, um durch den Weltraum zu fliegen. Also ist dies nicht nur ein perfekter Energiespeicher, sondern zugleich auch ein perfekter Raumschiffantrieb.

Die Evolution kann irrsinnig effizient sein, wenn man sie ein paar Milliarden Jahre in Ruhe lässt.

Ich rieb mir den Kopf. »Das ist doch verrückt. Aber auf eine gute Art und Weise. Glauben Sie, die Astrophagen produzieren intern Antimaterie? Oder etwas in dieser Art?«

»Das wissen wir nicht. Aber die Masse hat eindeutig zugenommen. Wenn sie das Licht als Antrieb benutzen, nimmt Masse proportional zur freigesetzten Energie wieder ab.«

»Das ist ... Dimitri, ich will mit Ihnen abhängen. Ich meine ... geht das hier? Ich gebe Ihnen ein Bier aus. Oder Wodka. Oder was auch sonst. Ich möchte wetten, dass es hier an Bord ein Offizierscasino gibt, oder?«

»Es wäre mir ein Vergnügen.«

»Wie schön, dass Sie sich anfreunden«, schaltete sich Stratt ein. »Aber ehe Sie in einer Bar verschwinden, haben Sie noch eine Menge Arbeit.«

»Ich? Was könnte ich dabei schon tun?«

»Sie müssen eine Astrophagenzucht entwerfen und konstruieren.«

Ich blinzelte. Dann sprang ich auf. »Sie wollen ein mit Astrophagen angetriebenes Raumschiff bauen!«

Alle nickten.

»Heiliger Strohsack! Das ist der effizienteste Raketentreibstoff aller Zeiten! Wie viel benötigt man wohl, um ... oh. Zwei Millionen Kilogramm, ja? Deshalb wollten Sie wissen, wie viel Zeit man für diese Menge braucht.«

»Ja«, bestätigte Xi. »Für ein Schiff mit hunderttausend Kilogramm Masse brauchen wir zwei Millionen Kilogramm Astrophagen, um es nach Tau Ceti zu bringen. Dank Ihrer Hilfe wissen wir jetzt, wie wir die Astrophagen aktivieren und den Schub beliebig steuern können.«

Ich setzte mich wieder, zückte mein Handy und startete den Taschenrechner. »Das würde … eine *Menge* Energie erfordern. Mehr Energie, als es auf der ganzen Welt gibt. Es wären etwa zehn hoch dreiundzwanzig Joule. Der größte Atomreaktor auf der Erde produziert etwa acht Gigawatt. Dieser Reaktor würde *zwei Millionen* Jahre brauchen, um so viel Energie zu erzeugen.«

»Wir haben eine Vorstellung, wie wir diese Energie erzeugen können«, erwiderte Stratt. »Sie müssen nur den Brüter bauen. Fangen Sie klein an und bringen Sie einen Prototyp in Gang.«

»Alles klar«, willigte ich ein. »Aber die Tour durch alle Militärstützpunkte auf der Welt hat mir nicht so gefallen. Darf ich mit einem Linienflug nach Hause zurückkehren? Economy reicht.«

»Sie sind zu Hause«, entgegnete Stratt. »Der Hangar ist leer. Sagen Sie mir, was Sie brauchen – einschließlich Mitarbeiter –, und ich besorge es.«

Ich sah mich im Konferenzraum um. Xi, Vigot und Dimitri nickten. Das war kein Witz. Stratt meinte es ernst.

»Warum?«, fragte ich. »Warum, zum Teufel, können Sie nicht normal sein, Stratt? Wenn Sie schnelle Militärflieger einsetzen wollen, na schön, aber warum arbeiten Sie dann nicht auf einem Luftwaffenstützpunkt oder so, wie es jeder andere vernünftige Mensch tun würde?«

»Weil wir mit einer Menge Astrophagen experimentieren werden, sobald wir sie erbrütet haben. Und wenn wir versehentlich ein paar Kilogramm von dem Zeug aktivieren, ist die Explosion größer als die größte Atombombe, die je gebaut wurde.«

»Die Zar-Bombe«, erklärte Dimitri. »Hat mein Land hergestellt. Fünfzig Megatonnen. Bumm.«

Stratt fuhr fort: »Deshalb sind wir lieber draußen auf dem Meer, wo wir keine Städte auslöschen.«

»Oh«, sagte ich.

»Wenn wir größere Mengen Astrophagen herstellen, fahren wir

weiter aufs Meer hinaus. Wie auch immer, gehen Sie in den Hangar. Die Zimmerleute bauen bereits Unterkünfte und Büros. Suchen Sie sich aus, wen Sie brauchen, und legen Sie los.«

»Das ist jetzt unser Leben«, erklärte Dimitri. »Willkommen an Bord.«

6

Also gut, wenn ich schon sterben muss, dann soll mein Tod wenigstens einen Sinn haben. Ich will herausfinden, was man tun kann, um die Astrophagen zu stoppen. Anschließend schicke ich meine Entdeckungen zur Erde. Und dann ... sterbe ich. Es gibt hier viele Möglichkeiten, schmerzlos Selbstmord zu begehen – eine Medikamentenüberdosis, oder die Sauerstoffzufuhr drosseln, bis ich einschlafe und sterbe.

Was für ein aufmunternder Gedanke.

Ich esse eine köstliche Tube »Tag 4 – Mahlzeit 2«. Vermutlich schmeckt es nach Rindfleisch. Die Nahrung wird stückiger. Es sind tatsächlich ein paar feste Brocken darin. Ich glaube, ich kaue auf einem kleinen Karottenwürfel herum. Es ist schön, zur Abwechslung mal etwas Textur im Essen zu spüren.

»Mehr Wasser!«, verlange ich.

Der Pflegebot, wie ich ihn inzwischen nenne, nimmt mir sofort den leeren Plastikbecher ab und ersetzt ihn durch einen vollen. Es ist komisch. Vor drei Tagen waren diese in der Decke montierten Arme noch Monster, die es auf mich abgesehen hatten. Jetzt sind sie ein Teil meines Lebens.

Ich habe herausgefunden, dass der Schlafraum ein guter Ort zum Nachdenken ist. Jedenfalls seit die Leichen fort sind. Im Labor gibt es keine Möglichkeit, sich zu entspannen. Im Cockpit steht zwar ein bequemer Pilotensessel, aber der Raum ist vollgestopft, und überall blinken Lichter. Im Schlafraum wartet mein schönes, bequemes Bett, auf dem ich mich ausstrecken kann, während ich überlege, was ich als Nächstes tun will. Außerdem ist der Schlafraum der Bereich, wo ich mein Essen bekomme.

Im Laufe der letzten zwei Tage ist mir vieles eingefallen. Anscheinend war das Projekt Hail Mary erfolgreich, denn ich bin in einem anderen Sonnensystem. Ich nehme an, es ist Tau Ceti. Kein Wunder, dass ich den Stern mit der Sonne verwechselt habe. Tau Ceti ist der Sonne so ähnlich, wie es ein anderer Stern nur sein kann. Der gleiche Spektraltyp, die gleiche Farbe und so weiter.

Und ich weiß, warum ich hier bin. Nicht nur in allgemeinen Begriffen wie »He, die Welt geht unter. Sorge dafür, dass es nicht passiert.« Nein, mein Auftrag ist sehr spezifisch: Finde heraus, warum Tau Ceti von den Astrophagen nicht betroffen ist.

Das ist leichter gesagt als getan. Hoffentlich fallen mir später noch mehr Details ein.

Eine Million Fragen schießen mir durch den Kopf. Die wichtigsten sind:

1. Wie durchsuche ich ein ganzes Sonnensystem nach Informationen über die Astrophagen?
2. Was soll ich hier tun? Meinen Astrophagentreibstoff auf Tau Ceti werfen und sehen, was passiert?
3. Wie kann ich dieses Raumschiff steuern?
4. Wenn ich nützliche Informationen herausbekomme, wie teile ich sie der Erde mit? Vermutlich ist das die Aufgabe der Beetles, aber wie lade ich Daten zu ihnen hoch? Wie richte ich sie aus? Wie starte ich sie?
5. Warum nehme ausgerechnet ich, unter allen Menschen auf der Welt, an dieser Mission teil? Ja, ich habe einiges über die Astrophagen herausgefunden, aber das ist doch kein ausreichender Grund? Ich bin ein Laborarbeiter, kein Astronaut. Man schickt ja auch nicht Wernher von Braun in den Weltraum. Es hätte doch sicher besser qualifizierte Leute gegeben.

Ich beschließe, ganz klein anzufangen. Zuerst muss ich in Erfahrung bringen, wozu dieses Schiff imstande ist und wie man es steuert. Sie haben die Crew ins Koma versetzt. Ihnen muss klar gewesen sein, dass dabei unsere Gehirne geschädigt werden konnten. Irgendwo muss es ein Handbuch geben.

»Flughandbuch«, verlange ich laut.

»Schiffsinformationen können Sie im Cockpit finden«, antwortet der Pflegebot.

»Wo?«

»Schiffsinformationen können Sie im Cockpit finden.«

»Nein. Wo im Cockpit kann ich die Schiffsinformationen finden?«

»Schiffsinformationen können Sie im Cockpit finden.«

»Du gehst mir auf den Wecker«, antworte ich.

Ich steige zum Cockpit hoch und sehe mir alle Bildschirme genau an. Es dauert eine Stunde, um zu erfassen, was dort abgebildet ist, und zu raten, welche Funktion die Bildschirme haben. Vor allem suche ich nach etwas, das »Informationen« heißt, oder vielleicht auch »Wollen Sie die Menschheit retten? Klicken Sie hier, um mehr zu erfahren.«

Pech gehabt. Nach mehreren Stunden Tipperei auf den Bildschirmen habe ich rein gar nichts herausgefunden. Vielleicht dachten sie, wenn die Crew so bematscht im Kopf ist, dass sie nicht einmal mehr weiß, wie das Schiff gesteuert wird, dann taugen sie als Wissenschaftler auch nichts mehr.

Immerhin weiß ich jetzt, dass jeder Bildschirm jede Anzeige darstellen kann. Sie sind also austauschbar. Wenn man links oben antippt, erscheint ein Menü, und man kann sich aussuchen, was man sehen will.

Das ist nett. So kann man an seine Bedürfnisse anpassen, was dargestellt werden soll. Der Bildschirm direkt vor dem Pilotensitz ist der größte.

Ich entscheide mich für einen etwas direkteren Weg. Ich werde anfangen, auf Knöpfe zu drücken!

Hoffentlich gibt es keinen »Sprenge das Schiff«-Knopf. Ich glaube aber, so etwas hätte Stratt gar nicht erst einbauen lassen.

Stratt. Ich frage mich, was sie gerade tut. Wahrscheinlich sitzt sie in irgendeinem Kontrollraum, und der Papst macht ihr einen

Kaffee. Sie war (ist?) eine wirklich dominante Persönlichkeit. Aber zum Teufel damit, ich bin froh, dass sie die Leitung hatte und dieses Schiff bauen ließ. Jedenfalls jetzt, da ich an Bord bin und so weiter. Es ist schön zu sehen, dass sie mit ihrer Aufmerksamkeit für Details und ihrem Beharren auf Perfektion so gut vorgesorgt hat.

Es gelingt mir, die Anzeige für »Wissenschaftliche Instrumente« aufzurufen. Mit dieser Darstellung habe ich schon einmal viel Zeit verbracht. Im Augenblick ist dort ein Abbild von Tau Ceti zu sehen. Links oben steht »Helioskop«. Das habe ich bisher noch gar nicht bemerkt. Auf der linken Seite sind mehrere Symbole angeordnet. Ich vermute, es handelt sich um andere Instrumente. Willkürlich drücke ich auf ein Symbol.

Tau Ceti verschwindet. Links oben sehe ich jetzt: »Externe Sammeleinheit«. Der Bildschirm zeigt verschiedene leere Rechtecke. Es gibt eine Art Steuerung, um den Blickwinkel zu verändern, und die Möglichkeiten »Bugseite öffnen« und »Heckseite öffnen«. Gut, das merke ich mir, auch wenn ich nicht genau weiß, was ich mit diesen Informationen anfangen soll. Ich drücke auf ein anderes Symbol.

Dieses Mal ist es ein »Petrowaskop«. Darunter ist der Bildschirm schwarz und zeigt eine Fehlermeldung: PETROWASKOP BENUTZUNG NICHT MÖGLICH WÄHREND SPINANTRIEB AKTIV IST.

»Hmpf«, mache ich.

Na gut, was ist ein Petrowaskop? Meine Vermutung: Ein Teleskop und/oder eine Kamera, mit denen man das Infrarotlicht erkennt, das die Astrophagen abstrahlen. Das Gerät ist auf die Petrowa-Wellenlänge des Petrowa-Strahls eingestellt. Deshalb ist es ein Petrowaskop. Wir sollten unbedingt aufhören, vor jedes Wort »Petrowa« zu setzen.

Warum kann ich das Gerät nicht benutzen, während der Spinantrieb aktiv ist?

Ich weiß nicht, wie ein Spinantrieb funktioniert oder warum er so heißt, aber ich weiß, dass ich einen im Heck des Schiffs habe, der Astrophagen als Treibstoff verbraucht. Das wäre dann mein

Motor. Wahrscheinlich aktiviert er angereicherte Astrophagen und benutzt sie für den Rückstoß.

Ah ... und das bedeutet, dass im Augenblick eine geradezu lächerliche Menge an Infrarotlicht aus dem Heck des Schiffs strahlt. Den genauen Wert könnte ich zwar ausrechnen, aber ... Nein, ich kann nicht anders. Ich will es sofort wissen.

Die Maschinen verbrauchen sechs Gramm Astrophagen in der Sekunde. Die Astrophagen speichern Energie als Masse. Also wandelt der Spinantrieb pro Sekunde sechs Gramm Masse in reine Energie um und stößt sie aus. Genauer gesagt, tun das die Astrophagen, aber egal.

Rechts neben mir blende ich die »Helfer«-Anzeige ein. Dort warten verschiedene nützliche Anwendungen, die mir bekannt vorkommen. Eine von ihnen ist ein Taschenrechner. Mit seiner Hilfe berechne ich die Masse-Energie-Konversion für die sechs Gramm ... Guter Gott, das sind 540 Billionen Watt. Also sind das 540 Billionen Joule, die dieses Schiff pro Sekunde abstrahlt. So viel Energie kann ich mir nicht einmal annähernd vorstellen. Es ist erheblich mehr, als die Oberfläche der Sonne aussendet. Wirklich. Es ist ... wenn man auf der Oberfläche der Sonne steht, bekommt man weniger Energie ab als hinter der *Hail Mary* bei vollem Schub.

Im Moment bremse ich. So muss es sein. Ich soll im Tau-Ceti-System anhalten. Also zeigt der Bug vom Stern weg, und ich werde langsamer, nachdem ich den größten Teil der Reise beinahe bei Lichtgeschwindigkeit verbracht habe.

Schön, all dieses Licht trifft auf Staubpartikel, auf Ionen und alles andere, was sich zwischen mir und Tau Ceti befindet, während ich hier entlangrase. Die armen kleinen Partikel werden buchstäblich verdampft. Dies müsste am Heck des Schiffs etwas Infrarotlicht streuen. Verglichen mit dem Ausstoß des Antriebs, ist es nicht viel, aber es müsste im Petrowaskop trotzdem noch blendend hell sein, denn das Gerät ist sicher sehr empfindlich, damit es auch kleinste Strahlungsmengen auf dieser Frequenz auffangen kann.

Daher kann ich das Petrowaskop nicht benutzen, während der Antrieb läuft.

Aber, Mannomann, ich wüsste wirklich gern, ob Tau Ceti einen Petrowa-Strahl hat.

Theoretisch müsste jeder mit den Astrophagen infizierte Stern einen haben, oder? Die kleinen Biester brauchen Kohlendioxid, um sich zu vermehren. In einem Stern bekommt man das nicht (es sei denn, man stößt bis zum Kern vor, aber ich glaube, bei diesen Temperaturen könnten nicht einmal Astrophagen überleben).

Wenn ich einen Petrowa-Strahl entdecke, bedeutet dies, dass es in Tau Ceti eine aktive Astrophagen-Population gibt, die aus irgendeinem Grund nicht wie überall sonst außer Kontrolle geraten ist. Und diese Linie führt zu einem Planeten, auf dem es Kohlendioxid gibt. Vielleicht existiert in der Atmosphäre dort noch eine andere Chemikalie, die die Astrophagen hemmt? Vielleicht hat der Planet ein eigenartiges Magnetfeld, das ihre Navigation durcheinanderbringt? Vielleicht hat der Planet einen Haufen Monde, gegen die die Astrophagen prallen?

Oder Tau Ceti hat keine Planeten mit Kohlendioxid in der Atmosphäre. Das wäre unangenehm. Ich meine, dann wäre diese ganze Reise umsonst gewesen, und die Erde ist dem Untergang geweiht.

Ich könnte den ganzen Tag lang spekulieren. Ohne Daten ist es blinde Raterei. Und ohne das Petrowaskop bekomme ich keine Daten. Zumindest nicht die Daten, die ich haben will.

Ich richte die Aufmerksamkeit auf den Navigationsbildschirm. Will ich wirklich daran herumfummeln? Ich meine, ich weiß nicht, wie man das Schiff steuert. Das Schiff tut es selbst, ich greife nicht ein. Wenn ich auf den falschen Knopf drücke, bin ich ein toter Astronaut.

Es wäre sogar noch schlimmer. Ich rase mit – ich lese es auf dem Bildschirm – 7595 Kilometern pro Sekunde in Richtung Tau Ceti. Mann! Vor ein paar Tagen waren es noch 11000. So ist das, wenn man konstant mit 1,5 g beschleunigt. Oder bremst, müsste ich wohl sagen. Physikalisch gesehen ist es das Gleiche. Auf jeden Fall werde ich in Bezug auf den Stern langsamer.

Auf dem Bildschirm ist ein Knopf mit »Kurs« beschriftet. Darauf könnte ich doch ruhig mal tippen, oder? Berühmte letzte Worte. Ich sollte wohl eher warten, bis der Computer meint, die Reise sei zu Ende. Aber ich kann nicht anders.

Ich tippe auf den Knopf. Der Bildschirm wechselt und zeigt mir das Sonnensystem Tau Ceti. Der Stern steht im Zentrum und ist mit dem griechischen Buchstaben *tau* beschriftet.

Oh ... das erklärt das klein geschriebene *t* auf dem Wappen der *Hail Mary*. Es ist ein *tau* für »Tau Ceti«. Schön.

Mit dünnen weißen Ellipsen sind rings um den Stern vier Planetenbahnen eingezeichnet. Die Standorte der Planeten werden als Ringe mit Fehlerbalken dargestellt. Wir haben keine genauen Informationen über Exoplaneten. Ich könnte mir überlegen, wie man die wissenschaftlichen Instrumente einsetzt. Wahrscheinlich könnte ich die Positionen der Planeten viel genauer bestimmen. Ich bin ihnen ja auch zwölf Lichtjahre näher als die Astronomen auf der Erde.

Vom Bildschirmrand läuft eine gelbe Linie beinahe mitten in das System. Irgendwo zwischen dem dritten und dem vierten Planeten verbiegt sie sich und bildet einen Kreis. Die Linie ist mit einem gelben Dreieck markiert, das von den vier Planeten noch weit entfernt ist. Ich bin ziemlich sicher, dass ich damit gemeint bin. Und die gelbe Linie ist mein Kurs. Über der Karte steht:

ZEIT BIS ABSCHALTUNG DES ANTRIEBS: 0005:20:39:06

Die letzte Ziffer verringert sich pro Sekunde um den Wert eins. Gut, das sagt mir zweierlei. Erstens bleiben mir noch fünf oder sogar beinahe sechs Tage, bis der Antrieb ausgeschaltet wird. Zweitens hat die Anzeige für die Tage vier Stellen. Das bedeutet, dass der Flug mindestens tausend Tage gedauert hat. Mehr als drei Jahre. Nun ja, das Licht benötigt zwölf Jahre für diese Reise, also sollte auch ich etwas länger brauchen.

Oh, richtig, die Relativität.

Ich habe keine Ahnung, wie lange es gedauert hat. Oder besser gesagt, ich weiß nicht, wie viel Zeit für mich verstrichen ist. Wenn man sich mit annähernder Lichtgeschwindigkeit bewegt, dehnt sich die Zeit. Auf der Erde ist seit meinem Start mehr Zeit vergangen als für mich. Die Relativität ist ein seltsames Ding.

Die Zeit ist der Schlüssel. Leider sind auf der Erde, während ich geschlafen habe, ungefähr dreizehn Jahre verstrichen. Und selbst wenn ich eine Lösung für das Astrophagenproblem finde, dauert es noch einmal dreizehn Jahre, bis die Informationen wieder auf der Erde eintreffen. Das heißt, die Erde erlebt mindestens sechsundzwanzig Jahre durch die Astrophagen verursachtes Elend. Ich kann nur hoffen, dass den Menschen etwas einfällt, um damit umzugehen oder wenigstens den Schaden zu begrenzen. Ich meine, sie hätten doch nicht die *Hail Mary* losgeschickt, wenn sie nicht überzeugt gewesen wären, dass sie die nächsten sechsundzwanzig Jahre überleben würden, oder?

Auf jeden Fall hat die Reise für mich länger als drei Jahre gedauert. Waren wir deshalb im Koma? Wäre es problematisch gewesen, wenn wir die ganze Zeit wach gewesen wären?

Die Tränen bemerke ich erst, als sie von meiner Wange tropfen. Die Entscheidung, uns ins Koma zu versetzen, hat zwei enge Freunde das Leben gekostet. Sie sind tot. Ich kann mich an keinen einzigen Augenblick mit ihnen erinnern, aber das Verlustgefühl ist überwältigend. Bald werde ich mich zu ihnen gesellen. Es gibt keinen Weg zurück nach Hause. Auch ich werde hier sterben. Im Gegensatz zu ihnen werde ich allerdings allein sein.

Ich wische mir die Tränen weg und versuche, an etwas anderes zu denken. Die Existenz meiner ganzen Spezies steht auf dem Spiel.

Nach der Flugbahn auf der Karte zu urteilen, wird mich das Schiff zwischen dem dritten und vierten Planeten automatisch in eine stabile Umlaufbahn um Tau Ceti bringen. Wenn ich raten müsste, würde ich sagen, dass die Distanz annähernd eine Astronomische Einheit beträgt, also die Entfernung der Erde von der Sonne. Eine schöne, sichere Distanz zu einem Stern. Ein langsamer Orbit, der ungefähr ein Jahr dauert. Wahrscheinlich länger, weil Tau Ceti kleiner ist als die Sonne und daher vermutlich weniger Masse besitzt. Weniger Masse bedeutet geringere Schwerkraft und eine langsamere Umlaufbahn bei gleicher Distanz.

Gut, ich muss noch fünf Tage totschlagen, bis der Antrieb abschaltet. Statt weiter an den Anzeigen herumzufummeln, werde ich einfach abwarten. Sobald der Antrieb deaktiviert ist, starte ich das Petrowaskop und sehe mir an, was es da draußen zu entdecken gibt. Bis dahin versuche ich, so viel über das Schiff herauszufinden, wie ich kann.

Ich werde jetzt alles Mögliche machen, nur nicht an Yáo und Ilyukhina denken.

Der Flugzeugträger hieß *Marineeinheit Ganus der Volksbefreiungsarmee*. Ich werde wohl nie erfahren, warum ihre Marine das Wort »Armee« im Namen trägt. Egal, die Leute nannten es bald nicht mehr so, sondern sprachen nur noch von *Stratts Tonne*. Obwohl die Seeleute an Bord Einwände hatten, blieb der Name haften. Wir kreuzten fernab vom Land im Südchinesischen Meer.

Ich verbrachte eine selige Woche damit, mich nur mit Wissenschaft zu beschäftigen. Keine Meetings. Keine Ablenkungen. Nur Experimente und Technik. Ich hatte ganz vergessen, wie viel Spaß es machte, sich ganz in eine Aufgabe zu vertiefen.

Mein erster Brüter hatte gerade wieder einen erfolgreichen Probelauf absolviert. Er sah nach nichts Besonderem aus – eigentlich nur ein dreißig Fuß langes Metallrohr mit vielen hässlichen Apparaten, die hier und da angeschweißt waren. Aber er funktionierte. Er stellte pro Stunde zwar nur ein paar Mikrogramm Astrophagen her, doch der Ansatz war richtig.

Ich hatte zwölf Mitarbeiter – Ingenieure aus der ganzen Welt. Zwei mongolische Brüder waren die besten. Als Stratt anrief und mich bat, in ihren Konferenzraum zu kommen, überließ ich ihnen die Aufsicht.

Sie war allein. Wie immer lagen Papiere und Skizzen auf dem Tisch. Auch an den Wänden hingen Kurvengrafiken und Diagramme – einige neu, einige alt.

Stratt saß am Kopfende des langen Tischs und hatte eine Flasche Genever und ein Glas vor sich stehen. Ich hatte sie noch nie trinken sehen.

»Sie wollten mich sprechen?«, sagte ich.

Sie hob den Kopf. Sie hatte Ringe unter den Augen, anscheinend hatte sie nicht geschlafen. »Ja. Setzen Sie sich.«

Ich ließ mich auf dem Stuhl neben ihr nieder. »Sie sehen schrecklich aus. Was ist los?«

»Ich muss eine Entscheidung treffen. Und das ist nicht leicht.«

»Kann ich Ihnen helfen?«

Sie bot mir Genever an, ich schüttelte den Kopf. Sie schenkte sich nach. »Die *Hail Mary* wird nur ein sehr kleines Crewabteil haben – ungefähr 125 Kubikmeter.«

Ich legte den Kopf schief. »Für ein Raumschiff ist das eigentlich sogar recht groß, oder?«

Sie wedelte mit einer Hand. »Verglichen mit Kapseln wie Sojus oder Orion ist es groß. Für eine Raumstation ist es winzig. Ungefähr ein Zehntel so groß wie der Crewbereich auf der Internationalen Raumstation.«

»Gut«, antwortete ich. »Wo ist das Problem?«

»Das Problem ...« Sie nahm einen braunen Ordner und ließ ihn vor mir auf den Tisch fallen. »Das Problem ist, dass sich die Crewmitglieder gegenseitig umbringen werden.«

»Was?« Ich öffnete den Ordner. Er enthielt viele mit Maschine beschriebene Blätter. Nein, es waren eingescannte Blätter. Einige waren in englischer Sprache geschrieben, einige russisch. »Was ist das?«

»Beim Wettlauf in den Weltraum haben die Sowjets kurz den Blick auf den Mars gerichtet. Sie dachten, wenn sie Leute auf den Mars bringen, wäre die Mondlandung der Amerikaner vergleichsweise trivial.«

Ich klappte den Ordner zu, die kyrillischen Buchstaben konnte ich sowieso nicht lesen. Aber ich nahm an, dass Stratt es konnte. Sie beherrschte mehrere Sprachen.

Sie stützte das Kinn auf die Hände. »Wenn man mit der Technik von 1970 zum Mars geflogen wäre, hätte man einen Hohmann-Transfer benutzen müssen. Dadurch hätte die Crew etwas mehr als acht Monate an Bord des Raumschiffs verbracht. Die Sowjets haben getestet, was passiert, wenn man Menschen mehrere Monate lang in eine enge, isolierte Umgebung steckt.«

»Und?«

»Nach einundsiebzig Tagen haben sich die Männer jeden Tag geprügelt. Die Russen haben das Experiment am vierundneunzigsten Tag abgebrochen, weil eine Versuchsperson eine andere mit einer Glasscherbe erstechen wollte.«

»Wie groß wird die Crew für die Mission?«

»Im Augenblick gehen wir von drei Besatzungsmitgliedern aus«, sagte sie.

»Gut«, antwortete ich. »Also machen Sie sich Sorgen, was passiert, wenn wir drei Astronauten in einem 125 Kubikmeter großen Abteil auf eine vier Jahre dauernde Reise schicken?«

»Es geht nicht nur darum, dass sie miteinander auskommen. Allen ist während der ganzen Reise bewusst, dass sie in einigen Jahren sterben müssen. Und dass die paar Räume auf dem Schiff alles sind, was sie für den Rest ihres kurzen Lebens sehen werden. Die Psychiater, mit denen ich gesprochen habe, sagen, mit schweren Depressionen sei wahrscheinlich zu rechnen. Selbstmord ist ein ernstzunehmendes Risiko.«

»Ja, das ist psychologisch gesehen ziemlich schwierig«, stimmte ich zu. »Aber was können wir tun?«

Sie nahm einen zusammengehefteten Stapel Papiere und schob ihn mir herüber. Ich hob ihn auf und las den Titel: »Eine Studie über Primaten und Menschen als Patienten im lang anhaltenden Koma – Srisuk u. a.«

»Was ist das?«

»Das ist eine Studie von einer inzwischen aufgelösten Firma in Thailand.« Stratt ließ den Genever im Glas kreisen. »Sie hatten die Idee, Krebspatienten während der Chemotherapie in ein künstliches Koma zu versetzen. Der Patient bekommt die Behandlung, muss dabei aber nicht wach sein und leiden. Man weckt ihn wieder auf, wenn der Krebs in Remission geht oder wenn er nicht mehr behandelbar ist und es Zeit für das Hospiz wird. Wie auch immer, man könnte den Patienten damit eine Menge Elend ersparen.«

»Das ... klingt doch nach einer guten Idee«, sagte ich.

Sie nickte. »Das wäre es auch, wenn es nicht so tödlich wäre. Wie sich herausstellte, ist der menschliche Körper nicht dazu gemacht, lange im Koma zu liegen. Die Chemotherapie dauert Monate, und danach sind oft noch weitere Behandlungen erforderlich. Sie haben verschiedene Methoden ausprobiert, um Primaten in ein künstliches Koma zu versetzen. Die Tiere sind entweder im Koma gestorben oder mit massiven Hirnschäden aufgewacht.«

»Warum reden wir dann darüber?«

»Weil sie noch weitere Studien durchgeführt haben. Dieses Mal mit historischen Daten von Komapatienten. Sie haben nach Menschen gesucht, die ein langes Koma relativ unbeschadet überstanden haben, um Gemeinsamkeiten herauszufinden. Und sie haben etwas entdeckt.«

Die alten Dokumente der russischen Raumfahrtbehörde waren für mich ein Buch mit sieben Siegeln, aber mit wissenschaftlichen Studien kannte ich mich aus. Ich blätterte das Dokument durch, bis ich zu den Ergebnissen kam. »Genmarker?«, fragte ich.

»Ja«, bestätigte sie. »Sie haben mehrere Gene gefunden, die einem Menschen eine ›Komaresistenz‹ verleihen. So nennen sie das. Die Sequenzen befinden sich in einem Bereich, den die Wissenschaftler bislang für überflüssig gehalten haben. Anscheinend handelt es sich dabei um eine Mutation, die wir vor langer Zeit aus einem unbekannten Grund entwickelt haben, und im Gencode mancher Menschen ist es noch da.«

»Ist bewiesen, dass diese Gene die Komaresistenz verursachen?«, fragte ich. »Die Korrelation ist klar, aber sind sie auch die Ursache?«

»Ja, sie sind sich sicher. Man findet diese Gene auch bei niederen Primaten. Was es auch ist, es reicht im evolutionären Stammbaum weit zurück. Man spekuliert sogar, dass es bis auf unsere aquatisch lebenden Vorfahren zurückgeht, die Winterschlaf gehalten haben. Wie auch immer, man hat mit Primaten, die das Gen aufwiesen, Versuche durchgeführt, und die Tiere haben lange Komazustände ohne Nebenwirkungen überlebt. Jedes einzelne.«

»Ich verstehe, worauf Sie hinauswollen.« Ich legte die Unterlagen weg. »Sie unterziehen alle Bewerber einem DNA-Test und setzen nur diejenigen ein, die das Komaresistenzgen haben. Während des Fluges liegt die Crew im Koma, und man geht sich nicht vier Jahre lang auf die Nerven. Oder denkt über den Tod nach.«

Sie prostete mir zu. »Es wird sogar noch besser. Wenn die Crew im Koma liegt, wird die Nahrungsversorgung viel einfacher. Sie bekommen pulverförmige, zu Brei aufgegossene Nährstoffe direkt in den Magen gepumpt. So können wir auf tausend Kilogramm unterschiedlicher Mahlzeiten verzichten. Wir brauchen nur das Pulver und einen geschlossenen Wasserkreislauf.«

Ich lächelte. »Das klingt, als würde ein Traum wahr. Wie der Tiefschlaf in Science-Fiction-Romanen. Warum wirken Sie dann so angespannt und trinken?«

»Es gibt ein paar Haken«, antwortete sie. »Zuerst einmal müssen wir ein vollautomatisches Überwachungs- und Pflegesystem entwickeln, das sich um die Komapatienten kümmert. Falls es versagt, stirbt die ganze Crew. Es ist nicht damit getan, die Vitalfunktionen zu überwachen und über eine Infusion die richtigen Medikamente zuzuführen. Das System muss die Patienten bewegen und waschen, sich ums Wundliegen kümmern und Entzündungen und Infektionen an den Einstichstellen der Infusionen und Sonden behandeln. Solche Dinge.«

»Gut, aber das klingt nach einem lösbaren Problem für die moderne Medizin«, wandte ich ein. »Benutzen Sie doch Ihre Stratt-Magie und geben Sie den Befehl.«

Sie trank noch einen Schluck. »Das ist es nicht. Im Schnitt hat nur einer von siebentausend Menschen diese Gensequenz.«

Ich lehnte mich zurück. »Oje.«

»Ja. Wir könnten nicht die qualifiziertesten Leute schicken. Wir schicken vielleicht nur die auf dem siebentausendsten Platz.«

»Im Durchschnitt gibt es dreitausendfünfhundert besser Qualifizierte«, erwiderte ich.

Sie verdrehte die Augen.

»Trotzdem«, fuhr ich fort. »Ein Siebentausendstel der Erdbevölkerung, das ist immer noch eine Million Menschen. Sehen Sie es doch mal von dieser Seite. Sie haben einen Pool von einer Million Menschen, unter denen Sie die Kandidaten aussuchen können. Und Sie brauchen nur drei.«

»Sechs«, widersprach sie. »Wir brauchen eine Primärcrew und eine Reservemannschaft. Die Mission soll ja nicht scheitern, weil jemand am Tag vor dem Start beim Überqueren der Straße überfahren wird.«

»Also gut, dann sechs.«

»Ja. Sechs Leute, die die Voraussetzungen erfüllen, um Astronauten zu werden, und die die notwendige wissenschaftliche Kompetenz haben, um herauszufinden, was im Tau-Ceti-System mit den Astrophagen passiert. Ach ja, und sie sollten bereit sein, bei einem Selbstmordkommando mitzumachen.«

»Sechs aus einer Million«, beharrte ich. »Eine *Million*.«

Sie blieb stumm und trank Genever.

Ich räusperte mich. »Das heißt, Sie riskieren entweder, die besten Kandidaten auszuwählen, die sich womöglich gegenseitig umbringen, oder Sie setzen auf eine noch nicht entwickelte Medizintechnologie, die möglicherweise nicht ganz so begabte Astronauten bestens versorgt.«

»So ungefähr sieht es aus. Ich gehe in jedem Fall ein schreckliches Risiko ein. Die schwerste Entscheidung, die ich je treffen musste.«

»Wie gut, dass Sie sich schon entschieden haben«, sagte ich.

Sie zog eine Augenbraue hoch. »Wie bitte?«

»Ist doch klar«, fuhr ich fort. »Sie wollten doch nur, das jemand Ihnen sagt, was Sie sowieso schon wissen. Wenn die Crew im wachen Zustand auf die Reise geht, können Sie im Hinblick auf die Psychosen nichts mehr tun. Aber Sie haben noch Jahre Zeit, die automatische Koma-Versorgung zu perfektionieren.«

Sie runzelte die Stirn, sagte aber nichts.

Ich sprach leiser weiter. »Außerdem bitten wir die Leute sowieso schon darum, für uns zu sterben. Wir sollten sie nicht auch noch vier Jahre lang emotionale Qualen leiden lassen. Wissenschaft und Moral geben hier die gleiche Antwort, und das wissen Sie.«

Sie nickte fast unmerklich. Dann leerte sie ihr Glas mit einem Zug. »Gut, Sie können gehen.« Sie zog ihren Laptop heran und begann zu tippen.

Ich ging ohne ein weiteres Wort hinaus. Sie hatte ihre Arbeit, ich hatte meine.

Die Erinnerungen kehren jetzt bereitwilliger zurück. Ich weiß immer noch nicht alles, aber es fühlt sich nicht mehr wie eine Offenbarung an, wenn mir etwas einfällt. Es ist eher wie: »Oh, he, das weiß ich. Ich wusste es eigentlich schon immer.«

Wahrscheinlich bin ich einer dieser Menschen mit einer Komaresistenz. Das erklärt, warum ich hier bin und nicht ein qualifizierterer Kandidat, den man stattdessen hätte schicken sollen.

Aber Yáo und Ilyukhina hatten diese Gene vermutlich ebenfalls, und sie haben nicht überlebt. Ich nehme an, der Pflegebot hat nicht richtig funktioniert. Anscheinend bekamen sie gesundheitliche Probleme, die er nicht beheben konnte.

Ich schüttle die Erinnerungen ab.

Die nächsten fünf Tage übe ich mich in Geduld. Ich lerne so viel wie möglich über das Schiff, um mich abzulenken.

Ich mache eine Bestandsaufnahme des Labors. Fast sofort entdecke ich in einer Schublade des zentralen Tischs einen Touchscreen-Computer. Das ist ein fantastischer Fund, weil er für die Forschung spezialisierte Software hat. Im Gegensatz dazu zeigen die Monitore im Cockpit nur Daten und Steuerfunktionen für das Raumschiff.

Ich erkenne eine Reihe von mathematischen und wissenschaftlichen Apps. Die meisten sind Standardprogramme, mit denen ich vertraut bin. Aber der Haupttreffer ist die Bibliothek!

Soweit ich das sagen kann, verfügt diese Software über so gut wie alle akademischen Lehrbücher, die je geschrieben wurden, alle wissenschaftlichen Papiere, die je zu irgendeinem Thema verfasst wurden, und eine Menge mehr. Ein Verzeichnis heißt einfach nur »Kongressbibliothek«. Anscheinend ist es der gesamte digitale Katalog aller Werke, die jemals in den Vereinigten Staaten veröffentlicht wurden. Leider finde ich nichts über die *Hail Mary*.

Und dann die Nachschlagewerke. So viele Nachschlagewerke. Daten über Daten, und noch mehr Daten. Ich glaube, sie dachten sich, dass SSD-Speicher leicht waren, und sahen keinen Grund, mit Informationen knauserig zu sein. Vielleicht haben sie die ganzen Daten auch direkt ins ROM gebrannt.

Sie haben Nachschlagewerke zu so vielen Dingen mitgeschickt, die ich wahrscheinlich niemals brauchen werde. Aber egal, vielleicht ist es gut zu wissen, wo ich die Rektaltemperatur einer gesunden Ziege nachschlagen kann, falls es mal nötig ist. (Die Temperatur beträgt 103,4°F / 39,7°C.)

Als ich mich mit den Möglichkeiten des Geräts beschäftige, entdecke ich etwas: Mir ist jetzt klar, wie ich mithilfe der Beetles meinen Bericht zur Erde schicken kann.

Ich wusste ja schon, dass sie etwas damit zu tun haben, aber nun kenne ich auch die Einzelheiten. Abgesehen von dem absurd umfangreichen Datenspeicher an Bord des Schiffs, sind noch vier vergleichsweise kleine externe Speicher angeschlossen: John, Paul, George und Ringo. Auf jedem sind noch fünf Terabyte frei. Man muss kein Genie sein, um zu begreifen, dass dies die Datenspeicher der Beetles sind.

Aber wie starte ich sie, wenn es so weit ist? Um das herauszufinden, steige ich wieder ins Cockpit.

In der Steuerung der Beetles muss ich ein paar Menüs tief vordringen, bis ich das Startkommando entdecke. Es ist, wenn ich mich nicht täusche, einfach nur ein Knopf mit der Aufschrift »START«. Ich vermute, sie orientieren sich selbsttätig anhand der Sterne, und kehren automatisch zur Erde zurück. Die *Hail Mary* hat genau das getan, um hierherzugelangen, also funktioniert die

Technologie. Es gibt keinen Grund, in die Kursplanung menschliche Fehler einzubringen.

Da ich schon einmal hier bin, sehe ich mir den Bildschirm mit den wissenschaftlichen Instrumenten genauer an. Die ersten Unterfenster zeigen mir das Helioskop, das Petrowaskop und ein Teleskop, mit denen ich das sichtbare Spektrum, das Infrarotspektrum und einige andere Bänder beobachten kann.

Ich spiele mit dem optischen Teleskop herum. Es macht Spaß. Ich kann die Sterne sehen. Ich meine, sonst gibt es hier draußen ja auch nichts. Von hier aus sind sogar Tau Cetis Planeten kaum mehr als winzige Punkte. Aber es ist schön, dass ich aus meiner beengten kleinen Welt herausschauen kann.

Außerdem entdecke ich einen eigenen EVA-Bildschirm für *Extravehicular Activities*. Er verrät mir alles, was ich dafür wissen muss. Eine Steuerung für den EVA-Anzug selbst, damit ein Bediener im Cockpit während eines Raumspaziergangs zusätzlich auf den Anzug einwirken kann. Derjenige, der den Anzug trägt, muss sich dann nicht selbst um alle Einzelheiten kümmern. Außerdem scheint es so, als wäre an der Außenhülle ein kompliziertes Vertäuungssystem angebracht. Im Grunde sind es Schienen, auf denen der Sicherungshaken entlangfahren kann. Man hielt es also für wichtig, dass wir das Schiff verlassen können. Wahrscheinlich, um vor Ort Astrophagen zu sammeln.

Falls es hier welche gibt.

Wenn Tau Ceti einen Petrowa-Strahl hat, kann man hier auch Astrophagen einsammeln. Als erstes müsste ich einige in die Finger bekommen. Dann könnte ich im Labor untersuchen, ob sie sich von den Astrophagen auf der Erde unterscheiden. Vielleicht gibt es hier einen weniger aggressiven Stamm?

Mein Job für die nächsten beiden Tage ist im Grunde, mir Sorgen darüber zu machen, was als Nächstes passieren wird. Oh, ich weiß natürlich, was kommt – aber ich mache mir trotzdem Sorgen.

Ich fummele an den Maschinen im Cockpit herum und sehe zu, wie die Sekunden verstreichen.

»Hier wird Schwerelosigkeit herrschen«, sage ich mir. »Du wirst nicht stürzen. Dir droht keine Gefahr. Der Schub des Schiffs wird aufhören. Aber das ist völlig in Ordnung.«

Ich mag keine Achterbahnen und Wasserrutschen. Dieses Gefühl zu fallen jagt mir eine Heidenangst ein. Und in ein paar Sekunden werde ich genau dieses Gefühl haben, weil die »Schwerkraft«, die ich bisher gespürt habe, aussetzen wird.

Die letzten Sekunden verstreichen. »Vier ... drei ... zwei ...«

»Jetzt«, sage ich.

»Eins ... null.«

Genau nach Plan schalten die Maschinen ab. Das Gefühl, 1,5 g ausgesetzt zu sein, ist weg. Keine Schwerkraft mehr.

Ich gerate in Panik. Auf das hier hätte mich keine mentale Übung der Welt vorbereiten können. Ich gerate richtig heftig in Panik.

Ich schreie und strample. Ich rolle mich zusammen wie ein Fötus. Das beruhigt mich und verhindert außerdem, dass ich gegen Steuerungselemente und Bildschirme pralle.

Ich zittere am ganzen Körper, während ich durch das Cockpit schwebe. Ich hätte mich auf dem Pilotensessel anschnallen sollen, aber ich habe nicht daran gedacht. Wie dumm von mir.

»Ich falle nicht!«, kreische ich. »Ich stürze nicht! Das hier ist nur der Weltraum! Alles ist in Ordnung!«

Überhaupt nichts ist in Ordnung. Mein Magen kriecht zur Kehle herauf. Ich muss mich übergeben. In der Schwerelosigkeit zu kotzen ist keine gute Idee. Ich habe keinen Beutel. Auf das hier habe ich mich wirklich schlecht vorbereitet. Es war dumm zu glauben, ich könnte mir eine Urangst ausreden.

Ich ziehe den Kragen meines Overalls hoch und neige den Kopf. Gerade noch rechtzeitig. Ich kotze mir die komplette »Tag 9 – Mahlzeit 3« ins Hemd. Danach presse ich den Kragen dicht auf die Haut. Es ist widerlich, aber es hält. Besser, als das Zeug im Cockpit herumfliegen zu lassen und möglicherweise daran zu ersticken.

»Meine Güte«, stöhne ich. »Meine Güte, das ist ...«

Schaffe ich das? Bin ich von jetzt an völlig nutzlos? Wird die

Menschheit untergehen, weil ich nicht mit der Schwerelosigkeit zurechtkomme?

Nein.

Ich beiße die Zähne zusammen, balle die Hände zu Fäusten. Ich spanne alle Muskeln an, die mir gehorchen wollen. So bekomme ich das Gefühl, die Kontrolle zu haben. Ich mache etwas, indem ich aggressiv gar nichts mache.

Nach einer halben Ewigkeit lässt die Panik etwas nach. Das menschliche Gehirn ist wirklich erstaunlich. Wir gewöhnen uns an fast alles. Ich passe mich an.

Das Abklingen meiner Angst erzeugt einen Rückkopplungseffekt. Ich weiß, dass ich auch in Zukunft weniger Angst haben werde. Dieses Wissen lässt die Angst weiter schwinden. Nach und nach schwächt sich die Panik zu bloßer Furcht ab, die ihrerseits zu einem allgemeinen Besorgtsein abflacht.

Ich sehe mich im Cockpit um, aber alles ist anders. Nein, es hat sich gar nichts verändert, aber es gibt kein Oben und Unten mehr. Mir ist immer noch übel. Ich fasse mir an den Kragen, falls ich noch einmal kotzen muss, aber es ist nicht nötig. Ich kann mich beherrschen.

Das Gefühl des warmen Erbrochenen zwischen Brust und Overall ist ekelhaft. Ich muss mich umziehen.

Ich ziele auf die Luke, die zum Labor führt, und stoße mich von der Wand ab. Ich segle ins Labor hinunter. Im ganzen Raum sind Utensilien verstreut. Ich habe die Sachen bei meiner Bestandsaufnahme auf dem Tisch liegen lassen. Jetzt schwebt das Zeug frei herum, angetrieben vom Luftstrom der Klimaanlage.

»Trottel«, sage ich zu mir selbst. Das hätte ich doch wirklich vorhersehen können.

Ich schwebe weiter ins Schlafzimmer. Es überrascht mich schon nicht mehr, dass auch dort überall Zeug umherfliegt. Ich habe die meisten Kästen im Lager geöffnet, um zu sehen, was sie beinhalten. Jetzt schweben die Kisten und der Inhalt frei im Raum.

»Mach mich sauber!«, befehle ich den Armen.

Sie rühren sich nicht.

Ich ziehe mich aus und wische mit dem Overall das widerliche Zeug von der Haut. Vor ein paar Tagen habe ich die Schwammdusche gefunden – es ist ein Waschbecken mit Schwämmen, das hinter der Wand verborgen ist. Wahrscheinlich war nicht genug Platz für eine Dusche. Ich reinige mich mit dem, was da ist.

Mir ist nicht klar, was ich mit den widerlichen schmutzigen Sachen tun soll.

»Wäsche?«, frage ich.

Die Arme fahren herab und nehmen mir den schmutzigen Overall ab. In der Wand öffnet sich eine Klappe, in die sie die Kleidung stopfen. Was passiert, wenn dieser Stauraum voll ist? Keine Ahnung.

Im Treibgut finde ich einen sauberen Overall und schlüpfe hinein. Es ist interessant, in der Schwerelosigkeit Kleidung anzulegen. Ich würde nicht sagen, dass es schwieriger ist, aber es ist anders. Schließlich stecke ich in dem frischen Overall. Er ist mir etwas zu eng. Ich betrachte das Namensschild. Dort steht 姚. Es ist einer von Yáos Overalls. Nun ja, er sitzt nicht allzu stramm, und ich will nicht den ganzen Tag im Schlafzimmer umhersegeln, um einen meiner eigenen zu finden. Aufräumen kann ich später immer noch.

Jetzt will ich erst einmal sehen, was da draußen ist. Ich meine, was denn sonst? Ich bin schließlich der erste Mensch, der jemals in ein anderes Sonnensystem geflogen ist. Und ich bin angekommen!

Ich stoße mich vom Boden in Richtung Luke ab ... und verfehle sie. Ich krache gegen die Decke. Wenigstens hebe ich beizeiten die Arme, um das Gesicht zu schützen. Ich pralle von der Decke ab und lande wieder auf dem Boden.

»Aua«, murmle ich. Nächster Versuch, dieses Mal etwas behutsamer. Es klappt. Ich segle durch das Labor ins Cockpit. Ohne Schwerkraft ist es eindeutig leichter, sich zu bewegen. Mir ist immer noch flau, aber ich muss zugeben, es macht auch Spaß.

Ich ziehe mich in den Pilotensessel und schnalle mich an, damit ich nicht wieder wegtreibe.

Auf dem Navigationsbildschirm steht: PRIMÄRTRANSIT

ABGESCHLOSSEN. Der Spinantrieb sagt mir: SCHUB 0. Das Wichtigste ist aber das Petrowaskop: BEREIT.

Ich reibe mir die Hände und berühre den Bildschirm. Die Bedienelemente sind ganz einfach. In einer Ecke ist ein Schalter mit zwei Zuständen: »Sichtbar« und »Petrowa«. Im Moment steht er auf »Sichtbar«. Der Rest des Bildschirms zeigt das, was ein Objektiv außerhalb des Schiffs auffängt. Anscheinend eine ganz normale Kamera. Ich tippe auf den Bildschirm und stelle rasch fest, dass ich den Ausschnitt verschieben, herein- und herauszoomen und rotieren kann.

Im Moment sehe ich nur ferne Sterne. Wahrscheinlich sollte ich den Ausschnitt wandern lassen, bis ich Tau Ceti sehe. Ich wische nach links, links, links ... irgendwann muss ich doch den Stern entdecken. Ich habe keinen Bezugsrahmen, von dem ich ausgehen kann. Nach ein paar Wischern nach links ziehe ich einmal nach unten, um im Laufe der Zeit alle Blickwinkel zu erfassen. Endlich finde ich Tau Ceti, aber der Stern sieht nicht so aus, wie er aussehen sollte.

Als ich ihn vor ein paar Tagen mit dem Helioskop betrachtet habe, kam er mir wie jeder andere Stern vor. Jetzt ist es ein tiefschwarzer Kreis mit einem dunstigen, hellen Ring. Sofort wird mir klar, warum.

Das Petrowaskop ist ein empfindliches Gerät. Es ist so fein justiert, dass es selbst die kleinen Impulse auf der Petrowa-Wellenlänge erfassen kann. Ein Stern strahlt aber auf allen Wellenlängen eine unverschämte Menge Licht ab. Es wäre, als würde man mit einem Fernglas in die Sonne blicken. Die Geräte müssen sich vor dem Stern schützen. Wahrscheinlich gibt es zwischen den Sensoren und dem Stern sogar eine schützende Blende, deren Rückseite ich betrachte.

Gutes Design.

Ich taste nach dem Umschalter. Jetzt kommt es. Wenn ich keinen Petrowa-Strahl entdecke, weiß ich nicht mehr, was ich tun soll. Ich meine, ich werde versuchen, mir etwas einfallen zu lassen, aber das war's dann erst einmal.

Ich schalte um.

Die Sterne verschwinden, der dunstige Ring um Tau Ceti bleibt. Das war zu erwarten. Es ist die Korona der Sonne, die zwar viel Licht abstrahlt, von dem ein Teil aber eben auch der Petrowa-Wellenlänge entspricht.

Verzweifelt suche ich den Bildschirm ab. Zuerst ist da nichts, dann bemerke ich es. Ein wunderschöner dunkelroter Bogen, der unten links aus Tau Ceti entspringt.

Ich klatsche in die Hände. »Ja!«

Die Form ist unverkennbar. Es ist ein Petrowa-Strahl! Tau Ceti hat einen Petrowa-Strahl! Ich tanze im Sitzen ein wenig auf dem Sessel. Das ist bei null g gar nicht so einfach, aber ich gebe mein Bestes. Jetzt kommen wir weiter!

Es gibt so viele Experimente, die ich durchführen möchte. Ich weiß gar nicht, wo ich anfangen soll. Zuerst einmal muss ich herausfinden, wohin die Linie führt. Offensichtlich zu einem der Planeten, aber welcher? Und was ist an ihm so interessant? Dann muss ich eine Probe der hiesigen Astrophagen nehmen und ermitteln, ob sie denen von der Erde entsprechen. Dafür müsste ich in den Petrowa-Strahl hineinfliegen und bei einem Außeneinsatz den Staub von der Hülle kratzen.

Ich könnte eine ganze Woche damit verbringen, mir eine Liste mit Experimenten zu erstellen, die ich durchführen will!

Auf dem Bildschirm blitzt etwas auf. Ein kurzer, heller Schein.

»Was war das denn?«, sage ich. »Noch ein Hinweis?«

Wieder blitzt es. Ich verschiebe den Ausschnitt und zoome in die betreffende Region hinein. Es ist jedenfalls nicht in der Nähe des Petrowa-Strahls oder von Tau Ceti. Vielleicht eine Reflexion von einem Planeten oder Asteroiden?

Ich kann mir gut vorstellen, wie so etwas möglich ist. Ein stark reflektierender Asteroid spiegelt so viel Licht von Tau Ceti, dass ich es im Petrowaskop bemerke, aber dieser hier blitzt nur ganz kurz auf, also hat er eine unregelmäßige Form und rotiert, und ...

Aus dem Blitzen wird eine beständige Lichtquelle. Sie ist jetzt einfach »an« und leuchtet dauerhaft.

Ich starre den Bildschirm an. »Was ... was ist das denn?«

Das Licht wird heller. Nicht sofort, aber allmählich im Laufe der Zeit. Ich sehe eine Minute zu. Die Helligkeitszunahme beschleunigt sich.

Fliegt das Objekt etwa auf mich zu?

Sofort fällt mir eine Hypothese ein: Vielleicht werden die Astrophagen von anderen Astrophagen angezogen? Vielleicht haben einige von ihnen den Rückstoß meines Antriebs gesehen, der ihre eigene Wellenlänge zeigt, und steuern mich jetzt an. Vielleicht finden sie so bei ihren Wanderungen zur Hauptgruppe zurück. Möglicherweise fliegt mir also ein Klumpen Astrophagen entgegen, weil er glaubt, ich könne sie zu dem Planeten mit dem Kohlendioxid führen.

Interessante Theorie. Leider gibt es nichts, was sie stützen könnte.

Das beständige Licht wird heller, immer heller, und dann verschwindet es schlagartig.

»Äh«, mache ich. Ich warte ein paar Minuten, aber es flammt nicht wieder auf.

»Hm ...« Ich nehme mir vor, später über diese Anomalie nachzudenken. Jetzt kann ich sowieso nichts weiter tun. Was es auch war, es ist weg.

Zurück zum Petrowa-Strahl. Als Erstes will ich herausfinden, zu welchem Planeten er führt. Ich muss wohl lernen, das Schiff zu steuern, aber das ist ein ganz anderes Kapitel.

Ich richte den Bildschirm wieder auf den Petrowa-Strahl aus. Allerdings stimmt etwas nicht. Die Hälfte ist ... verschwunden.

Der Strahl entspringt in Tau Ceti wie vor ein paar Minuten, aber dann hört er an einem Punkt mitten im leeren Raum einfach auf.

»Was ist denn da los?«

Habe ich vielleicht die Wanderung gestört? Wenn es so einfach ist, hätten wir das nicht schon herausfinden können, als die *Hail Mary* noch durch unser eigenes Sonnensystem geflogen ist?

Ich zoome die Bruchstelle heran. Es ist eine gerade Linie, als hätte jemand ein scharfes Messer genommen, den Petrowa-Strahl durchgeschnitten und die Hälfte weggeworfen.

Ein riesiger Streifen wandernder Astrophagen verschwindet nicht ohne weiteres. Es gibt eine einfachere Erklärung. Irgendetwas verdeckt die Linse der Kamera. Ein Trümmerstück. Vielleicht sogar ein Klecks übermäßig erregter Astrophagen. Das wäre schön. Dann hätte ich sofort eine Probe, die ich untersuchen kann!

Vielleicht gibt mir das sichtbare Licht ein wenig Aufschluss, was da los ist. Ich drücke auf den Umschaltknopf.

Jetzt sehe ich es.

Ein Objekt blockiert meinen Blick auf den Petrowa-Strahl. Es befindet sich direkt vor meinem Schiff. Höchstens ein paar Hundert Meter entfernt. Es ist wie ein Dreieck geformt und hat giebelförmige Vorsprünge auf der Hülle.

Ja, ich sagte: Hülle. Es ist kein Asteroid. Die Linien sind viel zu klar und zu gerade. Das ist ein künstliches Objekt. Hergestellt. Konstruiert. Umrisse wie dieser kommen in der Natur nicht vor.

Es ist ein Raumschiff.

Ein fremdes Schiff.

Außer mir ist noch ein anderes Schiff im System. Die Lichtblitze, die ich gesehen habe, waren der Antrieb. Es wird mit Astrophagen angetrieben, genau wie die *Hail Mary*. Aber das Design, die ganze Form – so ein Raumschiff habe ich noch nie gesehen. Es besteht aus großen, ebenen Flächen – das schlechteste Design überhaupt für ein unter Druck stehendes Behältnis. Niemand, der bei Verstand ist, würde so ein Schiff bauen.

Jedenfalls niemand auf der Erde.

Ich blinzle einige Male. Ich schlucke.

Das ... das ist ein außerirdisches Raumschiff. Von Aliens gebaut. Von Aliens, die intelligent genug sind, um so etwas zu konstruieren.

Wir Menschen sind nicht allein im Universum. Ich bin gerade unseren Nachbarn begegnet.

»Ach du Scheiße.«

7

Eine Flutwelle von Gedanken bricht über mich herein: Wir sind nicht allein. Da sind Aliens. Das Schiff sieht seltsam aus, wie ist es konstruiert? Leben sie hier? Ist das ihr Stern? Löse ich einen interplanetarischen Konflikt aus, weil ich in fremdes Gebiet eingedrungen bin?

»Atmen«, sage ich mir selbst.

Eins nach dem anderen. Wenn dies nun ein anderes Schiff von der Erde ist? Eines, an das ich mich nicht erinnere? Meine Güte, ich habe schließlich mehrere Tage gebraucht, um mich an meinen Namen zu erinnern. Vielleicht hat die Erde mehrere Schiffe unterschiedlicher Bauformen geschickt? Also Redundanz, um die Wahrscheinlichkeit zu erhöhen, dass wenigstens eines von ihnen das Ziel erreicht? Vielleicht heißt das Schiff *Gelobt sei Allah* oder *Der Segen Vishnus* oder so.

Ich sehe mich im Cockpit um. Überall Bildschirme und Instrumente, aber kein Funk. Die EVA-Steuerung hat ein paar Einstellungen zum Senden, die jedoch offensichtlich nur dazu dienen, mit den Crewmitgliedern zu sprechen, die gerade draußen sind.

Hätte man mehrere Schiffe geschickt, dann gäbe es sicher eine Funkanlage, damit wir miteinander reden können.

Außerdem ist dieses Schiff ... verrückt.

Ich arbeite mich durch die Navigationsbildschirme, bis ich das Radar finde. Ich habe es schon vorher bemerkt, aber nicht weiter beachtet. Vermutlich soll es verhindern, dass ich mit Asteroiden oder anderen Objekten kollidiere, in deren Nähe ich komme.

Nach ein paar Fehlversuchen gelingt es mir, das Radar einzuschalten. Es registriert sofort das andere Schiff und schlägt Alarm. Das schrille Geräusch tut mir in den Ohren weh.

»Mann, Mann, Mann!«, rufe ich und sehe mich hektisch auf der Anzeige um, bis ich den Knopf entdeckte: »Annäherungsalarm stummschalten.« Ich drücke darauf, der Lärm bricht ab.

Nun betrachte ich den Rest des Bildschirms. In einem Fenster mit dem Titel »BLIP-A« erscheinen viele Daten. Ich vermute, ich würde mehrere Fenster sehen, wenn ich mehrere Kontakte hätte. Wie auch immer, dies sind nur die nackten Zahlen, die den Kontakt beschreiben. Nichts Nützliches wie eine isometrische Darstellung à la *Star Trek*.

Die »Geschwindigkeit« ist null. Sie haben sich demnach genau an meine Geschwindigkeit angepasst. Das kann kein Zufall sein.

Die »Distanz« beträgt 217 Meter. Ich nehme an, das ist die Entfernung zum nächsten Teil des Schiffs. Oder der Durchschnitt. Nein, es muss der nächste Teil sein. Das System soll ja Kollisionen vermeiden.

Da wir gerade von Kollisionen sprechen – 217 Meter sind, verglichen mit einem Sonnensystem, eine lächerlich geringe Distanz. Das kann ebenfalls kein Zufall sein. Das Schiff hat absichtlich hier Position bezogen, weil ich da bin.

Eine weitere Anzeige: Das »Winkelmaß« beträgt 35,44 Grad. Gut, das lässt sich mit simpler Mathematik klären.

Ich hole das Fenster mit den Hilfsprogrammen auf den Hauptbildschirm und starte den Taschenrechner. Etwas, das 217 Meter entfernt ist, belegt 35,44 Grad des Sichtfeldes. Vermutlich hat das Radar Rundumsicht (es wäre ein ziemlich mieses Radar, wenn es das nicht könnte). Ich tippe ein paar Zahlen in den Rechner und führe eine TAN-Berechnung durch.

Das andere Schiff ist 139 Meter lang. Ungefähr.

Auf einem anderen Bildschirm rufe ich meine eigenen Daten auf. Die kleine Grafik zeigt mir, dass die *Hail Mary* gerade mal 47 Meter lang ist. Okay. Das Alienschiff ist dreimal so groß wie meins. Etwas so Großes kann die Erde unmöglich geschickt haben.

Und erst der Umriss. Was ist das nur für eine eigenartige Form? Ich konzentriere mich wieder auf das Petrowaskop, das jetzt wie eine normale Kamera funktioniert.

Das Zentrum des Schiffs ist wie ein Diamant geformt – ein Rhombus. Nein, eigentlich ist es ein Oktaeder. Es sieht aus, als hätte es acht jeweils dreieckige Flächen. Allein dieser Teil ist schon so groß wie mein ganzes Schiff.

Der Diamant ist mit drei dicken Stangen (ein anderes Wort fällt mir nicht ein) mit einem breiten trapezförmigen Unterbau verbunden. Das scheint das Heck zu sein. Vor dem Diamanten hängt ein dünner Stängel (ich habe im Augenblick keine anderen Begriffe) mit vier flachen Tafeln, die parallel zur Hauptachse des Schiffs angebracht sind. Vielleicht Sonnenkollektoren? Danach läuft der Stängel weiter bis nach vorne zu dem pyramidenförmigen Bug. Also die Bugpyramide.

Alle Teile der Hülle sind flach. Sogar die »Stangen« haben flache Seiten.

Warum tut man so etwas? Flache Seiten funktionieren nicht gut. Ich weiß ja nicht, wer das gebaut hat, aber die brauchen da drinnen doch sicher eine Art Atmosphäre, oder? Große ebene Flächen sind in diesem Zusammenhang eine ganz schlechte Idee.

Vielleicht ist es auch nur eine Sonde und kein richtiges Schiff. Vielleicht gibt es da drin gar keine Atmosphäre, weil dort nichts Lebendiges ist. Vielleicht betrachte ich ein außerirdisches Artefakt und kein Raumschiff.

Trotzdem ist es der aufregendste Augenblick in der Geschichte der Menschheit.

Das Objekt wird mit Astrophagen angetrieben. Das war das stetige Petrowa-Glühen, das ich vorher bemerkt habe. Interessant, dass sie die gleiche Antriebstechnik benutzen wie wir. Aber wenn man bedenkt, dass dies das beste Medium zur Energiespeicherung ist, das es überhaupt gibt, ist es auch nicht weiter überraschend. Als europäische Seeleute das erste Mal asiatische Schiffe sahen, wunderte sich niemand, dass sie beide Segel benutzten.

Aber das »Warum«, das bereitet mir Kopfzerbrechen. Irgendetwas an Bord (ob ein Computer oder eine Crew) hat beschlossen, sich meinem Schiff zu nähern. Woher wussten sie überhaupt, dass ich hier bin?

Vermutlich aus dem gleichen Grund, aus dem ich sie bemerkt habe: der starke Infrarotausstoß des Antriebs. Und da das Heck meines Schiffs auf Tau Ceti zeigte, habe ich mit einer 540 Billionen Watt starken Taschenlampe in ihre Richtung geleuchtet. Je nachdem, wo sie gerade waren, bin ich sogar heller erschienen als Tau Ceti selbst. Wenigstens auf der Petrowa-Frequenz.

Also können sie diese Frequenz sehen, genau wie ich.

Ich arbeite mich durch die Konsole des Spinantriebs, bis ich einen Bildschirm mit der Überschrift »Manuelle Steuerung« finde. Als ich sie auswähle, erscheint eine Warnung:

MANUELLE STEUERUNG WIRD NUR IM NOTFALL EMPFOHLEN. SIND SIE SICHER, DASS SIE DIE MANUELLE STEUERUNG AKTIVIEREN WOLLEN?

Ich tippe »Ja« ein.

Ein neuer Dialog erscheint.

ZWEITE BESTÄTIGUNG: TIPPEN SIE J-A, UM DIE MANUELLE STEUERUNG ZU AKTIVIEREN.

Ich stöhne und tippe J-A.

Endlich lässt mich der Bildschirm zu dem Fenster mit der manuellen Steuerung durch. Es ist beinahe beängstigend. Nicht weil es so komplex ist, sondern weil es so einfach ist.

Dort gibt es drei Regler mit der Aufschrift »Antrieb 1«, »Antrieb 2« und »Antrieb 3«. Alle stehen im Augenblick auf 0. Über jedem Schieber lese ich »107 N«. Das »N« bedeutet anscheinend »Newton« – eine Krafteinheit. Wenn ich alle drei Schieber auf die höchste Leistung stelle, kommen 30 Millionen Newton heraus. Das ist ungefähr sechzigmal so viel, wie die Maschinen eines Jumbojets beim Start produzieren.

Lehrer kennen viele kleine Fakten.

Es gibt noch ein paar andere Schieber. Die Gruppen sind mit »Gieren«, »Nicken« und »Rollen« beschriftet. Offenbar sind seitlich am Schiff kleine Steuerdüsen angebracht, mit denen man die Fluglage verändern kann. Mir ist völlig klar, warum es eine schlechte Idee ist, an dieser Steuerung herumzuspielen. Ein Fehler, und ich versetze das Schiff in eine Drehbewegung, die es zerreißt.

Aber wenigstens haben sie auch an so eine Situation gedacht. Mitten auf dem Bildschirm ist eine Schaltfläche mit der Aufschrift »Rotation auf null setzen«. Gut.

Ich überprüfe noch einmal das Petrowaskop. »Blip-A« hat sich nicht bewegt. Es steht auf meiner Backbordseite ein wenig nach vorn versetzt.

Ich schalte das Petrowaskop wieder auf die Petrowa-Frequenz, woraufhin der Bildschirm fast völlig schwarz wird. Wie zuvor erkenne ich im Hintergrund den Petrowa-Strahl, der von »Blip-A« teilweise verdeckt wird.

»Mal sehen, ob du dazu was zu sagen hast«, murmle ich. Spinantrieb 2 ist in der Mitte. Sein Schub beschleunigt mich auf der Längsachse, was hoffentlich meine Fluglage nicht verändert. Wir werden sehen.

Ich stelle den Antrieb für eine Sekunde auf 0,1 % Schub und schalte dann wieder auf null.

Selbst mit nur einer Maschine, mit einem Tausendstel der Kraft für lediglich eine Sekunde, bewegt sich das Schiff ein wenig. Das Radar zeigt für Blip-A eine relative Geschwindigkeit von 0,086 m/s an. Der winzige Schub bewegt mein Schiff um acht Zentimeter pro Sekunde.

Aber das ist mir egal. Mir ist nur das andere Schiff wichtig.

Ich beobachte das Petrowaskop. Auf meiner Stirn bilden sich Schweißperlen, die davonschweben. Mein Herz hämmert, als wollte es aus der Brust springen.

Hinten in dem anderen Schiff flammt eine Sekunde lang die Petrowa-Frequenz auf, genau wie bei mir.

»Oh!«

Ich schalte den Antrieb noch mehrmals ein und aus. Drei kurze Schübe, einen langen, einen kürzeren. Das ist keine Botschaft, ich will nur sehen, was sie tun.

Dieses Mal sind sie vorbereitet. Es dauert nur Sekunden, bis das andere Schiff das Muster wiederholt.

Ich zucke zusammen. Dann lächle ich. Das muss ich erst einmal verdauen.

So schnell kann keine Sonde reagieren. Wenn das Schiff ferngesteuert wird, müssten die Verantwortlichen mindestens einige Lichtminuten entfernt sein. Hier in der Nähe gibt es nichts, wo sie sich aufhalten könnten.

An Bord dieses Schiffs ist eine intelligente Lebensform. Ich bin etwa 200 Meter von waschechten Aliens entfernt!

Ich meine ... mein Schiff wird ja auch von Aliens angetrieben. Aber die da drüben sind intelligent.

Mein Gott! Das ist es! Der Erstkontakt! Und ich darf es erleben! Ich bin der erste Mensch, der Aliens begegnet!

Die *Blip-A* (so nenne ich das Schiff vorläufig) startet noch einmal kurz die Maschinen. Ich sehe genau zu, um mir den Ablauf einzuprägen, aber es ist nur ein einziger schwacher Impuls. Kein Signal. Sie manövrieren.

Ich sehe auf dem Radar nach. Und richtig, die *Blip-A* steht wieder neben der *Hail Mary* und hält in 217 Metern Entfernung die Position.

Ich arbeite mich durch das Wissenschaftsmenü, um die normalen Teleskopkameras aufzurufen. Die Kamera des Petrowaskops dient nur dazu, das Gerät auszurichten. Das Teleskop hat dagegen eine viel längere Brennweite und produziert ein schärferes Bild. Wahrscheinlich bin ich zu aufgeregt, um klar zu denken, denn ich habe lange gebraucht, um darauf zu kommen.

Das Bild ist tatsächlich viel besser. Die Kamera muss eine ungeheuer hohe Auflösung haben. Jetzt kann ich herein- und herauszoomen, ohne Schärfe zu verlieren, bis ich die *Blip-A* gut im Blick habe.

Die Schiffshülle ist grau und braun gesprenkelt. Das Muster kommt mir willkürlich und verschlungen vor, als hätte jemand Farbe zusammengemischt und mittendrin aufgehört.

In einer Ecke des Bildschirms bemerke ich eine Bewegung. Ein unregelmäßig geformtes Objekt gleitet auf einer Schiene an der Hülle entlang. Es ist ein Stock mit fünf hervorstehenden »Armen«, die oben darauf entspringen. Jeder Arm hat eine Art Klammer als »Hand«.

Erst jetzt bemerke ich, dass ein ganzes Netzwerk von Schienen die Hülle überzieht.

Es ist ein Roboter. Etwas, das von innen gesteuert wird. Wenigstens nehme ich das an. Es ist jedenfalls kein kleines grünes Männchen, und es ist sicher auch kein außerirdischer EVA-Anzug.

Nicht, dass ich eine Vorstellung davon hätte, wie so etwas aussieht.

Ja, ich bin ziemlich sicher, dass es sich um einen auf der Hülle montierten Roboter handelt. So etwas gibt es auch auf irdischen Raumstationen. Das ist eine nette Möglichkeit, Arbeiten außerhalb des Schiffes zu verrichten, ohne den Raumanzug anlegen zu müssen.

Der Roboter arbeitet sich an der Hülle entlang, bis er den Punkt erreicht, der der *Hail Mary* am nächsten ist. Eine seiner kleinen Klauenhände hält einen Zylinder fest. Ich habe keine Vorstellung von der Größe, aber verglichen mit dem Schiff ist der Roboter winzig. Ich habe den Eindruck, er könnte etwa so groß sein wie ich, vielleicht sogar kleiner, aber das ist nur eine wilde Vermutung.

Der Roboter hält an, streckt sich der *Hail Mary* entgegen und entlässt behutsam den Zylinder in den Weltraum.

Der Behälter bewegt sich langsam in meine Richtung. Er rotiert leicht um die eigene Achse. Es war kein perfekter Wurf, aber ein sehr guter.

Ich blicke auf das Radar. Die *Blip-A* steht still. Jetzt gibt es einen zweiten Bildschirm für »Blip-B«. Er zeigt den erheblich kleineren Zylinder, der sich mit 8,6 Zentimetern pro Sekunde nähert.

Interessant. Das ist exakt die Geschwindigkeit, mit der sich die

Hail Mary vorhin bewegt hat, als ich mit dem Antrieb »Hallo« gesagt habe. Das kann kein Zufall sein. Ich soll diesen Behälter in Empfang nehmen, und sie wollen ihn mir mit einer Geschwindigkeit liefern, von der sie wissen, dass sie mir zusagt.

»Das ist sehr rücksichtsvoll von euch ...«, gebe ich zu.

Es sind kluge Aliens.

Zum gegenwärtigen Zeitpunkt muss ich annehmen, dass sie freundliche Absichten haben. Ich meine, sie bemühen sich wirklich sehr, mich zu begrüßen und mir entgegenzukommen. Außerdem, wenn sie feindliche Absichten hätten, was könnte ich schon tun? Sterben. Das würde ich tun. Ich bin ein Wissenschaftler und kein Buck Rogers.

Na ja, vielleicht könnte ich den Spinantrieb auf sie richten und voll aufdrehen, damit sie verdampfen ... Wissen Sie was? In diese Richtung will ich gar nicht erst weiterdenken.

Eine rasche Berechnung verrät mir, dass der Zylinder in vierzig Minuten bei mir eintreffen wird. So lange habe ich Zeit, in den EVA-Anzug zu steigen, nach draußen zu gehen und mich auf der Hülle in Position zu bringen, um als erster Mensch einen Pass von einem Alien-Quarterback anzunehmen.

Ich habe eine Menge über die Luftschleuse gelernt, als ich meine Crewgefährten im Weltraum beerdigt habe, und ...

Ilyukhina hätte sich über diesen Augenblick gefreut. Sie wäre wahrscheinlich aufgeregt in der Kabine umhergehüpft. Yáo wäre äußerlich ruhig und gefasst geblieben, aber er hätte gelächelt, wenn er glaubte, wir bemerkten es nicht.

Die Tränen stören meine klare Sicht. In der Schwerelosigkeit bleiben sie an den Augen hängen. Es ist, als versuchte ich unter Wasser zu sehen. Ich wische sie ab und schleudere sie durch das Cockpit. Sie zerplatzen auf der gegenüberliegenden Wand. Für Sentimentalitäten habe ich jetzt keine Zeit. Ich muss ein Alien-Dings auffangen.

Ich löse den Gurt des Sessels und schwebe zur Luftschleuse. Mir schießen tausend Ideen und Gedanken durch den Kopf. Und ich komme zu unzähligen wilden, unbegründeten Schlussfolgerungen. Vielleicht haben diese intelligenten Aliens die Astrophagen erfunden. Vielleicht haben sie sie genetisch verändert, damit sie Raumschifftreibstoff herstellen. Die Krönung der Solarenergienutzung. Vielleicht haben sie eine Lösung für unser Problem auf der Erde.

Oder sie entern mein Schiff und legen mir Eier ins Gehirn. Man kann nie wissen.

Ich öffne die innere Schleusentür und ziehe den EVA-Anzug heraus. Habe ich eigentlich eine Vorstellung, wie man in das Ding steigt? Und wie man es gefahrlos benutzt?

Ich deaktiviere die Verankerung des Orlan-MKS1-EVA-Anzugs und öffne den hinteren Zugang. Dann fahre ich mit einem Schalter am Gürtel die Energieversorgung hoch. Der Anzug startet sofort, und die Statusanzeige auf der Brust sagt: ALLE SYSTEME FUNKTIONSBEREIT. Was ist das jetzt wieder? Ich weiß ganz genau, wie ich den Anzug bedienen muss.

Wahrscheinlich haben wir intensiv mit dem Ding geübt. Ich kenne mich damit genauso gut aus wie mit Physik. Es ist alles da, aber ich erinnere mich nicht, wie ich es gelernt habe.

Der russische Anzug ist ein kleines, unter Druck stehendes Raumschiff. Im Gegensatz zu den amerikanischen Modellen, wo man das obere und untere Teil anzieht und dann den Helm und die Handschuhe anlegt, ist der Orlan im Grunde ein einteiliger Overall mit einer Luke im Rücken. Man steigt hinein, schließt die Luke und ist fertig. Wie das Schlüpfen eines Insekts aus der Larve, nur eben umgekehrt.

Ich öffne den Zugang im Rücken und winde mich hinein. In diesem Fall ist die Schwerelosigkeit ein echter Segen. Ich muss mich lange nicht so sehr mit dem Anzug abmühen, wie es sonst der Fall wäre. Seltsam. Ich weiß, dass es leichter ist als bei anderen Gelegenheiten, kann mich aber nicht an diese anderen Gelegenheiten erinnern. Vielleicht habe ich im Koma doch einen Gehirnschaden davongetragen.

Im Augenblick bin ich aber ganz bei der Sache. Weiter.

Ich schiebe die Arme und Beine in die vorgesehenen Öffnungen.

Der Overall im Inneren des Orlan ist unbequem. Eigentlich muss man hier eine besondere Unterwäsche tragen. Ich weiß sogar, wie sie aussieht, aber sie dient nur der Temperaturregulierung und der Überwachung der Vitalfunktionen. Ich habe keine Zeit, sie im Lager zusammenzusuchen. Ich habe eine Verabredung mit einem Alien-Behälter.

Sobald ich im Anzug stecke, drücke ich mit den Beinen gegen die Luftschleuse, um die Rückenklappe an die Wand zu pressen. Sobald sie sich der Wand bis auf ein paar Zoll nähert (Zentimeter, sollte ich wohl sagen, denn dies ist ein russisches Modell), springt in der vorne auf der Brust montierten Statusanzeige ein Lämpchen auf Grün um. Mit dem klobigen Handschuh greife ich nach der Steuerung und drücke auf »Autoversiegelung«.

Der Anzug verschließt die Öffnung mit mehrfachem lautem Klicken. Mit einem letzten »Klonk« rastet die Dichtung ein. Meine Statusanzeige zeigt Grün. Das Lebenserhaltungssystem kann mich sieben Stunden lang versorgen. Der Innendruck liegt bei 353 Hektopascal – das ist etwa ein Drittel des Luftdrucks auf der Erde. Für Raumanzüge ist das normal.

Der ganze Ablauf hat nur fünf Minuten gedauert. Ich bin bereit für den Ausstieg.

Interessant. Ich musste keine Dekompression abwarten. Auf den Raumstationen daheim müssen die Astronauten stundenlang in der Luftschleuse bleiben, um sich an den niedrigen Druck im EVA-Anzug zu gewöhnen, ehe sie aussteigen können. Dieses Problem habe ich nicht. Anscheinend beträgt der Druck in der ganzen *Hail Mary* nur dreiunddreißig Prozent des irdischen Wertes.

Gut durchdacht. Die Raumstationen in Erdumlaufbahnen haben nur deshalb den vollen irdischen Druck, damit die Astronauten im Notfall schnell abbrechen und eilig zur Erde zurückkehren können. Aber die Crew der *Hail Mary* ... wohin sollten wir schon fliehen? Da konnte man auch gleich von Anfang an den niedrigen Druck fahren. Das schont auch die Hülle, und man kann schnell durch die Schleuse aussteigen.

Ich hole tief Luft und atme langsam wieder aus. Hinter mir surrt es leise, kühle Luft streicht mir über den Rücken und die Schultern. Eine Klimaanlage. Fühlt sich gut an.

Ich packe einen Handgriff und drehe mich, um die innere Schleusentür zu schließen. Dann lege ich den großen Hebel herum, der die Luftschleuse in Gang setzt. Eine Pumpe springt an. Sie ist lauter, als ich es vermutet hätte. Es klingt wie ein Motorrad im Leerlauf. Ich lasse die Hand auf dem Griff liegen. Wenn ich ihn in die Ausgangsstellung zurückschiebe, wird der Vorgang abgebrochen und die Schleuse wieder unter Druck gesetzt. Falls ich auf der Anzeige des Anzugs auch nur eine Andeutung eines roten Lichts sehe, werde ich den Hebel so schnell herumwerfen, dass mir schwindlig wird.

Nach einer Minute wird die Pumpe leiser. Dann noch leiser. Wahrscheinlich ist sie genauso laut wie vorher, aber da die Luft in der Kammer dünner wird, kann mich der Lärm nur noch auf dem Umweg über die Füße erreichen, die auf dem Klettboden stehen.

Endlich hört die Pumpe auf. Abgesehen von den Ventilatoren im Anzug ist es völlig still. Die Steuerung der Luftschleuse zeigt mir, dass der Druck im Inneren auf null gefallen ist, und ein gelbes Licht wird grün. Ich kann die Außentür öffnen.

Ich greife nach dem Verschluss der Luke und zögere.

»Was treibe ich hier eigentlich?«, frage ich mich.

Ist das wirklich eine gute Idee? Doch ich will den Zylinder unbedingt holen und mache weiter, ohne dass ich mir vorher einen Plan B zurechtgelegt hätte. Ist dies hier es wert, mein Leben aufs Spiel zu setzen?

Ja. Keine Frage.

Na schön, aber darf ich auch das Leben aller Menschen auf der Erde aufs Spiel setzen? Denn wenn ich das hier verpfusche und sterbe, war das ganze Hail-Mary-Projekt für die Katz.

Hm.

Ja, auch das ist es wert. Ich weiß nicht, wie diese Aliens eingestellt sind, was sie wollen und was sie mir mitteilen werden. Aber sie haben Informationen. Jede Information, auch wenn ich sie lieber nicht bekommen würde, ist besser als nichts.

Ich drehe den Griff herum und öffne die Tür. Vor mir liegt die Schwärze des Weltraums. Das Licht von Tau Ceti spiegelt sich in der Luke. Ich strecke den Kopf heraus und sehe Tau Ceti mit eigenen Augen. Aus dieser Entfernung ist der Stern nicht ganz so hell wie die Sonne, wenn man sie von der Erde aus betrachtet.

Ich vergewissere mich noch einmal, dass die Sicherheitsleine auch wirklich fest sitzt, und mache einen Schritt in den Weltraum.

Ich kann das gut.

Anscheinend habe ich viel geübt. Vielleicht in einem Tauchbecken oder so. Jedenfalls kommt mir alles ganz selbstverständlich vor.

Ich verlasse die Luftschleuse und klemme eine meiner Sicherungsleinen an eine Schiene an der Außenhülle. Man benutzt immer zwei Leinen. Jederzeit muss mindestens eine befestigt bleiben. Auf diese Weise läuft man nicht Gefahr, vom Schiff wegzutreiben. Der Orlan-MKS2 ist vermutlich der beste EVA-Anzug, der jemals hergestellt wurde, aber er hat keine SAFER-Einheit wie die EMU-Anzüge der NASA. Mit der SAFER-Einheit hat man zumindest ein wenig eigenen Schub, um im Notfall zum Schiff zurückkehren zu können.

All diese Informationen überfluten mich fast gleichzeitig. Wahrscheinlich habe ich viel Zeit und Denkarbeit in die Raumanzüge gesteckt. Vielleicht bin ich der EVA-Spezialist unserer Crew. Ich weiß es nicht.

Ich klappe die Sonnenblende hoch und spähe zur *Blip-A*. Ich wünschte, ich könnte noch mehr darüber herausfinden, indem ich sie mit eigenen Augen betrachte, aber das fremde Schiff ist ziemlich weit weg. Das Teleskop der *Hail Mary* hat mir eine viel bessere Übersicht geboten. Trotzdem, es … es ist schon einzigartig, einen direkten Blick auf ein Alien-Raumschiff zu werfen.

Da bemerke ich den Zylinder. Ab und zu reflektieren die flachen Seiten des sachte rotierenden Objekts das Taulicht.

Ich habe übrigens beschlossen, dass »Taulicht« ein Wort ist.

Das Licht von Tau Ceti. Es ist kein Sonnenlicht, weil Tau Ceti nicht die Sonne ist. Also Taulicht.

Mir bleiben noch gut zwanzig Minuten, bis der Zylinder das Schiff erreicht. Ich sehe eine Weile zu und überlege, wo er aufprallen könnte. Es wäre gut, wenn ich drinnen am Radar einen Crewgefährten hätte.

Es wäre überhaupt gut, einen Crewgefährten zu haben.

Fünf Minuten später habe ich den Zylinder recht genau angepeilt. Er zielt ungefähr auf die Mitte des Schiffs. Das ist für einen Alien eine gute Wahl.

Ich mache mich auf den Weg über die Hülle. Die *Hail Mary* ist ziemlich groß. Mein kleiner, unter Druck stehender Bereich nimmt nur die halbe Länge ein, und das Heck ist dreimal so breit wie der Rumpf. Es dürfte jetzt größtenteils leer sein. Vorher war es mit den Astrophagen gefüllt, die mich hierher gebracht haben.

Auf der Hülle gibt es ein Gitternetz von Schienen und Haken, an denen man bei einer EVA die Leinen verankern kann. Haken um Haken und Schiene um Schiene arbeite ich mich weiter vor zum Zentrum des Schiffs.

Ich muss über einen mächtigen Ring steigen. Er umschließt den ganzen Crewbereich des Schiffs und ist mehr als einen halben Meter dick. Ich weiß nicht, was das zu bedeuten hat, aber dieses Ding muss ziemlich schwer sein. Die Masse ist beim Bau von Raumschiffen ein entscheidender Faktor, also muss dieser Apparat wichtig sein. Ich werde später darüber nachdenken.

Ich arbeite mich weiter von einem Verankerungspunkt zum nächsten, bis ich ungefähr das Zentrum des Rumpfes erreicht habe. Der Behälter kommt langsam näher. Ich ändere meine Position ein wenig, um mich ihm anzupassen. Nach einer quälend langen Wartezeit ist er fast in Reichweite.

Ich warte. Es bringt nichts, gierig zu werden. Wenn ich zu früh danach greife, werfe ich das Objekt vielleicht aus der Bahn, und es verschwindet im Weltraum. Zurückholen kann ich es nicht. Ich will vor den Aliens nicht wie ein Idiot dastehen.

Natürlich beobachten sie mich jetzt. Wahrscheinlich zählen sie meine Gliedmaßen, notieren meine Größe und überlegen, welchen Körperteil sie zuerst essen wollen oder so.

Ich lasse den Zylinder immer näher kommen. Er bewegt sich mit einem Tempo von weniger als einer Meile pro Stunde. Nicht gerade eine Kanonenkugel.

Aus der Nähe kann ich seine Maße besser einschätzen. Er ist gar nicht so groß. Ungefähr so hoch und so breit wie eine Kaffeekanne. Er ist dunkelgrau und hat ein paar willkürlich verteilte, etwas hellere Flecken. Vielleicht ist das ein modisches Detail. Vielleicht sind dieses Jahr willkürliche Flecken angesagt.

Der Zylinder schwebt mir in die Arme, und ich packe ihn mit beiden Händen. Er hat weniger Masse als erwartet. Wahrscheinlich ist er hohl. Im Inneren ist also etwas, das ich mir ansehen soll.

Ich klemme mir den Behälter unter einen Arm und verlege mit dem anderen die Leinen. Zügig kehre ich zur Luftschleuse zurück. Das ist dumm. Es gibt keinen Grund zur Eile, und ich bringe damit sogar mein Leben in Gefahr. Ein Fehltritt, und ich schwebe davon. Aber ich kann es nicht erwarten, den Zylinder zu untersuchen.

Ich klettere wieder ins Schiff, aktiviere die Luftschleuse und schwebe mit meiner Beute ins Cockpit. Dort öffne ich den Orlan-Anzug und überlege mir schon, welche Tests ich mit dem Zylinder durchführen will. Mir steht ja ein ganzes Labor zur Verfügung!

Sofort trifft mich der Geruch. Ich keuche und huste. Der Zylinder ist verdorben!

Nein, er ist nicht verdorben, aber er riecht übel. Ich kann kaum noch atmen. Der Chemiegeruch kommt mir bekannt vor. Was ist das? Katzenpisse?

Ammoniak. Es stinkt nach Ammoniak.

»Gut«, keuche ich. »Denk nach.«

Mein Bauchgefühl sagt mir, dass ich den Anzug wieder schließen soll. Aber dann wäre ich in einem kleineren Raum mit dem Ammoniak gefangen, das schon dort drinnen ist. Soll der Zylinder doch lieber in dem größeren Volumen des ganzen Schiffs ausdünsten.

Ammoniak ist nicht giftig – oder jedenfalls nicht in kleinen

Mengen. Und die Tatsache, dass ich noch atmen kann, sagt mir, dass es eine kleine Menge war. Andernfalls hätte es mir die Lunge verätzt, und ich wäre schon bewusstlos oder tot.

Im Grunde riecht es nur übel. Mit etwas Gestank komme ich klar.

Ich steige aus dem Rückenteil des Anzugs und lasse den Behälter einstweilen mitten im Cockpit schweben. Da ich jetzt weiß, was es ist, schockiert mich das Ammoniak nicht mehr, und ich kann damit umgehen. Es ist nicht schlimmer als Glasreiniger in einem kleinen Raum. Unangenehm, aber nicht gefährlich.

Ich greife nach dem Zylinder ... und er ist höllisch heiß!

Mit einem Schrei ziehe ich die Hand zurück. Ich blase mir auf die Finger und untersuche sie auf Verbrennungen. Es war nicht ganz so schlimm, wie wenn ich auf eine heiße Herdplatte gefasst hätte. Trotzdem zu heiß.

Mit bloßen Händen danach zu greifen war dumm. Fehlerhafte Logik. Ich habe ihn schon einmal berührt und angenommen, es sei gefahrlos möglich. Beim ersten Mal haben allerdings die Handschuhe des Raumanzugs meine Hände geschützt.

»Böser Alien-Behälter«, sage ich zu ihm. »Du musst erst abkühlen.«

Ich ziehe einen Arm in den Ärmel und wickle den überstehenden Stoff um die Hand. Mit den jetzt geschützten Knöcheln stupse ich den Zylinder zur Luftschleuse. Sobald er drinnen ist, schließe ich die Tür.

Dort bleibt er jetzt erst einmal. Mit der Zeit wird er sich auf die Temperatur des umgebenden Raumes abkühlen. Während er das tut, soll er aber nicht frei im Schiff umherschweben. Ich glaube, in der Luftschleuse ist nichts, was er mit seiner Hitze beschädigen könnte.

Wie heiß war er denn?

Ich habe ihn einen Sekundenbruchteil lang mit beiden Händen gepackt (was für eine Dummheit). Meine Reaktionszeit hat ausgereicht, um keine Verbrennungen davonzutragen. Also vermutlich weniger als 100 Grad Celsius.

Ich öffne und schließe die Hände einige Male. Sie tun nicht mehr weh, aber die Erinnerung an die Schmerzen ist noch frisch.

»Woher kommt die Wärme?«, murmle ich.

Der Behälter war gut vierzig Minuten im Weltraum. In dieser Zeitspanne hätte er mittels Schwarzkörperstrahlung seine Wärme verlieren sollen. Er sollte kalt sein, nicht heiß. Ich bin etwa eine astronomische Einheit von Tau Ceti entfernt, und dieser Stern hat die halbe Leuchtkraft der Sonne. Ich glaube nicht, dass das Taulicht den Zylinder aufgeheizt hat. Sicher nicht stärker, als er durch die Schwarzkörperstrahlung abgekühlt ist.

Also befindet sich im Inneren entweder eine Heizung, oder er war extrem heiß, als er auf die Reise ging. Ich glaube, das werde ich bald herausfinden. Sehr schwer ist er nicht, also hat er dünne Wände. Falls es keine innere Wärmequelle gibt, müsste er hier in der Luft sehr schnell abkühlen.

Es stinkt immer noch nach Ammoniak. Igitt.

Ich schwebe ins Labor hinunter. Ich weiß nicht, wo ich anfangen soll. Es gibt so viele Dinge, die ich wissen will. Vielleicht sollte ich zuerst das Material bestimmen, aus dem der Behälter besteht. Etwas, das für die Crew der *Blip-A* völlig harmlos ist, könnte für mich hochgiftig sein, und keiner von uns ahnt es.

Vielleicht sollte ich die Strahlung messen.

Ich schwebe zum Labortisch und halte mich fest, um mich zu stabilisieren. Allmählich gewöhne ich mich an diese Null-g-Sache. Ich habe mal einen Film über Astronauten gesehen, in dem es hieß, dass manche Leute sehr gut mit niedriger Schwerkraft zurechtkommen, während andere große Schwierigkeiten damit haben. Anscheinend bin ich einer der Glücklichen.

»Glücklich« ist natürlich relativ zu verstehen. Das hier ist schließlich ein Selbstmordkommando. Also ... nun ja.

Das Labor ist mir immer noch ein Rätsel. Es wurde offensichtlich unter der Voraussetzung eingerichtet, dass Schwerkraft herrscht. Es gibt Tische, Stühle, Gestelle mit Reagenzgläsern und so weiter. Nichts davon würde man in einer Umgebung ohne Schwerkraft erwarten. Es gibt keine Klettflächen an den Wänden, keine Computerbildschirme in allen möglichen Winkeln. Auch der vorhandene Raum ist nicht effizient genutzt. Die ganze Einrichtung unterstellt, dass es einen »Boden« gibt.

Das Schiff kann stark und sehr lange beschleunigen. Wahrscheinlich habe ich mehrere Jahre unter 1,5 g geschlafen. Aber man hat doch wohl nicht erwartet, dass ich den Antrieb eingeschaltet lasse und Kreise fliege, damit im Labor Schwerkraft herrscht, oder? Es muss einen Grund dafür geben. Und dieser Grund ist tief in meinen Erinnerungen verschüttet. Der Trick ist, an das zu denken, was ich wissen will, ohne mich zu sehr darauf zu versteifen. Es ist wie beim Einschlafen. Man schafft es nicht, wenn man sich zu sehr darauf konzentriert.

So viel erstklassige Ausrüstung. Ich lasse die Gedanken wandern, während mein Blick über die Einrichtung schweift ...

8

Als wir in Genf landeten, hatte ich mein Zeitgefühl verloren und wusste nicht einmal, welcher Wochentag es war.

Die Computermodelle für den Astrophagenbrüter entsprachen nicht seiner Leistung in der realen Welt. Bisher hatte ich fast sechs Gramm Astrophagen erbrütet, aber der Reaktor auf dem Flugzeugträger erzeugte einfach nicht genug Wärme, um die Reaktion weiter anzutreiben. Stratt deutete an, dass man eine Wärmequelle besorgen wollte, die genug Energie liefern konnte, aber bisher war nichts weiter geschehen.

Ich tippte emsig auf meinem Computer, bis der luxuriöse Privatjet am Gate hielt. Stratt musste mich knuffen, damit ich meine Arbeit unterbrach.

Drei Stunden später warteten wir in einem Konferenzzimmer.

Mein Leben war inzwischen eine endlose Reihe von Konferenzräumen geworden. Dieser hier war wenigstens freundlicher als die meisten anderen. Schöne Holzvertäfelung, elegante Mahagonitische. Er machte was her.

Stratt und ich redeten nicht. Ich arbeitete an Wärmeübergangskoeffizienten, während sie wer weiß was auf ihrem Laptop tippte. Wir kannten uns und hatten so viel Zeit miteinander verbracht, dass wir nicht ständig reden mussten.

Endlich trat eine griesgrämig dreinschauende Frau ein und setzte sich Stratt gegenüber hin.

»Danke, dass Sie Zeit für mich haben, Ms. Stratt«, sagte sie mit norwegischem Akzent.

»Kein Grund, mir zu danken, Dr. Lokken«, erwiderte Stratt. »Ich bin nicht freiwillig hier.«

Ich hob den Kopf. »Wirklich? Ich dachte, Sie arrangieren solche Dinge, weil Sie es wollen.«

Stratt ließ die Norwegerin nicht aus den Augen. »Ich habe das Treffen angesetzt, weil mir sechs Staatsoberhäupter gleichzeitig in den Ohren lagen, es endlich zu tun. Jetzt habe ich nachgegeben.«

»Und Sie sind …«, fragte Lokken mich.

»Ryland Grace.«

Sie fuhr zurück. »*Der* Ryland Grace? Der Autor von ›Eine Analyse wasserbasierter Annahmen und die Rekalibrierung der Erwartungen an Modelle der Evolution‹?«

»Ja. Haben Sie ein Problem damit?«, fragte ich.

Stratt schenkte mir ein kleines Lächeln. »Sie sind berühmt.«

»Eher berüchtigt«, erwiderte Lokken. »Seine kindische Arbeit war eine Ohrfeige für die ganze wissenschaftliche Gemeinschaft. Dieser Mann arbeitet für Sie? Absurd. Alle seine Annahmen über außerirdisches Leben haben sich als falsch erwiesen.«

Ich sah sie finster an. »He, ich habe gesagt, Leben braucht kein Wasser, um sich zu entwickeln. Nur weil wir eine Lebensform gefunden haben, die Wasser braucht, kann man nicht schließen, dass ich grundsätzlich falschliege.«

»Natürlich kann man das. Zwei Lebensformen, die sich unabhängig voneinander entwickelt haben, und die beide Wasser brauchen …«

»Unabhängig?«, schnaubte ich. »Sind Sie noch bei Trost? Glauben Sie wirklich, etwas so Kompliziertes wie die Mitochondrien haben sich unabhängig voneinander zweimal entwickelt? Wir haben es hier offensichtlich mit einer Panspermie zu tun.«

Sie wedelte mit der Hand, als wollte sie ein lästiges Insekt verscheuchen. »Die Mitochondrien der Astrophagen unterscheiden sich deutlich von denen auf der Erde. Sie haben sich eindeutig unabhängig voneinander entwickelt.«

»Sie sind zu achtundneunzig Prozent identisch!«

»Äh«, machte Stratt. »Mir ist nicht klar, worüber Sie sich streiten, aber könnten wir jetzt …«

Ich deutete auf Lokken. »Diese Idiotin behauptet, die Astrophagen hätten sich unabhängig vom Leben auf der Erde entwickelt, aber es ist offensichtlich, dass beide verwandt sind!«

»Das ist faszinierend, aber ...«

Lokken klatschte mit der Hand auf den Tisch. »Wie soll ein gemeinsamer Vorfahre durch den Weltraum geflogen sein?«

»Genau so wie die Astrophagen!«

Sie beugte sich vor. »Warum haben wir dann noch kein interstellares Leben entdeckt?«

Ich beugte mich ebenfalls vor. »Keine Ahnung. Zufall.«

»Wie erklären Sie die Unterschiede in den Mitochondrien?«

»Vier Milliarden Jahre getrennte Entwicklung.«

»Aufhören«, sagte Stratt ruhig. »Ich weiß nicht, was das soll ... ist das eine Art wissenschaftliches Wettpinkeln? Deshalb sind wir nicht hier. Dr. Grace, Dr. Lokken, setzen Sie sich bitte.«

Ich sank auf meinen Stuhl und verschränkte die Arme vor der Brust. Auch Lokken setzte sich.

Stratt spielte mit einem Stift. »Dr. Lokken, Sie haben Regierungen genervt, damit diese mich nerven. Immer wieder, tagein, tagaus. Ich weiß, dass Sie etwas zum Projekt Hail Mary beisteuern wollen, aber ich will kein großes internationales Durcheinander anrichten. Wir haben keine Zeit für die Intrigen und die Selbstbeweihräucherung, die sonst bei großen Projekten unvermeidlich sind.«

»Ich bin auch nicht gerade glücklich, hier zu sein«,antwortete Lokken. »Trotzdem habe ich die Unannehmlichkeiten in Kauf genommen, genauso wie Sie, denn dies war der einzige Weg, Sie auf einen entscheidenden Konstruktionsfehler der *Hail Mary* hinzuweisen.«

Stratt seufzte. »Wir haben die Entwürfe verschickt und um Rückmeldungen gebeten, aber nicht darum, nach Genf zitiert zu werden.«

»Dann legen Sie es doch unter ›allgemeines Feedback‹ ab.«

»Sie hätten auch eine E-Mail schicken können.«

»Die hätten Sie doch nur gelöscht. Stratt, Sie müssen mir zuhören. Es ist wichtig.«

Stratt ließ den Stift noch einige Male wirbeln. »Tja, jetzt bin ich da. Schießen Sie los.«

Lokken räusperte sich. »Widersprechen Sie, wenn ich mich irre, aber die *Hail Mary* soll doch hauptsächlich als Labor dienen. Ein Labor, das wir nach Tau Ceti schicken, um zu sehen, warum dieser Stern als einziger gegen Astrophagen immun ist.«

»Das ist richtig.«

Sie nickte. »Dann stimmen Sie zu, dass das Labor die wichtigste Komponente an Bord des Raumschiffs ist?«

»Ja«, bestätigte Stratt. »Ohne das Labor verliert die Mission ihren Sinn.«

»Dann haben wir ein großes Problem.« Lokken zog mehrere Blätter aus ihrer Aktenmappe. »Hier ist eine Liste der Laborausrüstung, die Sie mitnehmen wollen. Spektrometer, DNA-Sequenzer, Mikroskope, Laborzubehör …«

»Das ist mir bewusst«, fiel Stratt ihr ins Wort. »Ich habe die Liste genehmigt.«

Lokken legte das Blatt auf den Tisch. »Die meisten dieser Geräte funktionieren nicht in der Schwerelosigkeit.«

Stratt verdrehte die Augen. »Daran haben wir natürlich gedacht. In diesem Augenblick arbeiten Firmen auf der ganzen Welt an weltraumtauglichen Versionen der Geräte.«

Lokken schüttelte den Kopf. »Haben Sie eine Vorstellung, wie viel Forschungs- und Entwicklungsarbeit in einem Elektronenmikroskop steckt? In Gaschromatografen? In jedem einzelnen Apparat auf Ihrer Liste? Ein Jahrhundert wissenschaftlicher Fortschritt, der durch Fehlschlag auf Fehlschlag vorangetrieben wurde. Glauben Sie wirklich, dass Ihre Neuentwicklungen in der Schwerelosigkeit anstandslos funktionieren?«

»Ich sehe keine andere Möglichkeit, es sei denn, Sie haben vor, die künstliche Schwerkraft zu erfinden.«

»Die haben wir bereits erfunden«, erklärte Lokken bestimmt. »Schon vor langer Zeit.«

Stratt sah mich von der Seite an. Offensichtlich war sie verblüfft.

»Ich glaube, sie meint eine Zentrifuge«, half ich aus.

»Ich weiß, dass sie eine Zentrifuge meint«, erwiderte Stratt. »Was halten Sie davon?«

»Daran habe ich noch nicht gedacht. Ich glaube ... es könnte funktionieren ...«

Stratt schüttelte den Kopf. »Nein, das wird nichts. Wir müssen die *Hail Mary* so schlicht wie möglich konstruieren. Ein großes, solides Schiff mit möglichst wenigen beweglichen Teilen. Je komplizierter es wird, desto mehr Schwachstellen gibt es.«

»Es ist das Risiko wert«, beharrte Lokken.

»Wir müssten der *Hail Mary* ein großes Gegengewicht geben, damit es funktioniert.« Stratt schürzte die Lippen. »Tut mir leid, aber wir haben gerade genug Energie, um die Astrophagen für die geplante Masse zu erzeugen. Wir können die Masse nicht einfach verdoppeln.«

»Warten Sie mal. Wir haben genug Energie, um all den Treibstoff herzustellen?«, warf ich ein. »Seit wann denn das?«

»Sie müssen keine zusätzliche Masse mitschicken«, widersprach Lokken. Sie nahm ein weiteres Blatt aus der Mappe und klatschte es auf den Tisch. »Wenn Sie vom augenblicklichen Design ausgehen und das Schiff zwischen dem Crewabteil und den Treibstofftanks trennen, haben die beiden Hälften ein gutes Massenverhältnis für eine Zentrifuge.«

Stratt starrte die Zeichnung an. »Sie haben den gesamten Treibstoff auf einer Seite. Das sind zwei Millionen Kilogramm.«

»Nein.« Ich schüttelte den Kopf. »Der Treibstoff ist dann verbraucht.«

Die beiden Frauen sahen mich an.

»Es ist ein Selbstmordkommando«, fuhr ich fort. »Der Treibstoff ist aufgebraucht, wenn wir Tau Ceti erreichen. Lokken hat die Trennung so vorgesehen, dass das Heck des Schiffs am Ende der Reise nur noch dreimal so viel wiegt wie der vordere Teil. Das ist ein gutes Massenverhältnis für eine Zentrifuge. Es könnte funktionieren.«

»Danke«, sagte Lokken.

»Wie schneidet man ein Schiff in der Mitte durch?«, fragte Stratt. »Wie machen Sie daraus eine Zentrifuge?«

Lokken drehte die Zeichnung um. Auf der anderen Seite war die detaillierte Darstellung einer Seilführung zwischen den beiden Schiffsteilen abgebildet. »Spulen mit Zylonseilen zwischen dem Crewabteil und dem Rest des Schiffs. Mit einer Länge von hundert Metern könnten wir eine Schwerkraft von einem g simulieren.«

Stratt kniff sich ins Kinn. Hatte es tatsächlich einmal jemand geschafft, ihre Meinung zu einem Thema zu ändern?

»Ich mag es nicht, wenn es komplexer wird …«, überlegte sie. »Ich mag das Risiko nicht.«

»Dies hier *beseitigt* Komplexität und Gefahren«, widersprach Lokken. »Das Schiff, die Crew, die Astrophagen … das sind alles nur Hilfssysteme für die Laborausrüstung. Sie brauchen zuverlässige Einrichtungen. Geräte, die schon seit Jahren in Betrieb sind und mit denen viele Menschen Millionen Stunden produktiv gearbeitet haben. Wenn Sie ein g Schwerkraft erzeugen – damit die Geräte in einer Umgebung arbeiten, für die sie perfektioniert wurden –, dann bekommen Sie dank dieser Verlässlichkeit die besten Ergebnisse.«

»Hm«, machte Stratt. »Grace, was meinen Sie?«

»Ich … ich glaube, das ist eine gute Idee.«

»Wirklich?«

»Ja«, bekräftigte ich. »Ich meine, wir müssen das Schiff ohnehin so auslegen, dass es vier Jahre stetige Beschleunigung bei anderthalb g aushält. Es dürfte ziemlich stabil sein.«

Sie betrachtete Lokkens Zeichnung noch einmal genauer. »Steht die künstliche Schwerkraft im Crewbereich damit nicht auf dem Kopf?«

Sie hatte recht. Die *Hail Mary* war so ausgelegt, dass »unten« immer in Richtung des Antriebs war. Wenn das Schiff beschleunigte, wurde die Crew nach »unten« auf den Boden gedrückt. In der Zentrifuge war »unten« jedoch »entfernt vom Drehpunkt«. Die Crew würde also immer nach oben zum Bug getrieben.

»Ja, das wäre ein Problem.« Lokken deutete auf die Zeichnung.

Die Seile waren nicht direkt am Crewabteil befestigt. Vielmehr hingen sie an zwei seitlich angebrachten großen Scheiben. »Die Seile sind an diesen großen Umlenkrollen befestigt. Die vordere Schiffshälfte kann um 180 Grad rotieren. Im Zentrifugalbetrieb zeigt der Bug nach innen zur anderen Hälfte des Schiffs. Im Crewabteil wirkt die Schwerkraft vom Bug weg, also genau wie unter Schub.«

Stratt ließ Lokkens Worte auf sich wirken. »Das ist eine ziemlich komplizierte Vorrichtung, und Sie zerlegen das Schiff in zwei Teile. Glauben Sie wirklich, das Risiko wird dadurch kleiner?«

»Auf jeden Fall geringer, als wenn man eine nagelneue und unzulänglich getestete Ausrüstung einsetzt«, warf ich ein. »Glauben Sie mir, ich arbeite schon mein Leben lang mit empfindlichen Geräten. Sie sind selbst unter idealen Bedingungen störanfällig und schwierig zu handhaben.«

Stratt nahm den Stift und tippte mehrmals auf den Tisch. »Na gut, dann machen wir das so.«

Lokken strahlte. »Ausgezeichnet. Ich schreibe einen Aufsatz darüber und schicke ihn an die UNO. Wir können dann einen Ausschuss bilden ...«

»Nein. Ich sagte, wir machen das.« Stratt stand auf. »Dr. Lokken, willkommen im Team. Packen Sie ein paar Sachen ein und kommen Sie zum Flughafen von Genf, Terminal 3. Das Privatflugzeug heißt *Stratt.*«

»Was? Ich arbeite für die ESA. Ich kann nicht einfach ...«

»Machen Sie sich deshalb keine Gedanken«, schaltete ich mich ein. »Sie ruft Ihren Boss oder den Boss Ihres Bosses an oder wen auch immer, und schon sind Sie ihr unterstellt. Sie wurden gerade dienstverpflichtet.«

»Ich ... ich habe mich nicht freiwillig gemeldet, die Zentrifuge selbst zu entwerfen«, protestierte Lokken. »Ich wollte Sie lediglich darauf hinweisen ...«

»Ich habe auch nicht behauptet, dass Sie sich freiwillig gemeldet haben«, erklärte Stratt ihr.

»Sie können mich doch nicht zwingen, für Sie zu arbeiten.«

Stratt war schon zum Ausgang unterwegs. »Kommen Sie in einer Stunde zum Flughafen, oder ich lasse Sie von der Schweizer Gendarmerie in zwei Stunden hinbringen. Ihre Entscheidung.«

Lokken starrte fassungslos die Tür an, dann mich.

»Daran gewöhnt man sich«, beruhigte ich sie.

Das Schiff ist eine Zentrifuge! Jetzt weiß ich alles wieder!

Deshalb gibt es diesen geheimnisvollen Bereich, der »Seilführung« heißt. Dort sind die Spulen und die Zylonseile untergebracht. Das Schiff kann sich in der Mitte teilen, das Crewabteil drehen und sich in Rotation versetzen.

Dieser Umlenkpunkt – das ist der seltsame Ring, den ich während meiner EVA auf dem Rumpf gesehen habe! Jetzt erinnere ich mich an das Design. Das Schiff hat zwei große Scharniere, damit das Crewabteil kippen kann, ehe die Zentrifuge aktiviert wird.

Das erinnert mich an die Apollo-Missionen. Die Mondlandefähre hing beim Start unter dem Kommandomodul, doch dann trennten sie sich, das Kommandomodul wurde gedreht und verband sich auf dem Flug zum Mond wieder mit dem Landemodul. Dies ist eine dieser Vorrichtungen, die lächerlich aussehen, sich aber am Ende als die effizienteste Art und Weise herausstellen, ein Problem zu lösen.

Ich schwebe zum Cockpit und gehe die Anzeigen der verschiedenen Konsolen durch. Wenn ich nicht finde, was ich suche, wische ich zur nächsten weiter. Endlich entdecke ich es. Den »Zentrifugen«-Bildschirm. Er hat sich in einem Untermenü des Lebenserhaltungssystems versteckt.

Es sieht ganz einfach aus. Anzeigen für Gieren, Nicken und Rollen zeigen den gegenwärtigen Zustand des Schiffs genau wie auf dem Navigationsbildschirm. Eine weitere Anzeige ist mit »Winkel des Crewabteils« überschrieben. Das muss die Steuerung für die Drehung sein. Im Augenblick steht alles auf »0° pro Sekunde«.

Darunter ist ein Knopf mit der Aufschrift: »Zentrifugalsequenz starten«. Wieder darunter sehe ich eine Reihe von Zahlen, die sich auf Rotationsbeschleunigung, Endgeschwindigkeit, Abspulgeschwindigkeit und geschätzten g-Wert am Boden des Labors beziehen. Für das Abspulen gibt es vier einzelne Bildschirme (ich nehme an, es sind vier Spulen, also zwei auf jeder Seite) und eine Anleitung, was man im Notfall tun muss, falls es Probleme gibt. Dazu noch viele andere Dinge, die ich nicht einmal ansatzweise verstehe. Wichtig ist nur, dass überall bereits Werte angezeigt werden.

Ich liebe Computer. Sie nehmen einem die ganze Denkarbeit ab, sodass man sich nicht selbst abrackern muss.

Ich sehe mir die Notfallprotokolle näher an. Dort steht nur: »Drehung bremsen.« Ich tippe auf die Anzeige, worauf ein Dropdownfeld erscheint. Dort gibt es nur zwei Optionen: »Drehung bremsen« und »Alle Spulen stoppen«. Dazu ein roter Knopf: »Trennen.« Ich bin ziemlich sicher, dass ich das nicht tun will. »Drehung bremsen« verlangsamt wahrscheinlich die Rotation des Schiffs, falls es ein Problem gibt. Das klingt gut. Ich lasse alles so, wie es ist.

Ich will schon die Zentrifuge starten, doch dann halte ich inne. Ist auch alles gut verschnürt? Ist es wirklich sicher, wenn auf einmal eine große Kraft auf das Schiff einwirkt? Ich schüttle die Bedenken ab. Das Schiff hat mehrere Jahre lang konstant beschleunigt. Es muss doch mit ein wenig Zentrifugalkraft zurechtkommen, oder?

Oder?

Wie es Hunderte Astronauten vor mir getan haben, lege ich meinen Glauben und mein Leben in die Hände der Ingenieure, die das System entworfen haben. Dr. Lokken vermutlich. Hoffentlich hat sie ihre Arbeit ordentlich gemacht.

Ich drücke auf den Knopf.

Zuerst geschieht gar nichts. Ich frage mich, ob ich den Vorgang auch wirklich ausgelöst habe, oder ob ich, wie früher so oft bei meinem Telefon, wirkungslos ins Leere getippt habe.

Aber dann ist im ganzen Schiff ein Warnsignal zu hören. Das durchdringende dreifache Piepsen wiederholt sich alle paar

Sekunden. So ein Signal kann kein Crewmitglied überhören. Eine letzte Warnung, falls sich die Leute nicht verständigen können.

Über meinem Kopf verändert sich der Petrowa-Bildschirm, weil sich der Empfänger abschaltet. Das bestätigt meinen Verdacht, dass auch die Steuerdüsen des Schiffs mit Astrophagen angetrieben werden. Ich meine, das liegt ja eigentlich auch auf der Hand, wenn man richtig darüber nachdenkt. Ganz sicher war ich bis jetzt aber nicht.

Das Piepsen hört auf, und es geschieht immer noch nichts. Dann fällt mir auf, dass ich näher am Navigationsbildschirm bin als vorher. Ich bin zum Rand des Raumes geschwebt. Ich strecke den Arm aus, um mich zu stabilisieren und anzuhalten. Dann schwebe ich zurück zur Navigation.

»Oh«, mache ich.

Es hat bereits angefangen. Ich treibe gar nicht zum Navigationsbildschirm, sondern das ganze Cockpit treibt zu mir. Das Schiff beginnt mit der Drehung.

Alles kippt weg und ändert die Richtung. Das liegt natürlich daran, dass sich das Crewabteil neigt, während das Schiff rotiert. Das kann kompliziert werden.

»Äh ... genau!« Ich stoße mich von der Wand ab und segle zum Pilotensessel.

Ich kippe weg. Oder vielmehr, der Raum kippt weg. Nein, das stimmt nicht. Hier kippt nichts weg. Das Schiff dreht sich immer schneller. Außerdem hat sich die vordere Hälfte vom Heck gelöst und dreht sich jetzt um die beiden großen Scharniere. Wenn das erledigt ist, zeigt der Bug zur unteren Hälfte des Schiffs. Das alles passiert gleichzeitig, deshalb fühlen sich die überlagernden Kräfte für mich so seltsam an. Es ist extrem kompliziert, aber irgendwie auch nicht mein Problem. Das erledigt der Computer.

Ich betrachte die Anzeige der Zentrifuge. Der Nickwert liegt bei 0,17° pro Sekunde. An einer anderen Stelle steht: »Abteiltrennung 2,4 Meter«. Es piepst leise, und der »Winkel Crewabteil« beträgt jetzt 180°. Ich nehme an, die ganze Sequenz ist gut durchdacht, um die Auswirkungen auf das System und die Crew zu minimieren.

Ich spüre einen leichten Druck am Hinterteil, als ich den Sessel erreiche. Der Übergang ist sehr sanft. Ich spüre … einfach nur mehr und mehr Schwerkraft in einem Raum, der langsam kippt. Ein eigenartiges Gefühl.

Rein logisch ist mir völlig klar, dass ich in einem Schiff bin, das sich dreht. Es gibt allerdings keine Fenster, durch die ich hinausschauen kann. Nur Bildschirme. Ich überprüfe das Teleskop, das immer noch auf die *Blip-A* gerichtet ist. Die Sterne im Hintergrund bewegen sich nicht. Anscheinend gleicht das Teleskop meine Rotation aus und passt die Bilddarstellung rechnerisch an. Die Software, die das macht, ist vermutlich recht kompliziert, weil die Kamera nicht genau auf der Drehachse angebracht ist.

Meine Arme werden schwer, ich lege sie auf die Armlehnen. Zum ersten Mal seit einer ganzen Weile muss ich wieder die Nackenmuskulatur benutzen.

Fünf Minuten nach Beginn der Sequenz spüre ich fast die normale Erdschwerkraft. Ein vierfaches Piepsen verkündet das Ende des Ablaufs.

Ich betrachte den Bildschirm der Zentrifuge. Er zeigt eine Rotation von 20,71° pro Sekunde, eine Distanz von 104 Metern und eine »Laborschwerkraft« von 1,00 g.

Dem Lageplan des Schiffs entnehme ich, dass die *Hail Mary* in zwei Teile geteilt ist. Der Bug des Crewabteils weist jetzt nach innen zu der anderen Hälfte. Die beiden Hälften sind unglaublich weit voneinander entfernt, und das ganze System rotiert gemächlich. Nein, eigentlich sogar ziemlich schnell, aber in diesem Maßstab sieht es langsam aus.

Ich schnalle mich vom Sessel ab, gehe zur Luftschleuse und öffne die Luke. Wieder weht der Geruch von Ammoniak ins Cockpit, aber es ist längst nicht mehr so übel wie vorhin. Das Alien-Artefakt liegt auf dem Boden. Ich berühre es kurz mit den Fingern, um die Temperatur zu prüfen. Es ist immer noch recht warm, aber nicht mehr glühend heiß. Gut. Also gibt es keine interne Heizung oder andere seltsame Sachen. Es ging einfach sehr heiß auf die Reise.

Ich hebe es auf. Es wird Zeit zu sehen, woraus es besteht und was drin ist.

Ehe ich das Cockpit verlasse, werfe ich einen letzten Blick auf den Teleskop-Bildschirm. Ich behalte einfach gern im Auge, was außerirdische Schiffe in meiner Nähe so tun.

Die *Blip-A* rotiert im Weltraum. Sie überschlägt sich, wahrscheinlich in exakt dem gleichen Tempo wie die *Hail Mary*. Wahrscheinlich haben sie beobachtet, wie ich meine Zentrifuge in Gang gesetzt habe, und dachten, es sei Teil der Kommunikation.

Das erste Missverständnis zwischen der Menschheit und einer intelligenten Alien-Spezies. Wie schön, dass ich dabei mitwirken durfte.

Ich lege den Zylinder auf den Labortisch. Wo beginne ich nun? Überall!

Ich überprüfe die Radioaktivität mit einem Geigerzähler. Nichts. Das ist gut.

Ich stochere mit verschiedenen Dingen daran herum, um die Härte zu ermitteln. Das Material ist hart.

Es erinnert an Metall, fühlt sich aber nicht ganz so an. Mit einem Messgerät prüfe ich die Leitfähigkeit. Nichts. Interessant.

Ich hole Hammer und Meißel, um ein kleines Stück für den Gaschromatografen abzuschlagen. So kann ich herausfinden, aus welchen Elementen es besteht. Nach ein paar Schlägen springt eine Ecke vom Meißel ab. Der Zylinder hat nicht einmal eine Delle.

»Hm.«

Er ist zu groß, um ihn ganz in den Gaschromatografen zu stecken. Aber ich finde ein mobiles Röntgenspektrometer. Es sieht aus wie ein Barcodescanner. Leicht zu benutzen, und ich kann damit auch bestimmen, woraus das Ding besteht. Nicht so präzise wie der Chromatograf, aber besser als nichts.

Ein schneller Scan ergibt, dass der Behälter aus Xenon besteht.

»Was ...«

Ich richte das Spektrometer auf den stählernen Labortisch, um mich zu vergewissern, dass es richtig funktioniert. Heraus kommen Eisen, Nickel, Chrom und so weiter. Genau das, was ich erwartet habe. Also überprüfe ich den Zylinder noch einmal und sehe das gleiche unmögliche Ergebnis wie beim ersten Test. Ich wiederhole den Vorgang noch viermal, aber die Antwort bleibt immer die gleiche.

Warum ich den Test so oft durchführe? Weil das Resultat absolut keinen Sinn ergibt. Xenon ist ein Edelgas. Es reagiert mit gar nichts. Es geht keine Bindungen mit irgendetwas ein. Und bei Zimmertemperatur ist es gasförmig. Aber jetzt soll es Teil dieses festen Körpers sein?

Außerdem ist dies auch kein Behälter, der mit Xenon gefüllt ist. Ein Spektrometer liefert keinen Scan, der in die Tiefe vordringt. Damit erkennt man nur, was an der Oberfläche ist. Wenn man auf mit Gold überzogenes Nickel zeigt, sagt mir das Gerät, ich hätte »100 % Gold« vor mir, weil es nicht tiefer blicken kann. Es verrät mir nur, woraus die Moleküle an der Oberfläche des Zylinders bestehen. Anscheinend aus Xenon.

Dieses mobile Spektrometer kann keine Elemente erkennen, die niedriger stehen als Aluminium. Also könnte dort auch Kohlenstoff, Wasserstoff, Stickstoff oder wer weiß was sonst noch sein. Aber was die Elemente angeht, die es aufspüren kann ... demnach habe ich reines Xenon vor mir.

»Wie kann das sein?«

Ich lasse mich auf einem Hocker nieder und starre den Behälter an. Was für ein seltsames Artefakt. Wie nennt man eigentlich Edelgase, die dann doch mit etwas reagieren? Unedelgase?

Aber verblüfft sein hat einen guten Nebeneffekt. Ich stelle meine hektischen Attacken auf den Behälter ein und starre ihn nur an. Erst jetzt bemerke ich, dass ringsherum, etwa drei Zentimeter vom oberen Rand entfernt, eine dünne Linie verläuft. Ich taste mit dem Fingernagel. Es ist eindeutig eine Kerbe. Ein Deckel? Vielleicht kann ich ihn öffnen.

Ich nehme den Zylinder und versuche, den Deckel abzuziehen. Er rührt sich nicht. Dann fällt mir ein, dass er vielleicht verschraubt ist. Auch dieses Mal bewegt er sich nicht.

Aber es gibt keinen Grund zu der Annahme, dass die Aliens genau wie wir in »rechts gleich zuschrauben« und »links gleich aufschrauben« denken, oder?

Ich drehe den Deckel nach links, und er bewegt sich. Mir steht fast das Herz still.

Ich drehe weiter. Bei 90 Grad spüre ich, wie er sich löst. Ich ziehe die beiden Teile auseinander.

In beiden Hälften stecken komplizierte Dinge. Sie sehen aus wie ... Modelle vielleicht? Unten sind in beiden Teilen sehr dünne Stäbe befestigt, die zu unterschiedlich großen Kugeln führen. Bewegliche Teile kann ich nicht erkennen, und es scheint alles aus dem gleichen seltsamen Material zu bestehen wie die Hülle.

Zuerst untersuche ich die untere Hälfte. Irgendwo muss ich ja anfangen. Auf einem einzelnen Stäbchen sitzt ... eine abstrakte Skulptur? Es sind eine murmelgroße Kugel und eine kleinere Kugel, jeweils von dünneren Stäbchen festgehalten, die ihrerseits vom senkrecht stehenden »Stamm« abzweigen. Außerdem verbindet ein seltsames parabolisches Element die oberen Seiten der beiden Kugeln. Das Ganze kommt mir bekannt vor ...

»Der Petrowa-Strahl!«, platze ich heraus.

Diesen Bogen habe ich so oft gesehen, dass ich ihn sofort erkenne. Mein Herz rast.

Ich deute auf die größere Kugel. »Du musst ein Stern sein. Und das kleine Ding hier ist ein Planet.«

Die Aliens kennen die Astrophagen. Oder wenigstens kennen sie den Petrowa-Strahl. Aber das bringt mich nicht weiter. Sie sind in einem von Astrophagen angetriebenen Schiff unterwegs, also sind sie natürlich über die Astrophagen im Bilde. Und wir unterhalten uns in einem Sonnensystem, in dem es einen Petrowa-Strahl gibt, also ist das alles nicht weiter überraschend. Vielleicht ist Tau Ceti sogar ihr Heimatsystem.

Auf jeden Fall ist dies ein guter Anfang. Wir haben miteinander »geredet«, indem wir den Antrieb ein- und ausgeschaltet haben. Sie wissen also, dass ich die Astrophagen benutze und mithilfe des Schiffs die Petrowa-Frequenz »sehen« kann. Davon ausgehend haben sie gefolgert, dass ich auch den Petrowa-Strahl erkenne. Sie sind schlau.

Ich betrachte die andere Hälfte des Behälters. Darin sind Dutzende Stäbchen am Boden befestigt. Sie sind unterschiedlich lang, und jedes endet in einer Kugel, die weniger als einen Millimeter dick ist. Als ich ein Stäbchen mit dem Finger stupse, verbiegt es sich nicht. Ich drücke immer fester. Schließlich rutscht das ganze Ding auf den Tisch. Die Stäbchen sind viel stabiler, als ein so dünnes Gebilde eigentlich sein sollte.

Ich glaube, Xenon ergibt ein ziemlich widerstandsfähiges Material, wenn man es dazu bringt, mit irgendetwas zu reagieren. Das verletzt mein zartes Wissenschaftlerherz! Ich schiebe den Gedanken weg und mache mich wieder an die Arbeit.

Ich zähle einunddreißig Stäbchen, jedes mit einer kleinen Kugel am Ende. Während ich zähle, fällt mir noch etwas auf. Ein Stäbchen ragt genau in der Mitte empor, hat aber im Gegensatz zu den anderen keine Kugel. Ich blinzle und betrachte es genauer.

Anstatt einer einzigen Kugel sind dort zwei Kugeln und ein Bogen – ah, verstehe. Das ist eine sehr kleine Darstellung des Modells mit dem Petrowa-Strahl in der anderen Hälfte des Behälters. Vielleicht ein Zwanzigstel so groß.

Und dieses kleine Modell des Petrowa-Strahls hat sogar ein noch dünneres Stäbchen, das mit einer anderen Kugel auf der Spitze eines weiteren Stäbchens verbunden ist. Nein, es ist gar keine richtige Kugel. Es ist abermals das Modell eines Petrowa-Strahls. Ich suche den Rest der Anordnung gründlich ab, kann aber keine weiteren Exemplare finden. Nur das in der Mitte und das andere an der Seite.

»Warte mal … warte mal …«

Ich ziehe die Schublade mit dem Laborcomputer auf. Es wird Zeit, die fast unerschöpflichen Nachschlagewerke zu Rate zu ziehen. Ich finde eine große Tabelle mit den Informationen, die ich brauche, kopiere sie in Excel (Stratt mag bewährte Standardprogramme) und führe einige Operationen durch. Kurz danach habe ich die Daten, die ich brauche. Sie passen.

Sterne. Die kleinen Kugeln an den Enden der Stäbe sind Sterne. Natürlich sind sie das. Wer sonst hätte Petrowa-Strahlen?

Aber es sind nicht irgendwelche Sterne. Es sind ganz bestimmte Sterne. Sie stehen auf den korrekten relativen Positionen zueinander. Tau Ceti ist im Zentrum. Der Standpunkt der Karte ist eigenartig. Um die Darstellung mit meinem eigenen Bild der lokalen Gruppe in Deckung zu bringen, muss ich den halben Behälter um 30 Grad neigen und ein wenig drehen.

Aber die Daten des Nachschlagewerks beruhen natürlich alle auf der Erde selbst als Bezugspunkt. Die Bewohner eines anderen Planeten hätten ein anderes Koordinatensystem. Doch ganz egal, wie man es betrachtet, das Ergebnis ist das gleiche. Dieses Ding ist eine Karte der lokalen Sterngruppe.

Jetzt interessiere ich mich *sehr* für das kleine Fädchen, das die mittlere Kugel (Tau Ceti) mit einer anderen verbindet. Ich überprüfe es mit meinem Sternenkatalog. Es ist 40 Eridani. Ich möchte wetten, die Crew der *Blip-A* nennt es »Heimat«.

Das ist die Botschaft. »Wir kommen von 40 Eridani. Und jetzt sind wir hier bei Tau Ceti.«

Das ist aber noch nicht alles. Sie sagen auch: »40 Eridani hat einen Petrowa-Strahl, genau wie Tau Ceti.«

Ich halte inne und lasse diese Erkenntnis auf mich wirken.

»Sitzen wir im selben Boot?«, überlege ich.

Ja, natürlich! Die Astrophagen suchen alle Sterne der lokalen Gruppe heim. Diese Leute kommen von einem Planeten, der 40 Eridani umkreist, und 40 Eridani ist genauso infiziert wie die Sonne der Erde. Sie müssen gute Wissenschaftler sein und haben genau das Gleiche getan wie wir. Sie haben ein Schiff gebaut und sind nach Tau Ceti geflogen, um zu sehen, warum dieser Stern nicht stirbt.

»Heiliger Bimbam«, sage ich.

Ja, ich neige gerade zu überstürzten Schlussfolgerungen. Vielleicht ernten sie die Astrophagen in ihrem Petrowa-Strahl und halten das für einen echten Gewinn. Vielleicht haben sie die Astrophagen sogar erfunden. Vielleicht finden sie die Petrowa-

Strahlen besonders hübsch. Viele verschiedene Dinge könnten dahinterstecken. Aber höchstwahrscheinlich und nach meiner zugegebenermaßen voreingenommenen Ansicht sind sie hier, um eine Lösung zu finden.

Aliens.

Echte Aliens.

Aliens aus dem System 40 Eridani. Sind sie demnach Eridanier? Schwer auszusprechen, noch schwerer zu merken. Eridaner? Nein. Wie wäre es mit Eridianer? Klingt ein bisschen wie »Iridium«, was unter den Elementen im Periodensystem eines der wenigen mit einem schön klingenden Namen ist. Ja, ich nenne sie Eridianer.

Und es ist ziemlich offensichtlich, wie ich reagieren sollte.

Schon vor ein paar Tagen habe ich das Labor gründlich durchsucht. In einer Schublade ist ein Elektronik-Bausatz. Ich müsste mich nur erinnern, welche es war.

Natürlich erinnere ich mich nicht. Ich muss eine ganze Weile wühlen und bemühe mich, dabei nicht zu fluchen. Endlich finde ich ihn.

Xenonit habe ich keins (so nenne ich diesen seltsamen Alien-Baustoff, und das kann mir niemand ausreden). Aber ich habe Lötzinn und einen Lötkolben. Ich breche etwas Lötzinn ab, schmelze das Ende und klebe es auf die Kugel von Tau Ceti. Es hält ganz gut, was mich erleichtert. Bei Xenonit kann man nie wissen.

Ich überprüfe es, kontrolliere es noch einmal und ein drittes Mal, um ganz sicher zu sein, welcher kleine Stern im Modell Sol ist (die Sonne der Erde). Das andere Ende des Drahtes löte ich auf Sol fest.

Dann suche ich im Labor, bis ich ein wenig hartes Paraffin finde. Mit etwas Stochern, offener Flamme und leisem Fluchen baue ich nun meinerseits eine – allerdings eher miese – Nachbildung des Petrowa-Strahls. Ich pappe sie im Modell auf Sol. Es sieht richtig aus. Oder jedenfalls so gut, dass sie es verstehen müssten.

Ich betrachte mein Werk noch einmal. Die schmalen, dünnen Xenonit-Stäbe sind durch meine ungeschickten Lötkleckse und das grobe Wachsmodell verunstaltet. Es ist, als hätte jemand mit Bleistift etwas in die Ecke eines Gemäldes von da Vinci gezeichnet, aber es muss reichen.

Ich versuche, den oberen und unteren Teil des Behälters zusammenzusetzen. Sie verbinden sich nicht. Ich versuche es noch einmal. Es klappt immer noch nicht. Da erinnere ich mich, dass die Eridianer anders herum schrauben. Also bewege ich die Hände, als wollte ich den Behälter öffnen. Die beiden Teile rasten perfekt ein.

Es wird Zeit, ihnen das Ding zurückzuwerfen. Höflich.

Nur, dass ich das nicht kann. Nicht, wenn sich das Schiff so dreht wie jetzt. Wenn ich jetzt die Luftschleuse verlasse, segle ich ins Weltall.

Ich nehme mir das Ding und steige ins Cockpit hoch. Dort schnalle ich mich an und gebe den Befehl, die Rotation einzustellen.

Wie beim letzten Mal scheint der Raum zu kippen, jetzt allerdings in die andere Richtung. Und wieder weiß ich, dass er eigentlich nicht kippt, sondern dass es nur an meiner Wahrnehmung der seitlichen Bewegung liegt. Egal.

Die Schwerkraft lässt nach, der Raum ist nicht mehr so schräg, und dann herrscht wieder Schwerelosigkeit. Dieses Mal bin ich nicht desorientiert. Ich glaube, mein Reptilienhirn hat sich damit abgefunden, dass die Schwerkraft kommt und geht. Die Operation endet mit einem »Klonk«, als sich das gedrehte Crewabteil mit der unteren Hälfte des Schiffs verbindet.

Ich steige wieder in den EVA-Anzug, schnappe mir den Behälter und gehe raus in den Weltraum. Dieses Mal arbeite ich mich nicht mit den Leinen an der Außenhülle entlang. Ich hake die Leine einfach in der Luftschleuse ein.

Die *Blip-A* hat die Drehung eingestellt – wahrscheinlich gleichzeitig mit der *Hail Mary*. Und sie ist immer noch 217 Meter entfernt.

Ich muss kein Joe Montana sein, um diesen Pass zu werfen. Ich muss den Zylinder einfach nur in Richtung der *Blip-A* in Bewegung setzen. Sie ist mehr als hundert Meter groß. Ich kann sie gar nicht verfehlen.

Ich versetze dem Behälter einen Stoß. Er schwebt flott von mir weg – vielleicht mit zwei Metern pro Sekunde, also im leichten Laufschritt. Auch das ist eine Art Kommunikation. Ich sage meinen neuen Freunden, dass ich etwas schnellere Lieferungen verkraften kann.

Das Objekt schwebt zum Schiff der Eridianer hinüber, und ich kehre in meines zurück.

»So, Jungs«, sage ich. »Der Feind meines Feindes ist mein Freund. Wenn die Astrophagen eure Feinde sind, dann bin ich euer Freund.«

Ich beobachte den Bildschirm des Teleskops. Gelegentlich wende ich mich auch ab. Manchmal spiele ich Klondike-Solitär auf dem Navigationsbildschirm. Aber alle paar Sekunden blicke ich wieder zum Teleskop. Zwei dicke Handschuhe, die ich aus dem Labor mitgenommen habe, wollen wegfliegen. Ich schnappe sie und stopfe sie hinter den Pilotensessel.

Zwei Stunden sind vergangen, aber meine Alien-Freunde haben immer noch nichts Neues zu sagen. Oder warten sie darauf, dass ich etwas sage? Ich habe ihnen gerade erklärt, von welchem Stern ich komme. Jetzt sind sie doch an der Reihe, oder?

Haben sie überhaupt eine Vorstellung davon, dass man sich in einem Gespräch abwechseln sollte? Oder ist das zu menschlich gedacht?

Was ist, wenn die Eridianer eine Lebensspanne von zwei Millionen Jahren haben und der Ansicht sind, es sei höflich, ein Jahrhundert zu warten, ehe man antwortet?

Wie werde ich bloß diese rote Sieben auf dem rechten Stapel los? Ich habe keine schwarze Acht mehr in meinen Karten, und ...

Bewegung!

Ich drehe mich so schnell zum Teleskop herum, dass meine

Beine mitten durch das Cockpit fliegen. Ein weiterer Zylinder kommt zu mir herüber. Der vielarmige Roboter auf der Hülle hat ihn wahrscheinlich gerade eben erst geworfen. Ich blicke auf den Radarschirm. Blip-B fliegt mit mehr als einem Meter pro Sekunde. Mir bleiben nur wenige Minuten, um mich anzuziehen!

Ich steige wieder in den EVA-Anzug und betätige die Luftschleuse. Sobald die Außentür offen ist, sehe ich den rotierenden Behälter. Vielleicht der gleiche wie vorhin, vielleicht ein neuer. Dieses Mal zielt er direkt auf die Luftschleuse. Vermutlich haben sie gesehen, dass ich dort ausgestiegen und ins Schiff zurückgekehrt bin, und haben beschlossen, es mir leichter zu machen.

Sehr rücksichtsvoll.

Und sie sind präzise. Eine Minute später fliegt der Behälter mitten durch die offene Luke. Ich fange ihn auf, winke *Blip-A* zu und schließe die Tür. Wahrscheinlich wissen sie gar nicht, was ein Winken ist, aber ich konnte nicht anders.

Im Cockpit schäle ich mich aus dem EVA-Anzug und lasse den Behälter neben der Luftschleuse schweben. Der Ammoniakgestank ist stark, aber dieses Mal bin ich darauf vorbereitet.

Ich ziehe die dicken Handschuhe an und packe den Zylinder. Sogar durch die feuerfesten Handschuhe spüre ich noch die Wärme. Ich weiß, ich sollte warten, bis er abgekühlt ist, aber ich bin ungeduldig.

Er sieht so aus wie beim letzten Mal. Ich schraube ihn wie zuvor linksherum auf. Dieses Mal ist keine Sternenkarte darin. Es ist ein Modell. Was habe ich vor mir?

Ein einzelner Stab, der ein unregelmäßiges Objekt festhält. Nein, es sind zwei unregelmäßige Objekte, die mit einer Röhre verbunden sind. Warte mal, einer der Umrisse ähnelt der *Hail Mary*. Oh, und der andere ist *Blip-A*.

Die Modelle weisen weder Details noch Oberflächenstruktur auf. Aber es reicht aus, um zu erkennen, was sie darstellen sollen, also erfüllen sie ihren Zweck. Die *Hail Mary* ist knapp sieben Zentimeter lang, die *Blip-A* dagegen fast zwanzig. Mensch, dieses Schiff ist riesig.

Und die Röhre, die sie verbindet? Sie endet direkt vor der Luftschleuse der *Hail Mary* und beginnt mitten auf dem diamantförmigen Segment von *Blip-A*. Der Tunnel ist gerade groß genug, um die Luke meiner Luftschleuse zu bedecken.

Sie wollen mich kennenlernen.

9

Das neue Modell lasse ich mitten im Raum schweben. Das Xenonit ist fast unzerstörbar, deshalb muss ich mir keine Sorgen machen, dass es bei einem Aufprall beschädigt wird.

Ist das eine gute Idee? Ich muss einen ganzen Planeten retten. So beeindruckend es auch sein mag, intelligenten Aliens zu begegnen, ist es das Risiko wert?

Offensichtlich verstehen die Eridianer etwas von den Astrophagen. Jedenfalls genug, um entsprechende Antriebe zu bauen. Und ich glaube, sie wollen mir sagen, dass sie aus dem gleichen Grund hier sind wie ich. Möglicherweise haben sie Informationen, die mir nicht bekannt sind. Vielleicht kennen sie sogar die Lösung, nach der ich suche. Und sie scheinen freundlich zu sein.

Aber dies ist das interstellare Pendant zu einem Fremden, der mir Süßigkeiten anbietet. Ich will die Bonbons (die Informationen), aber ich kenne den Fremden nicht.

Was wäre die Alternative? Sie ignorieren?

Ich könnte mit meiner Mission weitermachen, als hätte ich sie nie gesehen. Wahrscheinlich waren sie genauso erschrocken, mich zu sehen, wie ich es bei ihrem Anblick war. Sie würden vielleicht gern mit mir reden, aber sie werden sicher nicht feindselig. Glaube ich jedenfalls.

Oder doch? Ich weiß es einfach nicht.

Nein. Die Sache ist doch völlig klar. Ich muss mich wenigstens einmal mit ihnen unterhalten. Wenn sie überhaupt irgendwelche Informationen über die Astrophagen haben, ganz egal wie unbedeutend, dann muss ich mit ihnen reden. Ja, es ist riskant, aber die ganze Mission ist ein Risiko.

Na gut, was würde ich an ihrer Stelle tun?

Ich bin Eridianer. Ich will einen Tunnel bauen, der sich mit dem komischen menschlichen Schiff verbindet. Aber ich weiß nicht, aus welchem Material das Schiff des Menschen besteht. Wie kann ich sicherstellen, dass sich der Tunnel stabil und dicht verbindet? Mein Wissen über Xenonit steht mir natürlich zur Verfügung, aber wie verbinde ich es mit »Humanium«, oder woraus dieses Schiff auch besteht? Ich habe dem Menschen Xenonit-Modelle geschickt. Deshalb weiß er, was ich habe. Aber ich weiß nicht, was er hat.

Die Eridianer brauchen eine Probe meines Rumpfs. Und sie müssen wissen, dass es eine Probe meines Rumpfs ist.

»Schön«, sage ich zu niemand im Besonderen. Ich weiß nicht, ob das eine gute oder eine schreckliche Idee ist, aber ich werde ein Stück von der Außenseite meines Schiffs abschlagen.

Ich nehme mir einige EVA-Werkzeuge. Sie sind im Labor in Schublade 17E verstaut. Dort habe ich sie vor einer Weile entdeckt. Sie hängen an einem Werkzeuggürtel, den ich an den EVA-Anzug klemmen kann. Stratt und ihre Mitarbeiter haben dafür gesorgt, dass wir das nötige Werkzeug für Außenreparaturen haben. Normalerweise wären solche Wartungsarbeiten Ilyukhinas Aufgabe, aber sie ist nicht mehr da.

Eine plötzliche Erinnerung. Ilyukhina war unsere Bordingenieurin – unser Reparaturmädchen. Jetzt ist das meine Aufgabe.

Ich steige in den EVA-Anzug und gehe raus. Schon wieder. Es nervt, immer aus- und einzusteigen. Hoffentlich funktioniert dieser Tunnel.

Ich arbeite mich am Rumpf entlang, versetze eine Leine nach der anderen. Und denke dabei nach ...

Was nützt eigentlich so ein Tunnel? Ich glaube nicht, dass wir kompatible Umweltbedingungen haben. Wir können nicht einfach die Schiffe miteinander verbinden und uns die Hand geben. Ich glaube, da drüben ist eine Menge Ammoniak.

Und dann die Temperatur. Die Behälter waren heiß, als ich sie erhielt.

Ein paar Überschlagsrechnungen ergeben, dass der erste Zylinder, den sie geschickt haben, auf der vierzigminütigen Reise um etwa 100 Grad Celsius oder mehr abgekühlt ist (je nachdem, mit welcher Temperatur er gestartet ist). Als ich ihn erhielt, war er immer noch sehr heiß. Also war er noch viel heißer, als sie ihn losgeschickt haben. Anders ausgedrückt ... deutlich über dem Siedepunkt von Wasser.

Eigentlich will ich nicht wild spekulieren, aber was soll's. Ich bin Wissenschaftler, und die da sind Aliens. Also spekuliere ich.

Leben Eridianer in einer Umwelt, die heißer ist als der Siedepunkt von Wasser? Wenn ja, dann beweist dies, dass ich recht habe! Die habitable Zone ist Mist! Man braucht kein flüssiges Wasser, um zu leben!

Ich sollte mich etwas mehr auf »Erstkontakt mit intelligenten Aliens« oder auf »Rette die Menschheit« konzentrieren, aber verflixt noch eins, ich darf mich doch wohl einen Moment lang darüber freuen, dass ich recht behalte, obwohl alle sagten, ich hätte mich geirrt!

Endlich erreiche ich einen Teil des Rumpfs, der mir geeignet erscheint. Ich bin hinter dem unter Druck stehenden Bereich des Schiffs, vorbei an dem Teil, wo es sich verbreitert. Meiner Schätzung nach stehe ich jetzt auf einem großen leeren Tank, der einmal voller Astrophagen war. Wenn ich hier die Hülle beschädige, dürfte es keine Probleme geben.

Ich zücke den Hammer und den Meißel. Kein sehr elegantes Verfahren, aber mir fällt nichts Besseres ein. Ich setze eine Ecke der Meißelspitze auf das Metall und schlage leicht darauf. So entsteht eine sichtbare Delle. Es braucht nicht viel, um die Außenwand zu durchbohren.

Mit dem Hammer und dem Meißel trenne ich eine 15 Zentimeter große Scheibe aus der Hülle. Darunter ist eine Schicht aus einem anderen Material. Ich spüre es mit dem Meißel. Vermutlich Isolierung.

Ich muss die Scheibe mit dem Meißel herausbrechen. Die tiefere Schicht leistet Widerstand, aber auf einmal bin ich durch. Die Probe vom Rumpf fliegt in den Weltraum davon.

»Mist!«

Ich springe hinterher. Mit einer Hand kann ich die Scheibe schnappen, ehe meine Leine straff wird. Ich atme tief durch und denke über meine Dummheit nach. Dann ziehe ich mich an der Leine zum Schiff zurück. Unter der Scheibe scheint eine helle, schaumige Substanz zu kleben. Vielleicht Styropor. Wahrscheinlich etwas Komplizierteres.

»Hoffentlich habt ihr das beobachtet«, sage ich. »Denn ich werde das nicht wiederholen.«

Ich werfe das Stück von der Hülle zur *Blip-A* hinüber.

Da ich das direkt vor ihren Augen erledige, wissen sie, dass ich ihnen eine Probe meiner Schiffshülle schicke. Hoffentlich reicht es für das, was sie vorhaben. Ich weiß nicht einmal, ob sie es überhaupt haben wollen oder brauchen. Vielleicht sehen sie gerade auf die Bildschirme und sagen: »Was macht dieser Idiot? Hackt der ein Loch in sein eigenes Raumschiff? Warum?«

Ich bleibe auf der Hülle und sehe zu, wie sich die Scheibe im Taulicht überschlägt. Der vielarmige Roboter auf der Hülle von *Blip-A* fährt auf den Schienen los, um die Probe in Empfang zu nehmen. Sobald er in Position ist, bleibt er stehen und wartet, bis die Probe ankommt. Er fängt sie mühelos auf.

Und dann, ich schwöre es bei Gott, winkt er mir zu! Einer seiner kleinen Arme winkt!

Ich winke zurück.

Er winkt wieder.

Na gut, so könnte es jetzt den ganzen Tag weitergehen. Ich kehre zur Luftschleuse zurück.

Ihr seid dran, Leute.

Sie brauchen lange für ihren nächsten Zug. Ich langweile mich.

Mann. Ich sitze hier in einem Raumschiff im Tau-Ceti-System und warte darauf, dass die intelligenten Aliens, die ich gerade getroffen habe, unsere Unterhaltung fortsetzen ... und mir ist langweilig. Menschen haben die bemerkenswerte Fähigkeit, das Außergewöhnliche zu akzeptieren und normal zu finden.

Ich durchstöbere die Steuerelemente des Radars. In den Voreinstellungen finde ich das, was ich suche: Annäherungsalarm. Im Augenblick ist er auf 100 Kilometer eingestellt. Das ist ganz vernünftig. Man kann ja damit rechnen, dass Himmelskörper Millionen Kilometer entfernt sind. Mindestens Zehntausende Kilometer. Wenn ein Felsbrocken 100 Kilometer entfernt ist, dann ist das ein Problem.

Ich verändere die Einstellung auf 0,26 Kilometer. Zuerst bin ich besorgt, dass der Wert als zu niedrig verworfen wird, aber er wird akzeptiert.

Ich strecke meinen Rücken und schwebe aus dem Pilotensitz empor. Die *Blip-A* ist 271 Meter entfernt. Wenn sie näher als 260 Meter herankommt oder wenn die Aliens noch ein Paket schicken, das in Reichweite kommt, schlägt der Annäherungsalarm an. Ich muss nicht hier herumsitzen und den Bildschirm anstarren. Das Cockpit wird sich schon melden, wenn die *Blip-A* etwas Interessantes tut.

Ich schwebe in den Schlafraum hinunter.

»Essen«, sage ich.

Die Arme ziehen eine Schachtel aus dem kleinen Vorrat in der Decke und legen sie auf meine Koje. Eines Tages sehe ich mich da oben um und überprüfe mal, was im Angebot ist. Jetzt stoße ich mich von der Decke ab und schwebe zum Essen hinunter. Auf der Schachtel steht: TAG 10 – MAHLZEIT 1. Sie hat ein Klettband am Boden, das sie auf dem Bett festhält. Ich öffne sie und sehe ein Burrito.

Ich weiß nicht, was ich erwartet habe, aber Burrito geht in Ordnung.

Es stellt sich heraus, dass es ein Zimmertemperaturburrito ist. Bohnen, Käse, rote Soße ... alles wirklich köstlich. Aber Zimmertemperatur? Entweder, die Crew bekommt grundsätzlich keine warmen Mahlzeiten, oder die Maschine fürchtet, ein kürzlich aus dem Koma erwachter Patient könnte sich mit heißem Essen verbrennen. Wahrscheinlich trifft Letzteres zu.

Ich schwebe zum Labor hoch und lege den Burrito in den

Brennofen. Ich lasse ihn ein paar Minuten drin und ziehe ihn mit einer Zange heraus. Der Käse blubbert, und in alle Richtungen strömt etwas Dampf heraus.

Ich lasse den Burrito in der Luft schweben, damit er abkühlt.

Ich kichere. Wenn ich einen sehr heißen Burrito haben will, kann ich den Spinantrieb einschalten, eine EVA unternehmen und den Burrito in das Licht halten, das am Heck herausströmt. Da würde er sehr schnell heiß. Genauer gesagt: Er würde zusammen mit meinem Arm und was sonst noch in den Rückstoß gerät, verdampfen, weil …

»Willkommen in Klein-Russland«, sagte Dimitri. Theatralisch zeigte er auf das untere Hangardeck des Flugzeugträgers. Der ganze Raum war zu einer Reihe von Labors mit Hightech-Ausrüstung umgebaut worden. Dutzende Wissenschaftler in Laborkitteln kümmerten sich um ihre Aufgaben und sprachen gelegentlich Russisch miteinander. Dimitris Diener, so nannten wir sie.

Vielleicht übertrieben wir es ein ganz klein wenig damit, Dingen lustige Namen zu geben.

Ich hielt meinen kleinen Probenbehälter fest wie Onkel Dagobert einen Sack Münzen. »Das gefällt mir nicht.«

»Ach, seien Sie still«, wies mich Stratt zurecht.

»Bisher habe ich erst acht Gramm Astrophagen hergestellt und soll zwei Gramm davon abgeben? Das klingt vielleicht nicht viel, aber das sind fünfundneunzig Millionen Astrophagenzellen.«

»Es dient einem guten Zweck, mein Freund«, sagte Dimitri. »Ich verspreche Ihnen, das wird Ihnen gefallen. Kommen Sie mit, kommen Sie!«

Er führte Stratt und mich zum Hauptlabor. Mitten darin stand eine riesige kreisrunde Vakuumkammer. Sie war offen, drei Techniker montierten drinnen etwas auf einen Tisch.

Dimitri sagte etwas auf Russisch, sie antworteten. Er sagte noch etwas und zeigte auf mich. Sie lächelten und gaben erfreute russische Laute von sich.

Dann sagte Stratt etwas auf Russisch. Es klang streng.

»Tut mir leid«, erklärte Dimitri. »Jetzt nur noch Englisch, meine Freunde. Für den Amerikaner!«

»Hallo, Amerikaner!«, sagte einer der Techniker. »Ich für Sie spreche Englisch. Haben Sie Treibstoff?«

Ich umklammerte meinen Behälter noch fester. »Ich habe *ein wenig* Treibstoff.«

Stratt blickte mich so an, wie ich sonst bockige Schüler im Unterricht ansah. »Geben Sie es ihm, Dr. Grace.«

»Sie wissen doch, dass meine Brutmaschine die Astrophagen nach einer gewissen Zeit verdoppelt, oder? Wenn Sie jetzt zwei Gramm herausnehmen, fehlen im nächsten Monat vier Gramm.«

Sie nahm mir den Behälter ab und reichte ihn Dimitri.

Er hielt den kleinen Behälter hoch und sah ihn bewundernd an. »Dies ist ein guter Tag. Ich habe mich schon sehr darauf gefreut. Dr. Grace, ich möchte Ihnen meinen Spinantrieb zeigen!«

Er bedeutete mir, ihm zu folgen, und hüpfte die Treppe zur Vakuumkammer hinauf. Die Techniker zogen sich nacheinander zurück und machten uns Platz.

»Alles angeschlossen«, meldete einer. »Die Checkliste ist abgearbeitet. Wir sind für den Test bereit.«

»Gut, gut«, sagte Dimitri. »Dr. Grace, Ms. Stratt, kommen Sie, kommen Sie!«

Er führte Stratt und mich in die Vakuumkammer. An einer Wand lehnte eine dicke glänzende Metallplatte. Mitten in der Kammer stand ein Tisch, auf dem ein Gerät lag.

»Das ist Spinantrieb!« Dimitri strahlte.

Das Ding machte nicht viel her. Zwei Fuß groß, beinahe kreisrund, an einer Seite flach abgeschnitten. Überall ragten Sensoren und Drähte hervor.

Dimitri hob den Deckel ab, um uns das Innenleben zu zeigen. Das war schon komplizierter. Im Inneren war ein durchsichtiges Dreieck auf einem Rotor befestigt. Dimitri stieß ihn leicht an. »Sehen Sie? Dreht sich. Spinantrieb.«

»Wie funktioniert das?«, fragte ich.

Er zeigte auf das Dreieck. »Das ist der Revolver. Durchsichtiges

Polykarbonat mit hoher Zugfestigkeit. Und hier«, er zeigte auf eine Nische zwischen dem Revolver und der äußeren Wand, »hier wird der Brennstoff eingespeist. Der Infrarotsender in diesem Teil des Revolvers strahlt ein schwaches Licht mit Wellenlängen von 4,26 und 14,99 Mikrometer ab. Diese Wellenlängen ziehen Astrophagen an. Sie wandern zu dieser Oberfläche des Revolvers. Aber nicht zu schnell. Der Schub der Astrophagen hängt von der Stärke des Infrarotlichts ab. Schwaches Licht macht schwachen Schub. Aber es reicht, damit Astrophagen an der Fläche kleben bleiben.«

Er drehte das Dreieck, bis eine Kante zum flachen Teil des Gehäuses wies. »Bei einer Drehung von 120 Grad zeigt Seite des Revolvers mit darauf klebenden Astrophagen zum Heck des Schiffs. Hier wird Infrarotlicht im Inneren verstärkt. Jetzt sind die Astrophagen *sehr* aufgeregt, drängen stark zum Infrarotlicht. Ihr Schub – das Licht mit der Petrowa-Frequenz – verlässt das Heck des Schiffs. Sie schieben das Schiff nach vorn. Millionen kleine Astrophagen drücken hinten gegen Schiff, damit es fliegt, ja?«

Ich beugte mich vor und sah es mir an. »Verstehe ... so ist kein Teil des Schiffs im Rückstoßkegel des Lichts.«

»Ja, ja!«, bestätigte Dimitri. »Astrophagen-Kraft wird nur durch die Intensität des Infrarotlichts gesteuert, das sie anzieht. Ich habe viel gerechnet und entschieden, dass es am besten ist, wenn Astrophagen ganze Energie in vier Sekunden abstrahlen. Macht man es schneller und stärker, dann zerbricht der Revolver.«

Er drehte den Revolver 120 Grad weiter und zeigte auf das letzte Drittel des Gehäuses. »Das ist der Reinigungsbereich. Ein Abzieher wischt die Astrophagen vom Revolver.«

Er zeigte auf den Reinigungssektor, auf die Ladekammer und die offene Seite. »Alle drei Bereiche sind gleichzeitig aktiv. Wenn dieser Teil hier die toten Astrophagen abwischt, werden in der Ladekammer neue Astrophagen eingebracht, während die dritte Fläche zum Heck weist und den Schub liefert. Diese Anordnung bewirkt, dass der Teil des Dreiecks, der nach hinten weist, immer das Schiff antreibt.«

Dimitri öffnete meinen Behälter mit Astrophagen und stellte

ihn in die Treibstoffkammer. Da die Astrophagen von sich aus den Weg zur richtigen Seite des Dreiecks fanden, war keine besondere Behandlung notwendig. Er musste ... einfach nur dem Treibstoff das Licht zeigen.

»Kommen Sie, kommen Sie«, sagte er. »Zeit für ein Experiment!«

Wir verließen die Vakuumkammer, Dimitri verschloss sie luftdicht. Er rief etwas auf Russisch, das alle Russen wiederholten. Wir zogen uns mit allen anderen zur entfernten Seite des Hangardecks zurück.

Sie hatten einen Klapptisch aufgestellt. Darauf stand ein Laptop, dessen Bildschirm kyrillische Schriftzeichen zeigte.

»Ms. Stratt, wie weit ist der Flugzeugträger vom Festland entfernt?«, fragte Dimitri.

»Etwa dreihundert Kilometer«, antwortete sie.

»Das ist gut.«

»Warten Sie mal, wieso ist das gut?«, wollte ich wissen.

Dimitri schürzte die Lippen. »Es ist ... gut. Zeit für die Wissenschaft!«

Er drückte auf einen Knopf. Auf der anderen Seite des Hangars gab es einen dumpfen Knall, etwas summte, dann wurde es still.

»Experiment beendet.« Er beugte sich zu dem Bildschirm vor. »Das waren sechzigtausend Newton!«

Er wandte sich an die anderen Russen. »Шестьдесят тысяч Ньютонов!«

Sie jubelten.

Stratt wandte sich an mich. »Das ist eine Menge, oder?«

Ich war viel zu sehr damit beschäftigt, Dimitri mit offenem Mund anzustarren. »Sagten Sie *sechzigtausend* Newton?«

Er pumpte mit der Faust. »Ja! Sechzigtausend Newton! Über eine Zeitspanne von hundert Mikrosekunden!«

»O mein Gott. Aus diesem kleinen Ding?« Ich wollte hinübergehen. Das musste ich mir ansehen.

Dimitri hielt mich am Arm fest. »Nein, Sie bleiben hier, mein Freund. Wir bleiben alle hier. Da wurden eins Komma acht Milliarden Joule Lichtenergie freigesetzt. Deshalb brauchen wir die Vakuumkammer und tausend Kilogramm Silizium. Keine Luft, die ionisiert werden könnte. Das Licht geht direkt in den Siliziumblock. Die Energie wird absorbiert, indem das Material schmilzt. Sehen Sie?«

Er drehte den Laptop zu mir herum. Ein Kamerafeed aus der Vakuumkammer zeigte den glühenden Klecks, der vorher eine dicke Metallplatte gewesen war.

»Junge«, staunte ich.

»Ja, ja«, bekräftigte Dimitri. »Dieser Herr Einstein mit seinem $E = mc^2$. Starke Sache. Wir lassen Kühlung noch ein paar Stunden laufen. Sie benutzt Meerwasser, alles gut.«

Benommen schüttelte ich den Kopf. In nur einhundert Mikrosekunden – das ist eine Zehntausendstelsekunde – hatte Dimitris Spinantrieb eine Tonne Metall geschmolzen. All diese Energie war in meinen kleinen Astrophagen gespeichert gewesen. Im Laufe der Zeit hatten wir sie mit meiner Brutmaschine langsam mithilfe der Hitze des Atomreaktors des Schiffs geerntet. Ich meine, die Mathematik dahinter war korrekt, aber diese Demonstration zu sehen, das war eine ganz andere Sache.

»Warten Sie mal, wie viele Astrophagen haben Sie verbraucht?«

Dimitri lächelte. »Das kann ich nur anhand des erzeugten Schubs schätzen. Aber es müssten annähernd zwanzig Mikrogramm gewesen sein.«

»Ich habe Ihnen zwei *Gramm* überlassen! Kann ich den Rest bitte zurückbekommen?«

»Nicht so gierig«, bremste Stratt. »Dimitri braucht sie für weitere Experimente.« Sie wandte sich an ihn. »Gute Arbeit. Wie groß wird der richtige Antrieb später?«

Dimitri zeigte auf den Videofeed. »So groß. Das ist echter Antrieb.«

»Nein, ich meine auf dem Raumschiff.«

»So.« Wieder zeigte er darauf. »Sie wollen Redundanz, Sicherheit, Verlässlichkeit, ja? Also machen wir keine große Maschine. Wir bauen tausend kleine. Genauer gesagt, eintausendneun. Genug für den benötigten Schub, und einige bleiben in Reserve. Fehlfunktionen während der Reise? Kein Problem. Mehr Schub von den anderen gleicht es aus.«

»Ah.« Stratt nickte. »Viele kleine Spinantriebe. Das gefällt mir. Machen Sie weiter so.«

Sie ging zur Treppe.

Ich starrte Dimitri an. »Wenn Sie zwei Gramm davon gleichzeitig zünden ...«

Er zuckte mit den Achseln. »Wusch! Dann sind wir Dampf. Wir alle. Auch Flugzeugträger. Explosion würde einen kleinen Tsunami auslösen. Aber sind wir dreihundert Kilometer vor Küste, da passiert nicht viel.«

Er klopfte mir auf den Rücken. »Und ich wäre Ihnen Drink im Nachleben schuldig, was? Hahaha!«

»Oh«, sage ich zu mir selbst. »So funktioniert also der Spinantrieb.«

Ich beiße in meinen Burrito.

Ich habe anscheinend tausend (»Eintausendneun!«, höre ich Dimitris Stimme im Kopf) dieser Maschinen. Oder das ist jedenfalls die Zahl, mit der ich aufgebrochen bin. Wahrscheinlich sind unterwegs einige ausgefallen. Auf dem Display für den Spinantrieb gibt es vermutlich ein Fenster, das mir den Status jeder einzelnen kleinen Maschine verrät.

Der Annäherungsalarm reißt mich aus den Gedanken.

»Na endlich!«

Ich lasse den Burrito fallen (das heißt, er schwebt weiter dort, wo ich ihn losgelassen habe) und springe ins Cockpit hinauf. Die Luke des Schlafraums liegt nicht direkt unter derjenigen zwischen Labor und Cockpit, aber es gibt eine diagonale Flugbahn, die mich durch beide Luken bringt, wenn ich es richtig anfange.

Dieses Mal klappt es nicht. Ich muss mich unterwegs noch einmal von der Wand abstoßen. Trotzdem, ich werde immer besser.

Ich überprüfe die Radaranzeige, und siehe da, *Blip-A* nähert sich mir. Dieses Mal fliegt kein Behälter. Das ganze Schiff kommt herüber. Schön langsam. Vielleicht wollen sie nicht bedrohlich wirken? Jedenfalls ist es schon fast da.

Anscheinend gibt es auf der Hülle einen neuen Aufsatz. Aus dem diamantförmigen Segment ragt jetzt ein Zylinder gerade empor. Direkt daneben sitzt der Hüllenroboter und ist anscheinend sehr stolz auf sich. Kann aber auch sein, dass ich ihn ein wenig zu sehr vermenschliche.

Die Röhre sieht aus, als wäre sie aus Xenonit. Grau und braun gefleckt mit körnigen Linien über die ganze Länge. Aus diesem Blickwinkel ist es schwer zu erkennen, aber anscheinend ist sie hohl.

Ich glaube, ich weiß, was als Nächstes kommt. Wenn sie dem Plan folgen, den sie mit dem Modell angedeutet haben, drücken sie das andere Ende gegen meine Luftschleuse.

Aber wie befestigen sie den Tunnel? Meine Luftschleuse hat eine Andockvorrichtung – wahrscheinlich für das Schiff, das meine Crewgefährten und mich auf die *Hail Mary* gebracht hat –, aber ich kann nicht erwarten, dass die Eridianer mit einer universellen Luftschleuse umgehen können.

Die *Blip-A* kommt immer näher. Wenn sie nun einen Fehler machen? Wenn sie sich verrechnen? Wenn sie mir versehentlich ein Loch in den Rumpf schlagen? Ich bin alles, was zwischen der Menschheit und ihrer Auslöschung steht. Wird ein Alien-Rechenfehler meine ganze Spezies ausrotten?

Ich eile zur Luftschleuse, um den EVA-Anzug anzuziehen. In Rekordzeit bin ich dort. Man kann ja nie wissen.

Die *Blip-A* ist jetzt so nahe, dass der Teleskopbildschirm nur noch ein Stück gefleckte Hülle zeigt. Ich schalte auf die Außenkameras um. Der Rumpf der *Hail Mary* ist förmlich mit Kameras übersät. Sie werden alle über ein Fenster in der EVA-Anzeige gesteuert. Es ist beim Außeneinsatz immer gut zu wissen, wo sich der Astronaut gerade befindet, wenn man ihm bei einer EVA Anweisungen geben will.

Der Tunnel ist etwa 20 Fuß lang. Oder sieben Meter. Mann, manchmal ist es echt blöd, ein amerikanischer Wissenschaftler zu sein. Man denkt in willkürlichen, unvorhersehbaren Einheiten, je nachdem, in welcher Situation man gerade ist.

Der Hüllenroboter streckt weit ausfahrbare Teleskoparme aus. Ich hatte keine Ahnung, dass er das tun kann. Er greift über das Ende des Tunnels bis zu meiner Luftschleuse. Das ist überhaupt nicht unheimlich. Fünf stetig wachsende Roboterarme greifen nach meiner Eingangstür. Kein Grund, beunruhigt zu sein.

Jede dreifingerige Hand eines Arms hält ... etwas fest. Eine gekrümmte Stange mit einer flachen Platte am Ende. So ähnlich wie der Griff einer Porzellankanne. Drei Arme erreichen die *Hail Mary* und kleben die flachen Teile an die Außenwand. Kurz danach tun die anderen beiden Arme das Gleiche. Schließlich ziehen sich alle fünf wieder zusammen und damit die *Hail Mary* zum Tunnel.

Na gut, also sind die flachen Dinger Griffe. Wie werden sie befestigt? Das ist eine gute Frage! Meine Hülle ist glatt und besteht aus nichtmagnetischem Aluminium (warum fällt mir das jetzt auf einmal ein?). Die Griffe sind sicher nicht mechanisch verbunden. Irgendein Klebstoff.

Allmählich dämmert es mir.

Natürlich können sie nicht wissen, wie meine Luftschleuse funktioniert. Sie kleben einfach ein Ende des Tunnels auf mein Schiff. Warum auch nicht? Das ist viel einfacher.

Mein Schiff stöhnt. Es ist eine 100.000 Kilogramm schwere Einheit, die auf keinen Fall dazu gebaut wurde, an der Luftschleuse umhergezerrt zu werden. Ob die Hülle die Belastung aushält?

Sicherheitshalber überprüfe ich noch einmal die Dichtungen meines EVA-Anzugs.

Das Cockpit bewegt sich rings um mich. Es ist nicht schnell, nur ein paar Zentimeter pro Sekunde. He, wenn ich an Raumschiffe und geringe Geschwindigkeiten denke, dann denke ich metrisch! Viel besser als »Ellen pro Woche« oder so.

Ich warte und treibe sachte zur Wand. Mein Reptilienhirn möchte sich ein wenig von der Luftschleuse entfernen. Dort passieren gerade beängstigende Dinge.

Klonk.

Der Tunnel der Eridianer hat die Hülle berührt. Dann klickt und kratzt es. Ich betrachte die Feeds der Außenkameras.

Die Mündung des Tunnels, die jetzt fest auf der Luftschleuse ruht, ist größer als die ganze Tür. Das ist der Trick. Vorausgesetzt, der Klebstoff hält den Druck aus. Sie wissen nicht einmal, wie hoch mein atmosphärischer Druck ist. Woraus besteht der Leim? So viele Fragen.

Mit den EVA-Handschuhen kann ich die Monitore im Cockpit nicht bedienen. Ich wünschte, ich könnte zoomen oder so. Ich schiele nach einem Feed, der den Tunnel zeigt. Es kommt mir so vor, als wäre er völlig dicht. An dieser Stelle hat die Hülle eine Krümmung. Ein recht komplizierter Umriss, aber die Eridianer haben es perfekt dupliziert.

Nach einer Minute lassen die Roboterarme die Griffe los, die auf der Außenwand zurückbleiben.

Aus der Luftschleuse dringt ein gedämpftes Geräusch. Es zischt. Ist das ein Luftstrom? Sie setzen den Tunnel unter Druck!

Mein Herz rast. Wird mein Rumpf das aushalten? Wenn ihre Luft nun Aluminium auflöst? Wenn Aluminium für Eridianer hochgiftig ist, und ein kleiner Hauch bringt sie sofort um? Was für eine schreckliche Vorstellung!

Das Zischen hört auf.

Ich schlucke.

Sie sind fertig. Bisher hat sich nichts aufgelöst. Ich schwebe zur Luftschleuse und sehe es mir genauer an.

Natürlich habe ich vorsorglich beide Schleusentüren geschlossen. Das erhöht den Schutz, falls etwas undicht wird. Ich öffne die innere Tür und schwebe hinein. Dann spähe ich zum Bullauge hinaus.

Die Schwärze des Weltraums ist der Schwärze eines dunklen Tunnels gewichen. Ich schalte die Helmlampen ein und drehe meinen Kopf, um durch das Bullauge zu leuchten.

Das Ende des Tunnels ist zu nahe. Ich meine, das stört mich jetzt nicht. Ich will nur sagen, dass es nicht 20 Fuß entfernt ist, sondern eher zehn Fuß. Und der Tunnel besteht aus grau und braun geflecktem Xenonit, während die Wand am Ende willkürliche Farben in Sechseckmustern zeigt.

Sie haben nicht mit einem Tunnel angedockt. Sie haben meine Luftschleuse mit ihrer verbunden und dazwischen eine Wand eingezogen.

Raffiniert.

Ich schließe hinter mir die innere Schleusentür und lasse den Druck ab. Dann drehe ich am Griff der äußeren Tür und drücke. Sie geht ohne Widerstand auf. Im Tunnel herrscht Vakuum – oder jedenfalls auf meiner Seite der Trennwand.

Ich glaube, ich verstehe es. Es ist ein Test. Sie hatten die gleichen Bedenken wie ich. Andocken, dann soll ich meine Hälfte mit meiner Luft unter Druck setzen, und dann sehen wir, was passiert. Entweder, es funktioniert, oder eben nicht. Wenn es klappt, prima! Wenn nicht, versuchen sie etwas anderes. Oder sie bitten mich, etwas zu probieren.

Gut, dann wollen wir mal.

Ich sage der Luftschleuse, sie soll den Druck wieder aufbauen. Sie weigert sich, denn die Außentür ist offen. Gut zu wissen, dass es hier eine Sicherheitsvorkehrung gibt, aber ich muss sie jetzt überbrücken.

Das ist nicht schwer. Es gibt ein manuell zu bedienendes Ventil, das einfach die Luft vom Schiff in die Luftschleuse lässt. Es umgeht alle Computerkontrollen. Man will ja nicht, dass jemand stirbt, nur weil die Software nicht funktioniert, oder?

Ich öffne das Ventil. Von der *Hail Mary* strömt Luft herüber, und da die Luftschleuse weit offen steht, auch in den Tunnel. Nach drei Minuten wird der Luftstrom langsamer und hört auf. Mein Anzug verrät mir, dass draußen 400 Hektopascal Druck herrschen. Die *Hail Mary* hat mit meinem Teil des Tunnels einen Druckausgleich hergestellt.

Ich schließe das Ventil und warte. Ich beobachte die externe Druckanzeige meines EVA-Anzugs. Der Druck bleibt bei 400 Hektopascal. Wir haben eine gute Abdichtung.

Die Eridianer wissen, wie man Xenonit auf Aluminium klebt.

Natürlich wissen sie das. Aluminium ist ein Element, und eine Spezies, die Xenonit erfinden konnte, kennt sich mit dem Periodensystem tausendmal besser aus als wir.

Zeit für einen Vertrauensvorschuss. Ich öffne die Dichtungen des EVA-Anzugs und steige hinten heraus. Es riecht stark nach Ammoniak, aber die Luft ist atembar. Schließlich ist es ja auch mein eigener Luftvorrat. Ich schiebe den EVA-Anzug in die Luftschleuse. Die Helmlampen sind meine einzige Lichtquelle, deshalb bugsiere ich ihn herum, bis die Lampen genau in den Tunnel leuchten.

Ich schwebe zu der geheimnisvollen Wand und will sie berühren, halte aber kurz vorher inne. Schon aus einigen Zentimetern Entfernung spüre ich die Hitze. Die Eridianer mögen es heiß.

Ich fange sogar schon an zu schwitzen. Die Tunnelwände heizen meine Luft auf. Es ist ungemütlich, aber erträglich. Wenn ich will, dass meine Klimaanlage übernimmt, muss ich nur die innere Schleusentür der *Hail Mary* öffnen. Dann können unsere Lebenserhaltungssysteme gegeneinander antreten. Sie halten ihre Seite heiß, und ich halte meine kühl.

Obwohl mir der Schweiß auf der Stirn steht und mir in dem starken Ammoniakgeruch die Augen tränen, mache ich weiter. Ich bin so neugierig, ich muss es einfach versuchen. Kann man mir das vorwerfen?

Auf der Wand erkenne ich mindestens zwanzig kleine Sechsecke. Sie haben verschiedene Farben und Texturen. Ich glaube, zwei von ihnen sind sogar durchsichtig. Ich sollte sie katalogisieren und überlegen, wie ich herausfinden kann, woraus sie bestehen. Bei näherer Betrachtung stelle ich fest, dass die Ränder der Sechsecke durch Nähte voneinander abgesetzt sind.

Da höre ich ein Geräusch auf der anderen Seite.

Klopf, klopf, klopf.

10

Sie haben angeklopft, also ist es nur höflich, ebenfalls zu klopfen. Ich weiß, dass die Wand heiß ist, deshalb klopfe ich so schnell wie möglich.

Ich klopfe dreimal, genau wie sie.

Sie reagieren nicht sofort. Ich betrachte unterdessen die Wand mit den Sechsecken. Es sind schätzungsweise vierzig, einige weichen stark von den anderen ab. Vielleicht unterschiedliche Materialien? Ich habe das Gefühl, ich müsste hier etwas tun, aber was?

Beobachten sie mich? Ich sehe nichts, was an eine Kamera erinnert.

Ich hebe den Finger und zeige auf meine Luftschleuse, auch wenn ich nicht weiß, ob sie mich beobachten und ob sie eine Vorstellung haben, was diese Geste bedeutet. Ich stoße mich von der Sechseckwand ab und schwebe zur Luftschleuse, dann öffne ich die innere Tür. Warum auch nicht? Der Druck ist auf beiden Seiten gleich. Deshalb kann ich die Luftschleuse offen lassen. Wenn es im Tunnel einen Druckabfall gibt, zieht die entweichende Luft die innere Schleusentür zu, und mir passiert nichts.

Im Labor packe ich einige Gegenstände in einen Beutel und kehre in den Tunnel zurück.

Zuerst klebe ich LED-Lampen an verschiedenen Stellen im Tunnel fest und richte sie auf die Sechseckwand. Jetzt kann ich wenigstens sehen, was ich hier mache. Ich ziehe mein vertrautes mobiles Spektrometer hervor und scanne ein Sechseck. Es ist Xenonit. Fast die gleiche Zusammensetzung wie die Behälter, die sie mir geschickt haben.

Fast.

Bei den Spurenelementen gibt es ein paar Abweichungen. Interessant. Vielleicht verhält sich Xenonit ähnlich wie Stahl, für den es auch viele verschiedene Rezepte gibt? Ich überprüfe das nächste Sechseck. Wieder eine etwas andere einzigartige Kombination.

Vermutung: Unterschiedliche Arten von Xenonit sind für unterschiedliche Situationen geeignet. Sie hatten keine Ahnung, wie meine Atmosphäre aussieht. Also wollen sie verschiedene Komponenten testen. Wenn ich den Tunnel verlasse, untersuchen sie die Sechsecke und prüfen, welches sich am besten eignet.

Das bedeutet, dass ich den Tunnel räumen sollte. Ob ich auf meiner Seite den Druck ablassen sollte? Das scheint nur höflich zu sein. Ich könnte es leicht tun, ich müsste nur die Luftschleuse aktivieren. Sie wird denken: »Mensch, heute habe ich aber eine Menge Luft im Bauch«, aber sie würde pumpen, bis ein Vakuum entsteht.

Andererseits kennen sie vielleicht eine Möglichkeit, die Luft auf dieser Seite zu prüfen. Wenn das der Fall ist, sollte ich vielleicht lieber gar nichts tun.

Ich beschließe, es bleiben zu lassen. Wahrscheinlich haben sie eine Vorrichtung, meine Atmosphäre zu testen. Hätte ich den Tunnel gebaut, dann hätte ich so etwas vorgesehen, und sie sind anscheinend ziemlich klug.

Als ich gerade zur Luftschleuse umkehre, bemerke ich etwas. Eine Bewegung!

Sofort blicke ich wieder zu der Sechseckwand. Nichts hat sich verändert. Und doch könnte ich schwören, eine Bewegung wahrgenommen zu haben. Einige Sechsecke glänzen – wahrscheinlich war es nur mein eigenes Spiegelbild.

Moment mal ...

Ein Sechseck ragt hervor. Warum?

Es ist nahe an der Tunnelwand. Leicht zu übersehen. Ich schwebe hinüber und sehe es mir aus der Nähe an.

»Ach du heiliger Strohsack!«, sage ich.

Das Sechseck ist durchsichtig! Alle anderen sind undurchsichtig, aber dieses ist klar wie Glas! Ich nehme eine Lampe von der

Wand ab und halte sie vor das Sechseck. Ich muss den Kopf gegen die heiße Wand drücken, um es genau betrachten zu können.

Das Licht dringt durch. Ich erkenne die Wände des Tunnels auf der anderen Seite. Entweder, dort herrscht Vakuum, oder die Luft ist klar. Wie auch immer, es gibt nichts, was meinen Blick trübt oder behindert.

Auf einmal prallt von der anderen Seite ein Stein gegen das Sechseck. Er bleibt liegen, nur ein paar Zentimeter von mir entfernt. Er ist annähernd dreieckig, dunkelbraun, und hat unebene gezackte Kanten. Ungefähr wie das, was man auf der Speerspitze eines Höhlenmenschen erwartet.

Bin ich jetzt einem raumfahrenden Höhlenmenschen begegnet?

Sei nicht so dumm, Ryland.

Warum haben sie den Stein dort platziert? Ist er klebrig? Versuchen sie, mir die Sicht zu versperren? Falls das zutrifft, machen sie ihre Sache wirklich nicht gut. Das kleine Dreieck ist an der breitesten Stelle nur fünf Zentimeter groß, während das Sechseck gut zwanzig Zentimeter misst.

Es wird sogar noch alberner. Der Stein biegt sich mithilfe von vorstehenden Gelenken, und es gibt zwei ähnliche Steine, die das Gleiche tun. An ihnen hängt noch ein größerer Stein, der ...

Das ist gar kein Stein. Das ist eine Klaue! Eine Klaue mit drei Fingern!

Ich will unbedingt mehr sehen! Ich presse das Gesicht gegen das Sechseck. Es brennt, aber ich widerstehe dem Drang, mich zurückzuziehen. Ja, es tut weh, wahrscheinlich wird dies Spuren hinterlassen. Ich sollte ins Labor gehen und eine Kamera holen, aber meine Güte! Niemand hätte in so einem Augenblick so viel Geistesgegenwart.

Ich stöhne, weil mir das Gesicht wehtut, werde aber mit einem besseren Ausblick belohnt.

Die Klaue des Alien – äh ... sagen wir, es ist eine Hand. Das ist nicht so beängstigend. Die Alien-Hand hat drei dreieckige Finger mit vorspringenden Knoten. Knöchel, würde ich sagen. Sie können sich zusammenziehen, bis sie die Form eines Regentropfens haben, oder ausfahren, sodass sie an einen dreibeinigen Seestern erinnern.

Die Haut sieht seltsam aus. Wie bräunlich-schwarzes Gestein. Sie ist uneben und höckerig, als hätte jemand eine Hand aus Granit gemeißelt und noch nicht geglättet. Vielleicht eine natürliche Panzerung? Wie bei einer Schildkröte, nur weniger strukturiert?

Es gibt auch einen Arm. Aus diesem Winkel kann ich ihn kaum erkennen, ganz egal, wie fest ich törichterweise das Gesicht gegen die sengend heiße Wand presse. Aber die Hand ist eindeutig mit einem Arm verbunden. Ich meine, das geht ja auch nicht anders, oder? Es gibt keine Zauberhände, die allein irgendwo schweben.

Ich halte die Schmerzen nicht mehr aus und ziehe den Kopf zurück, um mein Gesicht zu betasten. Es ist ziemlich wund, aber Brandblasen habe ich keine.

Tapp-tapp-tapp.

Der Alien tippt mit einem Finger gegen das durchsichtige Sechseck. Ich antworte dreimal auf die gleiche Weise.

Wieder tippt er dreimal. Ich ebenfalls.

Dann passiert etwas Unheimliches. Die Klau... die *Hand* wird zurückgezogen und kehrt mit einem Objekt zurück, das sie vor das durchsichtige Sechseck hält. Es ist recht klein. Ich nähere mich der Wand, um es genauer zu betrachten. Die Hitze wärmt mein Gesicht.

Natürlich besteht das Objekt aus Xenonit. Es ist etwas mehr als einen Zentimeter groß und sehr detailliert gearbeitet. Es erinnert mich an eine Puppe, hat allerdings einen übergroßen Kopf und sehr dicke Arme und Beine ...

»Oh!«

Das bin ich. Es ist ein winzig-kleiner russischer Orlan-MKS2 EVA-Anzug. Mehr haben sie bisher ja nicht von mir gesehen.

Eine weitere Hand taucht auf. He, ich habe ja auch zwei Hände, also sollte mich das nicht weiter verwundern. Die zweite Hand hält ein Modell der *Hail Mary*. Sie scheint den gleichen Maßstab zu haben wie die winzige Figur, die mich darstellt. Die Hände schieben mein kleines Ebenbild in die kleine Luftschleuse der *Hail Mary*.

Das ist klar. Sie sagen: *Kehre in dein Schiff zurück*.

Ich zeige ihm den erhobenen Daumen. Der Alien lässt mein kleines Ebenbild und das Modell der *Hail Mary* los, die davonschweben. Dann verdreht er die Hand zu etwas, das aussieht wie ein hochgereckter Daumen. Es sind nur zwei gekrümmte Finger, während der dritte nach oben zeigt. Wenigstens ist es nicht der Mittelfinger.

Ich kehre zur *Hail Mary* zurück und schließe hinter mir die Luftschleuse.

Ich keuche und schnaufe vor Aufregung. Es fällt mir schwer zu glauben, was gerade passiert ist.

Das ist ein Alien. Ich habe gerade einen Alien gesehen. Nicht nur ein Alien-Raumschiff. Einen echten Außerirdischen. Ich meine, seine Klau... ja, schon gut. Seine Hand. Aber was weiß ich.

Ich sage »seine Hand«, aber vielleicht ist es auch *ihre* Hand. Oder etwas ganz anderes, für das ich kein Pronomen kenne. Vielleicht haben sie siebzehn verschiedene biologische Geschlechter. Oder gar keine. Über die wirklich schwierigen Dinge beim Erstkontakt mit intelligenten Aliens redet kein Mensch: die Pronomina. Ich belasse es jetzt erst mal beim »er«, weil es mir unhöflich vorkommt, ein denkendes Wesen als »es« zu bezeichnen.

Außerdem heißt er Rocky, solange ich nichts Gegenteiliges höre.

Also gut, was jetzt? Rocky hat mir gesagt, ich solle in mein Schiff zurückkehren, und das habe ich getan.

Jetzt komme ich mir dumm vor. Ich sollte doch jede Menge zu forschen haben, oder?

Ich spähe durch das Bullauge der Luftschleuse. Meine Lampen kleben immer noch an den Wänden des Tunnels, und ich kann erkennen, dass es gewisse ... Veränderungen gibt.

Die Sechseckwand ist verschwunden. Einfach weg. Ich kann bis hinüber zur Hülle von *Blip-A* blicken. Dort drüben hängt ein kleiner Roboter, der sich streckt und mit den kleinen Roboterhänden irgendetwas tut.

Ja, seine Hände sehen ungefähr so aus wie Rockys Hände. Drei Finger, annähernd so groß wie bei Rocky. Wahrscheinlich wird er mit einer Art Power Glove aus dem Inneren des Schiffs gesteuert.

Mann, bin ich alt.

Der Roboter interessiert sich besonders für meine Lampen. Ja, dafür würde ich mich auch interessieren. Es sind ja Alien-Artefakte mit Alien-Technologie. Klar, es sind nur Lampen, aber für meine eridianischen Freunde da drüben sind es *Alien*-Lampen. Wahrscheinlich die aufregendste wissenschaftliche Entdeckung in ihrer ganzen Geschichte. Der Roboterarm legt sie in ein kleines Fach in der Außenhülle der *Blip-A* und schließt die Klappe. Ich möchte wetten, dies sind die am gründlichsten studierten Exemplare in der Geschichte der Lampen.

Es freut mich ja, dass sie diesen Moment der Entdeckung genießen und so weiter, aber sie haben mir die Lichtquelle weggenommen. Hin und wieder höre ich es drüben im Dunklen klappern.

Das ist für sich genommen schon interessant. Ich bin kein Alien von 40 Eridani, aber wenn ich mit einem ferngesteuerten Roboter arbeiten würde, dann hätte ich irgendwo eine Kamera und eine Lichtquelle, damit ich sehe, was ich mache. Sie brauchen das wohl nicht. Sie brauchen kein Licht.

Nein, Moment. Ihr sichtbares Spektrum könnte sich stark von unserem unterscheiden. Die Menschen sehen nur einen winzigen Ausschnitt aller Wellenlängen des Lichts, die es gibt. Wir haben uns so entwickelt, dass wir die Wellenlängen erkennen, die auf der Erde am häufigsten vorkommen. Vielleicht haben sich die Eridianer anders entwickelt und sehen andere Wellenlängen. Der Raum könnte mit Infrarotlicht oder Ultraviolettstrahlung gut beleuchtet sein, was ich aber nicht wahrnehmen kann.

Hm ... ein Roboter. Warum ein Roboter? Vor ein paar Minuten war dort noch mein Freund Rocky, ein Lebewesen. Warum haben sie ihn gegen einen Roboter ausgetauscht?

Vakuum.

Vermutlich haben sie die Atmosphäre aus dem Tunnel abgelassen. Sie haben eine Probe meiner Schiffshülle und wissen, dass sie aus Aluminium besteht und ungefähr auch, wie dick sie ist. Vielleicht sind sie nicht sicher, wie mein Schiff mit Außendruck zurechtkommt. Oder ihre Atmosphäre greift mein Aluminium an.

Also halten sie den Tunnel unter Vakuum, was bedeutet, dass sie mit einem Roboter arbeiten müssen.

Ich fühle mich wie Sherlock Holmes. Ich habe »nichts« gesehen und eine Menge Schlussfolgerungen gezogen! Schlussfolgerungen, die höchst spekulativ sind und sich nicht auf Beweise gründen, aber es sind Schlussfolgerungen!

Ich könnte eine andere Lampe holen – im Labor sind noch einige. Ich könnte mit ihr leuchten, um zu sehen, was der Roboter-Rocky tut. Aber ich werde es wohl sowieso bald erfahren. Und ich will nicht in einem anderen Teil des Schiffs sein, wenn hier etwas Interessantes passiert.

Gerade als ich dies denke, geschieht etwas Interessantes.

Klopf-klopf-klopf.

Nein, das ist nicht unheimlich. Es ist absolut normal, zwölf Lichtjahre von der Erde entfernt in einem Raumschiff zu sitzen und zu hören, wie jemand an die Tür klopft.

Na gut, jetzt brauche ich wirklich eine neue Lampe. Ich eile hinunter ins Labor und schnappe mir eine, dann schwebe ich wieder hinauf ins Cockpit. Ich aktiviere die Luftschleuse, ohne mir die Mühe zu machen, in den EVA-Anzug zu steigen. Mit den manuellen Düsen in den beiden Türen der Luftschleuse setze ich den Tunnel wieder unter Druck. Er funktioniert wie erwartet. Die Dichtung da draußen hält.

Dann öffne ich die Außentür und schwebe mit der Lampe in der Hand hinüber.

Die Sechseckwand ist fort – sie ist einer soliden Mauer aus durchsichtigem Material gewichen. Und auf der anderen Seite steht Rocky.

Er ist eine Spinne. Eine verdammte riesige Spinne.

Mein erster Impuls ist, zu fliehen. Aber dann übernimmt der rationale Teil meines Gehirns.

»Immer mit der Ruhe … sie sind freundlich«, sage ich zu mir selbst. Ich drehe mich um und betrachte ihn.

Rocky ist kleiner als ein Mensch, ungefähr so groß wie ein Labrador. Er hat fünf Beine, die aus einem zentralen, gepanzerten Körperteil entspringen. Dieser Panzer, der annähernd wie ein Fünfeck geformt ist, misst 45 Zentimeter und ist halb so dick. Augen oder ein Gesicht kann ich nicht erkennen.

In der Mitte der Beine ist jeweils ein Gelenk – nennen wir es einen Ellenbogen. Jedes Bein (oder sollte ich »Arm« sagen?) endet mit einer Hand. Er hat also fünf Hände. Jede Hand hat die dreieckigen Finger, die ich schon von Nahem betrachten konnte. Anscheinend sind die fünf Hände identisch. Ich sehe kein Vorder- oder Hinterteil. Er scheint in Längsrichtung symmetrisch zu sein.

Er trägt Kleidung. Die Beine sind nackt, dort sieht man die an Gestein erinnernde Haut, aber der Panzer ist mit Stoff bedeckt. Etwas wie ein Shirt mit fünf Armöffnungen. Ich weiß nicht, woraus das Hemd besteht, es scheint jedoch dicker zu sein als typische menschliche Kleidung. Es ist dunkel grünbraun und hat ein unregelmäßiges Muster.

Oben im Hemd ist ein großes Loch. Genau dort, wo in einem menschlichen Shirt die Halsöffnung wäre. Das Loch ist kleiner als der Panzer. Also hat er das Hemd angezogen, indem er es sich übergestreift und die Arme durch die Löcher geschoben hat. Auch darin ähnelt es einem menschlichen Hemd.

Durch das obere Loch ragt allerdings kein Hals oder Kopf. Nur ein hart aussehendes Fünfeck, das ein wenig aus der krustigen Haut hervorschaut.

Auf seiner Seite des Tunnels erkenne ich Griffe und eine Gitterkonstruktion. Er hält sich entspannt mit zwei Händen an zwei Stangen fest. Ich vermute, wenn man fünf Hände hat, ist die Bewegung in der Schwerelosigkeit kein großes Problem. Man muss einfach nur ein oder zwei Hände irgendwo verankern und hat immer noch drei übrig, um damit etwas zu tun.

Für mich ist der Tunnel eher klein. Für ihn ist er sehr geräumig.

Er winkt mir mit einem freien Arm. Er weiß, wie ein menschlicher Gruß aussieht und setzt ihn bewusst ein.

Ich winke zurück. Er winkt wieder. Ich schüttle den Kopf. Er winkt nicht mehr.

Nun kippt er die »Schultern« und bewegt so den ganzen Panzer hin und her. Er hat den Kopf geschüttelt, so gut er konnte. Ich frage mich, wie wir dieses Spiel »Eridianer sieht, Eridianer macht nach« beenden können, doch darum kümmert er sich schon.

Er tippt dreimal mit einem Finger an die durchsichtige Wand und lässt den Finger ausgestreckt. Heißt das ... er will mir etwas zeigen?

Ich blicke in die angegebene Richtung, und tatsächlich, auf meiner Seite liegen ein paar Sachen im Tunnel! Er hat mir ein Geschenk dagelassen!

Man mag mir verzeihen, dass ich es nicht sofort gesehen habe. Der Anblick des Aliens hat mich abgelenkt, sodass ich die kleinen Objekte an der Tunnelwand nicht gleich bemerkt habe.

»Schön«, sage ich. »Mal sehen, was ihr mir hierhergelegt habt.«

»♩♫♪♪♫«, antwortet Rocky.

Mir fällt der Unterkiefer herunter. Ja, ich weiß, hier herrscht Schwerelosigkeit. Er fällt trotzdem herunter.

Keine Aussprache, keine Flexion, nur die Töne. Wie ein Walgesang. Nur, dass es nicht nach einem Walgesang klang, weil mehrere Töne gleichzeitig kamen. Also Walakkorde. Und er hat mir geantwortet, was bedeutet, dass sie hören können.

Außerdem kamen die Laute in meinem Hörbereich. Einige waren tief, einige hoch, aber alle gut hörbar. Allein das ist schon erstaunlich, wenn ich es recht bedenke. Er kommt von einem anderen Planeten und hat eine völlig andere Evolutionsgeschichte hinter sich, aber wir haben kompatible Hörbereiche.

Und obendrein hat er auch bemerkt, dass meine Laute eine Antwort erforderten.

»Ihr habt ja eine Sprache!«, staune ich. »Wieso habt ihr eine Sprache? Ihr habt doch keine Münder.«

»♫♫♩«, erklärt Rocky.

Wenn man richtig darüber nachdenkt, kann man keine Raumschiffe ohne Zivilisation bauen, und eine Zivilisation ist ohne Kommunikation nicht denkbar. Natürlich haben sie eine Sprache. Interessant ist nur, dass sie mithilfe von Lauten erfolgt, genau wie bei Menschen. Zufall? Vielleicht nicht. Vielleicht ist das nur der einfachste Weg, diese Eigenschaft zu erwerben.

»♪.« Rocky zeigt auf eines der Objekte, die sie mir hiergelassen haben.

»Schon gut, schon gut«, sage ich. Diese Sache mit der Sprache finde ich viel interessanter, und das würde ich gern als Erstes untersuchen. Aber Rocky will unbedingt wissen, was ich von seinen Geschenken halte.

Ich schwebe zu den Objekten. Sie sind mit meinem eigenen Klebeband an der Wand befestigt.

Es handelt sich um zwei Kugeln. Auf jeder ist ein erhabenes Relief. Eines zeigt die *Hail Mary,* das andere die *Blip-A*.

Ich nehme die *Hail-Mary*-Kugel von der Wand. Sie ist nicht warm. Auch der Tunnel ist nicht mehr überhitzt. Interessant. Vielleicht haben sie bemerkt, dass ich es kühler mag, und dafür gesorgt, dass es für mich angenehmer ist.

In der Kugel klappert etwas. Ich schüttle sie und lausche. Ja, es klappert.

Ich entdecke eine Naht, drehe die untere und obere Hälfte gegeneinander, natürlich wie immer verkehrt herum, und sie geben nach.

Beifall heischend blicke ich zu Rocky. Er hat kein Gesicht und keine Mimik, sondern schwebt einfach nur da drüben und beobachtet mich. Nein, er beobachtet mich nicht ... er hat keine Augen. Halt, Moment. Woher weiß er, dass ich winke? Er weiß es offensichtlich, er hat ja zurückgewinkt. Irgendwo muss er Augen haben. Wahrscheinlich habe ich sie nur nicht als solche erkannt.

Ich richte die Aufmerksamkeit wieder auf die Kugel, löse die beiden Hälften voneinander und sehe im Inneren ... eine Menge kleinere Kugeln.

Ich seufze. Das wirft mehr Fragen auf, als es beantwortet.

Die Perlen schweben heraus und fliegen quer durch mein Sichtfeld. Es sind gar keine einzelnen Objekte. Sie sind mit kleinen Fäden miteinander verbunden wie ein kompliziertes Halsband. Ich breite sie so gut aus, wie es geht.

Sie sehen aus wie – mir fällt kein besserer Vergleich ein – mit Perlen besetzte Handschellen. Zwei Ringe aus Perlen sind mit einer kleinen Brücke aus einem Faden verbunden. Auf jedem Kreis sitzen acht Perlen, auf dem verbindenden Faden keine einzige. Das kommt mir so vor, als sollte es mir etwas sagen, aber mir fällt nichts ein.

Vielleicht kann mir die andere Kugel – mit dem Abbild von *Blip-A* – etwas mehr verraten. Ich lasse die Handschellen los und ziehe die *Blip-A*-Kugel von der Wand. Als ich sie schüttle, klappert es auch in ihrem Inneren. Ich schraube die beiden Hälften auseinander, und schon schwebt eine weitere Kette heraus.

Im Gegensatz zu den Handschellen gibt es hier nur einen einzigen Ring. Und er hat sieben statt acht Kugeln. Außerdem gibt es drei Verbindungsfäden, die aus dem Kreis herausragen und jeweils mit einer einzigen Kugel verbunden sind. Wie eine Halskette, an der noch einige Zierobjekte hängen.

In der Kugel ist noch mehr. Ich schüttle das Modell, und ein weiteres Halsband schwebt heraus. Es gleicht dem ersten aufs Haar. Ich schüttelte weiter, und es kommen immer mehr heraus. Alle sind identisch. Ich sammle sie ein und stecke sie mir in die Tasche.

»Das erinnert mich an etwas …« Ich klopfe mir auf die Stirn. »Woran erinnert mich das bloß?«

Rocky tippt mit einer Klaue auf seinen Panzer. Ich weiß, dass er nur meine Bewegung nachahmt, aber mir kommt es vor, als sagte er: *Denk nach, Dummchen!*

Was würde ich in so einer Situation meinen Schülern raten?

Warum denke ich auf einmal an meine Schüler? Ich sehe den Klassenraum vor mir. Eine blitzartige Erinnerung. Ich halte das Modell eines Moleküls hoch und erkläre …

»Moleküle!« Ich schnappe mir die Handschellen und halte sie hoch, damit Rocky sie sieht. »Das sind Moleküle! Du willst mir etwas über Chemie mitteilen!«

»♫♪♫♫♪.«

Warte mal. Die Moleküle sehen seltsam aus. Sie sind widersinnig. Ich betrachte die Handschellen. So sind keine Moleküle geformt. Acht Atome auf einer Seite, acht auf der anderen, verbunden mit ... was? Nichts? Die Verbindung setzt nicht einmal an einer Perle an, sondern verknüpft die Fäden der beiden Kreise.

»Atome!«, sage ich. »Die Perlen sind *Protonen*. Also sind die Ringe mit den Perlen Atome. Und die kleinen Verbindungsstücke sind chemische Bindungen!«

Ich halte die Handschellen hoch und zähle alles noch einmal. »Na gut, wenn das so ist ... dann haben wir hier zwei Atome, jedes mit acht Protonen, die miteinander verbunden sind. Element Nummer acht ist Sauerstoff. Zwei Sauerstoffatome. O_2. Und es war in der Kugel der *Hail Mary*.«

Ich zeige es Rocky. »Du kluger Kerl, das ist meine Atmosphäre! Reiner Sauerstoff bei einem Drittel des irdischen Drucks.«

Dann hole ich die anderen Ketten hervor. »Deine Atmosphäre ... das sind sieben Protonen, verbunden mit drei weiteren Atomen mit jeweils einem Proton. Stickstoff mit drei Wasserstoffatomen. Ammoniak! Natürlich, das ist Ammoniak! Ihr atmet Ammoniak!«

Das erklärt den stechenden Geruch, der allen kleinen Geschenken anhaftet, die sie mir hinterlassen haben. Rückstände ihrer Atmosphäre.

Mein Lächeln verblasst. »Igitt, ihr atmet Ammoniak.«

Ich zähle die kleinen Halsketten, die sie mir überlassen haben. Ich habe nur ein Sauerstoffmolekül, aber sie haben mir neunundzwanzig Ammoniakmoleküle geschickt.

Darüber muss ich nachdenken.

»Oh«, überlege ich. »Ja, ich verstehe, was ihr mir sagen wollt.«

Ich blicke meinen Alien-Freund an. »Euer Atmosphärendruck ist neunundzwanzigmal höher als meiner.«

Mann. Zwei Dinge fallen mir sofort ein: Erstens, die Eridianer leben unter einem enorm hohen Luftdruck. Ungefähr so, als wäre man auf der Erde tausend Fuß tief unter Wasser. Zweitens ist das Xenonit ein erstaunlicher Stoff. Ich weiß nicht, wie dick die Wand ist – vielleicht misst sie einen halben Zoll? Weniger? Aber sie hält einen Druckunterschied von 28 Atmosphären mühelos ab. Und es handelt sich um eine große, nicht verstärkte Fläche (absolut das Schlimmste, wenn man einen Druckbehälter bauen will). Oje, ihr ganzes Schiff besteht aus großen, flachen Platten. Die Zugspannung ist bestimmt jenseits von Gut und Böse. Kein Wunder, dass ich die Sachen, die sie mir geschickt haben, nicht verbiegen oder zerbrechen konnte.

Wir haben nicht einmal annähernd solche Umweltbedingungen. Drüben bei ihm würde ich binnen Sekunden sterben. Und er würde sich bei mir, bei einem Neunundzwanzigstel seines Drucks und ohne Ammoniak, vermutlich auch nicht wohlfühlen.

Na gut, das ist kein Problem, immerhin können wir uns hören und gestikulieren. Das ist für unsere Kommunikation ein guter Anfang.

Ich nehme mir einen Augenblick Zeit, das alles zu verdauen. Es ist wirklich erstaunlich. Ich habe einen außerirdischen Freund, mit dem ich mich unterhalten kann. Das ist doch kaum zu fassen! Das Problem ist nur, dass ich es übertrieben habe. Auf einmal überkommt mich eine große Müdigkeit, und ich kann mich kaum noch konzentrieren. Ich habe seit zwei Tagen nicht mehr geschlafen. Dauernd war irgendetwas ungeheuer Wichtiges los. Ich kann nicht ewig wach bleiben, also muss ich schlafen.

Ich hebe einen Finger. Das heißt »warte mal«. Hoffentlich erinnert er sich, dass er es schon einmal gesehen hat. Er hebt eine Hand und streckt einen Finger aus.

Ich eile ins Schiff zurück und sause die Leiter hinunter ins Labor. Dort hängt eine analoge Uhr an der Wand. Jedes Labor braucht eine analoge Uhr. Es ist etwas mühsam, aber ich kann sie von der Wand abnehmen und mir unter den Arm klemmen. Außerdem nehme ich vom Arbeitsplatz einen Filzstift mit abwischbarer Tinte mit.

Und wieder hinauf, durch das Cockpit in den Tunnel der Aliens. Rocky ist noch da. Er scheint aufzumerken, als ich zurückkehre. Woher ich das weiß? Keine Ahnung. Irgendwie positioniert er sich anders und wirkt konzentrierter.

Ich zeige ihm die Uhr und drehe die Zeiger zurück. Er soll sehen, wie sich die Zeiger bewegen. Er macht eine kreisende Bewegung. Er hat es verstanden!

Ich stelle die Uhr auf 12:00 Uhr. Dann ziehe ich vom Mittelpunkt mit dem Marker eine lange Linie bis zur Zwölf und von da aus eine kürzere bis zur Zwei. Ich würde gern acht Stunden durchschlafen, aber ich will Rocky nicht so lange warten lassen. Also begnüge ich mich mit einem Nickerchen von zwei Stunden. »Ich bin wieder da, wenn die Uhr das hier anzeigt«, sage ich. Als ob er das verstehen könnte.

»♩♪♫.« Er macht eine Geste, streckt zwei Hände aus und greift ... nichts. Dann zieht er das Nichts zu sich heran.

»Was?«

Er tippt gegen die Wand, zeigt auf die Uhr und wiederholt die Geste. Soll ich die Uhr näher an die Wand halten?

Ich schiebe sie näher heran. Das scheint ihn zu erregen. Er wiederholt die Geste, nur schneller. Ich schiebe die Uhr weiter in seine Richtung. Sie berührt jetzt fast die Wand. Er macht die Geste noch einmal, jetzt etwas langsamer.

Ich habe keine Ahnung, was er will. Deshalb drücke ich die Uhr ganz gegen die Wand, sodass sie flach aufliegt.

Er hebt beide Hände und schüttelt sie. Alien-Zappelhände. Ist das jetzt gut?

Na ja, Hauptsache, er hat verstanden, dass ich in zwei Stunden wieder da bin. Ich will gehen, doch sofort klopft es wieder: *tapp-tapp-tapp.*

»Was ist denn?«, frage ich.

»♪♪♫♪«, sagt er und zeigt auf die Uhr. Sie ist ein Stückchen von der Wand weggeschwebt. Das mag er nicht.

»Äh, meinetwegen.« Ich ziehe einen Kringel Klebeband von der Wand ab, öffne ihn und reiße ihn in der Mitte durch. Die beiden

Hälften benutze ich, um die Uhr links und rechts auf die durchsichtige Wand zu kleben.

Wieder zappelt Rocky mit den Händen. Ich nehme an, es bedeutet »ja« oder »einverstanden«. Wie ein Nicken.

Wieder will ich gehen, doch: *tapp-tapp-tapp*.

Abermals fahre ich herum. »Kerl, ich muss dringend schlafen!«

Er hebt einen Finger. Jetzt setzt er auch noch meine eigene Zeichensprache gegen mich ein. Ich soll warten! Na gut, das habe ich verdient. Ich hebe ebenfalls einen Finger, um ihm zu zeigen, dass ich einverstanden bin.

Er öffnet eine kreisrunde Tür, die in sein Schiff führt. Sie hat die richtige Größe für einen Eridianer – mir würde es schwerfallen, mich hindurchzuquetschen, falls ich das jemals vorhätte. Er verschwindet im Inneren und lässt die Tür offen. Ich wüsste wirklich gern, was jenseits dieser Luke vor sich geht, aber ich kann nichts erkennen. Da drin ist es stockfinster.

Hm. Interessant. In seinem Schiff ist es völlig dunkel. Die Tür führt vermutlich zu einer Luftschleuse. Aber selbst eine Luftschleuse müsste doch wenigstens ein paar Lichter haben, oder?

Rocky hatte keine Probleme, sich zu orientieren. Aber ich weiß, dass er sehen kann – er reagiert auf meine Gesten. Das unterstützt meine frühere Theorie über die Eridianer: Ich glaube, sie sehen in einem anderen Teil des Spektrums als wir Menschen. Vielleicht nehmen sie nur Infrarot oder Ultraviolett wahr. Die Luftschleuse könnte für Rocky hell beleuchtet sein, und ich würde nichts erkennen. Und umgekehrt wäre mein Licht für ihn völlig nutzlos.

Ich frage mich, ob wir eine gemeinsame Wellenlänge haben. Vielleicht entspricht Rot (die Farbe mit der niedrigsten Wellenlänge, die Menschen sehen können) seinem »♪♫♩« oder der höchsten Wellenlänge, die sie erkennen können. Oder so. Vielleicht lohnt es sich, das mal näher zu untersuchen. Ich sollte farbige Lichtquellen mitbringen und herausfinden, ob er ... Oh, da ist er wieder.

Rocky springt in den Tunnel und krabbelt im Spinnengang an den Geländern entlang zur Trennwand. Die Bewegungen sind unglaublich anmutig. Entweder ist er sehr erfahren darin, sich bei null g zu bewegen, oder die Eridianer können ganz allgemein gut klettern. Sie haben fünf Hände mit abspreizbaren Fingern, und er ist ein interstellarer Reisender, also trifft wahrscheinlich beides zu.

Er hält mit einer Hand einen Apparat hoch. Es ist ... ich weiß nicht, was es ist.

Es ist ein Zylinder (also wirklich, diese Leute mögen Zylinder) von 30 Zentimeter Länge und etwa 15 Zentimeter Breite. Ich sehe, dass sich die Hülle in Rockys Händen ein wenig verformt. Das Ding besteht aus weichem Material, ähnlich wie Schaumstoff. Der Zylinder hat fünf horizontal angeordnete quadratische Fenster. In jedem Fenster erkenne ich eine Form. Ich glaube, es könnten Buchstaben sein. Aber sie sind nicht wie gemalte Buchstaben auf Papier. Sie liegen auf einer flachen Oberfläche, doch die Symbole selbst sind etwa drei Millimeter erhaben.

»Äh«, mache ich.

Das Symbol auf der rechten Seite rotiert und wird durch ein anderes ersetzt. Nach zwei Sekunden wiederholt sich der Vorgang. Und noch einmal.

»Das ist eine Uhr!«, sage ich. »Ich habe dir meine Uhr gezeigt, und du zeigst mir deine!«

Ich zeige auf meine Uhr, die noch an der Wand klebt, und dann auf seine. Er zappelt mit zwei Händen, die er im Augenblick nicht braucht. Ich zapple zurück.

Ich beobachte die Eridianeruhr eine Weile. Rocky hält sie einfach nur hoch, damit ich sie sehen kann. Die Symbole – vermutlich Zahlen – kreisen im äußersten Fenster ganz rechts. Sie befinden sich auf einem Ring. Wie bei einem altmodischen Radiowecker. Nach einer Weile dreht sich auch der Ring weiter links um einen Schritt. Aha!

Soweit ich es sagen kann, bewegt sich der rechte Ring alle zwei Sekunden. Vielleicht sind es auch etwas mehr. Er zeigt sechs verschiedene Symbole, ehe es sich wiederholt: »ℓ«, »I«, »V«, »λ«, »+« und »∀«. Wenn er wieder »ℓ« steht, rückt der Ring links neben ihm einen Schritt weiter. Nach etwa einer Minute hat auch dieser Ring alle sechs Symbole gezeigt, und wenn er wieder bei »ℓ« ankommt, rückt der dritte Ring von rechts einen Schritt weiter.

Anscheinend lesen sie die Informationen von links nach rechts, genau wie wir. Ein angenehmer Zufall, aber auch nicht sehr unwahrscheinlich. Ich meine, es gibt ja eigentlich nur vier Möglichkeiten: links nach rechts, rechts nach links, oben nach unten, unten nach oben. Also war die Wahrscheinlichkeit, dass es bei uns gleich ist, eins zu vier.

Deshalb kann ich die Uhr leicht ablesen. Sie funktioniert wie ein Hodometer. »ℓ« ist offensichtlich ihre 0. Daraus kann ich ableiten, dass I der 1 entspricht, V ist die 2, λ ist die 3, + ist die 4 und ¥ die 5. Und was ist mit den Ziffern von 6 bis 9? Die existieren nicht. Nach ¥ kehren wir zu ℓ zurück. Die Eridianer rechnen mit der Basis sechs.

Unter allen Dingen, die ich meinen Schülern beibringe, sind die Überlegungen zur Zahlenbasis das Schwierigste. An der Zahl 10 ist nichts Besonderes. Wir haben zehn Ziffern, weil wir zehn Finger haben. So einfach ist das. Die Rockys haben drei Finger pro Hand und benutzen vermutlich nur zwei Hände zum Zählen (die anderen drei Füße oder Hände lassen sie wahrscheinlich auf dem Boden, damit sie sicher stehen). Also können sie mit sechs Fingern zählen.

»Rocky, ich mag dich! Du bist ein Genie!«

Das ist er wirklich. Mit diesem einfachen Ding hat Rocky mir dies alles gezeigt:

- Wie die Eridianer rechnen (Zahlenbasis sechs)
- Wie die Eridianer ihre Ziffern schreiben (ℓ, I, V, λ, + und ¥)
- Wie die Eridianer Informationen lesen (von links nach rechts)
- Wie lang eine eridianische Sekunde ist

Ich hebe einen Finger und eile ins Schiff zurück, um meine Stoppuhr zu holen. Damit kann ich Rockys Uhr messen. Ich starte den Zeitnehmer, als der dritte Ring den Zustand ändert. Der rechte klickt ungefähr alle zwei Sekunden, und nach jeweils sechs

Schritten rückt der nächste Ring einen Schritt weiter. Es wird eine Weile dauern, aber ich will es so genau wie möglich ermitteln. Nach etwa anderthalb Minuten bewegt sich auch der dritte Ring um einen Schritt weiter. Also kann ich damit rechnen, dass es rund zehn Minuten dauert. Ich möchte aber die ganze Zeit zusehen.

Rocky langweilt sich. Jedenfalls glaube ich das. Er zappelt herum und lässt die Uhr in der Nähe der Trennwand schweben. Dann wandert er auf seiner Seite des Tunnels umher. Ich bin nicht sicher, ob er irgendetwas Bestimmtes tut. Er öffnet eine Tür, die in sein Schiff führt, will hineinklettern, hält inne. Er scheint nachzudenken und überlegt es sich anders. Er schließt die Tür. Er will nicht weggehen, solange ich hier bin. Schließlich könnte ich ja etwas Interessantes tun.

»♪♪♩«, sagt er.

»Ich weiß, ich weiß.« Ich hebe einen Finger.

Auch er hält einen Finger hoch und macht sich wieder daran, gemächlich von Wand zu Wand zu hüpfen. So schreitet man bei null g hin und her.

Endlich hat der dritte Ring eine ganze Runde absolviert, und ich halte die Stoppuhr an. Ergebnis: 511 Sekunden. Ich habe keinen Taschenrechner und bin zu aufgeregt, um einen aus dem Schiff zu holen. Kurzerhand zücke ich einen Stift und führe auf der Handfläche eine schriftliche Division durch. Eine eridianische Sekunde dauert 2,366 irdische Sekunden.

Ich zeichne einen Kreis um die Lösung auf meiner Handfläche und starre sie an. Dann setze ich ein paar Ausrufezeichen dahinter, weil ich das für angebracht halte.

Ich weiß, es klingt gar nicht so aufregend, aber das ist eine große Sache. Rocky und ich sind Astronauten. Wenn wir uns unterhalten wollen, müssen wir über Wissenschaft reden. Und nun haben Rocky und ich uns über die Zeiteinheiten verständigt. Als Nächstes sind Längenmaße und Masse an der Reihe!

Nein, sind sie nicht. Als Nächstes ist ein Nickerchen an der Reihe. Ich nehme meine Uhr von der Wand, kreise die 2 mit dem trocken abwischbaren Marker ein – nur um ganz sicherzugehen –, und klebe die Uhr wieder an. Er winkt. Dann lege ich mich schlafen.

Es ist lächerlich. Wie kann ich erwarten, jetzt zu schlafen? Wie könnte irgendjemand unter diesen Umständen einschlafen? Ich kann immer noch nicht fassen, was passiert ist. Da draußen ist ein Alien.

Es bringt mich fast um, dass ich nicht klären kann, was er über die Astrophagen weiß. Aber man kann nicht pantomimisch über komplexe wissenschaftliche Zusammenhänge reden. Wir brauchen eine gemeinsame Sprache, so rudimentär sie auch sein mag.

Ich muss einfach so weitermachen. An der wissenschaftlichen Kommunikation arbeiten. Die Verben und Nomen der Physik. Das sind die Konzepte, die wir garantiert beide verstehen, denn die Gesetze der Physik sind überall gleich. Und sobald wir genug Vokabeln haben, um über Wissenschaft zu reden, können wir uns über die Astrophagen austauschen.

Und in »VVlλI« eridianischen Sekunden rede ich wieder mit ihm. Wie, zum Teufel, soll man in so einem Moment schlafen? Ich kann doch nicht einfach ...

11

Der Timer piepst. Die zwei Stunden, auf die ich ihn eingestellt habe, sind abgelaufen. Ich blinzle zweimal. Zusammengerollt wie ein Baby schwebe ich im Cockpit. Ich habe es gar nicht mehr bis in den Schlafraum geschafft.

Ich fühle mich überhaupt nicht ausgeruht. Jede Zelle meines Körpers schreit mich an, dass sie schlafen will, aber ich habe Rocky gesagt, dass ich in zwei Stunden wieder da bin, und ich möchte nicht den Eindruck erwecken, man könne sich auf uns Menschen nicht verlassen.

Ich meine … wir sind ziemlich unzuverlässig, aber das muss er ja nicht wissen.

Ich schleppe mich (kann man sich bei null g dahinschleppen?) durch die Luftschleuse.

Rocky erwartet mich schon im Tunnel. Er war während meiner Abwesenheit nicht untätig und hat alle möglichen Dinge bereitgestellt.

Die eridianische Uhr tickt weiter, er hat sie inzwischen auf einer Stange montiert. Viel interessanter ist aber die Kiste, die jetzt inmitten der Trennwand sitzt. Es ist ein Würfel von 30 Zentimeter Größe, der in meine Hälfte des Tunnels ragt. Er besteht aus demselben durchsichtigen Xenonit wie der Rest der Wand.

Auf Rockys Seite hat die Kiste eine Klappe mit einem Rahmen aus undurchsichtigem Xenonit. Es gibt dort auch eine quadratische Öffnung mit einem perfekt passenden quadratischen Rohr, das von der Kiste weg führt.

Auf dem Rohr, nahe an der Kiste, entdecke ich … eine Steuerung? Knöpfe oder so etwas? Aus dem Steuerkästchen kommt ein

Kabel, das sich am Rohr entlangschlängelt und zusammen mit dem Rohr in der Schiffswand verschwindet.

Auf meiner Seite gibt es eine Kurbel von ungefähr der gleichen Form wie in meiner Luftschleuse. Sie ist mit einer quadratischen Platte verbunden, die der anderen auf Rockys Seite gleicht, und ...

»Eine Luftschleuse!«, sage ich. »Du hast in unseren Luftschleusentunnel eine Luftschleuse eingebaut!«

Brillant. Einfach brillant. Rocky und ich können von beiden Seiten darauf zugreifen. Mit dem geheimnisvollen Rohr kann er die Atmosphäre in der kleinen Kammer kontrollieren. Wahrscheinlich führt das Rohr zu einer Pumpe oder etwas Ähnlichem im Inneren der *Blip-A*. Und die Knöpfe oder was auch immer sind die Steuerung. Nun haben wir eine Möglichkeit, uns Sachen hin und her zu reichen.

Ich zapple mit den Händen. Er zappelt zurück.

Hm. Wieder diese quadratischen flachen Platten. Wer baut eine quadratische Luftschleuse? Besonders wenn sie den eridianischen Druck aushalten muss. Sogar das Rohr, das zu der Mini-Luftschleuse führt, ist quadratisch. Ich weiß, dass sie rundes Xenonit herstellen können – die Zylinder, die sie mir ganz am Anfang geschickt haben, waren rund. Dieser Tunnel ist rund.

Vielleicht messe ich dem auch viel zu viel Bedeutung bei. Xenonit ist so stabil, dass man es für Druckbehälter nicht sorgfältig formen muss. Wahrscheinlich sind flache Platten leichter herzustellen.

Das ist beeindruckend. Ich hebe einen Finger, er wiederholt die Geste. Ich haste ins Labor hinunter und nehme mir ein Maßband. Er hat mir eine Zeiteinheit gezeigt, also zeige ich ihm ein Längenmaß. Das Maßband ist Gott sei Dank metrisch. Es wird schon verwirrend genug, die eridianischen Sekunden auf der Basis 6 zu berücksichtigen. Auf keinen Fall will ich jetzt auch noch mit angloamerikanischen Einheiten rechnen, auch wenn sie mir natürlich vorkommen.

Im Tunnel halte ich das Maßband hoch und ziehe es ein Stück heraus. Dann lasse ich es los, damit es zurückschnellen kann. Ich wiederholte den Vorgang einige Male. Er zappelt mit den Händen. Ich zeige auf die Durchreiche (wie sonst soll ich sie nennen?), und er zappelt wieder mit den Händen.

Hoffentlich bedeutet dies, dass im Moment keine 29 Atmosphären Ammoniak da drin sind. Wir werden sehen …

Ich drehe an der Kurbel und öffne meine Tür. Sie schwingt mühelos zu mir heraus.

Nichts explodiert. Ich rieche nicht einmal Ammoniak. Und da drin war auch kein Vakuum, sonst hätte ich die Klappe gar nicht öffnen können. Rocky hat die Durchreiche auf meine Atmosphäre eingestellt. Sehr rücksichtsvoll.

Ich lege das Maßband ungefähr in die Mitte und lasse es dort schweben. Dann schließe ich die Tür und drehe an der Kurbel.

Rocky drückt drüben auf die Steuerung, ich höre einen gedämpften Knall und dann ein Zischen. Aus der Röhre rauscht dunstiges Gas herein. Vermutlich Ammoniak. Das Maßband hüpft drinnen hin und her und flattert wie ein Blatt im Wind. Bald flaut das Zischen ab.

Und da erkenne ich meinen Fehler.

Das Maßband ist eines dieser massiven alten Dinger, wie man sie auf dem Bau verwendet. Eine Metallkapsel mit stabilen Gummigriffen. Das Problem ist nur, dass die Eridianer es heiß mögen. Wie heiß? Ich bin nicht sicher, aber ganz bestimmt heißer, als für die Gummischicht auf dem Maßband gut ist.

Ein Klecks von geschmolzenem Gummi wellt sich auf dem Maßband und klebt nur noch dank der Oberflächenspannung auf dem Metall. Wenigstens das hält noch. Ich glaube, die Kapsel besteht aus Aluminium. Gut zu wissen – die eridianische Luft ist nicht so heiß, dass auch das Metall schmilzt.

Als Rocky das Maßband nimmt, löst sich der Gummiklecks vom Gehäuse und schwebt neben der Röhre.

Er stupst den Klecks an, der sofort an seiner Klaue kleben bleibt. Mühelos schüttelt er ihn ab. Offensichtlich stört ihn die Temperatur nicht weiter. Vermutlich ist es so ähnlich, als würde sich ein Mensch ein paar Wassertropfen von der Hand schütteln.

In meiner Atmosphäre finge so heißes Gummi sofort an zu brennen und würde alle möglichen giftigen Gase ausdünsten. Aber auf seiner Seite gibt es keinen Sauerstoff. Also bleibt das Gummi einfach flüssig. Es schwebt zur Tunnelwand und bleibt kleben.

Ich zucke mit den Achseln. Vielleicht versteht er, dass ich »Tut mir leid« sagen will.

Irgendwie erwidert er das Achselzucken, tut es aber mit allen fünf Schultern. Es sieht seltsam aus, und ich weiß nicht, ob er mich verstanden hat.

Er zieht das Maßband ein Stück heraus und lässt es zurückschnellen. Offenbar ist er überrascht, obwohl er es vorhergesehen haben muss. Er lässt es ganz los, es dreht sich vor ihm. Er nimmt es und wiederholt den Vorgang. Und noch einmal.

»Ja, das macht Spaß«, sage ich. »Aber schau dir die Markierungen an. Das sind Zentimeter. ZEN-TI-ME-TER.«

Als er das nächste Mal das Maßband herauszieht, zeige ich darauf. »Schau!«

Er zieht es weiter heraus und lässt es zurückgleiten. Kein Hinweis, dass er die Unterteilung der Einheiten gesehen hat.

»Äh.« Ich hebe einen Finger, schwebe ins Labor und hole ein anderes Maßband. Das Labor ist gut ausgestattet, und auf jeder Raumfahrtmission gibt es Redundanz. Ich kehre in den Tunnel zurück.

Rocky spielt immer noch mit dem Band. Es macht ihm wohl wirklich Spaß. Er zieht es so weit heraus, wie es geht, also etwa einen Meter, und lässt das Maßband und das Gehäuse gleichzeitig los. Das Zurückschnellen lässt das Gehäuse vor ihm wild rotieren.

»♩♪♫♪!!!«, macht er. Ich bin ziemlich sicher, dass er freudig gequietscht hat.

»Schau doch mal«, sage ich. »Rocky, he!«

Endlich hört er auf, mit dem Spielzeug zu spielen, das gar keins ist.

Ich ziehe mein Maßband ein Stück heraus und zeige auf die Markierungen. »Schau, hier! Siehst du das?«

Er zieht es ungefähr genauso weit heraus. Ich kann die Markierungen auf seinem Exemplar erkennen, die eridianische Hitze hat sie glücklicherweise nicht weggebrannt. Wo ist das Problem?

Ich zeige auf die Linie, die den ersten Zentimeter markiert. »Schau her. Ein Zentimeter. Diese Linie. Hier.« Ich tippe mehrmals darauf.

Er hält das Band mit zwei Händen fest und tippt mit einer dritten darauf. Sein Tempo beim Tippen entspricht meinem, aber er ist nicht einmal in der Nähe der richtigen Markierung.

»Hier!« Ich tippe fester darauf. »Bist du blind?«

Ich halte inne.

»Warte mal, du bist blind?«

Rocky tippt wieder auf das Maßband.

Ich hatte bisher angenommen, er müsste irgendwo Augen haben, die ich nur noch nicht entdeckt habe. Aber wenn er nun überhaupt keine Augen besitzt?

Die Luftschleuse der *Blip-A* war dunkel, und Rocky hatte kein Problem damit. Also dachte ich, er würde Licht mit Wellenlängen sehen, die mir nicht zugänglich sind. Doch das Maßband ist weiß mit schwarzen Markierungen. Jeder Sehsinn in jedem Spektrum sollte fähig sein, Schwarz auf Weiß zu erkennen. Schwarz ist das Fehlen von Licht, und Weiß reflektiert alle Frequenzen zugleich.

Warte mal ... das ist doch Unsinn. Er weiß, was ich mache. Er ahmt meine Gesten nach. Wenn er nicht sehen kann, wie kann er dann meine Uhr ablesen? Wie kann er seine eigene Uhr ablesen?

Hm. Seine Uhr hat erhabene Ziffern. Ungefähr drei Millimeter hoch. Richtig, und er hatte anfangs Mühe mit meiner Uhr. Ich musste sie an die Trennwand kleben. Als sie ein paar Zentimeter weggeschwebt ist, hat er sich aufgeregt. Es hat nicht gereicht, dass sie nahe an der Trennwand war. Die Uhr musste die Wand *berühren*.

»Töne?«, sage ich. »›Siehst‹ du akustisch?«

Das würde einiges erklären. Menschen benutzen elektromagnetische Wellen, um die dreidimensionale Umwelt zu erfassen. Eine andere Spezies könnte durchaus Schallwellen verwenden.

Dieses Prinzip kennen wir sogar auf der Erde. Fledermäuse und Delfine haben eine Art Echolot, mit dem sie die Umgebung »sehen« können. Vielleicht besitzen auch die Eridianer diese Fähigkeit, nur viel weiter ausgebildet. Im Gegensatz zu Fledermäusen und Delfinen haben die Eridianer ein passives Sonar. Sie benutzen Umgebungsgeräusche, um sich in ihrer Welt zu orientieren, statt selbst Geräusche hervorzubringen und die Beute aktiv aufzuspüren.

Das ist nur eine Theorie, aber sie passt zu den Daten.

Deshalb sind die Ziffern auf seiner Uhr so dick. Sein Sonar kann nichts erkennen, was zu dünn ist. Meine Uhr war für ihn schwierig. Er kann die Ziffern nicht »sehen«, aber die Zeiger sind dreidimensionale Objekte. Deshalb konnte er sie erkennen. Aber das ganze Ding steckt in einer Plastikhülle ...

Ich klatsche mir die Hand auf die Stirn. »Deshalb musste ich die Uhr an die Wand pressen. Deine Schallwellen mussten ins Innere vordringen, damit du es erkennen konntest. Und das Maßband, das ich dir gegeben habe, ist nutzlos. Du kannst die Beschriftung nicht sehen!«

Er spielt unverdrossen mit dem Maßband.

Ich hebe einen Finger. Er konzentriert sich vor allem auf sein Spielzeug, erwidert aber abwesend die Geste mit einer freien Hand.

Ich fliege ins Schiff zurück, eile durch das Cockpit und halte im Labor an. Dort nehme ich einen Schraubenzieher und fliege weiter nach unten in den Schlafraum. Ich löse die Deckplatte eines Lagerabteils vom Boden. Es ist eine einfache Aluminiumplatte. Vielleicht anderthalb Millimeter dick und mit abgerundeten Kanten, damit wir uns nicht schneiden. Kräftig, dauerhaft und leicht. Perfekt für die Raumfahrt. Ich fliege zurück zum Tunnel.

Rocky hat ein Ende des Maßbandes um einen Handgriff in seinem Tunnel gewickelt und einen etwas ungeschickten Knoten geknüpft. Jetzt hält er sich mit einer Hand an der Rolle fest und klettert mit den anderen vieren an den Griffen nach hinten.

»He«, sage ich und hebe die Hand. »Rocky!«

Er hört kurz auf, mit dem Maßband zu spielen. »♩♪♫♪?«

Ich zeige ihm zwei Finger.

Rocky hebt zwei Finger.

»Ja, gut. Wir machen uns wieder gegenseitig nach.« Ich hebe einen Finger, dann zwei, dann wieder einen, dann drei.

Rocky wiederholt den Ablauf, genau wie ich es gehofft habe.

Jetzt schiebe ich die Aluminiumplatte zwischen mich und Rocky. Hinter der Platte hebe ich zwei Finger, dann einen, dann drei, dann fünf.

Rocky hebt zwei Finger, dann einen, dann alle drei. Er nimmt eine weitere Hand zu Hilfe und zeigt mir noch zwei Finger. Insgesamt fünf.

»Mann!«, sage ich.

Anderthalb Millimeter Aluminium halten so ziemlich jedes Licht auf. Absurd hohe Frequenzen schlagen vielleicht durch, aber die würden auch mich durchdringen. Dann könnte er meine Hände nicht sehen. Aber durch das Metall breiten sich Geräusche recht gut aus.

Das ist der Beweis. Er benutzt kein Licht, um wahrzunehmen, was um ihn herum passiert. Es müssen Schallwellen sein. Für Rocky ist die Metallplatte wie eine Fensterscheibe. Vielleicht trübt sie das Bild ein wenig, aber nicht sehr. Wahrscheinlich weiß er sogar, wie das Cockpit der *Hail Mary* aussieht. Warum eigentlich nicht? Die Hülle besteht ja nur aus Aluminium.

Wie konnte er mich draußen im Weltraum sehen? Da gibt es keine Luft. Also auch keine Geräusche.

Nein, Moment. Das ist eine dumme Frage. Er ist ja kein Höhlenmensch, der auf einmal im Weltraum umherwandert. Wahrscheinlich hat er Kameras, Radar und ein Hilfsmittel, das die Daten in etwas verwandelt, das er verstehen kann. Das unterscheidet sich nicht sehr von meinem Petrowaskop. Ich kann kein Infrarotlicht sehen, aber das Gerät kann es, und dann zeigt es mir die Daten auf einem Monitor mit Lichtfrequenzen an, die ich wahrnehmen kann.

Wahrscheinlich hat das Cockpit der *Blip-A* ein paar beeindruckende Braille-Anzeigen. Na ja, vermutlich ist es doch etwas fortschrittlicher.

»Mann …« Ich starre ihn an. »Die Menschen haben Jahrtausende damit verbracht, zu den Sternen hochzuschauen und sich zu fragen, was da draußen ist. Ihr habt noch nie die Sterne gesehen und trotzdem die Raumfahrt entwickelt. Was für erstaunliche Leute ihr Eridianer doch sein müsst! Wissenschaftliche Genies.«

Der Knoten im Maßband löst sich, das Band schlenkert wild umher und prallt gegen Rockys Hand. Offenbar tut es weh, denn er schüttelt die betroffene Hand einen Augenblick, um gleich danach wieder mit dem Maßband zu spielen.

»Ja. Du bist eindeutig ein Wissenschaftler.«

»Bitte erheben Sie sich«, sagte der Gerichtsdiener. »Die Sitzung des Bezirksgerichts der Vereinigten Staaten für den Bezirk von West-Washington beginnt. Die ehrenwerte Richterin Meredith Spencer hat den Vorsitz inne.«

Alle Zuschauer standen auf, als die Richterin sich niederließ.

»Nehmen Sie Platz«, sagte der Gerichtsdiener. Er gab der Richterin eine Mappe. »Euer Ehren, der heutige Fall lautet *Gesellschaft für geistiges Eigentum gegen Projekt Hail Mary.*«

Die Richterin nickte. »Klagende Partei, sind Sie bereit für die Verhandlung?«

Der Tisch der Kläger war mit gut gekleideten Männern und Frauen besetzt. Der älteste, ein Mann um die sechzig, stand auf und antwortete. »Wir sind bereit, Euer Ehren.«

»Beklagte, sind Sie bereit für die Verhandlung?«

Stratt saß allein am Tisch der Verteidigung und tippte etwas in ihr Tablet ein.

Die Richterin räusperte sich. »Beklagte?«

Stratt war fertig und stand auf. »Ich bin bereit.«

Richterin Spencer deutete in Stratts Richtung. »Anwältin, wo ist der Rest Ihres Teams?«

»Ich bin allein«, erwiderte Stratt. »Und ich bin keine Anwältin. Ich bin die Beklagte.«

»Ms. Stratt.« Spencer nahm die Brille ab und starrte sie an. »Die Beklagte ist in diesem Fall eine ziemlich berühmte zwischenstaatliche Gemeinschaft von Wissenschaftlern.«

»Unter meiner Leitung«, erwiderte Stratt. »Ich beantrage, die Klage abzuweisen.«

»Sie können noch keine Anträge stellen, Ms. Stratt«, entgegnete Spencer. »Sagen Sie mir einfach nur, ob wir beginnen können.«

»Ich bin bereit.«

»Also gut. Kläger, Sie dürfen mit Ihrem Eröffnungsplädoyer beginnen.«

Der Mann stand auf. »Hohes Gericht, verehrte Damen und Herren Geschworenen, mein Name ist Theodore Canton und ich vertrete in diesem Fall die Interessen der Gesellschaft für geistiges Eigentum.

In dieser Verhandlung werden wir zeigen, dass das Projekt Hail Mary seine Befugnisse in Bezug auf den Erwerb digitaler Daten und die entsprechenden Lizenzbestimmungen überschritten hat. Im Besitz der Beklagten befindet sich ein riesiger Festspeicherkomplex, auf dem sie buchstäblich *jedes einzelne Softwareprogramm*, das je urheberrechtlich geschützt wurde, und *jedes einzelne Buch und alle literarischen Werke* gespeichert haben, die jemals digital verfügbar waren. All dies haben sie getan, ohne Zahlungen an die Rechteinhaber zu leisten oder Lizenzen von den Inhabern der Verwertungs- und Urheberrechte zu erwerben. Außerdem verletzen viele ihrer technischen Entwürfe Patente, die ...«

»Euer Ehren«, unterbrach Stratt. »Darf ich jetzt Anträge stellen?«

»Technisch gesehen schon«, antwortete die Richterin. »Aber es ist höchst unge...«

»Dann stelle ich den Antrag, die Klage abzuweisen.«

»Euer Ehren!«, protestierte Canton.

»Mit welcher Begründung, Ms. Stratt?«, fragte die Richterin.

»Weil ich für diesen Unfug keine Zeit habe«, erwiderte Stratt. »Wir bauen ein Raumschiff, um unsere Spezies zu retten. Und wir haben nur sehr wenig Zeit. Auf diesem Schiff werden drei Astronauten – und nur drei – Experimente durchführen, die wir uns jetzt noch nicht einmal vorstellen können. Sie müssen auf Fragen zu allen nur denkbaren Wissensgebieten vorbereitet sein. Deshalb geben wir ihnen alles mit. Das gesamte Wissen der Menschheit, und dazu die ganze Software. Manches wirkt dumm. Vermutlich werden sie Minesweeper für Windows 3.1 nicht brauchen, und wahrscheinlich benötigen sie auch kein ungekürztes Wörterbuch Englisch-Sanskrit, aber sie bekommen es trotzdem.«

Canton schüttelte den Kopf. »Euer Ehren, meine Mandanten bestreiten nicht die edle Natur des Hail-Mary-Projekts. Die Klage richtet sich nur gegen die illegale Nutzung von urheberrechtlich geschütztem Material und patentierten Mechanismen.«

Nun schüttelte Stratt den Kopf. »Es würde eine lächerliche Menge von Zeit und Energie erfordern, mit jeder Firma Lizenzvereinbarungen auszuhandeln. Deshalb tun wir es nicht.«

»Ms. Stratt, ich versichere Ihnen, Sie werden sich an die Gesetze halten«, erklärte die Richterin.

»Nur wenn ich es will.« Stratt hielt ein Blatt hoch. »Laut diesem internationalen Vertrag bin ich persönlich gegenüber Strafverfolgung wegen jeglicher Art von Verbrechen auf der ganzen Erde immun. Die Vereinigten Staaten haben den Vertrag vor zwei Monaten unterzeichnet.«

Sie hob ein zweites Blatt Papier. »Und um Situationen wie diese hier rasch zu bereinigen, habe ich außerdem eine vorwegnehmende Begnadigung vom Präsidenten der Vereinigten Staaten für alle Verbrechen, die mir von der Strafverfolgung der Vereinigten Staaten zur Last gelegt werden.«

Der Gerichtsdiener nahm die Dokumente und legte sie der Richterin vor.

»Das ...«, setzte die Richterin an. »Das ist tatsächlich genau das, was Sie behaupten.«

»Ich bin aus reiner Höflichkeit hier«, fuhr Stratt fort. »Ich hätte gar nicht erst kommen müssen. Aber da die Softwareindustrie, die Patenttrolle und alle anderen, die mit geistigem Eigentum zu tun haben, eine gemeinsame Klage eingereicht haben, dachte ich mir, es wäre besser, diese Sache gleich im Keim zu ersticken.«

Sie nahm ihre Aktenmappe und schob das Tablet hinein. »Ich gehe dann.«

»Moment, Ms. Stratt«, sagte Richterin Spencer. »Dies ist immer noch ein ordentliches Gericht, und Sie werden bleiben, bis die Verhandlung beendet ist!«

»Nein, werde ich nicht«, widersprach Stratt.

Der Gerichtsdiener trat vor. »Madam, wenn Sie nicht einlenken, muss ich physische Gewalt anwenden.«

»Sie und welche Armee?«, fragte Stratt.

Fünf bewaffnete Männer in Tarnkleidung traten ein und bauten sich rings um sie auf. »Denn ich habe die US Army«, sagte sie. »Und das ist eine verdammt gute Armee.«

Ich sehe die verfügbare Software durch, während ich eine Tortilla mit Erdnussbutter mampfe. Ich weiß, es klingt nicht so, aber es ist sehr lecker.

Ich habe gelernt, wie ich den Laborhocker mit beiden Beinen umklammern muss, damit ich nicht hochschwebe, wenn ich einen Laptop benutze. Wie sich herausstellt, habe ich eine ganze Menge davon. Bisher habe ich im Lager mindestens sechs gefunden. Und sie sind alle mit dem schiffsweiten WLAN verbunden. Sehr praktisch.

Wenn mich die Erinnerung nicht trügt, müsste jede beliebige Software irgendwo im Schiff gespeichert sein. Der Trick ist nur, die richtige zu finden. Ich weiß ja nicht einmal, wie sie heißt. Glücklicherweise gibt es in der digitalen Bibliothek eine Liste der Software. Das hat geholfen.

Endlich finde ich etwas, das funktionieren sollte: »Tympanum Labs Wellenanalyse«. In meiner Bibliothek sind jede Menge Programme für die Wellenanalyse. Dieses eine hat in einer Computerzeitschrift von 2017 die besten Bewertungen bekommen.

Ich installiere die Software auf einem Laptop. Sie ist recht einfach zu benutzen und hat sehr viele Funktionen. Am meisten interessiert mich jetzt die Fourier-Transformation. Das ist eines der Standardtools bei der Analyse von Schallwellen und wahrscheinlich auch das wichtigste. Die Mathematik dahinter ist sehr kompliziert, aber am Ende sieht es so aus: Wenn Sie eine Schallwelle durch eine Fourier-Transformation laufen lassen, bekommen Sie eine Liste der einzelnen Töne, die gleichzeitig abgespielt werden. Wenn ich also einen C-Dur-Akkord spiele und die App zuhören lasse, zeigt sie mir ein C, ein E und ein G. Das ist unglaublich nützlich.

Keine Pantomime mehr. Es wird Zeit, Eridanesisch zu lernen. Ja, das Wort habe ich gerade erfunden. Nein, das kommt mir überhaupt nicht komisch vor. Es gibt so viele Dinge, die ich als erster Mensch in der Geschichte tun muss, und deshalb gibt es viele Dinge, die einen Namen brauchen. Seien Sie einfach froh, dass ich nicht alles nach mir selbst benenne.

Auf einem anderen Laptop starte ich Microsoft Excel und klebe die Geräte an den Rückseiten aneinander. Ja, ich könnte beide Programme auf einem Rechner laufen lassen, aber ich will nicht immer hin- und herschalten.

Ich fliege durch das Schiff in den Tunnel. Rocky ist nicht da.

Hmpf.

Natürlich kann er nicht den ganzen Tag auf mich warten, aber warum postieren sie nicht rund um die Uhr jemanden im Tunnel? Wenn meine Crewgefährten noch lebten, dann würden wir uns sicherlich mit der Wache abwechseln oder so. Mensch, Ilyukhina würde sich vermutlich dauerhaft dort niederlassen und nur zum Schlafen weggehen.

Und wenn sie tatsächlich verschiedene Leute in den Tunnel geschickt haben? Woher weiß ich, dass Rocky nur eine einzige Person ist? Ich kann die Eridianer nicht auseinanderhalten. Vielleicht habe ich mit sechs verschiedenen Leuten gesprochen. Was für ein beunruhigender Gedanke.

Nein ... das kann nicht sein. Ich bin ziemlich sicher, dass Rocky immer nur er selbst ist. Die Ränder seines Panzers und die eckigen Vorsprünge der Hände sind einzigartig. Ich erinnere mich an einen unregelmäßigen Höcker auf einem seiner Finger ... ja, es ist immer derselbe.

Wenn man mehrere Stunden lang einen Felsblock anschaut,

und jemand ersetzt ihn durch einen ähnlichen, aber doch leicht unterschiedlichen Felsen, dann erkennt man es.

Na gut, wo ist dann der Rest seiner Crew? Ich bin allein, weil meine Weggefährten es nicht geschafft haben. Aber die Eridianer haben die bessere Technologie, jedenfalls im Weltraum. Ein größeres Schiff, eine praktisch unzerstörbare Hülle. Da drin muss es doch eine Crew geben!

Ah! Ich möchte wetten, dass Rocky der Kapitän ist. Er setzt sich selbst der Gefahr aus und spricht mit dem beängstigenden Alien. Alle anderen bleiben im Schiff. Das würde auch Captain Kirk tun. Also könnte er doch Kapitän Rocky sein?

Wie auch immer, ich habe spannende Sachen vor, und ich bin ungeduldig.

»He, Rocky!«, rufe ich. »Komm her!«

Ich lausche, ob sich drüben etwas rührt. »Komm schon, Mann! Alle deine Sinne arbeiten mit Schallwellen – ich möchte wetten, dass du in einer Meile Entfernung eine Stecknadel fallen hörst. Du weißt, dass ich dich rufe! Beweg deinen ... was auch immer bei dir der Hintern ist! Ich will mit dir reden!«

Ich warte und warte, aber Rocky erscheint nicht.

Eigentlich müsste ich für ihn doch sehr wichtig sein. Also ist das, was er jetzt tut, noch viel wichtiger. Er muss sich um ein ganzes Schiff kümmern. Wahrscheinlich muss er essen und schlafen. Essen auf jeden Fall. Alle biologischen Organismen müssen irgendwie Energie aufnehmen. Ich weiß nur nicht, ob Eridianer auch schlafen.

Da ich gerade daran denke ... schlafen wäre gar nicht schlecht. In den letzten achtundvierzig Stunden habe ich gerade mal zwei Stunden gedöst, das ist alles. Rockys Uhr ist noch da, sie klemmt zwischen einer Haltestange und der Trennwand. Sie tickt wie gehabt. Interessant ist, dass diese Uhr nur fünf Ziffern hat. Ich habe mir ausgerechnet, dass sie etwa alle fünf Stunden wieder bei »ℓℓℓℓℓ« anfängt. Vielleicht entspricht das der Länge eines eridianischen Tages?

Spekulieren kann ich später. Jetzt muss ich schlafen. Ich baue mir auf dem Laptop mit Excel eine Tabelle, die Rockys Zeit in meine umwandelt und umgekehrt. Ich will acht Stunden schlafen. Ich gebe die aktuelle Zeit auf Rockys Uhr ein, die gerade IƲVλ zeigt, und lasse mir ausrechnen, was die Uhr in acht Stunden anzeigen wird. Die Antwort: Iλ+ꝞꝞλ.

Ich eile zurück ins Labor und hole mir Holzspatel und Klebeband. Da Rocky keine Farben sehen kann, muss ich improvisieren.

Ich klebe die Spatel an die Trennwand, um ihm zu zeigen, wann ich wieder da bin: Iλ+ꝞꝞλ. Glücklicherweise bestehen die Symbole größtenteils aus geraden Linien, also müsste er meine Bastelei lesen können.

Interessanterweise hat meine Rückkehrzeit sechs Ziffern. Eine mehr, als Rockys Uhr zeigt. Aber ich bin sicher, er findet es heraus. Wenn Rocky sagt: »Ich bin um siebenunddreißig Uhr wieder da«, dann kann ich auch verstehen, was er meint.

Ehe ich mich hinhaue, hole ich noch eine Minikamera aus der Vakuumkammer des Labors. Es ist einfach nur eine kleine drahtlose Kamera, die mit einem oben auf der Kammer festgeklemmten LCD-Display verbunden ist. Ich richte die Kamera im Tunnel auf die Trennwand aus und klebe sie fest. Den Bildschirm nehme ich mit zu meiner Koje.

So. Jetzt habe ich ein Babyfon im Tunnel. Audio gibt es nicht – die Kamera ist ja nur dazu gedacht, Experimente zu überwachen, und nicht, um mit Leuten zu reden. Aber das ist besser als nichts.

Ich stopfe die Laken und Decken rings um die ovale Matratze fest und zwänge mich darunter. Auf diese Weise schwebe ich im Schlaf nicht durch die Gegend.

Meine großartigen Pläne, mit Rocky zu kommunizieren, müssen warten. Ich bin etwas frustriert, aber nicht sehr lange. Ich schlafe beinahe auf der Stelle ein.

12

Poch-poch-poch.

Die Geräusche dringen kaum bis ins Bewusstsein vor. Sie sind sehr weit weg.

Poch-poch-poch.

Ich erwache aus dem traumlosen Schlaf. »Was?«

Poch-poch-poch.

»Frühstück«, murmle ich.

Die mechanischen Arme greifen in ein Fach und holen eine abgepackte Mahlzeit hervor. Hier ist es jeden Morgen wie an Weihnachten. Ich ziehe den Deckel ab und lasse den Dampf herauswehen. Drinnen ist ein Frühstücksburrito.

»Schön«, sage ich. »Kaffee?«

»Wird vorbereitet ...«

Ich beiße in den Burrito. Er ist gut. Das ganze Essen ist gut. Sie dachten wohl, wenn wir schon sterben müssen, können sie uns wenigstens gut ernähren.

»Kaffee«, sagt der Computer. Ein mechanischer Arm reicht mir einen Beutel mit einem Strohhalm. Wie Caprisonne für Erwachsene. Alles an null g angepasst.

Ich lasse den Burrito in der Nähe schweben und trinke einen Schluck Kaffee. Natürlich schmeckt er köstlich. Er hat sogar die richtige Menge Sahne und Zucker. Solche Vorlieben sind sehr persönlich und unterscheiden stark sehr von Person zu Person.

Poch-poch-poch.

Was soll das?

Ich überprüfe den LCD-Bildschirm, der an meiner Koje klebt. Rocky ist im Tunnel und tippt an die Trennwand.

»Computer, wie lange habe ich geschlafen?«

»Patient war zehn Stunden und siebzehn Minuten bewusstlos.«

»Oh, Mist!«

Ich schäle mich aus dem Bettzeug und springe zum Cockpit hoch. Burrito und Kaffee nehme ich mit, damit ich nicht verhungere.

Ich segle in den Tunnel. »Tut mir leid, tut mir leid!«

Nun pocht Rocky noch etwas lauter an die Trennwand. Er zeigt auf die Spatel-Zahlen, die ich an die Trennwand geklebt habe, und dann auf seine Uhr und ballt eine Hand zur Faust.

»Tut mir leid!« Ich verschränke die Finger, als wollte ich beten. Ich weiß nicht, was ich sonst tun kann. Ein interplanetarisches Wort für Flehen gibt es nicht. Ich weiß nicht, ob er es versteht, aber seine Faust entspannt sich.

Vielleicht war das nur eine sanfte Ermahnung. Ich meine, er hätte auch fünf Fäuste ballen können, aber es war nur eine.

Wie auch immer, ich habe ihn mehr als zwei Stunden warten lassen. Kein Wunder, dass er verärgert ist. Hoffentlich entschädigt ihn mein neuer Trick.

Ich hebe einen Finger. Er erwidert die Geste.

Ich nehme meine Spatel-Zahlen von der Wand. Ich kann ebenso gut auch mit ihnen anfangen. Ich halte die 1 hoch und zeige darauf. »Eins«, sage ich. »Eins.«

Dann zeige ich auf meinen Mund und wieder auf die eridianische Zahl. »Eins.« Anschließend zeige ich auf Rocky.

Er zeigt auf die Eins und sagt: »♪«.

Ich halte den Waveform-Analyzer an und spule ein paar Sekunden zurück. »Da haben wir es ...« Rockys Wort für »Eins« besteht aus lediglich zwei gleichzeitig abgespielten Tönen. Es gibt auch viele Obertöne, aber die Hauptfrequenzen sind nur zwei Töne.

Ich tippe »eins« in die Tabelle auf dem anderen Computer und notiere die relevanten Frequenzen.

»Gut ...« Ich kehre zur Trennwand zurück und halte das »V« hoch. »Zwei«, sage ich.

»♪«, sagt er. Wieder ein einsilbiges Wort. Die ältesten Wörter einer Sprache sind oft auch die kürzesten.

Dieses Mal besteht der Akkord aus vier Tönen. Ich trage »zwei« ein und notiere die Frequenzen.

Rocky wirkt jetzt aufgeregt. Ich glaube, er weiß, was ich will, und freut sich darüber.

Ich halte das »λ« hoch, und ehe ich etwas sagen kann, zeigt er darauf und sagt »♫♪«.

Ausgezeichnet. Unser erstes zweisilbiges Wort. Ich muss ein bisschen hin und her scrollen, um aus der Wellenform die richtigen Töne zu extrahieren. Die erste Silbe hat nur zwei Töne, die zweite dagegen fünf! Rocky kann also gleichzeitig mindestens fünf Töne hervorbringen. Anscheinend hat er mehrere Stimmbänder oder so. Nun ja, er hat ja auch fünf Arme und Hände. Warum nicht auch fünf Stimmbänder?

Einen Mund kann ich allerdings nirgends entdecken. Die Töne kommen irgendwie aus seinem Inneren. Als ich ihn das erste Mal sprechen hörte, dachte ich an Walgesang. Das traf es vielleicht genauer, als es mir bewusst war. Wale erzeugen Laute, indem sie die Luft zwischen den Stimmbändern hin und her pressen, ohne sie auszustoßen. Vielleicht macht Rocky es genauso.

Poch-poch-poch-poch!

»Was ist?« Ich sehe ihn an.

Er zeigt auf das »λ«-Symbol, das ich noch in der Hand habe, dann auf mich, dann wieder auf das Symbol und wieder auf mich. Er wirkt beinahe hektisch.

»Oh, entschuldige«, sage ich. Ich halte die Ziffer hoch und sage: »Drei.«

Er zappelt mit den Händen. Ich zapple zurück.

Äh, da wir gerade dabei sind …

Ich bleibe einen Augenblick ruhig, damit er weiß, dass es eine Gesprächspause ist. Dann zapple ich und sage: »Ja.«

Ich wiederhole die Geste. »Ja.«

Er tut es mir gleich und sagt: »♫♩«.

Ich notiere es und zeichne die Frequenzen mit dem Laptop auf.

»Gut, jetzt wissen wir, was ›ja‹ heißt.«

Poch-poch-poch.

Ich sehe ihn an. Sobald er sieht, dass ich aufpasse, zappelt er wieder und sagt »♫♩«. Der gleiche Akkord wie vorher.

»Ja«, sage ich. »Das hatten wir schon.«

Er hebt einen Finger. Dann ballt er zwei Hände zu Fäusten und drückt sie gegeneinander: »♪♪«.

Was ...

»Oh«, sage ich. Ich bin Lehrer. Was würde ich jemandem beibringen, der gerade das Wort »ja« gelernt hat?

»Das heißt ›nein‹.«

Das hoffe ich jedenfalls.

Ich balle die Hände zu Fäusten und drückte sie gegeneinander. »Nein.«

»♫♩«, sagt er. Ich sehe auf dem Laptop nach. Er hat gerade »ja« gesagt.

Moment mal. Heißt das jetzt, es heißt nicht »nein«? Jetzt bin ich verwirrt.

»Nein?«, frage ich.

»*Nein*«, sagt er auf Eridianisch.

»Also ›ja‹?«

»*Nein, ja.*«

»Ja?«

»*Nein. Nein.*«

»Ja, ja?«

»*Nein!*« Sichtlich frustriert, ballt er die Hände zu Fäusten.

Ich habe genug von dieser Interspezieskomödie und hebe einen Finger.

Er öffnet die Faust und erwidert die Geste.

Ich trage in meine Tabelle die Frequenzen für das ein, was ich für »nein« halte. Wenn ich mich irre, dann ist es eben so, und wir müssen das später klären.

Ich halte das »+«-Symbol hoch. »Vier.«

Er hebt drei Finger einer und einen Finger einer anderen Hand. »♩♩«.

Ich notiere die Frequenzen.

Während der nächsten Stunden erweitern wir unseren gemeinsamen Wortschatz auf mehrere Tausend Begriffe. Sprache ist eine Art Exponentialsystem. Je mehr Wörter man kennt, desto einfacher ist es, neue Begriffe zu beschreiben.

Die Kommunikation wird dadurch behindert, dass ich so langsam und umständlich bin, wenn ich ihm zuhöre. Ständig überprüfe ich auf einem Laptop die Frequenzen, die er ausstößt, und schlage sie in der Tabelle auf dem anderen Laptop nach. Das ist kein sehr gutes System. Ich habe genug davon.

Ich entschuldige mich eine Stunde, um ein Programm zu schreiben. Ich bin kein Informatiker, aber ich kann ein wenig programmieren. Ich schreibe ein Programm, das die Ausgabe der Audioanalyse entgegennimmt und die Begriffe in meiner Tabelle nachschlägt. Es ist eigentlich nicht einmal ein richtiges Programm, eher ein Skript. Nicht sehr effizient, aber Computer sind schnell.

Glücklicherweise spricht Rocky mit musikalischen Akkorden. Es ist schwer, mithilfe eines Computers menschliche Sprache in Text umzuwandeln, aber es ist sehr leicht, einen Computer Töne identifizieren und sie in einer Tabelle suchen zu lassen.

Von diesem Punkt an zeigt mir mein Computer in Echtzeit die englische Übersetzung der Dinge, die Rocky sagt. Wenn ein neues Wort dabei ist, trage ich es in die Datenbank ein, und der Computer kann es verwenden.

Rocky benutzt unterdessen kein System, um das aufzuzeichnen, was ich sage oder zeige. Kein Computer, kein Schreibgerät, kein Mikrofon. Nichts. Er passt einfach nur auf. Und soweit ich es sagen kann, vergisst er nichts von dem, was ich ihm mitteile. Er merkt sich jedes Wort. Selbst wenn ich es mehrere Stunden vorher nur einmal benutzt habe. Wenn nur meine Schüler immer so aufmerksam wären!

Ich nehme an, die Eridianer haben ein viel besseres Gedächtnis als wir Menschen.

Man könnte sagen, das menschliche Gehirn ist eine Sammlung von Software-Hacks, die zu einem einzigen, halbwegs funktionierenden Gebilde zusammengefügt wurden. Jede »Funktion« beruht auf einer willkürlichen Mutation, die irgendwann einmal ein Problem gelöst und damit unsere Überlebenschancen verbessert hat. Kurz, ist unser menschliches Gehirn ein einziges Chaos.

Die ganze Evolution ist chaotisch. Demnach müssten auch die Eridianer ein Haufen willkürlicher Mutationen sein. Aber was auch immer zum jetzigen Zustand ihrer Gehirne geführt hat, es hat ihnen das geschenkt, was wir Menschen als »fotografisches Gedächtnis« bezeichnen würden.

Vermutlich ist es sogar noch komplizierter. Wir Menschen brauchen einen großen Teil unseres Gehirns für das Sehen. Es hat sogar einen eigenen Speicher dafür. Vielleicht sind die Eridianer nur gut darin, sich an Geräusche zu erinnern. Das ist ja ihr wichtigster Sinn.

Ich weiß, es ist zu früh, aber ich kann nicht länger warten. Ich hole ein Reagenzglas mit Astrophagen aus dem Labor und bringe es in den Tunnel. Dort halte ich es hoch. »Astrophagen«, sage ich.

Rockys Haltung verändert sich. Er zieht seinen Panzer ein wenig herunter und packt mit den Klauen das Geländer etwas fester. »♫♪♫«, sagt er. Es ist leiser als sonst.

Ich sehe im Computer nach. Das ist kein Wort, das ich bisher aufgezeichnet habe. Es muss sein Wort für die Astrophagen sein. Ich trage es ein.

Ich zeige auf das Reagenzglas. »Astrophagen auf meinem Stern. Schlecht.«

»♫♩♪♫ ♫♪♫♩ ♫♪♫«, antwortet Rocky.

Der Computer übersetzt: *Astrophagen auf mich Stern. Schlecht schlecht schlecht.*«

Gut! Theorie bestätigt. Er ist aus dem gleichen Grund hier wie ich. Ich will noch viel mehr Fragen stellen, aber wir haben noch nicht die richtigen Vokabeln. Das ist so ärgerlich!

»♫♫ ♫♩♪♪♫ ♫♪♫«, sagt Rocky.

Mein Computer zeigt es mir an: *Du kommst von wo, Frage?*

Rocky hat sich an die grundlegende Wortfolge meiner Sprache angepasst. Ich glaube, er hat schon früh erkannt, dass ich mir nicht so leicht alles merken kann, deshalb arbeitet er mit meinem

System, statt mir seines beizubringen. Wahrscheinlich wirke ich ziemlich dumm. Aber hin und wieder schlägt seine eigene Sprechweise durch. Fragen beendet er immer mit dem Wort »Frage«.

»Verstehe nicht«, antworte ich.

»Dein Stern hat welcher Name, Frage?«

»Oh!«, sage ich. Er will den Namen meines Sterns wissen. »Sol. Mein Stern heißt ›Sol‹.«

»Verstehe. Unser Name für dein Stern ist ♫♪♫♪♩♩.«

Ich notiere das neue Wort. Das ist also Rockys Wort für »Sol«. Im Gegensatz zu zwei Menschen, die sich mühsam in einer Fremdsprache verständigen, können Rocky und ich nicht einmal unsere jeweiligen Laute richtig hervorbringen.

»Mein Name für deinen Stern ist ›Eridani‹«, sage ich. Genau genommen nennen wir ihn »40 Eridani«, aber ich will es nicht kompliziert machen.

»Eridianischer Name für mein Stern ist ♫♩♪♪♪.«

Ich ergänze mein Wörterbuch. »Verstanden.«

»Gut.«

Diese Bemerkung muss ich nicht mehr nachschlagen. Allmählich erkenne ich einige häufige Wörter wie »du«, »ich«, »gut«, »schlecht« und so weiter. Ich bin kein Künstler und habe ein miserables musikalisches Gehör, aber wenn man einen Akkord hundertmal gehört hat, prägt er sich ein.

Ich sehe auf die Uhr – ja, ich habe jetzt eine Uhr. Die Stoppuhr hat nämlich auch eine Uhrenfunktion. Ich habe eine Weile gebraucht, um das zu begreifen. Ich war anderweitig beschäftigt.

Wir sind schon den ganzen Tag dabei, und ich bin müde. Wissen Eridianer überhaupt, was Schlaf ist? Das will ich jetzt herausfinden.

»Menschliche Körper müssen schlafen. Schlafen ist so.« Ich rolle mich zu einer Kugel zusammen und schließe die Augen, außerdem, weil ich ein schlechter Schauspieler bin, imitiere ich ein lautes Schnarchen.

Dann richte ich mich wieder auf und zeige auf seine Uhr. »Menschen schlafen neunundzwanzigtausend Sekunden.«

Abgesehen vom perfekten Gedächtnis können Eridianer auch extrem gut rechnen. Oder zumindest Rocky kann es. Als wir unsere wissenschaftlichen Maßeinheiten geklärt haben, wurde mir sofort bewusst, dass er blitzschnell von seinen in meine Einheiten umrechnen kann. Und er hat überhaupt keine Schwierigkeiten damit, die Zahlenbasis zehn zu verstehen.

»*Viele Sekunden ...*«, sagt er. »*Warum ist ruhig so viele Sekunden, Frage ... verstehe!*«

Er entspannt die Gliedmaßen, die erschlaffen. Dann zieht er sich zusammen wie ein toter Käfer und bleibt eine Weile reglos liegen. »*Eridianer auch! ♪♫♫♪!*«

Gott sei Dank. Ich kann mir nicht vorstellen, wie man jemandem, der noch nie davon gehört hat, Schlaf erklären soll. *He, ich werde gleich ohnmächtig und halluziniere eine Weile. Übrigens, ich verbringe ein Drittel meines Lebens damit. Und wenn ich das längere Zeit nicht mache, werde ich verrückt und sterbe. Aber mach dir keine Sorgen.*

Ich trage sein Wort für »Schlaf« ins Wörterbuch ein.

Ich wende mich zum Gehen. »Ich werde jetzt schlafen. Ich bin in neunundzwanzigtausend Sekunden wieder da.«

»*Ich beobachte*«, sagt er.

»Du beobachtest?«

»*Ich beobachte.*«

»Äh ...«

Er will mich beim Schlafen beobachten? In einem anderen Zusammenhang wäre es unheimlich, aber wenn man eine neue Lebensform studiert, ist das vielleicht gar nicht so seltsam.

»Ich werde neunundzwanzigtausend Sekunden lang überhaupt nichts tun«, warne ich ihn. »Viele Sekunden. Ich werde nichts tun.«

»*Ich beobachte. Warte.*«

Er kehrt in sein Schiff zurück. Holt er sich endlich etwas, um sich Notizen zu machen? Nach ein paar Minuten kehrt er mit einem Gerät in einer Hand und einem Ranzen in zwei anderen zurück.

»*Ich beobachte.*«

Ich zeige auf das Gerät. »Was ist das?«

»♫♪♩♫.« Er zieht eine Art Werkzeug aus dem Ranzen. »♫♪♩♫ *nicht Funktion.*« Er stupst das Gerät mit dem Werkzeug ein paar Mal an. »*Ich verändere. ♫♪♩♫ Funktion.*«

Das neue Wort schreibe ich mir gar nicht erst auf. Was könnte ich da eintragen? »Das Ding, das Rocky einmal gehalten hat«? Was es auch ist, da ragen zwei Drähte heraus, und es hat eine Öffnung, durch die man das komplizierte Innenleben sehen kann.

Das Objekt selbst ist irrelevant. Der springende Punkt ist, dass er es repariert. Ein neues Wort für uns.

»Reparieren«, sage ich. »Du reparierst.«

»♫♪♫♪«, sagt er.

Ich trage »reparieren« ins Wörterbuch ein. Das Wort werden wir wohl noch öfter brauchen.

Er will mir beim Schlafen zusehen. Er weiß, dass es nicht aufregend wird, will es aber trotzdem tun. Deshalb hat er sich etwas Arbeit mitgebracht, damit er zu tun hat.

Na gut, wenn es ihm Spaß macht.

»Warte«, sage ich.

Ich kehre ins Schiff zurück und steuere den Schlafraum an.

Ich nehme die Matratze, die Laken und die Decke vom Bett herunter. Ich könnte auch auf eine der anderen Kojen zurückgreifen, aber ... da haben meine toten Freunde gelegen, deshalb lasse ich es.

Ich schleppe die Matratze und die Laken durch das Labor, durch das Cockpit und in den Tunnel. Mit einer großzügigen Menge Klebeband fixiere ich die Matratze an der Wand und klemme die Laken und die Decke fest.

»Ich schlafe jetzt«, verkünde ich.

»*Schlafen.*«

Ich schalte das Licht im Tunnel aus. Für mich herrscht nun völlige Dunkelheit, für Rocky verändert sich nichts. Er kann mich weiter beobachten. Das Beste aus zwei Welten.

Ich schlüpfe ins Bett. Rocky arbeitet drüben an dem Gerät, ab und zu höre ich ein Klirren oder Scharren.

Die nächsten Tage gleichen sich, sind aber alles andere als langweilig. Wir erweitern unser gemeinsames Vokabular und entwickeln eine brauchbare Grammatik. Zeiten, Pluralbildung, Konditionalsätze ... Sprache ist schwierig. Aber wir reimen es uns Stück für Stück zusammen.

Und so langsam es auch vonstatten geht, ich präge mir immer mehr Ausdrücke seiner Sprache ein. Ich brauche den Computer nicht mehr so oft. Ganz ohne geht es noch nicht – das wird noch sehr lange dauern.

Jeden Tag verbringe ich eine Stunde damit, das eridianische Vokabular zu lernen. Ich baue mir ein Skript, das zufällig Wörter aus der Excel-Tabelle holt, und spiele die Noten mit einer MIDI-App ab. Auch das ist nur ein sehr rudimentäres Programm, das ineffizient geschrieben ist, aber Computer sind schnell. Ich will das Spreadsheet so bald wie möglich loswerden. Im Augenblick brauche ich es noch ständig. Immerhin, ab und zu kann ich ganze Wortfolgen verstehen, ohne den Computer zu benutzen. Babyschritte.

Nachts schlafe ich im Tunnel. Er sieht zu. Ich weiß nicht, warum. Wir haben nicht darüber gesprochen. Wir hatten zu viel mit anderen Dingen zu tun. Aber er will nicht, dass ich schlafe, ohne dass er zusieht. Selbst wenn ich nur ein kleines Nickerchen machen will.

Heute will ich an einer extrem wissenschaftlichen Einheit arbeiten, die wir bisher nicht beachtet haben. Vor allem, weil wir unter null g leben.

»Wir müssen über Masse reden.«

»Ja. Kilogramm.«

»Richtig. Wie zeige ich dir ein Kilogramm?«, frage ich.

Rocky zieht eine kleine Kugel aus seinem Ranzen. Sie ist ungefähr so groß wie ein Tischtennisball. *»Ich kenne Masse von dieser Kugel. Du misst. Du sagst mir, wie viel Kilogramm ist. Dann kenne ich Kilogramm.«*

Er hat es sich schon überlegt!

»Ja, gib mir die Kugel.«

Er hält sich mit mehreren Händen an mehreren Haltegriffen fest und schiebt die Kugel in die kleine Luftschleuse. Nach ein paar Minuten ist sie weit genug abgekühlt, und ich halte sie in den Händen. Sie ist glatt und besteht aus Metall. Recht dicht, würde ich sagen.

»Wie wiege ich das jetzt?«, murmle ich.

»*Sechsundzwanzig*«, sagt Rocky auf einmal.

»Was meinst du mit sechsundzwanzig?«

Er zeigt auf die Kugel in meiner Hand. »*Kugel ist sechsundzwanzig.*«

Ach so, ich verstehe. Die Kugel wiegt sechsundzwanzig von irgendetwas. Wie auch immer seine Einheit heißt. Gut. Jetzt muss ich nur noch die Masse der Kugel ermitteln, sie durch sechsundzwanzig teilen und ihm die Antwort nennen.

»Verstehe. Die Kugel hat eine Masse von sechsundzwanzig.«

»*Nein. Hat nicht.*«

Ich halte inne. »Nicht?«

»*Hat nicht. Kugel ist sechsundzwanzig.*«

»Das verstehe ich nicht.«

Er überlegt einen Augenblick und sagt schließlich: »*Warte.*«

Dann verschwindet er in seinem Schiff.

Während er fort ist, überlege ich, wie ich in der Schwerelosigkeit etwas wiegen soll. Natürlich hat die Kugel eine Masse, aber ich kann sie nicht auf eine Waage legen. Es gibt keine Schwerkraft. Und ich kann die *Hail Mary* nicht in Drehung versetzen, um die Rotationsschwerkraft zu nutzen. Der Tunnel ist mit ihrem Bug verbunden.

Ich könnte eine kleine Zentrifuge bauen. Etwas, das groß genug für die kleinste Laborwaage ist, die ich habe. Ich könnte irgendetwas mit konstanter Drehzahl und der Waage im Inneren rotieren lassen. Irgendetwas messen, dessen Masse ich kenne, und dann die Kugel damit vergleichen. Anhand des Verhältnisses zwischen den beiden Werten kann ich dann die Masse der Kugel bestimmen.

Dazu brauche ich allerdings eine gleichmäßig rotierende Zentrifuge. Woher bekomme ich die? Es ist kein Problem, in der Schwerelosigkeit im Labor irgendetwas kreiseln zu lassen, aber wie erreiche ich bei mehreren Experimenten eine konstante Geschwindigkeit?

Oh! Ich brauche gar keine konstante Geschwindigkeit. Ich brauche nur eine Schnur mit einer Markierung in der Mitte!

Ich eile in die *Hail Mary*. Rocky wird mir verzeihen, dass ich einfach verschwinde. Ach, wahrscheinlich kann er mich sowieso immer »beobachten«, ganz egal, wo er gerade auf seinem Schiff ist.

Ich bringe die Kugel ins Labor, hole mir ein Stück Nylonschnur und knote die Enden an Probenbehälter aus Plastik. Jetzt habe ich eine Schnur mit zwei kleinen Eimern am Ende. Ich ordne die Behälter nebeneinander an und ziehe die jetzt geknickte Schnur stramm. Mit einem Stift markiere ich den am weitesten entfernten Punkt. Das ist der genaue Mittelpunkt der Vorrichtung.

Ich lasse die Kugel in der Hand hin und her rollen, um ein Gefühl für die Masse zu bekommen. Wahrscheinlich weniger als ein Pfund. Weniger als ein halbes Kilogramm.

Ich lasse alles im Labor schweben und fliege nach unten in den Schlafraum.

»Wasser«, befehle ich.

»Wasser angefordert«, antwortet der Computer. Die Metallarme reichen mir einen für die Schwerelosigkeit geeigneten Trinkbeutel mit Wasser. In dem Beutel steckt ein Strohhalm, der nur Wasser durchlässt, wenn man einen kleinen Clip aufklappt. Drinnen ist ein Liter Wasser. Die Arme geben mir immer einen Liter Wasser. Man muss genug trinken, wenn man die Welt retten will.

Ich kehre ins Labor zurück, quetsche in etwa die Hälfte des Wassers in einen Probenbehälter und verschließe ihn. Der halb geleerte Trinkbeutel kommt in einen Eimer, die Metallkugel in den anderen. Dann lasse ich das Ganze in der Luft rotieren.

Die beiden Massen sind offensichtlich nicht gleich. Die ungleichmäßige Rotation der verbundenen Behälter zeigt mir, dass das Wasser viel schwerer ist. Gut. Genau das wollte ich sehen.

Ich pflücke die Zentrifuge aus der Luft und trinke einen Schluck

Wasser. Dann setze ich alles wieder in Bewegung. Immer noch ungleich, aber besser.

Nach einigen Schlucken und einigen weiteren Versuchen und noch mehr Schlucken rotiert meine kleine Vorrichtung genau um den markierten Mittelpunkt.

Das bedeutet, dass die Masse des Wassers jener der Kugel gleicht.

Ich schnappe mir den Trinkbeutel. Die Dichte von Wasser kenne ich – sie beträgt ein Kilogramm pro Liter. Wenn ich das Volumen des Wassers in der Zentrifuge kenne, dann weiß ich seine Masse und deshalb auch die der Metallkugel.

Ich besorge mir eine große Plastikspritze aus den Vorratsschubladen. Sie kann maximal 100 Milliliter Wasser fassen.

Ich setze die Spritze auf den Trinkbeutel und öffne den Trinkhalm. Dann ziehe ich 100 Milliliter heraus und befördere sie in mein »Abwasserlager«. Das wiederhole ich einige Male. Als der Beutel leer ist, befinden sich 25 Milliliter Wasser in der Spritze.

Ergebnis: 325 Milliliter Wasser, das 325 Gramm wiegt. Also wiegt Rockys Kugel ebenfalls 325 Gramm.

Ich kehre in den Tunnel zurück, um Rocky zu sagen, wie klug ich bin.

Er ballt die Hand zur Faust, als ich komme. »*Du bist weggegangen! Schlecht!*«

»Ich habe die Masse gemessen! Ich habe ein sehr kluges Experiment durchgeführt.«

Er hält eine Schnur mit Perlen hoch. »*Sechsundzwanzig.*«

Die Perlenschnur sieht genauso aus wie die anderen, die er mir geschickt hat, als wir über unsere Atmosphären gesprochen haben ...

»Oh«, sage ich. Das ist ein Atom. So redet er über Atome. Ich zähle die Perlen. Es sind sechsundzwanzig.

Er redet über Element 26 – eines der häufigsten Elemente auf der Erde. »Eisen«, sage ich und zeige auf die Kette. »Eisen.«

Er zeigt auf die Kette und sagt: »♬♩♪♫♫«. Ich zeichne es auf und notiere das Wort.

»Eisen«, sagt er noch einmal und zeigt auf die Kette.

»Eisen.«

Dann zeigt er auf die Kugel in meiner Hand. *»Eisen.«*

Es dauert einen Moment, bis ich es begreife. Dann klatsche ich mir die Hand vor die Stirn.

»Du bist schlecht.«

Es war ein interessantes Experiment, aber völlige Zeitverschwendung. Rocky hat mir alle Informationen gegeben, die ich brauchte. Oder jedenfalls hat er es versucht. Ich weiß, wie dicht Eisen ist, und ich weiß, wie man das Volumen einer Kugel ausrechnet. Von da aus die Masse zu errechnen ist ebenfalls nicht schwer.

Ich hole einen Greifzirkel aus dem Werkzeugvorrat, den ich im Tunnel bereithalte, und messe den Durchmesser der Kugel. 4,3 Zentimeter. Daraus kann ich das Volumen ableiten und mit der Dichte von Eisen multiplizieren. So bekomme ich eine viel genauere und ganz akkurate Masse von 328,25 Gramm.

»Ich habe nur um ein Prozent danebengelegen«, grolle ich.

»Du sprichst mit dir selbst, Frage?«

»Ja, ich rede mit mir selbst.«

»Menschen sind ungewöhnlich.«

»Ja«, bestätige ich.

Rocky streckt die Beine aus. *»Ich schlafe jetzt.«*

»Mann«, sage ich. Seit wir uns begegnet sind, ist es das erste Mal, dass er schläft. Gut. Damit bekomme ich etwas Zeit, im Labor zu arbeiten. Aber wie lange?

»Wie lange schlafen Eridianer?«

»Ich weiß nicht.«

»Du weißt es nicht? Du bist Eridianer. Wie kannst du nicht wissen, wie lange Eridianer schlafen?«

»Eridianer wissen nicht, wie lange Schlaf dauert. Vielleicht kurze Zeit. Vielleicht lange Zeit.«

Sie schlafen eine unbestimmte Zeit. Vermutlich gibt es keine evolutionäre Regel, die besagt, dass Schlaf regelmäßig stattzufinden hat. Weiß er wenigstens den annähernden Zeitraum?

»Gibt es eine minimale Zeit? Und eine maximale?«

»Minimum ist 12.265 Sekunden. Maximum ist 42.928 Sekunden.«

Über Dinge, die man eigentlich nur grob schätzen kann, bekomme ich von Rocky oft eigenartig exakte Angaben. Ich habe eine Weile gebraucht, um es zu begreifen, aber schließlich ist es mir gelungen. Er nennt mir tatsächlich nur grobe, gerundete Werte. Aber sie entsprechen seinen Einheiten und beruhen auf der Basis sechs. Es fällt ihm leichter, diese Werte in irdische Sekunden mit der Basis 10 umzusetzen, als direkt in Erdsekunden zu rechnen.

Ich möchte wetten, dass eine runde Zahl herauskommt, wenn ich diese Werte in eridianische Sekunden rückübersetze und die Basis sechs benutze. Aber ich bin zu faul. Warum Daten zurückkonvertieren, die er schon umgesetzt hat? Bei Berechnungen hat er sich noch nie geirrt.

Unterdessen muss ich die Werte mit einem Taschenrechner zweimal durch 60 teilen, um sie zwischen einer Maßeinheit auf meinem Planeten und einer anderen Maßeinheit auf meinem Planeten zu transformieren. Er wird mindestens dreieinhalb und maximal beinahe zwölf Stunden schlafen.

»Verstehe«, sage ich und gehe zur Luftschleuse.

»Du beobachtest, Frage?«, sagt Rocky.

Er hat mich schlafen gesehen, also ist es nur fair, dass er mir anbietet, auch ihm zuzusehen. Ich bin sicher, die irdischen Wissenschaftler würden im Dreieck springen, wenn sie aus erster Hand erfahren könnten, wie ein Eridianer im Schlaf aussieht. Aber ich habe jetzt endlich Zeit, das Xenonit ein wenig genauer zu analysieren, und ich komme fast um vor Neugierde, weil ich endlich wissen will, wie sich Xenon mit anderen Materialien verbindet. Das heißt, sofern ich meine Laborausrüstung in der Schwerelosigkeit überhaupt benutzen kann.

»Nicht nötig.«

»Du beobachtest, Frage?«, sagt er noch einmal.

»Nein.«

»Beobachte.«

»Ich soll dich im Schlaf beobachten?«

»Ja. Will will will.«

Es ist eine unausgesprochene Übereinkunft, dass ein dreifach wiederholtes Wort eine besonders starke Bekräftigung ist.

»Warum?«

»Ich schlafe besser, wenn du beobachtest.«

»Warum?«

Er winkt mit mehreren Armen und überlegt, wie er es formulieren soll. *»Eridianer tun das.«*

Eridianer beobachten einander im Schlaf. Interessant. Ich sollte kulturell empfindsamer sein, aber er hat es mir vorgemacht, als ich mit mir selbst gesprochen habe. »Eridianer sind ungewöhnlich.«

»Beobachte. Ich schlafe besser.«

Ich will nicht zusehen, wie sich eine hundegroße Spinne mehrere Stunden nicht bewegt. Es muss da drüben doch eine Crew geben, oder? Sollen die das übernehmen. Ich zeige auf sein Schiff. »Lass einen anderen Eridianer beobachten.«

»Nein.«

»Warum nicht?«

»Ich bin einziger Eridianer hier.«

Ich sperre den Mund auf. »Du bist der *Einzige* an Bord dieses großen Schiffs?«

Er schweigt einen Augenblick, dann sagt er: »„♫♩♪♫♩♪♫ ♫♪ ♩♪♫ ♫♪♫♪♩ ♫♪♩♪ ♫♩ ♪ ♫♩♪ ♫ ♩♪♫♩♪ ♫♩♪ ♫.«

Völliger Unsinn. Hat meine zusammengestoppelte Übersetzungssoftware versagt? Ich überprüfe es. Nein, sie funktioniert einwandfrei. Ich untersuche die Wellenformen. Sie scheinen denen ähnlich zu sein, die ich bisher gesehen habe. Aber sie sind tiefer. Der ganze Satz klang tiefer, als Rocky bisher je gesprochen hat. Ich suche das Segment in der Aufzeichnung heraus und setze es eine Oktave höher. Die Oktave ist etwas Universelles, sie ist nicht spezifisch für Menschen. Es bedeutet einfach nur, die Frequenzen aller Töne zu verdoppeln.

Sofort übersetzt der Computer das Ergebnis. *»Originalcrew waren dreiundzwanzig. Jetzt nur noch ich.«*

Diese tiefere Oktave ... das waren Emotionen.

»Sie ... sind gestorben?«

»*Ja.*«

Ich reibe mir die Augen. Oje. Die *Blip-A* war mit dreiundzwanzig Leuten besetzt. Rocky ist der einzige Überlebende. Kein Wunder, dass er so niedergeschlagen ist.

»W... äh ...«, stammle ich. »Schlecht.«

»*Schlecht schlecht schlecht.*«

Ich seufze. »Wir waren drei. Jetzt nur noch ich.« Ich halte die Hand an die Trennwand.

Rocky drückt auf der anderen Seite eine Klaue dagegen. »*Schlecht.*«

»Schlecht schlecht schlecht«, bekräftige ich.

Wir schweigen einen Augenblick. »Ich beobachte dich beim Schlafen.«

»*Gut. Ich schlafe.*«

Er entspannt die Arme und sieht einen Moment lang wirklich wie ein toter Käfer aus. Er schwebt frei im Tunnel und hält sich nicht mehr fest.

»Tja, jetzt bist du nicht mehr allein, Freund«, sage ich. »Wir sind beide nicht mehr allein.«

13

»Mr. Easton, ich glaube, Sie müssen uns nicht durchsuchen«, wehrte Stratt ab.

»Ich denke doch«, erwiderte der Gefängniswärter. Dank des starken neuseeländischen Akzents klang es freundlich, aber dahinter lag eine gewisse Schärfe. Der Mann hatte sein ganzes Berufsleben lang gelernt, sich von niemandem etwas vormachen zu lassen.

»Wir sind ausgenommen von allen ...«

»Stopp«, sagte Easton. »Niemand kommt ohne gründliche Durchsuchung nach Pare hinein oder heraus.«

Die Anstalt in Auckland, die die Einheimischen aus irgendeinem Grund »Pare« nannten, war Neuseelands einziges Hochsicherheitsgefängnis. Der einzige Zugang war mit Überwachungskameras gepflastert, und jeder Besucher musste durch einen Mikroscanner. Sogar die Wachleute mussten bei Dienstantritt durch den Detektor gehen.

Eastons Assistent und ich standen an der Seite, während unsere Bosse stritten. Wir wechselten einen Blick und zuckten mit den Achseln. Eine kleine Verbrüderung von Untertanen störrischer Vorgesetzter.

»Ich gebe meinen Taser nicht ab. Wenn Sie wollen, rufe ich Ihre Premierministerin an«, erwiderte Stratt.

»Sicher«, erwiderte Easton. »Sie wird Ihnen genau dasselbe sagen, was ich Ihnen jetzt sage: Wir lassen keine Waffen in die Nähe dieser Tiere da drinnen kommen. Sogar meine Wärter haben nur Schlagstöcke. Es gibt Regeln, die wir nicht verändern. Mir ist bewusst, welche Autorität Sie besitzen, aber selbst die hat Grenzen. Sie sind kein Zauberwesen.«

»Mr. Eas...«

»Taschenlampe!« Easton streckte die Hand aus.

Sein Assistent gab ihm eine kleine Taschenlampe. Er schaltete sie ein. »Bitte öffnen Sie Ihren Mund möglichst weit, Ms. Stratt. Ich muss nach Konterbande suchen.«

O Mann. Ich trat vor, ehe es noch schlimmer wurde. »Ich mache den Anfang!« Ich öffnete meinen Mund.

Easton leuchtete hinein und sah sich hier und da um. »In Ordnung.«

Stratt funkelte ihn böse an.

Er hielt die Taschenlampe bereit. »Ich kann auch eine Wärterin holen und eine erheblich gründlichere Durchsuchung anordnen, wenn Ihnen das lieber ist.«

Ein paar Sekunden lang tat sie überhaupt nichts. Dann zog sie den Taser aus dem Halfter und händigte ihn dem Wärter aus.

Wahrscheinlich war sie müde. Ich hatte bisher noch nie erlebt, dass sie in einem Machtkampf nachgegeben hatte. Andererseits hatte ich auch noch nie gesehen, dass sie sich auf ein nutzloses Wettpinkeln einließ. Sie besaß große Macht und hatte keine Skrupel, sie auch einzusetzen, erhob aber gewöhnlich keine Einwände, wenn sich eine einfache Lösung anbot.

Kurz danach begleiteten die Wächter Stratt und mich durch die kalten grauen Gänge des Gefängnisses.

»Was ist denn nur los mit Ihnen?«, sagte ich.

»Ich mag es nicht, wenn sich kleine Diktatoren in ihren kleinen Königreichen aufspielen«, erklärte sie. »Das macht mich wütend.«

»Sie könnten ruhig ab und zu mal einlenken.«

»Ich habe keine Geduld mehr, und die Welt hat keine Zeit mehr.«

Ich hob meinen Zeigefinger. »Nein, nein, nein! Sie können nicht immer ›Ich muss die Welt retten‹ als Entschuldigung vorbringen, wenn Sie sich danebenbenehmen.«

Sie dachte darüber nach. »Na schön. Sie haben ja recht.«

Wir folgten den Wächtern durch einen langen Flur zum Höchstsicherheitstrakt.

»Das kommt mir jetzt übertrieben vor«, meinte sie.

»Sieben Tote«, erinnerte ich sie. »Seinetwegen.«

»Es war ein Unfall.«

»Es war kriminielle Fahrlässigkeit. Er hat bekommen, was er verdient hat.«

Die Wächter führten uns um eine Ecke. Es war ein wahrer Irrgarten.

»Warum haben Sie mich überhaupt hierher mitgeschleppt?«

»Wissenschaft.«

»Wie immer.« Ich seufzte. »Ich kann nicht behaupten, dass es mir gefällt.«

»Zur Kenntnis genommen.«

Wir betraten einen kahlen Raum, in dem nur ein einziger Metalltisch stand. Auf der einen Seite saß ein Gefangener in hellorangenem Overall. Der Mann, Ende vierzig oder Anfang fünfzig, hatte schütteres Haar und war mit Handschellen an den Tisch gefesselt. Er wirkte nicht bedrohlich.

Stratt und ich setzten uns ihm gegenüber. Die Wächter schlossen hinter uns die Tür.

Der Mann sah uns an. Er hielt den Kopf schief, als wartete er darauf, dass wir den Anfang machten.

»Dr. Robert Redell«, sagte Stratt.

»Nennen Sie mich Bob«, erwiderte er.

»Ich werde Sie Dr. Redell nennen.« Sie holte einen Schnellhefter aus der Aktenmappe und blätterte ihn durch. »Sie sitzen eine lebenslange Strafe ab, weil Sie den Tod von sieben Menschen verursacht haben.«

»Ja, das ist der Vorwand dafür, dass sie mich hier festhalten«, erklärte er.

Ich mischte mich ein. »In Ihrer Anlage sind sieben Menschen gestorben. Wegen Ihrer Fahrlässigkeit. Das klingt wie ein sehr guter ›Vorwand‹, Sie hier einzusperren.«

Er schüttelte den Kopf. »Sieben Menschen sind gestorben, weil sich der Kontrollraum nicht an die Vorschriften gehalten und eine Hauptpumpe eingeschaltet hat, als im Reflektorturm noch Arbeiter waren. Das war ein schrecklicher Unfall, aber eben ein Unfall.«

»Dann klären Sie uns doch auf«, erwiderte ich. »Warum sind Sie dann hier?«

»Weil die Regierung glaubt, ich hätte Millionen Dollar veruntreut.«

»Und warum glaubt sie das?«

»Weil ich Millionen Dollar unterschlagen habe.« Er ruckelte mit den Handschellen, bis er es bequemer hatte. »Aber das hatte nichts mit den Todesfällen zu tun. Absolut nichts!«

»Erzählen Sie mir etwas über Ihre Schwarzfeld-Generatoren«, verlangte Stratt.

»Schwarzfeld?« Er lehnte sich an. »Das war nur eine Idee. Ich habe sie anonym per E-Mail geschickt.«

Stratt verdrehte die Augen. »Glauben Sie wirklich, Sie können aus dem Computerlabor eines Gefängnisses eine anonyme E-Mail verschicken?«

Er wandte den Blick ab. »Ich bin kein Computerfachmann. Ich bin Ingenieur.«

»Ich würde gern etwas über das Schwarzfeld hören«, fuhr sie fort. »Und wenn mir gefällt, was ich höre, könnte ich Ihre Haftzeit reduzieren. Also fangen Sie an.«

Er merkte auf. »Also ... ich meine ... na gut. Was wissen Sie über thermische Sonnenenergienutzung?«

Stratt sah mich an.

»Äh«, machte ich. »Sie bauen eine Menge Spiegel auf und lenken das Sonnenlicht auf die Spitze eines Turms. Wenn Sie mit ein paar Hundert Quadratmetern Spiegeln das Sonnenlicht auf einen einzigen Punkt konzentrieren, können Sie Wasser erhitzen und mit dem Dampf eine Turbine antreiben.«

Ich wandte mich an Stratt. »Aber das ist nichts Neues. In Spanien läuft bereits ein solarthermisches Kraftwerk. Wenn Sie mehr darüber wissen wollen, sollten Sie mit den Betreibern reden.«

Sie hieß mich mit einer Geste schweigen. »Und so etwas haben Sie in Neuseeland gebaut?«

»Also«, antwortete er, »es wurde zwar von Neuseeland finanziert, aber wir wollten in Afrika Strom produzieren.«

»Warum bezahlt Neuseeland so viel Geld, um Afrika zu helfen?«, fragte ich.

»Weil wir nett sind«, gab Redell zurück.

»Mensch«, warf ich ein. »Ich weiß ja, dass Neuseeland irgendwie klasse ist, aber ...«

»Außerdem sollte eine neuseeländische Firma an den Stromlieferungen verdienen«, fuhr Redell fort.

»Da haben wir es.«

Er beugte sich vor. »Afrika braucht Infrastruktur. Um die aufzubauen, brauchen sie Energie. Sie haben neun Millionen Quadratkilometer nutzloses Land, das so ziemlich die intensivste Sonneneinstrahlung auf der Erde bekommt. Die Sahara ist einfach da und wartet nur darauf, ihnen alles zu geben, was sie brauchen. Wir müssten nur noch die verdammten Kraftwerke bauen!«

Er lehnte sich wieder an. »Aber alle lokalen Regierungen wollten ein Stück vom Kuchen haben. Schmiergeld, Bestechung, Prämien, was auch immer. Glauben Sie, ich hätte viel unterschlagen? Meine Güte, das ist nichts im Vergleich zu dem, was ich an Bestechungsgeldern bezahlen musste, um mitten in der Wüste ein Solarkraftwerk zu bauen.«

»Und dann?«, fragte Stratt.

»Wir haben eine Pilotanlage gebaut – einen Quadratkilometer voller Spiegel. Alle konzentriert auf eine große Metalltonne voller Wasser auf einem Turm. Das Wasser erhitzen, eine Turbine antreiben, Sie wissen schon. Ich hatte eine Crew, die den Behälter auf Lecks untersucht hat. Wenn jemand im Turm arbeitet, sollen die Spiegel seitlich weggedreht werden. Aber im Kontrollraum hat jemand das System gestartet, obwohl sie nur einen virtuellen Testlauf durchführen sollten.«

Er seufzte. »Sieben Leute. Alle auf der Stelle tot. Wenigstens mussten sie nicht leiden. Oder nicht sehr. Irgendjemand musste dafür büßen. Die Opfer waren alle Neuseeländer, und das bin ich auch. Also ging die Regierung auf mich los. Der Prozess war eine Farce.«

»Und die Unterschlagung?«, fragte ich.

Er nickte. »Ja, das kam in der Verhandlung auch zur Sprache. Aber ich wäre davongekommen, wenn das Projekt Erfolg gehabt hätte. Man kann mir hier wirklich nichts vorwerfen. Ich meine, ja, das mit dem Geld, na gut. Da bin ich schuldig. Aber ich habe die Leute nicht umgebracht. Nicht durch Fahrlässigkeit und auch nicht auf irgendeine andere Weise.«

»Wo waren Sie, als der Unfall geschah?«, fragte Stratt.

Er zögerte.

»Wo waren Sie?«, fragte sie noch einmal.

»Ich war in Monaco. Im Urlaub.«

»Dieser Urlaub hat drei Monate gedauert. Dort haben Sie das unterschlagene Geld verzockt.«

»Ich ... ich bin spielsüchtig«, räumte er ein. »Das gebe ich zu. Ich meine, die Spielschulden haben mich erst gezwungen, das Geld zu unterschlagen. Es ist eine Krankheit.«

»Und wenn Sie Ihre Arbeit gemacht hätten, statt sich drei Monate zu verdrücken? Wenn Sie am Tag des Unfalls dort gewesen wären? Wäre er dann trotzdem passiert?«

Seine Miene sprach Bände.

»Gut«, fuhr Stratt fort. »Wir lassen jetzt die Ausreden und diesen Mist hinter uns. Sie werden mich nicht überzeugen, dass Sie ein unschuldiger Sündenbock sind. Und das wissen Sie genau. Also fangen wir noch einmal an. Erzählen Sie mir etwas über die Schwarzfelder.«

»Na gut.« Er sammelte sich. »Ich arbeite schon mein ganzes Leben lang im Energiesektor, und deshalb finde ich die Astrophagen natürlich sehr interessant. Ein Speichermedium wie sie – ich meine, wenn sie nicht gerade schlimme Dinge mit der Sonne anstellen würden –, das wäre der größte Glücksfall, den die Menschheit je erlebt hat.«

Er rutschte auf dem Stuhl hin und her. »Atomkraftwerke, Kohlekraftwerke, Solarthermik ... am Ende tun sie alle das Gleiche. Sie setzen Wärme ein, um Wasser zu erhitzen, und mit dem Dampf treiben sie eine Turbine an. Aber dank der Astrophagen brauchen wir diesen Mist nicht mehr. Sie können Wärme direkt in gespeicherte Energie umwandeln. Und sie brauchen nicht einmal eine große Differenz in der Wärmezufuhr. Es müssen nur mehr als 96,415 Grad sein.«

»Das wissen wir«, entgegnete ich. »In den letzten Monaten habe ich die Wärme eines Atomreaktors benutzt, um Astrophagen zu erbrüten.«

»Was ist dabei herausgekommen? Ein paar Gramm? Mit meiner Idee erhalten Sie tausend Kilogramm am Tag. In ein paar Jahren haben Sie genug für die *Hail-Mary*-Mission. Noch bevor Sie das Schiff fertig gebaut haben.«

»Na gut, Sie haben meine volle Aufmerksamkeit«, sagte ich. Natürlich hatte Stratt mir nichts über dieses »Schwarzfeld« verraten.

»Sie nehmen ein quadratisches Stück Metallfolie. Praktisch jedes Metall müsste geeignet sein. Anodisieren Sie es, bis es schwarz ist. Lackieren Sie es nicht – anodisieren Sie es. Legen Sie durchsichtiges Glas darüber und lassen Sie zwischen Glas und Folie einen Zentimeter Platz. Dichten Sie die Ränder mit Ziegelsteinen, Schaumstoff oder einem anderen guten Isoliermaterial ab. Dann legen Sie die Platte in die Sonne.«

»Na gut, und was soll dabei herauskommen?«

»Die schwarze Folie absorbiert das Sonnenlicht und wird heiß. Das Glas isoliert sie von der Umgebung. Wenn Hitze verloren geht, dann nur durch die Scheibe, und das geht langsam. Die Gleichgewichtstemperatur liegt deutlich über hundert Grad.«

Ich nicke. »Und mit dieser Temperatur kann man Astrophagen anreichern.«

»Ja.«

»Aber es würde schrecklich langsam gehen«, widerspreche ich. »Wenn Sie eine Kiste von einem Quadratmeter haben, und das Wetter ist ideal ... sagen wir mal, tausend Watt pro Quadratmeter Sonnenenergie ...«

»Das entspricht einem halben Nanogramm pro Tag«, antwortete er. »Mehr oder weniger.«

»Das ist aber weit entfernt von tausend Kilogramm am Tag.«

Er lächelte. »Es kommt eben darauf an, wie viele Quadratmeter Sie einsetzen.«

»Sie brauchen zwei Billionen Quadratmeter, um tausend Kilogramm am Tag herzustellen.«

»Die Sahara ist *neun* Billionen Quadratkilometer groß.«

Mir fiel der Unterkiefer herunter.

»Das ging mir zu schnell«, gestand Stratt. »Erklären Sie das.«

»Nun ja«, entgegnete ich. »Er will einen großen Teil der Sahara mit Schwarzfeldern zupflastern. Genauer gesagt, ein Viertel der ganzen Sahara!«

»Das wäre die größte Anlage, die je von der Menschheit hergestellt wurde«, sagte er. »Man könnte sie aus dem Weltraum deutlich sehen.«

Ich funkelte ihn an. »Und es würde die Ökologie von Afrika und wahrscheinlich auch Europa zerstören.«

»Nicht so sehr wie die nächste Eiszeit.«

Stratt hob eine Hand. »Dr. Grace, würde das funktionieren?«

Ich scharrte mit den Füßen. »Also ... ich meine, ja, theoretisch geht das. Ich weiß nur nicht, ob man es umsetzen kann. Das ist ja nicht so, als würde man ein Haus oder eine Straße bauen. Wir reden über Billionen von diesen Dingern.«

Redell beugte sich vor. »Deshalb habe ich für die Schwarzfelder Metallfolie, Glas und Keramik vorgesehen. Diese Materialien stehen auf der Erde reichlich zur Verfügung.«

»Moment mal«, unterbrach ich. »Wie sollen sich die Astrophagen in diesen Kästen vermehren? Ihre Schwarzfelder reichern sie an, und sie sind für die Fortpflanzung bereit. Aber sie müssen noch einige Schritte durchlaufen, ehe sie sich wirklich vermehren.«

»Oh, ich weiß.« Er schnitt eine Grimasse. »Wir bringen in einer Ecke einen statischen Magneten an, damit sie dem Feld folgen können. In einer Ecke der Scheibe ist ein kleiner Infrarotfilter. Er lässt nur die Wellenlängen durch, die für das Infrarotspektrum von CO_2 typisch sind. Die Astrophagen wandern dorthin und vermehren sich. Nach der Teilung streben sie zum Glas, weil das die Richtung zur Sonne ist. Irgendwo an der Seite bohren wir ein kleines Loch in den Kasten, damit ein Austausch mit der Umgebungsluft stattfinden kann. Es muss so langsam gehen, dass die Platte nicht abkühlt, aber schnell genug, um das CO_2 zu ersetzen, das die Astrophagen für ihre Fortpflanzung benötigen.«

Ich öffnete den Mund und wollte protestieren, fand aber keinen Fehler. Er hatte alles gut durchdacht.

»Nun?«, fragte Stratt.

»Als Brüter ist das furchtbar«, antwortete ich. »Viel weniger effizient und eine viel niedrigere Ausbeute als bei meinem System mit dem Reaktor auf dem Flugzeugträger. Aber er hat es nicht auf Effizienz ausgelegt, sondern auf Skalierbarkeit.«

»Genau.« Er zeigte auf Stratt. »Wie ich höre, haben Sie jetzt so ziemlich auf der ganzen Welt gottähnliche Macht.«

»Das ist übertrieben«, wehrte sie ab.

»Aber nicht sehr«, gab ich zu bedenken.

Redell fuhr fort: »Könnten Sie China dazu bringen, die Industrieproduktion auf Schwarzfelder umzustellen? Nicht nur China, sondern praktisch alle Industrienationen auf der Welt?«

Sie schürzte die Lippen und sagte nach einem Moment: »Ja.«

»Und könnten Sie den verdammten korrupten Regierungsvertretern in Nordafrika sagen, sie sollen sich heraushalten?«

»Das wird leicht«, antwortete sie. »Wenn alles vorbei ist, dürfen die Regierungen die Schwarzfelder behalten. Sie werden dann der größte Energielieferant auf der Welt sein.«

»Na bitte«, sagte er. »Sie retten die Welt und helfen gleichzeitig Afrika aus der Armut. Natürlich ist das alles nur eine Theorie. Ich müsste die Schwarzfelder entwickeln und dafür sorgen, dass man sie massenhaft produzieren kann. Dazu müsste ich in einem Labor sein, aber nicht im Gefängnis.«

Stratt überlegte. Dann stand sie auf.

»Gut, Sie sind im Team.«

Er reckte triumphierend die Faust empor.

Ich wache in meinem an der Tunnelwand befestigten Bett auf. Das Klebeband in der ersten Nacht war Pfusch. Inzwischen habe ich gelernt, dass Kunstharz gut auf Xenonit hält. So konnte ich einige Ankerpunkte anbringen und die Matratze richtig befestigen.

Ich schlafe jetzt jede Nacht im Tunnel. Rocky besteht darauf. Und alle sechsundachtzig Stunden oder so schläft auch Rocky im Tunnel und besteht darauf, dass ich ihn beobachte. Nun ja, bisher hat er nur dreimal geschlafen, daher sind meine Daten über seine Wachphasen noch spärlich. Aber es scheint einen Rhythmus zu geben.

Ich strecke die Arme aus und gähne.

»*Guten Morgen*«, sagt Rocky.

Es ist stockfinster. Ich schalte die Lampe ein, die ich neben dem Bett montiert habe.

Rocky hat auf seiner Seite eine komplette Werkstatt eingerichtet. Er ist immer damit beschäftigt, irgendetwas umzubauen oder zu reparieren. Anscheinend muss sein Schiff dauernd repariert werden. Im Augenblick hält er mit zwei Händen ein längliches Metallgerät fest und benutzt zwei andere, um mit nadelähnlichen Werkzeugen im Inneren herumzustochern. Mit der fünften Hand hält er sich an einem Griff fest.

»Guten Morgen«, begrüße ich ihn. »Ich muss essen. Ich bin gleich wieder da.«

Rocky winkt abwesend. »*Essen.*«

Ich schwebe nach unten in den Schlafraum und absolviere mein Morgenritual. Ich verzehre ein abgepacktes Frühstück (Rührei mit Schweinswürstchen) und einen Beutel heißen Kaffee.

Es ist ein paar Tage her, seit ich das letzte Mal aufgeräumt habe, und ich rieche meine eigenen Ausdünstungen. Kein gutes Zeichen. Ich dusche mit dem Schwamm an der Schwammduschstation und nehme mir einen sauberen Overall. Hier ist so viel Technologie, und ich habe bisher noch keine Möglichkeit gesehen, Kleidung zu reinigen. Deshalb weiche ich sie mit Wasser ein und stecke sie eine Weile in den Gefrierschrank. Das tötet alle Keime ab, und die verursachen den Geruch. So bekomme ich frische, wenngleich keine saubere Kleidung.

Ich ziehe den Overall an. Ich habe beschlossen, dass heute der große Tag ist. Nachdem wir eine Woche lang unsere Sprachfähigkeiten verbessert haben, können Rocky und ich inzwischen echte Unterhaltungen führen. Bei ungefähr einem Drittel seiner Bemerkungen muss ich nicht einmal mehr auf die Übersetzung schauen.

Ich schwebe in den Tunnel zurück und trinke den Kaffee aus.

Schön. Endlich haben wir die Wörter, die wir für diese Unterhaltung brauchen. Jetzt geht es los.

Ich räuspere mich. »Rocky, ich bin hier, weil die Astrophagen Sol krank machen, aber sie machen Tau Ceti nicht krank. Bist du aus dem gleichen Grund hier?«

Rocky steckt das Gerät und das Werkzeug in seine Schärpe und klettert an den Geländern bis zur Trennwand. Gut. Er versteht, dass dies eine ernste Unterhaltung wird.

»*Ja. Nicht verstehe, warum Tau nicht krank, aber Eridani krank. Wenn Astrophage nicht Eridani verlässt, mein Volk stirbt.*«

»Wir auch!«, antworte ich. »Wenn die Astrophagen weiter die Sonne infizieren, werden alle Menschen sterben.«

»*Gut. Das Gleiche. Du und ich retten Eridani und Sol.*«

»Ja ja ja!«

»*Warum sind andere Menschen auf deinem Schiff gestorben, Frage?*«

Oh. Wollen wir jetzt darüber reden?

Ich reibe mir den Hinterkopf. »Wir ... wir haben auf dem Flug alle geschlafen. Kein normaler Schlaf. Besonderer Schlaf. Ein gefährlicher Schlaf, aber notwendig. Meine Crewgefährten sind gestorben, ich habe überlebt. Ich habe Glück gehabt.«

»*Schlecht*«, sagt er.

»Schlecht. Warum sind die anderen Eridianer gestorben?«

»*Ich weiß nicht. Alle wurden krank. Dann sind alle gestorben.*« Seine Stimme bebt. »*Ich nicht krank. Weiß nicht, warum.*«

»Schlecht«, antworte ich seufzend. »Was für eine Art Krankheit?«

Er denkt eine Weile nach. »*Ich brauche Wort. Kleines Leben. Einfaches Ding. Wie Astrophagen. Eridianischer Körper besteht aus vielen davon.*«

»Zelle«, sage ich. »Auch mein Körper besteht aus vielen Zellen.«

Er nennt mir das eridianische Wort für »Zelle«, und ich füge die Töne zu meinem stetig wachsenden Wörterbuch hinzu.

»Zelle«, sagt er. *»Meine Crew hat Probleme mit Zellen. Viele viele Zellen sterben. Keine Infektion. Keine Verletzung. Kein Grund. Aber nicht ich. Nie bei mir. Warum, Frage? Weiß ich nicht.«*

Sind bei den betroffenen Eridianern wirklich individuelle Zellen gestorben? Eine schreckliche Vorstellung. Es klingt nach Strahlenkrankheit. Wie soll ich das beschreiben? Das sollte nicht nötig sein. Sie sind ein raumfahrendes Volk und müssten etwas von Strahlung verstehen. Wir haben noch kein Wort dafür gefunden. Daran sollten wir arbeiten.

»Ich brauche ein Wort: schnelle Wasserstoffatome. Sehr sehr schnell.«

»Heißes Gas.«

»Nein. Schneller. Sehr sehr sehr schnell.«

Er wackelt mit dem Panzer. Er ist verwirrt.

Ich versuche es auf einem anderen Weg. »Im Weltraum sehr sehr sehr schnelle Wasserstoffatome. Bewegen sich fast mit Lichtgeschwindigkeit. Wurden vor langer langer langer Zeit von Sternen geschaffen.«

»Nein. Keine Masse im Weltraum. Weltraum leer.«

O Mann. »Nein, das stimmt nicht. Es gibt Wasserstoffatome im Weltraum. Sehr sehr schnelle Wasserstoffatome.«

»Verstehe.«

»Wusstest du das nicht?«

»Nein.«

Erschrocken starre ich ihn an.

Wie kann eine Zivilisation in den Weltraum fliegen, ohne zu wissen, was Strahlung ist?

»Dr. Grace«, sagte sie.

»Dr. Lokken«, antwortete ich.

Wir saßen uns an einem kleinen Stahltisch gegenüber. Der Raum war winzig, aber nach den Maßstäben eines Flugzeugträgers geräumig. Ich wusste nicht, welchem Zweck er ursprünglich diente, denn das Schild war chinesisch beschriftet. Vielleicht ein Raum, wo der Navigator Karten betrachten konnte?

»Danke, dass Sie sich die Zeit genommen haben, mit mir zu reden«, begann sie.

»Kein Problem.«

Normalerweise gingen wir uns aus dem Weg. Unsere Beziehung war von »wütend aufeinander« zu »sehr wütend aufeinander« gereift. Ich war ebenso ein Teil des Problems wie sie. Aber wir hatten vor vielen Monaten in Genf einen Fehlstart hingelegt und uns nie davon erholt.

»Natürlich halte ich es nicht wirklich für notwendig.«

»Ich auch nicht«, erwiderte ich. »Stratt bestand darauf, dass Sie mir die Dinge vortragen, also sind wir hier.«

»Ich habe eine Idee und würde gern Ihre Meinung dazu hören.« Sie holte eine Akte hervor und reichte sie mir. »CERN will nächste Woche dieses Exposé veröffentlichen. Es ist ein unkorrigierter Entwurf, aber ich kenne dort jemanden, und deshalb haben sie mir ein Vorausexemplar überlassen.«

Ich schlug den Ordner auf. »Worum geht es denn?«

»Sie haben herausgefunden, wie die Astrophagen Energie speichern.«

»Was?« Ich räusperte mich. »Ich meine, wirklich?«

»Ja, es ist erstaunlich.« Sie zeigte auf ein Diagramm auf der ersten Seite. »Kurz gesagt: Es sind Neutrinos.«

»Neutrinos?« Ich schüttelte den Kopf. »Wie, zum Teufel ...«

»Ich weiß. Es scheint nicht plausibel. Aber jedes Mal, wenn sie einen Astrophagen töten, gibt es einen großen Neutrino-Ausbruch. Sie haben sogar Proben ins IceCube Neutrino Observatory gebracht und sie dort mitten zwischen den Detektoren punktiert. Sie haben eine riesige Zahl von Ereignissen registriert. Die Astrophagen können Neutrinos nur halten, wenn sie leben, und in ihnen stecken eine Menge davon.«

»Wie stellen sie Neutrinos her?«

Sie blätterte ein paar Seiten weiter und zeigte auf ein anderes

Diagramm. »Das ist eher Ihr Gebiet als meines, aber die Mikrobiologen haben bestätigt, dass die Astrophagen eine Menge freie Wasserstoffionen haben – also freie Protonen ohne Elektronen –, die innerhalb der Zellmembran umherflitzen.«

»Ja, ich erinnere mich, das gelesen zu haben. Das hat eine russische Gruppe herausgefunden.«

Sie nickte. »CERN ist ziemlich sicher, dass die Protonen, wenn sie mit genügend hoher Geschwindigkeit kollidieren, aufgrund eines Mechanismus, den wir nicht verstehen, ihre kinetische Energie in zwei Neutrinos mit gegensätzlichen Bewegungsvektoren umwandeln.«

Verwirrt lehnte ich mich an. »Das ist wirklich seltsam. Masse bildet sich normalerweise nicht einfach so.«

Sie wackelte mit einer Hand. »Das stimmt nicht so ganz. Manchmal verwandeln sich Gammastrahlen, wenn sie nahe genug an einem Atomkern vorbeifliegen, spontan in ein Elektron und ein Positron. Das nennt man ›Paarbildung‹. Völlig neu ist dies also nicht. Aber wir haben noch nie gesehen, dass auf diese Weise Neutrinos entstanden sind.«

»Das ist interessant. Mit Atomphysik habe ich mich nicht näher beschäftigt, und von Paarbildung habe ich auch noch nichts gehört.«

»Es ist real.«

»Gut.«

»Jedenfalls gibt es in Bezug auf Neutrinos viele komplizierte Fragen, auf die ich nicht näher eingehen will«, fuhr sie fort. »Es gibt verschiedene Arten, und sie können sogar die Art wechseln, der sie angehören. Der springende Punkt ist nun dieser: Es sind extrem kleine Partikel. Ihre Masse beträgt in etwa ein Zweimilliardstel der Masse eines Protons.«

»Moment mal«, sagte ich. »Wir wissen, dass die Astrophagen immer 96,415 Grad warm sind. Die Temperatur ist nichts anderes als die Geschwindigkeit der Partikel im Inneren. Also können wir berechnen, wie ...«

»Wir können die Geschwindigkeit der Partikel im Inneren

berechnen«, bestätigte sie. »Genau. Wir kennen die Durchschnittsgeschwindigkeit der Protonen. Und wir kennen ihre Masse, was bedeutet, dass wir ihre kinetische Energie kennen. Ich weiß, worauf Sie jetzt hinauswollen, und die Antwort lautet ja. Es ist im Gleichgewicht.«

»Mann!« Ich schlug mir die Hand vor die Stirn. »Das ist erstaunlich.«

»Ja, das ist es.«

Das war die Antwort auf die Frage, die wir uns schon lange stellten: Warum liegt die kritische Temperatur der Astrophagen bei genau diesem Wert? Warum ist sie nicht höher oder niedriger?

Die Astrophagen stellen Neutrinopaare her, indem sie Protonen aufeinanderprallen lassen. Damit die Reaktion funktioniert, müssen die Protonen mit einer kinetischen Energie kollidieren, die höher ist als die Massenenergie der beiden Neutrinos. Wenn man von der Masse eines Neutrinos ausgehend rückwärts rechnet, kennt man die Geschwindigkeit, mit der die Protonen kollidieren müssen. Und wenn man die Geschwindigkeit der Partikel in einem Objekt kennt, dann kennt man auch dessen Temperatur. Um über genug kinetische Energie zu verfügen, damit Neutrinos entstehen, müssen die Protonen 96,145 Grad Celsius warm sein.

»O Mann«, sage ich. »Also sorgt die Wärmeenergie oberhalb der kritischen Temperatur einfach nur dafür, dass die Protonen fester zusammenprallen.«

»Ja. Sie produzieren Neutrinos und haben überschüssige Energie. Dann prallen sie gegen weitere Protonen und so weiter. Die gesamte Wärmeenergie oberhalb der kritischen Temperatur wird rasch in Neutrinos verwandelt. Aber wenn sie unter die kritische Temperatur fällt, werden die Protonen zu langsam, und die Neutrinoproduktion hört auf. Ergebnis: Sie können die Astrophagen nicht über 96,415 Grad erwärmen. Jedenfalls nicht lange. Und wenn es zu kalt wird, nutzen die Astrophagen die gespeicherte Energie, um sich wieder auf diesen Wert zu erwärmen. Genau wie jede andere warmblütige Lebensform.«

Sie gab mir einen Augenblick Zeit, es zu verdauen. Das CERN

hatte etwas Wichtiges herausgefunden. Zwei Dinge störten mich aber noch.

»Gut, also erzeugen sie Neutrinos«, sagte ich. »Aber wie verwandeln sie sie wieder in Energie?«

»Das ist der einfache Teil«, erklärte sie. »Neutrinos sind Majorana-Fermionen. Das bedeutet, dass das Neutrino sein eigenes Antiteilchen ist. Im Grunde geschieht jedes Mal, wenn zwei Neutrinos kollidieren, eine Materie-Antimaterie-Interaktion. Sie zerstören sich und werden zu Photonen. Genauer gesagt, zu zwei Photonen mit der gleichen Wellenlänge, die in unterschiedliche Richtungen fliegen. Und da die Wellenlänge eines Photons von der gespeicherten Energie abhängt ...«

»Die Petrowa-Wellenlänge!«, rief ich.

Sie nickte. »Genau. Die Massenenergie eines Neutrinos entspricht exakt der Energie, die man in einem Photon der Petrowa-Wellenlänge feststellt. Diese Arbeit ist wirklich bahnbrechend.«

Ich stützte mein Kinn auf die Hände. »Wahnsinn. Einfach nur Wahnsinn. Ich glaube, jetzt müssen wir uns bloß noch fragen, wie die Astrophagen die Neutrinos in ihrem Inneren festhalten.«

»Das wissen wir nicht. Neutrinos sausen ständig durch die ganze Erde hindurch, ohne auch nur ein einziges Atom zu treffen, weil sie so klein sind. Nun ja, es geht hier ja eher um Quanten-Wellenlängen und die Wahrscheinlichkeit von Kollisionen. Es heißt, die Neutrinos sind berüchtigt dafür, dass man kaum mit ihnen interagieren kann. Aus irgendeinem Grund haben die Astrophagen etwas, das wir ›Superquerschnitte‹ nennen. Das ist nur ein hübsches Wort, mit dem man ausdrücken will, dass es nichts gibt, was einen Quantentunnel durch das betreffende Objekt hindurch aufbauen kann. Das widerspricht zwar allen Gesetzen der Teilchenphysik, die wir zu kennen glaubten, aber es wurde immer wieder nachgewiesen.«

»Ja.« Ich trommelte mit dem Finger auf den Tisch. »Sie absorbieren alle Wellenlängen – sogar solche, die zu groß sind, um mit ihnen zu interagieren.«

»Genau«, erwiderte sie. »Und sie kollidieren mit jeder Materie, die vorbei will, ganz egal, wie unwahrscheinlich die Kollision ist. Jedenfalls zeigen die Astrophagen, solange sie leben, diesen Superquerschnitt, und das bringt uns direkt zu dem, worüber ich mit Ihnen reden will.«

»Ach?«, staunte ich. »Kommt noch mehr?«

»Ja.« Lokken zog einen Plan für den Rumpf der *Hail Mary* aus ihrer Mappe. »Hierfür brauche ich Ihre Hilfe: Ich arbeite an einem Strahlenschutz für die *Hail Mary*.«

Ich begriff. »Aber natürlich! Die Astrophagen blockieren jede Strahlung!«

»Vielleicht«, antwortete sie. »Um ganz sicherzugehen, muss ich allerdings wissen, wie die Strahlung im Weltraum wirkt. Ich kenne mich in groben Zügen aus, aber nicht im Detail. Bitte erklären Sie es mir.«

Ich verschränkte die Arme vor der Brust. »Im Grunde gibt es zwei Arten von Strahlung. Hochenergetische Partikel, die von der Sonne abgestrahlt werden, und kosmische Strahlung, die einfach überall ist.«

»Beginnen Sie mit den Partikeln von der Sonne«, forderte Lokken mich auf.

»Gern. Diese Partikel sind nur Wasserstoffatome, die die Sonne ausstößt. Manchmal löst ein Magnetsturm auf der Sonne einen großen Schauer aus, zu anderen Zeiten ist es dort recht ruhig. In der letzten Zeit hat die Infektion mit den Astrophagen der Sonne so viel Energie geraubt, dass es nicht mehr viele Magnetstürme gibt.«

»Schrecklich«, sagte sie.

»Ja. Haben Sie schon gehört, dass der Klimawandel dadurch fast aufgehoben wird?«

Sie nickte. »Der rücksichtslose Umgang der Menschen mit der Umwelt hat uns einen Monat Zeit geschenkt, weil der Planet etwas vorgeheizt war.«

»Wir sind in die Scheiße gefallen und nach Rosen duftend aufgestanden«, erklärte ich.

Sie lachte. »Den kannte ich noch nicht. So einen Spruch haben wir in Norwegen nicht.«

»Jetzt haben Sie ihn.« Ich lächelte.

Sie betrachtete den Plan der Hülle – etwas hastiger als eigentlich nötig, aber egal.

»Wie schnell sind diese Sonnenpartikel?«, fragte sie.

»Ungefähr vierhundert Kilometer pro Sekunde.«

»Gut, dann können wir sie ignorieren.« Sie kritzelte etwas auf das Blatt. »Die *Hail Mary* wird binnen acht Stunden bereits mit einem höheren Tempo fliegen. Die Partikel können sie also nicht mehr einholen und daher auch keinen Schaden anrichten.«

Ich pfiff durch die Zähne. »Was wir da machen, ist wirklich erstaunlich. Ich meine ... na ja, die Astrophagen wären das Beste, was wir je entdeckt haben, wenn sie nicht die Sonne zerstören würden.«

»Ich weiß«, sagte sie. »Erzählen Sie mir etwas über die kosmische Strahlung.«

»Das ist schwieriger«, antwortete ich. »Da wäre beispielsweise die GCR ...«

»Die galaktische kosmische Strahlung«, fiel sie mir ins Wort. »Dabei ist es gar keine kosmische Strahlung, oder?«

»Genau. Es sind Wasserstoffionen. Protonen. Aber sie fliegen sehr viel schneller. Beinahe mit Lichtgeschwindigkeit.«

»Warum nennt man sie kosmische Strahlen, wenn sie nicht einmal elektromagnetische Emissionen haben?«

»Früher glaubte man das, und der Name ist hängen geblieben.«

»Kommt sie aus einer gemeinsamen Quelle?«

»Nein, diese Strahlung kommt aus allen Richtungen. Sie entsteht bei Supernovae, die es überall geben kann. Wir werden ständig mit kosmischer Strahlung aus allen Richtungen bombardiert. Früher stellten sie ein großes Problem für die bemannte Raumfahrt dar. Aber das ist vorbei!«

Ich beugte mich vor und betrachtete noch einmal die Skizze. Es war der Querschnitt des Rumpfes. Zwischen den beiden Wänden war eine Lücke von einem Millimeter zu sehen. »Wollen Sie diesen Bereich mit Astrophagen füllen?«

»Das ist der Plan.«

Ich dachte darüber nach. »Wollen Sie da wirklich Treibstoff lagern? Ist das nicht gefährlich?«

»Nur wenn wir Licht im CO_2-Band durchdringen lassen. Solange die Astrophagen kein CO_2 sehen, passiert nichts. Außerdem herrscht zwischen den Hüllen Dunkelheit. Dimitri wird aus Astrophagen und zähem Öl einen Treibstoffbrei herstellen, damit der Zufluss in den Antrieb leichter ist. Mit diesem Stoff will ich die Hülle auskleiden.«

Ich rieb mir über das Kinn. »Es könnte klappen. Aber die Astrophagen können durch physische Traumata sterben. Man kann sie töten, wenn man sie mit einem spitzen Nanostab sticht.«

»Ja, deshalb habe ich das CERN gebeten, nebenbei ein paar Experimente für mich durchzuführen.«

»Oh, das CERN macht, was Sie wollen? Wer sind Sie, eine Art Mini-Stratt?«

Sie kicherte. »Alte Freunde und Kontakte. Jedenfalls haben sie festgestellt, dass Objekte, die sich fast mit Lichtgeschwindigkeit bewegen, nicht an den Astrophagen vorbeikommen. Und es scheint sie auch nicht umzubringen.«

»Das ist sogar sehr einleuchtend«, antwortete ich. »Sie haben sich dazu entwickelt, auf der Oberfläche von Sternen zu existieren. Sie werden dort die ganze Zeit mit Energie und schnell fliegenden Teilchen bombardiert.«

Sie zeigte auf eine Ausschnittvergrößerung der Astrophagenschicht. »Sie halten die gesamte Strahlung auf. Wir müssen die zähflüssige Schicht nur dick genug auftragen, um sicher zu sein, dass immer ein Astrophage im Weg ist, der die hereinfliegenden Teilchen aufhält. Ein Millimeter müsste mehr als genug sein. Außerdem vergeuden wir keine Masse. Wir benutzen den Treibstoff selbst als Isolierung. Und falls die Crew diesen letzten Teil der Astrophagen benötigt, nun ja, dann nennen wir es eine Notreserve.«

»Hm ... eine ›Reserve‹, die New York City zwanzigtausend Jahre lang mit Energie versorgen könnte.«

Sie betrachtete die Skizze, dann wieder mich. »Haben Sie das gerade im Kopf ausgerechnet?«

»Äh, ich hatte ein paar Hilfestellungen. Wir arbeiten hier mit so absurd großen Energiemengen, dass ich für mich den ›Jahresverbrauch von New York City‹ als Maßeinheit eingeführt habe. Das entspricht in etwa einem halben Gramm Astrophagen.«

Sie rieb sich über die Schläfen. »Und wir müssen zwei Millionen Kilogramm davon herstellen. Wenn wir dabei einen Fehler machen ...«

»Dann ersparen wir den Astrophagen eine Menge Arbeit, indem wir die Menschheit gleich selbst vernichten«, sagte ich. »Ja, daran muss ich auch ständig denken.«

»Also, was halten Sie davon?«, fragte sie. »Ist das eine schreckliche Idee, oder könnte das funktionieren?«

»Ich glaube, das ist genial.«

Sie lächelte und wandte den Blick ab.

14

Ein neuer Tag, eine neue Mitarbeiterbesprechung. Wer hätte gedacht, dass die Rettung unserer Welt so langweilig sein konnte?

Die leitenden Wissenschaftler hatten sich am Konferenztisch versammelt. Dimitri, Lokken und ich. Trotz ihres Geredes, die lästige Bürokratie zu übergehen, hatte Stratt am Ende doch Abteilungsleiter ernannt und setzte tägliche Mitarbeiterbesprechungen an.

Manchmal ist das, was wir alle hassen, der einzige Weg, die Dinge zu erledigen.

Stratt saß natürlich am Kopfende. An ihrer Seite war jetzt allerdings ein Mann, den ich noch nie gesehen hatte.

»Ich möchte Ihnen Dr. François Leclerc vorstellen«, begann sie.

Der Franzose winkte halbherzig. »Hallo.«

»Leclerc ist ein weltberühmter Klimatologe aus Paris. Ich habe ihn gebeten, die günstigen Auswirkungen der Astrophagen auf das Weltklima zu erfassen, zu erforschen und wenn möglich zu verstärken.«

»Oh, mehr nicht?«, warf ich ein.

Leclerc lächelte, doch sein Lächeln verblasste sofort wieder.

»Also, Dr. Leclerc«, fuhr Stratt fort. »Wir bekommen viele widersprüchliche Berichte darüber, was wir von der Reduktion der Sonnenergie zu erwarten haben. Ich kann kaum zwei Klimatologen finden, die in diesem Punkt einer Meinung sind.«

Er zuckte mit den Achseln. »Es ist schwer, zwei Klimatologen zu finden, die sich über die Farbe einer Orange einig sind. Leider ist es keine sehr exakte Wissenschaft. Es gibt viel Unsicherheit, und wenn ich ehrlich bin, auch viele Mutmaßungen. Die Klimawissenschaft steckt noch in den Kinderschuhen.«

»Sie stellen Ihr Licht unter den Scheffel. Unter allen Experten sind Sie der einzige, den ich finden konnte, dessen Klimamodelle und Prognosen sich in den letzten zwanzig Jahren immer wieder als zutreffend erwiesen haben.«

Er nickte.

Sie zeigte auf einen unordentlichen Haufen Papiere auf dem Konferenztisch. »Hier habe ich alle möglichen Vorhersagen, von kleineren Missernten bis zum globalen Zusammenbruch der Biosphäre, gesammelt. Ich möchte hören, was Sie dazu sagen. Sie haben die vorausberechnete Strahlung der Sonne gesehen. Was denken Sie?«

»Eine Katastrophe«, antwortete er. »Wir müssen an die Auslöschung vieler Spezies denken, eine vollständige Umwälzung der Biome auf der ganzen Welt, größere Veränderungen im Wettergeschehen ...«

»Menschen«, sagte Stratt. »Ich will wissen, wie sich dies auf die Menschen auswirkt, und wann es sich auswirkt. Es ist mir egal, was mit dem Paarungsgelände der dreiafterigen Sumpffaultiere passiert oder so.«

»Ms. Stratt, wir sind ein Teil der Ökologie. Wir stehen nicht außerhalb. Die Pflanzen, die wir essen, die Tiere, die wir züchten, die Luft, die wir atmen ... das ist alles ein Teil des großen Ganzen. Alles ist miteinander verbunden. Wenn Biome zusammenbrechen, hat das unmittelbare Folgen für die Menschheit.«

»Na gut, dann will ich Zahlen hören«, erwiderte Stratt. »Nennen Sie mir Zahlen. Greifbare Dinge, keine verschwommenen Vorhersagen.«

Er sah sie finster an. »Meinetwegen. Neunzehn Jahre.«

»Neunzehn Jahre?«

»Sie wollten eine Zahl hören«, antwortete er. »Da haben Sie die Zahl. Neunzehn Jahre.«

»Na gut, was ist in neunzehn Jahren?«

»Dann sind meiner Schätzung nach die Hälfte der Menschen,

die jetzt auf der Erde leben, tot. Neunzehn Jahre von jetzt an gerechnet.«

Das Schweigen, das darauf folgte, war anders als alles, was ich je erlebt hatte. Sogar Stratt war entsetzt. Lokken und ich wechselten einen Blick. Ich weiß auch nicht, warum, aber jetzt sahen wir uns an. Dimitri sperrte nur den Mund auf.

»Die Hälfte?«, sagte Stratt schließlich. »Dreieinhalb Milliarden Menschen? Alle tot?«

»Ja«, bestätigte er. »Ist das greifbar genug für Sie?«

»Wie können Sie das wissen?«, fragte sie.

Er schürzte die Lippen. »Und so wird eine neue Klimawandelleugnerin geboren. Sehen Sie, wie leicht das ist? Ich muss Ihnen nur etwas sagen, das Sie nicht hören wollen.«

»Seien Sie nicht so herablassend, Dr. Leclerc. Beantworten Sie einfach meine Frage.«

Er verschränkte die Arme vor der Brust. »Wir erkennen jetzt schon starke Störungen des normalen Wettergeschehens.«

Lokken räusperte sich. »Ich habe gehört, es gäbe in Europa Tornados?«

»Ja«, bestätigte er. »Und sie werden häufiger. Die europäischen Sprachen kannten nicht einmal ein Wort für Tornados, bis die spanischen Konquistadoren sie in Nordamerika sahen. Jetzt treten sie in Italien, Spanien und Griechenland auf.« Leclerc legte den Kopf schief. »Teilweise liegt es an den veränderten Wetterverhältnissen. Teilweise auch daran, dass irgendein Idiot auf die Idee gekommen ist, die Sahara mit schwarzen Kästen zu pflastern. Als ob eine massive Veränderung der Wärmeverteilung in der Nähe des Mittelmeeres keine Folgen hätte.«

Stratt verdrehte die Augen. »Ich wusste, dass es Auswirkungen haben würde. Uns blieb eben nichts anderes übrig.«

Er fuhr fort: »Abgesehen von Ihrem Missbrauch der Sahara sehen wir auf der ganzen Welt bizarre Phänomene. Die Zyklonsaison ist um zwei Monate verschoben. Letzte Woche hat es in Vietnam geschneit. Der Jetstream ist ein wirres Durcheinander, das sich jeden Tag verändert. Die arktische Luft dringt in Gegenden vor, wo sie noch nie zu spüren war, und die tropische Luft strömt viel zu weit nach Norden und Süden. Es ist ein Mahlstrom.«

»Sagen Sie noch etwas über die dreieinhalb Milliarden Toten«, verlangte Stratt.

»Klar. Die Mathematik des Hungers ist im Grunde sehr einfach. Nehmen Sie alle Kalorien, die die Welt am Tag durch Vieh- und Landwirtschaft erzeugt, und teilen Sie das Ergebnis durch fünfzehnhundert. Die menschliche Bevölkerung kann nicht größer sein als dieser Wert. Jedenfalls nicht lange.«

Er fummelte mit einem Stift auf dem Tisch herum. »Ich habe die besten Modelle durchgerechnet, die ich kenne. Es wird Ernteausfälle geben. Die wichtigsten Produkte sind Weizen, Gerste, Hirse, Kartoffeln, Soja und vor allem Reis. Sie alle sind, was Temperaturschwankungen angeht, recht empfindlich. Wenn Ihr Reisfeld zufriert, stirbt der Reis. Wenn das Kartoffelfeld überschwemmt wird, verfaulen die Kartoffeln. Und wenn Ihre Weizenfarm zehnmal so feucht ist wie sonst, breiten sich parasitäre Pilze aus, und die Pflanzen sterben.«

Er sah Stratt wieder an. »Wenn wir einen stabilen Vorrat an dreiafterigen Faultieren hätten, könnten wir vielleicht überleben.«

Stratt massierte sich das Kinn. »Neunzehn Jahre reichen nicht. Die *Hail Mary* fliegt dreizehn Jahre, bis sie Tau Ceti erreicht, und es dauert noch einmal dreizehn Jahre, bis die Daten wieder hier sind. Wir brauchen mindestens sechsundzwanzig Jahre. Siebenundzwanzig wären besser.«

Er sah sie an, als wäre ihr gerade ein neuer Kopf gewachsen. »Was reden Sie da? Wir können nicht verhandeln. Es geschieht einfach. Und wir können nichts ändern.«

»Unsinn«, antwortete sie. »Die Menschheit hat ein Jahrhundert lang versehentlich für globale Erwärmung gesorgt. Lassen Sie uns doch mal sehen, wie weit wir damit kommen, wenn wir uns wirklich Mühe geben.«

Nun wich er zurück. »Machen Sie Witze?«

»Eine schöne Decke aus Treibhausgas würde uns doch etwas

mehr Zeit verschaffen, oder? Das würde die Erde wie ein Parka isolieren, und die Energie, die wir haben, würde länger reichen. Oder irre ich mich?«

»Was ...«, stammelte er. »Sie irren sich nicht, aber der Maßstab ... und die moralische Frage, wenn man absichtlich Treibhausgas freisetzt ...«

»Die Moral ist mir egal«, gab Stratt zurück.

»Das ist ihr wirklich egal«, bekräftigte ich.

»Mir geht es darum, die Menschheit zu retten. Also verschaffen Sie mir einen Treibhauseffekt. Sie sind Klimatologe. Lassen Sie sich etwas einfallen, damit wir mindestens siebenundzwanzig Jahre überleben. Ich bin nicht bereit, die halbe Menschheit zu verlieren.«

Leclerc schluckte.

Sie scheuchte ihn mit einer Geste hinaus. »An die Arbeit!«

Es hat drei Stunden gedauert, und wir mussten fünfzig Wörter zu unserem gemeinsamen Vokabular hinzufügen, bis ich Rocky endlich erklären konnte, was Strahlung ist und wie sie auf Lebewesen wirkt.

»*Danke*«, sagt er mit ungewöhnlich tiefen Tönen. Mit traurigen Tönen. »*Jetzt weiß ich, wie meine Freunde gestorben sind.*«

»Schlecht schlecht schlecht«, antworte ich.

»*Ja*«, pfeift er.

Während der Unterhaltung erfuhr ich, dass die *Blip-A* keinerlei Strahlenschutz hat. Und ich weiß jetzt, dass die Eridianer radioaktive Strahlung nie entdeckt haben. Es dauerte eine Weile, all die Informationsbröckchen zusammenzusetzen, aber hier ist das, was ich in Erfahrung bringen konnte.

Die Heimatwelt der Eridianer ist der erste Planet im System 40 Eridani. Die Menschen haben ihn schon vor einer ganzen Weile entdeckt, aber nicht erkannt, dass dort eine zivilisierte Spezies existierte. Im Katalog heißt er »40 Eridani A b«. Ein Zungenbrecher. Also nenne ich den Planeten einfach »Erid«.

Erid ist seinem Stern sehr nahe, es ist nur ungefähr ein Fünftel der Entfernung zwischen Erde und Sonne. Das »Jahr« dauert dort etwas länger als zweiundvierzig irdische Tage.

Der Planet ist das, was wir eine »Super-Erde« nennen würden. Er hat die achteinhalbfache Masse der Erde, etwa den doppelten Durchmesser und ein wenig mehr als die doppelte Schwerkraft. Außerdem dreht er sich sehr schnell. Unglaublich schnell. Ihr Tag ist nur 5,1 Stunden lang.

Allmählich klärt sich das Bild.

Planeten entwickeln Magnetfelder, wenn die passenden Bedingungen vorherrschen. Man braucht einen Kern aus flüssigem Eisen, man muss sich im Magnetfeld eines Sterns befinden, und man muss rotieren. Wenn diese drei Dinge zutreffen, bekommt man ein Magnetfeld. Die Erde hat eins – deshalb funktionieren Kompasse.

Erid erfüllt alle diese Voraussetzungen im Übermaß. Der Planet ist größer als die Erde und hat einen größeren Kern aus Eisen. Sie sind nahe am Stern und haben ein viel stärkeres Magnetfeld, das ihr eigenes antreibt. Und sie drehen sich extrem schnell. Alles in allem ist das Magnetfeld von Erid mindestens fünfundzwanzigmal so stark wie das der Erde.

Außerdem ist ihre Atmosphäre unglaublich dicht. Neunundzwanzigmal so dick wie unsere.

Wissen Sie, was starke Magnetfelder und eine dichte Atmosphäre wirklich gut können? Strahlenschutz.

Das Leben auf der Erde musste sich von Anfang an mit Strahlung auseinandersetzen. Unsere DNA hat eine eingebaute Fehlerkorrektur, weil wir ständig mit Strahlung von der Sonne und aus dem Weltraum bombardiert werden. Unser Magnetfeld und die Atmosphäre bieten ein wenig Schutz, aber nicht zu hundert Prozent.

Erid hat einen hundertprozentigen Schutz. Die Strahlung erreicht dort nicht den Boden. Nicht einmal das Licht erreicht den Boden – deshalb haben sie keine Augen entwickelt. Auf der Oberfläche ist es stockfinster. Wie kann in völliger Dunkelheit eine Biosphäre existieren? Ich habe Rocky noch nicht gefragt, aber tief in den irdischen Meeren existiert Leben, das kein Sonnenlicht braucht. Also ist es zweifellos möglich.

Die Eridianer sind extrem anfällig für Strahlung und wussten nicht einmal, dass sie existiert.

Die nächste Unterhaltung dauerte etwa eine Stunde und ergänzte unser Vokabular noch einmal um ein paar Dutzend Wörter.

Die Eridianer haben die Raumfahrt schon vor einer ganzen Weile erfunden. Und dank ihrer unvergleichlichen Materialtechnologie (Xenonit) konnten sie tatsächlich einen Weltraumaufzug bauen. Im Grunde ist das ein Seil, das von Erids Äquator geradewegs nach oben in eine synchrone Umlaufbahn ragt und am Ende mit einem Gegengewicht versehen ist. Sie haben buchstäblich Aufzüge benutzt, um den Weltraum zu erobern. Wenn wir wüssten, wie man Xenonit herstellt, könnten wir das auch auf der Erde tun.

Der springende Punkt ist, dass sie nie die Umlaufbahn verlassen haben. Es gab keinen Grund dafür. Erid hat keinen Mond. Das ist bei Planeten, die ihrem Stern so nahe sind, nur selten der Fall. Die Gezeitenkräfte würden jedes Objekt, das ein Mond werden möchte, aus dem Orbit schleudern. Rocky und seine Crew waren die ersten Eridianer, die die Umlaufbahn verlassen haben.

Deshalb erfuhren sie nichts über Erids Magnetfeld, das sich bis weit über die synchrone Umlaufbahn hinaus erstreckt und sie die ganze Zeit schützte.

Eine Frage war immer noch unbeantwortet geblieben.

»*Warum bin ich nicht auch gestorben, Frage?*«, will Rocky wissen.

»Das kann ich nicht beantworten«, erwidere ich. »Wo liegt der Unterschied? Was tust du, das die anderen Crewmitglieder nicht taten?«

»*Ich repariere Dinge. Es ist meine Aufgabe, kaputte Sachen zu reparieren, benötigte Dinge herzustellen und dafür zu sorgen, dass die Maschinen laufen.*«

Also ist er das, was ich einen Bordingenieur nennen würde. »Wo warst du die meiste Zeit?«

»Ich habe Raum im Schiff. Werkstatt.«

Da fällt mir etwas ein. »Wo ist die Werkstatt?«

»Hinten im Schiff, Nähe Antrieb.«

Das ist ein sinnvoller Platz für das Quartier des Schiffsingenieurs. In der Nähe der Maschinen, wo er am ehesten benötigt wird, um etwas zu warten oder in Ordnung zu bringen.

»Wo speichert dein Schiff den Astrophagen-Treibstoff?«

Er winkt in Richtung Heck. »*Viele viele Behälter mit Astrophagen. Alle hinten im Schiff. Nahe Maschinen. Leicht nachzutanken.*«

Da haben wir die Antwort.

Ich seufze. Es wird ihm nicht gefallen. Die Lösung war so einfach, sie wussten es nur nicht. Sie wussten nicht, in welcher Gefahr sie schwebten, bis es zu spät war.

»Astrophagen halten Strahlung auf«, sage ich. »Du warst meist von Astrophagen umgeben. Deine Crewmitglieder nicht. Also hat sie die Strahlung getroffen.«

Er antwortet nicht. Er braucht einen Augenblick, um es zu verarbeiten.

»*Verstehe*«, sagt er mit leisen Tönen. »*Dank. Jetzt weiß ich, warum ich nicht gestorben bin.*«

Ich versuche, mir die Verzweiflung seines Volks auszumalen. Mit einem Raumfahrtprogramm, das jenem der Erde weit hinterherhinkte, und ohne zu wissen, was da draußen im All war. Trotzdem haben sie ein interstellares Raumschiff gebaut, um ihre Spezies zu retten.

Das unterscheidet sich wohl nicht sehr von meiner Situation. Ich habe nur ein wenig mehr Technologie.

»Strahlung ist auch hier«, warne ich ihn. »Bleib so oft du kannst in deiner Werkstatt.«

»Ja.«

»Bringe Astrophagen hierher in den Tunnel, und verkleide die Wand damit.«

»Ja. Du tust auch.«

»Das ist nicht nötig.«

»*Warum nicht, Frage?*«

Weil es egal ist, ob ich Krebs bekomme. Ich werde sowieso hier draußen sterben. Aber ich will ihm jetzt nicht erklären, dass ich auf einem Selbstmordkommando bin. Die Unterhaltung war sowieso schon belastend genug. Also versuche ich es mit einer Halbwahrheit.

»Die Erdatmosphäre ist dünn, und unser Magnetfeld ist schwach. Die Strahlung erreicht die Oberfläche. Das Leben auf der Erde hat sich so entwickelt, dass es Strahlung überlebt.«

»*Verstanden*«, sagt er.

Er arbeitet weiter an seinen Reparaturen, während ich im Tunnel schwebe. Da fällt mir etwas ein. »He, ich habe eine Frage.«

»*Frage.*«

»Warum sind die Wissenschaften der Eridianer und der Menschen so ähnlich? Milliarden Jahre, aber fast der gleiche Fortschritt.«

Das beschäftigt mich schon eine ganze Weile. Die Menschen und die Eridianer haben sich unabhängig voneinander in verschiedenen Sonnensystemen entwickelt. Bis jetzt hatten wir keinen Kontakt. Warum haben wir eine fast identische Technologie? Ich meine, die Eridianer sind in der Raumfahrt uns gegenüber sogar ein wenig im Hintertreffen, aber nicht sehr weit. Warum sind sie nicht in der Steinzeit? Oder in einem superfuturistischen Zeitalter, das die moderne Erde altmodisch wirken lässt?

»*Muss so sein, sonst wären wir uns nicht begegnet*«, antwortet Rocky. »*Wenn Planet weniger Wissenschaft hat, kann kein Raumschiff bauen. Wenn Planet mehr Wissenschaft hat, kann Planet Astrophagen verstehen und zerstören, ohne System zu verlassen. Eridianer und Menschen haben Wissenschaft im gleichen Bereich. Können Schiff bauen, aber können Astrophagenproblem nicht lösen.*«

Oh. Daran habe ich gar nicht gedacht. Aber jetzt, da Rocky es so formuliert, ist es offensichtlich. Wäre das alles während der Steinzeit mit der Erde passiert, dann wären wir einfach ausgestorben. Und wäre es erst in tausend Jahren passiert, dann wüssten wir vermutlich, wie man mit den Astrophagen umgehen muss, ohne einen Schweißausbruch zu bekommen. Es gibt einen sehr schmalen Bereich des technologischen Fortschritts, in dem eine Spezies auf die Idee kommt, ein Raumschiff nach Tau Ceti zu schicken und dort die Antworten zu suchen. Eridianer und Menschen existieren beide in diesem Bereich.

»Verstehe. Gute Beobachtung.« Es lässt mir immer noch keine Ruhe. »Trotzdem ist es ungewöhnlich. Menschen und Eridianer sind Nachbarn. Die Galaxis ist hunderttausend Lichtjahre groß. Das Leben muss selten sein. Aber wir sind so nahe zusammen.«

»*Vielleicht sind wir Familie …*«

Wir sind verwandt? Wie könnte das …

»Oh, du meinst … Mann!« Darüber muss ich erst einmal nachdenken.

»*Ich bin nicht sicher. Theorie.*«

»Eine verdammt gute Theorie«, sage ich.

Die Panspermie-Theorie. Darüber habe ich mich mit Lokken die ganze Zeit gestritten.

Das irdische Leben und die Astrophagen sind einander zu ähnlich, um an einen Zufall zu glauben. Ich habe angenommen, die Erde wäre von irgendeinem Vorfahren der Astrophagen »befruchtet« worden. Eine interstellare Gründerspezies, die meinen Planeten infiziert hat. Bisher bin ich aber noch nicht auf die Idee gekommen, dass so etwas auch auf Erid geschehen sein könnte.

Möglicherweise gibt es an vielen Orten Leben! Es könnte sich praktisch überall aus den Vorfahren, die den Astrophagen ähnlich waren, zu den Zellen entwickeln, die ich heute habe. Ich weiß nicht, wie dieser »Prä-Astrophagen«-Organismus ausgesehen hat, aber die Astrophagen sind ziemlich widerstandsfähig. Also müssten sie wahrscheinlich jeden Planeten infizieren können, der irgendeine Art Leben tragen kann.

Vielleicht ist Rocky ein seit Langem vermisster Verwandter. Seit *sehr* langer Zeit. Die Bäume vor meinem Haus auf der Erde sind enger mit mir verwandt als Rocky. Aber trotzdem.

Mannomann.

»Sehr gute Theorie!«, bekräftige ich noch einmal.

»*Dank*«, antwortet Rocky. Wahrscheinlich hat er sich das schon vor einer ganzen Weile zusammengereimt. Ich muss das erst einmal verarbeiten.

Ausnahmsweise war der Flugzeugträger genau der Ort, an dem ich sein wollte.

Die chinesische Marine stellte nicht einmal mehr Fragen, wenn Stratt eine Anweisung gab. Die höheren Offiziere waren es leid, jedes Manöver einzeln zu genehmigen, und hatten schließlich einen allgemeinen Befehl erteilt, zu tun, was immer sie wollte, solange es nicht darum ging, Waffen einzusetzen.

Wir ankerten mitten in der Nacht vor der Westküste der Antarktis. Dank des Mondlichts konnten wir weit in der Ferne die Küste erkennen. Der ganze Kontinent war jetzt menschenleer. Wahrscheinlich eine Überreaktion, denn die Amundsen-Scott-Station am Südpol war 1500 Kilometer entfernt. Den Leuten dort wäre sicher nichts passiert. Trotzdem, man wollte kein Risiko eingehen.

Es war das größte maritime Sperrgebiet in der Geschichte der Menschheit. So groß, dass sogar die US Navy alle Hände voll zu tun hatte, um zu verhindern, dass kommerzielle Schiffe eindrangen.

Stratt sprach in ein Funkgerät. »Zerstörer Eins, bestätigen Sie Beobachtungsstatus.«

»Bereit«, antwortete jemand mit amerikanischem Akzent.

»Zerstörer Zwei, bestätigen Sie Beobachtungsstatus.«

»Bereit«, meldete ein anderer Amerikaner.

Die Wissenschaftler hatten sich auf dem Flugdeck des Flugzeugträgers versammelt und starrten in Richtung Land. Dimitri und Lokken waren sichtlich bemüht, der Kante nicht zu nahe zu kommen. Redell kümmerte sich in Afrika um die Schwarzfeldanlage.

Stratt stand wie immer ein wenig abseits von den anderen.

Leclerc sah aus wie ein Mann, der gerade zum Galgen geführt wurde. »Wir sind fast bereit«, sagte er seufzend.

Stratt drückte wieder auf den Sprechknopf ihres Funkgeräts. »U-Boot Eins, bestätigen Sie Beobachtungsstatus.«

»Bereit«, lautete die Antwort.

Leclerc blickte auf sein Tablet. »Drei Minuten ... ab jetzt.«

»An alle Schiffe: Wir sind in der Phase Gelb«, funkte Stratt. »Wiederhole: Phase Gelb. U-Boot Zwei, bestätigen Sie Beobachtungsstatus.«

»Bereit.«

Ich stand neben Leclerc. »Das ist unglaublich«, sagte ich.

Er schüttelte den Kopf. »Ich wünschte, es lastete nicht auf meinen Schultern.« Er fummelte mit seinem Tablet herum. »Wissen Sie, Dr. Grace, ich war mein Leben lang ein hemmungsloser Hippie. Von meiner Kindheit in Lyon bis zum Studium in Paris. Ich bin ein altmodischer Ökofreak und Kriegsgegner, der einer lange vergangenen Phase politischer Proteste nachtrauert.«

Ich schwieg. Es war der schwerste Tag seines Lebens. Wenn es half, dass ich zuhörte, dann wollte ich das tun.

»Ich bin Klimatologe geworden, um die Welt zu retten. Um die albtraumhafte Katastrophe zu verhindern, in die wir zu stürzen drohten. Und jetzt ... dies hier. Es ist notwendig, aber schrecklich. Sie sind selbst Wissenschaftler, Sie müssten das verstehen.«

»Eigentlich nicht«, antwortete ich. »Als Wissenschaftler habe ich immer von der Erde weggeschaut, nicht zu ihr hin. In Bezug auf Klimawissenschaften bin ich ziemlich ahnungslos.«

»Hm«, machte er. »Die westliche Antarktis ist eine brodelnde Masse aus Eis und Schnee. Diese ganze Region ist ein riesiger Gletscher, der langsam ins Meer wandert. Hier sind Hunderttausende Quadratkilometer Eis.«

»Und wir wollen es schmelzen?«

»Das wird das Meer für uns tun, aber das spielt keine Rolle. Früher war die Antarktis ein Dschungel. Millionen Jahre lang war sie so üppig wie Afrika. Die Kontinentaldrift und natürlich die Klimaveränderungen ließen sie gefrieren. Die Pflanzen sind abgestorben und haben sich zersetzt. Die Gase dieser Zersetzung – vor allem Methan – sind im Eis gebunden.«

»Und Methan ist ein starkes Treibhausgas.«

Er nickte. »Viel stärker als Kohlendioxid.«

Er sah wieder auf sein Tablet. »Zwei Minuten!«, rief er.

»An alle Schiffe: Phase Rot«, funkte Stratt. »Wiederhole: Phase Rot.«

Er wandte sich wieder an mich. »Und nun stehe ich hier. Umweltaktivist, Klimatologe, Antikriegsdemonstrant.« Er blickte zum Meer. »Und ich befehle einen Atomwaffenangriff auf die Antarktis. Zweihunderteinundvierzig Atombomben sind dank der Vereinigten Staaten im Abstand von drei Kilometern fünfzig Meter tief in einem Riss versenkt und werden gleichzeitig zünden.«

Ich nickte langsam.

»Man sagte mir, die Strahlung sei minimal«, fuhr er fort.

»Ja, wenn das ein Trost ist, es sind Fusionsbomben.« Ich zog die Jacke enger um mich. »Eine kleine Fusionsreaktion mit Uran und anderen Dingen bringt eine viel größere Fusionsreaktion in Gang. Und bei der großen Explosion werden nur Wasserstoff und Helium freigesetzt, die nicht strahlen.«

»Na, das ist doch was.«

»War das wirklich die einzige Möglichkeit?«, fragte ich ihn. »Warum haben wir nicht ein paar Fabriken massenhaft Schwefelhexafluorid oder ein anderes Treibhausgas herstellen lassen?«

Er schüttelte den Kopf. »Wir brauchen mehrere tausend Mal so viel, wie wir auf dem Weg hätten erzeugen können. Vergessen Sie nicht, dass wir weltweit ein Jahrhundert lang Kohle und Öl verbrennen mussten, um überhaupt eine merkliche Wirkung auf das Klima zu erzeugen.«

Wieder sah er auf sein Tablet. »Der Gletscher wird sich an der Linie der Explosionen entlang teilen und langsam ins Meer rutschen. Im nächsten Monat wird der Meeresspiegel um etwa einen Zentimeter steigen, und die Meerestemperatur wird um ein Grad fallen – was eine ganz eigene Katastrophe ist, aber das soll uns jetzt nicht kümmern. Riesige Mengen Methan werden in die Atmosphäre freigesetzt. Und jetzt ist das Methan unser Freund. Unser bester Freund. Nicht nur, weil es uns eine Weile warm halten wird.«

»Tatsächlich?«

»Methan zersetzt sich nach zehn Jahren in der Atmosphäre. Wir können alle paar Jahre Brocken der Antarktis ins Meer kippen, um den Methanpegel zu steuern. Und wenn die *Hail Mary* eine Lösung findet, warten wir einfach zehn Jahre, und das Methan verschwindet. Mit Kohlendioxid geht das nicht.«

Stratt kam zu uns. »Zeit?«

»Sechzig Sekunden«, antwortete er.

Sie nickte.

»Und das ist jetzt die Lösung?«, fragte ich. »Wir stochern Methan aus der Antarktis, um die Temperatur der Erde auf dem richtigen Wert zu halten?«

»Nein«, widersprach er. »Das ist bestenfalls ein Notnagel. Wenn wir dieses Zeug ins Meer befördern, halten wir die Wärme in der Luft, aber die Störung unseres Ökosystems wird nachhaltig sein. Wir werden weiterhin schreckliches, unberechenbares Wetter, Missernten und die Vernichtung von Biomen sehen. Aber vielleicht, vielleicht wird es nicht ganz so schlimm, wie es ohne das Methan sonst werden würde.«

»Ich bin neugierig«, sagte ich zu Stratt. »Was werden Sie tun, wenn die *Hail Mary* gestartet ist?«

»Ich?«, antwortete sie. »Das ist egal. Sobald die *Hail Mary* startet, endet meine Autorität. Wahrscheinlich werden mich ein paar wütende Regierungen wegen Machtmissbrauch vor Gericht stellen. Möglicherweise verbringe ich den Rest meines Lebens hinter Gittern.«

»Ich bin dann in der Nachbarzelle«, sagte Leclerc.

»Machen Sie sich deshalb keine Sorgen?«

Sie zuckte mit den Schultern. »Wir müssen alle Opfer bringen. Wenn ich der Prügelknabe der Welt sein muss, um sie vor dem Untergang zu retten, dann ist das eben das Opfer, das von mir verlangt wird.«

»Sie haben eine eigenartige Logik«, erwiderte ich.

»Im Grunde nicht. Wenn die Alternative der Tod der ganzen Spezies ist, fällt die Entscheidung leicht. Da gibt es keine moralischen Zwickmühlen und kein Abwägen, was für wen das Beste ist. Ich konzentriere mich nur darauf, dass das Projekt gut läuft.«

»Das sage ich mir auch immer«, ergänzte Leclerc. »Drei ... zwei ... eins ... Zündung.«

Nichts geschah. Die Küste blieb, wie sie war. Keine Explosion. Kein Blitz. Nicht einmal ein Knall.

Er sah auf sein Tablet. »Die Atombomben haben gezündet. Die Schockwelle müsste in etwa zehn Minuten hier eintreffen. Es wird aber nur wie ein ferner Donner klingen.«

Er sah sich auf dem Flugdeck um.

Stratt legte ihm eine Hand auf die Schulter. »Sie haben getan, was Sie tun mussten. Wir tun alle nur das, was wir müssen.«

Er barg das Gesicht in den Händen und weinte.

Rocky und ich reden stundenlang über Biologie. Wir interessieren uns beide sehr dafür, wie der Körper des anderen funktioniert. Wir wären schlechte Wissenschaftler, wenn es anders wäre.

Die eridianische Physiologie ist, offen gesagt, erstaunlich.

Erid ist seiner Sonne so nahe, dass eine ungeheure Menge Energie in die Biosphäre vordringt. Und die Eridianer, die an der Spitze der Nahrungskette stehen, können mit ihren Körpern auf erheblich mehr Energie zurückgreifen als die Menschen. Wie viel mehr? Sie haben Beutel im Körper, die einfach nur ATP enthalten – das ist der wichtigste Energiespeicher allen DNA-basierten Lebens. Gewöhnlich ist die Substanz in den Zellen zu finden, aber sie haben so viel davon, dass sie eine effizientere Speichermöglichkeit entwickeln mussten.

Wir reden über wirklich absurde Mengen an Energie. Sie ziehen Sauerstoff aus Mineralien, um die Metalle zu gewinnen. Die Eridianer sind im Grunde biologische Schmelzöfen.

Menschen haben Haare, Fingernägel, Zahnschmelz und andere »tote« Dinge am Körper, die für kritische Zwecke eingesetzt werden. Rockys Panzer besteht aus oxidiertem Metall. Seine Knochen sind wabenförmig konstruierte Gerüste aus Metalllegierungen. Sein Blut besteht überwiegend aus flüssigem Quecksilber.

Sogar seine Nerven sind anorganische Silikate, die Lichtwellen leiten.

Alles in allem besteht Rocky nur zu wenigen Kilogramm aus organischem Material. Einzellige Organismen wandern durch seinen Kreislauf und bauen den Körper auf oder reparieren ihn, falls es nötig ist. Sie kümmern sich auch um die Verdauung und versorgen das Gehirn, das wohlbehalten mitten im Panzer sitzt.

Würden sich Bienen entwickeln, bis sie wandelnde Bienenstöcke bauen können, und wäre die Königin so intelligent wie ein Mensch, dann würde das Ergebnis einem Eridianer ähneln. Nur, dass die eridianischen »Bienen« einzellige Organismen sind.

Die eridianischen Muskeln sind anorganisch. Sie bestehen aus einem porösen, schwammähnlichen Material, das in geschmeidige Beutel eingebettet ist. In diesen Beuteln befindet sich der größte Teil des körpereigenen Wassers. Der atmosphärische Druck ist so hoch, dass das Wasser bei 210°C immer noch flüssig ist.

Sie haben zwei getrennte Kreislaufsysteme. Ein »Umweltsystem« und ein »heißes« System. Das Umweltblut ist 210 Grad heiß. Das heiße Blut hält eine Temperatur von 305 Grad, was sogar unter eridianischen Druckverhältnissen heiß genug ist, um Wasser zu kochen. Beide Kreislaufsysteme haben Blutgefäße, die sich rings um die Muskeln erweitern oder zusammenziehen und damit die Temperatur regeln können. Ist Expansion nötig? Dann heizen wir auf. Wollen wir kontrahieren? Dann kühlen wir ab.

Kurz gesagt: Die Eridianer werden mit Dampf angetrieben.

Aus diesem Grund dient das äußere System als Wärmetauscher, wenn die Muskeln abkühlen sollen. Ständig muss es auf die normale Temperatur heruntergekühlt werden, und dazu braucht er seine Kühlrippen. Rocky »atmet« in gewisser Weise, aber das bedeutet nur, dass er das Ammoniak von draußen in die Kapillaren eines Organs voller Kühlrippen zieht, das sich oben auf seinem Panzer befindet. Fünf Schlitze lassen die Luft ein- und ausströmen, aber nichts davon dringt in seinen Blutkreislauf ein.

Die Eridianer atmen zwar nicht wie wir, benötigen aber trotzdem Sauerstoff. Sie sind nur viel stärker abgeschirmt als ein menschlicher Körper. In ihrem Inneren haben sie pflanzen- und tierähnliche Zellen. Sauerstoff zu CO_2, CO_2 zu Sauerstoff, hin und her, immer im Gleichgewicht. Rockys Körper ist eine kleine Biosphäre. Er braucht nur Nahrung, um Energie aufzunehmen, und Luftströme, um die Wärme abzugeben.

Das Blut ist so heiß, dass im Inneren kein organisches Material überleben könnte – dort kocht ja das Wasser. Was übrigens ganz praktisch ist, wenn man Nahrung sterilisieren will, damit man keine Pathogene aufnimmt.

Aber damit die Helferzellen jeden Teil des heißblütigen Systems erreichen können, muss das System gelegentlich auf Umwelttemperatur heruntergekühlt werden. Wenn das geschieht, können die Eridianer keinen Muskel mehr bewegen. Deshalb schlafen sie.

Sie »schlafen« nicht, wie wir Menschen es tun. Sie sind buchstäblich gelähmt. Und das Gehirn, das ebenfalls gewartet werden muss, hat während dieser Zeit keine bewusste Funktion. Ein schlafender Eridianer kann nicht aufwachen.

Deshalb behalten sie einander im Auge, während sie schlafen. Irgendjemand muss aufpassen, damit nichts passiert. Wahrscheinlich geht das auf ihre Höhlenmenschen-Zeit (Höhlen-Eridianer-Zeit?) zurück. Jetzt ist es eine soziale Norm.

So erstaunt ich über all das bin, für Rocky ist es eher banal. Unterdessen ist er angesichts der Menschen schockiert und erstaunt.

»*Ihr könnt Licht hören, Frage?*«, sagt Rocky. Die erste Note des Satzes bebt immer ein wenig, wenn er überrascht oder beeindruckt ist.

»Ja, ich höre Licht.«

Während wir uns unterhalten, benutzt er seine vielen Hände, um ein kompliziertes Gerät zusammenzubauen. Es ist fast so groß wie er selbst. Ich erkenne mehrere Bauteile wieder, die er in den letzten Tagen repariert hat. Er kann sich gleichzeitig unterhalten und an einer komplizierten Maschine arbeiten. Ich glaube, die Eridianer sind viel besser darin, mehrere Dinge gleichzeitig zu tun, als wir Menschen.

»Wie, Frage?«, will er wissen. *»Wie könnt ihr Licht hören, Frage?«*

Ich zeige auf meine Augen. »Das hier sind spezielle Körperteile, die Licht bündeln und entdecken können. Sie schicken die Informationen an mein Gehirn.«

»Licht gibt dir Informationen, Frage? Genug Informationen, um Raum zu verstehen, Frage?«

»Ja. Das Licht gibt den Menschen Informationen, so wie der Schall den Eridianern Informationen gibt.«

Da fällt ihm etwas ein. Er unterbricht die Arbeit an seinem Gerät. *»Hört ihr Licht aus dem Weltraum, Frage? Ihr hört Sterne, Planeten, Asteroiden, Frage?«*

»Ja.«

»Erstaunen. Was ist mit Geräuschen, Frage? Du kannst Schall hören.«

Ich zeige auf die Ohren. »Damit höre ich Schall. Wie hörst du den Schall?«

Er deutet auf seinen Panzer und die Arme. *»Überall. Winzige Rezeptoren auf Außenhülle. Alle melden an das Gehirn. Wie Berührung.«*

Also ist sein ganzer Körper ein Mikrofon. Sein Gehirn muss eine enorme Rechenleistung haben. Es muss die exakte Position des Körpers kennen, die Zeitunterschiede berechnen, wann der Schall die unterschiedlichen Körperteile trifft ... oh, das ist interessant. Aber mein Gehirn verschafft mir andererseits mithilfe von zwei Augäpfeln ein 3-D-Modell meiner ganzen Umgebung. Sinnliche Wahrnehmungen sind überall immer wieder wirklich beeindruckend.

»Ich kann dich gut hören«, antworte ich. »Aber ohne Licht kann ich den Raum nicht verstehen. Ich höre dich sprechen, mehr nicht.«

Er zeigt auf die Trennwand. *»Das ist Wand.«*

»Es ist eine spezielle Wand. Licht dringt durch diese Wand.«

»Erstaunen. Ich gab dir viele Möglichkeiten für Wand, bevor ich gebaut habe. Du hast dieses Material gewählt, weil Licht durchdringt, Frage?«

»Ja. Ich habe es ausgesucht, weil das Licht durchdringt.«

»Erstaunen. Ich habe Auswahl für verschiedene ♫♩♪♫ von Geräuschen gegeben. Daran dachte ich nicht.«

Ich blicke zum Laptop, um herauszufinden, was das geheimnisvolle Wort bedeutet. Inzwischen muss ich nur noch sehr selten nachsehen. Trotzdem höre ich ab und zu einen Akkord, an den ich mich nicht erinnern kann. Der Computer sagt mir, dass das Wort mit »Qualitäten« zu übersetzen ist. Gut, ich kann mir keine Vorwürfe machen, dass ich es nicht erkannt habe. Es kommt nicht so oft vor.

»Das war einfach Glück«, sage ich.

»Glück«, stimmt er zu. Er nimmt an dem Gerät noch einige Einstellungen vor, steckt das Werkzeug in seine Schärpe und sagt: *»Ich bin fertig.«*

»Was ist das?«

»Gerät hält mich in kleinem Raum am Leben.« Ich glaube, er wirkt fröhlich. Er hält den Panzer etwas höher als sonst. *»Warte.«*

Er verschwindet in seinem Schiff und lässt das Gerät stehen. Nach einer Weile kehrt er mit mehreren durchsichtigen Xenonit-Platten zurück. Sie sind fünfeckig, etwa einen Zentimeter dick und einen Fuß groß. Ich hasse mich selbst dafür, dass ich gleichzeitig in zwei verschiedenen Maßsystemen denke. Aber so funktioniert mein Gehirn eben.

»Ich mache jetzt Raum«, erklärt er.

Er baut die Fünfecke Kante auf Kante zusammen und verklebt sie mit einer Art zähflüssigem Leim aus einer Tube. Bald darauf hat er zwei Hälften eines Dodekaeders vor sich. Er zeigt sie mir stolz und setzt sie zusammen. *»Raum.«*

Der »Raum« ist eine geodätische Kugel aus Fünfecken, die ungefähr einen Meter misst. Groß genug, um Rocky aufzunehmen.

»Wozu dient dieser Raum?«, frage ich.

»Raum und Gerät hält mich in deinem Schiff am Leben.«

Ich ziehe die Augenbrauen hoch. »Willst du in mein Schiff kommen?«

»Will menschliche Technologie sehen. Ist erlaubt, Frage?«

»Ja, erlaubt! Was willst du sehen?«

»Alles! Menschliche Wissenschaft besser als eridianische.« Er zeigt auf den Laptop, der neben mir schwebt. *»Maschine die denkt. Eridianer haben nicht.«* Er zeigt auf mein Werkzeug. *»Viele Maschinen, die Eridianer nicht haben.«*

»Ja, komm und sieh dir an, was du willst!« Ich zeige auf die kleine Luftschleuse in der Trennwand. »Wie kommst du da durch?«

»Du verlässt Tunnel. Ich mache neue Trennwand. Größere Luftschleuse.«

Er zieht das fertige Gerät – das ich jetzt als Lebenserhaltungssystem erkenne – zu seinem Panzer und schnallt es an. Es bedeckt die Lüftungsschlitze auf seinem Rücken.

»Blockiert das deinen Wärmetauscher? Ist das nicht gefährlich?«

»Nein. Das macht heiße Luft zu kalter Luft«, antwortet er.

Eine Klimaanlage. Nicht das, was ich mir vorgestellt hätte, wenn ich eine Spezies sehe, die bei über 200 Grad Celsius behaglich lebt. Aber wir haben eben unterschiedliche Toleranzen.

Er klebt die Kugel rund um sich zu. *»Ich teste.«*

Dann schwebt er eine Minute in der Luft. Schließlich sagt er: *»Funktioniert! Glücklich!«*

»Schön!«, antworte ich. »Aber wie funktioniert es? Wohin wird die Hitze abgestrahlt?«

»Einfach«, sagt er und tippt auf einen kleinen Teil des Geräts. *»Astrophagen hier. Astrophagen nehmen alles, was heißer ist als sechsundneunzig Grad.«*

Ah, na gut. Für die Menschen sind Astrophagen heiß. Für Eridianer sind sie eher kühl. Und sie sind das perfekte Medium für eine Klimaanlage. Rocky muss nur die Luft über ein paar mit Astrophagen gefüllte Kühlrippen streichen lassen oder so.

»Raffiniert«, sage ich.

»Dank. Du gehst jetzt. Ich mache große Luftschleuse für Tunnel.«

»Ja ja ja«, antworte ich.

Dann sammle ich meine Habseligkeiten im Tunnel ein, einschließlich der an der Wand verankerten Matratze, und verfrachte alles ins Cockpit. Anschließend ziehe ich mich selbst ins Cockpit zurück und sperre beide Luken der Luftschleuse zu.

In der folgenden Stunde räume ich auf. Ich hatte ja nicht mit Besuch gerechnet.

15

Ein paar Stunden sind seitdem vergangen. Ich will jetzt unbedingt sehen, wie er den Tunnel verändert hat!

Rocky braucht einen enormen atmosphärischen Druck, um zu überleben. Damit kommt meine Schiffshülle nicht zurecht. Und er kann nicht im Vakuum existieren. Also, welche Veränderungen hat er dort vorgenommen?

Jenseits der Luftschleuse klirrt und klappert es. Jetzt will ich es aber wissen! Ich betrete die Luftschleuse und blicke durch das Bullauge. Der Hüllenroboter der *Blip-A* hat den alten Tunnel entfernt und baut gerade einen neuen.

Oh. Tja, so einfach ist das.

Der alte Tunnel treibt in den Weltraum davon – er wird anscheinend nicht mehr gebraucht. Der Roboter bugsiert den neuen Tunnel an die richtige Position und befestigt ihn mit Xenonitkleber auf der Hülle der *Blip-A*.

Wie können die Eridianer ohne Computer ein Schiff steuern, das sich fast mit Lichtgeschwindigkeit bewegt? Rechnen sie es sich im Kopf aus? Sie sind ja ziemlich gute Mathematiker. Vielleicht hatten sie es gar nicht nötig, Computer zu erfinden. Aber trotzdem, so gut sie auch in Mathe sind, es gibt Grenzen.

Das Klirren hört auf. Ich spähe wieder aus dem Fenster. Der Tunnel ist vollständig installiert.

Er sieht so aus wie der Vorgänger, nur dass er eine viel größere Luftschleuse hat. Im Grunde ist jetzt die ganze Trennwand ein Schrank, der mehr als groß genug ist, um Rocky aufzunehmen. Allerdings ist er nicht groß genug für mich. Vermutlich werde ich die *Blip-A* vorerst nicht besuchen.

Auf Rockys Seite sind die Handgriffe verschwunden. Stattdessen verläuft jetzt ein Metallstreifen längs durch den Tunnel. Er erstreckt sich über die mittlere Schleuse hinweg bis in meinen Teil und endet direkt vor meiner Luftschleuse.

Gegenüber dem Metallstreifen erkenne ich etwas, das aussieht wie ein Rohr. Es besteht aus dem dunkel und hell gefleckten Xenonit, aus dem auch die Tunnelwand gefertigt ist. Und sein Querschnitt ist quadratisch. Auch das Rohr verläuft durch die gesamte Längsachse des Tunnels.

Es zischt, Rockys Seite füllt sich mit Nebel. Dann zischt es erneut auf meiner Seite. Dazu dient vermutlich das Rohr. Es kann auf beiden Seiten die gewünschte Atmosphäre einleiten. Ich bin froh, dass Rocky einen Vorrat an Sauerstoff hat, mit dem er arbeiten kann.

Die Luke der *Blip-A* geht auf, und Rocky taucht auf, umhüllt von seiner geodätischen Kugel. Er trägt eine Art Overall und eine Schärpe über dem Panzer. Die Klimaanlage hat er auf dem Rücken. Mit zwei Händen hält er Metallbarren fest, die anderen drei sind frei. Mit einer winkt er mir, ich winke zurück.

Die Raumkugel (wie sonst soll man sie nennen?) schwebt in die Luftschleuse und verankert sich auf der Metallschiene.

»Was?«, frage ich. »Wie …«

Dann verstehe ich es. Die Kugel hat sich nicht durch Zauberhand bewegt. Die schwarzen Barren, die Rocky festhält, sind Magnete. Ziemlich starke, nehme ich an. Und der Metallstreifen ist offensichtlich magnetisch. Wahrscheinlich Eisen. Er rollt mit der Kugel auf dem Streifen entlang zur trennenden Luftschleuse. Mithilfe der Magnete bedient er durch die Xenonithülle hindurch die Schalter. Es ist bezaubernd.

Nach etwas Zischen und einigen Pumpgeräuschen stößt er einen Schieber von sich weg und öffnet so die Tür auf meiner Seite der Luftschleuse. Von da aus rollt er weiter bis zu meiner Luke. Ich öffne.

»Hallo.«

»*Hallo.*«

»Also … trage ich dich jetzt umher? Ist das der Plan?«

Vorsichtig, weil ich fürchte, sie könnte heiß sein, berühre ich die Kugel. Sie ist nicht heiß. Unter anderem ist Xenonit ein hervorragendes Isoliermaterial. Ich ziehe ihn durch die Schleuse ins Schiff.

Rocky ist *schwer*. Viel schwerer, als ich es erwartet hätte. Wenn hier Schwerkraft herrschen würde, dann könnte ich ihn nicht einmal hochheben. Auch so hat er noch eine Menge Trägheit. Schnaufend schleppe ich ihn weiter. Es ist, als wollte ich ein Motorrad im Leerlauf schieben. Ehrlich, er ist so schwer wie ein Motorrad.

Das sollte mich eigentlich nicht überraschen. Er hat mir alles über seine Biologie und die Verwendung von Metallen erzählt. Sein Blut besteht sogar aus Quecksilber! Natürlich ist er schwer.

»Du bist sehr schwer«, sage ich. Hoffentlich versteht er das nicht falsch: *He, du Mops, mach mal Diät!*

»*Meine Masse beträgt einhundertachtundsechzig Kilogramm*«, informiert er mich.

Rocky wiegt mehr als 300 Pfund!

»Mensch«, sage ich. »Du bist viel schwerer als ich.«

»*Wie groß ist deine Masse, Frage?*«

»Etwa achtzig Kilogramm.«

»*Menschen haben sehr kleine Masse!*«, sagt er.

»Ich bestehe größtenteils aus Wasser«, erkläre ich. »Wie auch immer, das hier ist das Cockpit. Von hier aus steuere ich das Schiff.«

»*Verstehe.*«

Ich schiebe ihn vor mir durch den Zugang zum Labor. Er rutscht in seiner Kugel hin und her. Wenn er etwas Neues sieht, trippelt er immer hin und her. Ich vermute, das hilft ihm, mit seinem Sonar die Dinge besser zu »sehen«. So ähnlich, wie ein Hund den Kopf schief legt, um Geräusche besser anzupeilen.

»Das hier ist mein Labor«, fahre ich fort. »Hier finden die wissenschaftlichen Arbeiten statt.«

»*Gut gut guter Raum!*«, quietscht er. Seine Stimme ist eine ganze Oktave höher als normal. »*Will alles verstehen!*«

»Ich beantworte gern alle deine Fragen«, willige ich ein.

»Später. Mehr Räume!«

»Mehr Räume!«, stimme ich energisch zu.

Ich schiebe ihn weiter in den Schlafraum und versetze ihn leicht in Drehung, damit er den ganzen Schlafraum erfassen kann. »Hier schlafe ich. Also, hier habe ich geschlafen. Dann hast du mir gesagt, ich soll im Tunnel schlafen.«

»Du schläfst allein, Frage?«

»Ja.«

»Ich schlafe auch allein oft. Traurig traurig traurig.«

Er versteht es nicht. Die Angst vor dem Schlaf ist vermutlich in seinem Gehirn fest verdrahtet. Interessant ... möglicherweise war das der Beginn ihres Rudelinstinkts. Und einen Rudelinstinkt braucht jede Spezies, die intelligenter werden will. Diese eigenartigen Schlafgewohnheiten (jedenfalls aus meiner Sicht) sind möglicherweise der Grund dafür, dass wir überhaupt miteinander reden können!

Ja, das war unwissenschaftlich. Wahrscheinlich gibt es tausend Dinge, die dazu geführt haben, dass sie intelligent sind. Diese Sache mit dem Schlaf ist wahrscheinlich nur ein Teil davon. Aber na ja, ich bin Wissenschaftler. Ich muss Theorien entwickeln!

Ich öffne eine Klappe des Lagerraums und schiebe seine Kugel ein Stück hinein. »Das ist ein kleines Lager.«

»*Verstehe.*«

Ich ziehe ihn wieder heraus. »Das sind alle Räume. Mein Schiff ist viel kleiner als deins.«

»Dein Schiff hat viel Wissenschaft!«, sagt er. *»Zeig mir die Dinge im Wissenschaftsraum, Frage?«*

»Gern.«

Ich bugsiere ihn wieder ins Labor. Er rutscht in der Kugel hin und her und nimmt alles in sich auf. In der Mitte des Raumes halte ich mich an einem Tisch fest und bringe uns zum Stehen.

Dann drücke ich die Kugel auf den Labortisch. Ich glaube, er ist aus Stahl, aber ich bin nicht sicher. Auf die meisten Labortische trifft das zu. Wir werden es herausfinden.

»Setze deine Magnete ein«, schlage ich vor.

Er drückt einen Magnet gegen die fünfeckige Fläche, die den Tisch berührt. Mit einem Knall greift der Magnet. Jetzt ist er fest verankert.

»*Gut!*«, sagt er. Nacheinander benutzt er beide Magnete, um über den Tisch und zurück zu rollen. Das ist nicht sehr anmutig, aber es erfüllt seinen Zweck. Wenigstens muss ich ihn jetzt nicht ständig festhalten.

Ich stoße mich vom Tisch ab und schwebe zur Wand. »Hier gibt es eine Menge. Was willst du zuerst wissen?«

Er zeigt in eine Richtung, hält inne. Dann sucht er etwas anderes aus und hält wieder inne. Wie ein Kind in einem Bonbonladen. Endlich entscheidet er sich für den 3-D-Drucker.

»*Das. Was ist das, Frage?*«

»Es stellt kleine Dinge her. Ich zeige dem Computer einen Umriss, und er sagt der Maschine, wie man es machen muss.«

»*Kann ich sehen, wie kleines Ding macht, Frage?*«

»Es braucht Schwerkraft.«

»*Ist das Grund warum dein Schiff rotiert, Frage?*«

»Ja«, antworte ich. Mensch, er ist wirklich schlau. »Die Rotation stellt für wissenschaftliche Arbeiten die Schwerkraft her.«

»*Dein Schiff nicht kann rotieren mit Tunnel angeschlossen.*«

»Richtig.«

Er denkt nach.

»*Dein Schiff hat mehr Wissenschaft als mein Schiff. Bessere Wissenschaft. Ich bringe meine Sachen in dein Schiff. Löse Tunnel. Du machst Schiff drehen für Wissenschaft. Du und ich machen Wissenschaft und töten Astrophagen zusammen. Retten Erde. Retten Erid. Das guter Plan, Frage?*«

»Äh ... ja! Guter Plan! Aber was ist mit deinem Schiff?« Ich tippe auf seine Xenonit-Blase. »Menschliche Wissenschaft kann kein Xenonit machen. Xenonit ist stärker als alles, was die Menschen haben.«

»*Ich bringe Material mit, um Xenonit zu machen. Kann jede Form machen.*«

»Verstehe«, sage ich. »Willst du deine Sachen jetzt holen?«

»Ja!«

Und damit werde ich kurzerhand vom »einsamen überlebenden Raumforscher« zum »Typ mit irrem Mitbewohner« befördert. Ich bin gespannt, wie sich das entwickelt.

»Haben Sie schon Dr. Lamai kennengelernt?«, fragte Stratt.

Ich zuckte mit den Achseln. »In letzter Zeit bin ich so vielen Leuten begegnet, dass ich mich, ehrlich gesagt, nicht an jeden erinnern kann.«

Auf dem Flugzeugträger gab es eine normale Krankenstation, die aber der Crew vorbehalten war. Dies hier war ein spezielles medizinisches Zentrum, das man auf der zweiten Hangarebene eingerichtet hatte.

Die Ärztin legte die Hände aneinander und neigte leicht den Kopf. »Es ist mir eine Freude, Sie kennenzulernen, Dr. Grace.«

»Danke«, antwortete ich. »Äh, ebenso.«

»Ich habe Dr. Lamai die Verantwortung für alle medizinischen Fragen in Zusammenhang mit der *Hail Mary* übertragen«, erklärte Stratt. »Sie war leitende Wissenschaftlerin bei dem Unternehmen, das die Koma-Technologie entwickelt hat, die wir hier einsetzen wollen.«

»Freut mich«, sagte ich. »Dann kommen Sie aus Thailand?«

»Ja«, bestätigte sie. »Leider hat die Firma nicht überlebt. Da die Technologie nur bei einem von siebentausend Menschen funktioniert, war das kommerzielle Potenzial sehr begrenzt. Es freut mich, dass meine Forschung trotzdem der Menschheit helfen kann.«

»Das ist untertrieben«, meinte Stratt. »Ihre Technologie könnte die Menschheit *retten*.«

Lamai wich ihrem Blick aus. »Sie loben mich über den grünen Klee.«

Sie führte uns in ihr Labor. Ein Dutzend Nischen waren mit verschiedenen experimentellen Apparaten belegt, die jeweils mit einem bewusstlosen Affen verbunden waren.

Ich wandte mich ab. »Muss ich hier sein?«

»Sie müssen Dr. Grace entschuldigen«, warf Stratt ein. »Er ist bei gewissen Dingen ... ein wenig zartbesaitet.«

»Mit mir ist alles in Ordnung«, wehrte ich ab. »Ich weiß, dass Tierversuche notwendig sind. Ich sehe es mir nur nicht so gern an.«

Lamai schwieg.

»Dr. Grace«, sagte Stratt, »seien Sie nicht so ein Kotzbrocken. Dr. Lamai, bringen Sie uns bitte auf den neuesten Stand.«

Lamai zeigte auf eine Anordnung von Metallarmen über dem vordersten Versuchsaffen. »Wir haben diese automatisierten Geräte zur Überwachung des Komas und für die Pflege der Patienten entwickelt, als wir glaubten, wir müssten uns um Zehntausende Patienten kümmern. Dazu ist es dann ja nicht mehr gekommen.«

»Funktionieren sie denn?«, wollte Stratt wissen.

»Ursprünglich waren sie nicht dazu gedacht, völlig autonom zu arbeiten. Sie sollten Routineaufgaben übernehmen, doch wenn es Probleme gab, die sie nicht lösen konnten, musste ein menschlicher Arzt alarmiert werden.«

Sie ging an den Reihen der bewusstlosen Affen vorbei. »Mit der vollautomatischen Version machen wir bedeutende Fortschritte. Diese Geräte hier betreiben wir mit erstklassiger Software, die in Bangkok entwickelt wird. Sie kümmert sich um Patienten, die im Koma liegen, überwacht die Vitalfunktionen und leistet medizinische Hilfe, soweit es nötig ist. Die Patienten werden künstlich ernährt, die Körperflüssigkeiten entsorgt und so weiter. Es wäre immer noch besser, einen richtigen Arzt einzusetzen, aber dies hier kommt dem schon recht nahe.«

»Ist da künstliche Intelligenz im Spiel?«, fragte Stratt.

»Nein«, erwiderte Lamai. »Dies ist ein rein prozeduraler Algorithmus. Sehr komplex, aber ohne KI. Wir müssen die Software in Tausenden Fällen testen und herausfinden, wie sie reagiert und warum sie es tut. Mit einem neuronalen Netzwerk wäre das nicht möglich.«

»Verstehe.«

Sie zeigte auf einige Grafiken an der Wand. »Der wichtigste Durchbruch führte leider zur Auflösung unserer Firma. Wir haben erfolgreich die genetischen Marker identifiziert, die mit langfristiger Komaresistenz verbunden sind. Wir können es mit einem einfachen Bluttest feststellen. Wie Sie wissen, haben wir bei Tests in der Bevölkerung herausgefunden, dass nur sehr, sehr wenige Menschen tatsächlich dieses Gen besitzen.«

»Könnten Sie nicht trotzdem noch vielen Menschen helfen?«, fragte ich. »Ich meine, auch wenn es nur einer unter siebentausend Menschen ist, es ist doch ein Anfang, oder?«

Lamai schüttelte den Kopf. »Leider nicht. Es gibt nur wenige Anwendungsfälle für dieses Verfahren. Es besteht keine dringende medizinische Notwendigkeit, während der Chemotherapie bewusstlos zu sein. Genau genommen erhöht die Bewusstlosigkeit das Risiko sogar noch ein wenig. Deshalb bleiben einfach nicht genügend Patienten übrig, um eine Firma am Leben zu halten.«

Stratt krempelte sich den Ärmel hoch. »Testen Sie mich auf das Gen. Ich bin neugierig.«

Lamai schien entsetzt. »N-na gut, Ms. Stratt.« Sie ging zu einem Rollwagen und holte sich die Gerätschaften für eine Blutprobe. Jemand in ihrer Position war nicht daran gewöhnt, so einfache Arbeiten zu verrichten. Aber Stratt war Stratt.

Lamai ließ sich nichts anmerken. Ohne Zögern stach sie Stratt die Nadel in die Haut und hatte beim ersten Versuch Erfolg. Das Blut strömte in das Röhrchen. Als die Blutprobe entnommen war, krempelte Stratt den Ärmel wieder hinunter. »Grace, Sie sind der Nächste.«

»Warum?«, fragte ich. »Ich bin kein Freiwilliger.«

»Um mit gutem Beispiel voranzugehen«, erklärte sie. »Ich will, dass alle, die auch nur entfernt mit diesem Projekt zu tun haben, sich testen lassen. Es gibt nicht viele Astronauten, und nur einer von siebentausend ist komaresistent. Möglicherweise haben wir nicht genug qualifizierte Kandidaten. Wir müssen uns darauf vorbereiten, auch auf andere Gruppen zurückzugreifen.«

»Das ist ein Selbstmordkommando«, entgegnete ich. »Da werden wir keinen Ansturm von Leuten haben, die sagen: ›Oh, nehmen Sie mich, bitte nehmen Sie mich!‹«

»Tatsächlich gibt es so einen Ansturm«, erwiderte Stratt.

Lamai pikste mich in den Arm. Ich wandte den Blick ab. Mir wird immer komisch, wenn ich mein Blut in ein Röhrchen strömen sehe. »Was meinen Sie damit, dass wir einen Ansturm haben?«

»Bei uns haben sich bereits Zehntausende Freiwillige gemeldet, und alle wissen genau, dass es eine Einbahnstraße wird.«

»O Mann«, staunte ich. »Wie viele von ihnen sind verrückt oder selbstmordgefährdet?«

»Wahrscheinlich viele. Aber auf der Liste stehen auch Hunderte erfahrene Astronauten. Astronauten sind tapfere Menschen, die bereit sind, für die Wissenschaft ihr Leben zu riskieren. Viele von ihnen sind bereit, sich für die Menschheit zu opfern. Ich bewundere sie.«

»Hunderte«, sagte ich. »Nicht Tausende. Wir haben Glück, wenn auch nur ein einziger Astronaut geeignet ist.«

»Wir gehen sowieso schon davon aus, dass wir viel Glück haben«, meinte Stratt. »Da können wir auch hoffen, dass es noch etwas mehr wird.«

Kurz nach dem College zog meine Freundin Linda bei mir ein. Die Beziehung dauerte danach nur noch acht Monate und war eine absolute Katastrophe. Aber darauf kommt es jetzt nicht an.

Als sie einzog, erschrak ich über die Unmenge Zeugs, die sie in unsere kleine Wohnung mitbrachte. Kiste um Kiste mit Sachen, die sie im Laufe von Jahrzehnten gesammelt und nie ausgemistet hatte.

Im Vergleich zu Rocky war Linda geradezu spartanisch.

Er hat so viel Kram angeschleppt, dass wir keinen Lagerplatz mehr haben. Fast der gesamte Schlafraum ist mit Taschen aus einem leinwandähnlichen, braun gesprenkelten Material vollgestopft. Wenn die visuelle Ästhetik keine Rolle spielt, nimmt man eben das, was bei der Herstellung gerade zur Hand ist. Ich weiß nicht, was sich in den Beuteln befindet. Er hat es mir nicht verraten. Jedes Mal, wenn ich denke, wir sind fertig, schleppt er neue Beutel herbei.

Es ist nicht ganz richtig zu sagen, dass »er« sie bringt. Ich mache das. Er steckt in seiner Kugel und klemmt magnetisch verankert an der Wand, während ich schufte. Auch das erinnert mich sehr an Linda.

»Das ist aber viel«, sage ich.

»*Ja ja*«, antwortet er. »*Ich brauche diese Sachen.*«

»So viele Sachen.«

»*Ja ja. Verstehe. Sachen im Tunnel sind letzte Sachen.*«

»Na gut«, grolle ich. Ich schwebe zurück in den Tunnel und schnappe mir die letzten weichen Behälter. Dann bugsiere ich sie durch das Cockpit und das Labor nach unten in den Schlafraum. Ich finde eine Stelle, wo ich sie hineinzwängen kann. Es ist nicht mehr viel Platz übrig. Ich frage mich, wie viel Masse wir jetzt in mein Schiff gestopft haben.

Es gelingt mir, den Bereich vor meiner Koje frei zu halten. Und es gibt eine Stelle auf dem Boden, die Rocky für sich als Schlafplatz vorgesehen hat. Der Rest des Raumes ist ein wirres Durcheinander von weichen Kästen, die miteinander, an der Wand, an den andern Kojen und an allem anderen verklebt sind, was sie daran hindert, frei umherzuschweben.

»Sind wir fertig?«

»*Ja. Jetzt löse Tunnel.*«

Ich stöhne. »Du hast den Tunnel gebaut. Du löst ihn.«

»*Wie kann ich Tunnel lösen, Frage. Bin in Kugel.*«

Er deutet mit zwei Armen eine Drehbewegung an. »*Rotiere Tunnel.*«

»Na gut, na gut.« Ich nehme meinen EVA-Anzug. »Ich mache es schon, du Nervensäge.«

»*Nicht verstehe letztes Wort.*«

»Nicht wichtig.« Ich steige in den Anzug und schließe die hintere Öffnung.

Rocky ist erstaunlich geschickt darin, alle möglichen Dinge mit zwei Magneten innerhalb einer Kugel zu erledigen.

Seine Taschen enthalten jeweils eine Metallplatte. Er kann über den Stapel krabbeln und sie mithilfe der Magnete wie gewünscht umsortieren. Gelegentlich löst sich ein Sack, an dem er sich festhält, und er schwebt durch die Luft. Dann ruft er mich, und ich schiebe ihn zurück.

Ich halte mich auf meiner Koje fest und sehe ihm zu. »Also, erster Schritt. Proben der Astrophagen.«

»*Ja ja.*« Er streckt zwei Hände aus und dreht sie umeinander. »*Planet dreht sich um Tau. Astrophagen fliegen von Tau hierhin. Das Gleiche wie in Eridani. Astrophagen machen dort mehr Astrophagen mit Kohlendioxid.*«

»Ja«, bestätige ich. »Hast du eine Probe?«

»*Nein. Mein Schiff hatte Gerät dafür, aber Gerät zerbrochen.*«

»Konntest du es nicht reparieren?«

»*Gerät keine Fehlfunktion. Gerät zerbrochen. Ist während Reise vom Schiff gefallen. Gerät weg.*«

»Oje! Warum ist es zerbrochen?«

Er wackelt mit dem Panzer. »*Weiß nicht. Viele Sachen kaputt. Meine Leute bauen Schiff sehr schnell. Keine Zeit, alle Sachen gut zu bauen.*«

Qualitätsmängel unter Termindruck. Das scheint ein galaxienweites Problem zu sein.

»*Habe versucht, Ersatz zu bauen. Gescheitert. Versucht. Gescheitert. Versucht. Gescheitert. Habe Schiff in Weg von Astrophagen gebracht. Vielleicht kleben einige an Hülle. Aber Roboter auf Hülle kann nicht finden. Astrophagen sehr klein.*«

Er lässt den Panzer hängen. Die Ellenbogen sind höher als die Atemlöcher. Manchmal sinkt sein Panzer, wenn er traurig ist, aber so bedrückt habe ich ihn noch nie gesehen.

Seine Stimme ist jetzt eine Oktave tiefer. »*Versagen versagen versagen. Ich bin Reparatur-Eridianer. Kein Wissenschafts-Eridianer. Kluge kluge kluge Wissenschafts-Eridianer alle tot.*«

»He ... sag das nicht so ...«, wende ich ein.

»Nicht verstehe.«

»Äh ...« Ich ziehe mich zu seinem Berg von Beuteln hinüber. »Du lebst ja noch. Und du bist hier, und du hast nicht aufgegeben.«

Seine Stimme klingt immer noch tief. *»Ich versuche so viele Male. Versage so viele Male. Nicht gut in Wissenschaft.«*

»Ich aber«, antworte ich. »Ich bin ein Wissenschaftsmensch. Du bist gut darin, Dinge zu machen und zu reparieren. Zusammen kriegen wir das hin.«

Sein Panzer hebt sich etwas. *»Ja. Zusammen. Du hast Gerät, um Astrophagen zu sammeln, Frage?«*

Die externe Sammeleinheit. Die Steuerung habe ich am ersten Tag im Cockpit gesehen. Damals habe ich nicht weiter darüber nachgedacht, aber das muss es sein. »Ja. Ich habe ein Gerät dafür.«

»Erleichterung! Ich versuche so lange, so viele Male, versage.« Er schweigt einen Moment. *»Viel Zeit hier. Viel Zeit allein.«*

»Wie lange warst du hier allein?«

Er überlegt. *»Brauche neue Wörter.«*

Ich nehme den Laptop von der Wand. Wir finden jeden Tag ein paar neue Wörter, aber es werden deutlich weniger. Das ist doch ein Fortschritt.

Ich starte die Wellenanalyse und rufe die Tabelle mit dem Wörterbuch auf. »Bereit.«

»Siebentausendsiebenhundertsechsundsiebzig sind ♩♫♩♪♪. Erid rotiert einmal im Kreis in einem ♩♫♩♪♪.«

Die Zahl erkenne ich sofort. Ich habe sie mir bereits ausgerechnet, als ich Rockys Uhr betrachtete. 7776 entspricht sechs hoch fünf. So viele eridianische Sekunden dauert es, bis die eridianische Uhr einen vollen Umlauf absolviert hat und wieder auf null steht. Sie teilen ihren Tag in sehr bequeme und (für sie) logisch abgeleitete Sekunden ein. Das kann ich nachvollziehen.

»Eridianischer Tag.« Ich trage es ein. »Eine Planetenrotation entspricht einem ›Tag‹.«

»*Verstehe*«, sagt er. »Erid *umkreist Eridani einmal in 198,9 eridianischen Tagen. 198,8 eridianische Tage sind ♫♩♪♫♪.«*

»Jahr.« Ich trage es ein. »Ein Planet umkreist seinen Stern in einem Jahr. Dies ist ein eridianisches Jahr.«

»Wir bleiben bei irdischen Einheiten, sonst bist du verwirrt. Wie lang ist irdischer Tag, Frage? Und wie viele irdische Tage ist ein Erdjahr lang, Frage?«

»Ein irdischer Tag ist 86400 Sekunden lang. Ein Erdjahr ist 365,25 irdische Tage lang.«

»Verstehe«, antwortet er. *»Ich bin sechsundvierzig Jahre hier.«*

»Sechsundvierzig Jahre?« Ich keuche. »Sechsundvierzig irdische Jahre?«

»Ich bin sechsundvierzig irdische Jahre hier, ja.«

Er ist länger in diesem System, als ich lebe.

»Wie ... wie lange leben Eridianer?«

Er wackelt mit einer Klaue. *»Durchschnitt ist sechshundertneunundachtzig Jahre.«*

»Irdische Jahre?«

»Ja«, antwortet er ein wenig scharf. *»Immer irdische Einheiten. Du bist nicht gut in Mathematik, also immer irdische Einheiten.«*

Ich bin sprachlos.

»Wie lange lebst du schon?«

»Zweihunderteinundneunzig Jahre.« Er hält inne. *»Ja, irdische Jahre.«*

Ach du heiliger Strohsack. Rocky ist älter als die Vereinigten Staaten. Er wurde ungefähr zur gleichen Zeit geboren wie George Washington.

Dabei gilt er für seine Spezies noch nicht einmal als alt. Es gibt da draußen alte Eridianer, die schon gelebt haben, als Columbus herausfand, dass es in Nordamerika bereits Einwohner gab.

»Warum so überrascht, Frage?«, will Rocky wissen. *»Wie lange leben Menschen, Frage?«*

16

»Ist das irdische Schwerkraft, Frage?«, erkundigt sich Rocky. Seine Kugel liegt im Cockpit neben dem Pilotensessel auf dem Boden.

Ich sehe auf dem Kontrollbildschirm der Zentrifuge nach. Wir haben jetzt die volle Rotationsgeschwindigkeit erreicht, und die Seile sind ganz ausgefahren. Das Crewabteil hat sich wie gewünscht um 180 Grad gedreht. Die Anzeige verrät mir, dass die Schiffshälften vollständig getrennt sind. Wir rotieren gemächlich in der Leere. Im Labor herrscht eine Schwerkraft von exakt einem g.

»Ja. Das ist Erdschwerkraft.«

Er tritt zur Seite und rollt seine geodätische Kugel hin und zurück. *»Nicht viel Schwerkraft. Wie ist Wert, Frage?«*

»Neun Komma acht Meter pro Quadratsekunde.«

»Nicht viel Schwerkraft«, wiederholt er. *»Erid-Schwerkraft ist 20,48.«*

»Das ist eine ganze Menge«, antworte ich. Aber das war zu erwarten. Er hat mir längst alles über Erid erzählt, und ich kenne die Masse und den Durchmesser. Ich wusste bereits, dass die Schwerkraft an der Oberfläche ungefähr das Doppelte des irdischen Werts beträgt. Aber es ist gut zu sehen, dass meine Berechnungen stimmen.

Nebenbei bemerkt: Oha! Rockys Masse beträgt 168 Kilogramm. Das bedeutet, dass er auf seiner Heimatwelt um die 700 Pfund wiegt. Und das ist seine natürliche Umwelt, in der er sich vermutlich ganz natürlich bewegen kann.

Siebenhundert Pfund, und er hüpft hier mühelos umher.

Merke: Lass dich nie auf einen Ringkampf mit einem Eridianer ein.

»Also.« Ich lehne mich auf dem Pilotensessel zurück. »Wie sieht der Plan aus? Fliegen wir zum Petrowa-Strahl und holen die Astrophagen?«

»Ja! Aber erst mache ich Xenonitraum für mich.« Er zeigt durch die Luke zum Crewabteil. *»Vor allem in Schlafraum. Aber auch Tunnel in Labor und kleiner Bereich in Kontrollraum. Ist gut, Frage?«*

Nun ja, er kann nicht ewig in der Kugel bleiben. »Ja, das ist in Ordnung. Wo ist das Xenonit?«

»Xenonit-Teile in Beuteln im Schlafraum. Flüssigkeiten. Mischen. Werden Xenonit.«

Wie Kunstharz. Aber wie ein wirklich sehr, sehr stabiles Kunstharz.

»Interessant! Eines Tages will ich alles über Xenonit wissen.«

»Nicht verstehe Wissenschaft. Nur benutze. Entschuldigung.«

»Schon gut. Ich kann auch nicht erklären, wie man eine denkende Maschine baut. Ich benutze sie nur.«

»Gut. Du verstehst.«

»Wie lange dauert die Xenonit-Konstruktion?«

»Vier Tage. Könnten fünf Tage sein. Warum fragst du, Frage?«

»Ich will schnell vorankommen.«

»Warum so schnell, Frage? Langsamer ist sicherer. Weniger Fehler.«

Unbehaglich rutsche ich auf meinem Sessel herum. »Der Erde geht es schlecht. Es wird ständig schlimmer. Ich muss mich beeilen.«

»Nicht verstehe«, sagt Rocky. *»Warum Erde so schnell so schlecht, Frage? Erid wird langsam schlecht. Haben mindestens zweiundsiebzig Jahre, bis großes Problem.«*

Zweiundsiebzig Jahre? Meine Güte, ich wünschte, die Erde hätte auch so viel Zeit. Aber in zweiundsiebzig Jahren ist die Erde eine Eiswüste, und 99 Prozent der Menschen sind tot.

Warum ist Erid weniger stark betroffen? Ich runzle die Stirn. Es dauert nicht lange, bis ich die Antwort finde: Es muss mit der thermischen Energiespeicherung zu tun haben.

»Erid ist viel heißer als die Erde«, erkläre ich. »Und Erid ist viel größer und hat eine dickere Atmosphäre. Deshalb speichert Erid in seiner Luft viel mehr Wärme. Die Erde kühlt schnell aus. Sehr schnell. In vierzehn Jahren sind die meisten Menschen tot.«

Seine Stimme klingt monoton. Es ist ein sehr ernster Tonfall. »*Verstehe. Stress. Sorge.*«

»Ja.«

Er schlägt zwei Klauen gegeneinander, es klickt. »*Dann arbeiten wir. Wir arbeiten jetzt! Lernen wie Astrophagen töten. Du kehrst zur Erde zurück. Du berichtest. Rettest Erde!*«

Ich seufze. Irgendwann muss ich es ihm sowieso erklären. Da kann ich es auch gleich tun. »Nein, ich fliege nicht zurück. Ich werde hier sterben.«

»*Warum, Frage?*«

»Mein Schiff hatte nur genug Treibstoff für den Hinflug. Es reicht nicht, um nach Hause zu fliegen. Ich habe kleine Sonden, die mit meinen Ergebnissen zur Erde zurückkehren. Aber ich bleibe hier.«

»*Warum ist Mission so, Frage?*«

»Mein Planet konnte bis zum Start nicht mehr Treibstoff herstellen.«

»*Du wusstest das, als du Erde verlassen hast, Frage?*«

»Ja.«

»*Du bist guter Mensch.*«

»Danke.« Ich versuche, nicht an mein drohendes Ende zu denken. »Lass uns Astrophagen sammeln. Ich habe ein paar Ideen, wie wir Proben erhalten können. Meine Ausrüstung ist sehr gut darin, kleine Spuren von ...«

»*Warte.*« Er hebt eine Klaue. »*Wie viel Astrophagen braucht dein Schiff für Rückkehr zur Erde, Frage.*«

»Äh ... etwas mehr als zwei Millionen Kilogramm«, antworte ich.

»*Ich kann geben*«, behauptet er.

Ich fahre auf. »Was?«

»Ich kann geben. Ich habe extra. Kann das geben und habe immer noch viel für Rückkehr nach Erid. Du kannst haben.«

Mein Herz setzt aus. »Ehrlich? Das ist eine Menge Treibstoff! Lass es mich wiederholen: Zwei Millionen Kilogramm. Zwei mal zehn hoch sechs!«

»Ja. Habe so viel Astrophagen. Mein Schiff war auf Herflug effizienter als geplant. Du kannst zwei Millionen Kilogramm haben.«

Überrascht sinke ich auf den Sessel. Ich keuche. Beinahe hyperventiliere ich. Meine Augen werden feucht. »O mein Gott ...«

»Nicht verstehe.«

Ich wische mir die Tränen ab.

»Dir geht es gut, Frage?«

»Ja!«, schluchze ich. »Ja, mir geht es gut. Danke! Danke dir!«

»Ich bin froh. Du stirbst nicht. Lass uns Planeten retten!«

Ich breche zusammen und weine Freudentränen. Ich werde überleben!

Die Hälfte der chinesischen Crew war auf dem Flugdeck. Einige gingen tatsächlich ihrer Arbeit nach, die meisten waren aber nur gekommen, um die Retter der Menschheit anzustarren. Auch das Wissenschaftlerteam war da. Die übliche Ansammlung der üblichen Verdächtigen, die an den wöchentlichen Berichtsterminen teilnahmen. Stratt, ich, Dimitri, Lokken und als jüngste Ergänzung unseres Teams auch Dr. Lamai. Oh, und natürlich wäre kein Wissenschaftlerteam komplett ohne einen spielsüchtigen Betrüger. Bob Redell war auch dabei.

Um ehrlich zu sein, Bob hatte seine Sache gut gemacht. Er hatte die Astrophagenfarm in der Sahara hervorragend geleitet. Selten findet man einen Wissenschaftler, der zugleich auch ein guter Organisator ist. Es war keine leichte Aufgabe, aber der Brüter produzierte Astrophagen in dem Ausmaß, wie Redell es versprochen hatte.

Der Hubschrauber kam niedrig und langsam heran und landete perfekt auf dem Helipad. Die Bodencrew eilte hinüber, um ihn zu sichern. Die Rotoren drehten sich weiter, während die Frachtluke aufging.

Drei Leute stiegen aus, sie trugen blaue Overalls, jeder hatte die Flagge seines Landes auf der Schulter. Ein Chinese, eine Russin und ein Amerikaner.

Die Bodencrew bugsierte sie in sichere Entfernung, worauf der Hubschrauber sofort wieder abhob. Wenige Augenblicke später landete ein zweiter Hubschrauber, der genau wie der erste drei Astronauten brachte. In diesem Fall waren es ein Russe, eine Russin und eine Amerikanerin.

Diese sechs waren das Haupt- und das Reserveteam für die *Hail Mary*. Jeder Hubschrauber hätte leicht alle sechs Astronauten transportieren können, doch Stratt hatte strenge Regeln: Unter gar keinen Umständen durften die Crewmitglieder und ihre Ersatzleute in demselben Flugzeug, Hubschrauber oder Auto sitzen. Die Positionen waren spezialisiert und erforderten ein jahrelanges intensives Training. Wir wollten unbedingt vermeiden, dass ein einziger Autounfall die Überlebenschancen der ganzen Menschheit auslöschte.

Das Reservoir an Kandidaten war nicht sehr groß. Es gab einfach nicht viele komaresistente Menschen auf der Welt, die die richtigen Voraussetzungen mitbrachten und außerdem bereit waren, auf eine Selbstmordmission zu gehen.

Trotzdem, und auch angesichts des kleinen Bewerberkreises, war der Auswahlprozess lang und brutal und von endlosen Intrigen aller beteiligten Regierungen begleitet gewesen. Stratt bestand unnachgiebig darauf, nur die besten Kandidaten zu nehmen. Dennoch musste sogar sie gewisse Zugeständnisse machen.

»Frauen«, sagte ich.

»Ja«, grollte Stratt.

»Trotz Ihrer Richtlinien.«

»Ja.«

»Gut.«

»Nein, ist es nicht.« Sie runzelte die Stirn. »Die Amerikaner und Russen haben mich überstimmt.«

Ich verschränkte die Arme vor der Brust. »Ich hätte nie gedacht, dass eine Frau so sexistisch mit Frauen umgeht.«

»Das ist kein Sexismus, das ist Realismus.« Sie strich eine Haarsträhne zurecht, die ihr ins Gesicht geweht war. »Meine Richtlinien sagten ganz klar, dass alle Kandidaten heterosexuelle Männer sein mussten.«

»Warum nicht heterosexuelle Frauen?«

»Die überwiegende Mehrheit der Wissenschaftler und Astronauten ist männlich. Das ist die Welt, in der wir leben. Gefällt Ihnen das nicht? Dann ermuntern Sie Ihre Schülerinnen, sich für Naturwissenschaften und Technik zu interessieren. Ich bin nicht hier, um für soziale Gerechtigkeit zu sorgen. Ich bin hier, um alles zu tun, damit die Menschheit überlebt.«

»Klingt immer noch sexistisch.«

»Nennen Sie es, wie Sie wollen. Auf dieser Mission ist kein Platz für sexuelle Spannungen. Was passiert, wenn es romantische Verwicklungen gibt? Oder einen Streit? Manchmal töten Menschen aus geringeren Gründen.«

Ich sah mich auf dem Deck nach den Kandidaten um. Kapitän Yang begrüßte sie an Bord. Er interessierte sich besonders für seinen Landsmann – sie lächelten und schüttelten sich die Hände.

»Sie wollten auch keinen Chinesen haben. Sie dachten, deren Raumfahrtprogramm sei noch zu jung. Aber ich hörte, dass Sie ihn sogar als Kommandanten der ersten Crew vorgesehen haben.«

»Er hat die höchste Qualifikation, also ist er der Kommandant.«

»Möglicherweise sind die Russen und Amerikaner da drüben genauso gut qualifiziert. Vielleicht gehen die Leute, die die Welt retten werden, professionell damit um. Vielleicht ist es keine gute Idee, die Hälfte der geeigneten Menschen auszuschließen, nur weil Sie fürchten, dass sich die Astronauten nicht beherrschen können.«

»Das müssen wir jedenfalls hoffen. Die Russin – Ilyukhina – ist ebenfalls in der ersten Crew. Sie ist Materialwissenschaftlerin und die weitaus beste Expertin für die Aufgabe. Der Wissenschaftler ist

Martin DuBois – das ist der Amerikaner. Zwei Männer und eine Frau. Das ist ein Rezept für eine Katastrophe.«

In gespielter Überraschung legte ich mir eine Hand auf die Brust. »Du meine Güte! DuBois ist auch noch ein Schwarzer! Ich staune, dass Sie das zugelassen haben! Fürchten Sie nicht, er könnte die Mission gefährden, indem er ständig über Rapmusik und Basketball spricht?«

»Ach, halten Sie doch den Mund«, erwiderte sie.

Wir sahen zu, wie sich die Deckmannschaft um die Astronauten versammelte. Die Helfer waren absolut hingerissen, vor allem von Yáo.

»DuBois hat drei Doktortitel – Physik, Chemie und Biologie.« Stratt zeigte auf die Amerikanerin. »Das ist Annie Shapiro. Sie hat eine neue DNA-Splicingtechnologie entwickelt, die man inzwischen die Shapiro-Methode nennt.«

»Ehrlich?«, fragte ich. »*Die* Annie Shapiro? Sie hat drei komplette Enzyme von Grund auf neu entwickelt, um die DNA aufzuspalten, die ...«

»Ja, ja. Sehr kluge Frau.«

»Das hat sie im Rahmen ihrer Doktorarbeit gemacht. Für ihre *Doktorarbeit*. Wissen Sie, wie viele Leute für den Nobelpreis infrage kommen, weil sie weiterentwickeln, was Shapiro schon während der Ausbildung getan hat? Nicht viele, das kann ich Ihnen verraten. Und diese Frau ist Ihre *zweite* Wahl für den Wissenschaftsposten?«

»Sie ist die beste lebende Expertin für das DNA-Splicing. Aber DuBois hat mehrere Stärken auf sehr unterschiedlichen Gebieten, und das ist wichtiger. Wir wissen nicht, worauf sie da draußen stoßen. Wir brauchen jemanden mit einem möglichst breit angelegten Wissensschatz.«

»Erstaunliche Menschen«, sagte ich. »Die Besten der Besten.«

»Es freut mich, dass Sie beeindruckt sind. Denn Sie werden DuBois und Shapiro weiter ausbilden.«

»Wirklich?«, fragte ich. »Ich weiß nicht, wie man Astronauten schult!«

»Die Astronautensachen bringen ihnen die NASA und Roskosmos bei«, entgegnete sie. »Sie sollen ihnen den Wissenschaftskram zeigen.«

»Machen Sie Witze? Die sind viel besser als ich. Was könnte ich denen noch beibringen?«

»Verkaufen Sie sich nicht unter Preis«, meinte Stratt. »Sie sind der führende Experte für die Biologie der Astrophagen. Sie werden den beiden alles vermitteln, was Sie wissen. Hier kommt die Primärcrew.«

Yáo, Ilyukhina und DuBois näherten sich Stratt.

Yáo verbeugte sich. Er sprach Englisch mit sehr schwachem Akzent, aber sonst perfekt. »Ms. Stratt, es ist mir eine Ehre, Sie endlich kennenzulernen. Ich möchte Sie meiner aufrichtigen Dankbarkeit versichern, dass Sie mich als Kommandanten für diese kritische Mission vorgesehen haben.«

»Freut mich, Sie kennenzulernen«, antwortete Stratt. »Sie waren am besten qualifiziert. Dafür müssen Sie sich nicht bedanken.«

»Hallo!« Ilyukhina schoss nach vorne und umarmte Stratt. »Ich bin bereit, für die Erde zu sterben! Das ist der Wahnsinn, was?«

Ich beugte mich zu Dimitri hinüber. »Sind alle Russen so verrückt?«

»Ja«, gab er lächelnd zu. »Das ist die einzige Möglichkeit, gleichzeitig Russe und glücklich zu sein.«

»Das ist ... düster.«

»Das ist *russisch*!«

DuBois gab Stratt die Hand und sprach so leise, dass ich ihn kaum verstehen konnte. »Ms. Stratt, danke für diese Gelegenheit. Ich werde Sie nicht enttäuschen.«

Auch wir Wissenschaftler schüttelten den drei Astronauten die Hände. Es ging ein wenig durcheinander, eher wie auf einer Cocktailparty als bei einem formellen Termin.

Mitten im Getümmel drehte sich DuBois zu mir um. »Sie müssen Ryland Grace sein, richtig?«

»Ja«, bestätigte ich. »Es ist mir eine Ehre, Sie kennenzulernen.

Was Sie tun, ist einfach ... ich kann gar nicht fassen, dass Sie ein solches Opfer erbringen wollen. Oder sollte ich lieber nicht darüber reden? Ich weiß nicht. Vielleicht sollten wir das Thema lieber vermeiden?«

Er lächelte. »Ich denke sogar oft daran. Nein, wir müssen das Thema nicht meiden. Außerdem sind wir zwei uns ziemlich ähnlich, wie mir scheint.«

Ich zuckte mit den Achseln. »Kann schon sein. Ich meine, Sie sind erheblich besser ausgebildet als ich, aber ich interessiere mich wie Sie für Zellbiologie.«

»Ja, das auch«, erklärte er. »Aber ich meinte die Komaresistenz. Wie ich hörte, haben Sie die Marker, genau wie ich und die anderen Crewmitglieder.«

»Habe ich sie wirklich?«

Er zog eine Augenbraue hoch. »Hat man Ihnen das nicht gesagt?«

»Nein!« Ich blickte rasch zu Stratt. Sie unterhielt sich angeregt mit Betrüger Bob und Kommandant Yáo. »Es ist das erste Mal, dass ich davon höre.«

»Wie seltsam«, staunte er.

»Warum hat sie mir das nicht gesagt?«

»Da fragen Sie den Falschen, Dr. Grace. Aber ich nehme an, man hat es Stratt mitgeteilt, und sie hat es nur den Leuten gesagt, die es wissen müssen.«

»Es ist meine DNA«, knurrte ich. »Man hätte es mir sagen müssen.«

Vorsichtshalber wechselte DuBois das Thema. »Wie auch immer, ich freue mich, alles über den Lebenszyklus der Astrophagen zu erfahren. Dr. Shapiro – mein Gegenstück in der Reservecrew – ist auch schon ganz gespannt. Ich glaube, wir sind dann eine Klasse mit nur zwei Schülern. Haben Sie schon mal unterrichtet?«

»Ja«, erklärte ich. »Sehr viel sogar.«

»Ausgezeichnet.«

Ich lächle die ganze Zeit. Vor drei Tagen habe ich erfahren, dass ich nicht sterben muss, und ich lächle immer noch die ganze Zeit.

Nein, genau genommen könnte ich trotzdem noch sterben. Die Heimreise ist lang und gefährlich. Nur weil ich das Koma auf dem Hinflug überlebt habe, darf ich nicht annehmen, dass ich auch den Rückflug unbeschadet überstehe. Vielleicht kann ich die ganze Zeit wach bleiben und den Nährbrei aus dem Schlauch essen, wenn mein normaler Proviant alle ist? Ich müsste doch vier Jahre allein zurechtkommen, oder? Wir haben im Koma gelegen, damit wir uns nicht gegenseitig umbringen, aber einsam eingesperrt zu sein führt zu ganz anderen psychischen Schäden. Ich sollte mal etwas darüber lesen.

Aber nicht jetzt. Jetzt muss ich erst einmal die Erde retten. Um mein eigenes Überleben kann ich mich später kümmern. Aber das ist ein *Problem*, nicht die hoffnungslose Gewissheit, dass ich sterben muss.

Das Licht der Zentrifuge blinkt grün.

»Schwerkraft hergestellt«, sage ich lächelnd.

Kurze Zeit waren wir in der Schwerelosigkeit, aber jetzt habe ich die Zentrifuge wieder in Gang gesetzt. Ich musste sie »herunterfahren«, um den Antrieb zu starten. Wir können nicht gleichzeitig die Zentrifuge laufen lassen und den Antrieb aktivieren. Stellen Sie sich vor, wir würden den Spinantrieb starten, während das Schiff in zwei Hälften zerlegt ist, die mit hundert Meter langen Seilen verbunden sind. Kein angenehmer Gedanke.

Während der Jahrzehnte (keuch!), die Rocky hier war, hat er das System eingehend erkundet. Er hat mir alle Informationen gegeben, die er sammeln konnte. Er hat sechs Planeten katalogisiert und ihre Größe, die Masse, die Positionen, die Eigenschaften der Umlaufbahnen und Daten über die Atmosphäre registriert. Er musste nicht dorthin fliegen, um diese Arbeit zu leisten. Er hat von der *Blip-A* aus astronomische Beobachtungen durchgeführt. Wie sich zeigte, sind die Eridianer in Bezug auf ihre Umgebung genauso neugierig wie die Menschen.

Das ist gut, denn dies hier ist nicht *Star Trek*. Ich kann nicht einfach einen Scanner einschalten und auf einen Schlag sämtliche Informationen über ein Sonnensystem gewinnen. Rocky musste monatelang beobachten, um so viele Details zu erfassen.

Noch wichtiger ist, dass er alles über den lokalen Petrowa-Strahl weiß. Wie erwartet, führt er zu einem bestimmten Planeten. Wahrscheinlich ist es der mit dem höchsten CO_2-Gehalt. In diesem Fall ist es vom Stern aus gesehen der dritte Planet, »Tau Ceti e«. So nennt ihn jedenfalls die Erde.

Das ist also unser erstes Ziel.

Sicher, wir könnten mit der *Hail Mary* durch jeden Teil des Petrowa-Strahls fliegen und ein paar Astrophagen sammeln. Aber wir würden die Linie nur ein paar Sekunden lang berühren. Ein Sonnensystem ist kein statisches Objekt. Wir müssten uns mindestens schnell genug bewegen, um in einer Umlaufbahn um den Stern zu bleiben.

Aber Tau Ceti e ist ein schöner großer Planet im breitesten Teil des Petrowa-Strahls. Wir können die *Hail Mary* in einer Umlaufbahn parken und schwimmen dann jeweils auf der Hälfte der Kreisbahn in den Astrophagen. Dort können wir bleiben, solange wir wollen, und über die Astrophagen in diesem System und die Dynamik des Petrowa-Strahls so viele Daten wie nötig sammeln.

Also wollen wir zu diesem geheimnisvollen Planeten.

Ich kann nicht einfach Mr. Sulu bitten, einen Kurs zu bestimmen. Ich habe zwei Tage gerechnet, meine Ergebnisse überprüft und noch einmal nachgerechnet, bis ich den richtigen Winkel und Schub wusste.

Sicher, ich habe noch 20.000 Kilogramm Astrophagen, und das ist eine Menge Treibstoff, wenn man bedenkt, dass ich mit 6 Gramm pro Sekunde 1,5 g erzeugen kann. Und ja, Rockys Schiff hat eine Menge Astrophagen übrig (ich verstehe immer noch nicht, warum er so viel überschüssigen Treibstoff hat). Aber ich will trotzdem sparsam sein.

Also habe ich ordentlich Dampf gemacht, und wir fliegen nach Tau Ceti e. In elf Tagen beginne ich mit dem Bremsschub für die Umlaufbahn. Während wir warten, können wir ebenso gut auch die Schwerkraft genießen. Daher haben wir wieder auf Zentrifugalmodus umgeschaltet.

Elf Tage. Wirklich erstaunlich. Wir werden mehr als 150 Millionen Kilometer weit fliegen. Das entspricht in etwa der Entfernung von der Erde zur Sonne. Und wir schaffen das in acht Tagen. Wie? Indem wir unglaublich schnell fliegen.

Ich habe drei Stunden Schub gegeben, um uns in Gang zu bringen, und vor Tau Ceti e sind es noch einmal drei Stunden, um zu bremsen. Im Moment fliegen wir mit 162 Kilometern pro Sekunde. Das ist einfach lächerlich. Wenn man die Erde mit diesem Tempo verlässt, erreicht man vierzig Minuten später den Mond.

Das ganze Manöver einschließlich des Bremsschubs am Ende verbraucht 130 Kilogramm Treibstoff.

Diese Astrophagen sind wirklich verrückt.

Rocky steht in einer Blase aus durchsichtigem Xenonit im Cockpit.

»*Langweiliger Name*«, erklärt Rocky.

»Was? Welchen Namen meinst du?«

In den letzten Tagen hat er sich im Schiff eine Eridianer-Zone eingerichtet. Er hat sogar von Deck zu Deck Tunnel eingebaut. Es ist, als hätte ich einen riesigen Hamsterkäfig mit Laufgängen an Bord.

Er pendelt zwischen zwei Handgriffen hin und her. »*Tau Ceti e. Langweiliger Name.*«

»Dann gib dem Planeten einen neuen Namen.«

»*Ich soll Namen geben? Nein. Du gibst Namen.*«

»Du warst zuerst hier.« Ich löse die Sicherheitsgurte und strecke mich. »Du hast ihn identifiziert und seine Umlaufbahn und Position berechnet. Du gibst ihm einen Namen.«

»*Dies ist dein Schiff. Du gibst Namen.*«

Ich schüttle den Kopf. »Regel der Erdkultur. Wenn du einen Ort als Erster entdeckst, dann darfst du alles benennen, was du dort findest.«

Er denkt nach.

Xenonit ist wirklich erstaunlich. Ein Zentimeter von diesem

durchsichtigen Material trennen meine Atmosphäre, die zu einem Fünftel aus Sauerstoff besteht, von Rockys Ammoniak-Atmosphäre mit 29-fachem Druck. Ganz zu schweigen von meinen 20 Grad Celsius und Rockys 210 Grad Temperatur.

In einigen Räumen hat er mehr Platz belegt als in anderen. Der Schlafraum gehört ihm jetzt fast allein. Ich habe darauf bestanden, dass er sein Zeug in sein Abteil packt, und deshalb haben wir uns geeinigt, dass er sich dort breitmachen kann.

Außerdem hat er im Schlafraum eine große Schleuse eingebaut. Er hat sie an die Größe der Luftschleuse der *Hail Mary* angepasst, weil er meinte, alles, was im Schiff irgendwie wichtig ist, müsste klein genug sein, um durch diese Öffnung zu passen. Seinen Bereich kann ich nicht betreten, mein EVA-Anzug würde diese Umgebung nicht aushalten. Die Atmosphäre würde mich zerquetschen wie eine Weintraube. Die Luftschleuse dient vor allem dazu, Gegenstände hin und her zu schieben.

Das Labor gehört mir fast allein. An einer Seite führt ein Tunnel empor, von dem ein zweiter abzweigt und einmal rundherum an der Decke entlang und durch die Luke in den Kontrollraum führt. So kann er alle wissenschaftlichen Arbeiten beobachten, mit denen ich mich beschäftige. Irdische Geräte würden in seiner Umgebung sowieso nicht funktionieren, also muss alles bei mir geschehen.

Was das Cockpit angeht ... es ist eng. Rocky hat die Xenonit-Blase direkt neben der Luke auf dem Boden verankert. Er hat wirklich versucht, so unaufdringlich wie möglich zu sein. Und er hat mir versichert, dass die Löcher, die er in meine Zwischenböden geschlagen hat, die Stabilität meines Schiffs nicht gefährden.

»*Gut*«, sagt er schließlich. »*Name ist ♫♩♪♫.*«

Ich brauche den Frequenzanalysator nicht mehr. Es war ein A unter dem zweigestrichenen C, ein Es-Dur-Akkord und dann ein g-Moll-Septakkord. Ich trage es in die Tabelle ein. Den Grund weiß ich selbst nicht so genau. Seit Tagen musste ich nichts mehr nachschlagen. »Was heißt das?«

»*Das ist Name meines Partners.*«

Ich reiße die Augen auf. Dieser kleine Teufel! Er hat mir nie verraten, dass er einen Partner hat! Vermutlich reden die Eridianer nicht gern darüber.

Wir haben auf der Reise einige biologische Daten ausgetauscht. Ich habe ihm erklärt, wie Menschen neue Menschen machen, und er hat mir erzählt, wo die kleinen Eridianer herkommen. Sie sind Hermaphroditen und vermehren sich, indem sie nebeneinander Eier legen. Alles Weitere geschieht dann zwischen den beiden Eiern. Eines absorbiert das andere, sodass ein lebensfähiges Ei zurückbleibt, aus dem nach einem eridianischen Jahr oder zweiundvierzig Erdtagen ein Junges schlüpft.

Zusammen Eier zu legen entspricht dem, was Eridianer als Sex bezeichnen würden. Und sie gehen lebenslange Bindungen ein. Aber das hat Rocky mir erst jetzt verraten.

»Hast du einen Partner?«

»*Unbekannt*«, antwortet Rocky. »*Partner hat vermutlich neuen Partner. Ich bin lange Zeit weg.*«

»Traurig«, sage ich.

»*Ja, traurig. Aber notwendig. Muss Erid retten. Du bestimmst Menschenwort für ♫♩♪♫.*«

Eigennamen bereiten mir echte Kopfschmerzen. Wenn man von einem Mann namens Hans die deutsche Sprache lernt, nennt man ihn eben Hans. Aber ich kann die Laute, die Rocky benutzt, nicht hervorbringen, und das gilt auch umgekehrt. Wenn einer von uns dem anderen einen Namen nennt, muss der andere ein Wort aussuchen oder erfinden, das für diesen Namen in der jeweils eigenen Sprache steht. Rockys Name ist eine Tonfolge. Er hat ihn mir genannt, doch der Name hat in seiner Sprache keine Bedeutung, und deshalb bin ich bei »Rocky« geblieben.

Mein Name ist tatsächlich ein englisches Wort. Deshalb benutzt Rocky das eridianische Wort für »Gnade«.

Jedenfalls muss ich mir jetzt ein Wort einfallen lassen, das für »Rockys Partner« steht.

»Adrian«, sage ich. Warum eigentlich nicht? »Menschenwort ist ›Adrian‹.«

»*Verstehe*«, antwortet er. Dann wandert er durch seinen Tunnel ins Labor.

Ich stemme die Hände in die Hüften und sehe ihm mit schief gelegtem Kopf nach. »Wohin willst du?«

»*Essen.*«

»Essen? Warte mal!«

Rocky habe ich noch nie essen sehen. Ich habe noch nie eine andere Körperöffnung als die Lüftungsschlitze oben auf seinem Panzer bemerkt. Wie nimmt er die Nahrung auf? Und übrigens, wie legt er Eier? In dieser Hinsicht war er recht einsilbig. Als wir noch verbunden waren, hat er in seinem Schiff gegessen. Ich glaube, hin und wieder hat er sich ein paar Mahlzeiten gegönnt, während ich geschlafen habe.

Ich klettere die Leiter hinunter ins Labor. Er ist schon halb durch den vertikalen Tunnel und hangelt sich an den vielen Handgriffen hinunter. Ich folge ihm auf meiner eigenen Leiter. »He, ich will zusehen!«

Auf dem Boden des Labors hält Rocky inne. »*Ist privat. Ich schlafe nach essen. Du beobachtest mich beim Schlafen, Frage?*«

»Ich will dich auch essen sehen!«

»*Warum, Frage?*«

»Wissenschaft«, antworte ich.

Rocky wiegt mehrmals seinen Panzer nach links und rechts. Das zeigt in der eridianischen Körpersprache eine leichte Gereiztheit an. »*Ist biologisch. Ist widerlich.*«

»Wissenschaft.«

Wieder wackelt er mit dem Panzer. »*In Ordnung. Du siehst zu.*« Er steigt weiter hinab.

»Ja!« Neugierig folge ich ihm.

Ich quetsche mich in meine kleine Ecke des Schlafraums. Hier habe ich jetzt nur noch das Bett, die Toilette und die Roboterarme.

Um ehrlich zu sein, er hat auch nicht viel Platz. Er hat mehr Volumen, aber dort sind alle seine Sachen gelagert. Außerdem hat er hier eine improvisierte Werkstatt und aus Teilen seines Schiffs ein Lebenserhaltungssystem konstruiert.

Er öffnet einen seiner vielen weichen Beutel und holt ein versiegeltes Päckchen heraus, das er mit den Krallen aufreißt. Darin sind unterschiedlich geformte Objekte, die mir nichts sagen. Die meisten scheinen aus dem gleichen felsigen Material zu bestehen wie sein Panzer. Er zerlegt sie mit den Klauen in kleine und immer kleinere Stückchen.

»Ist das dein Essen?«, frage ich.

»*Soziales Unbehagen*«, antwortet er. »*Nicht reden.*«

»Entschuldige.«

Ich glaube, das Essen ist für sie etwas ausgesprochen Ekelhaftes, das sie nur allein tun wollen.

Er reißt die felsigen Brocken vom Essen ab, darunter kommt Fleisch zum Vorschein. Es ist eindeutig Fleisch – es sieht genauso aus wie das Fleisch auf der Erde. Wenn ich bedenke, dass wir von den gleichen Grundbausteinen des Lebens abstammen, möchte ich fast wetten, dass wir die gleichen Proteine benutzen und im Hinblick auf evolutionäre Probleme ähnliche Lösungen entwickelt haben.

Wieder überkommt mich die Melancholie. Ich will den Rest meines Lebens damit verbringen, die eridianische Biologie zu erforschen! Aber zuerst muss ich die Menschheit retten. Die dumme Menschheit. Immer kommt sie mir bei meinen Hobbys in die Quere.

Emsig zieht er die felsigen Brocken vom Fleisch ab und legt sie beiseite. Dann zerreißt er das Fleisch in kleine Stücke. Dabei achtet er immer darauf, dass das Essen auf der Verpackung liegt. Es berührt nie den Boden. Ich würde auch nicht wollen, dass mein Essen den Boden berührt.

Nach einer Weile hat er die essbaren Teile seiner Mahlzeit so weit zerlegt, wie es mit den Klauen möglich ist. Viel kleiner, als ein Mensch es mit seinem Essen getan hätte.

Dann geht er zur anderen Seite seines Abteils und lässt das Essen liegen, wo es ist. Aus einer dicht verschlossenen Kiste holt er einen flachen, zylindrischen Behälter, den er sich unter den Bauch schiebt.

Dann wird es ... wirklich ekelhaft. Er hat mich gewarnt, ich kann mich nicht beschweren.

Der steinharte Bauchpanzer teilt sich, und darunter kommt etwas Fleischiges zum Vorschein. Ein paar Tropfen einer glänzenden silbrigen Flüssigkeit rinnen heraus. Blut?

Schließlich fällt ein grauer Klecks aus dem Körper in den Behälter. Er landet dort mit einem feuchten Klatschen.

Er verschließt das Gefäß und steckt es wieder in die Kiste, aus der er es genommen hat.

Dann kehrt er zum Essen zurück und dreht sich auf den Rücken. Das Loch im Bauch ist immer noch weit geöffnet. Drinnen ist tatsächlich weich aussehendes Fleisch zu sehen.

Er tastet mit den Händen und nimmt sich ein paar Krümel Essen. Er führt sie zu seiner Öffnung und lässt sie hineinfallen. Das wiederholt er langsam und methodisch, bis alles Essen in seinem Mund – in seinem Magen? – verschwunden ist.

Er kaut nicht. Er hat keine Zähne. Und soweit ich es erkennen kann, sind da drinnen auch keine beweglichen Teile.

Als er mit Essen fertig ist, erschlaffen seine Arme. Er liegt reglos, alle Gliedmaßen ausgebreitet, auf dem Boden.

Ich widerstehe dem Impuls, ihn zu fragen, ob es ihm gut geht. Ich meine, er sieht tot aus, aber anscheinend essen die Eridianer auf diese Weise. Und sie koten auf diese Weise. Genau. Ich nehme an, der Klecks, den er vorher ausgestoßen hat, war das, was von seiner letzten Mahlzeit übrig war. Das heißt, der Abfall kommt aus der Öffnung, in die das Essen hineingeht.

Langsam schließt sich die Bauchöffnung. Wo die Haut aufgerissen ist, bildet sich eine Art Schorf. Lange kann ich es nicht sehen. Kurz danach schiebt sich wieder die steinharte Bauchdecke darüber.

»*Ich ... schlafe ...*«, nuschelt er noch. »*Du ... siehst zu ... Frage?*«

Ein Koma nach dem Essen ist keine Kleinigkeit. Es sieht überhaupt nicht freiwillig aus, sondern eher wie ein biologisch erzwungenes Mittagsschläfchen.

»Ja, ich sehe zu. Schlafe.«

»*Sch... laaa... feee*«, murmelt er. Dann ist er endgültig weg, er liegt immer noch mit dem Bauch nach oben auf dem Boden.

Sein Atem geht schneller wie immer, wenn er gerade eingeschlafen ist. Sein Körper muss die ganze Hitze abstrahlen, die in seinem heißen Kreislauf gebunden ist.

Nach ein paar Minuten hört er zu keuchen auf. Jetzt weiß ich, dass er wirklich tief und fest schläft. Sobald er über die Keuchphase hinaus ist, wacht er frühestens nach zwei Stunden wieder auf. Ich kann mich also verdrücken und mich um meinen eigenen Kram kümmern. In diesem Fall schreibe ich alles auf, was ich über seine Verdauungsprozesse erfahren habe.

Erster Schritt: Subjekt defäkiert durch den Mund.

»Ja«, sage ich zu mir selbst. »Das war wirklich ziemlich widerlich.«

17

Als ich aufwache, starrt Rocky mich an.

So geht es jetzt jeden Morgen. Trotzdem finde ich es immer wieder unheimlich.

Woher ich weiß, dass eine fünfeckig-symmetrische Lebensform ohne Augen mich anstarrt? Ich weiß es einfach. Es hat wohl mit der Körpersprache zu tun.

»*Du bist wach*«, sagt er.

»Ja.« Ich steige aus dem Bett und strecke mich. »Essen!«

Die Roboterarme greifen nach oben und reichen mir eine warme Schachtel. Ich öffne sie und schaue hinein. Sieht nach Eiern mit Würstchen aus.

»Kaffee.«

Bereitwillig überlässt mir die Roboterhand einen Becher Kaffee. Es ist schon toll, dass mir die Hand einen Becher gibt, wenn wir Schwerkraft haben, und einen Beutel, wenn Schwerelosigkeit herrscht. Das muss ich mir für die Internet-Bewertung merken, die ich eines Tages über die *Hail Mary* schreiben werde.

Ich sehe Rocky an. »Du musst mich nicht im Schlaf beobachten. Das ist kein Problem für mich.«

Er richtet die Aufmerksamkeit auf einen Arbeitstisch in seinem Abteil des Schlafraums. »*Eridianische Kulturregel. Muss zusehen.*« Er nimmt ein Gerät und spielt damit herum.

Ah, das Wort mit »K«. Kultur.

Es gibt zwischen Rocky und mir eine unausgesprochene Übereinkunft, dass kulturelle Eigenarten einfach akzeptiert werden. Damit ist jeder kleine Disput beendet. Im Grunde heißt das: »Ich mache es so, weil ich so erzogen wurde.« Bisher haben wir noch nichts entdeckt, wo unsere Kulturen unversöhnlich aufeinanderprallen.

Während ich frühstücke und Kaffee trinke, schweigt Rocky die ganze Zeit. Er sagt nie etwas, wenn ich esse. Eridianische Höflichkeit.

»Abfall«, sage ich.

Die Arme sammeln den leeren Becher und die Verpackung ein.

Dann gehe ich ins Cockpit und lasse mich auf dem Pilotensessel nieder. Ich hole die Teleskopsicht auf den Hauptbildschirm. Planet Adrian steht genau im Zentrum. In den letzten zehn Tagen habe ich zugesehen, wie er langsam größer wurde. Je näher wir kommen, desto mehr Respekt empfinde ich für Rockys astronomische Fähigkeiten. Alle seine Beobachtungen über Bewegung und Masse waren äußerst genau.

Hoffentlich stimmt auch seine Berechnung der Schwerkraft. Sonst wird unser Versuch, in die Umlaufbahn einzuschwenken, ein jähes und schmerzhaftes Ende finden.

Adrian ist ein hellgrüner Planet mit dünnen, weißen Wolken in der oberen Atmosphäre. Den Boden kann ich nicht erkennen. Wieder einmal staune ich über die Software, die auf diesen Schiffscomputern läuft. Wir rasen rotierend durch den Weltraum, doch das Bild auf dem Bildschirm ist absolut stabil.

»Wir nähern uns«, sage ich. Rocky ist zwei Etagen tiefer, aber ich spreche mit normaler Laustärke und weiß, dass er mich gut hören kann.

»*Du kennst schon Luft, Frage*?«, ruft Rocky. Ich weiß, wie gut er hört, und er weiß, wie schwach mein Gehör ist.

»Ich versuche es gerade noch einmal«, antworte ich.

Ich schalte auf das Spektrometer um. Die *Hail Mary* war bislang in jeder Hinsicht absolut zuverlässig, aber man kann nicht erwarten, dass jederzeit alles perfekt funktioniert. Das Spektrometer hat gezickt. Ich glaube, das hat mit dem Analog-Digitalwandler zu tun. Jeden Tag habe ich es versucht, und es hat jeden Tag behauptet, es hätte nicht genug Daten für die Analyse.

Ich peile Adrian an und versuche es noch einmal. Je näher wir kommen, desto mehr reflektiertes Licht fällt ein, und irgendwann reicht es hoffentlich, damit mir das Spektrometer sagen kann, woraus die Atmosphäre von Adrian besteht.

ANALYSIERE ...

ANALYSIERE ...

ANALYSIERE ...

ANALYSE VOLLSTÄNDIG.

»Es hat geklappt!«, rufe ich.

»*Geklappt, Frage?*«, antwortet Rocky eine ganze Oktave höher als sonst. Er eilt durch seine Tunnel hinauf in die Cockpitblase. »*Was ist Adrian-Luft, Frage?*«

Ich lese die Ergebnisse vom Bildschirm ab. »Da haben wir ... 91 Prozent Kohlendioxid, 7 Prozent Methan, 1 Prozent Argon, dann noch ein paar Spuren anderer Gase. Ich glaube, es ist eine ziemlich dichte Atmosphäre. Die Gase sind alle durchsichtig, trotzdem kann ich die Oberfläche des Planeten nicht sehen.«

»*Normalerweise kannst du Oberfläche des Planeten aus dem Weltraum sehen, Frage?*«

»Ja, wenn die Atmosphäre genug Licht durchlässt.«

»*Menschenaugen sind erstaunliches Organ. Neidisch.*«

»Nein, nicht erstaunlich genug. Ich kann die Oberfläche nicht sehen. Wenn die Luft zu dick ist, lässt sie kein Licht mehr durch. Aber das ist jetzt nicht wichtig. Dieses Methan – das ist seltsam.«

»*Erkläre.*«

»Methan hält sich nicht lange. Es zerfällt im Sonnenlicht sehr schnell. Also, wie kann dort Methan vorhanden sein?«

»*Geologie erzeugt Methan. Kohlendioxid plus Mineralien plus Wasser plus Wärme ergibt Methan.*«

»Ja, das ist möglich«, räume ich ein. »Aber es ist eine Menge Methan. Acht Prozent in einer sehr dichten Atmosphäre. Kann die Geologie so viel erzeugen?«

»*Du hast andere Theorie, Frage?*«

Ich reibe mir den Nacken. »Nein, eigentlich nicht. Aber es ist seltsam.«

»Diskrepanzen sind Wissenschaft. Du denkst über Diskrepanzen nach. Machst Theorie. Du bist Wissenschaftsmensch.«

»Ja, ich denke darüber nach.«

»Wie lange bis Umlaufbahn, Frage?«

Ich schalte auf die Navigationskonsole um. Wir sind auf dem richtigen Kurs, und der Bremsschub für den Schwenk in die Umlaufbahn soll in zweiundzwanzig Stunden beginnen. »Etwas weniger als ein Tag«, antworte ich.

»Aufregung«, gesteht er. *»Dann nehmen wir Proben von Astrophagen über Adrian. Dein Schiffssammler funktioniert gut, Frage?«*

»Ja«, antworte ich, ohne zu wissen, ob das auch der Wahrheit entspricht. Es gibt keinen Grund, Rocky zu sagen, dass ich mein eigenes Schiff nur sehr unzulänglich verstehe.

Ich arbeite mich durch die wissenschaftlichen Instrumente, bis ich die Steuerung für die externe Sammeleinheit finde, und betrachte die Darstellung auf dem Bildschirm. Es ist eine einfache Sache. Der Sammler ist ein rechteckiger Kasten. Wenn er aktiviert wird, ragt er im rechten Winkel aus dem Rumpf hervor. Dann öffnen sich auf beiden Seiten des Rechtecks Klappen. Im Inneren gibt es eine Menge klebriges Harz, das alles auffängt, was vorbeifliegt.

Das ist alles. Ein Fliegenfänger. Ein teurer Weltraumfliegenfänger, aber eben nur ein Fliegenfänger.

»Nach Sammlung, wie kommt Probe in Schiff, Frage?«

Einfach heißt nicht, dass es bequem ist. Soweit ich es sagen kann, gibt es kein automatisches System, um die Proben hereinzubringen. »Ich muss sie holen.«

»Menschen sind erstaunlich. Du verlässt Schiff.«

»Ja, darauf läuft es wohl hinaus.«

Die Eridianer haben sich gar nicht erst die Mühe gemacht, Raumanzüge zu entwickeln. Warum auch? Im Weltraum können sie mit ihren Sinnen absolut nichts wahrnehmen. Es wäre, als würde man einen Menschen im Taucheranzug in ein Meer aus schwarzer Farbe entlassen. Es gibt keinen Grund, so etwas zu tun. Die Eridianer benutzen für Außenarbeiten Hüllenroboter. Die *Hail*

Mary hat keine solchen Roboter, daher muss ich alle Außenarbeiten selbst übernehmen.

»*Erstaunen ist falscher Ausdruck*«, fährt er fort. »*Erstaunen ist Kompliment. Besseres Wort ist ♫♪♫♪.*«

»Was heißt das?«

»*Das ist, wenn Person sich nicht normal verhält. Gefahr für eigene Person.*«

»Ah.« Den neuen Akkord füge ich meiner Sprachdatenbank hinzu. »Verrückt. Mein Wort dafür ist ›verrückt‹.«

»*Verrückt. Menschen sind verrückt.*«

Ich zucke mit den Achseln.

»Verdammt noch mal!«, schimpfte ich.

»Hüten Sie Ihre Zunge«, antwortete jemand über Funk. »Was ist denn überhaupt passiert?«

Das Reagenzglas mit der Probe war mir aus der Hand gerutscht und sank nun langsam im Pool hinab. Es brauchte mehrere Sekunden, um die drei Fuß zu fallen, aber mit dem EVA-Anzug am Grund des größten Schwimmbeckens der Welt hatte ich keine Möglichkeit, es rechtzeitig aufzufangen.

»Ich habe Reagenzglas Nummer drei fallen gelassen.«

»Gut«, antwortete Forrester. »Also bisher drei Reagenzgläser. Wir müssen über die Klammern nachdenken.«

»Vielleicht liegt es nicht am Werkzeug, sondern an mir.«

Das Ding, das ich mit den klobigen Handschuhen hielt, war alles andere als perfekt, aber trotzdem ziemlich raffiniert. Es verwandelte das plumpe Umhertasten mit dem EVA-Anzug in feine Manipulationen am anderen Ende. Ich musste nur mit dem Zeigefinger auf einen Auslöser drücken, damit sich die Klammer um 2 Millimeter schloss. Ein Druck mit dem Mittelfinger auf einen anderen Kontakt, und sie rotierte um 90 Grad. Der Ringfinger und der kleine Finger ließen sie um 90 Grad kippen.

»Moment, ich sehe mir das Video an«, antwortete Forrester.

Das Neutral Buoyancy Laboratory im Johnson Space Center war schon für sich genommen ein Wunder der Ingenieurskunst. Der riesige Pool war groß genug, um eine Nachbildung der gesamten Internationalen Raumstation aufzunehmen. Dort wurden die Astronauten ausgebildet, die sich mit EVA-Anzügen bei null g bewegen mussten.

Nach unzähligen Besprechungen (an denen ich leider zwangsweise teilnehmen musste) überzeugten die Mikrobiologen Stratt, dass die Mission speziell angefertigtes Werkzeug benötigte. Sie willigte unter der Bedingung ein, dass nichts davon für die Mission kritisch war. Von der ehernen Regel, dass alle wichtigen Dinge Standardprodukte sein mussten, die von Konsumenten Millionen Stunden getestet worden waren, ließ sie sich nicht abbringen.

Und da ich ihr kleiner wissenschaftlicher Schoßhund war, fiel mir die Aufgabe zu, die VMM-Geräte zu testen.

»VMM« war das Akronym für drei Wörter, die Gott niemals zusammengefügt sehen wollte: »Vakuumtaugliche mikrobiologische Manipulatoren«. Astrophagen leben im Weltraum. Wir könnten sie auf der Erde in unserer Atmosphäre noch so lange untersuchen und würden doch kein vollständiges Bild von ihrer Funktionsweise im Vakuum und bei Schwerelosigkeit erhalten. Die Crew der *Hail Mary* würde dieses Werkzeug brauchen.

Ich stand in einer Ecke des NBL, hinter mir der beeindruckende Rumpf der ISS. In der Nähe schwebten zwei Taucher und hielten sich bereit, mich im Notfall schnell zu retten.

Die NASA hatte für mich ein komplettes Labor im Pool versenkt. Das große Problem war nicht etwa, Geräte herzustellen, die im Vakuum funktionierten – obwohl sie Pipetten komplett neu erfinden mussten, weil es im Weltraum keine Saugkraft gibt. Das Hauptproblem waren die klobigen EVA-Handschuhe, die der Benutzer tragen musste. Die Astrophagen mochten das Vakuum, aber wir Menschen ganz sicher nicht.

Immerhin lernte ich dabei eine Menge über die Funktionsweise russischer EVA-Anzüge.

Ja, russische Anzüge. Keine amerikanischen. Stratt befragte mehrere Experten, und alle stimmten darin überein, dass der russische Orlan-EVA-Anzug der sicherste und zuverlässigste war. Also sollte die Mission genau diesen Typ benutzen.

»Gut, ich erkenne, was passiert ist.« Ich hörte Forresters Stimme im Headset. »Sie haben der Klammer gesagt, sie soll kippen, aber sie hat stattdessen losgelassen. Anscheinend sind die internen Mikrokabel vertauscht. Ich bin gleich da. Können Sie auftauchen und die Klammer mitbringen?«

»Klar.« Ich winkte den Tauchern und zeigte nach oben. Sie nickten und führten mich zur Oberfläche.

Ein Kran hob mich aus dem Pool und stellte mich in der Nähe auf das Deck. Mehrere Techniker kamen herbei und halfen mir aus dem Anzug. Eigentlich war es ziemlich einfach – ich musste nur durch die hintere Öffnung hinaussteigen. Ich mochte Raumanzüge mit Rückeneinstieg.

Forrester kam aus dem benachbarten Kontrollraum herüber und nahm das Werkzeug an sich. »Ich baue es um, und in zwei Stunden können wir es noch einmal versuchen. Während Sie im Pool waren, kam ein Anruf. Sie werden in Gebäude 30 gebraucht. Shapiro und DuBois haben zwei Stunden Pause, während die Simulatoren für die Flugkontrolle neu gestartet werden. Der Teufel schläft nie. Stratt sagt, Sie sollen die beiden drüben über die Astrophagen aufklären.«

»Verstanden, Houston«, antwortete ich. Auch wenn die Welt unterging, ich war auf dem Hauptgelände der NASA, schwer beeindruckt und sehr aufgeregt.

Ich verließ das NBL und wanderte zum Gebäude 30 hinüber. Wenn ich darum gebeten hätte, hätten sie mir auch ein Auto geschickt, aber das wollte ich nicht. Es war ein zehnminütiger Spaziergang. Ich lief gern in der Raumfahrtgeschichte meines Landes umher.

Durch die Sicherheitsschleuse betrat ich das Gebäude und ging weiter zu einem kleinen Konferenzraum, den sie für uns eingerichtet hatten. Martin DuBois, der die blaue Luftwaffenuniform trug, stand auf und gab mir die Hand. »Dr. Grace, wie schön, Sie wiederzusehen.«

Vor ihm lagen seine gewissenhaft gepflegten Dokumente und Notizen. Annie Shapiros nachlässige Zettelwirtschaft und ihre Papierstapel waren daneben auf dem Tisch verstreut, doch ihr Sitzplatz war verlassen.

»Wo ist Annie?«, fragte ich.

Er setzte sich wieder. Selbst im Sitzen war seine Haltung steif und makellos. »Sie musste auf die Toilette. Sie dürfte gleich wieder da sein.«

Ich ließ mich nieder und öffnete meinen Rucksack. »Sie können mich auch Ryland nennen. Wir sind hier doch alle Akademiker. Ich glaube, wir können uns ruhig beim Vornamen nennen.«

»Es tut mir leid, Dr. Grace, aber so wurde ich nicht erzogen. Sie dürfen mich jedoch gern Martin nennen, wenn Sie möchten.«

»Danke.« Ich zog meinen Laptop heraus und startete ihn. »Wie geht es Ihnen denn so?«

»Wirklich gut, danke. Dr. Shapiro und ich haben eine sexuelle Beziehung aufgenommen.«

Ich stutzte. »Äh, na gut.«

»Ich hielt es für angebracht, Sie darüber zu informieren.« Er öffnete seinen Notizblock und legte einen Stift daneben. »In der inneren Gruppe der Mission sollte es keine Geheimnisse geben.«

»Sicher, sicher«, sagte ich. »Ich meine, das dürfte kein Problem sein. Sie sind der Wissenschaftler der ersten Gruppe, und Annie ist Ihr Ersatz. Es ist einfach nicht denkbar, dass Sie beide an einer Mission teilnehmen, sodass ... ich meine ... Ihre Beziehung ...«

»Ja, das ist korrekt«, antwortete DuBois. »In etwas weniger als einem Jahr werde ich auf eine Selbstmordmission gehen. Und wenn ich aus irgendeinem Grund für ungeeignet oder unfähig gehalten werde, wird sie auf eine Selbstmordmission gehen. Dessen sind wir uns bewusst. Uns ist klar, dass die Mission nur mit dem Tod enden kann.«

»Wir leben in dunklen Zeiten«, antwortete ich.

Er faltete vor sich die Hände. »Dr. Shapiro und ich sehen das anders. Wir genießen unsere aktiven sexuellen Begegnungen sehr.«

»Ja, gut, ich muss das jetzt gar nicht so genau ...«

»Wir benötigen auch keine Kondome. Sie benutzt Empfängnisverhütungsmittel, und im Rahmen des Programms wurden wir sehr gründlich untersucht.«

Ich tippte etwas in meinen Computer und hoffte, er würde bald das Thema wechseln.

»Das ist sehr erfreulich«, ergänzte er.

»Das glaube ich Ihnen gern.«

»Auf jeden Fall dachte ich, Sie müssten es wissen.«

»Ja, sicher, schon gut.«

Die Tür ging auf, Annie trabte herein.

»Entschuldigung, Entschuldigung, ich musste pinkeln. Ganz ... ganz dringend«, sagte die klügste und beste Mikrobiologin auf der Welt. »Mir sind schon fast die Backenzähne abgesoffen.«

»Willkommen, Dr. Shapiro. Ich habe Dr. Grace von unserer sexuellen Beziehung erzählt.«

Ich schlug mir die Hände vors Gesicht.

»Cool«, antwortete Annie. »Ja, wir haben nichts zu verbergen.«

»Also, wenn ich mich recht erinnere, haben wir das letzte Mal an der Zellbiologie in den Mitochondrien der Astrophagen gearbeitet«, sagte DuBois.

Ich räusperte mich. »Ja. Wir wollen heute über den Citratzyklus der Mitochondrien reden. Er gleicht weitgehend dem, was wir in irdischen Mitochondrien finden, doch es gibt einen Schritt ...«

Annie hob die Hand. »Oh, Verzeihung, da wäre noch etwas ...« Sie wandte sich an DuBois. »Martin, wir haben nach dieser Lektion und vor der nächsten Trainingseinheit noch ungefähr fünfzehn Minuten Zeit für uns. Wollen wir uns unten auf dem Flur in der Toilette treffen und Sex haben?«

»Das wäre mir äußerst angenehm«, stimmte DuBois zu. »Vielen Dank, Dr. Shapiro.«

»Alles klar, prima.«

Sie sahen mich an und waren für die Lektion bereit. Ich wartete ein paar Sekunden, ob noch weitere Enthüllungen kämen, doch anscheinend waren sie erst einmal zufrieden. »Gut, also, der

Citratzyklus der Astrophagen unterscheidet sich – Moment mal, nennen Sie sie etwa auch Dr. Shapiro, *während* Sie Sex haben?«

»Selbstverständlich. Sie heißt doch so.«

»Ich mag das irgendwie«, gestand sie.

»Entschuldigen Sie, dass ich gefragt habe. Also, der Citratzyklus ...«

Rockys Daten über den Planeten Adrian waren exakt. Er hat die 3,93-fache Masse der Erde und einen Radius von 10.318 Kilometern (fast das Doppelte der Erde). Er bewegt sich mit einer Durchschnittsgeschwindigkeit von 35,9 Kilometern pro Sekunde um Tau Ceti. Außerdem hatte Rocky die Position des Planeten auf 0,00001 Prozent genau bestimmt. Mehr als diese Daten brauchte ich nicht, um festzulegen, mit welchem Schub wir uns ihm nähern mussten.

Ein Glück, dass die Zahlen korrekt waren. Wären sie es nicht gewesen, dann wäre beim Einschwenken in die Umlaufbahn ein ordentliches Chaos entstanden. Vielleicht wären wir sogar gestorben.

Um den Spinantrieb einzusetzen, musste ich natürlich den Zentrifugalmodus beenden.

Rocky und ich schweben im Cockpit, er in seiner Deckenblase und ich auf dem Pilotensessel. Mit einem dümmlichen Grinsen betrachte ich den Bildschirm mit dem Kamerafeed.

Ich umkreise einen fremden Planeten!

Eigentlich sollte ich nicht so aufgeregt sein. Ich bin ja schon seit Wochen in einem fremden Sonnensystem. Aber das ist ein wenig esoterisch. Tau Ceti sieht der Sonne sehr ähnlich. Der Stern ist hell, man darf ihm nicht zu nahe kommen, und er strahlt sogar im gleichen Frequenzband. Aus irgendeinem Grund ist ein neuer Planet viel aufregender.

Unter uns treiben die dünnen Wolken von Adrian vorbei. Oder, genauer gesagt, die dünnen Wolken bewegen sich fast gar nicht, während wir über ihnen vorbeirasen. Adrian hat eine höhere Schwerkraft als die Erde, weshalb unsere Umlaufgeschwindigkeit etwas mehr als 12 Kilometer pro Sekunde beträgt – weitaus schneller als auf einer Umlaufbahn um die Erde.

Der hellgrüne Planet, den ich elf Tage lang beobachtet habe, zeigt jetzt, aus der Nähe, erheblich mehr Details. Er ist nicht einfach nur grün. Es gibt helle und dunkle Streifen, ähnlich wie bei Jupiter und Saturn. Im Gegensatz zu den beiden Gasriesen ist Adrian jedoch eine Welt aus Stein. Wir kennen den Radius und die Masse, was bedeutet, dass wir auch seine Dichte kennen. Er ist viel zu dicht, um nur aus Gas zu bestehen. Es gibt da unten eine Oberfläche, ich kann sie nur nicht sehen.

Verdammt, was würde ich darum geben, dort landen zu können!

Wenn ich ehrlich bin, hätte ich aber nicht viel davon. Selbst wenn ich irgendwie auf Adrian landen könnte, würde mich die Atmosphäre zerquetschen. Das wäre wie eine Landung auf der Venus. Oder auf Erid. Nun ja, in diesem Fall wünsche ich mir eben, Rocky hätte ein Landefahrzeug. Einen Eridianer würde der Druck da unten nicht weiter stören.

Da wir gerade von Erid reden, Rocky kalibriert in seiner Cockpitblase irgendein Gerät. Es erinnert an eine Pistole. Da wir bisher noch keinen Weltraumkrieg begonnen haben, muss es aber etwas anderes sein.

Er hält das Gerät mit einer Hand, tippt mit der anderen darauf und benutzt zwei weitere, um eine rechteckige Platte zu halten, die über ein kurzes Kabel mit dem Gerät verbunden ist. Mit der letzten Hand hält er sich an einem Griff fest.

Mit einem Werkzeug, das an einen Schraubenzieher erinnert, nimmt er noch einige Anpassungen vor, und auf einmal erwacht die Platte zum Leben. Sie war völlig flach, aber jetzt hat sie eine Textur. Er schwenkt die Pistole nach links und rechts, worauf sich auch die Muster auf seinem Bildschirm verändern.

»*Erfolg! Es funktioniert!*«

Ich beuge mich im Pilotensessel vor, um es genauer zu betrachten. »Was ist das?«

»*Warte.*« Mit der Pistole zielt er auf die Anzeige der Außenkamera und stellt noch etwas nach, bis sein Rechteck einen Kreis zeigt. Bei näherer Betrachtung erkenne ich sogar, dass einige Teile des Kreises etwas höher aufragen als andere. Es wirkt wie eine Reliefkarte.

»*Dieses Gerät hört Licht. Wie Menschenauge.*«

»Oh, es ist eine Kamera.«

»♫♪♫«, sagt er schnell. Jetzt haben wir »Kamera« im Vokabular.

»*Es analysiert Licht und zeigt es als Textur.*«

»Oh, und diese Textur kannst du spüren?«, antworte ich. »Das ist cool.«

»*Dank.*« Er befestigt die Kamera an der Wand der Blase und richtet sie auf meinen Hauptbildschirm. »*Welche Wellenlängen von Licht können Menschen sehen, Frage?*«

»Alle Wellenlängen zwischen 380 und 740 Nanometer.« Die meisten Leute wissen das nicht auswendig. Aber die meisten Leute sind auch keine Lehrer auf der Highschool, die riesige Plakate mit dem sichtbaren Spektrum an die Wände des Klassenzimmers gehängt haben.

»*Verstehe.*« Er bedient ein paar Knöpfe auf seinem Gerät. »*Jetzt sehe ich, was du siehst.*«

»Du bist ein erstaunlicher Ingenieur.«

Er winkt abwehrend mit einer Klaue. »*Nein. Kamera ist alte Technologie. Display ist alte Technologie. Beide waren für Wissenschaft auf meinem Schiff. Ich habe nur für Gebrauch hier drinnen umgebaut.*«

Ich nehme an, die eridianische Kultur ist von einem großen Maß an Bescheidenheit bestimmt. Entweder das, oder Rocky gehört zu den Leuten, die kein Lob ertragen.

Er zeigt auf den Kreis auf seinem Display. »*Das ist Adrian, Frage?*«

Ich vergewissere mich, worauf er gerade zielt, und vergleiche es mit meinem Bildschirm. »Ja, und dieser Teil ist ›grün‹.«

»*Habe kein Wort dafür.*«

Natürlich kennt die eridianische Sprache keine Wörter für

Farben. Warum sollten sie? Für mich sind Farben etwas Alltägliches, aber wenn man noch nie davon gehört hat, findet man sie vermutlich ziemlich verrückt. Wir haben Namen für Frequenzbereiche im elektromagnetischen Spektrum. Andererseits haben meine Schüler Augen und waren dennoch sehr erstaunt, als ich ihnen sagte, dass »Röntgenstrahlen«, »Mikrowellen«, »WLAN« und »Lila« nur unterschiedliche Wellenlängen des Lichts sind.

»Dann gibst du ihm einen Namen«, schlage ich vor.

»Ja ja. Ich nenne diese Farbe: mittelgrob. Mein Display ist bei hochfrequentem Licht glatt und uneben bei niedrigen Frequenzen. Diese Farbe ist mittelgrob.«

»Verstehe«, antworte ich. »Ja, Grün liegt in der Mitte der Wellenlängen, die wir Menschen sehen können.«

»Gut gut«, antwortet er. *»Ist Probe bereit, Frage?«*

Seit einem Tag sind wir jetzt in der Umlaufbahn, und ich habe den Probensammler direkt nach unserer Ankunft eingeschaltet. Ich aktiviere den Bildschirm der externen Sammeleinheit. Sie funktioniert einwandfrei und zeigt mir sogar, wie lange sie schon offen ist: 21 Stunden und 17 Minuten.

»Ja, ich denke schon.«

»Du holst.«

»Argh«, stöhne ich. »EVAs sind so viel Arbeit.«

»Fauler Mensch. Geh hole!«

Ich muss lachen. Sein Tonfall verändert sich ein wenig, wenn er scherzt. Ich habe lange gebraucht, um es herauszuhören. Es ist ... es hat mit den Abständen zwischen den Worten zu tun. Sie folgen nicht der üblichen Kadenz. Ganz genau kann ich es nicht erklären, aber ich erkenne es, wenn ich es höre.

Auf dem Bildschirm der externen Sammeleinheit weise ich das Gerät an, die Klappen zu schließen und in die Warteposition zurückzufahren. Die Anzeige teilt mir mit, dass es erledigt ist, und ich überprüfe es mithilfe der Außenkameras.

Dann steige ich in den Orlan-EVA-Anzug, betrete die Luftschleuse und aktiviere sie.

Adrian ist, direkt betrachtet, einfach prächtig. Mehrere Minuten lang schwebe ich draußen und starre die riesige Welt an. Hell- und dunkelgrüne Bänder ziehen sich über die Kugel, und der reflektierte Schein von Tau Ceti ist schlicht atemberaubend. Ich könnte es stundenlang anstarren.

Wahrscheinlich habe ich das auch bei der Erde getan. Ich wünschte, ich könnte mich erinnern. O Mann, ich wünschte wirklich, es fiele mir wieder ein. Es muss mindestens genauso schön gewesen sein.

»*Du bist lange Zeit draußen*«, meldet sich Rocky über Funk. »*Du bist sicher, Frage?*«

Den EVA-Anzug habe ich so eingestellt, dass er meine Funksignale über die Lautsprecher im Cockpit wiedergibt. Außerdem habe ich ein Headset-Mikrofon an Rockys Cockpitblase geklebt und die Stimmaktivierung eingeschaltet. Jetzt muss er nur noch etwas sagen, und es wird automatisch gesendet.

»Ich betrachte Adrian. Er ist schön.«

»*Betrachte später. Hole jetzt Probe.*«

»Du drängelst.«

»*Ja.*«

In das Licht von Adrian getaucht, krabble ich auf der Hülle entlang. Alles ist hellgrün gefärbt. Ich finde den Probenbehälter genau dort, wo er sein sollte.

Er ist nicht so groß wie erwartet. Höchstens einen halben Meter breit. Daneben sehe ich einen Hebel mit roten und gelben Streifen. Der Text auf dem Hebel lautet: HEBEL ZIEHEN UM ESE FREIZUGEBEN – Потянуть рычаг чтобы освободить ESE – 拉杆释放 ESE.

Ich hake eine Leine in ein passendes Loch der Einheit (das wahrscheinlich genau für diesen Zweck gedacht ist) und ziehe den Hebel in die »Offen«-Stellung.

Der Sammler löst sich von der Hülle.

Dann arbeite ich mich mit dem Sammler im Schlepp über den Rumpf zur Luftschleuse zurück. Ich aktiviere sie erneut und steige drinnen aus dem Anzug.

»*Alles ist gut, Frage?*«, begrüßt mich Rocky.

»Ja. Achtung.« Ich rufe die Steuerung der Zentrifuge auf. »Bereite dich auf Schwerkraft vor.«

»*Ja, Schwerkraft.*« Er hält sich mit drei Klauen an einem Griff fest. »*Für Wissenschaftsgeräte.*«

Sobald die Zentrifuge läuft, mache ich mich in der Werkstatt an die Arbeit.

Rocky krabbelt in seinen Tunnel unter der Decke des Labors und sieht genau zu. Nein, er sieht ja gar nicht zu. Er hört zu, sollte man sagen.

Ich lege den Probenbehälter auf den Labortisch und öffne eine Klappe. Dies ist die Seite, die Tau Ceti zugewandt war. Ich lächle, als ich den Inhalt sehe.

Dann drehe ich mich um und blicke zu Rocky hinauf. »Die Innenfläche war weiß, als wir begonnen haben, und jetzt ist sie schwarz.«

»*Nicht verstehe.*«

»Der Behälter hat die Farbe der Astrophagen angenommen. Wir haben eine Menge von ihnen gesammelt.«

»*Gut gut!*«

Im Laufe der nächsten zwei Stunden kratze ich aus beiden Hälften des Sammlers alles heraus und verstaue die Ausbeute jeweils in eigenen Behältern. Dann spüle ich die Proben mit Wasser durch und warte, bis sich die Astrophagen am Boden absetzen. Ich bin sicher, dass ich zusammen mit den Astrophagen eine Menge dieser klebrigen Substanz abgekratzt habe, und will sie loswerden.

Anschließend führe ich eine Reihe von Tests durch. Zuerst überprüfe ich bei einigen Astrophagen die DNA-Marker, um zu ermitteln, ob sie denen auf der Erde gleichen. Sie sind identisch, oder zumindest sind es die Marker, die ich teste.

Dann sehe ich mir die Populationen in den Behältern genauer an. »Interessant«, sage ich.

Rocky merkt auf. »*Was ist interessant, Frage?*«

»In beiden Hälften sind sie ungefähr gleich zahlreich.«

»*Nicht erwartet*«, antwortet er.

»Nicht erwartet«, bestätige ich.

Eine Seite des Behälters zeigte auf Tau Ceti, während die andere auf Adrian ausgerichtet war. Die Astrophagen wandern zum Planeten, um sich zu vermehren. Für jeden liebestollen Astrophagen, der augenzwinkernd nach Adrian unterwegs ist, sollten zwei neue zurückkehren. Insgesamt müssten also doppelt so viele Astrophagen von Adrian nach Tau Ceti fliegen wie umgekehrt. Aber das ist nicht der Fall. Die abwandernde Population ist genauso groß wie die ankommende.

Rocky klettert durch den Tunnel, der unter der Decke des Labors hängt, um es genauer zu betrachten. »*Fehler bei Zählung, Frage? Wie hast du gezählt, Frage?*«

»Ich messe die gesamte Wärmeabgabe beider Proben.« Das ist eine absolut zuverlässige Methode, um herauszufinden, wie viele Astrophagen man vor sich hat. Sie bestehen darauf, eine Temperatur von 96,415 Grad zu halten. Je mehr es sind, desto mehr Wärme muss die Metallplatte, auf der sie sich befinden, absorbieren.

Er tippt zwei Klauen gegeneinander. »*Das ist gute Methode. Population muss gleich groß sein. Wie, Frage?*«

»Das weiß ich nicht.« Ich verteile einige »zurückkehrende« Astrophagen (also diejenigen, die von Adrian nach Tau Ceti unterwegs waren) auf einen Objektträger und schiebe ihn unter das Mikroskop.

Rocky krabbelt im Tunnel weiter. »*Das ist was, Frage?*«

»Ein Mikroskop«, antworte ich. »Es hilft mir, sehr kleine Dinge zu sehen. Damit kann ich Astrophagen sehen.«

»*Erstaunen.*«

Ich betrachte die Probe und schnappe nach Luft. Da ist viel mehr drin als nur Astrophagen!

Überall entdecke ich die vertrauten schwarzen Punkte der Astrophagen. Aber dazwischen gibt es auch durchsichtige Zellen, kleinere Objekte, die an Bakterien erinnern, und größere, die aussehen wie Amöben. Es gibt schmale Objekte, dicke, spiralförmige ... zu viele, um sie zu zählen. Viel zu viele verschiedene Arten von Organismen, um sie alle zu erfassen. Es ist, als betrachtete ich das Leben in einem Wassertropfen!

»Mann!«, staune ich. »Leben! Hier drin ist so viel Leben! Es sind nicht nur Astrophagen, sondern auch viele andere Spezies.«

Rocky hüpft förmlich zwischen den Tunnelwänden hin und her. *»Erstaunen! Erstaunen Erstaunen Erstaunen!«*

»Adrian ist nicht nur ein Planet«, fahre ich fort. »Er ist ein Planet voller Leben wie die Erde oder Erid. Das erklärt, woher das Methan kommt. Leben produziert Methan!«

Rocky erstarrt. Dann richtet er sich kerzengerade auf. Noch nie habe ich gesehen, dass er seinen Panzer so weit gehoben hat. *»Leben ist auch Grund für Populationsdiskrepanz! Leben ist Grund!«*

»Was?«, frage ich. So aufgeregt erlebe ich ihn zum ersten Mal. »Was meinst du? Ich verstehe das nicht.«

Er tippt mit der Klaue an die Wand und zeigt auf das Mikroskop. *»Manches Leben auf Adrian FRISST Astrophagen! Population im Gleichgewicht. Natürliche Ordnung. Das erklärt alles!«*

»Mein Gott«, schnaufe ich. Mein Herz schlägt zum Zerspringen. »Die Astrophagen werden von Räubern erbeutet!«

Auf Adrian gibt es eine ganze Biosphäre. Nicht nur die Astrophagen. Es gibt sogar im Petrowa-Strahl eine aktive Biosphäre.

Hier hat alles angefangen. Es kann gar nicht anders sein. Wie sonst ließen sich die unzähligen, extrem unterschiedlichen Lebensformen erklären, die sich entwickelt haben, um in den Weltraum vorzustoßen? Alle gehen auf dieselben genetischen Wurzeln zurück.

Die Astrophagen waren nur eine von vielen, vielen Lebensformen, die sich hier entwickelt haben. Und da es so viel Leben gibt, findet man auch Varianten und Räuber.

Adrian ist nicht irgendein Planet, den die Astrophagen infiziert haben. Er ist die Heimatwelt der Astrophagen! Und er ist die Heimat der Räuber, die den Astrophagen zusetzen.

»Das ist erstaunlich!«, rufe ich. »Wenn wir einen Räuber finden …«

»Wir bringen nach Hause!«, pfeift Rocky zwei Oktaven höher als normal. *»Er isst Astrophagen, vermehrt sich, isst noch mehr Astrophagen, vermehrt sich, isst immer mehr! Sterne gerettet!«*

»Ja!« Ich drücke die Knöchel gegen die Tunnelwand. »Faust!«

»*Was, Frage?*«

Ich poche gegen den Tunnel. »Mach das Gleiche wie ich.«

Er imitiert von innen meine Geste.

»Siegesfeier!«, sage ich.

»*Siegesfeier!*«

18

Die Crew der *Hail Mary* saß im Pausenraum auf dem Sofa, jeder mit seinem Lieblingsgetränk versorgt.

Kommandant Yáo trank deutsches Bier, Bordingenieurin Ilyukhina Wodka aus einem beunruhigend großen Glas, und der Wissenschaftsspezialist DuBois hatte ein Glas mit Cabernet Sauvignon 2003 – zehn Minuten vorher eingeschenkt, damit der Wein atmen konnte.

Es war schwierig gewesen, den Pausenraum einzurichten. Stratt lehnte alles ab, was nicht direkt mit der Mission zu tun hatte, und auf einem Flugzeugträger war der Platz immer knapp. Aber da mehr als hundert Wissenschaftler aus allen Ecken der Welt einen Ort zum Entspannen verlangten, hatte sie schließlich nachgegeben. Ein kleiner Raum in der Ecke des Hangardecks beherbergte nun die »Ausschweifungen«.

Dutzende Menschen drängten sich in dem kleinen Raum und verfolgten auf dem an der Wand montierten Monitor die Fernsehübertragung. Dank einer stillschweigenden Übereinkunft durfte die Crew auf dem Sofa sitzen. Die Crew genoss alle möglichen Vorzüge und Privilegien. Schließlich opferten sie ja ihr Leben für die Menschheit. Ihnen die besten Sitzplätze zu überlassen war das Mindeste, was man tun konnte.

»Nur noch zwei Minuten bis zum Start«, berichtet der BBC-Reporter. Wir hätten auch die amerikanischen, die chinesischen oder die russischen Nachrichten sehen können, es wäre überall das Gleiche gewesen. Eine Totale des Kosmodroms in Baikonur, dazwischen Nahaufnahmen des riesigen Startfahrzeugs auf der Startrampe.

Der Reporter stand mitten im Beobachtungsraum, von dem aus man die Flugkontrolle in Moskau überblicken konnte. »Der heutige ist der neunte von insgesamt sechzehn Starts, die zum Projekt Hail Mary gehören, aber es ist vermutlich der wichtigste. Bei diesem Flug werden das Cockpit, das Labor und die Module für den Schlafraum befördert. Die Astronauten auf der ISS sind bereit, die Module in Empfang zu nehmen, und werden die nächsten zwei Wochen damit verbringen, sie auf dem Gerüst der *Hail Mary* zu montieren, das während der letzten Flüge Gestalt angenommen hat ...«

Ilyukhina hob den Wodka. »Macht mir nicht mein Haus kaputt, ihr Dreckskerle von Roskosmos.«

»Sind das nicht Ihre Freunde?«, fragte ich.

»Sie können beides sein!« Sie brüllte fast vor Lachen.

Auf dem Bildschirm wurde der Countdown eingeblendet. Nur noch knapp eine Minute.

Yáo beugte sich vor und sah aufmerksam zu. Es war sicher schwer für ihn – ein militärisch geschulter Mann, der gezwungen war, passiv etwas so Wichtiges zu verfolgen.

DuBois bemerkte Yáos Miene. »Ich bin sicher, dass der Start gut verlaufen wird, Kommandant Yáo.«

»Hm«, machte Yáo nur.

»Dreißig Sekunden«, warf Ilyukhina ein. »So lange kann ich nicht warten.« Sie leerte das Glas Wodka und schenkte sich sofort nach.

Die versammelten Wissenschaftler machten unwillkürlich einen Schritt nach vorne, als der Countdown weiterlief. Ich war hinter dem Sofa regelrecht eingepfercht, war viel zu sehr auf die Übertragung konzentriert, um mich daran zu stören.

DuBois drehte sich um und suchte meinen Blick. »Leistet uns Ms. Stratt nicht Gesellschaft?«

»Ich glaube nicht«, antwortete ich. »Sie interessiert sich nicht für unterhaltsame Ereignisse wie Starts. Wahrscheinlich geht sie in ihrem Büro Tabellen durch oder so.«

Er nickte. »Dann ist es gut, dass Sie hier sind, gewissermaßen als ihre Vertretung.«

»Ich? Ich soll ihre Vertretung sein? Wie kommen Sie denn auf die Idee?«

Ilyukhina drehte sich abrupt herum. »Sie sind doch die Nummer Zwei, oder? Sie sind der Erste Offizier beim Projekt Hail Mary, nicht wahr?«

»Was? Nein! Ich bin nur ein Wissenschaftler, genau wie alle anderen hier.« Ich zeigte auf die Männer und Frauen hinter mir.

Ilyukhina und DuBois wechselten einen Blick, dann wandten sie sich wieder an mich. »Glauben Sie das wirklich?«, fragte sie.

Hinter mir schaltete sich Bob Redell ein. »Sie sind nicht wie wir anderen, Grace.«

Ich zuckte mit den Achseln. »Doch, natürlich bin ich das. Warum sollte ich anders sein?«

»Der springende Punkt ist«, erklärte DuBois, »dass Sie für Ms. Stratt etwas Besonderes sind. Ich hatte angenommen, Sie zwei führten eine sexuelle Beziehung.«

Ich sperrte den Mund auf. »Wa-was? Sind Sie verrückt geworden? Nein! Auf keinen Fall!«

»Oh«, meinte Ilyukhina. »Vielleicht sollten Sie das tun. Sie ist immer so verspannt. Sie könnte ein bisschen Toberei im Heu sicher gut vertragen.«

»Mein Gott, könnt ihr denn an nichts anderes denken?« Ich drehte mich zu den Wissenschaftlern um. Die meisten wichen meinem Blick aus. »Nichts dergleichen geschieht hier! Und ich bin nicht ihre Nummer Zwei. Ich bin nur ein Wissenschaftler, der wie alle anderen für dieses Projekt verpflichtet wurde.«

Yáo drehte sich um und starrte mich an. Auf einmal wurde es still. Er sprach nicht viel, aber wenn er sprach, dann hörten die Leute zu.

»Sie sind die Nummer Zwei.« Damit drehte er sich wieder nach vorn.

Der BBC-Reporter zählte die letzten Sekunden mit, während auf dem Bildschirm der Timer lief. »Drei ... zwei ... eins ... und Start!«

Rings um die Rakete wallten Rauchschwaden und Flammen

empor, während sie sich vom Boden löste. Zuerst stieg sie nur langsam, allmählich beschleunigte sie.

Ilyukhina hielt das Glas ein paar Sekunden hoch und brach dann in Tränen aus. »Startrampe ist geräumt, der Start war erfolgreich.« Sie schluckte den Wodka.

»Die Rakete ist erst dreißig Meter über dem Boden«, gab ich zu bedenken. »Vielleicht sollten Sie warten, bis sie in der Umlaufbahn ist?«

DuBois trank einen Schluck Wein. »Astronauten feiern, wenn die Startrampe geräumt ist.«

Ohne ein weiteres Wort trank Yáo einen Schluck Bier.

»Warum ... klappt ... das ... nicht?« Bei jedem Wort schlage ich mir beide Hände vor die Stirn.

Enttäuscht sinke ich auf den Laborstuhl.

Rocky sieht von oben aus dem Tunnel zu. *»Kein Raubtier, Frage?«*

»Kein Raubtier.« Ich seufze.

Das Experiment ist ganz einfach. Ein Laborkolben mit Luft von Adrian. Die Luft stammt nicht vom Planeten, aber das Mischungsverhältnis der Gase beruht auf der spektroskopischen Untersuchung der Atmosphäre. Der Druck ist sehr niedrig – ein Zehntel einer Atmosphäre, genau wie es in den oberen Atmosphärenschichten von Adrian der Fall ist.

In dem Kolben sind unsere gesammelten Lebensformen von Adrian und ein paar frische Astrophagen. Ich hatte gehofft, dass die Raubtierpopulation stark zunimmt, sobald ich ihnen ein paar hübsche, saftige Astrophagen anbiete, sodass ich aus der Probe anschließend die vorherrschenden Zelltypen isolieren könnte.

Es hat nicht funktioniert.

»Bist du sicher, Frage?«

Ich überprüfe mein improvisiertes Wärmeenergiemessgerät. Es ist nur ein Thermometer, das zum Teil in Eiswasser steckt und zum Teil mit dem Kolben verbunden ist. Die Astrophagen liefern die Wärmeenergie, das Eis nimmt sie auf. Die resultierende Temperatur des Thermoelements verrät mir, wie viel Wärmeenergie die Astrophagen abgeben. Wenn die Temperatur sinkt, ist die Astrophagenpopulation gesunken. Aber das geschieht nicht.

»Ja, ich bin sicher«, antworte ich. »Keine Veränderungen in der Astrophagenpopulation.«

»*Vielleicht ist Temperatur im Kolben nicht gut. Zu heiß. Obere Atmosphäre von Adrian ist wahrscheinlich viel kälter als deine Zimmertemperatur.*«

Ich schüttle den Kopf. »Die Lufttemperatur von Adrian dürfte keine Rolle spielen. Der Räuber muss vor allem mit der Temperatur der Astrophagen zurechtkommen.«

»*Ah. Ja. Du hast recht.*«

»Vielleicht ist die Räubertheorie falsch«, überlege ich.

Klickend wandert Rocky durch den Tunnel zur anderen Seite des Labors. Wenn er nachdenkt, läuft er hin und her. Es ist interessant, dass Menschen und Eridianer in dieser Hinsicht ein ähnliches Verhalten zeigen. »*Räuber sind einzige Erklärung. Vielleicht leben Räuber nicht in Petrowa-Strahl. Vielleicht leben sie weiter unten in Atmosphäre.*«

Ich hebe den Kopf. »Das könnte sein.«

Mein Blick schweift zum Labormonitor. Er zeigt mir, was die Außenkameras von Adrian auffangen. Nicht aus wissenschaftlichen Gründen – einfach nur, weil es schön aussieht. Genau in diesem Moment überqueren wir den Terminator zur Tagseite des Planeten. Das Licht der Dämmerung erscheint als weiter Bogen.

»Gut, dann nehmen wir an, der Räuber lebt in der Atmosphäre. Aber in welcher Höhe?«

»*Welche Höhe ist die beste, Frage? Wenn du Räuber, wo willst du sein, Frage? Du gehst zu Astrophagen.*«

»Gut, in welcher Höhe sind die Astrophagen?« Die Frage beantwortet sich von selbst. »Ah, es gibt eine Höhe, wo die Vermehrung stattfindet! Wo die Luft genug Kohlendioxid hat, damit sich die Astrophagen vermehren.«

»*Ja!*« Er klappert den Tunnel herauf und bleibt über mir stehen. »*Wir können finden. Leicht. Benutzen Petrowaskop.*«

Ich schlage mit der Faust in die andere Handfläche. »Ja! Natürlich!«

Die Astrophagen müssen sich irgendwo vermehren. Der relative Druck des Kohlendioxids ist der Schlüssel. Aber das müssen wir nicht berechnen, und wir müssen nicht raten. Wenn sich die Astrophagen teilen, kehren sie mit ihren Nachkommen nach Tau Ceti zurück. Und sie stoßen dabei Infrarotlicht aus. Das bedeutet, dass in der betreffenden Höhe auf dem ganzen Planeten ein Schein des Petrowa-Lichts zu sehen sein muss.

»Ins Cockpit!«, sage ich.

»*Cockpit!*« Er krabbelt unter der Decke im Tunnel entlang und verschwindet durch seinen persönlichen Cockpitzugang. Ich folge ihm, bin aber etwas langsamer.

Ich steige die Leiter hinauf, setze mich auf den Pilotensessel und schalte das Petrowaskop ein. Rocky hat sich schon in seiner Blase eingerichtet und zielt mit der Kamera auf meinen Hauptbildschirm.

Der ganze Bildschirm glüht rot.

»*Was ist das, Frage? Keine Daten.*«

»Warte mal.« Ich rufe die Steuerung und die Optionen auf und verstelle einige Schieberegler.

»Wir sind in dem Petrowa-Strahl. Ringsherum sind Astrophagen. Ich will die Einstellung verändern, bis wir nur noch die hellsten Lichtquellen sehen ...«

Ich muss eine Weile herumprobieren, bis ich mit dem Helligkeitsregler zurechtkomme. Schließlich erkenne ich über Adrian unregelmäßige Flecken mit Infrarotstrahlung.

»Ich glaube, da ist die Antwort«, sage ich.

Rocky rückt näher an sein Texturdisplay heran, bis er »sieht«, was ich vor mir habe.

»Nicht das, was ich erwartet habe«, gestehe ich.

Ich dachte, es sei einfach nur eine im Infrarotbereich glühende Schicht, die man in einer bestimmten Höhe erkennen kann. So sieht es ganz und gar nicht aus. Die Klumpen sind im Grunde Wolken, und sie entsprechen nicht den dünnen, weißen Wolken, die ich im sichtbaren Bereich erkenne. Dies hier sind, da mir kein besserer Begriff einfällt, Infrarotwolken.

Oder, noch genauer gesagt, es sind Wolken von Astrophagen, die Infrarotlicht abstrahlen. Aus einem unerfindlichen Grund brüten die Astrophagen in manchen Bereichen intensiver als anderswo.

Rocky spricht aus, was ich denke. *»Ungewöhnliche Verteilung.«*

»Ja. Vielleicht beeinflusst das Wetter den Fortpflanzungsprozess.«

»Vielleicht. Kannst du Höhe berechnen, Frage?«

»Ja, warte.«

Ich zoome heran und verschiebe den Bildausschnitt des Petrowaskops, bis ich eine Astrophagenwolke direkt am Horizont über Adrian anpeile. Die Anzeige verrät mir den aktuellen Winkel der Kamera im Verhältnis zu den Schiffsachsen. Ich notiere die Werte und schalte auf die Navigationskonsole um. Dort erfahre ich den Winkel unseres Schiffs relativ zum Mittelpunkt unserer Umlaufbahn. Mit diesen Informationen und einer Menge Trigonometrie kann ich die Höhe der Astrophagenwolken berechnen.

»Die Bruthöhe liegt bei 91,2 Kilometern über der Oberfläche. Die Dicke der Schicht beträgt weniger als 200 Meter.«

Rocky legt die Klauen übereinander. Diese Geste kenne ich. Er denkt nach. *»Wenn Räuber existieren, dann sind Räuber dort.«*

»Einverstanden«, antworte ich. »Aber wie bekommen wir eine Probe?«

»Wie nahe darf Orbit werden, Frage?«

»Hundert Kilometer über dem Planeten. Wenn wir näher kommen, verbrennt das Schiff in der Atmosphäre.«

»Das ist unglücklich«, sagt Rocky. *»Acht Komma acht Kilometer von der Brutzone entfernt. Nicht kann näher heran, Frage?«*

»Wenn wir mit der Umlaufgeschwindigkeit in die Atmosphäre eindringen, sterben wir. Aber wenn wir nun bremsen?«

»Bremsen heißt Orbit nicht gut. Fallen in die Luft. Sterben.«

Ich beuge mich über die Armlehne vor und sehe ihn an. »Wir könnten den Antrieb einsetzen, um nicht in die Atmosphäre zu stürzen. Mit stetigem Schub die Höhe über dem Planeten halten. Langsam sinken, die Probe holen und hochfliegen.«

»*Nicht geht. Wir sterben.*«

»Warum soll das nicht funktionieren?«

»*Maschinen strahlen viel Infrarotlicht ab. Wenn du in Luft benutzt, wird Luft ionisiert. Explosion. Zerstört Schiff.*«

Ich zucke zusammen. »Richtig, das stimmt natürlich.«

Als Dimitri damals den Spinantrieb testete, lief er nur 100 Mikrosekunden lang und schmolz eine metrische Tonne metallisches Silizium. Und dieser Testantrieb hatte nur ein Tausendstel der Energie, die die Maschinen der *Hail Mary* produzieren. Im Vakuum funktioniert alles hervorragend. Doch wenn man die Maschinen in der Luft aktiviert, entsteht eine Feuerkugel, neben der eine Atombombe wie ein Silvesterböller aussieht.

Frustriert schweigen wir eine Weile. Die Rettung unserer Welten ist nur knapp zehn Kilometer entfernt, und wir kommen nicht heran. Es muss doch einen Weg geben. Aber wie? Wir müssen nicht einmal selbst dorthin. Wir müssen nur eine Luftprobe bekommen. Nur eine winzige Probe, wie klein sie auch sein mag.

Moment mal.

»Wie stellst du noch mal Xenonit her? Du mischst zwei Flüssigkeiten, richtig?«

Meine Frage überrascht ihn, aber er antwortet. »*Ja. Flüssigkeit und Flüssigkeit zusammen. Mischen. Werden Xenonit.*«

»Wie viel kannst du herstellen? Wie viel Flüssigkeit hast du mitgebracht?«

»*Ich bringe viel. Benutze ich, um meine Zone zu bauen.*«

Ich öffne eine Tabellenkalkulation und gebe Zahlen ein. »Wir brauchen 0,4 Kubikmeter Xenonit. Kannst du so viel herstellen?«

»*Ja*«, sagt er. »*Ich habe genug Flüssigkeit, um 0,61 Kubikmeter herzustellen.*«

»Gut. Dann ... dann habe ich eine Idee.« Ich lege die Fingerspitzen zusammen.

Es ist eine einfache Idee, die ziemlich dumm klingt. Aber wenn dumme Ideen funktionieren, nennt man sie genial. Wir werden sehen, was dabei herauskommt.

Die Brutgebiete der Astrophagen sind 10 Kilometer tief in der Atmosphäre von Adrian. So niedrig kann ich mit der *Hail Mary* nicht fliegen, weil die Luft zu dicht ist. Dort würden wir verbrennen. In der Atmosphäre kann ich die Triebwerke nicht zünden, weil dann die Hölle los wäre und das Schiff explodiert.

Also müssen wir angeln. Wir bauen eine 10 Kilometer lange Kette, hängen eine Art Sammelbehälter an das Ende (den stellt Rocky her) und schleppen die Vorrichtung durch die Atmosphäre. Kein Problem, oder?

Leider doch.

Die *Hail Mary* muss mit 12,6 Kilometern pro Sekunde fliegen, um in der Umlaufbahn zu bleiben. Wenn wir langsamer sind, verlassen wir die Umlaufbahn, und wir verbrennen. Aber wenn wir die Kette mit dieser Geschwindigkeit durch die Atmosphäre ziehen – selbst wenn sie aus Xenonit besteht –, wird sie reißen und verdampfen.

Wir müssen also bremsen. Aber sobald wir bremsen, stürzen wir zum Planeten hinunter. Es sei denn, ich setze den Antrieb ein, um eine konstante Höhe zu halten. Wenn ich das mache, schiebe ich uns allerdings direkt von der Kette und dem Probenbehälter weg. Der Rückstoß der Maschinen würde beides verdampfen lassen.

Also müssen wir schräg beschleunigen. Ganz einfach.

Es wird absolut lächerlich aussehen. Die *Hail Mary* wird um 30 Grad aus der Vertikalen geneigt und schräg nach oben beschleunigen. Darunter wird die 10 Kilometer lange Kette hängen. Die Atmosphäre hinter den Düsen wird die ganze Zeit ein ionisiertes, brennendes Chaos sein. Es ist sicher ein spektakulärer Anblick. Aber das wird *hinter* uns passieren, und die Kette wird ungestört durch die Luft gleiten.

Unsere seitliche Geschwindigkeit wird nur bei etwas mehr als 100 Metern pro Sekunde liegen. In der dünnen Luft in so großer Höhe hält die Kette diese Belastung aus, das ist kein Problem.

Ich habe berechnet, dass die Abweichung aus der Vertikalen nur 2 Grad beträgt.

Sobald wir der Ansicht sind, dass wir genügend Proben haben, hauen wir ab. Was könnte da schon schiefgehen?

War ironisch gemeint.

Ich bin nicht der beste 3-D-Konstrukteur, aber eine Gliederkette auf dem Bildschirm, das bekomme ich hin. Es sind jedoch keine normalen Kettenglieder. Sie sind weitgehend oval, haben aber eine schmale Öffnung, durch die das nächste Kettenglied eingehakt werden kann. So ist es leicht, die Kette zusammenzusetzen, aber äußerst unwahrscheinlich, dass sie sich bei Erschütterungen von selbst zerlegt. Besonders unter Spannung.

Ich nehme mir einen Klotz Aluminium und montiere ihn in der Fräse.

»*Das wird klappen, Frage?*«, meldet sich Rocky in seinem Deckentunnel.

»Es müsste«, antworte ich.

Ich starte die Fräse, die sofort die Arbeit aufnimmt. Sie modelliert die Gussform für ein Kettenglied, wie ich es mir gedacht hatte.

Ich ziehe das Werkstück heraus, fege die Aluminiumspäne weg und hebe die Form in Richtung Tunnel hoch. »Wie gefällt dir das?«

»*Sehr gut*«, antwortet Rocky. »*Wir bauen viele viele viele Kettenglieder. Mehr Formen heißt, ich kann gleichzeitig mehr machen. Kannst du viele Formen machen, Frage?*«

»Also«, ich blicke in den Vorratsschrank. »Mein Vorrat an Aluminium ist begrenzt.«

»*Du hast viele Gegenstände im Schiff, die du nicht brauchst. Zum Beispiel zwei Betten im Schlafraum. Schmelze sie, mache Barren und mache mehr Formen.*«

»Mensch, du machst keine halben Sachen, was?«

»*Nicht verstehe.*«

»Ich kann nicht so viele Dinge schmelzen. Wie sollte ich das anfangen?«

»*Astrophagen. Schmelzen alles.*«

»Eigentlich hast du recht«, stimme ich zu. »Es geht trotzdem nicht. Die Hitze wäre zu viel für mein Lebenserhaltungssystem. Da fällt mir gerade ein, warum hast du so viele überschüssige Astrophagen?«

Er zögert. »*Seltsame Geschichte.*«

Ich hebe den Kopf. Seltsame Geschichten interessieren mich immer. Er läuft klickend durch seinen Tunnel in einen etwas breiteren Abschnitt. »*Wissenschafts-Eridianer rechnen viel. Berechnen Flug. Mehr Brennstoff ist schnellerer Flug. Also machen wir viele viele viele Astrophagen.*«

»Wie habt ihr so viel hergestellt? Auf der Erde ist uns das schwergefallen.«

»*War einfach. Stecken in Metallkugeln mit Kohlendioxid. Werfen in Ozean. Warten. Astrophagen verdoppeln verdoppeln verdoppeln. Viele Astrophagen.*«

»Ja, richtig, eure Meere sind wärmer als die Astrophagen.«

»*Richtig. Erdmeere sind nicht wärmer. Traurig.*«

Wenn es um die Vermehrung von Astrophagen geht, hat Erid einen gewaltigen Heimvorteil. Der ganze Planet ist ein Dampfkochtopf. Neunundzwanzig Atmosphären bei 210 Grad Celsius bedeuten, dass Wasser an der Oberfläche flüssig ist. Und die Meere sind viel, viel wärmer als die kritische Temperatur der Astrophagen. Sie werfen einfach die Astrophagen ins Wasser und lassen sie dort die Wärme aufnehmen, und sie vermehren sich.

Ich bin neidisch. Wir mussten die Sahara zupflastern, um unsere Astrophagen zu erbrüten. Sie mussten sie nur ins Wasser werfen. Erids Ozeane speichern eine geradezu lächerlich große Menge an Wärmeenergie. So viel Wasser – ein Vielfaches der irdischen Ozeane – bei einer Temperatur von 200 Grad Celsius oder mehr, das ist eine Menge Energie.

Und deshalb können sie sich auch ein Jahrhundert oder so Zeit lassen, um das Problem zu lösen, während die Erde in ein paar Jahrzehnten zufrieren wird. Nicht nur die Luft speichert die Wärme. In den Ozeanen steckt noch viel mehr. Heimvorteil hoch drei. Schon wieder.

»Wissenschafts-Eridianer entwerfen Schiff und Treibstoffbedarf. Reise sollte 6,64 Jahre dauern.«

Das macht mich stutzig. 40 Eridani ist zehn Lichtjahre von Tau Ceti entfernt. In weniger als zehn Jahren kommt man von Erid aus gesehen nicht dorthin. Wahrscheinlich meinte er die 6,64 Jahre relative Zeit, die das Schiff aufgrund der Zeitdilatation erlebt hat.

»Seltsame Dinge auf Flug geschehen. Crew krank. Sterben.« Seine Stimme wird tiefer. *»Jetzt weiß ich, war Strahlung.«*

Ich senke den Blick und lasse ihm einen Moment Zeit.

»Alle krank. Ich allein steuere Schiff. Mehr seltsame Dinge geschehen. Maschinen nicht richtig arbeiten. Ich kann Problem nicht finden.«

»Hat dein Antrieb versagt?«

»Nein. Nicht versagt. Schub normal. Aber Geschwindigkeit … steigt nicht. Kann nicht erklären.«

»Oh.«

Klappernd läuft er hin und her, während er spricht. *»Dann noch mehr seltsame Dinge: Habe halbe Strecke eher erreicht als gedacht. Viel eher. Ich drehe Schiff herum. Schub zum Bremsen. Aber Tau entfernt sich. Wie das? Immer noch in Richtung Tau, aber Tau entfernt sich. Große Verwirrung.«*

»Oh-oh«, mache ich. Da fällt mir etwas ein. Etwas sehr Beunruhigendes.

»Ich beschleunige. Bremse. Oft. Verwirrung. Aber komme hier an. Trotz Fehler und Verwirrung ich bin hier in drei Jahren. Hälfte der Zeit die Wissenschafts-Eridianer gesagt haben. So viel Verwirrung.«

»Oh … ach du meine …«, stottere ich.

»Viel viel viel Brennstoff übrig. Viel mehr, als sein sollte. Beschwere mich nicht, aber verwirrt.«

»Ja …«, setze ich an. »Sag mal, ist die Zeit auf Erid die gleiche wie auf deinem Schiff?«

Er wiegt den Panzer hin und her. *»Frage sinnlos. Natürlich ist Zeit gleich. Zeit ist überall gleich.«*

Ich schlage die Hände vor das Gesicht. »O Mann.«

Die Eridianer kennen die relativistische Physik nicht.

Sie haben ihre ganze Reise mit newtonscher Physik berechnet. Sie haben einfach angenommen, sie könnten immer stärker beschleunigen, und die Lichtgeschwindigkeit sei kein Thema.

Sie wissen nichts über Zeitdilatation. Rocky ahnt nicht, dass auf Erid erheblich mehr Zeit vergangen ist als auf seinem Flug. Sie wissen nichts über die Lorentzkontraktion. Die Entfernung bis Tau Ceti wird tatsächlich größer, wenn man relativ zu dem Planeten bremst – auch wenn man sich ihm immer noch nähert.

Ein ganzer Planet voller intelligenter Wesen baut ein Schiff, das auf inkorrekten wissenschaftlichen Annahmen beruht, und wie durch ein Wunder war der einzige Überlebende der Crew schlau genug, durch Versuch und Irrtum das Problem zu lösen und tatsächlich das Ziel zu erreichen.

Und diese riesige Panne ist meine Rettung. Sie dachten, sie brauchen erheblich mehr Treibstoff. Daher hat Rocky jede Menge übrig.

»Also, Rocky«, beginne ich. »Mach es dir gemütlich. Ich muss dir *viel* Wissenschaft erklären.«

Er klopfte zweimal und spähte in mein Büro. »Dr. Grace? Sind Sie Dr. Grace?«

Es war kein großes Büro, aber auf einem Flugzeugträger kann man von Glück reden, wenn man überhaupt einen eigenen Raum bekommt. Ehe er die Ehre hatte, mir als Büro zu dienen, war dieser Raum ein Lager für Hygieneartikel. Die Crew hatte dreitausend Hintern, die ständig abgewischt werden mussten. Ich durfte das Büro behalten, bis wir den nächsten Hafen anliefen. Danach würden sie hier wieder neue Vorräte einlagern.

Demzufolge war ich in etwa so wichtig wie Klopapier.

Ich blickte von meinem Laptop auf. Der kleine, etwas zerzauste Mann in der Tür winkte linkisch.

»Ja«, antwortete ich. »Ich bin Grace. Und Sie sind?«

»Hatch. Steve Hatch. University of British Columbia. Freut mich.«

Ich zeigte auf den Klappstuhl vor dem Klapptisch, der mir als Arbeitsplatz diente.

Er schlurfte herein und schleppte ein dickes Metallobjekt herbei. So etwas hatte ich noch nie gesehen. Er pflanzte es auf meinen Tisch.

Ich betrachtete das Objekt. Es wirkte ein wenig, als hätte jemand einen Medizinball abgeflacht und an einem Ende ein Dreieck und am anderen ein Trapez angebracht.

Er setzte sich auf den Stuhl und streckte die Arme. »Mann, das war verrückt. Ich bin noch nie mit dem Hubschrauber geflogen. Und Sie? Doch, natürlich kennen Sie das. Wie sonst wären Sie hier? Ich meine, Sie hätten ja mit dem Boot kommen können, aber das stand wahrscheinlich nicht zur Debatte. Wie ich hörte, bleibt der Flugzeugträger weit vor der Küste, falls es bei den Astrophagenexperimenten eine Katastrophe gibt. Ein Boot wäre, ehrlich gesagt, angenehmer gewesen. Während des Fluges mit dem Hubschrauber musste ich fast kotzen. Aber ich will mich nicht beklagen. Ich bin einfach froh, dass ich dabei bin.«

»Äh«, machte ich und deutete auf den Gegenstand auf meinem Tisch. »Was ist das?«

Das schien ihn zu beflügeln. »Ah, richtig, das ist ein Beetle! Nun ja, sagen wir, es ist ein Prototyp. Also, ein Prototyp für einen davon. Mein Team und ich denken, dass wir die gröbsten Fehler beseitigt haben. Na ja, man findet sowieso nie *alle* Fehler, aber wir können jetzt den Antrieb testen. Und die Universität sagt, wir müssten das hier auf dem Flugzeugträger tun. Die Provinzregierung von British Columbia hat das auch gesagt. Oh, und die Regierung von Kanada auch. Ich bin übrigens Kanadier. Aber keine Sorge! Ich bin keiner dieser antiamerikanischen Kanadier. Ich glaube, ihr seid ganz in Ordnung.«

»Ein Beetle?«

»Ja!« Er hob ihn hoch und drehte das Trapez zu mir. »Damit wird die Crew der *Hail Mary* die Informationen zurückschicken. Es ist ein kleines, eigenständiges Raumschiff, das von Tau Ceti automatisch zur Erde fliegt. Na ja, eigentlich von überall. Daran habe ich mit meinem Team während des letzten Jahres gearbeitet.«

Ich spähte in das Trapez und entdeckte eine kleine gläserne Fläche. »Ist das ein Spinantrieb?«, fragte ich.

»Und ob! Mann, die Russen haben wirklich Ahnung von solchen Sachen. Wir haben ihre Entwürfe benutzt, und es hat wundervoll funktioniert. Das glaube ich jedenfalls. Wir haben den Antrieb noch nicht getestet. Das größte Problem sind die Navigation und die Steuerung.«

Er drehte den Apparat herum und zielte mit dem Dreieck auf mich. »Hier sind Kameras und Computer. Keine superkomplizierte Trägheitsnavigation. Das Gerät benutzt normales sichtbares Licht, um die Sterne zu erkennen. Es identifiziert die Sternbilder und orientiert sich an ihnen.« Er tippte auf den bauchigen mittleren Teil. »Hier drin ist ein kleiner Gleichstromgenerator. Solange wir Astrophagen haben, haben wir auch Strom.«

»Was kann das Ding befördern?«, fragte ich.

»Daten. Es hat ein redundantes RAID mit mehr Speicher, als man jemals braucht.« Er klopfte auf die Wölbung. Es hallte leicht. »Der größte Teil ist das Treibstofflager. Wir brauchen ungefähr 125 Kilogramm Astrophagen für den Flug. Das klingt viel, aber ... Mann ... zwölf Lichtjahre!«

Ich hob das Gerät hoch und wog es zweimal in den Händen. »Wie ändert es die Fluglage?«

»Reaktionsräder im Inneren«, erklärte er. »Sie drehen sich in die eine Richtung. Das Schiff dreht sich in die andere. Kein Problem.«

»Interstellare Navigation ist ›kein Problem‹?« Ich musste lächeln.

Er kicherte. »Na ja, zumindest für unsere Zwecke. Das Gerät hat einen Empfänger, der ständig auf ein Signal von der Erde lauscht. Sobald der Beetle das Signal empfängt, sendet er seinen Standort und wartet auf Instruktionen vom Deep Space Network. Wir müssen bei der Navigation nicht allzu genau sein. Wir müssen das Ding nur in Funkreichweite bis zur Erde bringen. Irgendwo in der Umlaufbahn des Saturn wäre nahe genug.«

Ich nicke. »Und dann sagen die Wissenschaftler dem Gerät, wie es nach Hause kommt. Klug ausgedacht.«

Er zuckte mit den Achseln. »So könnte es laufen, ja. Aber das müssen sie nicht einmal. Sie lassen das Ding zuerst einmal alle Daten funken. Damit sind die Informationen übertragen. Sie können das Gerät später noch einsammeln, wenn sie wollen. Oh, und wir bauen vier davon. Nur ein einziges von ihnen muss den Flug überstehen.«

Ich drehte den Beetle hin und her. Er war überraschend leicht, er wog höchstens ein paar Pfund. »Gut, es sind also vier. Wie wahrscheinlich ist es, dass jeder einzelne den Flug übersteht? Gibt es in ihrem Inneren wenigstens etwas Redundanz?«

Wieder zuckte er mit den Achseln. »Nicht viel, nein. Aber das Ding muss auch nicht so lange fliegen wie die *Hail Mary*, also müssen auch die Geräte nicht so lange überleben.«

»Es fliegt doch auf der gleichen Route, oder?«, fragte ich. »Warum braucht es dann weniger Zeit?«

»Weil die Beschleunigung der *Hail Mary* durch die weichen, zerquetschbaren Menschen im Inneren begrenzt wird. Der Beetle hat dieses Problem nicht. Alles an Bord entspricht den militärischen Standards für Cruise-Missiles. Diese Teile halten Hunderte g aus. Also erreicht es viel schneller eine relativistische Geschwindigkeit.«

»Oh, interessant ...« Ich überlegte, ob dies eine gute Frage für meine Schüler wäre, und verwarf die Idee sofort wieder. Es war eine absurd komplizierte Mathematik, die Neuntklässler nicht bewältigen konnten.

»Ja«, bekräftigte Hatch. »Sie beschleunigen mit fünfhundert g, bis sie die Reisegeschwindigkeit von 0,93 c erreichen. So brauchen sie nur etwas mehr als zwölf Jahre, um die Erde zu erreichen. Alles in allem werden es für die kleinen Kerlchen aber nur etwa zwanzig Monate sein. Glauben Sie an Gott? Ich weiß, das ist eine persönliche Frage. Ich glaube an Gott. Und ich denke, er war genial, als er die Relativität erschaffen hat, finden Sie nicht auch? Je schneller Sie fliegen, desto weniger Zeit vergeht für Sie. Das ist, als wollte er uns einladen, das Universum zu erforschen, meinen Sie nicht auch?«

Er schwieg und starrte mich an.

»Ja«, sagte ich. »Das ist wirklich beeindruckend. Gute Arbeit.«

»Danke!«, erwiderte er. »Also, kann ich ein paar Astrophagen haben, um es zu testen?«

»Gern«, willigte ich ein. »Wie viel brauchen Sie?«

»Wie wäre es mit hundert Milligramm?«

Ich fuhr zurück. »Jetzt mal langsam, Cowboy. Das ist eine Menge Energie.«

»Schon gut, schon gut. Man kann es ja mal versuchen. Wie wäre es mit einem Milligramm?«

»Ja, das lässt sich machen.«

Er klatschte in die Hände. »Wundervoll! Ich kriege Astrophagen!« Er beugte sich zu mir vor. »Ist das nicht erstaunlich? Astrophagen. Ich meine, das ist wie ... Das ist das Coolste, was ich je gesehen habe. Und wieder schenkt Gott uns die Zukunft!«

»Cool?«, gab ich zurück. »Wir stehen vor der Auslöschung. Wenn überhaupt, dann schenkt Gott uns die Apokalypse.«

Er zuckte mit den Achseln. »Na ja, irgendwie schon. Aber hören Sie mal, das ist der perfekte Energiespeicher! Stellen Sie sich einen batteriegetriebenen Haushalt vor. Eine – ja, eine AA-Batterie mit Astrophagen, die Ihr Haus hunderttausend Jahre lang versorgen kann. Stellen Sie sich vor, Sie kaufen ein Auto und müssen nie mehr nachladen. Wir müssen uns über Stromnetze keine Gedanken mehr machen. Und alles ist eine saubere, erneuerbare Energie, solange wir die Dinger auf dem Mond erbrüten oder so. Sie brauchen nur das Sonnenlicht!«

»Sauber? Erneuerbar?«, entgegne ich. »Glauben Sie wirklich, die Astrophagen seien gut für die Umwelt? Das sind sie nicht. Selbst wenn die *Hail Mary* eine Lösung findet, müssen wir mit massenhaftem Artensterben rechnen. In zwanzig Jahren werden viele Spezies auf der Erde nicht mehr existieren. Und wir geben uns alle Mühe, damit die Menschheit nicht eine davon ist.«

Meinen Einwand tat er händewedelnd ab. »Die Erde hatte in

ihrer Geschichte fünf Massensterben. Und die Menschen sind klug. Wir lassen uns etwas einfallen.«

»Wir werden verhungern!«, widersprach ich. »Milliarden Menschen werden verhungern.«

»Nein«, erwiderte er. »Wir lagern bereits Nahrung ein. Wir haben Methan in die Luft gepumpt, um die Sonnenenergie zu halten. Es wird schon alles gut gehen. Solange nur die *Hail Mary* Erfolg hat.«

Ich starrte ihn einen Augenblick an. »Sie sind zweifellos der optimistischste Mensch, der mir je begegnet ist.«

Er zeigte mir zwei hochgereckte Daumen. »Danke!«

Dann nahm er den Beetle und wollte gehen. »Komm mit, Pete, ich gebe dir jetzt ein paar Astrophagen!«

»Pete?«, fragte ich.

Er sah sich über die Schulter um. »Klar. Ich benenne sie nach den Beatles. Nach der britischen Rockgruppe.«

»Dann sind Sie ein Fan?«

Jetzt drehte er sich wieder ganz zu mir um. »Ein Fan? Oh, aber sicher. Ich will ja nicht übertreiben, aber *Sgt. Pepper's Lonely Hearts Club Band* ist das beste Album in der Geschichte der Menschheit. Ich weiß, ich weiß, viele würden mir widersprechen. Aber sie irren sich.«

»Meinetwegen«, lenkte ich ein. »Aber warum Pete? Heißen sie nicht John, Paul, George und Ringo?«

»Klar. So werden wir die anderen an Bord der *Hail Mary* nennen. Aber der hier ist für die Tests in der niedrigen Erdumlaufbahn vorgesehen. Ich bekomme dafür einen eigenen SpaceX-Start! Ist das nicht unglaublich? Jedenfalls habe ich ihn nach Pete Best benannt, dem Drummer vor Ringo.«

»Ah, das wusste ich nicht«, gab ich zu.

»Nun wissen Sie es. Jetzt hole ich mir die Astrophagen. Ich muss dafür sorgen, dass diese Beetles heil zurückkommen. Sie wissen schon – ›Get Back‹.«

»Alles klar.«

Er runzelte die Stirn. »›Get Back‹. Das ist ein Song von den Beatles.«

»Ja, alles klar, schon gut.«

Er machte auf dem Absatz kehrt und ging. »Manche Leute wissen die Klassiker einfach nicht zu schätzen.«

Ich saß verwirrt an meinem Schreibtisch. Vermutlich war ich nicht der Erste, dem es so ging.

19

Die Relativität verblüffte Rocky sehr. In den ersten zwei Stunden weigerte er sich einfach, mir zu glauben. Aber dann, als ich ihm verdeutlichte, wie dies die Erfahrungen auf seiner Reise erklärte, ließ er sich darauf ein. Es gefällt ihm nicht, doch er akzeptiert jetzt, dass es im Universum Regeln gibt, die komplizierter sind als das, was wir sehen.

Seitdem haben wir eine Ewigkeit damit verbracht, die Kette herzustellen.

Ich habe die Gussformen so schnell gefräst, wie ich konnte, und Rocky hat die Kettenglieder so schnell gegossen, wie das Xenonit aushärten wollte. Es war ein gutes System, und die Produktivität stieg mit jedem weiteren Exemplar. Jede neue Form, die ich herstellte, vergrößerte die Zahl der Kettenglieder, die Rocky bei einem Durchlauf herstellen konnte.

Kette, Kette, Kette.

Wenn ich in meinem Leben jemals wieder eine Kette sehe, garantiere ich für nichts. Zehn Kilometer Kette – jedes Kettenglied ist nur 5 Zentimeter groß. Das sind zweihunderttausend Kettenglieder. Alle müssen mit der Hand oder Klaue eingehakt werden. Wir beide mussten zwei Wochen lang acht Stunden pro Tag arbeiten, um die Glieder zu verbinden.

Ich sehe Ketten, wenn ich die Augen schließe. Ich habe jede Nacht von Ketten geträumt. Als ich zum Essen Spaghetti bekam, sah ich weiche, weiße Ketten anstelle von Nudeln.

Aber wir haben es geschafft.

Sobald wir die Glieder hergestellt hatten, setzten wir sie parallel zusammen. Wir machten zehn Meter große Stücke, die wir zu zwanzig Meter großen Stücken verbanden, und so weiter. So konnten wir wenigstens effizient arbeiten. Der schwierige Teil war es, sie zu lagern. Zehn Kilometer Kette sind richtig viel.

Am Ende diente das Labor als eine Art Lagerraum. Doch selbst dieser Raum war nicht groß genug. Rocky – stets der begabte Ingenieur – konstruierte große Trommeln, die gerade eben durch die Luftschleuse passten. Mit zahlreichen EVAs montierte ich sie draußen auf der Hülle. Dort lagerte ich die Kette in Stücken von jeweils 500 Metern. Aber um die EVAs durchzuführen, musste ich natürlich die Zentrifuge abschalten. Von da an mussten wir in der Schwerelosigkeit arbeiten.

Haben Sie schon mal in der Schwerelosigkeit eine Kette zusammengesetzt? Das macht keinen Spaß.

Die letzte Verknüpfung der 500 Meter langen Stücke war, vorsichtig gesagt, eine Herausforderung. Ich musste alle zwanzig Teile verbinden, während ich die dicken Handschuhe des EVA-Anzugs trug. Glücklicherweise hatte ich das VMM. Die NASA hatte es nicht als Werkzeug zum Kettenmachen vorgesehen, aber dazu benutzte ich es.

Jetzt schweben Rocky und ich im Cockpit. Er hockt in der Blase, ich auf dem Pilotensessel.

»Status der Sonde?«, frage ich.

Rocky sieht auf seine Anzeigen. »*Gerät funktioniert.*«

Beim Probensammler hat er wirklich gute Arbeit geleistet. Das glaube ich wenigstens. Ingenieurwissenschaften sind nicht so mein Ding.

Der Sammler ist eine 20 Zentimeter große Stahlkugel. Sie hat oben einen hübschen dicken Ring, wo die Kette eingehakt ist. Rings um den Äquator hat die Kugel kleine Löcher. Sie führen in die hohle innere Kammer. Dort gibt es einen Drucksensor und ein paar Stellglieder. Der Drucksensor weiß, wann die Sonde in der richtigen Höhe fischt, und kann einem Stellglied befehlen, den Behälter mit der eingesammelten Probe zu verschließen. Dabei wird einfach die innere Kammer um ein paar Grad gedreht, bis die Löcher nicht mehr hinter denen in der Außenhülle liegen.

Diese Fehlstellung sperrt zusammen mit einigen geschickt angebrachten Dichtungen die Atmosphäre des Planeten in der Kammer ein.

Außerdem hat Rocky darin ein Thermometer und eine Heizung eingebaut. Sobald der Behälter versiegelt ist, hält die Heizung die Temperatur, mit der die Luft eingeströmt ist. Eigentlich eine ganz einfache Sache, an die ich aber nicht gedacht habe. Das Leben kann recht wählerisch sein, was Temperaturbereiche angeht.

Das letzte Bauteil war ein kleiner Sender, der ein eigenartiges analoges Signal ausstrahlt, das ich mit meinen Geräten nicht einordnen oder decodieren konnte. Anscheinend ist es eine ganz normale Datenverbindung der Eridianer. Jedenfalls hat er einen Empfänger dafür, und nur darauf kommt es an.

Rocky hat ohne größere Komplikationen im Handumdrehen ein Lebenserhaltungssystem für die Mikroorganismen von Adrian konstruiert – ein System, das vorher nicht einmal die Bedingungen kennen musste. Es behält einfach den Status quo bei.

Er ist wirklich ein Genie. Ich frage mich, ob alle Eridianer so sind wie er, oder ob er etwas Besonderes ist.

»Dann ... sind wir jetzt bereit?«, frage ich. Besonders zuversichtlich bin ich nicht.

»*Ja*«, pfeift er.

Ich schnalle mich auf dem Pilotensessel fest. Er verankert sich mit drei Händen an den Griffen in seiner Blase.

Ich hole mir die Höhenkontrolle auf den Bildschirm und beginne mit einer Rollbewegung. Sobald das Schiff mit dem Heck in unsere Flugrichtung zeigt, halte ich die Bewegung an. Jetzt sausen wir mit dem Hinterteil voran mit 12 Kilometern pro Sekunde um den Planeten. Dieses Tempo muss ich auf beinahe null drücken.

»Ausrichtung ist gut«, sage ich. »Jetzt gebe ich Schub.«

»*Ja*«, sagt Rocky. Er betrachtet aufmerksam seinen Reliefbildschirm. Dank der Kamera, die er vorher aufgebaut hat, betrachtet er das umgesetzte Abbild meines Displays.

»Es geht los ...« Ich starte den Spinantrieb. In weniger als einer Sekunde wechseln wir von null g nach 1,5 g. Es drückt mich in den Sessel, und Rocky greift mit der vierten Hand zu, um sich zu stabilisieren.

Sobald die *Hail Mary* langsamer wird, kann uns die Geschwindigkeit allein nicht mehr in der Umlaufbahn halten. Ein Blick auf das Radar zeigt mir, dass wir an Höhe verlieren. Ich korrigiere die Flughöhe, bis wir ein wenig über die Horizontale zielen. Nur einen Bruchteil eines Grades.

Sogar das ist schon zu viel! Das Radar verrät mir, dass wir abrupt *steigen*. Ich ändere den Winkel wieder. Das ist eine unsaubere und hässliche, schreckliche Art und Weise, ein Raumschiff zu fliegen, aber mehr habe ich nicht. Es wäre sinnlos gewesen, dieses Manöver vorher zu berechnen. Es gibt so viele Variablen und so viele Möglichkeiten, die Berechnungen zu sabotieren, dass ich im Grunde so oder so manuell geflogen wäre.

Nach einigen weiteren Übersteuerungen bekomme ich ein Gefühl dafür. Ich vergrößere den Anstellwinkel Stück für Stück, je langsamer das Schiff in Bezug auf den Planeten wird.

»*Du sagst, wenn ich Sonde freigebe*«, sagt Rocky. Seine Klaue schwebt über dem Knopf, der die Trommeln aushakt und die Kette fallen lässt. Wir können nur hoffen, dass sie sich nicht verheddert.

»Noch nicht«, antworte ich.

Die Fluglagenanzeige verrät mir, dass wir um 9 Grad aus der Horizontalen versetzt fliegen. Wir müssen bis auf 60 kommen. Da fällt mir rechts etwas auf. Es ist der Feed einer externen Kamera. Der Planet unter uns ... glüht.

Nein, nicht der ganze Planet. Nur der Bereich direkt hinter uns. Die Atmosphäre reagiert auf die Infrarotstöße aus den Maschinen. Die *Hail Mary* entlässt an dieser Stelle hunderttausend Mal mehr Energie als Tau Ceti.

Die Infrarotstrahlung heizt die Luft so sehr auf, dass sie ionisiert und buchstäblich rot glühend wird. Die Helligkeit nimmt zu, je schräger ich uns stelle. Zugleich wächst der betroffene Bereich. Ich wusste, dass man etwas sehen würde, aber mir war nicht klar, dass es diese Form annehmen würde. Wir ziehen einen roten

Streifen durch den Himmel und vernichten alles, was in der Luft sein mag. Das Kohlendioxid wird durch die Hitze wahrscheinlich in Kohlenstoff und freien Sauerstoff zerlegt. Vielleicht bildet der Sauerstoff noch nicht einmal O_2-Moleküle. Es ist eine Menge Hitze.

»Die Maschinen heizen Adrians Luft stark auf«, sage ich.

»*Woher weißt du, Frage?*«

»Manchmal kann ich Hitze sehen.«

»*Was, Frage? Warum sagst du mir das nicht, Frage?*«

»Es hat mit dem Sehen zu tun ... wir haben jetzt keine Zeit, es zu erklären. Vertrau mir einfach. Wir heizen die Atmosphäre sehr stark auf.«

»*Gefahr, Frage?*«

»Das weiß ich nicht.«

»*Diese Antwort gefällt mir nicht.*«

Wir vergrößern nach und nach den Winkel. Hinter uns wird das Glühen immer heller. Endlich haben wir die richtige Stellung erreicht.

»Winkel stimmt«, melde ich.

»*Glücklich! Freigeben, Frage?*«

»Moment noch. Geschwindigkeit ...« Ich sehe auf der Navigationskonsole nach. »127,5 Meter pro Sekunde! Genau das, was ich ausgerechnet habe! Heiliger Strohsack, es funktioniert!«

Ich spüre Adrians Schwerkraft, die mich auf den Sitz zieht.

Das ist eines der Dinge, die ich meinen Schülern immer wieder erklären muss. Die Schwerkraft verschwindet nicht einfach, wenn man sich in einer Umlaufbahn befindet. Genau genommen ist die Schwerkraft in der Umlaufbahn so ziemlich die gleiche wie auf dem Boden. Die Schwerelosigkeit der Astronauten im Orbit entsteht, weil sie ständig fallen. Aber die Krümmung der Erde sorgt dafür, dass der Boden im gleichen Maße zurückweicht, wie man fällt. Man fällt im Prinzip ewig.

Die *Hail Mary* fällt nicht mehr. Die Maschinen halten uns am Himmel, und die Neigung sorgt dafür, dass wir mit 127 Metern pro Sekunde vorwärtsfliegen – das entspricht ungefähr 285 Meilen pro Stunde. Für ein Auto sehr schnell, aber für ein Raumschiff erstaunlich langsam.

Hinter uns glüht die Luft so hell, dass die Außenkamera abschaltet, um das digitale Innenleben zu schützen.

Auf dem Hauptbildschirm meldet sich ohne Vorwarnung die Lebenserhaltung. AUSSENTEMPERATUR EXTREM HOCH, sagt sie.

»Die Luft ist heiß«, rufe ich. »Das Schiff überhitzt.«

»*Schiff nicht berührt Luft*«, wendet Rocky ein. »*Warum wird Schiff heiß, Frage?*«

»Die Atmosphäre wirft unsere Infrarotstrahlung zu uns zurück, und sie ist jetzt so heiß, dass sie selbst Infrarot abstrahlt. Wir werden gekocht.«

»*Dein Schiff ist mit Astrophagen gekühlt, Frage?*«

»Ja. Astrophagen kühlen das Schiff.«

Genau für solche Fälle laufen Leitungen mit Astrophagen an der Hülle entlang. Nun ja, es war nicht vorgesehen, dass wir die Atmosphäre eines Planeten mit so viel Infrarot beschießen, dass man Stahl schmelzen könnte, aber immerhin ganz allgemein für Situationen, in denen sich Hitze stauen könnte. Dabei dachte man vor allem daran, dass die Sonne oder Tau Ceti das Schiff aufheizen würden, während die Hitze keine Möglichkeit mehr hatte, ungehindert abzustrahlen.

»*Astrophagen absorbieren Hitze. Wir sicher.*«

»Einverstanden. Wir sind sicher. Und wir sind bereit. Lasse die Sonde runter!«

»*Lasse Sonde runter!*« Er haut mit der Klaue auf den Auslöseknopf.

Jenseits der Schiffshülle rasseln und klirren nacheinander die Ketten und stürzen zum Planeten hinab. Insgesamt sind es zwanzig Trommeln, die sich der Reihe nach abwickeln und dann jeweils die nächste auslösen. So haben wir es eingerichtet, damit sich die Kette hoffentlich nicht verheddert.

»*Trommel sechs ist leer ...*«, meldet Rocky.

Wieder blinkt die Warnung des Lebenserhaltungssystems. Ich

schalte sie ab. Die Astrophagen leben auf Sternen. Ein wenig reflektiertes Infrarotlicht und die dadurch entstehende Wärme dürften ihnen doch nicht schaden.

»*Trommel Zwölf ist raus ...*«, berichtet Rocky. »*Sondensignal ist gut. Sammler entdeckt Luft.*«

»Gut!«, sage ich.

»*Gut gut*«, antwortet er. »*Trommel achtzehn raus ... Luftdichte nimmt zu ...*«

Da die externen Kameras ausgeschaltet sind, kann ich nicht mehr sehen, was draußen vor sich geht. Rockys Angaben entsprechen jedoch dem Plan. Die Kette fällt und rollt sich dabei ab. Unser schräg gestellter Antrieb hält uns in der Luft, aber nichts hindert die Kette daran, gerade nach unten zu stürzen.

»*Trommel zwanzig raus. Alle Trommeln ausgesetzt. Luftdruck im Sammler entspricht fast dem Brutgebiet der Astrophagen ...*«

Mit angehaltenem Atem beobachte ich Rocky.

»*Sammler hat sich geschlossen! Versiegelung hält, Heizung ist aktiv! Erfolg Erfolg Erfolg!*«

»Erfolg!«, rufe ich.

Es klappt! Es klappt wirklich! Wir haben eine Luftprobe von Adrian aus der Brutzone der Astrophagen! Falls es irgendwo Räuber gibt, müssten sie doch genau dort sein, oder? Ich hoffe es.

»Jetzt Schritt zwei.« Ich seufze. Das wird nicht lustig.

Ich löse meine Gurte und klettere aus dem Sessel. Die 1,4 g Schwerkraft von Adrian ziehen mich im Winkel von 30 Grad nach unten. Der ganze Raum scheint gekippt zu sein, weil, na ja, weil er tatsächlich gekippt ist. Ich spüre jetzt nicht den Schub der Maschinen, sondern die Schwerkraft.

Eins Komma vier g, das ist nicht allzu schlimm. Alles ist etwas schwerer, aber noch erträglich. Ich steige in den Orlan-EVA-Anzug. Dies wird schwierig, um es vorsichtig auszudrücken. Ich muss zu einer EVA nach draußen, während ich vollständig unter dem Einfluss der Schwerkraft bin.

Es ist fast überflüssig zu sagen, dass weder der EVA-Anzug noch die Luftschleuse oder mein Training auf irgendeine Weise für so etwas Vorsorge treffen konnten. Wer hätte schon gedacht, dass ich bei voller Schwerkraft auf dem Schiff herumtrampeln muss? Sogar bei mehr als der vollen Schwerkraft?

Aber so groß die Schwerkraft auch sein mag, es gibt hier oben immer noch keine Luft. Die schlimmste aller Welten. Mir bleibt nichts anderes übrig. Ich muss die Probe holen.

Im Moment hängt der Behälter an einer zehn Kilometer langen Kette, die einfach in der Luft baumelt. Es gibt keinen bequemen Weg, sie ins Schiff zu schaffen.

Bei der Planung dachte ich zuerst, wir könnten uns vom Planeten entfernen und den Behälter in der Schwerelosigkeit heranholen. Dies ist allerdings nicht möglich, ohne den Behälter zu verdampfen. Jede Flugbahn, die ich mir überlegt hatte, um das Schiff aus Adrians Schwerkraft zu bekommen – oder wenigstens in einen stabilen Orbit –, ist damit verbunden, die Spinantriebe einzusetzen. Sie schieben das Schiff nach vorne, sodass die Kette und der Probenbehälter hinter uns im Infrarotausstoß hängen. Und dann verwandeln sich der Behälter, alles darin und die Kette in einen Haufen einzelne, sehr, sehr heiße Atome.

Als Nächstes hatte ich die Idee, eine große Spule zu bauen, um die Kette damit aufzuwickeln. Rocky hat mich allerdings informiert, dass er keine Trommel bauen könnte, die groß und stark genug ist, um 10 Kilometer Kette einzusammeln.

Rocky hatte aber eine ziemlich raffinierte Idee: Der Probenbehälter könnte an der Kette hochklettern, wenn er fertig ist. Nach einigen Experimenten ließ er die Idee allerdings wieder fallen. Er sagte, das Risiko sei es nicht wert.

Also haben wir ... einen anderen Plan.

Ich nehme mir die Winde, die Rocky eigens entwickelt hat, und befestige sie am Werkzeuggürtel meines Anzugs.

»*Sei vorsichtig*«, sagt Rocky. »*Du bist jetzt Freund.*«

»Danke«, sage ich. »Du bist auch ein Freund.«

»*Danke.*«

Ich aktiviere die Luftschleuse und schaue nach draußen.

Es ist ein seltsames Erlebnis. Der Weltraum ist schwarz. Unter mir liegt der majestätische Planet. Alles sieht aus, wie es sein sollte, wenn man in der Umlaufbahn ist. Trotzdem spüre ich die Schwerkraft.

Hinter den Rändern der *Hail Mary* wabert eine rote Glut, die vom Planeten kommt. Ich bin nicht blöd – ich habe das Schiff so gedreht, dass es mich vor der tödlichen Hitze schützt, die aus der Atmosphäre zurückstrahlt.

Die Tür der Luftschleuse ist jetzt »oben«, und ich muss mich selbst und hundert Pfund Ausrüstung nach oben durch diese Öffnung hieven. Und das Ganze auch noch bei 1,4 g.

Es dauert geschlagene fünf Minuten. Ich schnaufe und sage einige sehr unfeine Dinge, aber ich schaffe es. Bald stehe ich draußen auf meinem Schiff. Ein Fehltritt, und ich stürze in den Tod. Auf den ich im Übrigen auch nicht sehr lange warten müsste. Sobald ich am Schiff vorbeifalle, verdampft mich der Antrieb.

Ich hake eine Leine am Handgriff vor meinen Füßen fest. Ob mich eine Sicherungsleine für die Schwerelosigkeit rettet, wenn ich stürze? Das hier ist keine Bergsteigerausrüstung, dafür ist sie nicht gemacht. Aber immer noch besser als nichts, denke ich.

Ich wandere auf der Hülle entlang zur Verankerung der Kette. Es ist ein großes Quadrat aus Xenonit, das Rocky hergestellt hat. Er hat mir ausführlich erklärt, wie es auf der Hülle hält. Anscheinend hat er seine Arbeit gut gemacht. Die Kette hängt noch daran.

Ich greife danach und sinke auf Hände und Knie. In diesem EVA-Anzug ist die Schwerkraft wirklich brutal. Hier ist nichts, wie es sein sollte.

Meine wahrscheinlich nutzlose Leine hake ich in den nächsten Handgriff und ziehe die Winde aus dem Werkzeuggürtel.

Die Kette hängt in einem Winkel von 30 Grad unter uns und verschwindet weiter unten. Sie ist so lang, dass ich sie höchstens einen Kilometer weit überblicken kann. Aber ich weiß dank Rockys Messungen, dass sie voll ausgefahren ist und einen Probenbehälter mitschleppt, der für zwei Planeten voller Lebewesen die Rettung bedeuten könnte.

Ich klemme die Winde zwischen Kette und Ankerplatte. Die

Kette rührt sich nicht – keinen Millimeter. Das war zu erwarten. Etwas so Schweres kann kein menschlicher Muskel heben.

Ich befestige die Winde auf der Ankerplatte. Das Gehäuse besteht aus Xenonit, und die Verbindung zwischen Xenonit und Xenonit müsste für das, was jetzt kommt, stark genug sein.

Um mich zu vergewissern, dass die Winde richtig packt, schlage ich einige Male dagegen. Ja, sie sitzt fest.

Dann drücke ich auf den Knopf, der sie einschaltet.

Mitten aus der Winde fährt ein Zahnrad heraus, ein Zahn greift mitten in ein Kettenglied. Das Rad dreht sich und zieht die Kette ins Innere der Winde. Drinnen wird das Kettenglied um 180 Grad gedreht und über das nächste gezogen, um es auszuhaken. Bei der Konstruktion der Kette haben wir die Glieder mit einer Art Falle ausgestaltet, die einschnappte, ohne dass wir jedes Kettenglied einzeln sichern mussten. Es war äußerst unwahrscheinlich, dass eine zufällige Bewegung die Glieder voneinander trennte. Aber die Winde ist so konstruiert, dass sie genau das tut.

Sobald das Kettenglied gelöst ist, wirft die Winde es aus und wiederholt den Vorgang beim nächsten Kettenglied.

»Die Winde funktioniert«, melde ich über Funk.

»*Glücklich*«, antwortet Rocky.

Das Ding ist einfach, zweckmäßig, elegant und löst alle Probleme. Die Winde ist stark genug, um die Kette zu heben. Sie trennt die Glieder und lässt sie nach unten auf den Planeten fallen. Es wäre eine Katastrophe, wenn wir eine lange Kette neben einer zweiten baumeln lassen würden. Denken Sie an verhedderte Kopfhörerkabel, und multiplizieren Sie das mit zehn Kilometern.

Nein, jedes Kettenglied stürzt unwiderruflich ab und kann dem Rest der Kette nichts mehr anhaben.

»*Wenn Winde bei Kettenglied zweihundertsechzehn, kannst du Geschwindigkeit erhöhen.*«

»Ja.«

Ich habe keine Ahnung, wie viele Kettenglieder es bisher sind, aber die Winde klappert gemütlich vor sich hin. Wahrscheinlich zwei Kettenglieder pro Sekunde. Ein sicherer, langsamer Anfang.

Ich sehe zwei Minuten zu. Das müsste ungefähr stimmen. »Also, es sind jetzt mindestens zweihundertsechzehn Kettenglieder.«

»*Erhöhe Geschwindigkeit.*«

Zwei Kettenglieder pro Sekunde klingen vielleicht gut, aber bei diesem Tempo würde es etwa dreißig Stunden dauern, die Kette komplett einzuholen. So lange will ich nicht hier draußen bleiben, und wir wollen sicher auch nicht so lange in dieser riskanten Situation mit stetigem Schub bleiben. Ich schiebe den Steuerhebel nach vorn. Die Winde beschleunigt. Alles sieht gut aus, also schiebe ich den Hebel in die höchste Stellung.

Jetzt fliegen die Glieder schneller aus der Winde, als ich zählen kann, und die Kette rast zu mir empor.

»Die Winde läuft mit Höchstgeschwindigkeit. Alles ist gut.«

»*Glücklich.*«

Ich halte die Hand auf dem Hebel und beobachte die Kette. Wenn der Probenbehälter die Winde rammt, war alles umsonst. Der Aufprall würde den Behälter zertrümmern, die Probe wäre dahin, und wir müssten eine neue Kette bauen.

Das will ich nicht. Ich kann gar nicht ausdrücken, wie sehr ich das nicht will.

Wachsam spähe ich in die Ferne. Langeweile ist ein echtes Problem. Ich weiß, dass es eine Weile dauern wird, die ganze Kette einzuholen, aber ich muss bereit sein, den Probenbehälter abzufangen.

»*Funksignal vom Behälter ist stark*«, meldet Rocky. »*Kommt näher. Sei bereit.*«

»Ich bin bereit.«

»*Sei sehr bereit.*«

»Ich bin sehr bereit. Bleib ruhig.«

»*Bin ruhig. Du sei ruhig.*«

»Dein, du ... warte mal, ich sehe den Behälter!«

Das Ende der Kette mit dem daran hängenden Behälter schießt vom Planeten zu mir empor. Ich greife den Steuerhebel und stelle die Winde langsamer. Der Behälter bremst und kriecht schließlich nur noch heran. Alle bis auf ein paar letzte Kettenglieder stürzen ins Verderben. Endlich ist der Behälter in Reichweite. Ich halte die Winde an.

Statt es zu riskieren, die große Kugel aus Dummheit fallen zu lassen, packe ich das oberste verbliebene Kettenglied und ziehe es aus der Winde. Jetzt habe ich eine Kugel an einer Kette. Ich halte die Kette fest, als hinge mein Leben davon ab, und hake sie mir an den Gürtel. Ich lasse immer noch nicht los. In diesem Fall gehe ich nicht das geringste Risiko ein.

»*Status, Frage?*«

»Ich habe den Behälter. Kehre zurück.«

»*Erstaunen! Glücklich glücklich glücklich!*«

»Sei erst glücklich, wenn ich wieder drin bin!«

»*Verstanden!*«

Ich mache zwei Schritte. Auf einmal bebt das Schiff. Ich stürze auf die Hülle und halte mich an zwei Griffen fest.

»Was war das denn?«

»*Ich weiß nicht. Schiff bewegt sich. Plötzlich.*«

Wieder bebt das Schiff, dieses Mal ist es ein stetiger Zug. »Der Schub zeigt in die falsche Richtung!«

»*Komm rein schnell schnell schnell!*«

Vor mir steigt der Horizont empor. Die *Hail Mary* hält den Winkel nicht mehr. Sie neigt sich nach vorn. Das hätte auf keinen Fall passieren sollen.

Eilig klettere ich von Griff zu Griff. Ich habe keine Zeit, jedes Mal die Leine zu befestigen. Ich muss einfach hoffen, dass ich nicht abstürze.

Wieder ein Ruck, der Schiffsrumpf zieht seitlich unter mir weg. Ich falle auf den Rücken, halte aber die Kette mit der Probe verbissen fest. Was ist da los? Keine Zeit zum Nachdenken. Ich muss hinein, ehe sich das Schiff überschlägt und mich umbringt.

Verzweifelt packe ich einen Griff nach dem anderen und krieche zur Luftschleuse. Gott sei Dank weist sie immer noch mehr oder weniger nach oben. Ich presse den Behälter an die Brust, stürze hinein und lande mit dem Kopf voran. Ein Glück, dass der Orlan-Helm so stabil ist.

Ich winde mich und richte mich in dem klobigen Raumanzug auf, so gut es geht. Endlich greife ich nach oben, packe die äußere Luke und knalle sie zu. Dann aktiviere ich die Schleuse und steige so schnell ich kann aus dem Anzug. Den Behälter lasse ich einstweilen in der Luftschleuse liegen. Ich muss herausfinden, was mit dem Schiff passiert.

Halb klettere ich, halb falle ich ins Cockpit. Rocky ist in seiner Blase.

»*Bildschirme blinken in vielen Farben*«, übertönt er den Lärm. Er zielt mit der Kamera hierhin und dorthin und beobachtet die Anzeige seines Tastdisplays.

Irgendwo unter uns ist ein metallisches Stöhnen zu hören. Irgendetwas, das sich nicht biegen will, verbiegt sich. Ich glaube, es ist die Hülle.

Ich setze mich auf den Pilotensessel. Keine Zeit, mich anzuschnallen. »Woher kommt der Lärm?«

»*Ringsherum*«, sagt er. »*Am lautesten Steuerbordsegment Schlafraum. Biegt sich nach innen.*«

»Irgendetwas zerreißt das Schiff. Das muss die Schwerkraft sein.«

»*Stimme zu.*«

Trotzdem lässt es mir keine Ruhe. Das Schiff wurde für Dauerbeschleunigung gebaut. Es hielt vier Jahre lang einen Schub von 1,5 g aus. Da müsste es doch auch diese sehr ähnliche Kraft aushalten, oder? Irgendetwas passt hier nicht.

Rocky hält sich an mehreren Griffen gleichzeitig fest. »*Wir haben Probenbehälter. Wir fliegen jetzt weg.*«

»Ja, lass uns hier verschwinden.« Ich drehe den Spinantrieb voll auf. Das Schiff kann im Notfall 2 g aushalten. Und ich glaube, dies ist ein Notfall.

Das Schiff ruckt. Dies ist kein gleichmäßiger, stetiger Schub. Es ist nichts als eine panische Flucht.

Der beste Weg, eine Schwerkraftsenke zu verlassen, besteht darin, auf einer Tangente zu bleiben und den Oberth-Effekt zu nutzen. Ich versuche, mehr oder weniger parallel zum Grund unter uns zu fliegen. Ich entferne mich nicht auf geradem Weg von Adrian, sondern ich will erst einmal einen stabilen Orbit erreichen, der ohne Antriebskraft erhalten bleibt. Ich brauche Tempo, nicht Distanz.

Ich muss die Maschinen zehn Minuten lang mit vollem Schub laufen lassen. Das sollte uns auf die 12 Kilometer pro Sekunde beschleunigen, die nötig sind, damit wir in der Umlaufbahn bleiben. Ich muss nur ein wenig über den Horizont zielen und aufdrehen.

Das will ich jedenfalls. Aber es klappt nicht. Das Schiff neigt sich nach vorn und treibt seitlich weg. Was ist da los?

»Etwas stimmt nicht«, sage ich. »Das Schiff wehrt sich.«

Rocky hat keine Mühe, sich festzuhalten. Er besitzt ein Vielfaches meiner Kraft. *»Maschinenschaden, Frage? Viel Hitze von Adrian.«*

»Vielleicht.« Ich sehe auf die Navigationskonsole. Wir beschleunigen. Das ist immerhin etwas.

»Hülle biegt sich in Raum unter Schlafraum«, sagt Rocky.

»Was? Da ist gar kein ... oh.« Er kann mit seinem Echolot das ganze Schiff spüren. Nicht nur den bewohnten Bereich. Wenn er sagt, »großer Raum unter Schlafraum«, dann meint er die Treibstofftanks.

Oje.

»Schalte Maschine ab, Frage?«

»Dann verlieren wir Höhe und stürzen in die Atmosphäre.«

»Verstehe. Hoffnung.«

»Hoffnung.« Ja, Hoffnung. Das ist alles, was uns jetzt noch bleibt. Die Hoffnung, dass sich das Schiff nicht zerlegt, ehe wir einen stabilen Orbit erreichen.

Die nächsten paar Minuten sind die stressigsten meines ganzen Lebens. Die Hülle gibt ständig schreckliche Geräusche von sich, aber wir sind noch nicht tot, also ist sie wohl nicht kaputt. Schließlich, nach einer Zeit, die mir erheblich länger vorkommt als zehn Minuten, ist unser Tempo hoch genug, um im Orbit zu bleiben.

»Geschwindigkeit ist gut, stoppe Maschinen.« Ich stelle den

Regler für den Spinantrieb auf null und lasse erleichtert den Kopf gegen die Kopfstütze fallen. Jetzt können wir uns Zeit lassen und in aller Ruhe herausfinden, was da passiert ist. Es ist nicht nötig, die Maschinen einzusetzen, um ...

Moment mal.

Mein Kopf ist auf die Kopfstütze gefallen. *Gefallen*.

Ich strecke die Arme aus und entspanne sie. Sie fallen etwas nach links versetzt herunter.

»Äh ...«

»*Schwerkraft noch da.*« Rocky spricht aus, was ich denke.

Ich sehe auf dem Navigationsbildschirm nach. Unsere Geschwindigkeit ist in Ordnung. Wir sind auf einer stabilen Umlaufbahn um Adrian. Nein, eigentlich ist sie sehr hässlich – das Apogäum ist 2000 Kilometer weiter vom Planeten entfernt als das Perigäum. Aber verdammt, es ist eine Umlaufbahn, und sie ist stabil.

Ich überprüfe noch einmal die Anzeigen des Spinantriebs. Alle drei Maschinen sind ausgeschaltet. Kein Schub. Ich rufe den Diagnosebildschirm auf und überprüfe, ob auch wirklich alle 1009 Revolverdreiecke, die auf drei Antriebe verteilt sind, inaktiv sind. Ja, so ist es.

Abermals lasse ich den Arm fallen. Wieder diese eigenartige Bewegung. Nach unten und nach links.

Rocky macht eine ähnliche Bewegung. Nach unten und nach links. »*Adrian-Schwerkraft, Frage?*«

»Nein, wir sind in einer Umlaufbahn.«

Ich kratze mich am Kopf.

»*Spinantrieb, Frage?*«

»Nein, der ist offline. Wir haben keinen Schub.«

Noch einmal lasse ich den Arm fallen. Dieses Mal prallt er auf die Armlehne meines Sessels.

»Aua!« Ich schlenkere die Hand. Das hat wirklich wehgetan.

Rocky nimmt mehrere Werkzeuge aus der Werkzeugschärpe eines Overalls und lässt sie nacheinander fallen. »*Schwerkraft nimmt zu.*«

»Das ist doch absolut widersinnig!«, protestiere ich.

Noch einmal konsultiere ich das Navigationsdisplay. Seit der letzten Kontrolle hat unsere Geschwindigkeit erheblich zugenommen. »Wir werden schneller!«

»*Maschine läuft. Einzige Erklärung.*«

»Kann nicht sein. Alle Spinantriebe sind aus. Es gibt nichts, was uns beschleunigen könnte!«

»*Kraft nimmt zu*«, sagt er.

»Ja«, antworte ich. Mir fällt schon das Atmen schwer. Was da auch passiert, es ist stärker als ein oder zwei g. Es gerät außer Kontrolle.

Mit aller Kraft hebe ich die Hand zum Bildschirm und arbeite mich durch die Menüs. Navigation, Petrowaskop, Außenansicht, Lebenserhaltung ... alles scheint völlig normal zu sein. Bis ich auf »Rumpf« stoße.

Auf die Anzeige für den Rumpf habe ich bisher kaum geachtet. Sie zeigt einfach nur das Schiff als grauen Umriss. Aber jetzt hat mir die Anzeige zum ersten Mal etwas zu sagen.

Auf dem Backbord-Treibstofftank prangt ein unregelmäßiger roter Fleck. Ist das ein Leck? Könnte sein. Die Treibstofftanks sind außerhalb des unter Druck stehenden Bereichs. Wenn sie ein großes Loch haben, würden wir nicht einmal Luft verlieren.

»Da ist ein Loch im Schiff«, sage ich. Schwerfällig schalte ich auf die Außenkameras zurück.

Rocky beobachtet meinen Bildschirm mit seinen Kameras auf seinem Texturdisplay. Er macht sich gut – die gewaltigen Kräfte scheinen ihn nicht weiter zu stören.

Ich verstelle die Kameras und betrachte den betroffenen Bereich der Hülle.

Da ist es.

Ein riesiges Loch auf der Backbordseite des Schiffs. Es ist sicher 20 Meter lang und halb so breit. Die Ränder des Lochs verraten mir, was dort geschehen ist. Die Hülle ist geschmolzen.

Die Ursache war der Rückschlag aus Adrians Atmosphäre. Keine Explosion, sondern eine reine, ungehinderte Infrarotstrahlung, die von der Luft reflektiert wurde. Das Schiff wollte mich davor warnen, dass die Hülle zu heiß wurde. Ich hätte darauf hören sollen.

Ich dachte, die Hülle könnte nicht schmelzen. Sie wurde doch von Astrophagen gekühlt! Aber natürlich kann sie schmelzen. Auch wenn die Astrophagen die perfekten Wärmeabsorber sind (was durchaus zutreffen könnte), muss die Hitze durch das Material, ehe sie absorbiert werden kann. Wenn sich die äußere Schicht schneller bis zum Schmelzpunkt erhitzt, als die Hitze durch die Hülle abgeführt werden kann, dann können auch die Astrophagen nichts mehr tun.

»Bestätigt. Hüllenbruch. Der Backbord-Treibstofftank.«

»*Warum Schub, Frage?*«

Jetzt fügt sich alles zusammen. »Oh, Mist! Die Astrophagen im Tank! Sie haben Zugang zum Weltraum! Das heißt, sie können Adrian sehen! Mein Treibstoff wandert nach Adrian, um sich fortzupflanzen!«

»*Schlecht schlecht schlecht.*«

Daher der Schub. Billionen und Aberbillionen scharfer kleiner Astrophagen, die sich vermehren möchten. Und dann, auf einmal, sehen sie Adrian. Nicht nur eine Quelle von Kohlendioxid, sondern die Heimat ihrer Vorfahren. Der Planet, auf dem sie sich im Laufe von Milliarden Jahren entwickelt haben.

Sobald eine Schicht Astrophagen aus dem Schiff nach Adrian rast, wird die nächste Schicht freigelegt. Der Infrarotschub der abfliegenden Astrophagen stößt das Schiff weiter. Glücklicherweise sind hinter ihnen noch weitere Astrophagen, die die Energie aufnehmen können. Aber dabei nehmen sie auch den Bewegungsimpuls auf.

Das ist alles andere als ein perfektes System. Es ist eine chaotische, stotternde Explosion. Jeden Moment kann es zu einem viel größeren und weniger gezielten Infrarotstoß degenerieren, der uns verdampfen lässt. Das muss ich unterbinden.

Ich kann die Treibstofftanks abstoßen! Das habe ich schon am ersten Tag im Cockpit gesehen. Wo war das nur gleich ...

Es erfordert meine ganze Kraft, den Arm zum Bildschirm zu heben, aber ich schaffe es schließlich, das Display für die Astrophagen aufzurufen. Dort sehe ich einen Übersichtsplan des Schiffs. Der Bereich für die Treibstofftanks ist in neun Rechtecke unterteilt. Ich habe keine Zeit, die Rechtecke mit dem zerstörten Teil der Hülle abzugleichen. Grunzend beuge ich mich vor und tippe auf eines, das meiner Ansicht nach an der richtigen Stelle ist.

»Werfe … kaputten … Treibstofftank … ab …«, sage ich mit zusammengebissenen Zähnen.

»*Ja ja ja*«, feuert Rocky mich an.

Der Bildschirm mit dem Treibstoffvorrat klappt auf. ASTROPHAGEN: 112,079 KG. Daneben ist ein Knopf mit der Aufschrift »Abstoßen«. Danach klappt ein Bestätigungsfenster auf. Ich bestätige.

Das ganze Schiff ruckt heftig. Nicht einmal Rocky kann sich festhalten. Er prallt gegen die Seitenwand seiner Blase, richtet sich aber schnell wieder auf und klammert sich mit allen fünf Händen an die Griffe.

Die Hülle stöhnt noch lauter als vorher. Die Beschleunigung hat nicht aufgehört, und es verschwimmt mir vor den Augen. Der Pilotensessel biegt sich durch. Ich stehe kurz vor einer Ohnmacht, wahrscheinlich sind es jetzt 6 g oder mehr.

»*Schub hält an*«, sagt Rocky mit bebender Stimme.

Ich kann nicht antworten. Ich bekomme kein Wort mehr heraus.

Ich *weiß*, dass der Treibstofftank, den ich abgeworfen habe, im betroffenen Bereich war. Anscheinend ist mehr als ein Behälter kaputt. Keine Zeit für Feinheiten. In wenigen Sekunden werden die Kräfte zu groß, und ich kann den Bildschirm überhaupt nicht mehr erreichen. Wenn es einen zweiten kaputten Bereich gibt, dann liegt er neben dem, den ich gerade abgeworfen habe. Es gibt zwei benachbarte Abteile. Fünfzig zu fünfzig. Mit einer schier übermenschlichen Anstrengung tippe ich auf das Symbol, das den Abwurf einleitet, und bestätige.

Wieder ruckt das ganze Schiff, ich werde umhergeworfen wie eine Lumpenpuppe. Mein Sichtfeld verdunkelt sich von den Rändern her, ich sehe Rocky, der sich zu einer Kugel zusammengerollt hat und gegen die Wände prallt. Wo er auftrifft, bleiben silbrige Blutspritzer hängen.

Wenn überhaupt, sind die Kräfte noch größer als vorher. Aber Moment ... es geht jetzt in die andere Richtung.

Statt in den Sitz gedrückt zu werden, zieht es mich jetzt von ihm weg in die Gurte.

Jetzt kommt ausgerechnet der Zentrifugenbildschirm in den Vordergrund. ÜBERMÄSSIGE ZENTRIFUGALKRAFT, warnt er mich blinkend.

»Mgmpf«, mache ich. Es hätte *Mein Gott* heißen sollen, aber ich kann nicht mehr atmen.

All der Treibstoff, der in den Weltraum schießt ... er war nicht so höflich, entsprechend der Längsachse des Schiffs auszutreten. Vielmehr sind die Astrophagen schräg herausgeschossen, und wir drehen uns wie ein Kreisel. Die abgesprengten Treibstoffbehälter haben alles nur noch schlimmer gemacht.

Nun ja, wenigstens ist das Treibstoffleck behoben. Es gibt keine neuen Schubvektoren, die auf das Schiff einwirken. Jetzt muss ich nur noch die Rotation stoppen. Endlich kann ich wieder atmen. Die Zentrifugalkraft ist schwächer als der unkontrollierte Schub, aber immer noch mehr als unangenehm. Immerhin werden meine Arme jetzt zum Bildschirm gezogen, statt von ihm weg.

Wenn ich den Spinantrieb einschalten kann, dann kann ich vielleicht die ...

Mein Sessel gibt endgültig nach. Ich höre das Knacken, mit dem die Verankerungen reißen. Immer noch an den Metallsitz geschnallt, der von hinten quetscht, stürze ich nach vorn gegen den Bildschirm.

Unter normaler Schwerkraft würde der Sessel nicht viel wiegen. Vielleicht 20 Kilogramm. Aber bei dieser Zentrifugalkraft fühlt es sich an, als hätte ich einen Zementklotz im Rücken. Ich kann nicht mehr atmen.

Das war es dann. Der Druck des Sessels ist so groß, dass sich meine Lunge nicht mehr ausdehnen kann. Ich bin benommen.

Mechanisches Ersticken. So heißt das. So töten Boas ihre Beute. Seltsam, dass so etwas mein letzter Gedanke sein soll.

Tut mir leid, Erde, denke ich. Na gut. Das war ein viel besserer letzter Gedanke.

Inzwischen sind meine Lungen voller Kohlendioxid und geraten in Panik. Leider verleiht mir der Adrenalinschub nicht die Kraft, die ich brauche, um zu entkommen. Er hilft mir lediglich, lange wach zu bleiben, damit ich den Tod besonders detailreich erleben kann.

Vielen Dank, Adrenalindrüsen.

Das Schiff stöhnt nicht mehr. Ich glaube, alles, was brechen konnte, ist gebrochen, und was jetzt noch da ist, hält die Belastung aus.

Mir tränen die Augen. Sie brennen. Warum denn das? Weine ich? Ich habe meine ganze Spezies im Stich gelassen, und deshalb müssen jetzt alle sterben. Das ist ein guter Grund zum Weinen. Aber es ist nichts Emotionales. Es ist wegen der Schmerzen. Auch meine Nase tut weh. Das liegt aber nicht an physischem Druck oder so. Irgendetwas brennt innen in der Nase.

Wahrscheinlich ist im Labor etwas zerbrochen. Irgendeine hässliche Chemikalie. Das ist aber egal, ich kann ja sowieso nicht atmen. Wahrscheinlich würde mir der Geruch nicht gefallen.

Dann, aus heiterem Himmel, kann ich auf einmal wieder atmen! Ich weiß nicht wie und warum, aber ich freue mich keuchend und röchelnd über die wiedergewonnene Freiheit. Sofort muss ich heftig husten. Ammoniak. Überall ist Ammoniak. Es ist überwältigend. Meine Lungen kreischen, und meine Augen tränen. Dann nehme ich noch einen anderen Geruch wahr.

Feuer.

Ich wälze mich herum und sehe Rocky über mir schweben. Nicht in seinem Abteil. Er ist im Cockpit!

Er hat meine Gurte zertrennt und den Stuhl zurückgezogen. Jetzt stößt er ihn zur Seite.

Wackelnd steht er über mir. Ich spüre die Hitze, die sein Körper ausstrahlt, der nur eine Handbreit von mir entfernt ist. Aus den Lüftungsschlitzen auf seinem Panzer quillt Rauch.

Seine Knie geben nach, er stürzt auf den Bildschirm vor mir und zerstört ihn. Die LCD-Anzeige wird schwarz, und die Plastikblende schmilzt.

Ich entdecke eine Rauchfahne, die durch den Tunnel bis zum Labor und weiter führt.

»Rocky! Was hast du gemacht!«

Der verrückte Kerl hat anscheinend die große Luftschleuse im Schlafraum benutzt. Er ist in mein Abteil gekommen, um mich zu retten. Und aus diesem Grund wird er jetzt sterben!

Er schaudert und klappt unter sich die Beine ein.

»*Rette ... Erde ... Rette ... Erid ...*«, flötet er bebend. Dann bricht er zusammen.

»Rocky!« Ohne nachzudenken, greife ich nach seinem Panzer. Es ist, als hätte ich die Hand auf die Herdplatte gelegt. »Rocky ... nein ...«

Er bewegt sich nicht mehr.

20

Rockys Leichnam heizt den ganzen Raum auf.

Ich kann mich kaum rühren, weil die Zentrifugalkraft immer noch sehr stark ist.

»Rmpf«, stöhne ich und rücke von dem zerstörten Monitor ab. Ich schleppe mich durch die Scherben zum nächsten Gerät. Dabei bemühe ich mich, nicht zu viel meiner Körpermasse hochzuhieven. Ich muss Kräfte sparen.

Ich schiebe den Finger seitlich unter die Kante und tippe auf den Auswahlknopf. Es muss beim ersten Versuch klappen.

An die Navigationskontrolle kann ich mich genau erinnern. In den manuellen Einstellungen gibt es eine Schaltfläche, die sämtliche Rotationsbewegungen aufhebt. Das ist jetzt sehr verlockend, aber ich kann es nicht riskieren. Im Treibstofflager klafft ein großes Loch. Ich habe ein paar Abteile abgesprengt und weiß nicht, welche weiteren Schäden dort vorliegen. Auf keinen Fall will ich den Spinantrieb einschalten. Nicht einmal die kleinen Maschinen, die die Fluglage steuern.

Ich rufe den Bildschirm der Zentrifuge auf. Er blinkt rot und weiß, offenbar empört über das wilde Taumeln des Schiffs. Es strengt mich an, die Warnung wegzuklicken und die manuelle Steuerung aufzurufen. Es gibt eine Reihe von Dialogen, die mir nahelegen, das zu unterlassen. Ich übergehe sie alle. Bald darauf habe ich direkte Kontrolle über die Seilspulen. Ich lasse sie mit Höchstgeschwindigkeit arbeiten.

Der Raum dreht sich und kippt auf eine verrückte Weise. Mein Innenohr und die Augen haben keinen Spaß an ihren Meinungsverschiedenheiten. Das liegt daran, dass sich die beiden Schiffshälften trennen, was sich unangenehm auf die Kräfte hier im Cockpit auswirkt. Aber Logik hilft in so einer Situation nicht weiter. Ich drehe den Kopf herum und übergebe mich in Richtung Wand.

Nach ein paar Sekunden schwächen sich die Kräfte deutlich ab. Das ist schon viel leichter zu bewältigen. Es ist sogar weniger als 1 g. Alles dank der Mathematik, die für Zentrifugen gilt.

Die Kraft, die man in einer Zentrifuge spürt, ist dem Quadrat des Radius umgekehrt proportional. Nachdem ich die Seile ausgefahren habe, hat sich der Radius von 20 Metern (die halbe Länge des Schiffs) auf 75 Meter (die Distanz vom Cockpit bis zum Massezentrum bei voll ausgefahrenen Seilen) vergrößert. Ich weiß nicht, wie groß die Kräfte vorher waren, aber jetzt ist es nur noch ein Vierzehntel.

Es drückt mich immer noch gegen den Monitor, aber lange nicht mehr so heftig. Ich schätze, es müsste ein halbes g sein. Ich kann wieder atmen.

Alles steht auf dem Kopf. Ich habe die Zentrifuge manuell bedient, und deshalb hat sie genau das getan, was ich wollte, und kein bisschen mehr: Sie hat die Seile ausgefahren. Sie hat das Crewabteil nicht rotiert, sodass es nicht nach innen zeigt. Die Zentrifuge schiebt alles zum Bug des Crewabteils. Das Labor ist für mich jetzt »oben«, und der Schlafraum ist sogar noch weiter »oben«.

Ich weiß nicht einmal, wo die manuelle Steuerung für die Drehung des Crewabteils ist, aber ich habe auch keine Zeit, genau nachzusehen. Vorübergehend muss ich im Kopfstand arbeiten.

Ich springe zur Luftschleuse und öffne sie. Drinnen herrscht ein heilloses Durcheinander, aber das ist mir egal. Ich entwirre den verknüllten EVA-Anzug, löse die Handschuhe und ziehe sie an.

Im Cockpit stelle ich mich auf das Pult (die Steuerung ist für mich jetzt »unten«) und hoffe, ich mache dabei nicht zu viel kaputt. Als ich direkt über Rockys Leiche bin, fasse ich mit beiden Handschuhen seitlich am Panzer zu und hebe ihn hoch.

Ach du ...

Ich lasse los. Wenn ich ihn so bewegen will, verrenke ich mir den Rücken. Aber ich habe ihn hochgehoben, wenn auch nur kurz. Gefühlt waren es 180 Pfund. Gott sei Dank ist die Schwerkraft auf die Hälfte reduziert, sonst würde er an die 400 Pfund wiegen.

Ich brauche mehr als meine bloßen Hände, um ihn zu heben.

Ich werfe die Handschuhe weg, hüpfe zur Luftschleuse zurück und werfe die Sachen in alle Richtungen, bis ich die Sicherungsleinen finde. Zwei davon wickle ich um Rockys Panzer und schlinge mir die Enden über die Schultern. Dabei versenge ich mir mehrmals die Arme, aber darum kann ich mich später kümmern.

Unter der Achselhöhle hindurch verhake ich die Leinen ineinander. Das ist nicht bequem und sieht auch nicht gerade cool aus, aber so habe ich die Hände frei und belaste vor allem die Beine.

Mit beiden Händen greife ich durch die Luke ins Labor und bekomme die erste Sprosse der Leiter zu packen. Zuerst geht es sehr langsam. Im Cockpit gibt es keine Leiter. Wozu auch? Niemand hat daran gedacht, dass es mal auf dem Kopf stehen würde.

Mir tun die Schultern höllisch weh. Das ist kein gut konstruierter Rucksack mit gleichmäßig verteilter Last. Ich habe 180 Pfund Alien an zwei dünnen Leinen hängen, die mir auf die Schlüsselbeine drücken. Ich kann nur hoffen, dass der Schmelzpunkt der Nylonseile höher ist als Rockys Körpertemperatur.

Grunzend und Grimassen schneidend steige ich Sprosse um Sprosse hoch, bis ich das Labor erreiche. An der Kante der Luke setze ich wieder die Füße auf den Boden und ziehe Rocky mit den Leinen ganz herauf.

Das Labor ist ein einziges Chaos. Nur der Tisch und die Stühle sind über mir an der Decke geblieben – sie sind im Boden verschraubt. Und Gott sei Dank sind auch die meisten empfindlichen Geräte fest verankert. Aber das fragile Zubehör war nicht dazu gedacht, wie Popcorn geschüttelt und 6 oder 7 g ausgesetzt zu werden. Ich frage mich, wie viel davon unwiederbringlich verloren ist.

Hier oben ist die Schwerkraft schwächer. Ich bin näher am Zentrum der Zentrifuge. Je höher ich komme, desto leichter wird es.

Mit den Füßen schiebe ich Vorräte und Laborausstattung beiseite und zerre Rocky bis zur Luke der Schlafkammer. Dann wiederhole ich den schmerzvollen Vorgang, den ich gerade schon einmal hinter mich gebracht habe. Auch wenn hier oben die Schwerkraft geringer ist, tut es immer noch ziemlich weh. Abermals benutze ich die Luke als Ankerpunkt, um Rocky ganz in den Raum zu ziehen.

Wir passen kaum in meinen kleinen Bereich des Schlafraums. Rockys Abteil ist ein großes Durcheinander, genau wie das Labor. Sein Arbeitstisch war nicht verschraubt und liegt jetzt auf der Decke.

Ich zerre ihn weiter und steige auf meine Koje. Dank der Punktverankerung hat sie sich einmal um sich selbst gedreht. So ist eine bequeme Plattform entstanden, von der aus ich die Luftschleuse zwischen meiner und Rockys Zone erreichen kann.

Die Tür der Luftschleuse ist in meine Richtung hin geöffnet. Er hat sie benutzt, um mich zu retten.

»Mann, warum hast du das gemacht?«, grolle ich.

Er hätte mich sterben lassen können. Wirklich, das hätte er tun können. Er ist problemlos mit der Zentrifugalkraft zurechtgekommen. Er hätte sich Zeit lassen, irgendetwas erfinden und die Kontrolle über das Schiff gewinnen können. Ja, ich weiß, er ist ein guter Kerl und hat mir das Leben gerettet. Aber es geht hier doch nicht um uns. Er muss einen Planeten retten. Warum riskiert er für mich sein Leben und seine ganze Mission?

Die Luftschleuse reicht nicht ganz bis zur Decke, also muss ich immer noch ein wenig »Der Boden ist Lava« spielen, um dorthin zu gelangen.

Ich hüpfe von meiner Koje aus in die Luftschleuse, dann ziehe ich Rocky hinterher. Als ich wieder hinausklettern will, sehe ich die Steuertafel der Luftschleuse.

Oder vielmehr das, was früher die Steuerung war.

»Ach, nun hör doch auf!«, rufe ich.

Die Luftschleuse hatte auf beiden Seiten eine Steuerung, sodass Rocky und ich sie bedienen konnten, wie wir wollten. Aber jetzt ist meine Steuerung kaputt. Wahrscheinlich ist in all dem Chaos irgendein Trümmerstück dagegen geflogen.

Ich muss ihn in seine Umgebung zurückbringen, aber wie? Da fällt mir etwas ein. Es ist keine gute Idee. Die Luftschleuse hat ein Notventil, mit dem ich von Rockys Seite aus die Atmosphäre hereinlassen kann.

Das Ventil dient einem sehr speziellen, besonderen Zweck. Rockys Bereich in dem Schiff kann ich niemals betreten. Mit seinen Umweltbedingungen komme ich nicht zurecht, und mein EVA-Anzug würde zerquetscht wie eine Weintraube. Aber Rocky kann mit seinem selbst gebauten Kugel-Raumanzug in meinen Bereich kommen. Also, um ganz sicherzugehen – und für den Fall, dass etwas passiert, während Rocky in seiner Kugel in der Luftschleuse ist –, gibt es ein Notventil, das die Luft von seiner Seite einströmen lässt. Es ist ein großer, eiserner Hebel, der mit den Magneten, die Rocky in der Kugel mitführt, bedient wird.

Ich betrachte den Hebel. Ich betrachte die Tür der Luftschleuse auf meiner Seite und das Drehrad. Ich betrachte den Hebel, dann wieder die Tür.

Ich spanne mich an und zähle im Geiste bis drei.

Ich ziehe den Hebel und springe in mein Abteil zurück.

Kochend heißes Ammoniak strömt in die Luftschleuse und den Schlafraum. Ich knalle die Tür zu und drehe das Rad herum. Auf der anderen Seite zischt es, aber ich sehe nichts. Vielleicht sehe ich nie wieder etwas.

Meine Augen brennen fürchterlich. Meine Lungen fühlen sich an, als tanzten hundert Messer in meiner Brust. Auf der ganzen linken Seite ist meine Haut taub. Und meine Nase – vergessen wir das. Der Geruch ist so schrecklich, dass der Geruchssinn einfach aufgibt.

Es schnürt mir die Kehle zu. Mein Körper will mit dem Ammoniak nichts zu tun haben.

»Com...«, keuche ich. »Com... pu... ter.«

Ich will sterben. Alles tut weh. Ich klettere in die Koje.

»Hilfe!«, keuche ich.

»Mehrfache Verletzungen«, erklärt mir der Computer. »Übermäßige Schleimabsonderung in den Augen. Blut um den Mund, Verbrennungen zweiten Grades, Atemnot. Ergebnis der Einschätzung: intubieren.«

Die mechanischen Arme, die glücklicherweise anscheinend keine Probleme damit haben, verkehrt herum zu arbeiten, packen mich und stopfen mir etwas in die Kehle. Etwas sticht mich in den unversehrten Arm.

»Infusion und Betäubung«, erklärt mir der Computer.

Dann gehen bei mir die Lichter aus.

Mit medizinischen Dingen zugepflastert und voller Schmerzen wache ich auf.

Ich trage eine Sauerstoffmaske. Im rechten Arm steckt eine Infusionsnadel, der linke ist vom Handgelenk bis zur Schulter verbunden. Er tut höllisch weh.

Auch alles andere tut mir weh. Besonders die Augen.

Aber wenigstens kann ich etwas sehen. Das ist gut.

»Computer«, sage ich heiser. »Wie lange habe ich geschlafen?«

»Bewusstlosigkeit dauerte sechs Stunden, siebzehn Minuten.«

Ich hole tief Luft. Meine Lungen fühlen sich an, als wären sie mit Teer ausgekleidet. Wahrscheinlich Schleim oder irgendwelche Absonderungen. Ich blicke zu Rockys Bereich. Er ist in der Luftschleuse. Genau da, wo ich ihn hinterlassen habe.

Wie kann ich erkennen, ob ein Eridianer tot ist? Wenn Rocky schläft, hören alle Bewegungen auf. Aber das passiert vermutlich auch, wenn ein Eridianer stirbt.

Am rechten Finger spüre ich einen Blutsauerstoffsensor. »Compu…« Ich huste. »Computer, wie hoch ist der Sauerstoffgehalt im Blut?«

»Einundneunzig Prozent.«

»Das muss reichen.« Ich nehme die Maske ab und setze mich aufrecht. Der verbundene Arm brennt bei jeder Bewegung. Ich ziehe die verschiedenen Gerätschaften von meinem Körper ab.

Dann öffne und schließe ich die linke Hand. Sie funktioniert. Nur die Muskeln tun etwas weh.

Ich habe eine scharfe Bö aus sehr heißem, unter extrem hohem Druck stehendem Ammoniak abbekommen. Wahrscheinlich habe ich chemische Verbrennungen in den Lungen und an den Augen, vermutlich physische Verbrennungen am Arm. Die linke Körperseite hat den größten Schwall abbekommen.

Neunundzwanzig Atmosphären Überdruck bei 210 Grad Celsius (mehr als 400 Grad Fahrenheit!). So muss sich eine Granate anfühlen. Bemerkung am Rande: Da niemand am Ruder wacht, ist es reines Glück, dass wir nicht auf den Planeten gekracht sind.

Das Schiff ist entweder in einer stabilen Umlaufbahn, oder wir sind ganz und gar aus Adrians Schwerkraft entkommen. Ich schüttle den Kopf. Es ist geradezu lächerlich, wie viel Energie in meinem Treibstoff steckt. Und nicht einmal zu wissen, ob ich noch in der Nähe eines Planeten bin ... o Mann.

Ich habe Glück, dass ich noch lebe. Anders kann man es nicht ausdrücken. Alles, was ich von jetzt an noch unternehme, ist ein Geschenk des Universums. Ich steige aus dem Bett und bleibe vor der Luftschleuse stehen. Die Schwerkraft beträgt immer noch ein halbes g, und alles steht auf dem Kopf.

Was kann ich für Rocky tun?

Ich setze mich vor seinem Körper auf den Boden und lege die Hand an die Luftschleuse. Das kommt mir aber zu melodramatisch vor, deshalb ziehe ich die Hand wieder zurück. Na gut, ich weiß ein wenig über die eridianische Biologie. Aber das macht mich noch nicht zu einem Arzt.

Ich nehme mir ein Tablet und wische durch verschiedene Dokumente mit den Notizen, die ich mir gemacht habe. Ich erinnere mich nicht an alles, was er mir gesagt hat, aber wenigstens habe ich mir viel notiert.

Wenn der Körper eines Eridianers schwer verwundet wird, fährt er herunter, damit alle Schäden gleichzeitig behoben werden können. Ich hoffe, Rockys kleine Zellen machen ihre Arbeit. Und ich hoffe, sie wissen, wie man einen Schaden behebt, der auf folgende Weise entstanden ist: (1) Luftdruck, der auf ein Neunundzwanzigstel dessen fällt, was seiner natürlichen Umgebung entspricht, (2) schlagartig einer Menge Sauerstoff ausgesetzt werden, und (3) in einer fast 200 Grad kälteren Umgebung sein, als es der Körper gewöhnt ist.

Ich schüttle die Sorgen ab und konzentriere mich wieder auf die Notizen.

»Ah, da!«, sage ich.

Da sind die Informationen, die ich brauche: Die Kapillaren in seinem Panzer-Radiator bestehen aus deoxidierten Metalllegierungen. Das äußere Kreislaufsystem pumpt sein quecksilberbasiertes Blut durch die Gefäße, und die Luft streicht darüber. In Erids sauerstoffloser Atmosphäre ist das durchaus sinnvoll. In unserer ist das explosiv.

Jesus.

Das ganze Organ muss voller Ruß und Verbrennungsrückstände sein. Und die Kapillaren sind mit Oxiden überzogen, die die Wärmeleitfähigkeit stören. Verdammt, Oxide sind Isolatoren. Schlechter hätte es nicht kommen können.

Gut. Wenn er tot ist, dann ist er tot. Dann kann ich auch keinen Schaden mehr anrichten. Aber wenn er lebt, muss ich ihm helfen. Es gibt keinen Grund, es nicht zu versuchen.

Aber was kann ich tun?

So viele Druckverhältnisse. So viele Temperaturen. So viele Luftgemische. Ich muss das alles berücksichtigen. Meine eigene Umgebung. Rockys Umgebung und jetzt die Umgebung, die das Brutgebiet für Adrians Astrophagen bildet.

Aber zuerst die Schwerkraft. Ich bin es leid, *Die Höllenfahrt der Poseidon* am eigenen Leib zu erleben. Es wird Zeit, das Schiff in die richtige Lage zu bringen.

Ich arbeite mich nach »unten« ins Cockpit. Der mittlere Bildschirm ist hin, aber die anderen funktionieren noch. Und was sie anzeigen, ist sowieso austauschbar. Ich montiere das Ersatzgerät in der Mitte, sobald ich Zeit habe.

Ich rufe den Zentrifugenbildschirm auf und wühle mich durch die Steuerung. Endlich finde ich die manuelle Kontrolle für die Rotation des Crewabteils. Sie ist ziemlich tief in den Optionen versteckt. Ich bin froh, dass ich nicht während der Krise versucht habe, diesen Menüpunkt zu finden.

Ich weise das Crewabteil an, sich zu drehen. Sehr, sehr langsam. Mit einem Grad pro Sekunde. Es dauert drei Minuten, bis es ganz gewendet ist. Im Labor höre ich eine Menge poltern, klirren und krachen. Das ist mir jetzt egal. Ich will vor allem dafür sorgen, dass Rocky nicht noch schwerer verletzt wird. Bei dieser langsamen Drehgeschwindigkeit rutscht er an der Decke der Luftschleuse entlang, dann an der Wand hinunter und schließlich bis zum Boden. So sieht jedenfalls mein Plan aus.

Sobald die Rotation beendet ist, fühlt sich alles wieder normal an, wenngleich bei nur einem halben g. Ich kehre nach unten in den Schlafraum zurück und sehe nach Rocky. Er liegt auf dem Boden der Luftschleuse, und die richtige Seite zeigt nach oben. Das ist gut. Er ist eher gerutscht als gerollt.

Ich will mich wirklich dringend um Rocky kümmern, aber ich muss sicher sein, dass das Abenteuer, das ihn möglicherweise getötet hat, nicht vergebens war. Ich hole den Probenbehälter aus der Luftschleuse des Schiffs. Ehrlich gesagt, bin ich jetzt sehr froh, dass ich ihn dort gelassen habe. Der EVA-Anzug hat ihn eingewickelt und vor den vielen abrupten Beschleunigungswechseln geschützt.

Rocky war so klug, auf dem Probenbehälter Anzeigen anzubringen, die uns verraten, welcher Druck und welche Temperatur drinnen herrschen. Es sind analoge Anzeigen auf der eridianischen Zahlenbasis sechs. Diese Ziffern habe ich oft genug gesehen, sodass ich sie im Kopf umrechnen kann. Das Innere der Kugel ist 51 Grad Celsius kalt und hat einen Druck von 0,02 Atmosphären. Dank meiner spektroskopischen Untersuchungen weiß ich bereits, wie die Atmosphäre zusammengesetzt ist.

Gut, das ist also die Umwelt, die ich replizieren muss.

Ich durchsuche die Überreste des Labors. Das geht nur langsam, weil ich den linken Arm sehr beschränkt einsetzen kann. Immerhin kann ich ihn benutzen, um Dinge zur Seite zu schieben. Schwere Dinge heben kann ich damit nicht.

Ich finde einen Vakuumbehälter, der kaum angeschlagen ist. Es ist ein trommelförmiger Glaszylinder von etwa einem Fuß Durchmesser. Man kann die Luft herauspumpen und ein Vakuum erzeugen. Wenn er ein Vakuum erzeugen kann, dann kann er auch 0,02 Atmosphären Druck halten.

Ich lege den Probenbehälter hinein.

Das Chemikalienlager ist fest in der Wand verankert. Ich öffne es. Drinnen ist natürlich alles durcheinandergeworfen, aber die meisten Behälter sehen intakt aus. Ich nehme mir das kleine Glas mit den irdischen Astrophagen.

Es ist ungefähr ein Gramm, das hier für Testzwecke eingelagert ist. Wenn nötig, kann ich mir jederzeit mehr besorgen. Ich muss nur eine mit Astrophagen gefüllte Kühlleitung in der Hülle aufschneiden. Aber das ist vorläufig nicht nötig.

Die Probe ist ein öliger Brei am Grund des Fläschchens. Ich öffne es und hole ein wenig mit einem Tupfer heraus. (Dieses eine Gramm Astrophagen hat 100 Billionen Joule Energie, aber darüber denke ich lieber erst mal nicht weiter nach.)

Ich schmiere die Astrophagen auf die Innenwand der Vakuumkammer und lasse den Baumwolltupfer neben dem Probenbehälter liegen.

Dann pumpe ich die Luft aus der Vakuumkammer.

Unter den Chemievorräten sind auch mehrere kleine Behälter mit Gasen. Glücklicherweise sind Stahlbehälter robust, sie haben das kosmische Flipperspiel, das wir gerade erlebt haben, gut überstanden. Durch das Eingangsventil lasse ich nacheinander die Gase in die Vakuumkammer, um Adrians Atmosphäre nachzubilden. Also Kohlendioxid, Methan und sogar Argon. Ich glaube nicht, dass Argon eine Rolle spielt – es ist ein Edelgas und dürfte eigentlich nicht mit anderen Stoffen reagieren. Aber das dachte ich auch über Xenon, und diese Annahme hat sich als falsch erwiesen.

Ich habe keine Möglichkeit, die Luft im Behälter auf minus 51 Grad abzukühlen, und kann nur hoffen, dass das Leben da drin auch mit irdischer Zimmertemperatur zurechtkommt.

Sobald ich das Argon eingeleitet habe, klickt es im Inneren. Das ist der Probenbehälter. Genau wie Rocky es vorgesehen hat, öffnen sich die kleinen Ventile, wenn der Außendruck dem Druck im Brutgebiet der Astrophagen entspricht. Der gute alte Rocky. Der beste Ingenieur, dem ich je begegnet bin.

Schön, nun ist die Probe so sicher untergebracht, wie es nur geht. Die Luftzusammensetzung und der Druck sind so nahe an der natürlichen Umgebung, wie es möglich ist, und es gibt viele Astrophagen zum Fressen. Wenn da mikroskopische Räuber drin sind, müssten sie jetzt gut in Form sein.

Ich wische mir die Stirn mit dem verbundenen Arm ab und bereue es sofort. Vor Schmerzen zucke ich zusammen.

»Ryland, ist das denn so schwer?«, schelte ich mich selbst. »Hör auf, den verbrannten Arm zu benutzen!«

Ich steige die Leiter in den Schlafraum hinunter.

»Computer: Schmerzmittel.«

Die Arme greifen nach oben und geben mir einen Pappbecher mit zwei Tabletten und einen Becher Wasser. Ich nehme die Pillen, ohne überhaupt zu überprüfen, was mir der Computer gegeben hat.

Ich betrachte meinen Freund und versuche, mir etwas zu überlegen ...

Mehr als ein Tag ist vergangen, seit ich Rocky in die Luftschleuse geschoben habe. Er hat sich immer noch nicht gerührt. Aber ich habe meine Zeit nicht vertrödelt, denn ich habe den verrückten Wissenschaftler gespielt und im Labor ein paar Erfindungen gemacht. Diese Art, Apparate zu bauen, ist eigentlich Rockys Domäne, aber ich habe mir Mühe gegeben.

Ich habe über viele verschiedene Ansätze nachgedacht und bin schließlich zu der Ansicht gelangt, es sei das Beste, wenn Rockys Körper sich so weit wie möglich selbst heilt. Mir wäre nicht wohl, wenn ich einen Menschen operieren müsste, ganz zu schweigen von einem Eridianer. Sein Körper sollte doch selbst wissen, was zu tun ist. Ich muss ihn einfach nur in Ruhe lassen.

Das heißt aber nicht, dass ich überhaupt nichts tun kann. Ich habe eine Ahnung, was los ist. Und wenn ich mich irre, wird ihm meine Idee, wie er behandelt werden sollte, nicht schaden.

Im Augenblick stecken eine Menge Ruß und andere schädliche Verbrennungsrückstände in seinem Radiatororgan. Also funktioniert es wahrscheinlich nicht gut. Wenn er überhaupt noch lebt, wird sein Körper lange brauchen, um das in Ordnung zu bringen. Vielleicht zu lange.

Vielleicht kann ich helfen?

Ich halte den kleinen Kasten in der Hand. Er ist auf fünf von sechs Seiten verschlossen, die sechste Seite ist offen. Die Wände bestehen aus zehn Zentimeter dickem Stahl. Den ganzen Tag habe ich gebraucht, um die Fräse zu reparieren und zum Funktionieren zu bringen. Diese Kiste zu fräsen war danach ein Kinderspiel.

Drinnen ist eine starke Luftpumpe. So einfach ist das. Sie kann sehr schnell Luft mit sehr hohem Druck ausstoßen. Ich habe es im Labor probiert. Sie hat aus einem Fuß Entfernung ein Loch in eine Aluminiumplatte von einem Millimeter Dicke geschossen. Es funktioniert wirklich. Ich wünschte, ich könnte behaupten, ich sei ein Genie und hätte all das von Grund auf neu erfunden, aber die Wahrheit ist, dass ich nur die Kiste gebaut habe. Die Pumpe stammt aus einem Hochdrucktank.

Außerdem sind eine Batterie, eine Kamera, ein paar Steppermotoren und ein Bohrer in der Kiste. All das ist nötig, damit mein Plan funktioniert.

Das Labor habe ich aufgeräumt, so gut es ging. Die meisten Geräte sind kaputt, aber einige kann ich vielleicht noch reparieren. Ich gehe auf die andere Seite des Tischs, wo ich ein anderes Experiment durchgeführt habe.

Dort habe ich einen kleinen Span Xenonit, der übrig geblieben ist, als wir zweihunderttausend Kettenglieder hergestellt haben, mit reichlich Kunstharz auf die Spitze eines angerauten Bohrers geklebt. Eine Stunde lang konnte die Verbindung aushärten. Sie müsste jetzt bereit sein.

Ich nehme den Bohrer, und das Xenonit bleibt hängen. Mit aller Kraft versuche ich, es abzureißen. Es gelingt mir nicht.

Ich nicke und lächle. Das könnte klappen.

Ich führe noch ein paar Tests mit der Kiste durch. Meine Fernbedienung für die Motoren funktioniert recht gut. Es ist keine echte Fernbedienung, sondern es sind einfach nur mehrere Schalter, die auf einem Behälterdeckel aus Plastik montiert sind. Die Drähte der Schalter laufen durch ein kleines Loch im Stahlkasten, der seinerseits mit Harz gefüllt ist. So kann ich für jede Komponente im Inneren einzeln den Strom ein- und ausschalten. Das ist meine »Fernbedienung«. Ich kann nur hoffen, dass die Stellmotoren kein Problem mit Hitze oder Ammoniak haben.

Ich bringe alles in den Schlafraum und bereite das Harz vor. Ich verrühre es und trage es großzügig rings um die offene Seite des Stahlkastens auf. Dann drücke ich den Kasten gegen die Wand der Luftschleuse und halte ihn fest. Ich bleibe zehn Minuten stehen und rühre mich nicht. Ich hätte ihn auch mit Klebeband anheften können, bis das Kunstharz aushärtet, aber ich will eine wirklich gute Dichtung bekommen und kein Risiko eingehen. Menschliche Hände sind bessere Klammern als jedes andere Werkzeug, das ich im Labor habe.

Vorsichtig lasse ich den Kasten los und warte, ob er herunterfällt. Das geschieht nicht. Ich stupse ihn zweimal an. Er scheint recht fest zu sitzen.

Es ist Fünfminutenharz. Vorsichtshalber lasse ich ihm eine ganze Stunde Zeit zum Aushärten.

Unterdessen kehre ich ins Labor zurück. Ich habe ja gerade nichts zu tun, oder? Ich will nachsehen, was mein kleines Alien-Terrarium treibt.

Nicht viel, wie es scheint. Ich weiß nicht, was ich erwartet habe. Kleine fliegende Untertassen, die in der Kammer umherflitzen?

Der Zylinder sieht aus wie zuvor. Der Probenbehälter ist noch genau dort, wo ich ihn hingelegt habe. Der Schmierstreifen mit den Astrophagen hat sich nicht verändert. Der Baumwolltupfer ist …

He …

Ich bücke mich und setze mich. Angestrengt spähe ich in die Kammer. Der Baumwolltupfer hat sich verändert. Nur ein wenig. Er ist … flauschiger.

Wunderbar! Vielleicht ist dort etwas, das ich mir näher ansehen sollte. Ich muss ihn nur unter das Mikroskop …

Oh.

Viel zu spät dämmert es mir. Es gibt keine Möglichkeit, Proben zu entnehmen. Diesen Teil habe ich einfach übersehen.

»Trottel!« Ich klatsche mir die Hand vor die Stirn.

Wieder einmal reibe ich mir die Augen. Wegen der schmerzenden Verbrennungen und der Benommenheit durch die Schmerzmittel fällt es mir schwer, mich zu konzentrieren. Und ich bin müde. Eines habe ich damals auf der Universität gelernt: Wenn du dumm und müde bist, dann musst du akzeptieren, dass du dumm und müde bist. Versuche nicht, die Probleme sofort zu lösen. Ich habe einen versiegelten Behälter, in den ich irgendwann hineingreifen muss. Das überlege ich mir später.

Ich hole mein Tablet hervor und fotografiere den Behälter. Wissenschaftliche Regel Nummer eins: Wenn sich etwas unerwartet verändert, dokumentiere es.

Um noch wissenschaftlicher zu sein, richte ich eine Webcam auf das Experiment und weise den Computer an, eine Zeitrafferaufnahme mit einem Bild pro Sekunde zu machen. Wenn da etwas langsam passiert, will ich es wissen.

Dann steige ich ins Cockpit. Wo sind wir eigentlich?

Nach einer Weile Arbeit an der Navigationskonsole sehe ich, dass wir noch in der Umlaufbahn sind. Sie ist einigermaßen stabil. Im Laufe der Zeit wird sich das vermutlich ändern, aber das eilt nicht.

Das Schiff hat sich sehr gut geschlagen, obwohl es nicht im Mindesten dafür gebaut war, solche Belastungen auszuhalten.

Die beiden Treibstofftanks, die ich abgeworfen habe, sind nirgends zu sehen. Die anderen scheinen in Ordnung zu sein. Wie mir die Diagnostik verrät, hat die Hülle hier und dort einige Risse. Sie scheinen aber alle im Inneren zu sein. Nichts, was eine Verbindung nach draußen herstellt. Das ist gut. Ich will nicht, dass meine Astrophagen noch einmal Adrian erblicken.

Einer der Haarrisse ist rot hervorgehoben. Ich sehe es mir näher an. Der Riss in der betreffenden Wand macht den Computer verrückt. Er ist im Rumpf zwischen den Treibstofftanks und dem Rand des unter Druck stehenden Bereichs. Ich kann verstehen, warum das beunruhigend ist.

Die Wand trennt das Lager unter dem Schlafraum von dem Treibstoffabteil 4. Ich gehe hin und sehe es mir an.

Rocky hat sich nicht gerührt, aber das überrascht mich nicht. Mein Stahlkasten ist immer noch da, wo ich ihn angeklebt habe. Vermutlich könnte ich ihn jetzt schon benutzen, aber ich habe beschlossen, eine ganze Stunde zu warten.

Ich öffne die Zugangsklappen des Lagers und nehme ein paar Kisten heraus. Dann steige ich mit Taschenlampe und Werkzeug hinunter ins Lager. Es ist eng, gerade mal 3 Fuß hoch. Ich muss gut zwanzig Minuten umherkriechen, bis ich endlich das Loch finde. Ich bemerke es nur, weil sich rings um die Ränder etwas Reif gebildet hat. Luft, die ins Vakuum entweicht, kühlt wirklich schnell ab. Vermutlich hat das Eis sogar den Luftverlust gebremst.

Nicht, dass es eine Rolle spielt. Das Leck ist so klein, dass es Wochen dauern würde, bis dies ein Problem wird. Und das Schiff hat vermutlich sowieso noch ein paar Behälter mit Reserveluft. Trotzdem, es gibt keinen Grund, das Leck einfach zu lassen, wie es ist. Ich trage eine großzügige Menge Kunstharz auf einen Metallflicken auf und klebe die Stelle zu. Ich muss den Flicken deutlich länger als fünf Minuten festhalten, bis er sitzt. Kunstharz braucht sehr lange zum Härten, wenn es kalt ist, und dank des Lecks liegt die Temperatur der Wand an dieser Stelle deutlich unter dem Gefrierpunkt. Ich hatte mir überlegt, aus dem Labor eine Wärmepistole mitzunehmen, aber ... das ist sehr umständlich. Also halte ich den Flicken einfach länger fest. Es dauert etwa fünfzehn Minuten.

Ich klettere wieder hoch und zucke dabei mehrmals zusammen. Mein Arm tut die ganze Zeit weh, er brennt höllisch. Weniger als eine Stunde ist vergangen, und schon wirkt das Schmerzmittel nicht mehr.

»Computer, Schmerzmittel!«

»Zusätzliche Dosis in drei Stunden und vier Minuten verfügbar.«

Ich runzle die Stirn. »Computer: Wie spät ist es?«

»Neunzehn Uhr fünfzehn Moskauer Standardzeit.«

»Computer, stelle die Uhr auf dreiundzwanzig Uhr Moskauer Standardzeit.«

»Uhr umgestellt.«

»Computer, Schmerzmittel.«

Die Arme reichen mir eine Ration Pillen und einen Beutel mit Wasser. Ich schlucke die Pillen. Was für ein dummes System. Astronauten sollen die Welt retten, dürfen aber nicht selbst festlegen, wie viel Schmerzmittel sie nehmen? Dumm.

Na gut, jetzt ist genug Zeit vergangen. Ich richte meine Aufmerksamkeit wieder auf die Kiste.

Zuerst muss ich ein Loch ins Xenonit bohren. Wenn das schiefgeht, ist hier die Hölle los. Der Bohrer in der Kiste soll das Xenonit durchlöchern, und die Kiste soll die unter hohem Druck stehende Atmosphäre aufhalten. Aber man kann nie wissen. Vielleicht hält die Kiste nicht, oder sie ist nicht dicht genug aufgesetzt.

Ich trage eine medizinische Atemmaske und eine Schutzbrille. Wenn dort schon ein Strahl aus überhitztem Ammoniak unter hohem Druck herausschießt, muss ich ja nicht unbedingt daran sterben.

Vorher habe ich mir eine Metallstange zu einer Art Dorn zurechtgefeilt. Der Durchmesser ist etwas größer als der Bohrer in der Stahlkiste. Ich halte Dorn und Hammer bereit. Wenn der Druck die Kiste wegfegt, hämmere ich den Dorn in das Loch und hoffe, dass er das Loch verschließt.

Es könnte natürlich sein, dass der Druck die Kiste nicht ganz wegfegt. Möglicherweise dringt die Luft auch durch die Klebenaht heraus. In diesem Fall werde ich die Kiste mit dem Hammer bearbeiten, bis sie abbricht, und dann den Dorn hineintreiben.

Ja, das ist extrem gefährlich. Aber ich weiß einfach nicht, ob Rocky ohne Hilfe überlebt. Vielleicht reagiere ich auch zu emotional und nicht rational genug. Aber was soll ich machen?

Ich halte den Hammer und den Dorn fest. Dann schalte ich den Bohrer ein.

Es dauert sehr lange, bis sich der Bohrer durch das Xenonit gearbeitet hat. Aus lauter Langweile werde ich allmählich sogar ruhiger. Die Wand ist nur einen Zentimeter dick, aber es ist vermutlich so ähnlich, als wollte man Diamanten schleifen. Ich habe Glück, dass der Bohrer mit der Xenonitspitze überhaupt hart genug ist, um voranzukommen. Der Kamerafeed aus dem Inneren zeigt mir, dass wir sehr langsame Fortschritte machen. Es ist anders, als in Holz oder Metall zu bohren. Dieses Material ist eher wie Glas. Es zerbricht in kleine Stücke und Splitter.

Endlich sind wir durch. Der Bohrer wird von dem hohen Druck sofort zurück in die Kiste und zur Seite gepresst. Es knallt, als die eridianische Luft in die kleine Kiste strömt. Ich schließe fest die Augen. Nach ein paar Sekunden öffne ich sie wieder.

Falls die Kiste abspringen wollte, dann wäre das sofort geschehen. Meine Dichtung hat gehalten. Zumindest für den Augenblick. Erleichtert atme ich auf.

Aber die Maske und die Schutzbrille nehme ich trotzdem nicht ab. Man kann ja nie wissen, ob so eine Klebenaht nicht doch noch irgendwann reißt.

Ich blicke auf den Bildschirm der Kamera. Jetzt muss ich sorgfältig zielen, und deshalb habe ich darauf geachtet, dass die Kamera ...

Der Kamerafeed ist tot.

Die Schmerzen im Handgelenk werden zu stark, ich ziehe die Hand zurück.

Ah, richtig. Webcams sind nicht dazu gedacht, bei 210 Grad

Celsius und 29 Atmosphären Überdruck zu funktionieren. Und meine stabile Stahlkiste ist, nun ja, aus dickem Stahl. Stahl ist ein ausgezeichneter Wärmeleiter. Das Gehäuse ist so heiß, dass ich es nicht einmal mehr anfassen kann.

Ich bin ein Idiot. Erst der Behälter mit den Proben von Adrian, jetzt dies hier. Ich will schlafen, aber Rocky ist wichtiger. Dumm sein ist wenigstens kein dauerhafter Zustand. Ich mache weiter. Ich weiß, ich sollte aufhören, aber ich bin zu dumm, um darüber nachzudenken.

Also schön, die Kamera ist tot. Ich kann nicht in die Kiste blicken. Aber ich sehe Rocky in der Luftschleuse, weil das Xenonit durchsichtig ist. Dann muss ich eben mit dem arbeiten, was ich habe.

Ich starte die Hochdruckpumpe. Sie funktioniert noch – oder jedenfalls macht sie Krach. Sie müsste nun einen sehr starken Luftstrahl in Rockys Richtung jagen. Bei 29 Atmosphären Überdruck verhält sich Luft beinahe wie Wasser. Man kann damit Dinge umherschieben. Leider ist Ammoniak durchsichtig. Also habe ich keine Ahnung, wohin der Strahl zielt.

Mit den Stellmotoren justiere ich den Winkel des Strahls nach. Funktionieren sie überhaupt? Ich habe keine Ahnung. Die Pumpe ist zu laut, sodass ich die Servos nicht mehr höre. Ich ziele nach links und nach rechts und systematisch auch nach unten und oben.

Endlich bemerke ich etwas. Ein Hebel in der Luftschleuse wackelt ein wenig. Ich ziele darauf. Er wird mehrere Zentimeter zurückgeschoben.

»Hab ich dich!«, sage ich.

Jetzt weiß ich, wohin der Luftstrahl zielt. Ich rate ein wenig und ziele auf Rockys Lüftungsschlitze. Nichts geschieht. Also taste ich wieder systematisch die Umgebung ab, auf und nieder, bis ich ein Ergebnis sehe.

Oh, und was für ein Ergebnis!

Ich treffe genau die richtige Stelle. Auf einmal wallt schwarzer Rauch aus Rockys Panzer. Der hässliche Staub und der Ruß, die sich gesammelt haben, als er brannte. Es ist äußerst befriedigend. Wie dieses Gefühl, wenn man mit Luftdruck einen alten Computer reinigt.

Ich ziehe den Strahl hin und her und versuche, nacheinander alle Lüftungsschlitze zu treffen. Die letzten sind lange nicht so schlimm wie die ersten. Ich nehme an, sie führen alle zu demselben Organ – so ähnlich wie Mund und Nase beim Menschen. Mehrfache Öffnungen aus Gründen der Redundanz und Sicherheit.

Nach ein paar Minuten kommt kein Ruß mehr heraus. Ich schalte die Pumpe ab.

»So, mein Freund«, sage ich. »Jetzt habe ich alles getan, was ich tun konnte. Ich hoffe, du schaffst den Rest allein.«

In den folgenden Stunden arbeite ich an der zweiten und dritten Sicherungskiste, die ich nacheinander über meinem Gerät festklebe. Jetzt muss die eridianische Luft schon drei Dichtungen durchbrechen, um in meinen Bereich vorzudringen. Das muss erst einmal reichen.

Hoffentlich wacht Rocky bald auf.

21

»Wir können das auch unter vier Augen tun«, schlug ich vor. »Dann treffen wir uns einzeln nacheinander.«

Die drei Astronauten saßen vor mir auf dem Sofa. Für dieses Treffen hatte ich den Pausenraum in Beschlag genommen und die Tür zugesperrt. Yáo in der Mitte wirkte so ernst wie immer. DuBois saß mit steifem Rücken und makelloser Haltung links neben ihm, Ilyukhina lümmelte rechts und trank ein Bier.

»Individuelle Treffen sind nicht nötig«, antwortete Yáo. »Auf dieser Mission ist kein Raum für Geheimnisse.«

Ich rutschte auf meinem Stuhl hin und her. Warum hatte Stratt ausgerechnet mir diese Aufgabe übertragen? Ich konnte nicht gut mit Menschen umgehen und wusste nicht, wie man heikle Angelegenheiten bespricht. Sie hatte etwas in der Art gesagt, die Crew schätzte mich mehr als jeden anderen. Aber warum? Vielleicht nur, weil ich so freundlich und entgegenkommend wirkte, wenn ich neben Stratt stand.

Jedenfalls sollte der Start schon in einem Monat erfolgen, und ich musste die nötigen Informationen bekommen.

»Na gut«, begann ich. »Wer macht den Anfang?«

DuBois hob die Hand. »Ich kann beginnen, wenn das für alle annehmbar ist.«

»Gern.« Ich probierte kritzelnd den Stift aus. »Also ... wie möchten Sie sterben?«

Genau. Ein unschönes Thema. Aber eines, um das wir uns kümmern mussten. Diese drei wollten ihr Leben opfern, damit wir anderen hoffentlich überleben konnten. Das Mindeste, was wir tun konnten, war, sie zu ihren eigenen Bedingungen sterben zu lassen.

DuBois reichte mir ein sauberes Blatt Papier. »Ich habe meine Bitte hier notiert. Ich glaube, Sie werden das akzeptabel finden.«

Ich nahm das Blatt entgegen und sah Aufzählungszeichen, Diagramme und ein paar Fußnoten. »Was ist das hier?«

DuBois zeigte annähernd in die Mitte des Blatts. »Ich will durch Stickstoff ersticken. Meine Recherchen haben ergeben, dass dies die am wenigsten schmerzhafte Todesart ist.«

Ich nickte und machte mir Notizen.

»Das Papier listet einige Hilfsmittel auf, die ich brauche, um meinen Tod sicherzustellen. Dies kann problemlos auf die Masse meiner persönlichen Habseligkeiten angerechnet werden.«

Ich runzelte die Stirn vor allem deshalb, weil ich die Tatsache verschleiern wollte, dass mir dazu absolut keine Antwort einfallen wollte.

Er faltete die Hände auf dem Schoß. »Man braucht nur einen Stickstoffbehälter und einen Universalanschluss für den EVA-Anzug. Ich kann den Anzug anlegen und Stickstoff anstatt Sauerstoff zuführen. Der Erstickungsreflex wird durch zu viel CO_2 in den Lungen ausgelöst, nicht durch einen Mangel an Sauerstoff. Während ich ausatme, werden die Anzugsysteme ständig das Kohlendioxid entfernen, bis nur noch reiner Stickstoff übrig ist. Ich werde einfach müde, und mir wird vielleicht etwas schwindlig. Dann verliere ich das Bewusstsein.«

»Alles klar.« Ich gab mir Mühe, professionell zu reagieren. »Und wenn der EVA-Anzug nicht verfügbar ist?«

»Abschnitt vier beschreibt einen Alternativplan. Wenn ich den EVA-Anzug nicht anlegen kann, benutze ich die Luftschleuse des Schiffs. Ihr Volumen müsste ausreichen, um sicherzustellen, dass sich das CO_2 nicht übermäßig anreichert.«

»Gut.« Ich machte mir noch einige Notizen, obwohl es eigentlich nicht nötig gewesen wäre. Sein Papier war sehr gründlich. »Wir sorgen dafür, dass eine Flasche mit reichlich Stickstoff an Bord ist, und außerdem ein Reservetank, falls der erste ein Leck hat.«

»Ausgezeichnet, vielen Dank.«

Ich legte das Blatt weg. »Ilyukhina? Wie sieht es bei Ihnen aus?«

Sie stellte das Bier ab. »Ich will Heroin.«

Alle sahen sie an, sogar Yáo erbleichte ein wenig.

»Bitte, was?«

»Heroin.« Sie zuckte mit den Achseln. »Ich war mein ganzes Leben lang ein braves Mädchen. Keine Drogen. Eingeschränkter Sex. Ich will mit überwältigenden Gelüsten experimentieren, ehe ich sterbe. Es sterben ständig Menschen an Heroin. Das muss schön sein.«

Ich rieb mir die Schläfen. »Sie wollen ... an einer Überdosis Heroin sterben?«

»Nicht sofort«, antwortete sie. »Ich will es genießen. Mit normal wirkenden Dosierungen beginnen. High werden. Alle Süchtigen sind sich einig, dass die ersten paar Schüsse die besten sind. Dann geht es bergab. Ich will die ersten Schüsse auskosten. Und dann überdosieren, wenn der richtige Moment gekommen ist.«

»Ich glaube ... das können wir einrichten«, sagte ich. »Aber der Tod durch eine Überdosis soll sehr unangenehm sein.«

Sie tat den Einwand händewedelnd ab. »Lassen Sie die Ärzte die optimalen Dosierungen für mich ausrechnen. Die richtige Menge, um bei den ersten Schüssen das Vergnügen zu maximieren. Der tödliche Schuss kann dann noch andere Mittel enthalten, damit ich ohne Schmerzen sterbe.«

Ich schrieb ihre Bitte nieder. »Gut. Heroin. Ich weiß nicht, woher wir es bekommen, aber uns wird schon etwas einfallen.«

»Die ganze Welt arbeitet für Sie«, entgegnete sie. »Lassen Sie eine Pharmafirma das Heroin herstellen. Das kann doch nicht so schwer sein.«

»Gut. Ich bin sicher, dass Stratt das mit einem Anruf erledigen kann.«

Dann seufzte ich. Zwei erledigt, noch einer. »Nun gut. Kommandant Yáo? Wie ist es mit Ihnen?«

»Ich möchte bitte eine Pistole haben«, sagte er. »Eine QSZ-92. Sie gehört zur Standardausrüstung des chinesischen Militärs.

Lagern Sie die Munition während des Fluges bitte in einem trockenen, gut versiegelten Plastikbehälter.«

Das war immerhin ein gut nachvollziehbarer Wunsch. Schnell und schmerzlos. »Eine Pistole. Verstanden. Das ist kein Problem.«

Er sah sich nach links und rechts zu seinen Crewmitgliedern um. »Ich werde der Letzte sein, der stirbt. Wenn mit Ihren Methoden etwas schiefgeht, bin ich mit der Waffe zur Stelle. Nur für alle Fälle.«

»Das ist sehr rücksichtsvoll«, sagte DuBois. »Danke.«

»Erschießen Sie mich aber nicht, während es so aussieht, als ginge es mir richtig gut«, verlangte Ilyukhina.

»Einverstanden«, antwortete Yáo. Er wandte sich wieder an mich. »Wäre das alles?«

»Ja. Ich stand bereits auf. »Das war sehr unangenehm, vielen Dank. Ich werde jetzt ... ich muss jetzt etwas erledigen.«

Ich winde mich in meinem Bett. Die Verbrennungen am Arm schmerzen mehr denn je. Die Medikamente richten nicht mehr viel aus. Ich frage mich, ob ich vielleicht irgendwo Ilyukhinas Heroin finden kann.

Nein. Ich werde das nicht tun. Aber ich würde es, wenn dies immer noch ein Selbstmordkommando wäre.

Konzentriere dich darauf. Es ist kein Selbstmordkommando mehr. Wenn ich alles richtig mache, rette ich die Welt *und* kann nach Hause fliegen.

Die Schmerzen lassen ein wenig nach, sie kommen in Wellen. Sobald sich die Gelegenheit bietet, will ich nachsehen, ob ich Informationen über Verbrennungen habe. Ich möchte wenigstens wissen, wann es nicht mehr wehtut.

Poch.

»Hä?«, murmle ich.

Poch.

Ich sehe mich zu der Quelle des Geräuschs um. Rocky tippt an die Wand der Luftschleuse.

»Rocky!« Ich falle aus der Koje und drehe mich auf die rechte

Seite, ehe ich lande. Ich krabble zur Wand der Luftschleuse. »Rocky, mein Freund! Alles in Ordnung?«

Ich höre von drinnen ein leises Brummen.

»Das verstehe ich nicht. Sprich lauter.«

»*Krank* ...«, murmelt er.

»Ja, du bist krank. Du bist in meine Luft gekommen. Natürlich bist du krank. Du wärst fast gestorben!«

Er versucht aufzustehen und sackt wieder in sich zusammen. »*Wie kehre ich hierher zurück, Frage?*«

»Ich habe dich bewegt.«

Er tippt gereizt mit der Klaue auf den Boden. »*Du hast meine Luft berührt, Frage?*«

»Ja, ein wenig.«

Er zeigt auf meinen linken Arm. »*Haut auf Arm ist nicht glatt. Schaden, Frage?*«

Vermutlich kann er mit seinem Sonar durch die Verbände blicken. Darunter dürfte es ziemlich hässlich aussehen. Das hatte ich mir schon gedacht, aber jetzt weiß ich es. »Das wird schon wieder.«

»*Du beschädigst dich selbst, um mich zu retten. Dank.*«

»Du hast das Gleiche gemacht. Ist dein Radiatororgan in Ordnung? Du hast gebrannt, es war voller Ruß und Oxid.«

»*Es heilt.*« Er zeigt auf den Ruß an der Wand und auf dem Boden. »*Das kam aus mir heraus, Frage?*«

»Ja.«

»*Wie hat es mich verlassen, Frage?*«

Ich bin ein wenig stolz auf mich selbst. Warum auch nicht? Das war keine leichte Aufgabe, und ich habe sie bewältigt. Ich zeige auf die jetzt dreifach gesicherte Stahlkiste an der Wand der Luftschleuse. »Ich habe ein Gerät gebaut, um Luft zu dir zu blasen. Ich habe auf die Radiatorschlitze gezielt, und die giftigen Sachen sind herausgeflogen.«

Er schweigt einen Moment. Dann sagt er immer noch etwas unsicher: »*Wie lange waren die Sachen in mir, Frage?*«

Ich muss kurz nachdenken. »Ungefähr ... zwei Tage.«

»*Du hast mich fast getötet.*«

»Was? Wie denn? Ich habe den ganzen Ruß aus deinem Radiator geblasen!«

Er verlagert sein Gewicht ein wenig. *»Schwarze Substanz kein Ruß. Mein Körper macht das. Bedeckt Schaden, während Körper repariert.«*

»Oh ...«, sage ich. »O nein ...«

Ich habe keinen Ruß aus seinem Radiator geblasen. Ich habe die Schorfe von seinen Wunden gerissen! »Das tut mir so leid. Ich wollte doch nur helfen.«

»Ist gut. Hättest du früher gemacht, dann ich sterbe. Aber ich heile genug, ehe du es gemacht hast. Entfernen half ein wenig. Danke.«

Ich schlage mir die Hände vor das Gesicht. »Das tut mir leid«, sage ich noch einmal.

»Nicht sage tut leid. Du hast mich gerettet, als du mich hierher gebracht hast. Dank Dank Dank.« Er versucht noch einmal aufzustehen, kann sich aber nur eine Sekunde halten, ehe er wieder zusammenbricht. *»Ich bin schwach. Wird heilen.«*

Ich ziehe mich zurück und setze mich auf die Koje. »Wäre es in der Schwerelosigkeit leichter? Ich könnte die Zentrifuge abschalten.«

»Nein. Schwerkraft hilft heilen.« Er rückt seine Beine zurecht, bis eine Art Nest entsteht, auf dem der Panzer ruhen kann. Wahrscheinlich ist das eine komfortable Schlafposition. *»Probenbehälter ist sicher, Frage?«*

»Ja, er ist im Labor. Ich habe in einem geschlossenen Behälter eine Adrian-Umwelt hergestellt und einige Astrophagen zusammen mit dem Probenbehälter hineingesteckt. Ich werde bald sehen, wie sich das entwickelt.«

»Gut«, sagt er. *»Menschlicher Lichtsinn sehr nützlich.«*

»Danke«, antworte ich. »Leider war mein menschliches Gehirn nicht ganz so hilfreich. Ich habe keine Möglichkeit, die Proben aus dem Behälter zu holen.«

Er neigt den Panzer ein wenig zur Seite. *»Du hast Probe versiegelt und keinen Zugang zur Probe, Frage?«*

»Ja.«

»Normalerweise du nicht dumm. Warum dumm, Frage?«

»Wir Menschen sind dumm, wenn wir Schlaf brauchen. Und wenn wir Medikamente gegen Schmerzen nehmen. Ich bin müde und habe Medikamente genommen.«

»Du solltest schlafen.«

Ich stehe auf. »Das werde ich auch bald. Aber zuerst muss ich unsere Umlaufbahn stabilisieren. Unser Apogäum und das Perigäum sind ... es ist keine gute Umlaufbahn.«

»Umlaufbahn regeln, während dumm. Guter Plan.«

Ich kichere. »Neues Wort: Sarkasmus. Du sagst das Gegenteil vom dem, was du meinst, um etwas zu betonen. Sarkasmus.«

Er flötet das Wort für »Sarkasmus« in seiner Sprache.

Erschöpfung und Schmerzmittel lassen mich schlafen wie ein Murmeltier. Als ich aufwache, fühle ich mich eine Million Mal besser, aber die Verbrennungen schmerzen eine Million Mal schlimmer. Ich betrachte die Verbände. Sie sind neu.

Rocky ist an seiner Werkbank und klappert mit Werkzeug herum. Er hat seinen Bereich aufgeräumt, alles ist so gut wie neu. *»Du bist wach, Frage?«*

»Ja«, bestätige ich. »Wie geht es dir? Wirst du gesund?«

Er wackelt mit einer Klaue. *»Viel mehr heilen nötig. Aber manches vollständig geheilt. Kann mich nicht viel bewegen.«*

Ich lasse den Kopf auf das Kissen sinken. »Ich auch nicht.«

»Roboterarme machen Dinge mit Arm im Schlaf.«

Ich zeige auf die Verbände. »Sie haben den Verband gewechselt. Für den menschlichen Heilungsprozess ist es wichtig, dass der Verband gewechselt wird.«

Er stochert mit mehreren Werkzeugen in seiner letzten Erfindung herum.

»Was ist das?«

»Ich gehe zum Labor und sehe Gerät, das Adrian-Leben enthält. Ich habe Gerät gemacht, um Probe von drinnen zu sammeln, ohne deine Luft hineinzulassen.« Er hebt eine große Kiste. *»Steckst du Vakuumkammer hinein. Verschließt. Adrian-Luft bleibt drin.«*

Er öffnet den Deckel und zeigt auf zwei an Scharnieren befestigte Stäbe. *Die kannst du von außen steuern. Proben entnehmen. Versiegelst Gerät. Öffnest mein Gerät. Hast Probe. Machst menschliche Wissenschaft mit Probe.*«

»Klug«, antworte ich. »Danke.«

Er macht sich wieder an die Arbeit.

Ich liege auf der Koje. Es gibt eine Menge Dinge, die ich tun will, aber ich muss es langsam angehen. Ich kann nicht noch einen »dummen Tag« wie gestern riskieren. Beinahe hätte ich die Probe ruiniert und Rocky getötet. Jetzt bin ich klug genug, um einzusehen, wie dumm ich war. Das ist ein Fortschritt.

»Computer: Kaffee.«

Nach einer Minute reicht mir ein Arm eine Tasse Kaffee.

»He, Rocky«, sage ich, während ich am Kaffee nippe. »Wie kommt es, dass wir die gleichen Geräusche hören?«

Er arbeitet weiter an den Armaturen in seinem Apparat. »*Nützliche Eigenschaft. Beide entwickeln. Nicht überraschend.*«

»Ja, aber warum die gleichen Frequenzen? Warum hörst du nicht viel höhere Frequenzen als ich? Oder tiefere?«

»*Ich höre viel höhere und viel tiefere Frequenzen.*«

Das wusste ich nicht, aber eigentlich hätte ich es mir denken können. Das Gehör ist für Eridianer der wichtigste Sinn. Natürlich hört er einen größeren Frequenzbereich als ich. Damit ist aber meine Frage immer noch nicht beantwortet.

»Gut, aber warum gibt es diese Überschneidung? Warum hören wir nicht völlig unterschiedliche Frequenzbereiche?«

Er legt das Werkzeug, das er in einer Hand hat, ab, sodass nur noch zwei seiner Hände weiter an dem Gerät arbeiten. Mit der gerade befreiten Hand kratzt er an der Werkbank. »*Du hörst das, Frage?*«

»Ja.«

»*Das ist Geräusch von Raubtier, das sich nähert. Das ist Geräusch von Beute, die wegläuft. Geräusch von Objekt, das Objekt berührt, ist sehr wichtig. Entwicklung geht dahin, dass wir hören.*«

»Ah! Ja!«

Jetzt, da er es erklärt hat, ist es offensichtlich. Stimmen, Instrumente, Vogelrufe – all das kann sich sehr voneinander unterscheiden. Aber die Geräusche von Objekten, die gegeneinander prallen, dürften auf verschiedenen Planeten relativ ähnlich sein. Wenn auf der Erde zwei Felsen zusammenprallen, machen sie dabei mehr oder weniger den gleichen Lärm wie auf Erid. Also sind wir alle dank der Evolution darauf eingestellt, sie wahrzunehmen.

»*Bessere Frage*«, fährt er fort. »*Warum denken wir mit gleicher Geschwindigkeit, Frage?*«

Ich drehe mich, bis ich auf der Seite liege. »Wir denken nicht mit der gleichen Geschwindigkeit. Du kannst viel schneller rechnen als ich. Und du kannst dich perfekt an alles erinnern. Das können Menschen nicht. Eridianer sind klüger als wir.«

Mit der freien Hand nimmt er sich ein anderes Werkzeug und klappert weiter. »*Mathematik ist nicht denken. Mathematik sind Prozeduren. Erinnerungen sind kein Denken. Erinnerung ist Speicher. Denken ist denken. Problem, Lösung. Du und ich denken mit gleicher Geschwindigkeit. Warum, Frage?*«

»Hm.«

Ich lasse es mir eine Weile durch den Kopf gehen. Das ist wirklich eine gute Frage. Wie kommt es, dass Rocky nicht tausendmal klüger ist als ich? Oder tausendmal dümmer?

»Also ... ich habe eine Theorie, warum wir ungefähr die gleiche Intelligenz haben. Vielleicht.«

»*Erkläre.*«

»Intelligenz entwickelt sich, um uns gegenüber anderen Tieren auf dem Planeten einen Vorteil zu verschaffen. Aber die Evolution ist faul. Sobald ein Problem gelöst ist, entwickelt sich die Anlage nicht weiter. Also sind wir, du und ich, gerade intelligent genug, um klüger zu sein als die anderen Tiere auf unserem Planeten.«

»*Wir sind viel klüger als Tiere.*«

»Wir sind so klug, wie uns die Evolution gemacht hat. Wir haben also die minimale Intelligenz, die nötig ist, um unseren Planeten zu dominieren.«

Darüber denkt er nach. »*Ich akzeptiere das. Erklärt immer noch nicht, warum irdische Intelligenz sich zu der gleichen Stufe entwickelt wie Erid-Intelligenz.*«

»Unsere Intelligenz beruht auf der von Tieren. Worauf beruht die Intelligenz von Tieren? Wie klug müssen Tiere sein?«

»*So klug, dass sie Gefahren oder Beute früh genug erkennen, um zu handeln.*«

»Ja, genau!«, antworte ich. »Aber wie lang ist diese Zeitspanne? Wie lange braucht ein Tier, um zu reagieren? Wie lange braucht die Gefahr oder die Beute, um das Tier zu töten oder zu fliehen? Ich glaube, das hat mit der Schwerkraft zu tun.«

»*Schwerkraft, Frage?*«

»Ja, genau! Denk doch mal drüber nach. Die Schwerkraft entscheidet darüber, wie schnell ein Tier laufen kann. Je höher die Schwerkraft, desto länger der Kontakt mit dem Boden. Schnellere Bewegung. Ich glaube, die tierische Intelligenz muss letzten Endes höher sein als die Schwerkraft.«

»*Interessante Theorie*«, stimmt Rocky zu. »*Aber Erid hat doppelte Erdschwerkraft. Du und ich haben gleiche Intelligenz.*«

Ich richte mich auf der Pritsche auf. »Ich möchte wetten, dass unsere Schwerkräfte astronomisch gesehen so ähnlich sind, dass auch die notwendige Intelligenz fast die gleiche ist. Wenn wir einem Wesen von einem Planeten mit einem Hundertstel der irdischen Schwerkraft begegnen, dann möchte ich wetten, dass es uns ziemlich dumm vorkommt.«

»*Möglich*«, räumt er ein und arbeitet weiter an seinem Apparat. »*Andere Ähnlichkeit: Du und ich sind bereit, für unser Volk zu sterben. Warum, Frage? Evolution hasst den Tod.*«

»Es ist gut für die Spezies«, antworte ich. »Ein Instinkt für Selbstaufopferung erhöht die Überlebensaussichten der ganzen Spezies.«

»*Nicht alle Eridianer sind bereit, für die anderen zu sterben.*«

Ich muss kichern. »Das ist auch nicht bei allen Menschen so.«

»*Du und ich sind gute Leute*«, stellt Rocky fest.

»Ja.« Ich lächle. »Das sind wir wohl.«

Neun Tage bis zum Start.

Ich schritt in meiner Bleibe hin und her. Sie war kahl, aber das war mir egal. Es war ein kleiner Wohnwagen mit Kochecke. Besser als das, was die meisten anderen Leute bekamen. Die Russen hatten alle Hände voll zu tun gehabt, um ein paar Meilen abseits vom Kosmodrom in Baikonur Dutzende provisorische Unterkünfte einzurichten. Aber ich glaube, wir hatten in dieser Phase alle sehr viel zu tun.

Wie auch immer, seit unserer Ankunft hatte ich mein Bett kaum gesehen. Ständig gab es irgendwelche neuen Anliegen oder Probleme. Nichts Großes. Einfach nur ... Aufgaben.

Die *Hail Mary* war vollendet. Ein mehr als zwei Millionen Kilogramm schweres betanktes Raumschiff in einer schönen, stabilen Umlaufbahn. Sie hatte das Vierfache der Masse der Internationalen Raumstation und war in weniger als einem Zwanzigstel der Bauzeit entstanden. Anfangs behielt die Presse die Gesamtkosten im Auge, gab aber auf, als die zehn Billionen überschritten waren. Es spielte einfach keine Rolle. Es ging nicht mehr um effiziente Nutzung von Ressourcen. Es hieß nur noch Erde gegen Astrophagen, und dafür war kein Preis zu hoch.

Die ESA-Astronauten waren schon seit ein paar Wochen auf dem Schiff und überprüften alles. Die Testcrew hatte etwa fünfhundert Fehler gemeldet, die wir in den letzten Wochen behoben hatten. Keiner von ihnen erwies sich als katastrophal.

Es war Wirklichkeit geworden. Die *Hail Mary* würde in neun Tagen starten.

Ich saß an meinem Arbeitsplatz und ging verschiedene Dokumente durch. Einige unterschrieb ich, andere legte ich beiseite, damit Stratt sie am nächsten Tag ansehen konnte. Wie war ich bloß ein Verwaltungsangestellter geworden? Ich glaube, wir mussten es alle einfach hinnehmen, dass sich unser Leben veränderte. Wenn dies die Rolle war, die ich zu spielen hatte, dann war es eben so.

Ich legte die Papiere weg und blickte aus dem Fenster. Die Steppe von Kasachstan war flach und eintönig. Startanlagen baute man gewöhnlich nicht dicht neben wichtigen Einrichtungen. Aus gutem Grund.

Ich vermisste meine Kinder.

Dutzende. Im Laufe eines Schuljahrs sogar Hunderte.

Sie beschimpften mich nicht, sie weckten mich nicht mitten in der Nacht. Ihre Streitereien ließen sich gewöhnlich binnen Minuten beilegen, entweder durch ein vom Lehrer erzwungenes Händeschütteln oder durch Nachsitzen. Und auch wenn es etwas selbstbezogen klingt: Sie schauten zu mir auf. Ich vermisste diese Art von Respekt.

Ich seufzte.

Meine Kinder würden es nicht leicht haben, selbst wenn die Mission erfolgreich verlief. Die *Hail Mary* würde erst in dreizehn Jahren in Tau Ceti eintreffen, und es würde (sofern die Crew eine Lösung für unsere Probleme fand) noch einmal dreizehn Jahre dauern, bis uns die Beetles die Ergebnisse brachten. Mehr als ein Vierteljahrhundert, bis wir überhaupt erfahren würden, was man tun konnte. Meine Kinder wären dann keine Kinder mehr.

»Weiter«, murmelte ich und nahm mir die nächste Problemmeldung vor. Warum auf Papier statt per E-Mail? Weil die Russen manche Dinge auf eine bestimmte Art und Weise erledigten, und weil es leichter war, einfach mitzumachen, als zu jammern.

Der Bericht stammte von der ESA-Crew und betraf Abweichungen bei der Abwasserpumpe vierzehn und im Transportsystem für flüssige medizinische Hilfsmittel. Pumpe vierzehn war ein Teil des tertiären Systems und brachte immerhin 95 Prozent Leistung. Aber es gab keinen Grund, so etwas hinzunehmen. Wir hatten noch 83 Kilogramm freie Startmasse. Ich machte eine Notiz, dass eine Reservepumpe mitgeführt werden sollte. Sie wog nur 250 Gramm. Die Crew würde sie installieren, ehe sie den Orbit verließ.

Als ich das Dokument weglegte, bemerkte ich draußen vor dem Fenster einen Lichtblitz. Wahrscheinlich nur ein Jeep, der auf der unbefestigten Straße zu den Behelfsunterkünften fuhr. Ab und zu leuchteten Scheinwerfer durch mein Fenster herein. Ich achtete nicht weiter darauf.

Das nächste Papier im Stapel bezog sich auf Schwierigkeiten mit dem Ballast. Die *Hail Mary* hielt das Massezentrum genau auf der Längsachse, indem sie die Astrophagen entsprechend umpumpte. Trotzdem wollten wir von vornherein alles möglichst gut austarieren. Die ESA-Crew hatte mehrere Vorratskisten im Lager umgeschichtet, um eine bessere Lastverteilung zu erzielen ...

Das Fenster barst, als eine ohrenbetäubende Explosion den ganzen Raum beben ließ. Glassplitter prasselten mir ins Gesicht, dann warf mich die Schockwelle vom Stuhl.

Danach: Stille.

Ich drückte mich auf die Knie hoch und stand auf. Mehrmals öffnete und schloss ich den Mund, bis es in den Ohren knackte.

Ich stolperte zur Tür und öffnete sie. Die kleine Treppe mit drei Stufen, die zu meiner Tür hinaufführte, war mehrere Schritte entfernt. Dann sah ich die frisch aufgewühlte Erde zwischen der Treppe und meiner Tür und begriff, was geschehen war.

Die Treppe war mit Kanthölzern so tief wie ein Zaun im Boden verankert. Mein Wohnwagen hatte keine solche Verankerung.

Mein ganzes Haus war verschoben worden, und die Treppe war stehen geblieben.

»Grace? Sind Sie wohlauf?« Das war Stratt. Ihr Wohnwagen stand neben meinem.

»Ja«, sagte ich. »Verdammt, was war das?«

»Keine Ahnung«, gestand sie. »Warten Sie mal.«

Kurz danach sah ich den tanzenden Strahl einer Taschenlampe. Sie kam in Morgenmantel und Stiefeln herüber und sprach schon in ihr Funkgerät. »*Eto Stratt. Schto slutschylos?*«, fragte sie energisch.

»*Vzryv v issledovatel'skom tsentre*«, lautete die Antwort.

»Das Forschungszentrum ist in die Luft geflogen«, erklärte sie.

Baikonur war eine Startanlage, aber es gab auch einige Forschungsgebäude. Es waren keine Laboratorien, sondern die Räume erinnerten eher an Klassenzimmer. Die Astronauten hielten sich gewöhnlich bereits eine Woche vor dem Start in Baikonur auf und wollten meist bis zum letzten Moment weiterlernen und sich vorbereiten.

»Mein Gott«, sagte ich. »Wer war dort? Wer war gerade dort?«

Sie zog einen Packen Papiere aus der Tasche des Morgenrocks. »Warten Sie, warten Sie ...« Sie blätterte die Dokumente durch und warf auf den Boden, was sie nicht brauchte. Ich sah sofort, worum es sich handelte – diese Dokumente hatte ich ein Jahr lang jeden Tag gesehen. Es waren Dienstpläne. Sie verrieten uns jederzeit, wo jeder gerade war und was er tat.

Als sie das gesuchte Blatt gefunden hatte, hielt sie inne. Sie keuchte. »DuBois und Shapiro. Sie müssten dort sein, weil sie mit den Astrophagen experimentieren wollten.«

Ich schlug mir die Hände vor das Gesicht. »Nein! Bitte nicht! Das Forschungszentrum ist fünf Kilometer entfernt. Wenn die Explosion sogar hier bei uns so viel Schaden angerichtet hat ...«

»Ich weiß, ich weiß.« Sie schaltete ihr Funkgerät ein. »Primärcrew – ich brauche Ihre Standorte. Melden Sie sich sofort.«

»Yáo hier«, antwortete der Kommandant. »In meiner Koje.«

»Ilyukhina hier. Im Offizierscasino. Was war das für eine Explosion?«

Stratt und ich warteten auf die Antwort, die hoffentlich gleich kommen würde.

»DuBois«, sagte sie. »DuBois! Melden Sie sich!«

Schweigen.

»Shapiro. Dr. Annie Shapiro, melden Sie sich!«

Schweigen.

Sie holte tief Luft und schnaufte. Noch einmal benutzte sie das Funkgerät. »Stratt an den Fuhrpark – ich brauche einen Jeep, der mich zur Bodenkontrolle bringt.«

Die Antwort kam sofort. »Verstanden.«

Die nächsten Stunden waren, kurz gesagt, ein einziges Chaos. Der ganze Stützpunkt wurde vorläufig hermetisch abgeriegelt, und alle Ausweise wurden überprüft. Es war ja denkbar, dass irgendeine Weltuntergangssekte die Mission sabotieren wollte. Wir fanden nichts Verdächtiges.

Stratt, Dimitri und ich saßen im Bunker. Warum wir im Bunker saßen? Die Russen gingen kein Risiko ein. Es sah nicht nach einem

Terroranschlag aus, aber sie brachten die wichtigen Leute trotzdem in Sicherheit. Yáo und Ilyukhina hockten in einem anderen Bunker. Die anderen leitenden Wissenschaftler waren ebenfalls sicher untergebracht. Die Leute waren verteilt, damit ein einziger Angriff nicht alle zugleich treffen konnte. Dahinter steckte eine grausame Logik. Baikonur war während des Kalten Krieges gebaut worden.

»Wo die Forschungsgebäude standen, ist jetzt ein Krater«, berichtete Stratt. »Und von DuBois und Shapiro haben wir immer noch keine Spur gefunden. Ebenso wenig von den vierzehn anderen Mitarbeitern, die gerade dort beschäftigt waren.«

Sie rief Fotos auf ihr Handy und zeigte sie uns.

Es war ein Bild der Zerstörung. Der ganze Bereich war mit starken Scheinwerfern beleuchtet, die die Russen inzwischen aufgestellt hatten, und überall waren Rettungskräfte unterwegs. Sie konnten nichts mehr tun.

Es war buchstäblich nichts übrig geblieben. Keine Trümmer, kaum Schrott. Stratt wischte die Fotos durch. Darunter waren einige Nahaufnahmen vom Boden. Überall lagen glänzende runde Perlen. »Was ist das?«, fragte sie.

»Metallkondensat«, erklärte Dimitri. »Das bedeutet, dass Metall verdampft und danach kondensiert ist wie Regentropfen.«

»Jesus«, sagte sie.

Ich seufzte. »In diesen Laboratorien gibt es nur eines, was genügend Hitze erzeugen kann, um Metall zu verdampfen: die Astrophagen.«

»Ich stimme zu«, bestätigte Dimitri. »Aber die Astrophagen explodieren nicht einfach. Wie konnte so etwas geschehen?«

Stratt betrachtete ihre verknitterten Dienstpläne. »Nach diesen Unterlagen wollte DuBois Erfahrungen mit von Astrophagen angetriebenen Generatoren sammeln. Shapiro wollte beobachten und assistieren.«

»Das verstehe ich nicht«, warf ich ein. »Die Generatoren benutzen winzigste Mengen von Astrophagen, um Strom zu erzeugen. Das reicht nicht, um ein Gebäude zu sprengen.«

Sie legte das Telefon weg. »Wir haben unseren ersten und zweiten Wissenschaftsoffizier verloren.«

»Was für ein Albtraum«, meinte Dimitri.

»Dr. Grace, besorgen Sie mir eine Liste mit möglichen Ersatzleuten.«

Ich starrte sie mit offenem Mund an. »Sind Sie aus Stein oder so? Wir haben gerade unsere Freunde verloren!«

»Ja, und wir werden alle sterben, wenn wir diese Mission nicht durchführen. Wir haben noch neun Tage, um einen Ersatz für den Wissenschaftsposten zu finden.«

Mir kamen die Tränen. »DuBois ... Shapiro ...« Ich schniefte und wischte mir die Augen aus. »Sie sind tot. Sie sind *tot* ... mein Gott ...«

Stratt schlug nach mir. »Reißen Sie sich zusammen!«

»He!«

»Heulen Sie später! Die Mission geht vor! Sie haben doch noch die Liste mit den komaresistenten Kandidaten aus dem letzten Jahr? Gehen Sie die Liste durch. Wir brauchen einen neuen Wissenschaftsspezialisten. Und zwar *sofort*.«

»Ich entnehme jetzt die Probe ...«, sage ich.

Rocky sieht von seinem Tunnel in der Labordecke aus zu. Sein Gerät funktioniert wie geplant. Die durchsichtige Xenonitkiste hat zwei Ventile und Pumpen, mit denen ich die Verhältnisse im Inneren regeln kann. Die Vakuumkammer steht darin, der Deckel ist geöffnet. Die Kiste hat sogar eine Temperatursteuerung, die die Innentemperatur auf kalten minus 51 Grad hält.

Rocky hat mich getadelt, weil ich die Probe so lange bei menschlicher Zimmertemperatur liegen gelassen habe. Er hatte dazu sogar eine ganze Menge zu sagen. Wir mussten »leichtsinnig«, »Idiot«, »Dummheit« und »verantwortungslos« in unser gemeinsames Vokabular aufnehmen, bis er seine Meinung zu dieser Sache hinreichend zum Ausdruck gebracht hatte.

Es gab noch ein anderes Wort, das er oft benutzte, aber er weigerte sich, es mir genau zu erklären.

Drei Tage nach Absetzen der Schmerzmittel bin ich erheblich klüger. Wenigstens das versteht er jetzt – ich war nicht bloß ein dummer Mensch. Ich war ein Mensch mit *verstärkter* Dummheit.

Rocky weigerte sich, mir die Box auszuhändigen, bis ich dreimal ohne Schmerzmittel geschlafen hatte. Mein Arm tut schrecklich weh, aber er hat ja recht.

Rocky hat sich inzwischen ganz gut erholt. Ich habe keine Ahnung, was in seinem Körper vor sich geht. Er sieht so aus wie immer, und er bewegt sich schon viel besser. Natürlich noch nicht mit voller Geschwindigkeit. Das gilt auch für mich. Wir sind im Grunde ein Lazarett.

Wir haben uns darauf geeinigt, die Schwerkraft bei einem halben g zu belassen.

Ich öffne und schließe einige Male die Klauen in der Kiste. »Schau mich an, ich bin jetzt ein Eridianer.«

»Ja. Sehr eridianisch. Beeil dich und hol die Probe.«

»Spaßbremse.« Ich nehme den Baumwolltupfer auf und drücke ihn auf einen bereitliegenden Objektträger. Dort reibe ich ihn hin und her, bis ein sichtbarer Schmierfilm entsteht, dann lege ich ihn in die Vakuumkammer zurück. Ich versiegle die Kammer, packe den Träger in einen durchsichtigen kleinen Xenonitbehälter und verschließe die Schachtel.

»Gut. Das müsste reichen.« Als Nächstes öffne ich die Ventile, um meine Atmosphäre einzulassen, und klappe die Kiste auf. Der Objektträger liegt gut verwahrt im Xenonitkästchen. Das kleinste Raumschiff in der Galaxis. Wenigstens aus Sicht der adrianischen Lebensformen, die darin vielleicht existieren.

Ich gehe zu den Mikroskopen hinüber.

Rocky folgt mir oben in seinem Tunnel. *»Bist du sicher, dass du so kleines Licht sehen kannst, Frage?«*

»Ja. Das ist eine alte Technologie. Sehr alt.« Ich schiebe den Behälter unter das Mikroskop und stelle die Linsen ein. Das Xenonit ist für das Mikroskop durchsichtig genug.

»Also, Adrian, was hast du jetzt für mich?« Ich drücke mein Auge auf das Okular.

Das Offensichtlichste sind die Astrophagen. Wie üblich sind sie pechschwarz, weil sie das gesamte Licht absorbieren. Das war zu erwarten. Ich schalte das Durchlicht ein und stelle die Schärfe nach. Und ich sehe überall Mikroben.

Eines meiner liebsten Experimente mit den Kindern besteht darin, sie einen Wassertropfen betrachten zu lassen. Ein Tropfen Wasser, besonders aus einer Pfütze im Freien, wimmelt vor Leben. Das kommt immer gut an, abgesehen von den wenigen Kindern, die danach eine Weile kein Wasser mehr trinken wollen.

»Hier drin ist viel Leben«, berichte ich. »Verschiedene Arten.«

»*Gut. Erwartet.*«

Natürlich war das zu erwarten. Ein Planet, der Leben trägt, ist überall voller Leben. So lautet jedenfalls meine Theorie. Die Evolution ist sehr gut darin, jede Nische im Ökosystem zu besetzen.

Im Augenblick betrachte ich hundert verschiedene Lebensformen, die noch nie ein Mensch zu Gesicht bekommen hat. Jede von ihnen ist eine außerirdische Spezies. Ich lächle selig. Aber trotz allem, ich muss arbeiten.

Ich schiebe den Ausschnitt hin und her, bis ich einen schönen Klumpen Astrophagen finde. Wenn es hier einen Räuber gibt, dann muss er dort sein, wo viele Astrophagen sind. Sonst wäre er kein guter Räuber.

Ich schalte die interne Kamera des Mikroskops ein. Das Bild erscheint auf einer kleinen LCD-Anzeige. Ich stelle den Bildschirm nach und starte die Aufzeichnung.

»Das könnte jetzt etwas dauern. Wir müssen die Wechselwirkung zwischen ... *oha*!«

Ich drehe mich wieder zum Okular herum und sehe es mir genauer an. Es hat nur Sekunden gedauert, bis die Astrophagen angegriffen wurden. Hatte ich unglaubliches Glück, oder ist diese Lebensform tatsächlich so aggressiv?

Rocky rutscht über mir hin und her. »*Was, Frage? Was passiert, Frage?*«

Das Monster nähert sich dem Klumpen Astrophagen. Es ist ein amorpher Klecks wie eine Amöbe. Sie schmiegt sich an die viel kleinere Beute und umschließt die ganze Ansammlung, indem sie an beiden Seiten vorbeifließt.

Die Astrophagen zappeln. Sie wissen, dass etwas nicht stimmt. Sie wollen fliehen, aber es ist zu spät. Sie können nur ein kurzes Stück weit springen, ehe sie anhalten müssen. Normalerweise können Astrophagen binnen Sekunden bis auf Lichtgeschwindigkeit beschleunigen, aber diese hier können es nicht. Vielleicht eine chemische Absonderung des Monsters, die sie irgendwie lähmt?

Die Umzingelung ist vollendet, die Astrophagen sind eingekreist. Ein paar Sekunden später sehen die Astrophagen aus wie normale Zellen. Sie sind nicht mehr einheitlich schwarz, und die Organellen und Membranen sind im Lichtmikroskop deutlich zu erkennen. Sie haben die Fähigkeit verloren, Wärme- und Lichtenergie aufzunehmen.

Sie sind tot.

»Ich hab's!«, sage ich. »Ich habe den Räuber gefunden! Er hat die Astrophagen direkt vor meinen Augen gefressen!«

»*Gefunden!*«, jubelt Rocky. »*Isolieren.*«

»Ja, ich isoliere ihn!«, antworte ich.

»*Glücklich glücklich glücklich!*«, sagt er. »*Jetzt du benennst.*«

Ich nehme mir eine Nanopipette aus dem Vorrat. »Ich kann dir nicht folgen.«

»*Erdkultur. Du findest. Du benennst. Wie soll Räuber heißen, Frage?*«

»Oh«, antworte ich. Im Augenblick bin ich überhaupt nicht kreativ. Das alles ist viel zu aufregend, um an irgendetwas anderes zu denken. Dies sind Amöben von Tau Ceti. »Taumöben, würde ich sagen.«

Taumöben. Die Retter von Erde und Erid.

Hoffentlich.

Ich sollte eine Westernkrawatte tragen. Und einen Cowboyhut. Denn ich bin jetzt ein Ranchbesitzer. Auf meiner Ranch laufen ungefähr 50 Millionen Taumöben herum.

Sobald ich ein paar Taumöben aus der Luftprobe von Adrian isoliert hatte, baute Rocky einen Brutkasten, und wir ließen sie arbeiten. Es ist nur eine Xenonitkiste mit adrianischer Luft und ein paar Hundert Gramm Astrophagen.

Soweit wir es sagen können, sind die Taumöben gegenüber Temperaturschwankungen sehr widerstandsfähig. Das ist gut, weil ich sie einen Tag lang bei Zimmertemperatur aufbewahrt habe.

Medikamente sind übel.

Im Rückblick ist es aber nachvollziehbar, dass sie nicht empfindlich auf Temperaturschwankungen reagieren. Sie leben unter minus 51 Grad und fressen Astrophagen, die immer 96,415 Grad heiß sind. Wer sagt schon Nein zu einer warmen Mahlzeit?

O Mann, und wie sie sich vermehren! Nun ja, ich habe ihnen schließlich eine Goldmine voller Astrophagen geschenkt. Das ist ungefähr so, als würde man Hefe in eine Flasche mit Zuckerwasser werfen. Statt Alkohol erzeugen wir allerdings neue Taumöben. Inzwischen haben wir genug, um mit ihnen zu experimentieren, und ich mache mich an die Arbeit.

Was passiert, wenn man eine Ziege auf den Mars versetzt? Sie stirbt sofort (und qualvoll). Ziegen haben sich nicht dazu entwickelt, auf dem Mars zu leben. Na schön, aber was passiert, wenn man die Taumöben auf einen anderen Planeten bringt?

Das will ich jetzt herausfinden.

Rocky sieht von seinem Tunnel über dem Labortisch zu, während ich in meiner Vakuumkammer eine neue Atmosphäre herstelle.

»Hast du keinen Sauerstoff, Frage?«

»Nein, hier ist kein Sauerstoff.«

»Sauerstoff gefährlich.« Seit seine inneren Organe Feuer gefangen haben, ist er ein wenig nervös.

»Ich atme Sauerstoff. Das ist schon in Ordnung.«

»Kann explodieren.«

Ich nehme die Schutzbrille ab und sehe zu ihm hoch. »In diesem Experiment ist kein Sauerstoff. Beruhige dich.«

»Ja. Beruhigen.«

Ich mache weiter. Mit einem Ventil lasse ich ein wenig Gas in die Vakuumkammer strömen. Ich überprüfe den Druck, um sicherzustellen, dass ...

»Bestätige noch einmal: Kein Sauerstoff, Frage?«

Ich hebe den Kopf und sehe ihn aufgebracht an. »Das sind Kohlendioxid und Stickstoff. Nur Kohlendioxid und Stickstoff! Nichts weiter! Frag mich nicht wieder!«

»Ja. Frage nicht wieder. Entschuldige.«

Ich kann es ihm wohl nicht einmal vorwerfen. Es ist nicht schön zu brennen.

Wir müssen uns hier mit zwei Planeten beschäftigen. Nein, nicht mit der Erde und Erid. Das sind ja nur die Planeten, auf denen wir leben. Die Planeten, um die es jetzt geht, sind Venus und Dreiwelt. Dort vermehren sich die Astrophagen unkontrolliert.

Die Venus ist in meinem System der zweite Planet. Sie ist ungefähr so groß wie die Erde und hat eine dichte Atmosphäre aus Kohlendioxid.

Dreiwelt ist der dritte Planet in Rockys Heimatsystem. Nun ja, ich nenne ihn jedenfalls so. Die Eridianer haben keinen Namen für ihn, nicht einmal in ihrer eigenen Sprache. Nur eine Bezeichnung: »Planet Drei«. Bei ihnen gab es keine klassischen Weisen, die zu den Himmelskörpern hinaufgeblickt und sie nach Göttern benannt haben. Die anderen Planeten in ihrem System haben sie erst vor ein paar Hundert Jahren entdeckt. Aber ich will nicht die ganze Zeit »Planet Drei« sagen, und deshalb habe ich ihn Dreiwelt getauft.

Das Schwierigste, wenn man mit Aliens zusammenarbeitet, um die Menschheit vor der Auslöschung zu bewahren, ist die Tatsache, dass man sich ständig für alle möglichen Dinge neue Namen einfallen lassen muss.

Dreiwelt ist ein winziger kleiner Planet, ungefähr so groß wie der irdische Mond. Aber im Gegensatz zu unserem luftlosen Nachbarn hat Dreiwelt irgendwie eine Atmosphäre gehalten. Wie? Ich habe keine Ahnung. Die Schwerkraft an der Oberfläche beträgt 0,2 g, was zu wenig sein sollte. Aber irgendwie schafft Dreiwelt es trotzdem, seine dünne Atmosphäre festzuhalten. Rocky hat mir erklärt, sie bestehe aus 84 Prozent Kohlendioxid, 8 Prozent Stickstoff, 4 Prozent Schwefeldioxid und einigen Spurengasen. Das alles bei einem Oberflächendruck, der weniger als 1 Prozent des irdischen Werts beträgt.

Ich überprüfe die Anzeigen und nicke zufrieden. Dann inspiziere ich das Experiment noch einmal mit eigenen Augen. Wegen dieser Idee bin ich ziemlich stolz auf mich selbst.

Auf einer Glasplatte ist eine dünne Schicht Astrophagen. Ich habe die Platte beschichtet, indem ich dahinter Infrarotlicht eingesetzt habe, worauf sich die Astrophagen auf der anderen Seite versammelt haben. So funktioniert auch der Spinantrieb. Das Ergebnis ist eine durchgehende Schicht mit Astrophagen, die genau eine Zelle dick ist.

Dann habe ich auf dem Träger Taumöben gesät. Wenn sie die Astrophagen fressen, wird der im Moment undurchsichtige Träger zunehmend durchsichtig. Es ist viel einfacher, die Lichtmenge zu messen, als mikroskopische Organismen zu zählen.

»Also gut ... die Kammer ahmt jetzt die obere Atmosphäre der Venus nach. Jedenfalls so gut, wie ich es kann.«

Ich stelle mir vor, dass die Brutzone der Astrophagen hauptsächlich vom Luftdruck bestimmt wird. Im Grunde müssen sie den Luftwiderstand zum Bremsen benutzen, sobald sie mit nahezu Lichtgeschwindigkeit herbeigeflogen sind. Aber da sie so klein sind, brauchen sie dafür nicht sehr lange, und natürlich nehmen sie auch die ganze Wärme auf, die dabei entsteht.

Schließlich kommen die Astrophagen in der Höhe zur Ruhe, wo der Luftdruck bei 0,02 Atmosphären liegt. Von jetzt an wird dies unser Maßstab für den Druck sein. Die Atmosphäre der Venus hat in ungefähr 70 Kilometern Höhe einen Druck von 0,02 Atmosphären, und die Temperatur beträgt dort minus 100 Grad Celsius (vielen Dank für die unerschöpflichen Nachschlagewerke!). Das ist also die Temperatur, auf die ich mein Venus-Experiment einstelle. Rockys Temperatursteuerung funktioniert natürlich perfekt, obwohl die Temperatur in diesem Fall schon extrem tief ist.

»Gut. Jetzt Dreiwelt.«

»Welche Temperatur hat die Luft von Dreiwelt in der Höhe von 0,02 Atmosphären?«

»Minus zweiundachtzig Grad Celsius.«

»Gut, danke.« Ich gehe zur nächsten Kammer. Dort sind Astrophagen und Taumöben auf die gleiche Weise angeordnet. Ich lasse die entsprechenden Gase einströmen und simuliere die Atmosphäre und die Temperatur von Dreiwelt im Bereich von 0,02 Atmosphären. Die betreffenden Werte bekomme ich dank Rockys perfektem Gedächtnis. Es unterscheidet sich nicht sehr von Venus und Adrian. Überwiegend Kohlendioxid mit ein paar anderen Gasen. Das ist nicht weiter überraschend – Astrophagen suchen nach der größten CO_2-Konzentration, die sie finden können.

Ein Glück, dass die Planeten keine Atmosphäre aus Helium oder so etwas haben. Davon habe ich nichts an Bord. Aber Kohlendioxid? Das ist kein Problem. Ich stelle das Zeug sogar in meinem Körper her. Und Stickstoff? Dank DuBois und seiner bevorzugten Todesart habe ich eine ganze Menge auf Lager.

Dreiwelt hat aber etwas Schwefeldioxid. Vier Prozent der gesamten Atmosphäre. Das ist so viel, dass ich es nicht einfach weglassen will, also musste ich es herstellen. Das Labor hat eine ganze Menge Reagenzien, aber kein Schwefeldioxidgas. Immerhin hat es verdünnte Schwefelsäure. Aus einer kaputten Kühlschlange im Gefrierschrank habe ich ein paar Kupferröhren entnommen, die mir als Katalysator dienen. Es hat wundervoll funktioniert, ich habe jetzt das Schwefeldioxid, das ich brauche.

»Gut, Dreiwelt ist erledigt«, berichte ich. »Wir warten eine Stunde und überprüfen dann die Ergebnisse.«

»Wir haben Hoffnung«, sagt Rocky.

»Ja, wir haben Hoffnung«, bestätige ich. »Die Taumöben sind äußerst robust. Sie können beinahe im Vakuum leben, und extreme Kälte stört sie nicht. Vielleicht sind Venus und Dreiwelt für sie bewohnbar. Die Planeten sind gut genug für die Beute der Taumöben, warum also nicht auch für die Taumöben selbst?«

»Ja. Dinge sind gut. Alles ist gut!«

»Ja. Ausnahmsweise läuft alles ganz wunderbar.«

Dann geht das Licht aus.

22

Völlige Finsternis.

Kein Licht. Kein Monitor glüht. Nicht einmal die LEDs der Laborgeräte sind zu erkennen.

»Gut, bleib ruhig«, sage ich. »Bleib ruhig.«

»*Warum nicht ruhig sein, Frage?*«, will Rocky wissen.

Richtig, er hat natürlich nicht bemerkt, dass das Licht ausgefallen ist. Er hat keine Augen. »Das Schiff hat sich gerade abgeschaltet. Es funktioniert gar nichts mehr.«

Rocky flitzt in seinem Tunnel hin und her. »*Deine Geräte jetzt still. Meine funktionieren noch.*«

»Deine Geräte bekommen die Energie aus deinem Generator. Meine werden vom Schiff versorgt. Alle Lichter sind aus. Hier funktioniert überhaupt nichts mehr!«

»*Ist das schlecht, Frage?*«

»Ja, das ist schlecht! Unter anderem, weil ich nichts mehr sehen kann!«

»*Warum schaltet Schiff ab, Frage?*«

»Das weiß ich nicht. Hast du Licht? Irgendetwas, mit dem du durch das Xenonit auf meine Seite leuchten kannst?«

»*Nein. Warum sollte ich Licht haben, Frage?*«

Ich tappe in der Dunkelheit umher und versuche, mich im Labor zurechtzufinden. »Wo ist die Leiter zum Cockpit?«

»*Links. Noch mehr links. Weiter ... ja ... jetzt nach vorne.*«

Ich ertaste eine Sprosse. »Danke.«

»*Erstaunen. Menschen hilflos ohne Licht.*«

»Ja«, bestätige ich. »Komm in das Cockpit.«

»*Ja.*« Er huscht durch seinen Tunnel.

Ich steige hinauf. Oben ist es genauso dunkel. Das ganze Cockpit ist tot. Die Monitore sind aus. Nicht einmal das Fenster der Luftschleuse hilft – dieser Teil des Schiffs ist im Augenblick von Tau Ceti abgewandt.

»*Cockpit hat auch kein Licht, Frage?*«, höre ich Rocky sagen. Wahrscheinlich hockt er in seiner Blase unter der Decke.

»Nichts ... warte, da sehe ich etwas.«

Ganz in einer Ecke des Pults entdecke ich eine kleine rote LED. Eindeutig, sie leuchtet, aber nicht sehr hell. Ich setze mich in den Pilotensessel und blinzle. Der Sitz wackelt etwas. Meine Reparatur war alles andere als perfekt, aber wenigstens ist der Sessel wieder im Boden verankert.

Statt eines üblichen Touchscreens hat dieser kleine Abschnitt richtige Knöpfe und eine LCD-Anzeige. Das Licht kommt von einem Knopf.

Offenbar muss ich draufdrücken. Was sollte ich sonst auch tun?

Die LCD-Anzeige erwacht zum Leben. Ein stark verpixelter Text erscheint: PRIMÄRGENERATOR: OFFLINE. SEKUNDÄRGENERATOR: OFFLINE. NOTBATTERIEN: 100 %.

»Gut, wie benutze ich jetzt die Batterien?«, murmle ich.

»*Fortschritte, Frage?*«

»Warte.« Ich suche die Umgebung der LCD-Anzeige ab, bis ich es entdecke. Ein kleiner Schalter, der mit einer Plastikkappe gesichert ist. Er ist mit »Batt.« beschriftet. Das soll mir reichen. Ich ziehe die Abdeckung hoch und lege ihn um.

Trübe LEDs beleuchten jetzt den Raum – lange nicht so hübsch wie das normale Licht. Der kleinste Bildschirm – und nur dieser – erwacht zum Leben. Mitten darauf erscheint das Missionslogo der *Hail Mary*, darunter lese ich: »Lade Betriebssystem ...«

»Zum Teil Erfolg«, berichte ich. »Meine Notbatterie funktioniert. Aber die Generatoren sind offline.«

»*Warum nicht arbeiten, Frage?*«

»Das weiß ich nicht.«

»*Deine Luft ist in Ordnung? Keine Energie, keine Lebenserhal-*

tung. Menschen verwandeln Sauerstoff in Kohlendioxid. Du verbrauchst den Sauerstoff und wirst beschädigt, Frage?«

»Schon gut«, antworte ich. »Das Schiff ist ziemlich groß. Es dauert lange, bis die Luft zum Problem wird. Es ist jetzt wichtiger, dass ich den Grund für den Ausfall finde.«

»Maschine kaputt. Zeig mir. Ich repariere.«

Eigentlich ist das gar keine schlechte Idee. Rocky kann so ziemlich alles reparieren und bauen. Entweder, er ist besonders begabt, oder alle Eridianer sind wie er. Wie auch immer. Ich habe unglaubliches Glück. Trotzdem ... wie gut kann er wohl mit menschlicher Technologie umgehen?

»Vielleicht. Aber erst einmal muss ich herausfinden, warum zwei Generatoren auf einmal ausfallen.«

»Gute Frage. Noch wichtiger: Kannst du Schiff ohne Energie steuern, Frage?«

»Nein, ohne Energie kann ich überhaupt nichts tun.«

»Dann wichtigste Frage: Wie lange, bis Umlaufbahn verfällt, Frage?«

Ich blinzle zweimal. »Ich ... das weiß ich nicht.«

»Arbeite schnell.«

»Ja.« Ich zeige auf den Bildschirm. »Zuerst muss ich warten, bis mein Computer wieder läuft.«

»Beeilung.«

»Ja, ich werde schneller warten.«

»Sarkasmus.«

Der Computer schließt den Startvorgang ab und zeigt mir einen Bildschirm, den ich noch nie gesehen habe. Ich begreife sofort, dass dies ein Notfall ist, denn das Wort NOTFALL erscheint in Großbuchstaben auf dem Monitor.

Fort sind die angenehmen Benutzerschnittstellen und Hilfsmittel, die ich vor dem Stromausfall hatte. Dieser Bildschirm zeigt mir nur drei Spalten mit weißem Text auf schwarzem Hintergrund. Links Chinesisch, in der Mitte Russisch, rechts Englisch.

Unter normalen Bedingungen wechselt das Schiff vermutlich je nach Benutzer automatisch die Sprache. Dieser Notstartmechanismus weiß nicht, wer vor dem Bildschirm sitzt, also werden alle drei Sprachen angezeigt.

»Was ist geschehen, Frage?«

»Ich sehe einen Bildschirm mit Informationen.«

»Was ist falsch, Frage?«

»Lass mich lesen!«

Rocky kann wirklich nerven, wenn er sich Sorgen macht. Ich lese den Statusbericht.

NOTSTROM: ONLINE
BATTERIE: 100 %
GESCHÄTZTE RESTZEIT: 04D 16H 17M
SABATIER-LEBENSERHALTUNG: OFFLINE.
LEBENSERHALTUNG MIT CHEMISCHER ABSORPTION: ONLINE !!!BEGRENZTE LAUFZEIT, NICHT ERNEUERBAR!!!
TEMPERATURKONTROLLE: OFFLINE
TEMPERATUR: 22°C
DRUCK: 40,071 PA

»Das Schiff hält mich am Leben, aber sonst tut es nicht viel.«

»Gib mir Generator. Ich repariere.«

»Zuerst muss ich ihn finden«, wende ich ein.

Rockys Panzer sackt herunter. *»Du weißt nicht, wo Teile von deinem Schiff sind, Frage?«*

»Der Computer hat alle Informationen. Das kann ich mir doch nicht alles merken!«

»Menschengehirn nutzlos!«

»Ach, halt den Mund!«

Ich steige die Leiter ins Labor hinunter.

Auch hier brennt die Notbeleuchtung. Rocky folgt mir in seinem Tunnel.

Ich greife nach unten, nehme mir die Werkzeugtasche und steige die nächste Leiter hinunter. Er folgt mir.

»Wohin gehst du, Frage?«

»Ins Lager. Das ist der einzige Bereich, den ich nicht vollständig durchsucht habe. Er ist ganz unten im Crewabteil. Wenn der Generator für die Crew zugänglich ist, dann muss er dort sein.«

Vom Schlafraum aus krieche ich in den Lagerbereich. Mir tut der Arm weh. Ich klettere hin und her und untersuche die Trennwand zum Treibstofftank. Mein Arm tut noch mehr weh.

Inzwischen habe ich ständig Schmerzen im Arm, also versuche ich, es zu ignorieren. Schmerzmittel kommen nicht infrage, die machen mich dumm. Ich lege mich im Lagerraum hin und warte, bis die Schmerzen ein wenig nachlassen. Es muss hier doch Zugangsluken geben, oder nicht? Ich kann mich nicht an den genauen Aufbau des Schiffs erinnern, aber kritische Teile sind vermutlich innerhalb des unter Druck stehenden Bereichs. Genau aus diesem Grund. Richtig?

Aber wie finde ich den Generator? Ich könnte jetzt Röntgenstrahlen gebrauchen, um die Stelle zu ... Ha!

»Rocky, sind hier in diesem Bereich Türen?«

Er schweigt einen Augenblick. Dann tippt er einige Male an die Trennwand. *»Sechs kleine Türen.«*

»Sechs? Oh. Sag mir, wo die erste ist.« Ich lege die Hand an die Decke des Abteils.

»Bewege Hand zu den Füßen und nach links ...«

Ich folge seinen Anweisungen und finde die erste Luke. Mann, die ist wirklich schwer zu erkennen. Die Notbeleuchtung im Schlafraum ist sowieso schon dürftig, und das bisschen Licht, das ins Lager dringt, ist erbärmlich.

Die Luke ist mit einer einfachen Senkkopfschraube gesichert. Ich löse sie mit einem kleinen Schraubendreher aus der Werkzeugtasche. Die Klappe springt auf, dahinter sehe ich eine Leitung mit einem Ventil. Auf dem Etikett steht: PRIMÄRSAUERSTOFF ABSPERRUNG. Daran will ich ganz sicher nicht herumspielen. Ich schließe die Klappe.

»Nächste Tür.«

Nacheinander führt er mich zu den Zugängen, und ich überprüfe, was sich dahinter befindet. Ich weiß, dass er mit seinem Sonar die Umrisse hinter den Klappen spüren kann, aber das hilft mir nicht. Ich will mir lieber selbst ansehen, was dort ist, als ihn mit unserer beschränkten gemeinsamen Sprache beschreiben zu lassen, was er spürt.

Hinter der vierten Klappe finde ich den Generator.

Er ist viel kleiner als erwartet. Das ganze Fach ist nur einen Kubikfuß groß. Der Generator selbst ist ein unregelmäßiger schwarzer Kasten. Ich weiß, dass es der Generator sein muss, weil er entsprechend beschriftet ist. Auch hier gibt es zwei dicke Leitungen mit Absperrventilen und mehrere recht normal wirkende elektrische Leitungen.

»Ich habe ihn gefunden«, berichte ich.

»*Gut*«, dringt Rockys Stimme aus dem Schlafraum herunter. »*Baue aus und gib mir.*«

»Ich will ihn mir zuerst ansehen.«

»*Du bist nicht gut darin. Ich repariere.*«

»Möglicherweise hält der Generator deine Umgebung nicht aus.«

»*Hm*«, murrt er.

»Wenn ich ihn nicht reparieren kann, dann kannst du mich durch die Reparatur lotsen.«

»*Hm.*«

Die beiden Leitungen mit den Absperrventilen müssen die Versorgungsleitungen für die Astrophagen sein. Sie heißen »Treibstoff« und »Abfall«. Das ist eindeutig.

Mit einem Schraubenzieher entferne ich die Klemme der Abfallleitung. Sobald sie sich löst, tropft eine dunkle Flüssigkeit heraus. Es ist nicht viel – nur das, was zwischen dem Sperrventil und dem Ende des Schlauchs war. Das ist vermutlich die Flüssigkeit, die wir benutzen, um die toten Astrophagen wegzuspülen. Ein wenig davon ist auf meine Hand getropft. Es fühlt sich glitschig an. Vielleicht ist es Öl. Das wäre sogar eine gute Idee. Jede Flüssigkeit wäre geeignet, aber Öl ist leichter als Wasser und zersetzt nicht die Leitungen.

Als Nächstes löse ich die Treibstoffzufuhr. Auch dort kommt etwas braune Flüssigkeit heraus. Dieses Mal verbreitet sich aber ein grässlicher Geruch.

Ich zucke zusammen und schütze das Gesicht mit dem Arm. »Bäh! Mein Gott!«

»*Was ist Problem, Frage?*«, ruft Rocky herunter.

»Der Treibstoff riecht schlecht«, antworte ich. Eridianer haben keinen Geruchssinn. Es hat lange gedauert, Rocky den Sehsinn zu erklären, aber der Geruch war einfach. Eridianer haben einen Geschmackssinn. Wenn man das versteht, ist der Geruch einfach nur Schmecken auf Distanz.

»Ist natürlicher oder chemischer Geruch, Frage?«

Ich schnüffle noch einmal. »Es riecht wie verdorbenes Essen. Die Astrophagen riechen normalerweise nicht so schlecht. Sie haben eigentlich überhaupt keinen Geruch.«

»Astrophagen leben. Vielleicht Astrophagen können verwesen.«

»Astrophagen können nicht verwesen«, antworte ich. »Wie könnten sie ... O NEIN! O GOTT, NEIN!«

Ich wische mit der Hand über den übel riechenden Dreck, dann klettere ich aus dem Lagerraum hervor. Ich halte die verschmierte Hand hoch, ohne etwas zu berühren, und steige die Leiter zum Labor hinauf.

Rocky klappert durch seinen Tunnel. »*Was ist los, Frage?*«

»Nein, nein, nein, nein ...« Ich kreische fast vor Angst. Ich glaube, ich muss gleich kotzen.

Ich schmiere etwas von dem Zeug auf einen Objektträger und schiebe ihn unter das Mikroskop. Das Durchlicht funktioniert nicht, deshalb hole ich eine Taschenlampe aus der Schublade und richte den Strahl auf die kleine Glasplatte. Das muss reichen.

Als ich durch das Okular blicke, sehe ich meine schlimmsten Befürchtungen bestätigt. »O Gott.«

»*Was ist Problem, Frage?*« Rockys Stimme ist eine ganze Oktave höher als sonst.

Ich schlage mir beide Hände vor das Gesicht und verschmiere die stinkende Substanz auf meiner Haut, aber das ist mir egal. »Taumöben. Im Generator sind Taumöben.«

»Sie beschädigen Generator, Frage?«, will Rocky wissen. »Gib mir Generator. Ich repariere.«

»Der Generator ist nicht kaputt«, antworte ich. »Wenn im Generator Taumöben sind, dann sind sie auch im Treibstofftank. Die Taumöben haben alle Astrophagen gefressen. Wir haben keinen Strom, weil wir keinen Treibstoff haben.«

Rocky hebt den Panzer so hoch, dass er gegen das Dach seines Tunnels prallt. *»Wie sind Taumöben in Treibstoff gekommen, Frage?«*

»Die Taumöben sind im Labor. Ich habe sie nicht versiegelt. Ich habe nicht daran gedacht. Wahrscheinlich sind einige entwichen. Das Schiff hat eine Menge Risse, Löcher und Lecks, seit wir beinahe auf Adrian gestorben wären. Die Taumöben müssen irgendwo durch ein kleines Loch in eine Treibstoffleitung eingedrungen sein. Eine einzige reicht ja schon aus.«

»Schlecht schlecht schlecht schlecht!«

Ich hyperventiliere. »Wir sind tot im Weltraum. Wir sitzen hier bis in alle Ewigkeit fest.«

»Nicht ewig«, widerspricht Rocky.

Ich hebe den Kopf. »Nicht?«

»Nein. Umlaufbahn verfällt bald. Dann sterben wir.«

Den ganzen nächsten Tag verbringe ich damit, sämtliche Treibstoffleitungen zu untersuchen, die ich erreichen kann. Es ist überall das Gleiche. Statt in Öl schwimmende Astrophagen sehe ich Taumöben und (man muss es so sagen, wie es ist) eine Menge Taumöbenkot. Überwiegend Methan mit einigen Spurenelementen. Ich vermute, das erklärt auch das Methan in Adrians Atmosphäre. Der Kreislauf des Lebens und so weiter.

Hier und dort finde ich noch einige lebende Astrophagen, aber aufgrund der überwältigenden Population von Taumöben im Treibstoff werden sie nicht mehr lange leben. Ein Rettungsversuch wäre sinnlos. Das wäre, als wollte man versuchen, in einer verdorbenen Konserve einen Rest essbares Fleisch von den Botulinbakterien zu trennen.

»Hoffnungslos.« Ich werfe die letzte Treibstoffprobe auf den Labortisch. »Die Taumöben sind überall.«

»*Ich habe Astrophagen auf meiner Seite der Trennwand*«, sagt Rocky. »*Es sind ungefähr noch zweihundertsechzehn Gramm da.*«

»Damit würde mein Spinantrieb nicht lange laufen. Vielleicht dreißig Sekunden oder so. Und wahrscheinlich würden die Astrophagen sowieso nicht lange überleben. Die Taumöben sind überall auf meiner Seite der Trennwand. Behalte die Astrophagen lieber bei dir in Sicherheit.«

»*Ich mache neuen Antrieb*«, schlägt Rocky vor. »*Taumöben verwandeln Astrophagen in Methan. Reagiert mit Sauerstoff. Macht Feuer. Macht Schub. Erreichen mein Schiff. Dort viele Astrophagen.*«

»Das ... das ist keine schlechte Idee.« Ich massiere mein Kinn. »Wir benutzen Taumöbenfürze, um uns durch den Weltraum zu schieben.«

»*Verstehe Wort nach Taumöben nicht.*«

»Unwichtig. Warte mal, lass es mich ausrechnen ...«

Ich zücke ein Tablet – die Computer im Labor sind immer noch offline. An den spezifischen Impuls von Methan kann ich mich nicht erinnern, aber ich weiß, dass eine Wasserstoff-Sauerstoff-Reaktion bei ungefähr 450 Metern pro Sekunde liegt. Nennen wir den bestmöglichen Fall. Ich hatte 20.000 Kilogramm Astrophagen, also nehmen wir an, sie haben sich komplett in Methan verwandelt. Das Schiff hat ein Gesamtgewicht von 100.000 Kilogramm. Ich weiß nicht, ob ich genug Sauerstoff für diese Reaktion habe, aber das ignoriere ich vorläufig ...

Es fällt mir schwer, mich zu konzentrieren. Ich bin vor Angst außer mir, und ich weiß es.

Ich tippe auf der Taschenrechner-App herum, dann schüttle ich den Kopf. »Das nützt nichts. Das Schiff würde nicht einmal 800 Meter pro Sekunde schnell werden. Damit können wir Adrians Schwerkraft nicht entkommen, ganz zu schweigen davon, 150 Millionen Kilometer quer durch das Tau-Ceti-System zu fliegen.«

»*Schlecht.*«

Ich lege das Tablet auf den Tisch und reibe mir die Augen. »Ja. Schlecht.«

Er klickt über mir im Tunnel umher. »*Gib mir Generator.*«

Ich lasse die Schultern hängen. »Warum? Was nützt das?«

»Ich reinige und sterilisiere. Entferne alle Taumöben. Mache winzigen Treibstofftank mit meinen Astrophagen. Versiegle Generator luftdicht. Gebe dir zurück. Du verbindest mit Schiff. Strom wieder da.«

Ich reibe über meinen schmerzenden Arm. »Ja, das ist eine gute Idee. Falls der Generator nicht in deiner Umgebung schmilzt.«

»Wenn schmilzt, repariere ich.«

Ein paar Hundert Gramm Astrophagen reichen nicht aus, um durch die Galaxis zu fliegen, aber es ist mehr als genug, um die elektrischen Systeme des Schiffs zu betreiben, bis ... ich weiß nicht ... bis ich eines natürlichen Todes sterbe.

»Einverstanden, ja. Das ist eine gute Idee. Dann ist wenigstens das Schiff wieder online.«

»Ja.«

Niedergeschlagen schlurfe ich zur Luke. »Ich hole den Generator.«

In meiner Verfassung sollte ich kein Werkzeug mehr in die Hand nehmen, aber ich mache weiter. Ich kehre in den Schlafraum zurück, krieche in das Lager und baue den Generator aus. Vielleicht ist es auch der Reservegenerator. Ich weiß es nicht. Auf jeden Fall verwandelt er Astrophagen in Elektrizität, und nur darauf kommt es an.

Im Schlafraum schiebe ich den Generator in unsere Luftschleuse. Rocky aktiviert sie und nimmt den Generator mit zu seiner Werkbank. Zwei Klauen machen sich sofort an die Arbeit. Mit der dritten zeigt er auf meine Koje. *»Ich arbeite jetzt daran. Du schläfst.«*

»Pass aber auf, dass du da drüben keine Taumöben in die Astrophagen einbringst!«

»Meine Astrophagen sind in versiegeltem Xenonitbehälter. Du schläfst jetzt.«

Mir tut alles weh, der verbundene Arm ganz besonders. »Ich kann nicht schlafen.«

Energischer wiederholt er die Geste. *»Du sagst, Menschen müs-*

sen alle sechzehn Stunden acht Stunden schlafen. Du hast einunddreißig Stunden nicht geschlafen. Du schläfst jetzt.«

Ich setze mich auf die Koje und seufze. »Du hast ja recht. Ich sollte es wenigstens versuchen. Es war ein schwerer Tag. Oder eine schwere Nacht. Was auch immer. *A Hard Day's Night.*« Ich lege mich auf die Koje und ziehe die Decke hoch.

»*Dieser Satz ist sinnlos.*«

»Das ist ein Spruch auf der Erde. Aus einem Lied.« Ich schließe die Augen und murmle weiter. »... *and I've been working like a dog* ...«

Es dauert nicht lange, dann dämmere ich weg ...

»He!« Ich fahre kerzengerade auf. »Die Beetles!«

Rocky ist so überrascht, dass er den Generator fallen lässt. »*Was ist Problem, Frage?*«

»Kein Problem! Eine Lösung!« Ich springe auf. »Die Beetles! Mein Schiff hat vier kleinere Schiffe an Bord, die wir ›Beetles‹ genannt haben. Sie sollen die Informationen zur Erde zurückbringen!«

»*Das hast du schon gesagt*«, antwortet Rocky. »*Aber sie benutzen den gleichen Treibstoff, oder? Astrophagen alle tot.*«

Ich schüttle den Kopf. »Sie benutzen Astrophagen, ja, aber jeder Beetle ist autonom und völlig dicht. Sie teilen weder Luft, Treibstoff oder sonst etwas mit der *Hail Mary*. Und jeder Beetle hat 120 Kilogramm Treibstoff an Bord! Wir haben reichlich Astrophagen!«

Rocky wedelt mit den Armen. »*Genug, um zu meinem Schiff zu kommen! Gute Nachricht! Gut gut gut!*«

Auch ich fuchtle aufgeregt herum. »Vielleicht müssen wir hier doch nicht sterben! Ich muss eine EVA unternehmen, um an die Beetles heranzukommen. Ich bin gleich wieder da.« Ich springe von der Koje und eile zur Leiter.

»*Nein!*«, sagt Rocky. Er trippelt zur Trennwand und tippt dagegen. »*Du schläfst. Menschen nicht funktionieren gut ohne Schlaf. EVA gefährlich. Erst schlafen. EVA danach.*«

Ich verdrehe die Augen. »Schon gut, schon gut.«

Er zeigt auf meine Koje. »*Schlaf.*«

»Ja, Mami.«

»*Sarkasmus. Du schläfst. Ich bleibe wach.*«

»So gut kommt mir die Idee jetzt doch nicht mehr vor«, sage ich ins Funkgerät.

»*Mache Aufgabe*«, antwortet Rocky.

Ich habe gut geschlafen und bin voller Tatendrang aufgewacht. Ich habe gut gefrühstückt. Ich hatte meine Pause. Rocky hat mir einen versiegelten, funktionierenden Generator gezeigt, der vermutlich ewig halten wird. Ich habe ihn problemlos installiert, und das Schiff hat wieder Strom.

Rocky und ich haben uns darüber unterhalten, wie wir die Beetles am besten einsetzen können, um zur *Blip-A* zu gelangen. Es schien eine sehr gute Idee zu sein. Bis jetzt gerade.

Ich stehe in der Luftschleuse, bin gerüstet für die EVA und blicke in die weite Leere des Weltraums hinaus. Planet Adrian wirft sein hellgrünes Licht zu mir zurück und beleuchtet das ganze Schiff. Dann treibt er vorbei. Ich bin wieder im Dunklen. Aber nicht lange. Zwölf Sekunden später taucht der Planet wieder am oberen Rand meines Sichtfeldes auf.

Die *Hail Mary* rotiert noch. Das ist ein Problem.

Das Schiff hat kleine, mit Astrophagen gespeiste Schubdüsen an den Seiten, mit denen die Rotation für die künstliche Schwerkraft hergestellt wird. Sie funktionieren natürlich nicht. Sie sind wie alles andere voller Taumöbenkot. Also muss ich schon wieder eine EVA durchführen, bei der mir die Schwerkraft zusetzt. Aber statt Adrians Schwerkraft ist es jetzt die Fliehkraft, die mich in die Leere zu schleudern droht.

Ein Tod ist so gut wie der andere. Warum sollte das hier schlimmer sein als mein kleines Abenteuer, als wir über Adrian Proben gesammelt haben? Weil ich dieses Mal auf der Spitze des Schiffs balancieren muss. Eine falsche Bewegung bedeutet den sicheren Tod.

Als ich den Probenbehälter eingeholt habe, war ich immer gut angeleint und in der Nähe der Hülle. Ich hatte jede Menge Handgriffe als zusätzliche Absicherung.

Aber die Beetles sind im Bug des Schiffs verstaut.

Dank der Art und Weise, wie die Zentrifuge funktioniert, zeigt die Spitze zur anderen Hälfte des Schiffs. Damit sind die Käfer von mir aus gesehen »über« dem Crewabteil. Ich muss also hochklettern, den Bug öffnen und die kleinen Schiffe herausholen. Und dabei die ganze Zeit hoffen, dass ich nicht ausrutsche. Da oben gibt es keine Ankerpunkte für die Leinen. Ich muss mich also an einem tiefer gelegenen Punkt sichern. Das bedeutet, dass ich bei einem Sturz eine Menge Tempo aufnehme, ehe die Leine straff wird. Wird sie halten? Wenn nicht, schleudert mich die Zentrifugalkraft in den Weltraum, und ich bin Adrians jüngster Mond.

Ich überprüfe die Leinen zum vierten Mal. Ich habe zwei genommen, um ganz sicher zu sein. Sie sind an einem Haken in der Luftschleuse und an meinem Anzug befestigt. Sie müssten die Belastung aushalten, falls ich stürze.

»Müssten.«

Ich trete hinaus, greife nach der Oberkante der Luftschleuse und ziehe mich hoch. Bei voller Schwerkraft und mit all der Ausrüstung hätte ich das nie geschafft.

Der Bug ist so weit abgeflacht, dass ich nicht herunterrutsche. Noch einmal überprüfe ich die Leinen, dann krieche ich den Bug hinauf bis ganz nach oben. Die Zentrifugalkraft drängt mich zur Seite. Ich muss immer wieder anhalten und warten, bis die Reibung auf der Hülle die seitliche Bewegung ausgleicht.

»*Status, Frage?*«

»Ich mache Fortschritte«, antworte ich.

»*Gut.*«

Endlich erreiche ich die Spitze. Hier ist die künstliche Schwerkraft am schwächsten, weil ich der Rotationsachse am nächsten bin. Das ist wenigstens ein kleiner Vorteil.

Das Universum dreht sich träge alle fünfundzwanzig Sekunden um mich herum. Die Hälfte der Zeit füllt Adrian mein gesamtes unteres Sichtfeld. Dann ein paar Sekunden Tau Cetis Gleißen, dann nichts. Es ist verstörend, aber nicht schlimm. Nur etwas nervig.

Die Beetles-Luke ist genau da, wo sie sein sollte. Hier muss ich besonders vorsichtig sein. Ich will nichts beschädigen.

Es sollte von Anfang an ein Selbstmordkommando werden. Sie haben nicht darüber nachgedacht, wie die *Hail Mary* wieder nach Hause kommt. Der Mechanismus im Inneren benutzt Sprengsätze, um die Luke wegzufegen. Dann können die Beetles starten und den Rückweg zur Erde suchen. Ein gutes System, aber diese Luke muss intakt sein, wenn ich nach Hause will. Es hat mit Aerodynamik zu tun.

Ja, Aerodynamik.

Die *Hail Mary* hat von Anfang an ausgesehen wie ein Ding aus einem Robert-A.-Heinlein-Roman. Glänzendes Silber, glatter Rumpf, zugespitzter Bug. Warum all das für ein Schiff, das nie in einer Atmosphäre fliegen sollte?

Wegen des interstellaren Mediums. Da draußen im Weltraum wandert eine winzige, winzige Menge Wasserstoff und Helium umher. Etwa in der Größenordnung von einem Atom pro Kubikzentimeter. Wenn man aber fast mit Lichtgeschwindigkeit fliegt, summiert sich das. Nicht nur weil man gegen eine Menge Atome prallt, sondern auch, weil diese Atome vom eigenen Bezugsrahmen aus gemessen mehr wiegen als normal. Die relativistische Physik ist merkwürdig.

Langer Rede kurzer Sinn: Der Bug muss intakt bleiben.

Die ganze Verkleidung und die Sprengsätze sind mit sechs Sechskantbolzen an der Hülle verschraubt. Ich ziehe eine Ratsche aus dem Werkzeuggürtel und mache mich an die Arbeit.

Sobald sich der erste Bolzen gelöst hat, rutscht er am schrägen Bug hinunter und verschwindet in der unendlichen Ferne.

»Äh …«, mache ich. »Rocky, du kannst doch Schrauben herstellen, oder?«

»Ja. Leicht. Warum, Frage?«

»Ich habe eine verloren.«

»Halte Schrauben besser fest.«

»Wie?«

»Benutze Hand.«

»Meine Hand hält die Ratsche.«

»Benutze zweite Hand.«

»Die zweite Hand ist auf der Hülle, damit ich nicht umkippe.«

»Benutze dritte ... hm. Hole Beetles. Ich mache Schrauben.«

»Gut.«

Ich bearbeite den zweiten Bolzen. Dieses Mal passe ich auf, ziehe auf halbem Wege die Ratsche ab und erledige den Rest von Hand. Die dicken Finger des EVA-Anzugs sind dafür nicht gut geeignet. Ich brauche zehn Minuten für diesen einen Bolzen. Aber ich schaffe es, und das Wichtigste ist, dass ich ihn nicht fallen lasse.

Ich stecke ihn in eine Tasche meines Anzugs. Rocky braucht eine Vorlage, wenn er ihn kopieren will.

Ich schraube die nächsten drei Bolzen mit der Ratsche ab und lasse sie einfach fallen. Vermutlich werden sie eine Weile Adrian umkreisen, aber sicher nicht ewig. Der winzige Luftwiderstand, den es auch hier oben gibt, wird sie Stück für Stück abbremsen, bis sie in Adrians Atmosphäre stürzen und verglühen.

Ein Bolzen bleibt übrig. Aber zuerst hebe ich die andere Ecke der Verkleidung so weit an, dass eine fingerbreite Lücke entsteht. Ich schiebe eine Leine durch ein Loch und mache eine Schlaufe. Dann klemme ich das andere Ende an meinen Gürtel. Insgesamt habe ich vier verschiedene Leinen an mir befestigt. Das gefällt mir. Und wenn ich wie Spiderman aussehe, wen stört's?

Am Gürtel hängen noch zwei weitere zusammengerollte Leinen, die ich jederzeit einsetzen kann. Zu viel Sicherungsleine kann man gar nicht haben.

Ich schraube den letzten Bolzen ab, worauf die Verkleidung vom Bug herunterrutscht. Ich lasse sie in Ruhe, bis sie am Ende der Leine aufgehalten wird. Sie hüpft einige Male und prallt gegen die Hülle, dann dreht sie sich.

Ich blicke in das Gehäuse. Die Beetles sind da, wo sie sein sollten, jeder in seinem Verschlag. Die vier kleinen Raumschiffe sind bis auf die eingravierten Namen an den gewölbten kleinen Treibstofftanks identisch. Sie heißen natürlich »John«, »Paul«, »George« und »Ringo«.

»*Status, Frage*?«

»Ich hole die Beetles.«

Ich beginne mit John. Eine kleine Klammer hält ihn fest, doch ich kann sie leicht öffnen. Hinter der Sonde ist ein Zylinder mit komprimierter Luft, dessen Düse nach oben zeigt. Auf diese Weise sollten sie ausgesetzt werden. Sie müssen weit vom Schiff entfernt sein, ehe sie den Spinantrieb starten können. Selbst ein süßer kleiner Baby-Spinantrieb verdampft alles, was sich hinter ihm befindet.

John kommt mühelos heraus. Die Sonde ist größer, als ich sie in Erinnerung habe – ungefähr so groß wie ein Koffer. Aber wenn man einen EVA-Anzug mit klobigen Handschuhen trägt, kommt einem natürlich alles größer vor.

Außerdem wiegt der gute alte John eine ganze Menge. Ich weiß nicht, ob ich ihn in der Erdschwerkraft hochheben könnte. Ich binde ihn an die Reserveleine und hole Paul.

Wenn nötig, kann Rocky schnell arbeiten. Das muss er auch.

Wir sind in einem zweifelhaften Orbit um Adrian. Da jetzt die Computer und Navigationssysteme wieder funktionieren, kann ich auch die Umlaufbahn sehen. Sie ist nicht schön. Stark elliptisch, und ein Abschnitt ist viel zu nahe am Planeten.

Alle neunzig Minuten berühren wir die obersten Atmosphärenschichten. In dieser Höhe kann man kaum von Atmosphäre sprechen, es sind nur ein paar Moleküle, die planlos umherhüpfen. Aber es reicht, um uns ein klein wenig abzubremsen. Dieser Bremsvorgang lässt uns beim nächsten Mal ein wenig tiefer in die Atmosphäre eintauchen. Sie sehen schon, wohin das führt.

Wir kratzen alle neunzig Minuten an der Atmosphäre entlang. Ehrlich gesagt, weiß ich nicht, wie oft wir uns das noch erlauben können. Aus irgendeinem Grund hat der Computer keine Modelle für »komische elliptische Umlaufbahnen um den Planeten Adrian«.

Also, ja. Rocky beeilt sich.

Er braucht nur zwei Stunden, um Paul zu zerlegen und in den Grundzügen zu verstehen, wie er funktioniert. Das war keine leichte Aufgabe – ehe wir Paul in Rockys Bereich im Schiff bugsieren konnten, mussten wir ihm einen »Kühlbehälter« bauen. In den Beetles sind Plastikteile, die in Rockys Luft schmelzen würden. Das hat eine große Portion Astrophagen erledigt. Die Astrophagen sind zwar so heiß, dass Menschen sie nicht berühren können, aber immer noch zu kühl, um Plastik zu schmelzen. Natürlich haben sie keine Probleme damit, die zusätzliche Hitze aufzunehmen und alles auf 96 Grad Celsius zu halten.

Paul hat eine Menge Elektronik und viele Schaltungen in seinem Inneren. Rocky kann das nicht völlig durchschauen – die eridianische Elektronik ist lange nicht so weit fortgeschritten wie die irdische. Sie haben noch nicht einmal den Transistor erfunden, ganz zu schweigen von integrierten Schaltkreisen. Mit Rocky zu arbeiten, das ist, als hätte ich den besten Ingenieur der Welt aus dem Jahr 1950 bei mir auf dem Schiff.

Es wirkt seltsam, dass eine Spezies den Raumflug entwickelt, ehe sie Transistoren kennt, aber meinetwegen. Die Erde hat vor dem Transistor die Atomkraft und das Fernsehen erfunden und mehrere Weltraumflüge durchgeführt.

Eine Stunde später hat er alle Computerkontrollen überbrückt. Er muss sie nicht verstehen, um sie zu überbrücken – er muss einfach nur wissen, welche Drähte unter Strom stehen müssen. Er hat den Spinantrieb so umgebaut, dass er durch eine akustische Fernbedienung gesteuert werden kann. Praktisch überall, wo Menschen Funk für digitale Kommunikation über kurze Strecken einsetzen, benutzen die Eridianer Töne.

Er wiederholt die Prozedur für Ringo und John. Dieses Mal geht es viel schneller, weil die Erkundung wegfällt. Nur George bleibt unverändert. Die kleinen Beetles entwickeln nicht sehr viel Schub. Je mehr wir einsetzen, desto besser, aber ich muss irgendwo eine Grenze ziehen. Eine Sonde will ich unverändert und intakt zurückbehalten, damit sie die ursprüngliche Mission erledigen kann.

Dank Rocky überlebe ich dieses Selbstmordkommando vielleicht doch, aber Garantien gibt es nicht. Die *Hail Mary* ist in einem schlechten Zustand, um es vorsichtig auszudrücken. Mehrere Treibstofftanks sind verloren, überall sind Schäden und Lecks. Die Taumöben schleichen umher und lauern nur darauf, den Reservetreibstoff zu fressen, den Rocky mir geben will. Ich kann mir mindestens hundert Arten vorstellen, wie die Rückreise scheitern kann. Ehe ich selbst aufbreche, werde ich George mit allen meinen Erkenntnissen und einigen Taumöben losschicken. Ich hätte lieber zwei Beetles in Reserve gehalten, aber wir brauchen drei, um den Schub und damit das Schiff in jede gewünschte Richtung zu steuern.

Rocky schiebt die drei umgebauten Beetles durch die Luftschleuse im Schlafraum zurück auf meine Seite.

»*Du montierst auf dem Rumpf*«, sagt er. »*Ziele fünfundvierzig Grad von der Mittellinie des Schiffs entfernt.*«

»Verstanden.« Ich seufze. Noch eine EVA auf einem rotierenden Schiff. Wie schön.

Aber was sollte ich sonst tun? Ohne Schub können wir die Rotation nicht anhalten.

Ich unternehme die EVA. Das Schwierigste ist es, die richtige Stelle zu finden. Die Luftschleuse ist nahe am Bug, und ich muss die drei Beetles weit hinten anbringen. Außerdem ist das Schiff im Augenblick in zwei Hälften zerteilt, die lediglich mit vier Seilen verbunden sind. Aber die Entwickler der *Hail Mary* haben daran gedacht. In den Seilen sind Ösen, an die man sich haken kann.

Allmählich werde ich immer besser in der eigenartigen Fertigkeit, EVAs unter dem Einfluss von Schwerkraft durchzuführen. Im Gegensatz zu meinem Tanz auf dem Bug des Schiffs gibt es weiter hinten eine Menge Handgriffe. Es ist auch recht einfach, die Beetles zu montieren. Ich binde sie an Griffen an der Hülle fest und warte, bis Rockys Xenonit-Kleber sie dauerhaft fixiert hat.

Am Ende sind John, Paul und Ringo in gleichmäßigen Abständen rings um die Hülle angebracht, und die Antriebe zeigen jeweils im Winkel von 45 Grad zur Längsachse des Schiffs nach außen.

»Beetles montiert«, sage ich über Funk. »Ich untersuche jetzt den beschädigten Bereich.«

»*Gut*«, antwortet Rocky.

Ich arbeite mich zu der Stelle vor, wo der Treibstofftank gerissen ist. Viel gibt es nicht zu sehen – ich habe die kaputten Behälter abgesprengt. Ein offenes Rechteck in der Hülle verrät, wo die Behälter vorher untergebracht waren. Die Umgebung dieses Lochs erzählt allerdings eine schmerzhafte Geschichte. Die sonst schimmernden Platten der Hülle tragen hier schwarze Sengspuren. Zwei benachbarte Platten sind offensichtlich verzogen.

»Einige Platten sind verbogen, einige sind angesengt. Allzu schlimm sieht es nicht aus.«

»*Gute Neuigkeit.*«

»Findest du nicht auch, dass die Verbrennungsspuren seltsam sind? Warum hat es hier gebrannt?«

»*Große Hitze.*«

»Ja, aber hier ist kein Sauerstoff. Wir sind im Weltraum. Wie kann hier etwas brennen?«

»*Theorie: Viele Astrophagen im Tank. Einige vermutlich tot. Tote Astrophagen haben Wasser. Wasser und viel Hitze erzeugen Wasserstoff und Sauerstoff. Sauerstoff und Hitze, und die Hülle bekommt Sengspuren.*«

»Ja«, stimme ich zu. »Gute Theorie.«

»*Dank.*«

Ich kehre über die Weltraumbrücke aus Seilen zurück und erreiche ohne Zwischenfälle die Luftschleuse. Rocky erwartet mich in seiner Deckenblase im Cockpit.

»*Alles in Ordnung, Frage?*«

»Ja«, antworte ich. »Ist die Steuerung für John, Paul und Ringo bereit?«

Er hebt mit drei Händen identische Kontrollkästchen. Von jedem führt ein Draht zu einem Lautsprecher mit Mikrofon, der seinerseits an der Wand befestigt ist. Mit der vierten Hand tippt er auf ein Kästchen mit Anzeigen. »*Kommunikation funktioniert. Alle Beetles fehlerfrei und bereit.*«

Ich schnalle mich auf dem Pilotensessel fest. Jetzt wird es etwas ungemütlich.

Wir haben die Beetles im Winkel von 45 Grad angebracht, damit wir das Schiff im Bedarfsfall auch wenden können. Außerdem können wir so die Rotation des Schiffs steuern. Wir können die Beetles aber nur einsetzen, wenn das Schiff zusammengefügt ist. Also muss ich vorher die Seile einziehen.

Da der Energieerhaltungssatz eine Realität ist, wird das Schiff sehr schnell rotieren. Genauer gesagt, wird es so schnell sein wie beim letzten Mal, als Rocky mich retten musste. In der Zwischenzeit haben wir ja keine Masse verloren.

Ich rufe die Steuerung der Zentrifuge auf den Hauptbildschirm. Nun ja, er ist direkt über dem ehemaligen Hauptbildschirm. Der Hauptbildschirm wurde ja beim Abenteuer über Adrian zerstört. Aber dieser hier tut es auch.

»Bist du bereit?«

»*Ja.*«

»Die g-Kräfte werden stark«, warne ich. »Für dich ist das kein Problem, aber für mich wird es schwer. Möglicherweise werde ich ohnmächtig.«

»*Ungesund für Menschen, Frage?*« Seine Stimme bebt ein wenig.

»Etwas ungesund. Mach dir keine Sorgen, wenn ich ohnmächtig werde. Stabilisiere nur das Schiff. Ich komme wieder zu mir, wenn die Rotation aufhört.«

»*Verstanden.*« Rocky hält die drei Steuerkästchen bereit.

»Also, dann geht es los.« Ich schalte die Zentrifuge auf manuelle Steuerung und übergehe die drei Warnmeldungen. Zuerst rotiere ich das Crewabteil um 180 Grad. Genau wie beim letzten Mal beginne ich behutsam. Doch im Gegensatz zum letzten Mal habe ich jetzt alles verzurrt. Während sich die Welt dreht und die Schwerkraft die Richtung wechselt, geraten das Labor und der Schlafraum nicht in Unordnung.

Inzwischen spüre ich, wie mich ein halbes g zum Pult schiebt. Der Bug zeigt im Verhältnis zum Rest des Schiffs wieder nach außen. Ich weise alle vier Spulen an, die Seile ohne Rücksicht auf die Rotationsgeschwindigkeit des Schiffs einzuholen. Die Symbole zeigen, dass sie wie gewünscht eingerollt werden, und der Druck meines Körpers gegen die Gurte nimmt zu.

Nach zehn Sekunden sind es 6 g. Ich kann kaum noch atmen. Ich keuche und winde mich.

»*Du bist nicht gesund!*«, quietscht Rocky. »*Höre auf. Wir machen einen neuen Plan.*«

Ich kann nicht sprechen und schüttle nur den Kopf. Die Gesichtshaut dehnt sich, die Wangen streben vom Kopf weg. Wahrscheinlich sehe ich jetzt aus wie ein Monster. Die Ränder meines Gesichtsfelds werden schwarz. Das muss der Tunnelblick sein, von dem ich schon gehört habe. Ein treffender Name.

Im Tunnel wird es immer dunkler, bis alles schwarz ist.

Kurz danach wache ich wieder auf. Jedenfalls glaube ich, dass es kurz danach ist. Mein Arm schwebt frei in der Luft, und nur die Gurte verhindern, dass ich aus dem Stuhl schwebe.

»*Grace! Bist du in Ordnung, Frage?*«

»Äh.« Ich reibe mir die Augen. Mein Blick ist verschwommen, und mir ist schwindlig. »Ja. Status?«

»*Rotationsrate ist null*«, berichtet er. »*Beetles schwer zu steuern. Korrektur: Beetles leicht zu steuern. Schiff angetrieben von Beetles schwer zu steuern.*«

»Aber du hast es geschafft. Gut gemacht.«

»*Danke.*«

Ich löse die Gurte und strecke mich. Anscheinend ist nichts gebrochen und nichts verletzt, wenn man von dem schon vorher verbrannten Arm absieht. Es fühlt sich sogar gut an, wieder Schwerelosigkeit zu haben. Mir tut sowieso die ganze Zeit alles weh. Körperliche Anstrengungen, und ich hatte mich von den Verletzungen noch nicht ganz erholt. Ohne diese lästige Schwerkraft ist auch die Belastung für meinen Körper geringer.

Auf dem Monitor arbeite ich mich durch die Anzeigen. »Alle Systeme laufen. Oder wenigstens ist nichts stärker beschädigt als vorher.«

»*Gut. Was ist nächste Aktion, Frage?*«

»Jetzt muss ich rechnen. Sehr viel rechnen. Ich muss die Dauer des Schubs und den Winkel bestimmen, damit wir zu deinem Schiff zurückkehren können, wobei wir die Beetles als Antrieb benutzen.«

»*Gut.*«

23

Pünktlich traf ich zu der Sitzung ein. Das dachte ich jedenfalls. Laut E-Mail sollte sie um 12:30 Uhr beginnen. Doch als ich ankam, saßen alle schon und schwiegen. Und alle starrten mich an.

Vorläufig hatten wir über den Unfall eine Nachrichtensperre verhängt. Die ganze Welt beobachtete dieses Projekt. Es war die einzige Hoffnung auf Rettung. Wir wollten auf keinen Fall die ganze Menschheit wissen lassen, dass die Wissenschaftler des primären und sekundären Teams tot waren. Man konnte über die Russen sagen, was man wollte, sie wussten, wie man ein Geheimnis hütet. Ganz Baikonur war hermetisch abgeriegelt.

Der Konferenzraum, ein einfacher Wohnanhänger, den die Russen uns zur Verfügung gestellt hatten, bot einen großartigen Ausblick auf den Startplatz. Ich konnte die Sojus durch das Fenster erkennen. Natürlich, das war eine recht alte Technologie, aber vermutlich das zuverlässigste Startsystem, das je konstruiert wurde.

Stratt und ich hatten uns seit der Nacht der Explosion nicht mehr unterhalten. Blitzschnell musste sie eine Untersuchung der Katastrophe in die Wege leiten. Das konnte nicht warten, denn wenn der Unfall auf irgendein Verfahren oder ein Hilfsmittel zurückzuführen war, das auf der Mission selbst eine Rolle spielte, mussten wir es wissen. Ich wollte mich beteiligen, doch das ließ sie nicht zu. Irgendjemand musste sich um die verschiedenen kleineren Probleme der *Hail Mary* kümmern, die dem ESA-Team laufend gemeldet wurden.

Stratt starrte mich an. Dimitri fummelte mit einigen Papieren herum – wahrscheinlich ein Entwurf für eine Verbesserung des Spinantriebs. Dr. Lokken, die temperamentvolle Norwegerin, die die Zentrifuge entworfen hatte, trommelte mit den Fingern auf den Tisch. Dr. Lamai trug wie immer ihren Laborkittel. Ihr Team hatte inzwischen den vollautomatischen medizinischen Roboter perfektioniert. Wahrscheinlich würde sie dafür irgendwann den Nobelpreis bekommen. Sofern die Erde so lange überlebte. Sogar Steve Hatch, der verrückte Kanadier, der die Beetles-Sonden erfunden hatte, war da. Wenigstens er schien sich nicht unwohl zu fühlen. Er tippte auf einem Taschenrechner herum. Papiere hatte er keine vor sich liegen. Der Taschenrechner reichte ihm wohl.

Außerdem waren Kommandant Yáo und Ingenieurin Ilyukhina da. Yáo war so mürrisch wie immer, und Ilyukhina hatte keinen Drink in der Hand.

»Komme ich zu spät?«, fragte ich.

»Nein, genau richtig«, antwortete Stratt. »Setzen Sie sich.«

Ich steuerte den einzigen noch freien Stuhl an.

»Wir glauben zu wissen, was im Forschungszentrum passiert ist«, begann Stratt. »Das Gebäude ist komplett zerstört, aber die Aufzeichnungen wurden elektronisch gesichert und auf einem Server gespeichert, der ganz Baikonur zur Verfügung steht. Glücklicherweise befindet sich der Server im Gebäude der Bodenkontrolle. Außerdem hat DuBois – so war er nun einmal – gewissenhaft Buch geführt.«

Sie zog ein Dokument hervor. »Laut seinem digitalen Tagebuch wollten sie gestern einen extrem seltenen Fehlerfall testen, der in einem mit Astrophagen betriebenen Generator auftreten kann.«

Ilyukhina schüttelte den Kopf. »Eigentlich hätte ich den Test durchführen müssen. Ich bin für die Wartung des Schiffs verantwortlich. DuBois hätte mich fragen müssen.«

»Was genau hat er überprüft?«, erkundigte ich mich.

Lokken räusperte sich. »Vor einem Monat hat die JAXA eine mögliche Fehlerquelle für den Generator entdeckt. Er benutzt Astrophagen, um Wärme zu erzeugen, die ihrerseits eine kleine Turbine mit zustandswechselndem Material antreibt. Das ist eine alte, verlässliche Technologie. Der Generator benutzt nur eine winzige Menge Astrophagen, jeweils nicht mehr als zwanzig Zellen auf einmal.«

»Das klingt ziemlich sicher«, stimmte ich zu.

»So ist es. Aber wenn das Moderatorensystem für die Pumpe im Generator versagt und genau in diesem Moment eine ungewöhnlich dichte Ballung von Astrophagen in der Treibstoffleitung ist, würden bis zu einem Nanogramm Astrophagen in die Reaktionskammer fließen.«

»Was würde dann passieren?«

»Nichts. Der Generator kontrolliert auch die Menge des Infrarotlichts, mit dem die Astrophagen bestrahlt werden. Wenn die Temperatur der Kammer zu hoch wird, schaltet das Infrarotlicht ab, bis sich die Astrophagen wieder beruhigt haben. Das ist ein sicheres Back-up-System. Doch es gibt einen Grenzfall, wirklich äußerst unwahrscheinlich, in dem ein Kurzschluss im System das Infrarotlicht mit voller Stärke strahlen lässt und die Absicherung über die Temperatur übergeht. DuBois wollte dieses sehr, sehr unwahrscheinliche Szenario testen.«

»Was hat er getan?«

Lokken hielt inne, ihre Unterlippe bebte ein wenig. Dann fasste sie sich und sprach weiter. »Er hat sich einen Nachbau des Generators besorgt – eines der Exemplare, die wir für die Tests am Boden benutzen. Er hat die Speisepumpe und das Infrarotlicht verändert, um diesen verrückten Grenzfall zu simulieren. Er wollte ein ganzes Nanogramm Astrophagen gleichzeitig aktivieren und sehen, wie stark der Generator beschädigt würde.«

»Moment mal«, hakte ich ein. »Ein Nanogramm reicht nicht aus, um ein ganzes Gebäude in die Luft zu jagen. Schlimmstenfalls schmilzt ein wenig Metall.«

»Ja«, bestätigte Lokken. Sie holte tief Luft und atmete langsam aus. »Sie wissen doch, wie wir winzige Mengen Astrophagen lagern, oder?«

»Klar«, antwortete ich. »In kleinen Plastikbehältern, die in Propylenglykol schwimmen.«

Sie nickte. »Als DuBois bei der Materialverwaltung des Forschungslabors ein *Nanogramm* Astrophagen anforderte, gaben sie ihm versehentlich ein *Milligramm*. Und da die Behälter gleich aussehen und die Mengen so klein sind, haben er und Shapiro den Fehler nicht bemerkt.«

»Mein Gott.« Ich rieb mir die Augen. »Das ist eine Million Mal mehr als die kleine Wärmefreisetzung, mit der wir gerechnet hatten. Das hat das Gebäude und alles darin komplett zerlegt. Mein Gott.«

Stratt wühlte in ihren Papieren. »Die schlichte Wahrheit ist: Wir haben einfach nicht die richtigen Verfahren und die nötige Erfahrung, um sicher mit Astrophagen umzugehen. Wenn Sie einen Böller kaufen wollen, und jemand gibt Ihnen einen Lastwagen mit Plastiksprengstoff, dann merken Sie sofort, dass etwas nicht stimmt. Aber der Unterschied zwischen einem Nanogramm und einem Milligramm? Das können Menschen nicht erkennen.«

Wir schwiegen einen Moment. Sie hatte recht. Wir hatten mit Energien in der Größenordnung von Hiroshima-Bomben herumgespielt, als wäre es nichts. In jedem anderen Szenario wäre das der reine Wahnsinn gewesen. Aber uns blieb nichts anderes übrig.

»Wollen wir den Start verschieben?«, fragte ich.

»Nein, wir haben darüber gesprochen und sind einer Meinung: Wir dürfen den Abflug der *Hail Mary* nicht hinauszögern. Sie ist zusammengebaut, getestet und betankt und bereit für den Start.«

»Es liegt auch an der Umlaufbahn«, ergänzte Dimitri. »Sie ist in einem niedrigen Orbit mit 51,6 Grad Bahnneigung, damit Cape Canaveral und Baikonur sie gut erreichen können. Aber das ist ein niedriger Orbit, der nicht mehr lange besteht. Wenn sie nicht in den nächsten drei Wochen startet, müssen wir eine eigene Mission starten, nur um sie in eine höhere Umlaufbahn zu versetzen.«

»Die *Hail Mary* wird wie geplant aufbrechen«, erklärte Stratt. »In fünf Tagen. Die Crew bekommt zwei Tage für die Checks vor dem Start, also muss die Sojus in drei Tagen abheben.«

»Gut«, sagte ich. »Was ist mit dem Wissenschaftsexperten? Wir haben sicher Hunderte Freiwillige auf der ganzen Welt. Wir können den Kandidaten einen Schnellkurs in den wissenschaftlichen Fragen geben, die ...«

»Die Entscheidung ist gefallen«, unterbrach Stratt mich. »Eigentlich drängt sich die Entscheidung ganz von selbst auf. Wir haben keine Zeit, einen Spezialisten in allen Bereichen auszubilden, in denen er bewandert sein müsste. Es sind einfach zu viele Informationen und zu viel Forschung, die ein neuer Kandidat nachholen müsste. Selbst die brillantesten Wissenschaftler könnten das nicht in drei Tagen schaffen. Und vergessen Sie nicht, dass nur einer unter siebentausend Menschen die nötige Genkombination hat und komaresistent ist.«

In diesem Augenblick sank mir das Herz in die Hose. »Ich ahne, wohin das jetzt führt.«

»Ich bin sicher, dass Sie inzwischen auch von den positiven Testergebnissen wissen. Sie sind dieser eine unter siebentausend.«

»Willkommen in der Crew!«, sagte Ilyukhina.

»Moment, Moment, nein.« Ich schüttelte den Kopf. »Das ist doch verrückt. Ja, ich bin hinsichtlich der Astrophagen auf dem neuesten Stand, aber ich habe nicht die geringste Ahnung von der Arbeit eines Astronauten.«

»Das bringen wir Ihnen unterwegs bei.« Yáo sprach leise, aber sehr entschieden. »Und die schwierigen Aufgaben übernehmen wir. Sie sind dann nur für die Wissenschaft da.«

»Ich meine doch nur ... hören Sie mal! Es muss doch jemand anders geben!« Ich wandte mich an Stratt. »Was ist denn mit Yáos oder Ilyukhinas Reserveleuten?«

»Die sind keine Biologen«, erwiderte Stratt. »Sie sind unglaublich geschickte Leute mit viel Wissen über die *Hail Mary*, ihre Funktionsweise und die Schadensbehebung. Aber wir können nicht jemandem in der verbliebenen Zeit so viel über Zellbiologie beibringen, wie er wissen muss. Das wäre, als wollten Sie den besten Bauingenieur der Welt bitten, eine Gehirnoperation durchzuführen. Es ist einfach nicht sein Gebiet.«

»Und die anderen Kandidaten auf der Liste, die es nicht ganz in die beiden Teams geschafft haben?«

»Niemand ist so qualifiziert wie Sie. Ehrlich gesagt, haben wir Glück, sogar ein unglaubliches Glück, dass Sie komaresistent sind. Glauben Sie, ich habe Sie so lange beim Projekt gehalten, weil ich einen Highschoollehrer brauchte?«

»Oh ...«, machte ich.

»Sie wissen, wie das Schiff funktioniert«, fuhr Stratt fort. »Sie kennen die wissenschaftlichen Grundlagen der Astrophagen. Sie wissen, wie man einen EVA-Anzug und die Spezialgeräte benutzt. Sie waren bei allen wichtigen wissenschaftlichen und strategischen Diskussionen dabei, die wir jemals über das Schiff und seine Mission geführt haben – dafür habe ich gesorgt. Sie haben die Gene, die wir brauchen, und deshalb habe ich darauf geachtet, dass Sie auch die nötigen Fertigkeiten erwerben. Bei Gott, ich wollte wirklich nicht, dass es so weit kommt, aber nun ist es passiert. Sie waren von Anfang an der dritte Wissenschaftler.«

»N-nein, das geht doch nicht«, stammelte ich. »Es muss doch noch andere Leute geben. Viel bessere Wissenschaftler. Und, Sie wissen doch, Leute, die wirklich mitfliegen *wollen*. Sie haben doch sicher eine Liste, oder? Wer ist nach mir der nächste Kandidat?«

Stratt nahm ein Blatt Papier. »Andrea Cáceres. Sie arbeitet in Paraguay in einer Schnapsbrennerei. Sie ist komaresistent und hat einen Bachelor in Chemie und einen Abschluss in Zellbiologie. Sie hat sich beim ersten Aufruf freiwillig für die Mission gemeldet.«

»Wunderbar, dann rufen wir sie an«, sagte ich.

»Aber Sie hatten jahrelanges Training. Sie kennen das Schiff und die Mission in- und auswendig. Und Sie sind der weltweit führende Experte für die Astrophagen. Wir haben nur ein paar Tage, um Cáceres fit zu machen. Dr. Grace, Sie wissen, wie ich arbeite. Besser als jeder andere. Ich will der *Hail Mary* jede Unterstützung mit auf den Weg geben, die wir ihr nur geben können. Und im Augenblick sind Sie die beste Wahl.«

Ich starrte den Tisch an. »Aber ... ich will nicht sterben ...«

»Niemand will das«, stimmte Stratt mir zu.

»Sie müssen sich entscheiden«, warf Yáo ein. »Ich will niemanden an Bord haben, der gegen seinen Willen dort ist. Sie müssen aus eigenem Antrieb mitkommen. Und wenn Sie sich weigern, holen wir Ms. Cáceres und weisen sie so gut wie möglich ein. Aber ich möchte Sie drängen, Ja zu sagen. Milliarden Menschenleben auf der Erde hängen davon ab. Unser Leben wiegt angesichts dieser Tragödie nicht so schwer.«

Ich schlug mir die Hände vors Gesicht. Tränen schossen mir in die Augen. Warum musste das mir passieren? »Kann ich darüber nachdenken?«

»Ja«, willigte Stratt ein. »Aber nicht sehr lange. Wenn Sie Nein sagen, müssen wir Cáceres sehr schnell hierher holen. Ich brauche Ihre Antwort bis heute Nachmittag um siebzehn Uhr.«

Ich stand auf und schlurfte hinaus. Ich glaube, ich verabschiedete mich nicht einmal. Es ist ein düsteres, deprimierendes Gefühl, wenn die engsten Kollegen sich verbünden und beschließen, dass man sterben muss.

Ich sah auf die Uhr. 12:30 Uhr. Ich hatte noch viereinhalb Stunden für meine Entscheidung.

Der Spinantrieb der *Hail Mary* ist angesichts der Masse unglaublich überdimensioniert. Als wir die Erde verließen, wog das Schiff 2,1 Millionen Kilogramm. Das meiste davon war der Treibstoff. Jetzt wiegt das Schiff nur noch 120.000 Kilogramm. Ungefähr ein Zwanzigstel des Startgewichts.

Dank der relativ geringen Masse der *Hail Mary* reichen die kleinen Beetles aus, um mir 1,5 g Schub zu geben. Nur, dass das Schiff nicht dazu gebaut wurde, Schub aus einem Winkel von 45 Grad mit irgendwelchen EVA-Griffen an der Hülle aufzunehmen. Wenn wir die Beetles mit voller Kraft starten, reißen sie sich einfach von den Griffen los und segeln in den Tau-Untergang davon.

Rocky hat das berücksichtigt, als er unsere Rotation aufgehoben hat. Jetzt haben wir diesen Teil unter Kontrolle, und ich kann wieder EVAs unternehmen, wie Gott sie vorgesehen hat. Ich erzeuge am 3-D-Drucker ein Modell des inneren Gerüsts der *Hail Mary* und gebe es Rocky, damit er es sich ansehen kann. In weniger als einer Stunde hat er nicht nur eine Lösung gefunden, sondern auch die Xenonit-Streben gebaut, um sie umzusetzen.

Also mache ich die nächste EVA. Ich klebe die Xenonitstreben an die Beetles. Endlich geht einmal alles nach Plan. Rocky versichert mir, dass das Schiff jetzt den vollen Schub der Beetles aushält, und ich bezweifle das keine Sekunde. Der Kerl ist ein guter Ingenieur.

Ich tippe einige Berechnungen in eine komplizierte Excel-Tabelle, die sich leider als fehlerhaft herausstellt. Ich brauche sechs Stunden, um das in Ordnung zu bringen. Dann spuckt sie etwas aus, das ich für die richtige Lösung halte. Wenigstens sollte uns dies so nahe an die *Blip-A* bringen, dass wir sie sehen können. Den restlichen Anflug können wir dann per Hand feiner abstimmen.

»Bereit«, sage ich, nachdem ich mich auf dem Pilotensessel angeschnallt habe.

»*Bereit*«, antwortet Rocky in seiner Blase. Er hält die drei Steuerkästchen in den Händen.

»Gut ... John und Paul mit 4,5 Prozent.«

»*John und Paul 4,5 Prozent, in Ordnung*«, bestätigt er.

Rocky hätte die Steuerung so umbauen können, dass ich sie benutzen kann, aber so ist es angenehmer. Ich muss die Bildschirme genau beobachten und auf unsere Flugbahn achten. Es ist besser, jemand kann sich voll und ganz auf die Beetles konzentrieren. Außerdem ist Rocky Schiffsingenieur. Wer wäre besser geeignet, unseren improvisierten Antrieb zu steuern?

»John und Paul auf null, Ringo auf 1,1 Prozent«, sage ich.

»*John und Paul auf null, Ringo 1,1.*«

Wir stellen den Schub und die Richtung noch einige Male Stück für Stück nach, bis das Schiff ungefähr in die Richtung weist, die ich will. Endlich erreichen wir das, was ich für den richtigen Winkel halte.

»Alles oder nichts«, sage ich. »Alle mit voller Kraft.«

»John, Paul und Ringo 100 Prozent.«

Es wirft mich in den Sitz zurück, als das Schiff mit einem Ruck beschleunigt und uns hoffentlich in gerader Linie zur *Blip-A* befördert.

»Schub drei Stunden halten«, sage ich.

»Drei Stunden. Ich beobachte Maschinen. Du ruhst dich aus.«

»Danke, aber ich habe keine Zeit zum Ausruhen. Ich will die Schwerkraft nutzen, solange sie da ist.«

»Ich bleibe hier. Sage mir, wie Experiment verläuft.«

»Auf jeden Fall.«

Meinen Berechnungen nach wird der Flug elf Tage dauern. Dabei verbrauchen wir 130 Kilogramm Treibstoff – etwa ein Viertel von dem, was die Beetles an Bord haben (wenn man George einschließt, der mit Astrophagen gefüllt auf dem Labortisch ruht). Damit sollten wir noch genug übrig behalten, um etwaige idiotische Fehler in meinen Berechnungen für unsere Flugbahn zu korrigieren.

In drei Stunden erreichen wir die Reisegeschwindigkeit, dann werden wir fast elf Tage lang schwerelos treiben. Ich will mich nicht damit aufhalten, die Zentrifuge anzuwerfen und wieder zu stoppen. Das ist zwar machbar – Rocky hat es bewiesen, als er die Rotation gestoppt hat –, aber das war ein heikler Vorgang mit vielen Mutmaßungen und reichlich Gelegenheit, unkontrolliert zu trudeln. Oder, noch schlimmer – die Seile hätten sich verheddern können.

Nun habe ich also in den nächsten drei Stunden 1,5 g Schwerkraft, um zu arbeiten. Danach wird eine Weile Schwerelosigkeit herrschen. Höchste Zeit, das Labor aufzusuchen.

Ich steige die Leiter hinunter. Mir tut der Arm weh. Aber nicht mehr so schlimm wie vorher. Ich habe jeden Tag den Verband gewechselt, oder vielmehr, Dr. Lamais medizinische Wundermaschine hat das getan. Ich habe eindeutig auf der ganzen Haut Narben. Der Arm und die Schulter werden für den Rest meines Lebens ziemlich hässlich aussehen. Aber anscheinend haben die tieferen Hautschichten überlebt. Wenn nicht, wäre ich inzwischen vermutlich an Wundbrand gestorben. Oder Lamais Maschine hätte mir den Arm amputiert, wenn ich nicht aufgepasst hätte.

Es ist schon eine Weile her, seit ich das letzte Mal mit 1,5 g zurechtkommen musste. Meine Beine mögen das nicht. Aber inzwischen bin ich an solche Beschwernisse gewöhnt.

Ich gehe zum großen Labortisch, wo die Taumöbenexperimente noch im Gange sind. Alles ist fest am Tisch montiert. Nur für den Fall, dass es noch mehr unerwartete Beschleunigungsversuche gibt. Andererseits kann ich nicht gerade sagen, dass Taumöben knapp sind. Ich habe eine Menge von ihnen genau da, wo mein Treibstoff war.

Zuerst überprüfe ich das Venus-Experiment. Die Kühlung surrt leise vor sich hin und hält die Temperatur auf dem Wert, der der extremen oberen Atmosphäre der Venus entspricht. Ursprünglich wollte ich die Taumöben nur eine Stunde dort lassen, aber dann ging das Licht aus, und wir hatten andere Prioritäten. Inzwischen sind vier Tage vergangen. Demnach hatten sie jede Menge Zeit, das zu tun, was sie eben tun.

Ich schlucke schwer. Dies ist ein wichtiger Augenblick. Auf dem kleinen gläsernen Träger im Inneren des Versuchsaufbaus war eine Astrophagenschicht von einer Zelle Dicke. Wenn die Taumöben leben und Astrophagen fressen, dringt Licht durch. Je mehr Licht ich durch den Objektträger sehe, desto weniger Astrophagen sind noch da.

Ich mache mich auf alles gefasst und sehe hinein.

Pechschwarz.

Ich atme unregelmäßig. Ich nehme eine Taschenlampe aus der Hosentasche und leuchte von hinten. Kein Licht dringt durch. Mir sinkt das Herz.

Ich gehe zum Dreiwelt-Experiment. Auch dort spähe ich hinein und sehe das gleiche Ergebnis. Völlig schwarz.

Die Taumöben können auf der Venus oder unter den Bedingungen von Dreiwelt nicht überleben. Oder zumindest fressen sie nicht. Mein Bauch fühlt sich an, als wollte er gleich schmelzen.

Wir waren so nahe daran, so nahe! Wir haben die Lösung direkt vor uns! Taumöben! Ein natürlicher Räuber, der das Ding frisst, das unsere Welten zerstört! Und sie sind ziemlich widerstandsfähig. Sie können problemlos in meinen Treibstofftanks überleben und gedeihen. Aber nicht in der Luft der Venus und von Dreiwelt. Verdammt, warum nicht?

»*Was siehst du, Frage?*« ruft Rocky herunter.

»Fehlschlag«, antworte ich. »Beide Experimente. Die Taumöben sind tot.«

Ich höre Rocky gegen die Wand schlagen. »*Zorn!*«

»All die Arbeit! Und alles für nichts und wieder nichts!« Ich dresche die Faust auf den Tisch. »Dafür habe ich so viel aufgegeben! Ich habe so viel geopfert!«

Ich höre, wie Rockys Panzer in seiner Blase auf den Boden prallt. Ein Zeichen tiefer Niedergeschlagenheit.

Wir schweigen eine Weile, Rocky in seiner Blase am Boden und ich mit den Händen vor dem Gesicht.

Schließlich höre ich ein Kratzen. Rocky richtet sich wieder auf. »*Wir arbeiten weiter*«, sagt er. »*Wir geben nicht auf. Arbeiten hart. Wir sind tapfer.*«

»Ja, das müssen wir wohl sein.«

Ich bin nicht der richtige Mann für diese Aufgabe. Ich bin der Ersatz für die Ersatzperson, weil die viel besser qualifizierten Leute in die Luft geflogen sind. Aber ich bin nun einmal hier. Ich kenne vielleicht nicht alle Antworten, aber ich bin hier. Anscheinend habe ich mich dann doch entschieden, obwohl ich überzeugt war, dass es ein Selbstmordkommando würde. Das hilft der Erde jetzt auch nicht mehr, aber immerhin.

Stratts Wohnwagen war doppelt so groß wie meiner. Vermutlich ein Privileg ihres Ranges. Aber, um ehrlich zu sein, sie brauchte den Platz. Sie saß an einem großen Tisch, der mit Papieren bedeckt war. Vor ihr lagen Dokumente in mindestens sechs verschiedenen Sprachen und vier Alphabeten, was ihr aber offenbar keine Schwierigkeiten machte.

Ein russischer Soldat stand in der Ecke. Nicht direkt in Habachtstellung, aber auch nicht entspannt. Trotz des Stuhls direkt neben ihm hatte er sich offenbar entschlossen zu stehen.

»Hallo Dr. Grace«, sagte Stratt, ohne den Blick zu heben. Sie zeigte auf den Soldaten. »Das ist der Gefreite Meknikow. Obwohl wir wissen, dass die Explosion ein Unfall war, wollen die Russen kein Risiko eingehen.«

Ich sah den Soldaten an. »Passt er auf, damit keine eingebildeten Terroristen Sie töten?«

»So ungefähr.« Jetzt hob sie den Kopf. »Also, es ist siebzehn Uhr. Haben Sie sich entschieden? Wollen Sie als Wissenschaftler auf der *Hail Mary* mitfliegen?«

Ich setzte mich ihr gegenüber und wich ihrem Blick aus. »Nein.«

Sie sah mich finster an. »Verstehe.«

»Es ist ... wissen Sie ... wegen der Kinder. Ich sollte wegen der Kinder hierbleiben.« Ich rutschte auf meinem Sitz hin und her. »Selbst wenn die *Hail Mary* eine Lösung findet, stehen uns fast dreißig Jahre Elend bevor.«

»Allerdings«, bestätigte sie.

»Und, ja, ich bin Lehrer. Ich muss unterrichten. Wir müssen eine starke, belastbare Generation von Überlebenskünstlern erziehen. Wir sind verweichlicht. Sie, ich, die ganze westliche Welt. Wir sind das Resultat unserer Erziehung in Stabilität und einem unvergleichlichen Komfort. Die Kinder von heute müssen die Welt von morgen am Laufen halten. Und sie erben ein Chaos. Ich kann wirklich mehr tun, wenn ich die Kinder auf die Welt vorbereite, die kommen wird. Ich sollte hier auf der Erde bleiben, wo ich gebraucht werde.«

»Auf der Erde«, wiederholte sie. »Wo Sie gebraucht werden.«

»J-ja.«

»Im Gegensatz zu der *Hail Mary,* die eine entscheidende Rolle dabei spielen könnte, das Problem zu lösen, zu dessen Lösung Sie umfassend ausgebildet sind.«

»So ist das nicht«, widersprach ich. »Ich meine, irgendwie schon, aber hören Sie, ich bin nicht gut in einer Crew. Ich bin auch kein unerschrockener Forscher.«

»Oh, das weiß ich«, erwiderte sie. Sie ballte die Hände zu Fäusten und wandte einen Moment lang den Blick ab. Dann wandte sie sich mit einem brennenden Blick an mich, den ich noch nie gesehen hatte. »Dr. Grace, Sie sind ein Feigling und ein Mistkerl.«

Ich zuckte zusammen.

»Wenn Ihnen die Kinder wirklich so wichtig wären, würden Sie ohne Zögern mitfliegen. Sie könnten Milliarden Kinder vor dem Untergang retten, statt ein paar Hundert darauf vorzubereiten.«

Ich schüttelte den Kopf. »Darum geht es doch nicht …«

»Glauben Sie, ich kenne Sie nicht, Dr. Grace?« schrie sie. »Sie sind ein Feigling, das waren Sie schon immer. Sie haben eine vielversprechende wissenschaftliche Karriere geschmissen, weil ein paar Leute nicht mochten, was Sie geschrieben haben. Sie haben sich in sichere Umgebung von Kindern zurückgezogen, die Sie anhimmeln, weil Sie der coole Lehrer sind. Sie haben keine Liebesbeziehung, weil Sie fürchten, das könnte Ihnen das Herz brechen. Sie meiden jedes Risiko wie die Pest.«

Ich stand auf. »Na gut, es ist wahr, ich habe Angst! Ich will nicht sterben! Ich habe mir für das Projekt den Arsch aufgerissen und verdiene es weiterzuleben! Ich fliege nicht mit, und das ist endgültig! Nehmen Sie die Nächste auf der Liste, diese Chemikerin aus Paraguay! Die will doch mitfliegen!«

Sie drosch die Faust auf den Tisch. »Mir ist egal, wer gehen *will*. Mir ist nur wichtig, wer am besten qualifiziert ist. Dr. Grace, es tut mir leid, aber Sie nehmen an der Mission teil. Ich weiß, dass Sie Angst haben. Ich weiß, dass Sie nicht sterben wollen. Aber Sie fliegen mit.«

»Sie sind nicht bei Trost. Ich gehe jetzt.« Ich wandte mich zur Tür.

»Meknikow!«, rief sie.

Der Soldat stellte sich mir sofort in den Weg.

Ich drehte mich wieder zu ihr um. »Sie machen Witze.«

»Es wäre leichter gewesen, wenn Sie einfach Ja gesagt hätten.«

»Wie sieht Ihr Plan aus?« Ich zeigte mit dem Daumen auf den

Soldaten. »Wollen Sie mich während der Reise vier Jahre lang mit gezogener Waffe in Schach halten?«

»Sie sind während des Fluges im Koma.«

Ich wollte mich an Meknikow vorbeiquetschen, doch er hielt mich mit stählernen Armen auf. Er war nicht einmal grob, er war nur unglaublich viel stärker als ich. Er hielt mich an den Schultern fest und drehte mich zu Stratt herum.

»Das ist verrückt!«, rief ich. »Yáo wird sich nie darauf einlassen! Er hat ausdrücklich gesagt, dass er niemanden gegen dessen Willen auf seinem Schiff haben will.«

»Ja, das war eine unschöne Überraschung. Er ist nervtötend ehrlich«, räumte Stratt ein.

Sie nahm eine Checkliste, die sie auf Niederländisch verfasst hatte. »Die nächsten paar Tage bis zum Start werden Sie in einer Zelle verbringen. Sie werden mit niemandem Kontakt haben. Direkt vor dem Start bekommen Sie ein starkes Beruhigungsmittel, das Sie ausknipst, und dann laden wir Sie in die Sojus-Rakete.«

»Glauben Sie nicht, Yáo wird misstrauisch werden?«

»Ich erkläre Kommandant Yáo und Spezialistin Ilyukhina, dass Sie aufgrund Ihres beschränkten Astronautentrainings Angst hatten, Sie könnten während des Starts in Panik geraten, sodass Sie sich entschieden haben, lieber bewusstlos zu sein. Sobald Sie an Bord der *Hail Mary* sind, werden Yáo und Ilyukhina Sie auf der Pritsche fixieren und die Komaprozedur einleiten. Die beiden werden dann alle Startvorbereitungen allein übernehmen. Sie werden erst in Tau Ceti wieder aufwachen.«

Nun geriet ich ernstlich in Panik. Dieser wahnsinnige Plan konnte tatsächlich funktionieren. »Nein! Das können Sie nicht machen! Ich will das nicht! Das ist verrückt!«

Sie rieb sich die Augen. »Dr. Grace, ob Sie es glauben oder nicht, irgendwie mag ich Sie. Ich respektiere Sie nicht sehr, aber ich glaube, Sie sind im Grunde ein guter Mann.«

»Sie haben gut reden, Sie werden ja nicht umgebracht! Sie ermorden mich!« Mir liefen die Tränen übers Gesicht. »Ich will nicht sterben! Schicken Sie mich nicht in den Tod! Bitte!«

Sie verzog schmerzlich das Gesicht. »Das gefällt mir so wenig wie Ihnen, Dr. Grace. Falls es Sie tröstet, man wird Sie als Helden feiern. Wenn die Erde dies überlebt, wird man überall Statuen von Ihnen aufstellen.«

»Ich will das nicht machen!« Mir kam die Galle hoch. »Ich sabotiere die Mission! Sie wollen mich umbringen? Na gut, dann bringe ich Ihre Mission um! Ich mache das Schiff kaputt!«

Sie schüttelte den Kopf. »Nein, das werden Sie nicht tun. Das ist ein Bluff. Wie gesagt, Sie sind im Grunde ein guter Mann. Wenn Sie aufwachen, werden Sie brav und hungrig sein. Ich bin sicher, dass auch Yáo und Ilyukhina ziemlich wütend auf mich sein werden. Aber am Ende werden Sie drei da draußen allein sein und Ihre Aufgabe erledigen. Denn die Existenz der ganzen Menschheit hängt davon ab. Ich bin zu neunundneunzig Prozent sicher, dass Sie das Richtige tun werden.«

»Sie werden sich noch wundern!«, schrie ich. »Machen Sie nur, lassen Sie es drauf ankommen, dann werden Sie sehen, was passiert!«

»Also kann ich mich nicht auf die neunundneunzig Prozent verlassen?« Sie sah wieder auf ihre Unterlagen. »Ich dachte immer, die amerikanische CIA hätte die besten Verhördrogen. Wussten Sie, dass es in Wirklichkeit die Franzosen sind? Das ist wahr. Ihre DGSE hat ein Mittel vervollkommnet, das eine retrograde Amnesie auslöst, die sehr lange anhält. Nicht nur Stunden oder Tage, sondern Wochen. Sie haben es während mehrerer Antiterroreinsätze eingesetzt. Sehr praktisch, wenn eine Person vergisst, dass sie jemals verhört wurde.«

Entsetzt starrte ich sie an. Mir tat die Kehle vom Schreien weh.

»Auf Ihrem Krankenlager werden Sie vor dem Aufwachen eine hübsche Dosis davon bekommen. Sie und Ihre Crewmitglieder werden denken, das sei eine Nebenwirkung des Komas. Yáo und Ilyukhina werden Ihnen die Mission erklären, und Sie werden sich sofort an die Arbeit machen. Die Franzosen versichern mir, dass das Mittel keine angelernten Fähigkeiten löscht, auch nicht die Sprachfähigkeit oder sonst etwas. Wenn Ihre Amnesie nachlässt, haben Sie schon die Beetles auf den Rückflug gebracht. Und selbst wenn nicht, meiner Meinung nach sind Sie dann sowieso schon so tief in das Projekt verwickelt, dass Sie nicht mehr aufhören wollen.«

Sie nickte Meknikow zu. Er zerrte mich hinaus und bugsierte mich den Weg hinunter.

Ich drehte noch einmal den Kopf zur Tür herum. »Das können Sie nicht machen!«, schrie ich.

»Denken Sie an die Kinder, Grace.« Sie stand in der Tür. »All die Kinder, die Sie retten werden. Denken Sie immer an die Kinder.«

24

Oh.

Na gut.

Jetzt verstehe ich das.

Ich bin kein unerschrockener Forscher, der edelmütig sein Leben hingibt, um die Erde zu retten. Ich bin ein verängstigter Mann, der buchstäblich strampelnd und schreiend zu der Mission gezwungen wurde.

Ich bin ein Feigling.

Auf einen Schlag ist mir alles wieder eingefallen. Ich sitze auf dem Hocker und starre den Labortisch an. Ich bin von beinahe hysterisch weitergeschritten bis zu ... dem hier. Das hier ist schlimmer. Ich bin wie betäubt.

Ich bin ein Feigling.

Mir ist schon eine ganze Weile klar, dass ich nicht die erste Wahl bin, um die Menschheit zu retten. Ich bin einfach nur jemand, der die richtigen Gene hat, um ein Koma zu überleben. Damit habe ich mich schon vor längerer Zeit abgefunden.

Aber bisher wusste ich noch nicht, dass ich ein Feigling bin.

Jetzt erinnere ich mich an die Gefühle. Diese Panik. Mir fällt alles wieder ein. Pures, abgrundtiefes Grauen. Nicht wegen der Erde, der Menschheit oder der Kinder. Nur meinetwegen. Absolute Panik.

»Verdammt sollst du sein, Stratt«, flüstere ich.

Was mich am meisten ärgert, ist die Tatsache, dass sie recht behalten hat. Ihr Plan hat perfekt funktioniert. Meine Erinnerungen sind wieder da, und jetzt fühle ich mich völlig der Mission verpflichtet und will alles geben. Außerdem, na ja, natürlich bin ich bereit, alles zu geben. Was soll ich sonst auch tun? Sieben Milliarden Menschen sterben lassen, weil ich auf Stratt sauer bin?

Irgendwann ist Rocky durch den Tunnel ins Labor gekommen. Ich weiß nicht, wie lange er schon da ist. Er hätte nicht kommen müssen, denn er kann mit seinem Sonar auch vom Cockpit aus alles »sehen«.

»*Du bist sehr traurig*«, sagt er.

»Ja.«

»*Ich bin auch traurig. Aber wir nicht lange traurig. Du bist Wissenschaftler. Ich bin Ingenieur. Wir finden Lösung.*«

Frustriert werfe ich beide Arme hoch. »Aber wie?«

Er klickert durch den Tunnel zu dem Punkt, der mir am nächsten ist. »*Taumöben fressen deinen ganzen Treibstoff. Deshalb überleben Taumöben im Treibstofftank und pflanzen sich fort.*«

»Und?«

»*Das meiste Leben kann nicht außerhalb seiner Atmosphäre existieren. Ich sterbe, wenn ich nicht in Erid-Luft bin. Du stirbst, wenn du nicht in Erde-Luft bist. Aber Taumöben überleben ohne Adrian-Luft. Taumöben sind stärker als Leben auf Erid – stärker als Leben auf Erde.*«

Ich verrenke mir den Hals und blicke nach oben. »Das ist wahr. Die Astrophagen sind auch ziemlich zäh. Sie können im Vakuum und auf der Oberfläche von Sternen überleben.«

Er tippte zwei Klauen gegeneinander. »*Ja ja. Astrophagen und Taumöben aus derselben Biosphäre. Wahrscheinlich entwickelt aus gemeinsamen Vorfahren. Adrian-Leben ist sehr stark.*«

Ich richte mich auf. »Ja, einverstanden.«

»*Du hast schon Idee. Keine Frage. Ich kenne dich. Du hast schon Idee. Sage Idee.*«

Ich seufze. »Also ... Venus, Dreiwelt und Adrian haben alle Kohlendioxid. Die Brutzone der Astrophagen ist bei allen dreien dort, wo der Luftdruck 0,02 Atmosphären beträgt. Vielleicht beginnen wir mit einer Kammer voller Kohlendioxid bei 0,02 Atmosphären und untersuchen, ob die Taumöben dort überleben. Dann fügen wir nacheinander weitere Gase hinzu, bis wir wissen, wo das Problem liegt.«

»*Verstehe*«, sagt Rocky.

Ich stehe auf und klopfe mir den Overall ab. »Du musst mir eine Testkammer bauen. Durchsichtiges Xenonit mit Ventilen, damit ich die Luft ein- und ablassen kann. Außerdem muss ich die Temperatur auf minus 100 Grad Celsius, minus 50 Grad Celsius und minus 82 Grad Celsius einstellen können.«

Ich könnte meine eigene Ausrüstung verwenden, aber warum soll ich nicht die Vorzüge nutzen, wenn ich auf überragendes Material und hervorragende Ingenieurskunst zurückgreifen kann?

»*Ja ja. Ich mache sofort. Wir sind Team. Wir bringen das in Ordnung. Sei nicht traurig.*« Er trippelt in Richtung Schlafraum.

Ich sehe auf die Uhr. »Der Hauptschub endet in vierunddreißig Minuten. Danach können wir die Beetles nutzen, um uns in den Zentrifugalmodus zu bringen.«

Rocky hält inne. »*Gefährlich.*«

»Ja, ich weiß. Aber wir brauchen die Schwerkraft für das Labor, und ich will nicht elf Tage warten. Ich will die Zeit möglichst gut nutzen.«

»*Beetles für Schub angeordnet, nicht für Rotation.*«

Das ist wahr. Unser Antrieb lässt im Augenblick, vorsichtig ausgedrückt, sehr zu wünschen übrig. Wir sind wie ein Schiff im sechzehnten Jahrhundert, und die Beetles sind unsere Segel. Nein, streichen Sie das. Diese Schiffe konnten wenigstens den Anstellwinkel ihrer Segel verändern. Wir sind eher wie ein Tretboot mit einem kaputten Ruder.

Aber ganz so schlimm ist es nicht. Wir können mit den Maschinen unsere Lage verändern. So hat Rocky schon einmal die Rotation ausgeglichen. »Es ist das Risiko wert.«

Er trippelt zurück, bis er direkt vor mir steht. »*Schiff wird nicht um die Achse rotieren. Kann Zentrifugalseile nicht ausfahren. Werden sich verheddern.*«

»Wir erzeugen zuerst die Rotation, schalten die Beetles ab und fahren dann die Seile aus.«

Er zieht sich zurück. »*Wenn Schiff nicht geteilt, ist Rotationskraft zu viel für Menschen.*«

Das ist in der Tat ein Problem. Ich will 1 g Schwerkraft im Labor haben, wenn das Schiff vollständig in zwei Hälften unterteilt ist. Um so viel Rotation zu bekommen, während das Schiff noch an einem Stück ist, muss es sich sehr schnell drehen. Beim letzten Mal habe ich im Cockpit das Bewusstsein verloren, und Rocky wäre fast gestorben, als er mich gerettet hat.

»Gut …«, überlege ich. »Wie wäre es damit: Ich lege mich im Lager unter dem Schlafraum hin. Das ist so nahe am Zentrum des Schiffs, wie es möglich ist. Dort sind die Kräfte am geringsten, und mir wird nichts passieren.«

»*Wie bedienst du Zentrifuge im Lager, Frage?*«

»Ich … äh … ich nehme den Bildschirm aus dem Labor mit hinunter. Ich lege Daten- und Stromkabel vom Labor bis ins Lager. Ja. Das müsste klappen.«

»*Und wenn du bewusstlos wirst und Kontrollen nicht bedienen kannst, Frage?*«

»Dann hebst du die Rotation auf, und ich komme wieder zu mir.«

Er trippelt hin und her. »*Gefällt mir nicht. Alternativplan: Warte elf Tage. Erreiche mein Schiff. Säubere Treibstofftanks in deinem Schiff. Sterilisiere. Sorge dafür, dass keine Taumöben überleben. Fülle mit Treibstoff aus meinem Schiff nach. Dann kannst du wieder alle Funktionen in deinem Schiff benutzen.*«

Energisch schüttle ich den Kopf. »Nein, ich will nicht elf Tage warten. Ich will jetzt arbeiten.«

»*Warum, Frage? Warum nicht warten, Frage?*«

Er hat natürlich völlig recht. Ich setze mein Leben und vielleicht auch die strukturelle Integrität der *Hail Mary* aufs Spiel. Aber ich kann doch nicht einfach elf Tage herumsitzen, während so viel zu tun ist. Wie erkläre ich jemandem, der siebenhundert Jahre lebt, den Begriff »Ungeduld«?

»Menschending«, sage ich.

»*Verstehe. Verstehe nicht wirklich, aber … verstehe.*«

Wir haben die Rotation wie geplant eingeleitet. Rocky hat Ringo ausgewählt, um die Rotation zu starten, und John und Paul offline gelassen. George ist immer noch wohlbehalten in einem Kasten im Schiff, falls ich ihn brauche.

Die g-Kräfte während der Beschleunigung waren heftig, ich will nicht lügen. Aber ich bin lange genug wach geblieben, um die notwendigen Schritte für die Zentrifuge zu erledigen. Inzwischen bin ich recht geschickt darin. Seitdem haben wir ein angenehmes g.

Ja, ich war ungeduldig, und es war nicht ungefährlich, aber dank dieses Risikos konnte ich seitdem sieben Tage kontinuierlich wissenschaftlich arbeiten.

Rocky hat mir wie versprochen den Testapparat geliefert. Wie immer hat alles problemlos funktioniert. Statt einer nervigen kleinen Vakuumkammer aus Glas habe ich etwas, das an ein großes Aquarium erinnert. Xenonit hat kein Problem damit, wenn ein starker Druck auf einer großen, flachen Platte lastet. »Immer her damit«, sagt das Xenonit.

Ich habe, sagen wir einmal, einen unerschöpflichen Vorrat an Taumöben. Die *Hail Mary* ist im Augenblick ein Taumöben-Partybus. Wenn ich welche brauche, muss ich nur die Treibstoffleitung öffnen, die zu dem Generator führt.

»He, Rocky«, rufe ich vom Labor hinauf. »Schau mal, wie ich Taumöben aus dem Hut zaubere!«

Rocky klettert im Tunnel vom Cockpit herunter. *»Ich nehme an, das ist Erde-Idiom.«*

»Ja. Es gibt auf der Erde Unterhaltung, die man ›Fernsehen‹ nennt, und ...«

»Bitte nicht erklären. Du hast Erkenntnisse, Frage?«

Auch gut. Es würde sowieso viel zu lange dauern, einem Alien Zeichentrickfilme zu erklären. »Ich habe Ergebnisse.«

»Gut gut.« Er kauert sich bequem hin, er setzt sich gewissermaßen. *»Sage Ergebnisse!«* Er versucht, seine Aufregung zu verbergen, aber seine Stimme ist ein wenig höher als sonst.

Ich zeige auf die neue Laborausstattung. »Das funktioniert übrigens perfekt.«

»Danke. Sage Ergebnisse.«

»Zuerst habe ich mit Adrians Atmosphäre experimentiert. Ich habe Taumöben und einen Objektträger mit Astrophagen hineingegeben. Die Taumöben haben überlebt und alles gefressen. Das überrascht nicht.«

»Keine Überraschung. Ist ihre natürliche Umgebung. Aber beweist, dass Experiment funktioniert.«

»Genau. Ich habe noch weitere Tests durchgeführt, um die Grenzen der Taumöben zu bestimmen. In Adrian-Luft können sie von minus 180 bis plus 107 Grad Celsius überleben. Außerhalb dieses Bereichs sterben sie.«

»Beeindruckende Bandbreite.«

»Ja. Außerdem können sie nahezu im Vakuum überleben.«

»In deinen Treibstofftanks.«

»Genau. Aber es darf kein *völliges* Vakuum sein.« Ich runzle die Stirn. »Sie brauchen Kohlendioxid. Wenigstens eine kleine Menge. Ich habe eine Adrian-Umgebung hergestellt, aber statt Kohlendioxid Argon hinzugegeben. Die Taumöben haben nichts gefressen, sondern sind passiv geblieben. Irgendwann sind sie verhungert.«

»Erwartet«, sagt er. *»Astrophagen brauchen Kohlendioxid. Taumöben aus der gleichen Ökologie. Taumöben brauchen auch Kohlendioxid. Wie bekommen sie Kohlendioxid im Treibstofftank, Frage?«*

»Das habe ich mich auch gefragt«, antworte ich. »Ich habe den Schlamm aus dem Treibstofftank spektroskopisch untersucht. In der Flüssigkeit ist eine Menge CO_2-Gas gelöst.«

»Astrophagen haben wahrscheinlich Kohlendioxid in sich. Oder Zerfall erzeugt Kohlendioxid. Ein gewisser Prozentsatz stirbt mit der Zeit im Treibstofftank. Nicht alle Zellen sind perfekt. Defekte. Mutationen. Manche sterben. Die toten Astrophagen bringen Kohlendioxid in den Tank.«

»Einverstanden.«

»*Gute Ergebnisse*«, sagt er und will wieder nach unten klettern.

»Warte, ich habe noch mehr. Viel mehr.«

Er hält inne. »*Mehr, Frage? Gut.*«

Ich lehne mich an den Labortisch und klopfe auf den Tank. »Ich habe die Venus darin simuliert. Aber nicht ganz die Venus. Dort besteht die Luft zu 86,5 Prozent aus Kohlendioxid und 3,5 Prozent Stickstoff. Ich habe mit dem Kohlendioxid allein begonnen. Die Taumöben waren in Ordnung. Dann habe ich Stickstoff hinzugefügt, und die Taumöben sind alle gestorben.«

Er hebt den Panzer. »*Alle gestorben, Frage? Plötzlich, Frage?*«

»Ja«, sage ich. »Binnen Sekunden. Alle tot.«

»*Stickstoff ... unerwartet.*«

»Ja, sehr unerwartet«, antworte ich. »Ich habe das Experiment mit der Luft von Dreiwelt wiederholt. Nur Kohlendioxid, und den Taumöben ging es gut. Dann habe ich Schwefeldioxid dazugegeben. Den Taumöben ging es gut. Dann Stickstoff: Peng! Alle Taumöben tot.«

Gedankenverloren tippt er gegen die Tunnelwand. »*Sehr sehr unerwartet. Stickstoff harmlos für Leben auf Erid. Viele Lebensformen auf Erid brauchen Stickstoff.*«

»So ist es auch auf der Erde«, stimme ich zu. »Die Luft auf der Erde besteht zu achtundsiebzig Prozent aus Stickstoff.«

»*Verwirrend*«, sagt er.

Damit ist er nicht allein. Ich bin genauso verblüfft wie er. Unsere Gedanken bewegen sich in die gleiche Richtung: Wenn sich alles Leben aus einem gemeinsamen Ursprung entwickelt hat, wie kann dann Stickstoff in zwei Biosphären lebenswichtig und in der dritten toxisch sein?

Stickstoff ist völlig harmlos und in gasförmigem Zustand fast reaktionslos. Normalerweise gibt er sich damit zufrieden, N2-Moleküle zu bilden, die keine Lust haben, mit irgendetwas anderem zu reagieren. Der menschliche Körper ignoriert das Gas, obwohl er bei jedem Atemzug 78 Prozent Stickstoff hereinholt. Auf Erid besteht die Atmosphäre größtenteils aus Ammoniak – eine Stickstoffverbindung. Wie konnte die Panspermie gleichzeitig die

Erde und Erid befruchten – zwei Welten voller Stickstoff –, wenn eine winzige Menge Stickstoff das Leben tötet?

Die Antwort darauf ist einfach: Was für eine Lebensform die Panspermie auch ausgelöst hat, sie hatte kein Problem mit Stickstoff. Die Taumöben, die sich später entwickelt haben, kommen damit aber nicht zurecht.

Rockys Panzer sinkt herab. »*Situation schlecht. Dreiwelt-Luft hat acht Prozent Stickstoff.*«

Ich setze mich auf den Laborhocker und verschränke die Arme vor der Brust. »Auf der Venus sind es 3,5 Prozent. Das gleiche Problem.«

Er sinkt noch weiter herab, und seine Stimme ist eine Oktave tiefer. »*Hoffnungslos. Kann nicht Luft von Dreiwelt verändern. Kann nicht Venus-Luft verändern. Kann nicht Taumöben verändern. Hoffnungslos.*«

»Nun ja«, antworte ich. »Wir können nicht die Luft auf Dreiwelt oder der Venus verändern, aber vielleicht die Taumöben.«

»*Wie, Frage?*«

Ich nehme das Tablet vom Arbeitstisch und blättere die Notizen über die eridianische Physiologie durch. »Kennen die Eridianer Krankheiten? Krankheiten im Körper?«

»*Einige. Sehr sehr schlimm.*«

»Wie tötet euer Körper Krankheiten?«

»*Eridianer-Körper ist verschlossen*«, erklärt er. »*Einzige Öffnung beim Essen oder Eierlegen. Nach Öffnung von Verschluss, Bereich im Inneren sehr heiß von heißem Blut für lange Zeit. Tötet jede Krankheit. Krankheit kann nur durch Wunde in Körper eindringen. Dann ist sehr schlimm. Körper schaltet infizierten Bereich ab. Heizt mit heißem Blut auf, um Krankheit zu töten. Wenn Krankheit zu schnell, stirbt Eridianer.*«

Also haben sie gar kein Immunsystem, sondern setzen einfach nur Hitze ein. Nun ja, warum auch nicht? Das heiße Kreislaufsystem eines Eridianers kocht Wasser, um die Muskeln zu bewegen. Warum sollte man es nicht auch benutzen, um die aufgenommene Nahrung zu sterilisieren? Und dank der schweren

Oxide – im Grunde sind es Steine –, die ihre Haut bilden, ziehen sie sich kaum Schnittwunden und Abschürfungen zu. Nicht einmal die Lungen stehen im direkten Austausch mit der Umwelt. Falls Keime eindringen, versiegelt der Körper den betreffenden Bereich und kocht ihn. Ein eridianischer Körper ist eine beinahe uneinnehmbare Festung.

Ein menschlicher Körper ist dagegen eher ein Polizeistaat ohne feste Grenzen.

»Menschen sind ganz anders«, erkläre ich. »Wir haben ständig Krankheiten, aber wir haben ein sehr starkes Immunsystem. Und wir finden Heilung für Krankheiten in der Natur. Das Wort dafür ist ›Antibiotikum‹.«

»*Nicht verstehe*«, antwortet er. »*Heilung für Krankheiten in der Natur, Frage? Wie, Frage?*«

»Andere Lebensformen auf der Erde haben eine Abwehr gegen die gleichen Krankheiten entwickelt. Sie sondern Chemikalien ab, die die Krankheit töten, ohne andere Zellen zu beschädigen. Menschen essen die Chemikalien, und die töten dann die Krankheiten, aber nicht unsere menschlichen Zellen.«

»*Erstaunen. Erid hat das nicht.*«

»Das System ist aber nicht perfekt«, fahre ich fort. »Die Antibiotika wirken zuerst sehr gut, aber im Laufe der Jahre nimmt die Wirkung immer mehr ab, und irgendwann nützen sie überhaupt nichts mehr.«

»*Warum, Frage?*«

»Die Krankheiten verändern sich. Zuerst töten die Antibiotika die ganze Krankheit im Körper, aber einige überleben. Durch die Benutzung der Antibiotika zeigen die Menschen den Krankheiten gleichzeitig, wie sie die Antibiotika überleben können.«

»*Ah!*« Rocky hebt den Panzer ein wenig. »*Krankheit entwickelt Abwehr gegen Chemikalie, die sie tötet.*«

»Ja.« Ich zeige auf die Versuchsanordnung. »Stell dir vor, die Taumöben wären eine Krankheit, und der Stickstoff ist das Gegenmittel.«

Er hält inne und hebt den Panzer wieder in die alte Höhe. »*Ver-*

stehe! Machen Umgebung nahezu tödlich. Brüten Taumöben, die überleben. Machen noch tödlicher. Brüten Überlebende. Wiederholen, wiederholen, wiederholen!«

»Ja«, bestätige ich. »Wir müssen nicht verstehen, wie oder warum der Stickstoff die Taumöben tötet. Wir müssen nur gegen Stickstoff resistente Taumöben züchten.«

»*Ja!*«, sagt er.

»Gut!« Ich klopfe auf den Brutkasten. »Mach mir zehn davon, aber kleiner. Und baue mir eine Möglichkeit, die Taumöbenproben zu entnehmen, ohne das Experiment zu unterbrechen. Mach mir ein sehr präzises System für die Zufuhr von Gas. Ich muss den Stickstoffgehalt in den Brutkästen ganz genau kontrollieren.«

»*Ja! Ich mache! Ich mache sofort!*«

Er trippelt hinunter in den Schlafraum.

Kopfschüttelnd überprüfe ich die Ergebnisse der spektrografischen Analyse. »Nicht gut. Ein völliger Fehlschlag.«

»*Traurig*«, sagt Rocky.

Ich stütze das Kinn auf die Hände. »Vielleicht kann ich die Gifte herausfiltern.«

»*Vielleicht könntest du dich auf die Taumöben konzentrieren.*« Rockys Stimme bebt auf eine ganz bestimmte Weise, die mir verrät, dass er gerade bissig wird. Das Beben ist sogar besonders stark.

»Sie kommen gut allein zurecht.« Ich blicke zu den Kästen mit der Taumöbenproduktion, die an einer Seite des Labors hintereinander aufgestellt sind. »Da gibt es nichts zu tun außer zu warten. Sie sind bereits bei 0,01 Prozent Stickstoff und überleben. Die nächste Generation müsste sogar 0,015 Prozent aushalten.«

»*Das ist Zeitverschwendung. Und Verschwendung von meinem Essen.*«

»Ich muss wissen, ob ich dein Essen vertrage.«

»*Iss dein eigenes Essen.*«

»Ich habe nur noch richtiges Essen für ein paar Monate. Du hast genug, um eine ganze Crew von dreiundzwanzig Eridianern mehrere Jahre zu versorgen. Das Leben auf Erid und auf der Erde benutzt die gleichen Proteine. Vielleicht kann ich dein Essen zu mir nehmen.«

»*Warum sagst du richtiges Essen, Frage? Was ist nicht-richtiges Essen, Frage?*«

Noch einmal blicke ich auf die Ergebnisse. Warum sind im eridianischen Essen so viele Schwermetalle? »Richtiges Essen ist Essen, das gut schmeckt. Essen, das Spaß macht.«

»*Hast du Nicht-Spaß-Essen, Frage?*«

»Ja. Komabrei. Das Schiff hat ihn mir auf dem Weg hierher eingeflößt. Davon habe ich genug für beinahe vier Jahre.«

»*Dann iss das.*«

»Es schmeckt schlecht.«

»*Essen-Erfahrung nicht so wichtig.*«

»He.« Ich zeige auf ihn. »Für Menschen ist die Essen-Erfahrung sehr wichtig.«

»*Menschen komisch.*«

Ich zeige wieder auf die Ausgabe des Spektrometers. »Warum ist im eridianischen Essen Thallium?«

»*Gesund.*«

»Thallium tötet Menschen!«

»*Dann iss Menschen-Essen.*«

»Bäh.« Ich gehe zu den Taumöben-Brutkästen hinüber. Rocky hat sich selbst übertroffen. Ich kann den Stickstoffgehalt bis auf ein Teil pro Million genau steuern. Bisher sieht es gut aus. Nun ja, diese Generation kann nur eine Winzigkeit Stickstoff vertragen, aber es ist eine Winzigkeit mehr als bei der vorherigen Generation.

Der Plan funktioniert. Unsere Taumöben entwickeln eine Stickstoffresistenz.

Ob sie jemals mit den 3,5 Prozent zurechtkommen werden, die auf der Venus vorherrschen? Oder mit den 8 Prozent auf Dreiwelt? Wer weiß? Wir müssen einfach abwarten und sehen, was geschieht.

Ich benutze Prozentsätze, um den Stickstoffgehalt festzulegen. Das klappt nur, weil die Astrophagen brüten, wenn der Luftdruck bei 0,02 Atmosphären liegt. Da der Druck bei allen Experimenten gleich ist, teile ich einfach durch 0,02 Atmosphären und multipliziere den Wert später, wenn ich die Daten bearbeite.

Ich klopfe auf den Deckel von Brutkasten drei. Das ist mein Glückskasten. Unter dreiundzwanzig Generationen von Taumében hat Brutkasten drei neunmal die stärkste Variante erbrütet. Das ist ziemlich gut, wenn man bedenkt, dass sie gegen neun andere konkurrieren muss.

Ja, Brutkasten drei ist eine »Sie«. Fragen Sie mich nicht.

»Wie lange noch, bis wir die *Blip-A* erreichen?«

»*Siebzehn Stunden bis Umkehrschubmanöver.*«

»Gut, dann fahren wir die Zentrifuge jetzt herunter. Nur für den Fall, dass es Probleme gibt und wir zusätzliche Zeit brauchen, um etwas in Ordnung zu bringen.«

»*Zustimmung. Ich gehe jetzt ins Cockpit. Du gehst ins Lager und legst dich hin. Vergiss nicht Steuerung mit den Verlängerungskabeln.*«

Ich sehe mich im Labor um. Alles ist gut gesichert. »Ja, in Ordnung, dann packen wir es an.«

»*John, Ringo, Paul aus*«, meldet Rocky. »*Erreichen Umlaufgeschwindigkeit.*«

In einem Sonnensystem gibt es nichts »Stationäres«. Man bewegt sich immer um irgendetwas anderes. In diesem Fall hat Rocky unsere Reisegeschwindigkeit reduziert, bis wir in einen stabilen Orbit in einer Entfernung von etwa einer Astronomischen Einheit rings um Tau Ceti einschwenken konnten. Dort hat er die *Blip-A* geparkt.

Rocky entspannt sich in seiner Cockpit-Blase. Er klemmt die Steuerkästchen an die Wandhalter. Da die Maschinen aus sind und wir wieder Schwerelosigkeit haben, wollen wir auf keinen Fall, dass der »Schub«-Knopf unbeaufsichtigt umherfliegt.

Er packt zwei Handgriffe und richtet seinen Panzer über dem Texturmonitor aus. Wie immer zeigt ihm das Gerät mithilfe von Texturen das, was mein Hauptmonitor mit Farben darstellt.

»Du hast jetzt Kontrolle.« Er hat seine Aufgabe erledigt, nun bin ich an der Reihe.

»Wie lange bis zum Blitz?«, frage ich.

Rocky nimmt eine eridianische Uhr von der Wand. *»Nächster Blitz in drei Minuten, sieben Sekunden.«*

»Gut.«

Rocky ist kein Trottel. Er hat sein Schiff angewiesen, etwa alle zwanzig Minuten einmal kurz die Maschinen zu starten, damit wir eine Orientierung haben. Es ist leicht auszurechnen, wo das Schiff sein *sollte*. Aber die Schwerkraft der anderen Planeten, ungenaue Messungen der letzten bekannten Geschwindigkeit, Abweichungen bei der Schätzung von Tau Cetis Anziehungskraft ... das alles summiert sich zu kleinen Fehlern. Und ein kleiner Fehler bei der Suche nach etwas, das einen Stern umkreist, ist eine ziemlich große Distanz.

Also hoffen wir nicht darauf, dass wir das Taulicht als Reflex auf der Hülle des Schiffs ausmachen, wenn wir in der Nähe sind, sondern er hat die Maschinen so eingestellt, dass sie ab und zu zünden. Ich muss nur noch mit dem Petrowaskop Ausschau halten. Es müsste ein *extrem* heller Blitz sein.

»Wie hoch ist im Moment die Stickstofftoleranz, Frage?«

»In Brutkasten drei sind heute ein paar Überlebende mit 0,6 Prozent Stickstoff. Ich vermehre sie gerade.«

»Wie groß ist die Schrittweite, Frage?«

Diese Unterhaltung haben wir schon ein Dutzend Mal geführt. Aber es ist ja verständlich, dass er neugierig ist. Die Existenz seiner Spezies hängt davon ab.

Die »Schrittweite«, wie wir es nennen, bezieht sich auf die Unterschiede im Stickstoffgehalt zwischen den zehn Kästen. Nicht in jedem Kasten setze ich den gleichen Versuch an. Bei jeder neuen Generation versuche ich es mit zehn unterschiedlichen Stickstoffkonzentrationen.

»Ich bin jetzt aggressiv – jeweils eine Erhöhung von 0,05 Prozent.«

»Gut gut«, sagt er.

Alle zehn Kästen brüten Taumöbe-06 aus (benannt nach dem Stickstoffanteil, den sie aushalten). Brutkasten eins ist wie immer die Kontrollgruppe. Dort sind es genau 0,6 Prozent Stickstoff. Damit dürfte Taumöbe-06 keine Probleme haben. Wenn doch, gab es bei der vorherigen Serie einen Fehler, und ich muss auf den früheren Stamm zurückgreifen.

In Brutkasten zwei sind es 0,65 Prozent Stickstoff, in Brutkasten drei 0,7. Und so weiter bis zu Brutkasten zehn mit 1,05 Prozent. Die kräftigsten Überlebenden sind die Sieger und gehen in die nächste Runde. Ich warte jeweils ein paar Stunden, um sicher zu sein, dass sie wenigstens noch zwei weitere Generationen hervorbringen. Taumöben haben eine unglaublich hohe Verdoppelungsrate. Genauer gesagt, sind sie so schnell, dass sie in wenigen Tagen meinen ganzen Treibstoff fressen können.

Wenn wir bei Prozentsätzen angelangt sind, die dem Stickstoffgehalt der Venus oder von Dreiwelt entsprechen, werde ich noch erheblich gründlichere Tests durchführen.

»*Blitz kommt bald*«, warnt mich Rocky.

»Verstanden.«

Ich rufe das Petrowaskop auf den Hauptmonitor. Normalerweise würde ich es auf einem seitlichen Bildschirm darstellen, aber der mittlere ist der einzige Monitor, den Rocky »sehen« kann. Wie erwartet ist dank Tau Ceti im Moment nur das Hintergrundlicht auf der Petrowa-Frequenz zu sehen. Ich verschiebe den Ausschnitt und neige die Kamera. Wir sind jetzt absichtlich näher an Tau Ceti, als es die *Blip-A* sein sollte. Deshalb blicke ich mehr oder weniger direkt vom Stern weg. Das müsste die Hintergrund-Infrarotstrahlung minimieren und mir einen guten Blick auf den Blitz erlauben.

»Gut. Ich glaube, ich ziele mehr oder weniger auf dein Schiff.«

Rocky konzentriert sich auf seinen Texturmonitor. »*Verstanden. Siebenunddreißig Sekunden bis zum Blitz.*«

»Sag mal, wie heißt dein Schiff eigentlich?«

»*Blip-A.*«

»Nein, ich meine, wie nennst du es selbst?«

»*Schiff.*«

»Hat dein Schiff wirklich keinen Namen?«

»*Warum sollte Schiff Namen haben, Frage?*«

Ich zuckte mit den Achseln. »Alle Schiffe haben Namen.«

Er zeigt auf meinen Pilotensessel. »*Wie heißt dein Stuhl, Frage?*«

»Der hat keinen Namen.«

»*Warum hat Schiff Namen, aber nicht Stuhl, Frage?*«

»Schon gut. Dein Schiff ist die *Blip-A*.«

»*Das sagte ich schon. Blitz in zehn Sekunden.*«

»Verstanden.«

Rocky und ich schweigen und starren auf unsere Bildschirme. Es hat lange gedauert, bis ich die Feinheiten begriffen habe, aber inzwischen erkenne ich es, wenn Rocky sich auf etwas Bestimmtes konzentriert. Er neigt dann seinen Panzer in die entsprechende Richtung und wiegt sich ganz leicht vor und zurück. Wenn ich der Linie folge, auf die er zielt, erkenne ich normalerweise, was ihn gerade interessiert.

»*Drei ... zwei ... eins ... jetzt!*«

Wie auf Stichwort blinken auf dem Bildschirm ein paar Pixel weiß.

»Ich habe es«, sage ich.

»*Ich nicht bemerkt.*«

»Es war schwach. Wir müssen weit entfernt sein. Warte mal ...« Ich schalte auf das Teleskop um und verschiebe den Ausschnitt bis zu dem Bereich, aus dem der Blitz kam. Mit kleinen Bewegungen fahre ich hin und her, bis ich in der Schwärze eine leichte Verfärbung entdecke. Taulicht, das von der *Blip-A* reflektiert wird. »Ja, wir sind ziemlich weit weg.«

»*Beetles haben viel Brennstoff übrig. Ist gut. Sag mir neuen Winkel.*«

Ich überprüfe die Anzeigen unten auf dem Schirm. Wir müssen nur die *Hail Mary* auf den augenblicklichen Winkel des Teleskops bringen. »Gieren um plus 13,72 Grad. Neigung minus 9,14 Grad.«

»*Gieren plus eins drei Komma sieben zwei. Neigung minus neun Komma eins vier.*« Er nimmt die Beetle-Steuerung aus den Halterungen und macht sich an die Arbeit. Indem er die Beetles der Reihe nach ein- und ausschaltet, richtet er das Schiff auf die *Blip-A* aus.

Ich bringe das Teleskop in die Grundstellung und zoome heran, um den Kurs zu bestätigen. Der Unterschied zwischen dem Weltraum im Hintergrund und dem Schiff ist so klein, dass ich es kaum wahrnehmen kann. Aber es ist da. »Der Winkel ist richtig.«

Er konzentriert sich sehr auf seinen Texturbildschirm. *»Ich erkenne nichts auf dem Monitor.«*

»Der Lichtunterschied ist sehr gering. Man braucht Menschenaugen, um es zu erkennen. Der Winkel stimmt.«

»Verstehe. Wie ist Entfernung, Frage?«

Ich schalte auf das Radar um. Nichts. »Wir sind zu weit weg, das Radar empfängt nichts. Mindestens zehntausend Kilometer.«

»Beschleunigen auf welche Geschwindigkeit, Frage?«

»Wie wäre es mit ... drei Kilometern pro Sekunde? Dann müssten wir in einer Stunde bei der *Blip-A* eintreffen.«

»Dreitausend Meter pro Sekunde. Standardbeschleunigungsrate ist akzeptabel, Frage?«

»Ja. Fünfzehn Meter pro Quadratsekunde.«

»Zweihundert Sekunden Schub. Wir beginnen jetzt.«

Ich halte mich fest, als die Schwerkraft einsetzt.

25

Wir haben es geschafft!

Wir haben es tatsächlich geschafft! Die Rettung der Erde steht in einem kleinen Behälter auf dem Boden.

»*Glücklich!*«, sagt Rocky. »*Glücklich glücklich glücklich!*«

Mir ist so schwindlig, dass mir fast übel wird. »Ja! Aber wir sind noch nicht fertig.«

Ich schnalle mich auf der Koje an. Ein Kopfkissen will wegschweben, ich schnappe es rechtzeitig und klemme es mir unter den Kopf. Ich bin aufgekratzt, aber wenn ich nicht bald schlafe, wird Rocky mir zusetzen. Da vermasselt man *ein einziges Mal* beinahe eine Mission, und schon steckt einen ein Alien ins Bett.

»*Taumöben-35*«, sagt Rocky. »*Hat viele Generationen gebraucht, aber endlich Erfolg!*«

Wissenschaftliche Durchbrüche hinterlassen ein seltsames Gefühl. Es gibt keinen »Heureka«-Moment. Nur ein langsames, stetiges Fortschreiten zum Ziel. Aber Mann, wenn man das Ziel erreicht, fühlt es sich wirklich gut an.

Vor zwei Wochen haben wir die Schiffe erneut miteinander verbunden. Rocky war begeistert, dass er wieder in sein größeres Schiff umziehen konnte. Als Erstes hat er einen Tunnel von seinem Teil der *Hail Mary* zur *Blip-A* gebaut. Das bedeutet, dass meine Hülle jetzt ein weiteres Loch hat, aber ich vertraue vollkommen darauf, dass Rocky sich in Ingenieursfragen auskennt. Ach, wenn er bei mir eine Operation am offenen Herzen durchführen wollte, dann würde ich ihn wahrscheinlich lassen. Der Kerl ist wirklich erstaunlich.

Da die Schiffe verbunden sind, kann ich die Zentrifuge der *Hail*

Mary nicht mehr aktivieren. Das bedeutet, dass wir ständig Schwerelosigkeit haben. Aber da wir jetzt nur noch Taumöben in Brutkästen erzeugen, kann ich eine Weile ohne die Laborgeräte auskommen, die von der Schwerkraft abhängig sind.

Im Laufe der Wochen haben wir viele Generationen von Taumöben gezüchtet, deren Widerstandsfähigkeit gegenüber Stickstoff sich immer weiter erhöht hat. Heute sind wir endlich bei Taumöbe-35 angekommen, einem Stamm, der 3,5 Prozent Stickstoff bei 0,02 Atmosphären aushält – also das, was auf der Venus vorherrscht.

»*Du kannst jetzt glücklich sein*«, ruft er von seiner Werkbank herüber.

»Bin ich, bin ich«, antworte ich. »Aber wir müssen auf acht Prozent kommen, damit sie auch auf Dreiwelt überleben. Erst dann sind wir fertig.«

»*Ja ja ja. Aber dies ist Teilerfolg, wichtiger Augenblick.*«

»Ja.« Ich lächle.

Er fummelt mit einem neuen Gerät herum. Er arbeitet immer an irgendetwas. »*Jetzt machst du genaue Venusatmosphäre in einem Kasten und ausführliche Tests mit Taumöbe-35, Frage?*«

»Nein«, antworte ich. »Wir machen weiter, bis wir Taumöbe-80 erreichen. Die sollten dann auf der Venus und auf Dreiwelt überleben, und erst die will ich testen.«

»*Verstehe.*«

Ich drehe mich zu ihm um. Dieses Beobachten im Schlaf finde ich nicht mehr unheimlich. Wenn überhaupt, ist es sogar beruhigend. »Woran arbeitest du da?«

Das Gerät ist auf seiner Werkbank festgeklemmt, damit es nicht wegtreibt. Er arbeitet aus vielen verschiedenen Richtungen daran und hält gleichzeitig viele Werkzeuge fest. »*Das ist Erde-Elektrizitätseinheit.*«

»Baust du einen Stromumsetzer?«

»*Ja. Wandelt um von eridianischer Primärsequenzamplitude in Strom auf ineffizientes Erde-Gleichstromsystem.*«

»Primärsequenz?«

»Würde lange dauern zu erklären.«

Ich nehme mir vor, ihn später noch einmal danach zu fragen. »Schön, und wozu willst du das benutzen?«

Er legt zwei Werkzeuge weg und hebt drei andere auf. *»Wenn alle Pläne funktionieren, machen wir gute Taumöben. Dann ich gebe dir Treibstoff. Du fliegst zur Erde und ich nach Erid. Wir sagen Lebewohl.«*

»Ja, werden wir wohl«, sage ich. Ich sollte mehr Freude empfinden, da ich doch ein Selbstmordkommando überlebe, als Held nach Hause zurückkehre und meine ganze Spezies rette. Aber es wird schwer, mich für immer von Rocky zu verabschieden. Ich schiebe den Gedanken weg.

»Du hast viele tragbare Denkmaschinen. Gibst du mir eine als Geschenk, Frage?«

»Einen Laptop? Du willst einen Laptop haben? Sicher, ich habe mehrere.«

»Gut gut. Und die Denkmaschine hat Informationen, Frage? Wissenschaftsinformationen von der Erde, Frage?«

Ah, natürlich. Ich gehöre einer fortschrittlichen Spezies an, die Wissen besitzt, das den Stand der Eridianer übertrifft. Ich glaube, die Laptops haben Terabyte-Festplatten. Ich könnte ihm die gesamte Wikipedia kopieren.

»Ja, das kann ich tun. Aber ich fürchte, ein Laptop wird in der eridianischen Luft nicht funktionieren. Zu heiß.«

Er zeigt auf das Gerät. *»Das ist nur ein Teil von Denkmaschinen-Lebenserhaltung. System liefert Strom, hält Erdtemperatur und Erdluft im Inneren. Viele redundante Back-ups. Sorge dafür, dass Denkmaschine nicht kaputtgeht. Wenn kaputt, dann kann kein Eridianer reparieren.«*

»Ah, verstehe. Aber wie liest du die Ausgaben?«

»Kamera im Inneren konvertiert irdische Licht-Ausgabe in eridianische Texturausgabe. Wie Kamera im Cockpit. Ehe wir aufbrechen, erklärst du mir geschriebene Sprache.«

Er versteht Englisch inzwischen gut genug, um jedes Wort nachschlagen zu können, das er noch nicht kennt. »Ja, natürlich.

Unsere geschriebene Sprache ist einfach. Gewissermaßen. Es gibt nur sechsundzwanzig Buchstaben, aber viele eigenartige Weisen, sie auszusprechen. Nun ja, im Grunde sind es zweiundfünfzig Symbole, weil die Großbuchstaben anders aussehen, auch wenn sie gleich ausgesprochen werden. Und dann gibt es die Interpunktion ...«

»*Unsere Gelehrten werden lösen. Du zeigst mir Anfang.*«

»Ja, das mache ich«, verspreche ich ihm. »Ich hätte auch gern ein Geschenk von dir: Xenonit. In fester Form und die flüssigen Vorstufen. Das wollen die irdischen Wissenschaftler haben.«

»*Ja, ich gebe dir.*«

Ich gähne. »Ich muss bald schlafen.«

»*Ich beobachte.*«

»Gute Nacht, Rocky.«

»*Gute Nacht, Grace.*«

Ich schlafe so leicht ein wie seit Wochen nicht mehr. Ich habe Taumöben, die die Erde retten können.

Eine außerirdische Lebensform modifizieren. Was könnte da schon schiefgehen?

Damals habe ich mir wie die meisten Kinder vorgestellt, wie es wäre, Astronaut zu sein. Ich habe mir ausgemalt, mit einer Rakete durch den Weltraum zu fliegen, Aliens zu treffen und ganz allgemein ein Held zu sein. Was ich mir nicht vorgestellt habe, war, die Abwassertanks zu reinigen.

Genau das mache ich heute. Um es genauer zu sagen, räume ich hier nicht meine Haufen weg, sondern die Taumöbenhaufen. Tausende Kilogramm Taumöbenhaufen. Alle sieben Treibstofftanks müssen ausgeräumt werden, ehe ich neuen Treibstoff einleite.

Einerseits schaufle ich also Haufen. Andererseits stecke ich dabei wenigstens in einem EVA-Anzug. Ich habe das Zeug schon einmal gerochen. Es ist nicht angenehm.

Der Brei aus Methan und zerfallenden Zellen ist kein Problem. Wenn das alles wäre, würde ich es einfach ignorieren. Zwanzigtausend Kilogramm Schlamm in einem zwei Millionen Kilogramm fassenden Tank? Kaum der Rede wert.

Das Problem ist, dass dort drinnen vermutlich Taumöben überlebt haben. Die Kontamination hat vor mehreren Wochen den verfügbaren Treibstoff gefressen, also sind sie inzwischen größtenteils verhungert. Jedenfalls haben die letzten Proben, die ich entnommen habe, dies bestätigt. Aber ein paar dieser kleinen Dreckskerle sind vermutlich noch am Leben. Und ich will sie auf keinen Fall mit zwei Millionen Kilogramm frischen Astrophagen füttern.

»*Fortschritt, Frage?*«, will Rocky über Funk wissen.

»Ich bin mit Treibstofftank drei fast fertig.«

Jetzt krieche ich ganz in den Tank hinein, kratze mit einem selbst gemachten Spatel den schwarzen Schlamm von den Wänden und werfe ihn durch ein Loch von einem Meter Durchmesser zur Seite hinaus. Wie das Loch von einem Meter Durchmesser entstanden ist? Ich habe es selbst in die Wand geschnitten.

Die Treibstofftanks haben keinen Zugang, durch den ein Mensch passen würde. Warum sollten sie auch? Zwar führen Ventile und Leitungen hinein und hinaus, doch die größten sind nur ein paar Zentimeter dick. Ich habe auch nichts, um die Tanks auszuspülen. Meine »zehntausend Gallonen Wasser« habe ich zu Hause gelassen. Also muss ich in jeden Tank ein Loch schneiden, den Dreck ausräumen und das Loch wieder verschließen.

Ich muss schon sagen, der Schneidbrenner, den Rocky mir gebaut hat, funktioniert hervorragend. Ein paar kleine Astrophagen, etwas Infrarotlicht und ein paar Linsen. Das Ergebnis ist ein verdammter Todesstrahl, den ich jetzt in den Händen halte. Das Problem besteht eher darin, den Ausstoß niedrig genug einzustellen. Rocky hat allerdings ein paar Sicherungen eingebaut. Er hat darauf geachtet, dass die Linsen einige Unreinheiten enthalten und nicht aus durchsichtigem Xenonit bestehen. Vielmehr sind sie aus infrarotdurchlässigem Glas konstruiert. Wenn die Lichtmenge der Astrophagen im Inneren zu groß wird, schmelzen die Linsen. Dann verliert der Strahl den Brennpunkt und schneidet nicht mehr. Daraufhin müsste ich zwar reumütig zu Rocky zurückkehren und ihn bitten, mir einen neuen zu bauen, aber wenigstens würde ich mir nicht das Bein abschneiden.

Bisher ist das nicht passiert. Aber zutrauen würde ich es mir.

Ich kratze eine besonders hartnäckige Schleimkruste von der Wand. Sie schwebt weg, und ich schlage sie mit dem Kratzer durch das Loch nach draußen. »Wie ist der Status bei den Brutkästen?«, frage ich.

»Nummer vier hat noch lebende Taumöben. Nummer fünf und höher alle tot.«

Im Tank schlurfe ich nach vorne. Er ist so schmal, dass ich meine Position halten kann, indem ich die Stiefel an eine Seite und eine Hand an die andere Wand stemme. So habe ich noch eine freie Hand, um den Dreck abzukratzen. »Brutkasten vier hatte 5,25 Prozent, richtig?«

»Nicht richtig. Fünf Komma zwei null Prozent.«

»Schön, dann sind wir jetzt bei Taumöbe 52. Sieht gut aus.«

»Wie sind Fortschritte, Frage?«

»Langsam und gleichmäßig«, antworte ich.

Ich schleudere einen Klumpen Dreck ins Weltall. Ich wünschte, ich könnte einfach die Tanks mit Stickstoff fluten, und es wäre erledigt. Schließlich haben diese Taumöben keine Resistenz gegen Stickstoff. Aber das würde nichts nützen. Der Schlamm ist mehrere Zentimeter dick. Ganz egal, wie viel Stickstoff ich hineinpumpe, er würde nicht die Taumöben erreichen, die durch eine zentimeterdicke Schicht ihrer Brüder abgeschirmt werden.

Ein einziger Überlebender reicht aus, um einen neuen Befall auszulösen, wenn ich die Tanks mit Rockys Reserve-Astrophagen auffülle. Also muss ich die Tanks so gut säubern, wie es geht, ehe ich sie mit Stickstoff fülle.

»Deine Treibstofftanks sind groß. Du hast genug Stickstoff, Frage? Ich kann Ammoniak aus Lebenserhaltung von Blip-A geben, wenn du brauchst.«

»Ammoniak hilft mir nicht«, antworte ich. »Die Taumöben haben kein Problem mit Stickstoffverbindungen. Nur mit dem elementaren N2. Aber keine Sorge, ich komme zurecht. Ich brauche gar nicht so viel Stickstoff, wie du denkst. Wir wissen, dass 3,5 Prozent bei 0,02 Atmosphären die normalen Taumöben töten. Das ist ein Partialdruck von weniger als einem Pascal. Die Treibstofftanks sind jeweils nur 37 Kubikmeter groß. Ich muss nur ein paar Gramm Stickstoff einleiten, damit sie alle sterben. Das Gas ist für Taumöben erstaunlich tödlich.«

Ich stemme die Hände in die Hüften. In einem EVA-Anzug ist das eine merkwürdige Pose. Sofort treibe ich von der Wand weg, aber es passt zur Situation. »Gut, ich bin mit Treibstofftank drei fertig.«

»*Willst du jetzt Xenonitflicken für Loch in der Hülle, Frage?*«

Ich schwebe aus dem Treibstofftank in den Weltraum hinaus. Dort ziehe ich mich an der Leine zur Hülle zurück. »Nein. Ich säubere erst alle, und dann versiegle ich sie mit einer weiteren EVA.«

An den Hangriffen hangle ich mich zum Treibstofftank vier, verankere mich an Ort und Stelle und schalte den eridianischen Astrobrenner ein.

Mit Xenonit kann man ziemlich gute gasdichte Druckbehälter bauen.

Meine Treibstofftanks sind gesäubert und versiegelt. Ich habe hundertmal so viel Stickstoff eingeleitet wie nötig, um die natürlichen Taumöben zu töten, die dort vielleicht noch waren. Und ich habe den Stickstoff eine Weile dort gelassen. Ich will kein Risiko eingehen.

Nach mehreren Tagen und zahlreichen Sterilisationsläufen wird es Zeit für einen Test. Rocky gibt mir ein paar Kilogramm Astrophagen, mit denen ich arbeiten kann. Ich erinnere mich noch gut an die Zeit, als »ein paar Kilogramm Astrophagen« auf *Stratts Tonne* eine Gabe Gottes für alle gewesen wären. Aber jetzt heißt es nur: »Oh, he, hier sind ein paar Billiarden Joule Energie. Sag Bescheid, wenn du mehr brauchst.«

Ich teile die Astrophagen in sieben annähernd gleich große Portionen auf, lasse den Stickstoff ab und führe in jeden Treibstofftank eine Portion ein. Dann warte ich einen Tag.

Währenddessen ist Rocky in seinem Schiff unterwegs und arbeitet an einem Pumpsystem, um die Astrophagen von seinen Treibstofftanks in meine zu übertragen. Ich biete ihm meine Hilfe an, aber er lehnt höflich ab. Was könnte ich auch schon auf der *Blip-A* ausrichten? Mein EVA-Anzug kommt mit der Umgebung da drüben nicht zurecht, und Rocky müsste mir ein ganzes Tunnelsystem bauen ... Es ist den Aufwand nicht wert.

Gewiss, ich hätte es gern, wenn es anders wäre. Das ist ein richtiges Alien-Raumschiff! Ich will es von innen sehen! Aber na gut. Ich muss ja die Menschheit retten und so weiter. Das geht vor.

Ich überprüfe die Treibstofftanks. Inzwischen müssten letzte noch lebende Taumöben die Astrophagen gefunden und gefuttert haben. Wenn dort noch Astrophagen sind, ist der Behälter steril.

Langer Rede kurzer Sinn: Zwei der sieben Behälter sind nicht steril.

»He, Rocky!«, rufe ich aus dem Cockpit.

Er ist irgendwo an Bord der *Blip-A*, aber ich weiß, dass er mich hören kann. Er kann mich immer hören.

Nach ein paar Sekunden knackt es im Funkgerät. »*Was ist, Frage?*«

»In zwei Treibstoffbehältern sind noch Taumöben.«

»*Verstehe. Nicht gut. Aber auch nicht schlecht. Die anderen fünf sind sauber, Frage?*«

Ich halte mich an einem Griff im Cockpit fest. Man treibt leicht weg, wenn man sich auf eine Unterhaltung konzentriert. »Ja, die anderen sind anscheinend in Ordnung.«

»*Wie haben Taumöben in den beiden schlechten Behältern überlebt, Frage?*«

»Wahrscheinlich habe ich nicht gründlich genug geputzt. Irgendwo blieb Schlamm kleben, der die lebenden Taumöben vor dem Stickstoff abgeschirmt hat. Das vermute ich jedenfalls.«

»*Plan, Frage?*«

»Ich gehe noch einmal rein, kratze sie abermals sauber und sterilisiere sie. Die anderen fünf bleiben erst einmal verschlossen.«

»Guter Plan. Vergiss nicht die Treibstoffleitungen zu säubern.«

Da alle Tanks befallen waren, muss man annehmen, dass auch die Leitungen infiziert sind. »Ja. Das wird leichter als bei den Tanks. Da muss ich nur unter hohem Druck Stickstoff durchblasen. Das treibt die Brocken heraus und sterilisiert den Rest. Anschließend teste ich sie genauso wie die Treibstoffbehälter.«

»Gut gut«, antwortet er. *»Wie ist Status von Brutkästen, Frage?«*

»Wir machen gute Fortschritte, wir sind jetzt bei Taumöbe-62.«

»Eines Tages finden wir heraus, warum Stickstoff das Problem war.«

»Ja, aber das können andere Wissenschaftler übernehmen. Wir brauchen einfach nur Taumöbe-80.«

»Ja. Taumöbe-80. Vielleicht Taumöbe-86. Sicherheit.«

Wenn man mit der Zahlenbasis sechs rechnet, ist es völlig normal, instinktiv eine Sechs zu addieren.

»Einverstanden«, sage ich.

Ich öffne die Luftschleuse und steige in den Orlan-EVA-Anzug. Den Astrobrenner klemme ich mir an den Werkzeuggürtel. Dann schalte ich das Funkgerät im Helm ein. »Beginne mit EVA.«

»Verstehe. Funke, wenn Problem. Kann mit Hüllenroboter meines Schiffs helfen, wenn nötig.«

»Das sollte nicht nötig sein, aber ich sage Bescheid.«

Hinter mir verschließe ich die Luke und setze die Luftschleuse in Gang.

»Leck mich doch«, sage ich. Dann drücke ich auf den letzten Knopf und werfe Treibstofftank fünf ab.

Die Sprengladungen knallen, und der leere Behälter segelt in den weiten Weltraum davon.

Ganz egal, wie viel ich geschrubbt, gereinigt, mit Stickstoff desinfiziert oder was auch sonst gemacht habe, ich konnte die Taumöben in Treibstofftank fünf nicht loswerden. Ganz egal, was ich versucht habe, sie haben überlebt und die Test-Astrophagen verdrückt, die ich eingeführt habe.

An einem gewissen Punkt muss man einfach loslassen.

Ich verschränke die Arme vor der Brust und sinke auf meinen Pilotensessel. Es gibt keine Schwerkraft, um sich ordentlich fallen zu lassen. Ich muss mich abstoßen und mich bewusst und gezielt in den Sitz werfen. Jetzt schmolle ich, verdammt, und ich habe die Absicht, es gründlich zu tun. Mir fehlen drei meiner ursprünglich neun Treibstofftanks. Zwei nach dem Erlebnis über Adrian und ein weiterer seit gerade eben. Das ist Lagerraum für ungefähr 666.000 Kilogramm Treibstoff, den ich nicht mehr habe.

Reicht der Rest, um nach Hause zu kommen? Sicher. Ein Treibstoffvorrat, der mich der Schwerkraft von Tau Ceti entfliehen lässt, reicht aus, um *irgendwann* nach Hause zu kommen. Wenn es mir nichts ausmacht, eine Million Jahre zu warten, könnte ich auch mit ein paar Kilogramm Astrophagen nach Hause kommen.

Es geht nicht darum, dort anzukommen. Es geht darum, wie lange es dauert.

Längere Zeit rechne ich sehr intensiv und bekomme Antworten, die ich nicht mag.

Die Reise von der Erde nach Tau Ceti hat drei Jahre und neun Monate gedauert. Dabei haben wir die ganze Zeit stetig mit 1,5 g beschleunigt. Dies hat Dr. Lamai als die maximale ständige g-Belastung definiert, die ein Mensch fast vier Jahre lang aushalten kann. Auf der Erde sind währenddessen etwa dreizehn Jahre vergangen, aber die Zeitdilatation hat sich zum Vorteil der Crew ausgewirkt.

Wenn ich die lange Heimreise mit nur 1,33 Millionen Kilogramm Treibstoff antrete (das ist alles, was die verbliebenen Tanks noch aufnehmen können), komme ich auf eine Dauerbeschleunigung von 0,9 g. Ich fliege also langsamer, was bedeutet, dass die Zeitdilatation geringer wird, was wiederum bedeutet, dass für mich mehr Zeit verstreicht. Alles in allem müsste ich mit einer Flugzeit von fünfeinhalb Jahren rechnen.

Na und? Das sind doch nur anderthalb Jahre mehr. Wo ist das Problem?

Ich habe nicht genug zu essen.

Es war ein Selbstmordkommando. Sie haben uns Proviant für

mehrere Monate mitgegeben, und das ist alles, was ich hatte. Ich habe die Vorräte möglichst schonend verbraucht, aber früher oder später muss ich auf Komabrei umsteigen. Das schmeckt nicht gut, ist aber wenigstens vom Nährstoffgehalt her ausgewogen.

Aber wie gesagt, es war ein Selbstmordkommando. Sie haben uns auch nicht genug Komabrei mitgegeben, um wieder nach Hause zu kommen. Ich habe nur noch so viel übrig, weil Kommandant Yáo und Spezialistin Ilyukhina unterwegs gestorben sind.

Alles in allem bleiben mir noch drei Monate echte Nahrung und etwa vierzig Monate Komabrei. Das reicht ganz knapp aus, um die Heimreise mit vollen Treibstofftanks zu überstehen und ein klein wenig Reserve zu haben. Auf keinen Fall reicht es, um bei schwächerem Schub fünfeinhalb Jahre zu überleben.

Rockys Essen ist für mich nutzlos. Ich habe es immer wieder getestet. Es ist voller Schwermetalle, die zwischen »giftig« und »extrem giftig« schwanken. Da drin sind nützliche Proteine und Zucker, die meine Biologie liebend gern nutzen würde, aber ich kann das Gift nicht vom Essen trennen.

Und ich kann hier nichts anbauen. Mein Essen ist gefriergetrocknet oder dehydriert. Es gibt keine Samen oder Pflanzen, mit denen ich Nahrung erzeugen könnte. Ich kann essen, was ich habe, und das war's.

Rocky klickert durch den Tunnel in seine Blase im Cockpit. Er wechselt jetzt so oft zwischen meinem Schiff und der *Blip-A*, dass ich oft nicht genau weiß, wo er ist.

»Du machst wütendes Geräusch. Warum, Frage?«

»Mir fehlt ein Drittel meiner Treibstofftanks. Die Heimreise wird länger dauern, als mein Proviantvorrat reicht.«

»Wie lange seit letztem Schlaf, Frage?«

»Was? Ich rede gerade über Treibstoff! Bleib doch bei der Sache!«

»Mürrisch. Wütend. Dumm. Wie lange seit letztem Schlaf, Frage?«

Ich zucke mit den Achseln. »Das weiß ich nicht. Ich habe an den Brutbehältern und den Treibstofftanks gearbeitet ... ich habe vergessen, wann ich das letzte Mal geschlafen habe.«

»Du schläfst. Ich beobachte.«

Energisch zeige ich auf die Konsole. »Es gibt hier ein ernstes Problem! Ich habe nicht genug Lagerraum für den Treibstoff, um die Heimreise zu überleben! Mir fehlen 600.000 Kilogramm Treibstoff. Ich würde zusätzlich 135 Kubikmeter Lagerraum brauchen! Aber so viel habe ich nicht!«

»Ich mache Lagertank.«

»Dafür hast du nicht genug Xenonit.«

»Brauche kein Xenonit. Jedes starke Material ist gut. Habe viel Metall an Bord. Schmelze, forme, mache Tank für dich.«

Ich blinzle zweimal. »Kannst du das machen?«

»Offensichtlich kann ich! Du bist jetzt dumm. Du schläfst. Ich beobachte und entwerfe Ersatztank. Einverstanden, Frage?« Er klettert die Röhre hinunter in den Schlafraum.

»Äh ...«

»Einverstanden, Frage?«, wiederholt er etwas lauter.

»Ja ...«, murmle ich. »Ja, in Ordnung ...«

Inzwischen habe ich eine Menge EVAs absolviert. Aber keine war so ermüdend wie die letzte.

Sechs Stunden war ich draußen. Der Orlan ist ein robuster alter Anzug, der gut damit zurechtkommt. Über mich kann man das nicht gerade sagen.

Rockys spontan gebaute Tanks sind natürlich perfekt. Ich musste nur einen meiner noch vorhandenen Tanks lösen und ihm zur Analyse überlassen. Genauer gesagt, habe ich den Tank seinem Hüllenroboter gegeben. Ich weiß nicht, wie er den Roboter einsetzt, um etwas zu messen, aber es funktioniert sehr gut. Alle Anschlüsse für Ventile sind am richtigen Ort und haben die exakte Größe. Jedes Schraubenloch ist genau an der richtigen Stelle.

Alles in allem hat er drei perfekte Kopien des Tanks hergestellt, den ich ihm gegeben habe. Der einzige Unterschied ist das Material. Meine Tanks bestanden aus Aluminium. Irgendjemand in Stratts Team hatte für die Hülle Kohlefasern vorgeschlagen, aber sie hat das abgelehnt. Nur gut erprobte Technologien. Die Menschheit hatte mehr als sechzig Jahre Zeit, Raumfahrzeuge mit Aluminiumrümpfen zu testen.

Die neuen Behälter bestehen aus ... einer Legierung. Aus was für einer? Rocky weiß es selbst nicht. Es ist ein Gemisch von Metallen aus nicht kritischen Systemen an Bord der *Blip-A*. Überwiegend Eisen, sagt er. Allerdings hat er mindestens zwanzig verschiedene Elemente geschmolzen. Im Grunde ist es ein Metalleintopf.

Aber das ist ganz in Ordnung. Die Treibstofftanks müssen keinen hohen Druck aushalten. Sie müssen nur die Astrophagen an Bord des Schiffs einsperren, weiter nichts. Sie müssen gerade stark genug sein, um nicht unter dem Gewicht des Treibstoffs zu zerbrechen, wenn das Schiff beschleunigt. Das ist kein Problem. Sie wären genauso brauchbar, wenn sie aus Holz bestehen würden.

»*Du bist langsam*«, sagt er.

»Du bist gemein.« Mit einer Ratsche und zwei Riemen befestige ich einen der großen Zylinder an seinen Platz.

»*Entschuldigung. Ich bin aufgeregt. Brutkästen 9 und 10!*«

»Ja!«, sage ich. »Ich drücke die Daumen.«

Nach der letzten Generation sind wir jetzt bei Taumöbe-78 angelangt. Dieser Stamm vermehrt sich in den Behältern, während ich an den Treibstofftanks arbeite. Die Schritte sind jetzt 0,25 Prozent groß, was bedeutet, dass wir zum ersten Mal überhaupt einen Brutbehälter mit 8 Prozent Stickstoff haben.

Und was die Installation der Tanks angeht – du meine Güte. Ich habe gelernt, dass der erste Bolzen der schwierigste ist. So ein Treibstofftank hat eine große Trägheit und ist schwer mit dem Loch auf einer Höhe zu halten. Außerdem ist das ursprüngliche Befestigungssystem für die Treibstofftanks weg. Das haben die Sprengladungen erledigt. Niemand hat daran gedacht, dass ich neue Tanks befestigen will, nachdem die alten abgesprengt wurden. Die Sprengsätze haben nicht einfach eine Klammer geöffnet. Sie haben die Bolzen einfach durchtrennt, und die Schäden an den Montagepunkten waren ihnen egal.

Ich habe viel Zeit damit verbracht, dieses Selbstmordkommando zu entselbstmorden.

Die Löcher für die Schrauben sind zwar noch einigermaßen in Schuss, aber in jedem sitzt ein abgescherter Bolzen. Da die Bolzen keine Köpfe mehr haben, sind sie ekelhaft schwer zu lösen. Ich habe herausgefunden, dass es das Beste ist, überzählige Stahlstäbe und den Astrobrenner mitzunehmen. Den Bolzen etwas anschmelzen, den Stab etwas anschmelzen und beides verschweißen. Das Ergebnis ist hässlich, aber so bekomme ich einen Hebelarm und kann genug Kraft einsetzen, um den Bolzen zu entfernen. Normalerweise.

Wenn es so nicht klappt, schmelze ich einfach weiter. Was flüssig ist, kann nicht mehr feststecken.

Drei Stunden später habe ich endlich alle neuen Treibstofftanks eingebaut. Mehr oder weniger.

Ich aktiviere die Luftschleuse, steige aus dem Orlan und betrete das Cockpit. Rocky wartet in seiner Blase auf mich.

»*Es ging gut, Frage?*«

Ich wedele mit der Hand hin und her – eine Geste, die interessanterweise bei Menschen und Eridianern die gleiche Bedeutung hat. »Vielleicht. Ich bin nicht sicher. Mehrere Bolzenlöcher waren nicht mehr brauchbar. Deshalb sind die Behälter nicht mehr so gut befestigt, wie sie es sein sollten.«

»*Gefahr, Frage? Dein Schiff beschleunigt mit 15 Metern pro Sekunde. Werden Tanks halten, Frage?*«

»Ich bin mir nicht sicher. Die irdischen Ingenieure verdoppeln aus Sicherheitsgründen oft die Anforderungen. Ich hoffe, das haben sie auch dieses Mal getan. Aber ich werde es testen, um Gewissheit zu bekommen.«

»*Gut gut. Genug geredet. Sieh nach Brutkästen bitte.*«

»Ja, ja. Lass mich erst etwas trinken.«

Er hüpft und trippelt durch die Röhre ins Labor hinunter. »*Warum brauchen Menschen so viel Wasser, Frage? Ineffiziente Lebensformen!*«

Ich kippe einen ganzen Literbeutel mit Wasser, den ich vor der

EVA im Cockpit abgelegt habe. Die Arbeit macht durstig. Dann wische ich mir den Mund ab und lasse den Beutel davonschweben. Ich stoße mich von der Wand ab und fliege ins Labor hinunter.

»Eridianer brauchen auch Wasser. Das hast du selbst gesagt.«

»Wir behalten drinnen. Geschlossenes System. Im Inneren etwas ineffizient, aber wir bekommen alles Wasser, das wir brauchen, durch die Nahrung. Menschen haben Lecks! Ekelhaft!«

Lachend schwebe ich ins Labor, wo Rocky schon wartet. »Auf der Erde gibt es ein unheimliches, tödliches Geschöpf, das wir ›Spinne‹ nennen. Du siehst wie eine aus. Nur, damit du es weißt.«

»Gut. Stolz. Bin gefährliches Weltraummonster. Du bist undichter Weltraumklecks.« Er zeigt auf die Brutkästen. *»Überprüfe Brüter!«*

Mit einem Tritt stoße ich mich von der Wand ab und schwebe zu den Kästen. Jetzt kommt der Augenblick der Wahrheit. Ich sollte sie der Reihe nach durchgehen und mit Behälter eins beginnen, aber zum Teufel damit. Ich fange mit Brutkasten neun an.

Mit einer Stablampe leuchte ich in den Behälter und betrachte den gläsernen Objektträger, der vorher mit Astrophagen bedeckt war. Ich überprüfe die Anzeigen des Behälters, dann noch einmal das Glasplättchen.

Grinsend wende ich mich an Rocky. »Der Objektträger in Behälter neun ist durchsichtig. Wir haben Taumöbe-80!«

Er explodiert beinahe vor Lärm. Er rudert mit allen Armen, seine Hände klappern an den Tunnelwänden. Er stößt willkürliche Töne aus, die keiner erkennbaren Ordnung folgen. Nach einigen Sekunden beruhigt er sich wieder. *»Ja! Gut! Gut gut gut!«*

»Haha, Junge, immer mit der Ruhe.« Ich überprüfe Behälter zehn. »He, Behälter zehn ist ebenfalls frei. Wir haben Taumöbe-82,5!«

»Gut gut gut!«

»Ja, das ist wirklich gut«, sage ich.

»Jetzt kannst du gründlich testen. Venus-Luft. Dreiwelt-Luft.«

»Ja, unbedingt ...«

Er stößt sich von einer Tunnelwand zur anderen ab. *»Genau die gleichen Gase bei jedem Test. Der gleiche Druck. Die gleiche Tempe-*

ratur. Die gleiche ›Todesstrahlung‹ aus dem Weltraum. Das gleiche Licht von einem benachbarten Stern. Gleich gleich gleich.«

»Ja, das werde ich tun. Das werde ich alles tun.«

»*Tu jetzt.*«

»Ich muss mich ausruhen! Gerade habe ich eine achtstündige EVA absolviert.«

»*Tu jetzt!*«

»Äh, nein!« Ich schwebe zu seinem Tunnel und sehe ihn durch das Xenonit an. »Zuerst muss ich noch eine Menge neue Taumöbe-82,5 ausbrüten. Nur um sicher zu sein, dass wir genug zum Testen haben. Und ich erzeuge mehrere stabile Kolonien in versiegelten Behältern.«

»*Ja! Und mach ein paar auf meinem Schiff!*«

»Ja. Je mehr Kopien wir haben, desto besser.«

Er springt wieder hin und her. »*Erid wird überleben! Erde wird überleben! Alle überleben!*« Er krümmt die Klauen einer Hand zu einer Kugel und presst sie gegen das Xenonit. »*Fauste mich.*«

Ich drücke die Knöchel gegen das Xenonit. »Das heißt ›Fist bump‹, aber sonst gern, ja.«

Irgendwo muss Schnaps sein. Ich kann mir nicht vorstellen, dass Ilyukhina sich auf ein Selbstmordkommando einließ, ohne Schnaps mitzunehmen. Ehrlich gesagt, kann ich mir nicht einmal vorstellen, dass sie ohne Schnaps auch nur über die Straße gegangen ist. Nachdem ich alle Kisten im Lager durchwühlt habe, finde ich sie endlich – die persönlichen Habseligkeiten.

In der Kiste sind drei mit Reißverschlüssen gesicherte Seesäcke. Sie sind mit den Namen beschriftet: »Yáo«, »Ilyukhina« und »DuBois«. Wahrscheinlich haben sie seine Tasche nicht ausgetauscht, weil ich nicht dazu gekommen bin, mir selbst eine zu packen.

Ich bin immer noch etwas wütend über die Art und Weise, wie es gelaufen ist. Vielleicht bekomme ich noch eine Gelegenheit, Stratt zu erklären, wie ich das finde.

Ich zerre die Taschen in den Schlafraum und klebe sie mit Klettband an die Wand. Sehr persönliche Habseligkeiten von drei Menschen, die jetzt tot sind. Von Freunden, die tot sind.

Vielleicht werde ich später wieder trübsinnig und schaue mir an, was die Taschen zu bieten haben. Jetzt ist es Zeit zum Feiern. Ich will Schnaps.

Ich öffne Ilyukhinas Sack. Sie hat allen möglichen Kram mitgeschleppt. Ein Anhänger mit russischer Beschriftung, ein zerzauster alter Teddy, der wohl aus ihrer Kindheit stammt, ein Kilogramm Heroin, ein paar Lieblingsbücher, und da haben wir es! Fünf Literbeutel mit einer durchsichtigen Flüssigkeit und der Beschriftung ВОДКА.

Das ist Russisch und heißt »Wodka«. Woher ich das weiß? Ich habe mit ein paar verrückten russischen Wissenschaftlern mehrere Monate auf einem Flugzeugträger gelebt. Diesen Schriftzug habe ich dort öfter gesehen.

Ich ziehe den Reißverschluss zu und klebe die Tasche wieder an die Wand. Dann fliege ich ins Labor, wo Rocky in seinem Tunnel wartet.

»Ich habe es gefunden!«, sage ich.

»*Gut gut!*« Sein gewohnter Overall und die Schärpe mit dem Werkzeug sind verschwunden. Er trägt Kleidung, die ich noch nie bei ihm gesehen habe.

»Schau an, schau an, was haben wir denn da?«, frage ich.

Stolz zeigt er mir seinen Panzer. Er trägt jetzt ein glattes Tuch, aus dem hier und dort symmetrische starre Umrisse hervorragen. Fast wie eine Rüstung, aber der Körper ist nicht vollständig bedeckt, und ich glaube, die Vorsprünge bestehen auch nicht aus Metall.

Das oberste Loch, wo die Lüftung sitzt, ist von großen Edelsteinen umgeben. Eindeutig, es ist eine Art Schmuck. Sie haben Facetten, ähnlich geschliffenen Steinen auf der Erde, nur die Qualität ist furchtbar. Sie sind fleckig und verfärbt. Aber sie sind ziemlich groß, und ich möchte wetten, dass sie im Sonar schön klingen.

Die Ärmel des Kleidungsstücks reichen halb über die Arme und sind an den Säumen ähnlich verziert. Die Schultern sind mit lockeren Litzen verbunden. Und zum ersten Mal, seit ich ihn kenne, trägt er Handschuhe. Alle fünf Hände sind mit einer Art grobem Sackleinen verhüllt.

Diese Aufmachung stört ihn sicher erheblich, wenn er sich bewegt, aber bei Mode geht es ja nicht um Bequemlichkeit und praktische Überlegungen.

»Du siehst gut aus«, sage ich.

»Danke! Das ist spezielle Kleidung für Feier.«

Ich halte einen Liter Wodka hoch. »Das hier ist spezielle Flüssigkeit für Feier.«

»Menschen ... essen, um zu feiern?«

»Ja. Ich weiß, Eridianer essen allein. Ich weiß, dass du es widerlich findest. Aber so feiern wir Menschen.«

»Schon gut. Iss! Wir feiern!«

Ich schwebe zu den beiden Experimenten hinüber, die ich am Labortisch befestigt habe. In einem Kasten ist eine Atmosphäre, die jener der Venus ähnelt, in der anderen ist die von Dreiwelt. In beiden Fällen habe ich die Bedingungen so gut wie irgend möglich nachgebildet. Ich habe die besten verfügbaren Daten eingesetzt. Dank meiner Bibliothek mit allen menschlichen Nachschlagewerken und Rockys Wissen über sein eigenes System verfüge ich über einen großen Wissensschatz.

In beiden Fällen haben die Taumöben nicht nur überlebt, sondern sind prächtig gediehen. Sie vermehren sich so schnell wie eh und je, und auch die kleinste Menge Astrophagen, die ich in die Experimente einbringe, wird sofort gefressen.

Ich hebe den Wodkabeutel. »Auf Taumöbe-82,5, Retter von zwei Welten!«

»Willst du die Flüssigkeit den Taumöben geben, Frage?«

Ich öffne den Clip des Trinkhalms. »Nein, wir Menschen drücken uns nur so aus. Es ist zu Ehren von Taumöbe-82,5.« Ich trinke einen Schluck. Es brennt im Mund. Anscheinend mochte Ilyukhina starken, kratzigen Wodka.

»Ja, viel Ehre!«, antwortet er. *»Mensch und Eridianer arbeiten zusammen und retten alle!«*

»Ah!«, sage ich. »Da fällt mir etwas ein. Ich brauche ein Lebenserhaltungssystem für die Taumöben. Etwas, das sie mit genügend Astrophagen füttert, damit die Kolonie überlebt. Es muss mehrere Jahre vollautomatisch und ohne Aufsicht laufen, und es muss weniger als ein Kilogramm wiegen. Davon brauche ich vier.«

»*Warum so klein, Frage?*«

»Jeder Beetle bekommt einen Behälter mit auf den Weg, falls der *Hail Mary* auf dem Rückflug etwas zustößt.«

»*Guter Plan! Du bist klug! Ich kann sie für dich machen. Heute bin ich auch mit Treibstoffpumpe fertig. Kann dir Astrophagen jetzt geben. Dann fliegen wir beide nach Hause!*«

»Ja.« Mein Lächeln verblasst.

»*Das ist glücklich! Deine Gesichtsöffnung ist in trauriger Verfassung. Warum, Frage?*«

»Ich werde alleine einen sehr langen Flug unternehmen.« Noch habe ich mich nicht entschieden, ob ich es auf dem Rückweg riskieren will, im Koma zu liegen. Möglicherweise muss ich das um meiner Gesundheit willen tun. Völlige Einsamkeit und nichts zu essen außer kalkigem hässlichem Komabrei ist womöglich doch zu viel. Aber auf dem ersten Teil der Reise will ich definitiv wach bleiben.

»*Du wirst mich vermissen, Frage? Ich werde dich vermissen. Du bist Freund.*«

»Ja, ich werde dich auch vermissen.« Ich trinke noch einen Schluck Wodka. »Du bist mein Freund. Ach, du bist sogar mein bester Freund. Und bald werden wir uns für immer verabschieden.«

Er tippt zwei eingepackte Hände gegeneinander. Es gibt einen gedämpften Laut statt des üblichen Klickens, das sonst mit einem ablehnenden Kommentar einhergeht. »*Nicht für immer. Wir retten Planeten. Dann haben wir Astrophagentechnologie. Können uns besuchen.*«

Ich grinse schief. »Schaffen wir das in fünfzig Erdjahren?«

»*Wahrscheinlich nicht. Warum so schnell, Frage?*«

»Ich habe nur noch etwa fünfzig Jahre zu leben. Menschen ...«, ich muss aufstoßen. »Menschen leben nicht so lange, schon vergessen?«

»*Oh.*« Er schweigt einen Moment. »*Dann genießen wir letzte Zeit zusammen. Dann fliegen und retten Planeten. Dann sind wir Helden!*«

»Ja.« Ich richte mich auf und fühle mich schon etwas benommen. Ich habe nie viel getrunken und kippe den Wodka jetzt schneller, als ich sollte. »Wir schind die wischdigschdn Leude in der Galagschisch! Wir schind der Wahnschinn!«

Er nimmt sich einen Schraubenschlüssel und hält ihn mit einer Klaue hoch. »*Auf uns!*«

Ich hebe den Wodka. »Auf unsch!«

»Also, das war es dann«, sage ich von meiner Seite des Verbindungsstücks aus.

»*Ja*«, antwortet Rocky auf seiner Seite. Seine Stimme ist tief, obwohl er hohe Töne hervorbringen will.

Die *Hail Mary* ist voll betankt: 2,2 Millionen Kilogramm Astrophagen. Das sind 200.000 Kilogramm mehr als der Vorrat, mit dem sie die Erde verlassen hat. Rockys Ersatztanks sind natürlich effizienter und haben ein größeres Volumen als meine Originale.

Ich reibe mir den Nacken. »Ich gehe davon aus, dass sich unsere Spezies wieder begegnen. Ich bin sicher, dass die Menschen alles über Erid erfahren wollen.«

»*Ja*«, sagt er. »*Danke für den Laptop. Jahrhunderte menschlicher Technologie, von der unsere Wissenschaftler lernen können. Ihr habt uns das größte Geschenk in der Geschichte meines Volks gegeben.*«

»Du hast es doch in dem Lebenserhaltungssystem getestet, das du dafür gebaut hast, oder?«

»*Ja. Das ist dumme Frage.*« Er hält sich auf seiner Seite an einem Handgriff fest.

Rocky hat den direkten Verbindungstunnel entfernt und die Hülle der *Hail Mary* abgedichtet. Die Verbindung zwischen den Luftschleusen ist noch da, damit wir alles zusammenpacken können.

Auf meine Bitte hin hat er die Xenonitwände und Gänge in der *Hail Mary* belassen, doch sie haben einige metergroße Löcher, damit ich den Platz nutzen kann. Ich dachte mir, je mehr Xenonit die irdischen Wissenschaftler bekommen, desto besser.

Im Schiff riecht es immer noch etwas nach Ammoniak. Ich glaube, sogar das Xenonit lässt ein wenig Gas durchsickern. Wahrscheinlich werde ich noch eine ganze Weile so riechen.

»Und deine Zuchtapparate?«, frage ich. »Du hast doch alles noch einmal überprüft, oder?«

»Ja. Sechs redundante Taumöbe-82,5-Kolonien, jeweils in einem eigenen Behälter mit eigener Lebenserhaltung. Jeder mit der simulierten Atmosphäre von Dreiwelt. Funktionieren auch deine Behälter, Frage?«

»Ja«, bestätige ich. »Nun ja, es sind die zehn Brutbehälter. Aber jetzt habe ich sie alle mit der Venus-Atmosphäre gefüllt. Oh, und vielen Dank für die Mini-Zuchtbehälter. Ich installiere sie während des Fluges in den Beetles. Sonst habe ich ja nicht viel zu tun.«

Er blickt auf seine Notizen. *»Die Zahlen, die du mir gegeben hast – bist du sicher, dass es die richtige Zeit ist, um zu wenden, und die richtige Zeit, um Erid zu erreichen, Frage? Das ist so bald und so schnell.«*

»Ja, das liegt an der Zeitdilatation. Eine verrückte Sache. Aber das sind die richtigen Werte. Ich habe es viermal überprüft. Du wirst Erid in weniger als drei Erdjahren erreichen.«

»Aber Erde ist fast genauso weit von Tau Ceti entfernt, und du brauchst vier Jahre, Frage?«

»Ich werde vier Jahre *erleben*, ja. Drei Jahre und neun Monate. Die Zeit wird für mich nicht so stark komprimiert wie für dich.«

»Das hast du schon einmal erklärt, aber noch einmal ... warum, Frage?«

»Dein Schiff beschleunigt schneller als meins. Du bist näher an der Lichtgeschwindigkeit.«

Er wackelt mit seinem Panzer hin und her. *»So kompliziert.«*

Ich zeige auf sein Schiff. »Alle Informationen über die Relativität sind in dem Laptop. Deine Wissenschaftler sollen es sich ansehen.«

»Ja. Sie werden sich sehr freuen.«

»Nicht, wenn sie etwas über die Quantenphysik erfahren. Dann werden sie ziemlich wütend.«

»Verstehe nicht.«

Ich lache. »Mach dir deshalb keine Sorgen.«

Wir schweigen eine Weile.

»Ich glaube, das war's dann wohl«, sage ich.

»Es ist Zeit«, antwortet er. *»Wir fliegen jetzt und retten die Heimatwelten.«*

»Ja.«

»Dein Gesicht ist undicht.«

Ich wische mir die Augen aus. »Eine Menschensache. Mach dir keine Sorgen.«

»Verstehe.« Er stößt sich in die Richtung seiner Luftschleuse ab, öffnet die Luke und hält inne. *»Lebewohl, Freund Grace.«*

Ich winke zaghaft. »Lebewohl, Freund Rocky.«

Er verschwindet in seinem Schiff und schließt hinter sich die Luftschleuse. Ich kehre in die *Hail Mary* zurück. Nach ein paar Minuten löst der Hüllenroboter der *Blip-A* den Tunnel.

Wir fliegen parallel, aber mit einer Abweichung von einigen Grad. So stellen wir sicher, dass wir uns nicht gegenseitig mit dem Rückstoß unserer Astrophagenantriebe verdampfen. Sobald wir ein paar Tausend Kilometer voneinander entfernt sind, können wir jeden Kurs einschlagen, den wir wollen.

Stunden später sitze ich mit abgeschaltetem Spinantrieb im Cockpit. Ich will einen letzten Blick auf das System werfen und beobachte den Punkt Infrarotlicht mit dem Petrowaskop. Das ist Rocky, der nach Erid zurückkehrt.

Ich setze Kurs auf die Erde und starte den Spinantrieb.

Ich fliege heim.

26

Ich saß in meiner Zelle und starrte die Wand an.

Es war keine schmutzige Gefängniszelle oder so etwas in der Art. Wenn überhaupt, dann erinnerte sie eher an ein Zimmer in einem Internat. Gestrichene Ziegelwände, Schreibtisch, Stuhl, Bett, eigenes Bad und so weiter. Aber die Tür bestand aus Stahl, und die Fenster waren vergittert. Hier kam ich nicht heraus.

Warum hatte die Startanlage in Baikonur überhaupt eine Gefängniszelle? Ich weiß es nicht. Fragen Sie die Russen.

An diesem Tag sollte der Start stattfinden. Bald würden muskulöse Wächter mit einem Arzt hereinkommen. Er würde mir irgendetwas spritzen, und das wäre dann das letzte Mal, dass ich die Erde zu sehen bekäme.

Wie aufs Stichwort hörte ich es klappern, als die Tür aufgesperrt wurde. Ein tapferer Mensch hätte dies als Gelegenheit wahrgenommen. Gegen die Tür anstürmen und vielleicht an den Wächtern vorbeikommen. Schon lange hatte ich jeden Gedanken an Flucht aufgegeben. Was sollte ich denn tun? In die kasachische Wüste rennen und hoffen, dass ich überlebte?

Die Tür ging auf, Stratt trat ein. Hinter ihr schlossen die Wächter die Tür.

»Hallo«, sagte sie.

Ich funkelte sie von meiner Pritsche aus an.

»Der Start wird nach Plan verlaufen«, erklärte sie. »Bald sind Sie unterwegs.«

»Juchhu.«

Sie setzte sich auf den Stuhl. »Ich weiß, Sie werden es nicht glauben, aber es fiel mir nicht leicht, Ihnen das anzutun.«

»Ja, Sie klingen auch wirklich sehr zerknirscht.«

Sie ging nicht auf den Seitenhieb ein. »Wissen Sie, was ich auf dem College studiert habe? Worin ich meinen ersten Abschluss gemacht habe?«

Ich zuckte mit den Achseln.

»Geschichte. Ich habe einen Abschluss in Geschichte.« Sie trommelte mit den Fingern auf den Schreibtisch. »Die meisten Leute nehmen an, ich hätte einen Abschluss in Betriebswirtschaft. Oder vielleicht in Kommunikationswissenschaften. Aber nein, es war Geschichte.«

»Sieht Ihnen gar nicht ähnlich.« Ich richtete mich etwas auf. »Sie verbringen nicht viel Zeit damit zurückzublicken.«

»Ich war damals achtzehn und hatte keine Ahnung, was ich mit meinem Leben anfangen wollte. Für das Geschichtsstudium habe ich mich nur entschieden, weil ich nicht wusste, was ich sonst tun sollte.« Sie schnitt eine Grimasse. »Kann man sich kaum vorstellen, was?«

»Genau.«

Sie blickte durch das vergitterte Fenster zu der fernen Startrampe. »Aber ich habe viel gelernt. Es hat sogar Spaß gemacht. Die Leute heutzutage ... sie haben keine Ahnung, wie gut sie es haben. Die Vergangenheit bedeutete für viele Menschen, in einem unabänderlichen Elend zu leben. Und je weiter man in der Zeit zurückgeht, desto schlimmer wird es.«

Sie stand auf und schlenderte umher. »Fünfzigtausend Jahre lang bis zur industriellen Revolution ging es in der menschlichen Zivilisation immer und ausschließlich um eine Sache: Essen. Jede Kultur, die existierte, verwendete den größten Teil ihrer Zeit, Energie und Arbeitskraft und alle ihre Ressourcen darauf, sich zu ernähren. Jagen, sammeln, anbauen, züchten, lagern, verteilen ... es ging immer um das Essen.

Sogar im Römischen Reich. Jeder weiß von den Imperatoren, den Armeen und den Eroberungen. Aber was die Römer wirklich erfanden, war ein sehr effizientes System, Ackerland zu gewinnen und Essen und Wasser zu transportieren.«

Sie ging zur anderen Seite des Raumes hinüber. »Die industrielle Revolution hat auch die Landwirtschaft mechanisiert. Seitdem können wir unsere Energien auf andere Dinge richten. Aber das gilt erst seit zweihundert Jahren. Vorher hatten die meisten Menschen ihr ganzes Leben lang unmittelbar mit der Nahrungsproduktion zu tun.«

»Danke für die Geschichtsstunde«, antwortete ich. »Aber wenn es Ihnen nichts ausmacht, würde ich gern meine letzten Augenblicke auf der Erde etwas angenehmer gestalten. Also ... könnten Sie bitte gehen?«

Sie ignorierte meine Bitte. »Leclercs Antarktisbomben haben uns ein wenig Zeit verschafft. Leider nicht sehr viel. Und wir können nicht mehr viele Brocken der Antarktis ins Meer werfen, ehe der Meeresspiegel zu stark steigt und uns der Tod von Biomen im Meer noch größere Probleme bereitet als die Astrophagen. Vergessen Sie nicht, was Leclerc gesagt hat: Die Hälfte der Weltbevölkerung wird sterben.«

»Ich weiß«, murmelte ich.

»Nein, Sie wissen es nicht«, erwiderte sie. »Es wird noch viel schlimmer.«

»Schlimmer, als dass die Hälfte der Weltbevölkerung stirbt?«

»Natürlich«, bestätigte sie. »Leclercs Schätzung unterstellt, dass alle Nationen der Welt zusammenarbeiten, um die Ressourcen zu teilen und das Essen zu rationieren. Aber glauben Sie allen Ernstes, es wird dazu kommen? Glauben Sie, die Vereinigten Staaten – die mächtigste Militärmacht aller Zeiten – werden untätig herumsitzen, während ihre halbe Bevölkerung stirbt? Und China, mit seinen 1,3 Milliarden Menschen, die auch in guten Zeiten immer am Rande einer Hungersnot sind? Glauben Sie wirklich, die werden ihre militärisch schwächeren Nachbarn in Ruhe lassen?«

Ich schüttelte den Kopf. »Es wird Krieg geben.«

»Ja. Kriege werden ausbrechen. Sie werden aus dem gleichen Grund ausbrechen wie die meisten Kriege in alten Zeiten: Nahrung. Man benutzte die Religion oder den Ruhm oder was auch sonst als Vorwand, aber es ging immer um Nahrung. Um Ackerland und die Menschen, die dort arbeiteten.

Aber damit hört es ja noch lange nicht auf«, fuhr sie fort. »Denn sobald die verzweifelten, verhungerten Länder beginnen, sich gegenseitig zu besetzen, um Nahrung zu bekommen, wird die Nahrungsmittelproduktion *sinken*. Haben Sie schon mal vom Taiping-Aufstand gehört? Das war ein Bürgerkrieg in China im neunzehnten Jahrhundert. Vierhunderttausend Soldaten sind im Krieg gefallen. Und *zwanzig Millionen* Menschen sind durch die darauffolgende Hungersnot umgekommen. Der Krieg hat die Landwirtschaft zerstört. In solchen Größenordnungen müssen wir jetzt denken.«

Sie schlang die Arme um sich. So verletzlich hatte ich sie noch nie gesehen. »Unterernährung, Umstürze, Hungersnot. Alle Teile der Infrastruktur, die irgendwie mit Nahrungsmittelproduktion und Krieg zu tun haben. Die ganze Gesellschaft wird zerfallen. Seuchen werden ausbrechen. Viele Seuchen. Auf der ganzen Welt. Denn die Gesundheitssysteme werden überlastet sein. Ausbrüche, die man früher leicht bewältigt hat, werden ungebremst ihren Lauf nehmen.«

Sie wandte sich an mich. »Krieg, Hungersnot, Seuchen und Tod. Die Astrophagen sind buchstäblich die Apokalypse. Die *Hail Mary* ist alles, was wir jetzt noch haben. Ich würde alles opfern, um ihre Erfolgsaussichten geringfügig zu verbessern.«

Ich legte mich auf die Koje und drehte mich von ihr weg. »Hauptsache, Sie können damit ruhig schlafen.«

Sie ging zur Tür und klopfte. Ein Wächter öffnete. »Wie auch immer, ich wollte Sie nur wissen lassen, warum ich das mache. Das war ich Ihnen schuldig.«

»Fahren Sie zur Hölle.«

»Oh, das werde ich, glauben Sie mir. Sie drei fliegen nach Tau Ceti. Wir anderen fahren zur Hölle. Genauer gesagt, die Hölle kommt zu uns.«

Wirklich? Nun ja, jetzt kommt die Hölle zu dir zurück, Stratt. In Form meiner Person. Ich bin die Hölle.

Ich meine … ich weiß gar nicht, was ich ihr sagen will. Aber ich will definitiv etwas sagen. Richtig gemeine Sachen.

Jetzt bin ich seit achtzehn Tagen auf meiner vierjährigen Reise. Allmählich erreiche ich die Heliopause von Tau Ceti – die Gegend, wo das starke Magnetfeld des Sterns endet. Oder wenigstens den Bereich, wo es zu schwach ist, um die schnelle interstellare Strahlung abzulenken. Von da an wird die Strahlenbelastung der Hülle viel größer.

Das ist mir egal, ich bin von Astrophagen umgeben. Aber es ist interessant zu sehen, wie die Anzeigen der äußeren Strahlenmesser steigen und steigen. Immerhin ein Fortschritt. Genau genommen habe ich auf meiner sehr langen Reise allerdings gerade erst den Fuß vor die Tür gesetzt.

Ich habe Langeweile. Ich bin ganz allein in einem Raumschiff und habe nichts zu tun.

Noch einmal reinige ich das Labor und katalogisiere den Bestand. Vielleicht fallen mir noch ein paar Forschungsvorhaben mit Astrophagen oder Taumöben ein. Mensch, ich könnte auf dem Rückflug sogar ein paar wissenschaftliche Aufsätze schreiben. Oh, und da ist auch noch die Tatsache, dass ich ein paar Monate mit einer intelligenten außerirdischen Lebensform verbracht habe. Vielleicht schreibe ich auch über ihn ein paar Dinge auf.

Ich habe eine riesige Sammlung von Videospielen. Jede Software habe ich dabei, die verfügbar war, als wir das Schiff gebaut haben. Ich bin sicher, dass ich mich damit eine Weile beschäftigen kann.

Ich überwache die Taumöben-Brüter. Alle zehn machen sich gut. Ab und zu füttere ich sie mit Astrophagen, damit sie gesund bleiben und sich vermehren. Die Brutkästen simulieren die Venus-Atmosphäre, und während eine Generation auf die nächste folgt, passen sie sich immer weiter an das Leben auf der Venus an. Wenn sie in vier Jahren auf dem Planeten ausgesetzt werden, sind sie gut gerüstet.

Ja, ich habe mich entschlossen, sie selbst dort auszusetzen. Warum auch nicht?

Ich habe keine Ahnung, in was für eine Welt ich zurückkehre. Seit meinem Start sind auf der Erde dreizehn Jahre vergangen, und es werden noch einmal dreizehn Jahre vergehen, bis ich zurückkehre. Sechsundzwanzig Jahre. Meine Schüler werden dann erwachsen sein. Hoffentlich überleben sie alle. Aber ich muss es mir eingestehen ... einige schaffen es vielleicht nicht. Mit diesem Gedanken will ich mich nicht länger aufhalten.

Wie auch immer, sobald ich wieder in meinem Sonnensystem bin, kann ich auch die Venus umrunden und die Taumöben abwerfen. Ich bin noch nicht sicher, wie ich das anstellen will, aber ich habe ein paar Ideen. Die einfachste wäre es, einfach Taumöben und Astrophagen zusammenzupacken und auf die Venus zu werfen. Die Astrophagen absorbieren die Hitze des Eintritts, und dann werden die Taumöben in die freie Wildbahn entlassen und können futtern. Die Venus muss inzwischen der Astrophagen-Hauptbahnhof sein, und ich weiß, wie schnell sich die Taumöben an die Arbeit machen, sobald sie ihre Beute gefunden haben.

Ich überprüfe meine Proviantvorräte. Es läuft nach Plan. Noch drei Monate habe ich echtes, essbares Essen, und dann muss ich Komabrei zu mir nehmen.

Es widerstrebt mir, wieder ins Koma zu gehen. Ich habe die nötigen Gene, um es zu überleben, aber das galt auch für Yáo und Ilyukhina. Warum sollte ich den Tod riskieren, wenn ich nicht muss?

Außerdem kann ich nicht hundertprozentig sicher sein, dass ich den Kurs richtig programmiert habe. Ich glaube, er stimmt, und wann immer ich nachsehe, bin ich auf Kurs in die Heimat. Aber wenn nun etwas schiefgeht, während ich im Koma liege? Wenn ich beim Aufwachen feststelle, dass ich das Sonnensystem um ein Lichtjahr verfehlt habe?

Angesichts der Isolation, der Einsamkeit und des widerlichen Essens bin ich vielleicht irgendwann doch bereit, diese Risiken einzugehen. Wir werden sehen.

Da wir gerade von Einsamkeit sprechen, ich muss oft an Rocky denken. Mein einziger Freund. Ehrlich, er ist mein einziger

Freund. Auch damals, als alles noch normal war, hatte ich nicht viele Sozialkontakte. Manchmal bin ich mit Kollegen und Mitarbeitern von der Schule essen gegangen. Hin und wieder habe ich mit alten Collegefreunden ein Bier getrunken. Aber dank der Zeitdehnung sind sie alle eine Generation älter als ich, wenn ich wieder zu Hause bin.

Dimitri mochte ich. Wahrscheinlich war er mir unter allen beim Projekt Hail Mary der Liebste. Aber wer weiß schon, was er jetzt treibt? Mann, vielleicht sind Russland und die USA schon im Kriegszustand.

Oder sie sind Verbündete in einem Krieg. Ich habe keine Ahnung.

Ich steige die Leiter zum Cockpit hoch, setze mich auf den Pilotensessel und rufe die Navigation auf. Ich sollte es nicht tun, aber es ist ein kleines Ritual geworden. Ich schalte den Spinantrieb ab und treibe schwerelos weiter. Es stört mich nicht, dass die Schwerkraft sofort aussetzt. Ich bin daran gewöhnt.

Bei abgeschaltetem Spinantrieb kann ich gefahrlos das Petrowaskop benutzen. Ich sehe mich ein wenig im Weltraum um. Ich weiß, wo ich nachsehen muss, und finde ihn bald. Den kleinen Punkt, der das Petrowa-Licht abstrahlt. Die Maschinen der *Blip-A*. Wäre ich näher als hundert Kilometer hinter Rockys Schiff, dann würde meines verdampfen.

Ich bin auf einer Seite des Systems, er ist auf der anderen. Ach, und in der Ferne ist Tau Ceti kaum mehr als eine trübe Glühbirne. Den Rückstoß von *Blip-A* kann ich trotzdem noch sehr gut ausmachen. Wenn man Licht als Antriebskraft einsetzt, wird eine ungeheure Menge an Energie freigesetzt.

Vielleicht sollten wir diese Technik auch in der Zukunft für uns nutzen. Vielleicht können Erde und Erid dank der Astrophagen mit gewaltigen Lichtausbrüchen miteinander kommunizieren. Ich frage mich, was nötig wäre, damit man einen Lichtblitz auf 40 Eridani bei uns sieht. Wir könnten das Morsealphabet benutzen. Sie haben jetzt die Wikipedia. Sie werden schon herausfinden, was wir wollen, wenn sie die Lichtblitze sehen.

Trotzdem wäre unsere Unterhaltung sehr langsam. 40 Eridani ist sechzehn Lichtjahre von der Erde entfernt. Wenn wir senden: »He, wie geht's euch?«, dann dauert es zweiunddreißig Jahre, bis die Antwort kommt.

Ich starre den kleinen Lichtpunkt auf dem Bildschirm an und seufze. Ich kann ihn sicher noch eine ganze Weile beobachten. Ich weiß jederzeit, wo sich sein Schiff befinden muss. Er wird sich an den Flugplan halten, den ich ihm gegeben habe. Er vertraut meiner Wissenschaft so sehr, wie ich seiner Ingenieurskunst vertraue. In ein paar Monaten wird das Petrowaskop das Licht nicht mehr auffangen können. Nicht weil es zu schwach wird – es ist ein sehr empfindliches Gerät. Nein, ich kann ihn dann nicht mehr sehen, weil unsere relativen Geschwindigkeiten in dem Licht, das sein Antrieb ausstrahlt, eine Rotverschiebung bewirken werden. Wenn es zu mir gelangt, entspricht es nicht mehr der Petrowa-Wellenlänge.

Was? Will ich lächerlich viel relativistische Mathematik betreiben, um für jeden denkbaren Augenblick, ausgehend von meinem eigenen Inertialsystem, unsere relativen Geschwindigkeiten zu ermitteln und dann mit Lorentz-Transformationen herausfinden, wann das Licht seiner Maschinen aus dem Wahrnehmungsbereich des Petrowaskops herausfällt? Nur damit ich genau weiß, wie lange ich meinen Freund in der Ferne noch ausmachen kann? Wäre das nicht irgendwie erbärmlich?

Ja.

Na gut, mein trauriges kleines Ritual ist für heute vorbei. Ich schalte das Petrowaskop ab und fahre den Spinantrieb wieder hoch.

Ich überprüfe meinen schwindenden Proviant. Inzwischen bin ich seit zweiunddreißig Tagen unterwegs. Nach meinen Berechnungen werde ich in einundfünfzig Tagen nur noch Komabrei haben.

Ich gehe in den Schlafraum. »Computer, liefere Probe von Komanahrung.«

Die mechanischen Arme greifen in den Vorratsbereich und

tauchen mit einem Beutel weißem Pulver wieder auf, das sie auf die Koje fallen lassen.

Ich nehme den Beutel. Natürlich ist es Pulver. Warum sollten sie für eine so lange Zeit die Flüssigkeit mit einlagern? Das Wassersystem der *Hail Mary* ist ein geschlossener Kreislauf. Ich nehme Wasser auf, scheide es auf verschiedenen Wegen wieder aus, und dann wird es gereinigt und abermals verwendet.

Ich bringe das Päckchen ins Labor, öffne es und kippe etwas Pulver in einen Becher.

Ich füge etwas Wasser hinzu und rühre um, bis ein milchiger Brei entsteht. Ich rieche daran. Eigentlich riecht es nach gar nichts. Also probiere ich einen Schluck.

Es kostet Überwindung, aber ich widerstehe dem Impuls, es wieder auszuspucken. Es schmeckt wie Aspirin. Dieser hässliche Pillengeschmack. Ich muss also mehrere Jahre lang bei jeder Mahlzeit diesen Bitteren Pilleneintopf™ zu mir nehmen.

Vielleicht ist das Koma doch keine so schlechte Idee.

Ich stelle den Becher weg. Mit diesem Elend werde ich mich befassen, wenn es so weit ist. Im Augenblick will ich erst einmal an den Beetles arbeiten.

Dank Rocky habe ich vier kleine Taumöbenbrüter. Es sind stahlähnliche Kapseln, nicht größer als meine Hand. Ich sage »stahlähnlich«, weil es eine Legierung der Eridianer ist, die die Menschen noch nicht erfunden haben. Sie ist viel härter als die Legierungen, die wir kennen, aber nicht härter als Diamantschneider.

Lange haben wir uns über die Behälter für die Minibrüter unterhalten. Zuerst dachten wir, es liege nahe, sie aus Xenonit herzustellen. Das Problem war nur: Wie sollten die irdischen Wissenschaftler sie öffnen? Keines unserer Werkzeuge hätte sie aufschneiden können. Extreme Hitze wäre die einzige Möglichkeit gewesen, und dabei hätten die Taumöben im Inneren beschädigt werden können.

Ich schlug einen Xenonitbehälter mit einem Deckel vor. Etwas, das man festklemmen konnte wie eine druckdichte Tür. Auf dem

USB-Stick würde ich dann Anweisungen hinterlegen, wie man sie gefahrlos öffnen kann. Rocky hat diese Idee auf der Stelle verworfen. Ganz egal, wie gut eine Dichtung hält, sie ist nie perfekt. Im Laufe der zwei Jahre, die der Behälter subjektiv erleben wird, könnte genügend Luft austreten, um die Taumöben im Inneren ersticken zu lassen. Er bestand darauf, dass die ganze Brutanlage ein einziger hermetisch verschlossener Behälter sein müsse. Wahrscheinlich war das eine gute Idee.

Also einigten wir uns auf eridianischen Stahl. Er ist stark, oxidiert nicht so leicht und ist extrem dauerhaft. Auf der Erde können sie ihn mit einer Diamantsäge zerteilen. Und wahrscheinlich werden sie ihn dann auch gleich analysieren, um ihn selbst herzustellen. Ein Gewinn für alle!

Sein Ansatz, die Brüter zu bauen, war sehr einfach. Im Inneren ist eine aktive Kolonie von Taumöben in einer venusähnlichen Atmosphäre. Außerdem eine Spule aus einer sehr dünnen Stahlröhre voller Astrophagen. Die Taumöben kommen immer nur an die äußerste Schicht heran und müssen sich daher durch die Röhre vorarbeiten. Sie ist insgesamt 20 Meter lang. Ein paar einfache Experimente haben uns verraten, dass dies die kleine Taumöbenpopulation mehrere Jahre ernähren kann. Und was die Abfallprodukte angeht – sie werden eben in ihren eigenen Haufen sitzen müssen. Im Laufe der Zeit wird in der Kapsel der Methangehalt steigen und das Kohlendioxid abnehmen, aber das spielt keine Rolle. Nach menschlichen Maßstäben ist es ein kleiner Behälter, aber für die winzigen Mikroben ist es eine riesige Höhle.

Die Beetles waren schon die ganze Zeit meine höchste Priorität. Sie müssen bereit sein, jederzeit zu starten. Nur für den Fall, dass ich mit der *Hail Mary* ein fatales Problem bekomme. Allerdings will ich sie nicht losschicken, solange keine Schwierigkeiten auftauchen, die die Mission grundsätzlich gefährden würden. Je näher wir der Erde beim Start sind, desto höher ist die Wahrscheinlichkeit, dass sie sicher dort ankommen.

Abgesehen von der Installation der Minibrüter muss ich die kleinen Kerle auch neu betanken. Während sie mir als Hilfsmaschinen für die *Hail Mary* dienten, haben sie fast die Hälfte ihres Treibstoffvorrats eingebüßt. Aber das entspricht jeweils nur 60 Kilogramm Astrophagen, also lediglich ein Tröpfchen im Vergleich zu dem Vorrat meiner importierten, auf Erid hergestellten Astrophagen.

Das Schwierigste ist es, die Treibstofftanks der Beetles zu öffnen. Wie alles hier waren sie nicht dazu gedacht, mehrmals benutzt zu werden. Es ist, als wollte man frisches Butan in ein Einmalfeuerzeug nachfüllen. Sie sind einfach nicht dafür gebaut. Sie sind vollständig abgeschirmt. Ich muss sie in die Fräse klemmen und sie mit einem Sechsmillimeterbohrer knacken … eine Heidenarbeit. Aber es gelingt mir immer besser.

Gestern habe ich John und Paul bearbeitet. Heute ist Ringo an der Reihe, sofern es die Zeit erlaubt. George – bei dem wird es am einfachsten. Ich habe ihn ja nicht als Hilfsmotor eingesetzt. Dort muss ich einfach nur den Minibrüter einbauen.

Es war eine ganze andere Angelegenheit, mir zu überlegen, wo ich die Minibrüter verstauen konnte. Trotz der geringen Größe haben sie nicht in die kleinen Sonden gepasst. Also klebe ich sie an das Untergestell, und dann schweiße ich ein kleines Gegengewicht auf die Spitze des Beetles. Der Computer im Inneren hat eine sehr klare Vorstellung davon, wo das Massezentrum der Sonde sein muss. Es ist einfacher, ein Gegengewicht aufzusetzen, als das ganze Leitsystem umzuprogrammieren.

Was uns zur Frage des Gewichts bringt.

Durch die zusätzliche Last werden die Beetles ein Kilogramm schwerer als gedacht. Das geht in Ordnung. Ich erinnere mich noch an die unzähligen Sitzungen mit Steve Hatch wegen des Designs. Er ist ein verrückter kleiner Kerl, aber ein hervorragender Raketenwissenschaftler. Die Beetles erkennen ihre Position, indem sie die Sternbilder vergleichen, und wenn sie weniger Treibstoff haben als erwartet, dann drosseln sie entsprechend die Beschleunigung.

Kurz gesagt: Sie kommen auf jeden Fall nach Hause. Es dauert nur ein bisschen länger. Ich habe die Werte durchgerechnet und festgestellt, dass der Unterschied in irdischer Zeit zu vernachlässigen ist. Die Beetles werden allerdings subjektiv mehrere Monate länger brauchen als ursprünglich gedacht.

Ich gehe zum Vorratsschrank und hole den GAAB heraus (Großer Alter Astrophagenbehälter). Es ist eine lichtdichte Metallkiste mit Rädern. Da drin sind mehrere Hundert Kilogramm Astrophagen, und ich habe gerade 1,5 g Schwerkraft. Deshalb habe ich die Räder angebaut. Sie würden sich wundern, was eine Werkstatt und der feste Wunsch, keine schweren Sachen schleppen zu müssen, alles erreichen können.

Ich packe den Griff mit einem Handtuch, weil er heiß ist, und rolle den Behälter zum Labortisch, setze mich auf einen Hocker und mache mich daran, die Tanks der Beetles aufzufüllen. Die Plastikspritze halte ich schon bereit. Damit kann ich pro Schuss 100 Milliliter Astrophagen in das 6 Millimeter große Loch befördern. Das sind etwa 600 Gramm. Alles in allem muss ich das pro Beetle einhundertmal tun.

Ich öffne den GAAB und ...

»Bäh!« Ich zucke zusammen und weiche von dem Behälter zurück. Er riecht scheußlich.

»Äh ...«, mache ich. »Warum riecht das so?«

Dann fällt es mir ein. Ich kenne den Geruch. Es ist der Geruch toter, verwesender Astrophagen.

Die Taumöben sind wieder los.

27

Ich springe von dem Hocker auf, habe aber absolut keinen Plan.

»Immer mit der Ruhe. Keine Panik«, sage ich mir. »Denk nach. Dann handle.«

Der GAAB ist warm. Das bedeutet, dass noch eine Menge lebende Astrophagen darin sind. Ich habe sie früh erwischt. Das ist gut. Nicht wegen des GAAB – der ist hin. Aber es bedeutet, dass die Taumöben, auf welchem Weg auch immer, erst vor Kurzem dort hineingekommen sind und dass sie hoffentlich noch nicht auf den Treibstoff übergegriffen haben.

Ja. Das hat die höchste Priorität. Die Taumöben dürfen nicht in die Treibstofftanks vordringen. Das letzte Mal sind sie wegen einiger mikroskopischer Lecks dorthin gelangt. Aber sie müssen aus dem Crewabteil gekommen sein, nachdem ich sie an Bord genommen habe. Zwischen Treibstoffsystem und Crewabteil gibt es nicht viele Berührungspunkte. Es gibt nur einen einzigen Ort, der als Schuldiger für die Übertragung infrage kommt.

Die Lebenserhaltung.

Wenn es im Schiff zu kalt wird, leitet es die Luft durch mit Astrophagen gefüllte Schlangen, um sie aufzuwärmen. Ein Loch in diesen Leitungen würde ausreichen. Zum Glück hatte ich einen großen Haufen 96°C heiße Astrophagen im Labor, der das Crewabteil so warm hielt, dass das Schiff die Klimaanlage nicht einschalten musste.

Gut, jetzt habe ich einen Plan.

Ich klettere die Leiter zum Cockpit hoch und rufe die Lebenserhaltung und deren Logdateien auf. Wie vermutet, ist die Heizung seit mehr als einem Monat nicht mehr gelaufen. Ich deaktiviere sie endgültig. Sie wird als »inaktiv« angezeigt, aber ich traue dem Braten nicht.

Als Nächstes nehme ich mir den Hauptsicherungskasten vor. Er ist unter dem Pilotensessel. Ich finde die Sicherung für das Heizsystem und schalte sie aus.

»Gut«, sage ich.

Dann setze ich mich wieder und überprüfe die Treibstoffanzeigen. Alle Tanks sind anscheinend in guter Verfassung. Die Temperatur stimmt. In einem Treibstofftank würde es nicht lange dauern, bis die Taumöben durchdrehen und alles auffressen – in dieser Hinsicht bin ich mir völlig sicher. Wären die Tanks betroffen, dann wären sie kälter als jetzt.

Ich rufe die Steuerung für den Spinantrieb auf und schalte die Maschinen ab. Der Boden fällt unter mir weg, als ich schwerelos werde. Wahrscheinlich wäre das nicht nötig gewesen, aber im Augenblick will ich den Treibstoff ganz und gar in Ruhe lassen. Falls Taumöben in einer Treibstoffleitung sind, sollen sie dort bleiben und nicht von den Pumpen im ganzen Schiff verteilt werden.

»Gut ...«, sage ich noch einmal. »Gut ...«

Ich muss nachdenken.

Wie wurden sie freigesetzt? Ich habe jeden Teil des Schiffs mit Stickstoff sterilisiert, ehe ich auch nur ein Gramm Astrophagen von Rocky übernommen habe. Die einzigen Taumöben an Bord sind die in den abgedichteten Minibrütern auf den Beetles und die verschlossenen Brutbehälter aus Xenonit.

Nein. Es ist an der Zeit, wissenschaftliche Fragen zu stellen. Über die Ursachen kann ich später noch spekulieren. Im Augenblick habe ich ein ingenieurtechnisches Problem. Ich wünschte, Rocky wäre hier.

Ich wünschte immer, Rocky wäre hier.

»Stickstoff«, sage ich.

Ich weiß nicht, wie die Taumöben entwichen sind, aber ich muss sie abtöten. Taumöbe-82,5 verträgt 8,25 Prozent Stickstoff bei 0,02 Atmosphären. Vielleicht ein wenig mehr. Mit 100 Prozent Stickstoff bei 0,33 Atmosphären im Crewabteil kommen sie garantiert nicht zurecht. Das entspricht dem Zweihundertfachen der tödlichen Dosis.

Ich schwebe zum Sicherungskasten und schalte alles ab, was mit Lebenserhaltung zu tun hat. Sofort plärrt der Alarm los, und rote Lampen flammen auf. Ich segle durch das Cockpit und schalte auch den Alarm ab.

Der Hauptalarm nervt, also deaktiviere ich ihn auf dem Hauptbildschirm.

Dann fliege ich hinunter ins Labor und öffne den Vorratsschrank mit den Gasflaschen. Ich habe ungefähr 10 Kilogramm Stickstoff in einer Flasche. Wieder einmal habe ich DuBois' bevorzugter Selbstmordmethode mein Leben zu verdanken.

Ich erinnere mich nicht an alle Details des Lebenserhaltungssystems, aber ich weiß, dass es manuelle Überdruckventile gibt. Das Schiff lässt einfach nicht mehr als 0,33 Atmosphären zu. Wenn alles andere versagt (was jetzt der Fall ist, weil ich alle Notsysteme abgeschaltet habe), bläst es den überschüssigen Druck einfach in den Weltraum.

Ich kann nicht einfach den Stickstoff freisetzen und hoffen, dass es klappt. Vorher muss ich den vorhandenen Sauerstoff loswerden. Ich habe keine Lust mehr, mich mit diesem Zeug abzugeben. Ich will hier drin 100 Prozent Stickstoff haben. Ich will das Schiff für die Taumöben so giftig machen, dass sie auf keinen Fall überleben können. Selbst wenn sie sich irgendwo im Schlamm verstecken, ich will, dass der Stickstoff durchdringt. Überall Stickstoff. Überall!

Ich nehme die Stickstoffflasche, stoße mich vom Boden ab und fliege zum Cockpit hinauf. Dort öffne ich die innere Tür der Luftschleuse und steige schneller als je zuvor in den Orlan-Anzug. Ich fahre alle Systeme hoch und überspringe sogar die Selbsttests. Ich habe keine Zeit.

Ich lasse die innere Schleusentür offen und aktiviere das manuelle Notventil in der äußeren Tür. Die Luft des Schiffs entweicht zischend in den Weltraum. Die primäre und die sekundäre Lebenserhaltung sind abgeschaltet und können das verlorene Gas nicht mehr ersetzen.

Jetzt muss ich warten.

Es dauert überraschend lange, bis das Schiff die ganze Luft verloren hat. Im Film sterben alle auf der Stelle, sobald die Hülle einen kleinen Riss hat. Es sei denn, der Muskelheld verstopft das Loch mit seinem Bizeps oder so. Im richtigen Leben entweicht die Luft längst nicht so schnell.

Das Notventil in der Luftschleuse ist vier Zentimeter weit. Das klingt wie ein richtig großes Loch im Schiff, oder?

Trotzdem dauert es zwanzig Minuten, bis der Luftdruck auf zehn Prozent des Ausgangswertes gefallen ist. Von da an sinkt der Wert nur noch sehr langsam. Ich glaube, das ist eine logarithmische Funktion. Mitten in diesem Notfall stehe ich jetzt herum und halte die Gasflasche mit einer Hand fest.

»Na gut, zehn Prozent sollen mir reichen«, sage ich und schließe das Notventil, damit das Schiff wieder dicht ist. Dann öffne ich den Stickstofftank.

Statt auf das Zischen der Luftschleuse zu hören, achte ich jetzt auf das Zischen des Stickstoffbehälters.

Kein großer Unterschied.

Wieder heißt es warten. Dieses Mal aber nicht ganz so lange. Vermutlich liegt es daran, dass der Druck in der Stickstoffflasche erheblich höher ist als im Schiff. Wie auch immer. Wichtig ist nur, dass im Schiff gleich wieder 0,33 Atmosphären Druck herrschen werden. Dieses Mal allerdings mit reinem Stickstoff.

Das ist schon seltsam – es wäre überhaupt nicht unangenehm, den Anzug auszuziehen. Ich könnte ohne Probleme atmen. Bis ich sterbe. Hier gibt es nicht mehr genug Sauerstoff, um zu überleben.

Der Stickstoff soll alles restlos durchdringen. Er soll in jede Ritze kriechen. Wo die Taumöben auch lauern, er soll sie finden und umbringen. Nun zieht los, meine N2-Truppen, und beginnt euer Zerstörungswerk!

Ich kehre ins Labor zurück und sehe nach dem GAAB. Ich bin

so eilig hochgeklettert, dass ich vergessen habe, den Behälter zu verschließen. Glücklicherweise sind die Astrophagen ziemlich klebrig. Die Oberflächenspannung und die Trägheit halten sie drinnen. Ich schließe den Deckel und schleppe den Behälter zur Luftschleuse, um ihn abzuwerfen.

Vermutlich hätte ich die überlebenden Astrophagen in dem Behälter sogar retten können. Ich hätte Stickstoff durch den Schlamm blubbern lassen können, um die kleinen Taumöben zu töten. Aber warum sollte ich das Risiko eingehen? Ich habe mehr als 2 Millionen Kilogramm Astrophagen. Es ist sinnlos, die ganze Mission zu gefährden, nur um ein paar Hundert Kilogramm zu retten.

Ich warte drei Stunden. Dann schalte ich die Sicherungen wieder ein. Nach anfänglicher Panik stellt die Lebenserhaltung dank der reichlichen Sauerstoffreserven des Schiffs die Luft wieder auf normale Werte ein.

Jetzt muss ich alle Quellen von Taumöben auf dem ganzen Schiff isolieren. Wenn möglich, bevor die Lebenserhaltung den Stickstoff vollständig entfernt hat. Warum ich das nicht mache, ehe ich zur normalen Atmosphäre zurückkehre? Weil es viel einfacher und schneller geht, wenn ich den EVA-Anzug nicht tragen muss. Ich brauche meine eigenen Hände dafür, nicht meine Hände in klobigen Handschuhen.

Ich steige aus dem Orlan und schwebe mit dem Stickstoffbehälter ins Labor hinunter.

Zuerst die Brutkästen.

Ich setze sie in große Plastikboxen, baue in jede ein kleines Ventil ein (Kunstharz kann fast alles) und pumpe Stickstoff hinein. Falls die Brutkästen ein Leck haben, dringt der Stickstoff ein und tötet alles ab. Alle Behälter, die sich einwandfrei verhalten – also luftdicht sind –, haben keine Probleme.

Die großen Boxen sind sowieso schon luftdicht. Trotzdem dichte ich sie noch einmal mit Klebeband ab und erhöhe vorsichtshalber den Druck ein wenig, bis sie sich an den Seiten und oben etwas wölben. Wenn ein Brutbehälter undicht ist, wird das sofort offensichtlich, weil die Wölbung verschwindet.

Als Nächstes: Die Beetles und ihre Minibrüter.

John und Paul sind bereits versorgt. Ich setze sie genau wie die Brutkästen in Isolationsboxen. Ich habe an Ringo gearbeitet, als mir der Mist um die Ohren geflogen ist, daher sind sein Minibrüter und das für George vorgesehene Exemplar noch nicht installiert. Ich stecke die beiden zusammen in eine weitere Isolationsbox.

Dann klebe ich alles an der Wand fest. Die Behälter sollen nicht frei umherschweben. Sie könnten gegen etwas Spitzes prallen.

Das Labor ist ein Trümmerhaufen. Ich war gerade halb mit Ringo fertig, als ich den Spinantrieb abgeschaltet habe. Werkzeug, Beetles-Teile und alle möglichen anderen Sachen fliegen in dem Raum umher. Das muss ich jetzt ohne Hilfe der Schwerkraft aufräumen, ehe ich eine Pause machen kann.

»Was für ein Mist«, grummle ich.

28

Seit dem großen Taumöbenausbruch sind drei Tage verstrichen. Ich bin kein Risiko eingegangen.

Manuell habe ich alle Treibstofftanks abgeschaltet und sie vollständig vom Antriebssystem getrennt. Dann habe ich die Tanks der Reihe nach geöffnet, eine Probe aus der Leitung entnommen und sie unter dem Mikroskop auf Taumöben untersucht.

Glücklicherweise haben alle neun Tanks die Prüfung bestanden. Ich habe den Spinantrieb wieder aktiviert und beschleunige wie zuvor mit 1,5 g.

Ich bastele mir einen Taumöbenalarm, der mich sofort darauf aufmerksam macht, wenn es noch einmal passiert. Das hätte ich gleich tun sollen, aber hinterher ist man immer klüger.

Es ist einfach nur ein Objektträger mit Astrophagen – genau das, was ich in den Taumöbenbrütern benutze – mit einer Lichtquelle auf einer und einem Lichtsensor auf der anderen Seite. Wenn sich die Taumöben über die Astrophagen hermachen und sie fressen, wird das Glasplättchen durchsichtig, und der Lichtsensor piepst. Bisher war es still. Der Objektträger ist pechschwarz.

Da sich alles beruhigt hat und das Problem behoben ist, stelle ich mir nun die entscheidende Frage: Wie konnten die Taumöben entweichen?

Ich stemme die Hände in die Hüften und betrachte die Quarantänezone.

»Wer von euch war das?«, frage ich.

Es ist mir einfach unerklärlich. Die Brutkästen haben monatelang ohne Leck funktioniert. Die Minibrüter sind hermetisch verschlossene Stahlkapseln.

Vielleicht hat seit dem letzten Ausbruch auf Adrian eine einzelne Taumöbe irgendwo im Schiff gelauert und irgendwie erst jetzt einen Astrophagen gefunden?

Nein. Dank unserer Experimente haben Rocky und ich herausgefunden, dass die Taumöben nur etwa eine Woche ohne Nahrung zurechtkommen, ehe sie verhungern. Zwischenzustände gibt es kaum. Entweder, sie vermehren sich wie verrückt und verzehren alle Astrophagen, die sie finden, oder sie sind nicht da.

Einer dieser Behälter muss ein Leck haben. Aber ich kann nicht einfach alles abwerfen. Diese Taumöben müssen die Erde retten. Was nun? Ich muss herausfinden, welcher Brüter Probleme macht.

Zuerst überprüfe ich so gut wie möglich alle Brutkästen. Da sie in Behältern stecken, kann ich die normalen Kontrollen nicht bedienen, aber das ist auch nicht nötig. Sie laufen vollautomatisch. Es ist ein recht einfaches System – Rocky findet immer elegante Lösungen für komplizierte Probleme. Die Brüter überwachen die Temperatur im Inneren. Wenn sie unter 96,415 Grad Celsius fällt, sind keine Astrophagen mehr da, weil die Taumöben sie gefressen haben. Dann pumpt die Anlage ein paar frische Astrophagen hinein. So einfach ist das. Und das System überwacht, wie oft es füttern muss. Auf dieser Grundlage nimmt es eine annähernde Schätzung der Taumöbenpopulation im Inneren vor. Es stellt die Futterzufuhr entsprechend nach, um die Population zu steuern, und natürlich gibt es eine Anzeige, die uns den gegenwärtigen Status verrät.

Ich überprüfe die Anzeigen der Brutkästen. Alle laufen mit 96,415 Grad Celsius und haben eine geschätzte Population von 10 Millionen Taumöben. Sie tun also genau das, was sie tun sollten.

»Hm«, mache ich.

Der Luftdruck in den Brutkästen ist erheblich niedriger als der Druck des Stickstoffs, der sie umgibt. Wenn einer dieser Brüter ein Loch hätte, würde der Stickstoff eindringen, und kurz danach würden alle Taumöben sterben. Das ist seit drei Tagen nicht geschehen.

Die Brutkästen haben keine Lecks. Also müssen es die Minibrüter sein. Aber wie kommt eine Mikrobe durch einen halben Zentimeter eridianischen Stahl? Rocky weiß, was er tut, und er kennt sich mit diesem Material aus. Wenn die Vorrichtung nicht ausreichen würde, um die Mikroben drinnen zu halten, dann hätte er es bemerkt. Auf Erid gibt es keine Taumöben, aber sie kennen andere Mikroorganismen. So etwas ist für sie nicht neu.

Das führt mich zu einer Überlegung, die ich normalerweise sofort verwerfen würde: Rocky hat beim Bau einen Fehler gemacht.

Er macht *nie* Fehler. Nicht, wenn es darum geht, etwas zu bauen. Er ist einer der besten Ingenieure seines Planeten! Er hat garantiert nichts falsch gemacht.

Oder doch?

Ich brauche einen klaren Beweis.

Ich benötige noch mehr Testplättchen mit Astrophagen. Sie sind für die Entdeckung von Taumöben wirklich gut geeignet und leicht herzustellen.

Zuerst nehme ich mir den Behälter mit den beiden Minibrütern vor – diejenigen, die für George und Ringo gedacht sind. Es scheint wirklich so, als wären sie dicht. Es sind einfach nur geschlossene Metallkapseln. Drinnen passiert alles Mögliche, aber außen ist nur glatter eridianischer Stahl.

Ich ziehe das Klebeband von einer Kante der Box ab, öffne den Deckel, lege einen Objektträger mit Astrophagen hinein und verschließe alles wieder. Experiment eins: Mich vergewissern, dass ich nicht aus Versehen eine Super-Taumöbe erbrütet habe, die in reinem Stickstoff überlebt.

Eine interessante Sache, die ich gelernt habe: Wenn eine Taumöbe ein Glasplättchen mit Astrophagen entdeckt, ist es in zwei Stunden völlig durchsichtig. Also warte ich zwei Stunden. Das Glas ist schwarz. Na gut, keine Super-Taumöben.

Ich entferne das ganze Klebeband, klappe den Deckel auf und lasse den Stickstoff entweichen. Dann verschließe ich ihn wieder. Im Kasten ist der Stickstoffgehalt jetzt sehr niedrig, weit unter dem Wert, der für die Taumöbe-82,5 gefährlich wäre. Wenn die Minibrüter ein Leck haben, verrät es mir der Objektträger.

Eine Stunde, nichts. Zwei Stunden, immer noch nichts.

Ich nehme eine Probe der Luft in der Box, um ganz sicher zu sein. Der Stickstoffgehalt liegt fast bei null. Das ist also nicht das Problem.

Ich dichte die Box wieder ab und gebe ihr noch eine Stunde. Nichts.

Die Minibrüter sind dicht. Oder jedenfalls die beiden, die für George und Ringo vorgesehen waren. Vielleicht war das Leck in einem der Minibrüter, die ich bereits installiert habe.

Sie kleben schon außen an John und Paul. Sie werden nicht durch die Hülle der Beetles geschützt. Ich wiederhole die Taumöben-Fahndung auch bei John und Paul.

Das Ergebnis ist das gleiche: absolut keine Taumöben.

»Hm.«

Na gut, jetzt kommt der endgültige Test. Ich hole John, Paul und die beiden noch nicht installierten Minibrüter aus der Quarantäne und lege sie neben meinem Taumöbenalarm auf den Labortisch. Ich bin ziemlich sicher, dass sie sauber sind. Aber wenn nicht, will ich es sofort erfahren.

Dann konzentriere ich mich auf die eher unwahrscheinlichen Verdächtigen: auf die Brutkästen.

Wenn die Taumöben nicht durch eridianischen Stahl kommen, dann können sie ganz sicher nicht durch Xenonit dringen. Ein Zentimeter dieses Materials hält mühelos Rockys 29 Atmosphären Überdruck aus! Das Material ist härter als Diamant und irgendwie trotzdem nicht spröde.

Aber ich muss gründlich vorgehen. Ich wiederhole den Astrophagentest mit den Glasplättchen für alle zehn Brüter. Es wäre sinnlos, sie nacheinander zu untersuchen. Ich nehme sie mir gleichzeitig vor, und jetzt stecken alle zehn Brüter in versiegelten Boxen und werden jeweils von einem Glasplättchen mit Astrophagen überwacht.

Es war ein langer Tag. Es wird Zeit, eine Pause zu machen und zu schlafen. Ich will die Versuchsanordnungen über Nacht in Ruhe lassen und mir später ansehen, was passiert ist. Inzwischen hole ich mir das Bettzeug aus dem Schlafraum ins Labor. Wenn mein Taumöbendetektor Alarm schlägt, will ich es sofort hören. Ich bin zu müde, mir eine lautere Lösung zu überlegen. Also bringe ich einfach meine Ohren näher an den Labortisch und mache Feierabend.

Schnell schlafe ich ein. Es fühlt sich komisch an einzuschlafen, ohne dass jemand aufpasst.

Sechs Stunden später wache ich auf. »Kaffee.«

Aber die Pflegearme sind unten im Schlafraum. Natürlich bekomme ich keine Antwort.

»Ja, richtig.« Ich setze mich auf und strecke mich.

Dann stehe ich auf und schlurfe zum Quarantänebereich. Mal sehen, wie sich die Taumöbenbrüter machen.

Ich überprüfe das Glasplättchen des ersten Brüters. Es ist völlig durchsichtig. Ich gehe weiter zum ...

Warte mal, es ist durchsichtig?

»Äh ...«

Noch bin ich nicht ganz wach. Ich reibe mir die Augen und sehe noch einmal hin.

Es ist immer noch durchsichtig.

Die Taumöben sind auf den Objektträger gelangt. Sie sind aus dem Brutkasten entwichen!

Ich drehe mich zum Taumöbenalarm um. Er piepst nicht, doch ich überprüfe es noch einmal optisch. Das Plättchen mit den Astrophagen ist schwarz.

Ich hole tief Luft und atme langsam wieder aus.

»Gut ...«, sage ich.

Dann kehre ich zur Quarantänezone zurück und überprüfe die anderen Brutkästen. Bei allen ist der Objektträger durchsichtig. Die Brutkästen haben Lecks. Und zwar *alle*. Die Minibrüter sind dagegen in Ordnung. Sie liegen direkt neben dem Taumöbenalarm auf dem Tisch.

Ich reibe mir den Nacken.

Ich habe das Problem gefunden, aber ich verstehe es nicht. Die Taumöben kommen aus den Brutkästen heraus. Aber wie? Wenn das Xenonit einen Riss hätte, wäre vorher der unter höherem Druck stehende Stickstoff eingedrungen und hätte sie getötet. In allen zehn Brutkästen sitzen muntere, gesunde Taumöbenpopulationen. Wo ist das Problem?

Ich steige in den Schlafraum hinunter und frühstücke. Unterdessen starre ich die Xenonitwand an, hinter der früher Rockys Werkstatt war. Sie ist noch da, aber sie hat, wie ich es mir gewünscht habe, ein Loch. Ich benutze den Bereich hauptsächlich als Lager.

An einem Frühstücksburrito kauend, verdränge ich den Gedanken, dass mit jeder Mahlzeit der Komabrei näher rückt. Ich starre das Loch an und stelle mir vor, ich wäre eine Taumöbe. Ich bin Millionen Mal größer als ein Stickstoffatom. Wie kann ich durch ein Loch gelangen, durch das ein Stickstoffatom nicht vordringen kann? Wie geht das? Und wie ist das Loch entstanden?

Mich beschleicht ein ungutes Gefühl. Nein, eigentlich ein Verdacht.

Was ist, wenn die Taumöben – mir fällt keine bessere Beschreibung ein – die Xenonitmoleküle umgehen können? Wenn es überhaupt kein Loch gibt?

Wir stellen uns immer vor, festes Material sei eine magische Barriere. Doch auf molekularer Ebene trifft das nicht zu. Es sind Molekülstränge oder Gitter aus Atomen oder beides. Wenn man in das Reich dieser winzigen Dinge vordringt, sind massive Objekte eher ein dichter Dschungel als eine Ziegelmauer.

Ich kann mich mühelos im Dschungel bewegen. Möglicherweise muss ich über Büsche klettern, Bäumen ausweichen und mich unter Ästen ducken, aber ich komme durch.

Man stelle sich tausend Tennisballmaschinen am Rande des Dschungels vor, die in beliebige Richtungen zielen. Wie tief gelangen die Tennisbälle in den Dschungel hinein? Die meisten schaffen es nicht über die ersten paar Bäume hinaus. Manche haben

Glück und springen ein wenig tiefer hinein. Noch weniger prallen mehrmals in die richtige Richtung ab und kommen noch weiter. Aber irgendwann hat auch der glücklichste Tennisball keine Energie mehr.

Es wäre schwierig, einen Tennisball 50 Fuß tief im Dschungel zu finden. Jetzt sagen wir, der Dschungel ist eine Meile breit. Ich komme auf die andere Seite, aber Tennisbälle können das nicht.

Das ist der Unterschied zwischen Taumöben und Stickstoff. Der Stickstoff bewegt sich auf gerader Linie und prallt ab wie ein Tennisball. Er ist unbeweglich. Aber die Taumöben sind wie ich. Sie haben Reiz-Reaktionsfähigkeiten. Sie spüren die Umgebung und können sich entsprechend ihrer Wahrnehmung verhalten. Wir wissen bereits, dass sie Astrophagen finden und sich auf sie zu bewegen können. Sie haben eindeutig Sinnesorgane. Aber Stickstoffatome werden von der Entropie beherrscht. Sie können sich nicht »anstrengen«, um irgendetwas zu tun. Ich kann bergauf laufen. Ein Tennisball kommt nur ein Stück weit hinauf und rollt wieder hinab.

Das klingt alles ziemlich verrückt. Wie können die Taumöben vom Planeten Adrian wissen, wie man sich gezielt einen Weg durch Xenonit bahnt? Durch eine Erfindung vom Planeten Erid? Das leuchtet mir nicht ein.

Lebensformen entwickeln Fähigkeiten nur, wenn es dafür einen Grund gibt. Die Taumöben leben in der oberen Atmosphäre. Warum sollten sie die Fähigkeit entwickeln, sich durch dichte molekulare Strukturen zu arbeiten? Welchen evolutionären Grund gibt es …

Ich lasse den Burrito fallen.

Ich kenne die Antwort. Ich will es mir nicht eingestehen, aber ich kenne sie.

Zurück im Labor führe ich ein nervenaufreibendes Experiment durch. Nein, das Experiment selbst ist nicht nervenaufreibend. Ich mache mir nur Sorgen, dass es so ausgeht, wie ich es erwarte.

Ich habe noch Rockys Astrobrenner. Er ist das Einzige auf dem Schiff, was heiß genug wird, um Xenonit aufzulösen. Dank Rockys Tunnelsystem steht mir eine Menge Xenonit zur Verfügung. Ich schneide die Trennwand im Schlafraum auf. Sobald ich ein kleines Stück herausgeschnitten habe, muss ich warten, bis die Lebenserhaltung alles wieder abgekühlt hat. Der Astrobrenner erzeugt eine Menge Hitze.

Schließlich habe ich vier annähernd runde Scheiben von jeweils mehreren Zoll Durchmesser.

Ja, *Zoll*. Wenn ich unter Stress stehe, denke ich in angloamerikanischen Maßen. Es ist schwer, ein Amerikaner zu sein, verstehen Sie das?

Ich nehme sie ins Labor mit und beginne mit einem Experiment.

Ich reibe Astrophagen auf eine Scheibe und lege eine andere darauf. Astrophagensandwich. Köstlich, aber nur, wenn man sich durch das Xenonit-Brot beißen kann. Ich klebe die Hälften zusammen. Dann mache ich ein zweites identisches Sandwich.

Und dann mache ich noch zwei, doch statt Xenonit benutze ich normale Plastikplatten, die ich mir aus dem Rohmaterial für die Drehbank zurechtschneide.

Gut. Vier hermetisch geschlossene Astrophagenproben – zwei mit Xenonitscheiben und zwei mit Plastik. Alle vier sind mit Kunstharz verklebt.

Ich hole mir zwei durchsichtige und luftdichte Behälter, die ich auf den Labortisch stelle. In jeden kommt jeweils ein Xenonitsandwich und ein Plastiksandwich.

Im Probenschrank habe ich noch mehrere Reagenzgläser mit originalen Taumöben. Das ursprüngliche Zeug von Adrian, nicht die Taumöbe-82,5. Ich stelle die Probe in einen Behälter, öffne sie und dichte das Experiment schnell ab. Das ist sehr gefährlich, aber wenigstens weiß ich, wie man einen Taumöben-Ausbruch beherrscht, falls es dazu kommt. Solange ich noch Stickstoff habe, kann nichts passieren.

Ich gehe zum Brutkasten eins in der Quarantänezone. Mit einer

Spritze ziehe ich die mit Taumöben infizierte Luft aus der Box und flute sie sofort danach mit Stickstoff. Das Loch, das ich mit der Spritze hineingebohrt habe, verschließe ich mit Klebeband.

Zurück zum Labortisch. Ich verschließe den zweiten Behälter und spritze Taumöbe-82,5 hinein. Auch dieses Loch dichte ich mit Klebeband ab.

Dann stütze ich das Kinn auf die Hände und starre die beiden Boxen an. »So, ihr gemeinen kleinen Stinker. Mal sehen, was ihr jetzt tut ...«

Es dauert zwei Stunden, aber dann sehe ich das Ergebnis. Es ist genau das, was ich erwartet hatte, und das Gegenteil von dem, was ich gehofft hatte.

Ich schüttle den Kopf. »Verdammt auch.«

Die mit Xenonit bedeckten Astrophagen in dem Experiment mit Taumöbe-82,5 sind verschwunden. Die mit Plastik bedeckten Astrophagen haben sich nicht verändert. In dem anderen Experiment sind beide Astrophagenproben unversehrt.

Was das bedeutet? Die »Kontrollproben« (die Plastikscheiben) beweisen, dass die Taumöben nicht durch Kunstharz oder Plastik gelangen können. Aber das Xenonit erzählt eine andere Geschichte. Taumöbe-82,5 kann sich durch Xenonit wühlen, während es die natürlichen Taumöben nicht können.

»Ich bin so dumm!« Ich klatsche mir die flache Hand vor die Stirn.

Ich hielt mich für unheimlich klug. All die Zeit mit den Brutkästen. Generation auf Generation von Taumöben. Ich habe die Evolution zu meinem Vorteil eingesetzt, richtig? Ich habe Taumöben mit Stickstoffresistenz hergestellt! Ich bin unglaublich! Sagt mir Bescheid, wann ich den Nobelpreis abholen kann!

Pah.

Ja, ich habe einen Taumöbenstamm gezüchtet, der Stickstoff überlebt. Aber es ist der Evolution egal, was ich will. Und sie versucht immer mehr als eine Sache. Ich habe Taumöben gezüchtet, die ... in einem Brutkasten aus Xenonit überleben können.

Sicher, sie sind gegen Stickstoff resistent. Aber die Evolution ist raffiniert und geht die Dinge immer aus mehreren Blickwinkeln an. Sie sind nicht nur resistent gegen Stickstoff geworden, sondern haben auch herausgefunden, wie man sich vor dem Stickstoff in Sicherheit bringt, indem man sich in der Xenonitwand versteckt. Warum auch nicht?

Xenonit besteht aus einer komplizierten Kette von Proteinen und Chemikalien, die ich nicht einmal ansatzweise verstehe. Aber ich vermute, die Taumöben haben einen Weg gefunden, dort einzudringen. Im Brutkasten geht eine Stickstoffapokalypse vor sich. Doch wenn man so tief in die Xenonitwand eindringt, dass der Stickstoff einen nicht mehr erreicht, kann man überleben!

Die Taumöben dringen nicht durch gewöhnliches Plastik. Sie dringen nicht durch Kunstharz. Nicht durch Glas. Nicht durch Metall. Ich bin nicht einmal sicher, ob sie aus einem einfachen Plastikbeutel entkommen könnten. Aber dank meiner Hilfe kann die Taumöbe-82,5 Xenonit durchdringen.

Ich habe eine Lebensform, über die ich nichts wusste, genommen, und eine Technologie eingesetzt, die ich nicht verstand, um sie zu verändern. Natürlich gab es unverhoffte Konsequenzen. Es war dumm und überheblich anzunehmen, ich könnte alles vorherberechnen.

Ich hole tief Luft und atme langsam aus.

Na gut, das ist kein Weltuntergang. Eigentlich sogar das Gegenteil. Die Taumöben können Xenonit durchdringen. Kein Problem. Ich lagere sie in anderen Behältern. Sie sind immer noch stickstoffresistent. Sie brauchen kein Xenonit, um zu überleben. Ich habe sie mit meinen Glasgeräten getestet, nachdem wir den Stamm isoliert hatten. Sie werden auf Venus und Dreiwelt immer noch ihren Zweck erfüllen. Alles ist in bester Ordnung.

Ich betrachte die Brutkästen.

Ja, na gut. Dann baue ich eben einen großen Brutkasten aus Metall. Das ist nicht schwer. Ich habe eine Fräse und das nötige Rohmaterial. Und Gott weiß, dass ich genug Zeit dafür habe. Die Geräte zum Betrieb hole ich mir aus einem Brüter, den Rocky gebaut hat. Bei denen besteht nur die Hülle aus Xenonit, alles andere aus Metall und anderen Stoffen. Ich muss nicht das Rad neu erfinden. Ich muss es nur an ein anderes Auto schrauben.

»Ja«, versichere ich mir selbst, »ja, so geht das.«

Ich muss nur eine Kiste bauen, die die Venusatmosphäre halten kann. Dank Rocky sind die schwierigsten Probleme schon gelöst.

Rocky!

Schlagartig wird mir übel. Ich muss mich auf den Boden setzen und ziehe den Kopf zwischen die Knie. Rocky hat den gleichen Taumöbenstamm an Bord wie ich. Er ist in den gleichen Xenonitbrütern gelagert wie bei mir.

Alle kritischen Wände in seinem Schiff, auch die der Treibstofftanks, bestehen aus Xenonit. Es gibt nichts, was seine Taumöben vom Treibstoff abhalten würde.

»O ... Gott ...«

29

So schnell wie möglich habe ich den neuen Taumöbenbrutkasten gebaut. Aus Aluminiumplatten, die ich ein wenig auf der CNC-Fräse bearbeitet habe. Kein Problem.

Rockys Schiff ist das Problem.

Während des letzten Monats habe ich jeden Tag den Rückstoß seiner Maschinen beobachtet. Jetzt ist er verschwunden.

Ich schwebe ins Cockpit. Der Spinantrieb ist ausgeschaltet, und das Petrowaskop ist auf maximale Empfindlichkeit eingestellt. Wie immer kommt ein wenig gestreute Petrowa-Strahlung von Tau Ceti herein, doch selbst die ist trüb. Der Stern, eigentlich fast so hell wie die irdische Sonne, ist nur noch ein etwas größerer Punkt am Nachthimmel.

Aber davon abgesehen ... nichts. Ich bin viel zu weit weg, um die Petrowa-Linie zwischen Tau Ceti und Adrian auszumachen, und die *Blip-A* ist nirgends zu sehen.

Dabei weiß ich genau, wo sie sein sollte. Auf einen Bruchteil einer Bogensekunde genau. An diesem Punkt sollte ich durch das Petrowaskop den extrem hellen Rückstoß ihres Antriebs erkennen ...

Ich habe es wieder und wieder durchgerechnet. Eigentlich haben sich meine Formeln schon anhand der täglichen Beobachtungen ihrer Flugbahn bestätigt. Jetzt sehe ich dort nichts. Kein Schweif von der *Blip-A*.

Er ist da draußen gestrandet. Seine Taumöben sind aus den Behältern entkommen und haben sich in die Treibstofftanks vorgearbeitet. Und dann haben sie alles gefressen. Millionen Kilogramm Astrophagen sind binnen weniger Tage verschwunden.

Er ist klug, also hat er seinen Treibstoff sicher auf mehrere Tanks verteilt. Aber die Tanks bestehen aus Xenonit, oder? Genau.

Drei Tage.

Wäre sein Schiff beschädigt, dann hätte er es repariert. Es gibt nichts, was Rocky nicht flicken kann. Und er arbeitet schnell. Fünf Arme zucken umher und tun oft mehrere verschiedene Dinge gleichzeitig. Er könnte sogar mit einer starken Taumöben-Infektion zurechtkommen, aber wie lange würde das dauern? Er hat reichlich Stickstoff. Aus seiner Ammoniakatmosphäre kann er so viel gewinnen, wie er will. Nehmen wir an, er hat das getan, sobald er die Kontamination bemerkt hat.

Wie lange braucht er, um alles wieder hochzufahren?

Nicht so lange.

Was auch passiert ist, wenn die *Blip-A* repariert werden könnte, dann hätte er es längst getan. Die einzige Erklärung dafür, dass er da immer noch ohne Antrieb im Raum treibt, ist das Fehlen von Treibstoff. Er konnte die Taumöben nicht rechtzeitig eindämmen.

Ich schlage mir die Hände vors Gesicht.

Ich kann nach Hause fliegen. Das ist eine Möglichkeit. Ich kann zurückkehren und den Rest meines Lebens als Held verbringen. Standbilder, Paraden und so weiter. Und ich würde in einer neuen Welt leben, in der alle Energieprobleme gelöst sind. Billige, einfach zu gewinnende, erneuerbare Energie überall, dank der Astrophagen. Ich kann Stratt ausfindig machen und ihr sagen, dass sie mich mal kann.

Aber dann würde Rocky sterben. Noch wichtiger, Rockys Spezies würde sterben. Milliarden von ihnen.

Ich bin *so* nahe daran. Ich muss einfach noch vier Jahre überleben. Ja, ich würde hässlichen Komabrei essen, aber ich würde überleben.

Mein nerviger logischer Verstand weist mich auf die anderen Möglichkeiten hin: Die Beetles starten. Alle vier. Jeder mit einem Minibrüter mit Taumöben und einem USB-Stick voller Daten und Erkenntnisse. Damit kommen die irdischen Wissenschaftler auch allein zurecht.

Und dann könnte ich die *Hail Mary* wenden, Rocky suchen und ihn nach Erid bringen.

Ein Problem: Das bedeutet, dass ich sterbe.

Ich habe genug Proviant, um den Flug zur Erde zu überleben. Oder ich habe genug, um den Flug nach Erid zu überleben. Selbst wenn die Eridianer die *Hail Mary* sofort wieder auftanken, ist nicht mehr genug Proviant da, um den Rückflug von Erid zur Erde zu überleben. In diesem Moment habe ich nur noch ein paar Monate Proviant übrig.

Ich kann nichts anbauen, ich habe keine brauchbaren Samen oder lebendes Pflanzengewebe.

Das eridianische Essen vertrage ich nicht. Zu viele Schwermetalle und andere starke Gifte.

Also bleibt mir dies: 1. Als Held nach Hause fliegen und die Menschheit retten. Oder 2. Nach Erid fliegen, eine fremde Spezies retten und kurz danach verhungern.

Ich raufe mir die Haare.

Ich schluchze in die Hände. Es schüttelt mich, es erschöpft mich.

Wenn ich die Augen schließe, sehe ich Rockys blöden Panzer und die kleinen Arme, die an irgendetwas herumfummeln.

Sechs Wochen sind vergangen, seit ich mich entschieden habe. Es war nicht leicht, aber ich schwanke nicht.

Ich schalte wie gewohnt jeden Tag den Spinantrieb ab, aktiviere das Petrowaskop und blicke in den Weltraum. Ich sehe rein gar nichts.

»Tut mir leid, Rocky«, sage ich.

Dann bemerke ich einen winzigen Punkt Petrowa-Licht. Ich zoome heran und suche den Bereich ab. Insgesamt erscheinen vier kleine, kaum noch wahrnehmbare Punkte auf dem Monitor.

»Ich weiß, du würdest gern einen Beetle zerlegen, aber ich konnte keinen erübrigen.«

Die Beetles mit ihren viel kleineren Spinantrieben bleiben nicht mehr lange sichtbar. Besonders, da sie in Richtung Erde fliegen und ich mich beinahe exakt in die entgegengesetzte Richtung zur *Blip-A* hinbewege.

Die Astrophagenschlangen in den Minibrütern schützen die Taumöben vor Strahlung, und ich habe alles gründlich getestet, um sicher zu sein, dass sowohl die Brüter als auch das Leben darin die starke Beschleunigung der Beetles überstehen. Sie werden von dort aus, wo sie jetzt sind, in zwei Jahren auf der Erde eintreffen. Im irdischen Zeitrahmen sind es etwa dreizehn Jahre.

Ich aktiviere den Spinantrieb und fliege weiter.

Es ist keine einfache Aufgabe, ein Raumschiff »irgendwo außerhalb des Tau-Ceti-Systems« zu finden. Stellen Sie sich vor, Sie haben ein Ruderboot und sollen »irgendwo im Meer« einen Zahnstocher finden. So ähnlich ist es, nur nicht ganz so leicht.

Ich kenne seinen Kurs und weiß, dass er sich daran gehalten hat. Aber ich weiß nicht, wann seine Maschinen ausgesetzt haben. Ich habe nur einmal am Tag nach ihm gesehen. Zunächst bin ich mitten in den Bereich geflogen, in dem er sich nach meinen Schätzungen anhand seiner Geschwindigkeit befinden müsste. Aber das ist erst der Anfang. Jetzt muss ich suchen.

Ich wünschte, ich hätte ihn öfter beobachtet. Da ich nicht weiß, wann genau sein Antrieb ausgefallen ist, ergibt sich aus der Fehlerbandbreite ein Bereich von etwa zwanzig Millionen Kilometern. Das ist ungefähr ein Achtel der Entfernung zwischen Erde und Sonne. Diese Distanz ist so groß, dass das Licht eine volle Minute braucht, um sie zu überwinden. Mehr kann ich aus den Informationen, die ich habe, nicht herausholen.

Ehrlich gesagt, habe ich Glück, dass der Fehler so klein ist. Wären die Taumöben einen Monat später entwischt, dann wäre es exponentiell schlimmer. Und all das spielt sich am Rande des Tau-Ceti-Systems ab. Ganz am Anfang der Reise. Die Entfernung zwischen Tau Ceti und Erde ist mehr als viertausendmal größer als der Durchmesser des Tau-Ceti-Systems.

Der Weltraum ist groß. Er ist so ... so groß.

Also, na gut, ich habe riesiges Glück, dass ich nur zwanzig Millionen Kilometer absuchen muss.

»Hm.«

So weit von Tau Ceti entfernt spiegelt sein Schiff nicht mehr viel Taulicht. Mit dem Teleskop kann ich die *Blip-A* auf keinen Fall ausmachen.

Nebenbemerkung: Ich werde sterben.

»Hör auf«, sage ich zu mir selbst. Wann immer ich an meinen drohenden Tod denke, denke ich lieber sofort an Rocky. Er muss inzwischen völlig hoffnungslos sein. *Ich komme, mein Freund.*

»Moment mal ...«

Ich bin sicher, dass er traurig ist, aber er ist nicht der Typ, der lange Trübsal bläst. Er arbeitet an einer Lösung. Was würde er tun? Seine ganze Spezies ist in Gefahr, und er weiß nicht, dass ich komme. Er würde sich doch nicht einfach umbringen, oder? Er würde alles tun, was ihm einfällt, selbst wenn er nur eine winzige Überlebenschance hat.

Gut. Ich bin Rocky. Mein Schiff ist tot. Vielleicht habe ich ein paar Astrophagen gerettet. Die Taumöben können doch nicht *alles* gefressen haben, oder? Also habe ich ein paar übrig. Kann ich selbst einen Beetle bauen? Irgendetwas, um sie zurück nach Erid zu schicken?

Ich schüttelte den Kopf. Dazu braucht man ein Navigationssystem. Computersachen. Das geht weit über die eridianische Wissenschaft hinaus. Deshalb hatten sie ja auch eine Crew von dreiundzwanzig Leuten auf einem großen Schiff. Außerdem sind anderthalb Monate vergangen. Wenn er eine kleine Sonde gebaut hat, dann ist sie längst fertig, und ich hätte ihre kleine Maschine bemerkt. Rocky arbeitet schnell.

Gut. Also kein Beetle. Aber er hat Energie. Lebenserhaltung. Genug Proviant für eine lange, lange Zeit (dreiundzwanzig Mann Besatzung, und sie sollten alle zurückkehren).

»Funk?«, überlege ich.

Vielleicht baut er sich einen Sender. Etwas, das stark genug ist, um auf Erid aufgefangen zu werden. Auch wenn es schwer zu entdecken ist, er würde es versuchen. Eridianer haben eine hohe Lebenserwartung. Ein Jahrzehnt oder so auf Rettung zu warten wäre nicht so schlimm. Nun ja, nicht, wenn es um Leben oder Tod geht. Wenn man mich vor ein paar Jahren gefragt hätte, dann hätte ich gesagt, dass es nicht möglich ist, über zehn Lichtjahre hinweg ein Funksignal zu senden. Aber wir reden hier über Rocky, und möglicherweise hat er ein paar überlebende Astrophagen übrig, um das, was er gebaut hat, mit Energie zu versorgen.

Das Signal muss nicht einmal Informationen enthalten. Es reicht aus, wenn man es bemerkt.

Aber ... nein. Das ist nicht möglich. Einige Überschlagsrechnungen zeigen mir, dass so ein Signal selbst mit der irdischen Funktechnik (die besser ist als die eridianische) erheblich schwächer wäre als die Hintergrundstrahlung.

Rocky müsste das wissen. Es ist sinnlos.

»Hm.«

Ich wünschte, ich hätte ein besseres Radar. Meines reicht nur ein paar Tausend Kilometer weit. Das ist offensichtlich bei Weitem nicht gut genug. Wenn er hier wäre, könnte Rocky vermutlich im Handumdrehen etwas basteln. So paradox es klingt, ich wünschte, Rocky wäre hier und würde mir helfen, Rocky zu retten.

»Ein besseres Radar ...«, murmle ich.

Also, ich habe reichlich Energie. Ich habe ein Radarsystem. Vielleicht kann ich mir etwas überlegen.

Man kann nicht einfach mehr Strom auf den Sender geben und erwarten, dass alles gut verläuft. Er würde mit Sicherheit durchbrennen. Wie kann ich Astrophagenenergie in Funkwellen umsetzen?

Ich springe vom Pilotensessel auf. »Ach!«

Ich habe alles, was ich brauche, um das beste Radarsystem der Welt zu bauen! Zum Teufel mit dem eingebauten System mit seinem mickrigen Sender und den kleinen Sensoren. Ich habe einen Spinantrieb und ein Petrowaskop! Ich kann am Heck des Schiffs 900 *Terawatt* Infrarotlicht abstrahlen und mit dem Petrowaskop feststellen, ob es irgendwo reflektiert wird. Dieses Instrument ist ja eigens dazu gebaut, auch die schwächsten Emissionen auf dieser Lichtfrequenz aufzufangen!

Ich kann das Petrowaskop und die Maschinen nicht gleichzeitig betreiben, aber das ist kein Problem. Rocky ist ja noch beinahe eine Lichtminute entfernt.

Ich entwerfe ein Suchraster. Es ist ganz einfach. Ich bin mitten in dem Bereich, in dem Rocky sich höchstwahrscheinlich befindet. Also muss ich in alle Richtungen suchen.

Kein Problem. Ich starte den Spinantrieb. Dazu benutze ich die manuelle Steuerung, die mich wie üblich mit Warnmeldungen zwingt, »ja«, »ja«, »ja« und »übergehen« einzugeben.

Ich aktiviere den Antrieb und drehe dann scharf nach backbord ab. Die Kraft wirft mich in den Sitz und zur Seite. Ich ziehe im Weltraum Kreise wie ein Fahrschüler im Schleuderkurs.

Es ist ein enger Kreis, ich brauche dreißig Sekunden für eine volle Rotation. Dann bin ich wieder ungefähr da, wo ich begonnen habe. Vielleicht um ein paar Dutzend Kilometer versetzt, aber das macht nichts. Dann stelle ich den Antrieb ab.

Jetzt beobachte ich die Umgebung durch das Petrowaskop. Es kann nicht beliebig gedreht werden, hat aber immerhin einen Blickwinkel von 90 Grad. Langsam suche ich den Himmel ab und inspiziere die Richtung, in die ich den Rückstoß abgestrahlt habe. Es ist nicht perfekt, vielleicht stimmt das Timing nicht. Wenn Rocky sehr nahe oder sehr weit weg ist, funktioniert es nicht. Aber es ist mein erster Versuch.

Ich kontrolliere mit dem Petrowaskop einen vollen Kreis. Nichts. Also die nächste Runde. Vielleicht ist Rocky weiter weg, als ich dachte.

Auch die zweite Runde führt zu nichts.

Nun ja, ich bin noch lange nicht fertig. Der Weltraum ist dreidimensional. Bisher habe ich nur eine flache Scheibe des Bereichs durchsucht. Ich neige das Schiff um 5 Prozent und wiederhole das Suchmuster. Dieses Mal ist die Fläche, die ich absuche, gegenüber dem letzten Versuch um 5 Grad gekippt. Wenn ich auch damit nichts finde, vergrößere ich die Neigung noch einmal um 5 Grad und mache weiter. Schließlich werde ich bei 90 Grad ankommen, was bedeutet, dass ich alle Richtungen abgesucht habe.

Wenn das auch nichts fruchtet, beginne ich noch einmal von vorne, drehe aber das Petrowaskop schneller herum.

Ich reibe mir die Hände, trinke einen Schluck Wasser und mache mich an die Arbeit.

Ein Blitz!

Endlich sehe ich einen Blitz!

Auf halbem Wege mit einer Neigung von 55 Grad. Ein Blitz!

Vor Aufregung werfe ich die Arme hoch und schwebe vom Sitz weg. Ich hüpfe in der Schwerelosigkeit im Cockpit umher und kehre eilig an meine Position zurück. Bis jetzt ging es sehr langsam. Ich hatte schreckliche Langeweile. Aber das hat sich jetzt geändert!

»Mist, wo war das noch genau! Ruhig, entspanne dich. Bleib ruhig, bleib ruhig!«

Ich halte den Finger auf die Stelle auf dem Bildschirm, wo ich den Blitz gesehen habe. Dann überprüfe ich die Ausrichtung des Petrowaskops, führe einige Berechnungen durch und ermittle den Winkel. 214 Grad auf dem Kreis, den ich jetzt gerade absuche, und 55 Grad außerhalb der Ekliptik von Adrian in der Umlaufbahn um Tau Ceti.

»Da haben wir es!«

Es wird Zeit für eine genauere Messung. Ich schnalle mir die abgenutzte und verkratzte Stoppuhr an den Arm. Die Schwerelosigkeit hat dem kleinen Ding nicht gutgetan, aber es funktioniert noch.

Ich greife zur Steuerung und richte das Schiff mit dem Heck auf den Kontakt aus. Dann starte ich die Stoppuhr und gebe zehn Sekunden in gerader Linie Schub. Danach wende ich und stelle den Antrieb ab. Jetzt bewege ich mich mit rund 150 Metern pro Sekunde von dem Ziel weg, aber das spielt keine Rolle. Ich will die Geschwindigkeit, die ich gerade aufgenommen habe, nicht aufheben. Ich will in das Petrowaskop schauen.

Ich starre den Bildschirm an, während die Stoppuhr tickt. Bald sehe ich den Blitz noch einmal. Achtundzwanzig Sekunden. Der Punkt bleibt zehn Sekunden sichtbar, dann verschwindet er.

Ich kann nicht mit Sicherheit sagen, dass es die *Blip-A* ist, aber es ist eindeutig ein Reflex meines Spinantriebs. Und er ist vierzehn Lichtsekunden entfernt (vierzehn Lichtsekunden hin und vierzehn zurück, das entspricht achtundzwanzig). Also in etwa vier Millionen Kilometer.

Es wäre sinnlos, mehrere Messungen durchzuführen, um die Geschwindigkeit des Objekts zu ermitteln. Der Finger auf dem Bildschirm ist einfach nicht präzise genug. Aber ich habe die Richtung.

Vier Millionen Kilometer kann ich in neuneinhalb Stunden schaffen.

Ich recke die Faust in die Luft. »Ja! Ich werde ganz bestimmt sterben!«

Ich weiß auch nicht, warum ich das gesagt habe. Ich glaube ... na ja, wenn ich Rocky nicht gefunden hätte, dann hätte ich wieder Kurs auf die Erde gesetzt. Eigentlich bin ich selbst überrascht, dass ich einen so großen Aufwand betrieben habe.

Wie auch immer, ich peile den Punkt an, wo ich den Blitz bemerkt habe, und starte den Antrieb. In diesem Fall muss ich nicht einmal die Relativität berücksichtigen. Einfach nur die normale Oberstufenphysik. Ich beschleunige den halben Weg, auf der zweiten Hälfte bremse ich.

Die nächsten neun Stunden verbringe ich mit Aufräumen. Schließlich werde ich bald wieder einen Gast haben!

Hoffentlich.

Rocky muss alle Löcher verschließen, die er ins Xenonit gebohrt hat. Aber das dürfte kein Problem sein.

Immer vorausgesetzt, der Blitz, den ich aufgefangen habe, kam tatsächlich von der *Blip-A* und nicht von irgendeinem Weltraumtrümmerstück.

Ich denke nicht weiter darüber nach, schließlich will ich mir nicht selbst die Hoffnung nehmen. Dann hole ich meinen ganzen Kram aus dem mit Xenonit abgetrennten Bereich.

Sobald ich damit fertig bin, werde ich nervös. Nur zu gern würde ich noch einmal anhalten und rundherum alles absuchen, um den Kurs zu bestätigen, aber ich widerstehe dem Drang und warte einfach ab.

Ich starre die Aluminiumbrüter mit den Taumöben im Labor an. Und den Objektträger mit den Astrophagen im Taumöbenalarm direkt daneben. Alles ist in Ordnung. Vielleicht könnte ich ...

Der Timer piepst. Ich bin da!

Rasch klettere ich die Leiter ins Cockpit hinauf und schalte den Spinantrieb ab. Schon bevor ich auf dem Sessel sitze, habe ich das Radar aktiviert. Ich suche die Umgebung mit voller Leistung ab. »Komm schon, komm schon ...«

Nichts.

Ich lasse mich nieder und schnalle mich an. Eigentlich hatte ich schon damit gerechnet, dass so etwas passieren würde. Jetzt bin ich viel näher am Ziel, aber immer noch nicht in Radarreichweite. Ich bin gerade vier Millionen Kilometer weit geflogen. Das Radar erfasst weniger als ein Tausendstel davon. Also liegt meine Präzision nicht bei 99,9 Prozent. Was nicht sonderlich überraschend ist.

Daher muss ich noch einmal das Petrowaskop bemühen. Dieses Mal genieße ich aber nicht den Luxus, zwischen Senden und Empfang eine volle Lichtminute Zeit zu haben. Wenn ich, sagen wir mal, 100.000 Kilometer entfernt bin, bleibt mir weniger als eine Sekunde, bis das Licht wieder hier ist. Und wenn der Spinantrieb aktiv ist, kann ich das Petrowaskop nicht benutzen.

Was nun?

Ich muss eine Menge Astrophagenlicht erzeugen, ohne das Petrowaskop abzuschalten. Ich gehe die Menüpunkte durch, kann aber nichts finden. Es gibt keine Möglichkeit, das Petrowaskop einzuschalten, während der Spinantrieb läuft. Irgendwo muss es eine physische Sperre geben. Irgendwo an Bord dieses Schiffs ist ein Draht, der von der Steuerung des Spinantriebs zum Petrowaskop verläuft. Ich könnte den Rest meines Lebens danach suchen, ohne ihn zu finden.

Aber der Hauptantrieb ist ja nicht der einzige Spinantrieb, den ich habe.

Die Manövrierdüsen sind ebenfalls kleine Spinantriebe, die

seitlich aus der *Hail Mary* ragen. Ich frage mich, ob das Petrowaskop auch auf sie reagiert.

Ich lasse es eingeschaltet und veranlasse eine kurze Drehung nach rechts. Das Schiff rollt, und das Petrowaskop bleibt aktiv!

Ich mag diese Grenzfälle. Allerdings bin ich sicher, dass jemand im Designteam darüber nachgedacht hat. Vermutlich waren sie der Ansicht, der vergleichsweise geringe Ausstoß der Manövrierdüsen könne dem Petrowaskop nicht schaden. Und wenn man sich das Gesamtkonzept ansieht, leuchtet das sogar ein. Der Hauptantrieb und die Manövrierdüsen strahlen vom Schiff und damit auch vom Petrowaskop weg. Es muss nur deshalb wegen des Hauptantriebs abgeschaltet sein, weil der dünn verteilte kosmische Staub hinter dem Schiff das Licht reflektieren könnte. Die Reflexionen von den viel schwächeren Manövrierdüsen hielt man demgegenüber wohl für vertretbar.

Aber die Manövrierdüsen stoßen immer noch genügend Licht aus, um Stahl zu verdampfen. Vielleicht reichen sie aus, um *Blip-A* sichtbar zu machen.

Ich richte das Petrowaskop parallel zur Backborddüse aus. Wenn ich auf sichtbares Licht umschalte, kann ich die Düse sogar am unteren Rand des Bildschirms erkennen. Ich starte die Düse.

Sie erzeugt ein sichtbares Glühen im Petrowa-Bereich. Es ist wie eine Dunstglocke neben dem Rumpf, als schaltete man im Nebel eine Taschenlampe ein. Doch nach ein paar Sekunden verfliegt der Dunst. Er ist immer noch da, nur nicht mehr so stark.

Wahrscheinlich Staub und Spurengase von der *Hail Mary* selbst. Winzige Partikel, die vom Schiff wegtreiben. Sobald die Düse alles in der Nähe verdampft hat, wird der Schein schwächer.

Ich betätige die Düse und lasse das Schiff gieren, während ich das Petrowaskop beobachte. Jetzt habe ich eine Taschenlampe. Die Rotationsgeschwindigkeit wächst. Das stört mich nun doch. Also aktiviere ich auch die Manövrierdüse an Steuerbord. Der Computer beklagt sich energisch. Es gibt keinen vernünftigen Grund, das Schiff gleichzeitig im und gegen den Uhrzeigersinn zu drehen. Ich ignoriere die Warnungen.

Nach einer vollen Umdrehung habe ich nichts entdeckt. Na gut, das kenne ich schon. Ich neige das Schiff um 5 Grad und versuche es noch einmal.

Bei der sechsten Rotation – 25 Grad außerhalb der Ekliptik von Adrian – habe ich Kontakt. Immer noch viel zu weit entfernt, um Details zu erkennen, aber eindeutig ein Lichtblitz als Reaktion auf meine Steuerdüse. Ich schalte den Schub einige Male ein und aus, um die Entfernung zu schätzen. Die Reaktion kommt fast sofort – ich würde sagen, es dauert weniger als eine Viertelsekunde. Ich bin höchstens 75.000 Kilometer entfernt.

Ich ziele auf den Kontakt und starte den Antrieb. Dieses Mal beschleunige ich nicht mit voller Kraft, sondern ich halte alle 20.000 Kilometer an und wiederhole die Messung.

Ich lächle. Es funktioniert.

Jetzt muss ich nur noch hoffen, dass ich nicht die ganze Zeit einen Asteroiden gejagt habe.

Mit vorsichtigen Flugmanövern und wiederholten Messungen bekomme ich endlich das Objekt aufs Radar.

Es ist direkt vor mir auf dem Bildschirm. »BLIP-A.«

»Oh, richtig«, sage ich. So hat das Schiff ja seinen Namen bekommen.

Ich bin 4.000 Kilometer entfernt, ganz am Rand der Radarreichweite. Ich schalte das Teleskop dazu, kann aber nichts erkennen, nicht einmal mit der höchsten Auflösung. Das Teleskop dient dazu, Hunderte oder Tausende Kilometer große Himmelskörper zu entdecken, aber kein Raumschiff, das nur ein paar Hundert Meter lang ist.

Ich krieche näher heran. Die Geschwindigkeit des Objekts im Verhältnis zu Tau Ceti passt recht gut zu Rockys Schiff. Es ist ungefähr die Geschwindigkeit, die er erreicht haben müsste, als die Maschinen ausgefallen sind.

Ich könnte mehrere Messungen durchführen und den Kurs exakt berechnen, aber mir ist etwas Einfacheres eingefallen.

Ich gebe hier und da ein paar Minuten Schub und bremse und

beschleunige, bis ich mich an die Geschwindigkeit des Objekts angepasst habe. Es ist immer noch 4.000 Kilometer entfernt, aber jetzt beträgt die relative Geschwindigkeit beinahe null. Warum ich das mache? Weil die *Hail Mary* sehr gut darin ist, mir ihren eigenen Kurs zu beschreiben.

Ich rufe die Navigation auf und veranlasse eine Berechnung meiner gegenwärtigen Umlaufbahn. Nach etwas Sternenguckerei und Rechnerei sagt mir der Computer genau das, was ich hören wollte: Die *Hail Mary* fliegt auf einer hyperbolischen Flugbahn. Das bedeutet, dass ich mich nicht in einer Umlaufbahn befinde. Ich bin mit Fluchtgeschwindigkeit unterwegs und habe die Schwerkraft von Tau Ceti völlig verlassen.

Dies bedeutet, dass auch das Objekt vor mir mit Fluchtgeschwindigkeit unterwegs ist. Wissen Sie, was die Objekte in einem Sonnensystem garantiert nicht tun? Sie entfliehen nicht der Schwerkraft des Sterns. Alles, was schnell genug war, um der Schwerkraft zu entkommen, hat das schon vor Milliarden Jahren getan. Was dieses Objekt auch ist, es handelt sich nicht um einen normalen Asteroiden.

»Ja ja ja ja …« Ich schalte den Spinantrieb ein und halte auf den Kontakt zu. »Ich komme, mein Freund, halte durch.«

Aus 500 Kilometern Entfernung kann ich das Objekt endlich auch optisch beobachten. Zuerst sehe ich nur ein stark verpixeltes Dreieck. Es ist viermal so lang wie breit. Das ist die *Blip-A*. Dieses Profil kenne ich gut.

Genau für diese Gelegenheit habe ich einen Beutel von Ilyukhinas Wodka bereitgestellt. Ich trinke einen Schluck durch den Strohhalm. Sofort muss ich husten und keuchen. Mann, sie mochte wirklich starken Stoff.

Rockys Schiff ist jetzt 50 Meter entfernt an Steuerbord. Ich habe mich sehr vorsichtig genähert – ich will ja nicht ein ganzes Sonnensystem durchqueren und ihn dann mit meinen Maschinen versehentlich verdampfen. Unsere Geschwindigkeiten habe ich bis auf ein paar Zentimeter pro Sekunde angepasst.

Seit wir uns verabschiedet haben, sind fast drei Monate vergangen. Von außen betrachtet, sieht die *Blip-A* so aus wie immer. Aber dort stimmt ganz eindeutig etwas nicht.

Ich habe versucht, mit Rocky Verbindung aufzunehmen. Funk. Lichtblitze mit dem Spinantrieb. Nichts hatte Erfolg.

Mir sinkt das Herz. Wenn Rocky nun tot ist? Er war dort ganz allein. Wenn die Hölle losgebrochen ist, während er in seinem Schlafzyklus war? Die Eridianer wachen erst auf, wenn ihr Körper dazu bereit ist. Wenn die Lebenserhaltung ausgefallen ist, während er geschlafen hat, und er ist … einfach nicht mehr aufgewacht?

Oder wenn er an der Strahlenkrankheit gestorben ist? All die Astrophagen, die ihn vor der Strahlung schützen sollten, haben sich in Methan und Taumöben verwandelt. Die Eridianer reagieren empfindlich auf Strahlung. Möglicherweise ging es so schnell, dass er nicht einmal mehr reagieren konnte.

Ich schüttle den Kopf.

Nein. Das ist Rocky. Er ist klug. Er hat sicher Pläne für Notfälle. Eine getrennte Lebenserhaltung, in deren Schutz er schläft. Jede Wette, dass es so ist. Und die Strahlung hat er sicher berücksichtigt. Schließlich hat sie ja seine ganze Crew getötet.

Aber warum bekomme ich keine Antwort?

Er kann nichts sehen. Sein Schiff hat keine Fenster. Er muss aktiv mit den Sensoren der *Blip-A* nach außen blicken, um zu erkennen, dass ich da bin. Aber warum sollte er das tun? Er glaubt ja, er sei hoffnungslos im Weltraum gestrandet.

Zeit für eine EVA.

Ich steige, wie mir scheint, zum millionsten Mal in den Orlan und aktiviere die Luftschleuse. Im Inneren der Luftschleuse habe ich eine schöne lange Leine verankert.

Ich blicke in das weite Nichts hinaus. Die *Blip-A* kann ich nicht sehen. Tau Ceti ist zu weit entfernt und spendet kein Licht mehr. Wo das Schiff ist, erkenne ich nur, weil es die Sterne im Hintergrund verdeckt. Ich bin … draußen im Weltraum, und ein großer Teil davon weist keine Lichtpunkte auf.

Das ist keine gute Art, es anzugehen, denn ich muss raten. Ich stoße mich so fest ich kann von der *Hail Mary* ab und ziele auf die *Blip-A*. Es ist ein großes Schiff. Ich muss einfach nur irgendeinen Teil von ihr treffen. Und, na ja, wenn ich sie verfehle, dann holt mich die Leine vom ersten Bungeesprung im interstellaren Raum zurück.

Ich schwebe durch den Weltraum. Die Schwärze um mich wird tiefer. Immer mehr Sterne verschwinden, bis ich nichts mehr sehe. Ich spüre nicht einmal mehr, dass ich mich bewege. Die Logik sagt mir, dass ich die gleiche Geschwindigkeit habe wie beim Absprung von meinem Schiff. Es gibt allerdings nichts, was dies auch beweisen könnte.

Dann bemerke ich vor mir einen schwachen, fleckigen, braunen Schimmer. Endlich bin ich nahe genug an der *Blip-A*, damit meine Helmlampe einen Teil von ihr erfasst. Es wird heller und heller, ich kann die Hülle jetzt deutlicher erkennen.

Es wird Zeit. Mir bleiben nur noch Sekunden, um etwas zu finden, an dem ich mich festhalten kann. Ich weiß, dass es auf der Hülle viele Griffe gibt, damit der Roboter umherwandern kann. Hoffentlich bin ich einem davon nahe genug, um ihn zu packen.

Direkt vor mir sehe ich einen Griff. Ich strecke die Hand aus.

Rums!

Ich pralle viel härter gegen die *Blip-A*, als es meinem EVA-Anzug guttut. Ich hätte mich nicht so energisch von der *Hail Mary* abstoßen sollen. Mein Plan, einen Griff zu packen, scheitert kläglich. Zwar konnte ich einen berühren, aber es ist mir nicht gelungen, mich festzuhalten. Ich pralle ab und treibe weg. Hinter mir und um mich herum verwickelt sich die Leine. Es könnte eine anstrengende Kletterei werden, zu meinem Schiff zurückzukehren.

Dann bemerke ich nur wenige Meter vor mir einen seltsamen, gezackten Ausläufer. Vielleicht eine Antenne? Sie ist zu weit weg, um sie mit den Händen zu erreichen, aber vielleicht kann ich sie mit der Leine einfangen.

Langsam, aber gleichmäßig schwebe ich von der *Blip-A* weg. Leider habe ich kein Jetpack. Jetzt oder nie.

Rasch binde ich einen Laufknoten und werfe die Leine zur Antenne hinüber.

Und, verdammt will ich sein, ich erwische sie! Ich habe gerade ein außerirdisches Raumschiff mit dem Lasso eingefangen. Ich ziehe den Knoten fest. Eine Sekunde lang mache ich mir Sorgen, ich könnte die Antenne abbrechen, aber dann fallen mir die braunen Flecken auf. Die Antenne (oder was es auch ist) besteht aus Xenonit. Da geht nichts kaputt.

Ich ziehe mich an der Leine zur Hülle. Da mir dieses Mal die Antenne und die Leine helfen, kann ich mich gleich darauf an einer Roboterschiene festhalten.

»Puh«, schnaufe ich.

Ich lasse mir einen Moment Zeit, wieder zu Atem zu kommen. Jetzt wollen wir Rockys Gehör auf die Probe stellen.

Ich ziehe den größten Schraubenschlüssel, den ich bei mir habe, aus dem Werkzeuggürtel, hole weit aus und dresche ihn auf die Hülle. Fest.

Immer wieder schlage ich darauf. *Peng! Peng! Peng!* Der Lärm dringt sogar bis in meinen EVA-Anzug durch. Wenn Rocky da drin noch am Leben ist, dann dürfte er es bemerken.

Ich stütze das Ende des Schraubenschlüssels auf die Hülle und ziehe mich näher, bis ich den Helm auf das andere Ende legen kann. Dann strecke ich im Helm den Hals und lege das Kinn auf das Visier.

»Rocky!«, rufe ich, so laut ich kann. »Ich weiß nicht, ob du mich hören kannst! Aber ich bin da, Freund! Ich bin auf deiner Schiffshülle!«

Ich warte ein paar Sekunden. »Ich habe das EVA-Funkgerät eingeschaltet! Die gleiche Frequenz wie immer! Sag etwas! Sag mir, dass du unversehrt bist!«

Ich drehe die Lautstärke hoch. Nur statisches Rauschen.

»Rocky!«

Es knackt. Ich spitze die Ohren.

»Rocky?«

»*Grace, Frage?*«

»Ja!« Ich habe mich noch nie so gefreut, ein paar Musiknoten zu hören. »Ja, Freund, ich bin da!«

»Bist du hier, Frage?« Seine Stimme ist so schrill, dass ich ihn kaum noch verstehen kann.

»Ja, ich bin da!«

»Du bist …«, quietscht er. *»Du …«* Er setzt noch einmal an. *»Du bist hier!«*

»Ja! Richte den Tunnel zur Luftschleuse ein!«

»Warnung! Taumöbe 82,5 ist …«

»Ich weiß! Ich weiß. Sie dringen durch Xenonit. Deshalb bin ich hier. Ich wusste, dass du in Schwierigkeiten bist.«

»Du rettest mich!«

»Ja. Ich habe die Taumöben rechtzeitig eingedämmt. Ich habe noch Treibstoff. Richte den Tunnel ein. Ich bringe dich nach Erid.«

»Du rettest mich und Erid!«, quietscht er.

»Richte den verdammten Tunnel ein!«

»Geh in dein Schiff! Es sei denn, du willst Tunnel von außen ansehen!«

»Oh, richtig!«

Aufgeregt warte ich an der Luke der Luftschleuse und will durch das kleine Fenster beobachten, was sich draußen abspielt. Es ist nicht das erste Mal, dass Rocky mithilfe des Hüllenroboters den Tunnel von Luftschleuse zu Luftschleuse installiert. Aber dieses Mal war es etwas schwieriger. Ich musste die *Hail Mary* in die richtige Position bringen, weil die *Blip-A* überhaupt nicht mehr manövrieren kann. Wie auch immer, wir haben es geschafft.

Ein letztes Klirren, dann ein Zischen. Dieses Geräusch kenne ich!

Ich schwebe in die Luftschleuse und überprüfe die Lage durch das Außenfenster. Der Tunnel ist angebracht. Offenbar hat Rocky ihn aufgehoben. Warum auch nicht? Dieses Artefakt erinnert an den ersten Kontakt seiner Spezies mit fremden Lebensformen. So etwas würde ich auch behalten!

Ich öffne das Notventil, bis die Luft aus meinem Schiff die

Hälfte des Tunnels füllt. Sobald der Druck ausgeglichen ist, öffne ich die Luke und schwebe hinüber.

Rocky erwartet mich auf der anderen Seite. Seine Kleidung ist schmutzig, überall kleben die Reste des allzu vertrauten Taumöbenschlamms. Und an den Seiten seines Overalls erkenne ich Verbrennungen. Zwei seiner Arme sind in schlechter Verfassung. Es sieht aus, als hätte er einiges durchgemacht. Aber seine Körpersprache zeigt reine Freude.

Er springt von Griff zu Griff.

»*Ich bin sehr sehr sehr glücklich*«, pfeift er schrill.

Ich zeige auf seine Arme. »Bist du verletzt?«

»*Das heilt. Habe viele Dinge versucht, um Taumöbenbefall aufzuhalten. Hat alles versagt.*«

»Ich hatte Erfolg«, berichte ich. »Mein Schiff besteht nicht aus Xenonit.«

»*Was ist passiert, Frage?*«

Ich seufze. »Die Taumöben haben sich weiterentwickelt und sind resistent gegen Stickstoff. Sie haben aber auch die Fähigkeit entwickelt, in das Xenonit einzudringen, um sich vor dem Stickstoff zu verstecken. Der Nebeneffekt ist, dass Taumöbe-82,5 im Laufe der Zeit durch Xenonit dringen kann.«

»*Erstaunen. Und was jetzt, Frage?*«

»Ich habe noch zwei Millionen Kilogramm Astrophagen. Bring deine Sachen herüber. Wir fliegen nach Erid.«

»*Glücklich! Glücklich glücklich glücklich!*« Dann hält er inne. »*Muss Stickstoffspülung machen, damit keine Taumöben-82,5 in die* Hail Mary *kommen.*«

»Ja. Ich habe volles Vertrauen zu deinen Fähigkeiten. Baue einen Sterilisierapparat.«

Er springt von einer Gruppe von Handgriffen zu einer anderen. Ich kann erkennen, dass ihm die verletzten Arme wehtun. »*Was ist mit Erde, Frage?*«

»Ich habe die Beetles mit den Minibrütern losgeschickt. Die Taumöbe-82,5 kann nicht durch eridianischen Stahl dringen.«

»*Gut gut*«, sagt er. »*Ich sorge dafür, dass meine Leute dich gut behandeln. Sie machen Astrophagen, damit du nach Hause fliegen kannst!«*

»Ja …«, antworte ich. »Was das angeht … ich fliege nicht nach Hause. Die Beetles werden die Erde retten, aber ich werde sie nie mehr wiedersehen.«

Seine begeisterten Hüpfer brechen sofort ab. »*Warum nicht, Frage?«*

»Ich habe nicht genug Proviant. Nachdem ich dich nach Erid gebracht habe, werde ich sterben.«

»*Du … du kannst nicht sterben.*« Seine Stimme ist tief. »*Ich lasse dich nicht sterben. Wir schicken dich nach Hause. Erid wird dankbar sein. Du rettest alle. Wir tun alles, um dich zu retten.*«

»Ihr könnt nichts tun«, entgegne ich. »Es gibt keine Nahrung. Mein Vorrat reicht aus, bis wir Erid erreichen, und noch ein paar Monate danach. Selbst wenn deine Regierung mir Astrophagen gibt, damit ich nach Hause fliegen kann, werde ich den Flug nicht überleben.«

»*Iss Erid-Essen. Wir entwickeln uns aus demselben Leben. Wir benutzen gleiche Proteine. Gleiche Chemikalien. Gleiche Zuckerverbindungen. Muss funktionieren!*«

»Nein, ich kann dein Essen nicht zu mir nehmen. Hast du das schon vergessen?«

»*Du sagst, ist schlecht für dich. Wir finden heraus.*«

Ich hebe die Hände. »Es ist nicht schlecht für mich. Es tötet mich. Eure ganze Ökologie benutzt viele Schwermetalle. Die meisten sind für mich giftig. Ich werde sofort sterben.«

Er zittert. »*Nein. Du kannst nicht sterben. Du bist Freund.*«

Ich schwebe näher an die Trennwand heran und spreche leise weiter. »Schon gut. Ich habe mich entschieden. Das ist der einzige Weg, unsere beiden Welten zu retten.«

Er weicht zurück. »*Dann fliegst du nach Hause. Fliege jetzt. Ich warte hier. Erid schickt eines Tages ein anderes Schiff.*«

»Das ist lächerlich. Willst du wirklich das Überleben deiner Spezies von dieser Vermutung abhängig machen?«

Er schweigt einige Augenblicke, ehe er antwortet. »*Nein.*«

»Gut. Hole diese Kugel, die du als Raumanzug benutzt hast, und komme herüber. Zeige mir, wie ich die Xenonitwände abdichten muss. Dann kannst du deine Sachen bringen …«

»*Warte*«, sagt er. »*Du kannst nicht Erid-Leben essen. Du hast kein Erd-Leben zu essen. Was ist mit Adrian-Leben, Frage?*«

Ich schnaube. »Astrophagen? Die kann ich nicht essen! Sie sind die ganze Zeit sechsundneunzig Grad heiß! Das würde mich verbrennen. Außerdem glaube ich nicht, dass meine Verdauungsenzyme mit dieser verrückten Zellmembran zurechtkämen.«

»*Nicht Astrophagen. Taumöben. Iss Taumöben.*«

»Ich kann doch nicht …«, setze ich an. »Ich … was?«

Kann ich Taumöben essen?

Sie leben. Sie haben eine DNA. Sie haben Mitochondrien – die Kraftwerke der Zellen. Sie speichern Energie in Form von Glukose. Sie haben einen Citratzyklus. Sie sind keine Astrophagen und nicht 96 Grad heiß. Es sind einfach nur Amöben von einem anderen Planeten. Sie haben auch nicht die Schwermetalle, mit denen sich das Leben auf Erid entwickelt hat. In der Atmosphäre von Adrian gibt es keine Schwermetalle.

»Ich … ich weiß nicht. Vielleicht geht das.«

Er zeigt auf sein Schiff. »*Ich habe zweiundzwanzig Millionen Kilogramm Taumöben in Treibstofftanks. Wie viel willst du, Frage?*«

Ich reiße die Augen auf. Es ist das erste Mal seit langer Zeit, dass ich wieder so etwas wie Hoffnung verspüre.

»*Geklärt.*« Er drückt die Klaue gegen die Trennwand. »*Gib mir Faust.*«

Ich lache und drücke die Knöchel gegen das Xenonit. »Es heißt ›Fist bump‹.«

»*Verstanden.*«

∀ℓ

Ich schlucke den letzten Bissen meines Ichburgers und spüle mit dem vitaminierten Mineralwasser nach. Dann bringe ich das Geschirr zur Spüle und sehe auf die Uhr an der Küchenwand. Oh, ist es schon VUλλ? Ich muss mich sputen.

Die ersten Jahre auf Erid waren Versuch und Irrtum. Dank der Taumöben habe ich überlebt, aber ich war extrem unterernährt. Die Mikroben konnten mich zwar mit Kalorien versorgen, boten mir aber keine ausgewogene Kost.

Es waren schmerzliche Zeiten. Ich bekam Skorbut, Beriberi und eine Reihe anderer Krankheiten. War es das wert? Ich weiß es immer noch nicht. Vielleicht werde ich es nie erfahren. Es gibt keinen Weg, mit der Erde zu kommunizieren. Sie ist sechzehn Lichtjahre entfernt.

Die Beetles könnten versagt oder das Ziel verfehlt haben. Ich weiß nicht einmal, ob die Modelle der Klimatologen um Leclerc zutrafen. Die *Hail Mary* war vielleicht von Anfang an ein aussichtsloses Unterfangen. Möglicherweise ist die Erde bereits eine Eiswüste, in der Milliarden Leichen liegen.

Aber ich versuche, optimistisch zu bleiben. Was habe ich denn sonst noch?

Auf jeden Fall sind die Eridianer erstklassige Gastgeber. Sie haben im Grunde keine Regierung, aber alle wichtigen Körperschaften waren sich einig, alles zu tun, was sie konnten, um mich am Leben zu halten. Immerhin habe ich eine wichtige Rolle bei der Rettung ihres Planeten gespielt. Und abgesehen davon bin ich ein lebender, atmender Alien. Natürlich werden sie mich am Leben halten. Ich bin von größtem wissenschaftlichem Interesse.

Ich lebe in einer großen Kuppel mitten in einer ihrer »Städte«, auch wenn das nicht ganz das richtige Wort ist. Passender wäre »Cluster«.

Ich habe einen weitläufigen Wohnbereich und alles, was ich brauche. Wie ich hörte, kümmern sich außerhalb der Kuppel dreißig Eridianer um meine Lebenserhaltungssysteme. Und meine Kuppel liegt sehr nahe an einem der größeren wissenschaftlichen Zentren. Dort versammeln sich viele große Geister der Eridianer und klimpern. Das ist eine Art gesangliche Diskussion, nur dass es alle gleichzeitig tun und dass es nicht wirklich ein bewusster Vorgang ist. Aber irgendwie führt das Klimpern zu Schlussfolgerungen und Entscheidungen. Das Klimpern ist viel intelligenter als jeder einzelne Eridianer, der daran teilnimmt. In gewisser Weise bilden die Eridianer spontan Neuronen in einem Gruppenbewusstsein. Trotzdem können sie kommen und gehen, wie sie wollen.

Für die Eridianer bin ich besonders interessant, und deshalb ist fast jeder Wissenschaftler auf dem Planeten hergekommen und hat mitgeklimpert, um mich am Leben zu erhalten. Wie ich hörte, war es das zweitgrößte wissenschaftliche Klimpern, das jemals stattgefunden hat. (Das größte war natürlich der Entscheidungsprozess, was sie hinsichtlich der Astrophagen tun sollten.)

Dank der wissenschaftlichen Publikationen von der Erde kennen sie meine Nahrungsbedürfnisse und wissen, wie sie die Vitamine im Labor synthetisch herstellen können. Sobald dies gelöst war, kümmerte sich eine kleinere, nicht ganz so laut klimpernde Gruppe darum, der Nahrung einen besseren Geschmack zu verleihen. Die Entscheidungen liegen aber mehr oder weniger bei mir. Viele Geschmackstests. Glukose, die auf Erid und im menschlichen Biom vorkommt, spielt dabei eine große Rolle.

Das Beste ist, dass sie es geschafft haben, mein Muskelgewebe zu klonen und im Labor zu züchten. Dafür habe ich der irdischen Wissenschaft zu danken. Als ich hier eintraf, waren die Eridianer noch nicht einmal nahe daran, diese Technologie zu entwickeln. Aber das war vor sechzehn Jahren. Sie lernen schnell.

Wie auch immer, es bedeutet, dass ich endlich Fleisch essen kann. Ja, genau. Ich esse menschliches Fleisch. Aber es ist mein eigenes, und ich habe kein Problem damit. Verbringen Sie mal ein Jahrzehnt damit, nichts als eigenartig schmeckende, leicht süßliche Vitaminshakes zu sich zu nehmen. Ich möchte sehen, ob Sie dann einen Burger ablehnen würden.

Der Ichburger schmeckt mir. Ich esse jeden Tag einen.

Ich nehme den Stock und gehe hinaus. Ich bin kein junger Mann mehr, und die hohe Schwerkraft auf Erid lässt meine Knochen frühzeitig degenerieren. Ich glaube, ich bin jetzt dreiundfünfzig, aber ich weiß es nicht genau, denn ich bin viel unter dem Einfluss der Zeitdilatation gereist. Ich weiß aber, dass auf der Erde seit meiner Geburt genau einundsiebzig Jahre vergangen sind.

Ich gehe durch die Vordertür hinaus und wandere über den Außenbereich. Es gibt keine Pflanzen oder so – ich bin auf dem ganzen Planeten das einzige Lebewesen, das in dieser Umgebung überleben kann. Aber es gibt hier einige ansehnliche und ästhetisch ansprechende Steine. Das habe ich mir zum Hobby gemacht: Ich gestalte das Gelände so schön wie möglich. Die Eridianer sehen nur ein paar Steine, aber ich erkenne die Farben.

Oben in der Kuppel haben sie Lampen installiert, die im Vierundzwanzigstundenrhythmus heller und dunkler werden. Ich habe ihnen erklärt, dass dies für meine Stimmung wichtig ist, und sie haben es akzeptiert. Allerdings musste ich vorher dieser Spezies von Raumfahrern erklären, wie man Leuchtmittel herstellt.

Über den Kiesweg gehe ich zu einem der vielen »Treffpunkte« in der Außenwand der Kuppel. Den Eridianern ist der direkte Austausch von Angesicht zu Panzer so wichtig wie den Menschen, und dies ist ein guter Kompromiss. Meine Seite liegt noch in meiner Kuppel, auf der anderen Seite der einen Zentimeter dicken durchsichtigen Xenonitschicht herrscht Erids natürliche Atmosphäre.

Ich hinke hinein. Es ist ein kleiner Treffpunkt, in dem sich eigentlich immer nur ein Besucher aufhalten kann. Aber dies ist der Startpunkt, an dem die Treffen beginnen.

Rocky erwartet mich schon auf der anderen Seite. *»Endlich! Ich warte schon lλ Minuten. Warum hast du so lange gebraucht?«*

Inzwischen verstehe ich die eridianische Sprache fließend, und Rocky kann meine Antworten genauso gut erfassen.

»Ich bin alt, sei nachsichtig. Morgens brauche ich eine Weile, ehe ich bereit bin.«

»Oh, du musstest essen, ja?«, sagt Rocky. Es klingt beinahe angewidert.

»Du hast mir doch gesagt, dass man nicht darüber spricht, wenn man höflich sein will.«

»Ich will nicht höflich sein, mein Freund!«

Ich muss kichern. »Was gibt es denn?«

Er zappelt und wackelt hin und her. So aufgeregt habe ich ihn nur selten gesehen. *»Ich habe gerade etwas vom Astronomieschwarm gehört. Sie haben Neuigkeiten!«*

Ich halte den Atem an. »Sol? Geht es um Sol?«

»Ja!«, quietscht er. *»Dein Stern hat wieder die volle Leuchtkraft!«*

Ich hole tief Luft. »Bist du sicher? Bist du wirklich zu lu Prozent sicher?«

»Ja. Ein Geklimper von λV Astronomen hat die Daten analysiert. Es passt.«

Ich kann mich nicht rühren. Ich kann kaum noch atmen. Unkontrolliert beginne ich zu zittern.

Es ist vollbracht.

Wir haben gesiegt.

So einfach.

Sol – die Sonne der Erde – ist wieder so hell wie vor den Astrophagen. Dafür gibt es nur eine Erklärung: Die Astrophagen sind verschwunden. Oder zumindest so stark reduziert, dass sie keine Rolle mehr spielen.

Wir haben gewonnen.

Wir haben es geschafft!

Rocky wiegt seinen Panzer hin und her. *»He, dein Gesicht ist undicht! Das habe ich eine scheißlange Zeit nicht mehr gesehen.*

Sag mal – heißt das jetzt, dass du traurig oder glücklich bist? Das kann doch beides bedeuten, oder?«

»Natürlich bin ich glücklich«, schluchze ich.

»Ja, das dachte ich mir. Ich wollte nur sicher sein.« Er hält eine geballte Faust an das Xenonit. *»Ist das eine Fist-bump-Situation?«*

Ich drücke die Knöchel auf meiner Seite gegen die Trennwand. »Das ist eine wahnsinnig einmalige Fist-bump-Situation.«

»Deine Wissenschaftler haben es richtig gemacht«, fährt er fort. *»Wenn du die Flugzeit der Beetles bis dorthin mitrechnest und dann die Laufzeit des Lichts von Sol bis Erid ... Ich glaube, sie haben weniger als eines deiner Jahre gebraucht, um es zu schaffen.«*

Ich nicke. Ich kann es noch immer kaum fassen.

»Also, fliegst du jetzt nach Hause? Oder bleibst du?«

Die ... Entitäten ... die wichtige Entscheidungen für Erid treffen, haben mir schon vor langer Zeit angeboten, die *Hail Mary* neu zu betanken. Sie kreist in einem schönen stabilen Orbit um Erid, seit Rocky und ich hier vor all den Jahren eingetroffen sind.

Die Eridianer würden sie mit Proviant und Vorräten ausrüsten und mir helfen, damit alles einwandfrei funktioniert. Aber bisher habe ich das Angebot noch nicht angenommen. Es ist eine sehr lange Reise, und bis vor einer Minute wusste ich noch nicht einmal, dass die Erde überhaupt noch bewohnbar ist. Erid ist nicht meine Heimat, aber hier habe ich wenigstens Freunde.

»Ich ... ich weiß nicht. Allmählich werde ich alt, und es ist ein weiter Weg.«

»Aus rein selbstsüchtigen Gründen hoffe ich, dass du bleibst. Aber das ist nur meine Meinung.«

»Rocky ... diese Neuigkeit über Sol ... es ... auf einmal hat mein ganzes Leben einen Sinn. Verstehst du das? Ich kann ... ich weiß nicht ...« Wieder schluchze ich.

»Ja, ich weiß. Deshalb wollte ich es dir auch selbst sagen.«

Ich sehe auf die Uhr. (Ja, die Eridianer haben mir eine Armbanduhr gemacht. Sie machen alles, worum ich sie bitte, und ich versuche, das nicht auszunutzen.) »Ich muss gehen, ich bin schon spät dran. Aber ... Rocky ...«

»*Ich weiß*«, antwortet er und kippt den Panzer, was ich inzwischen als Lächeln zu deuten weiß. »*Ich weiß. Wir reden später weiter. Jetzt muss ich nach Hause. Adrian wird bald schlafen, und ich will dort sein und beobachten.*«

Wir gehen beide zu unseren jeweiligen Ausgängen, dann hält er noch einmal inne. »*He, Grace, hast du dich mal gefragt, ob es da draußen noch mehr Lebensformen gibt?*«

Ich stütze mich auf den Stock. »Ja, daran denke ich die ganze Zeit.«

Er kommt wieder ein Stück näher. »*Ich auch. Die Theorien sind schwer zu widerlegen. Irgendein Urahn der Astrophagen hat vor Milliarden Jahren die Erde und Erid besiedelt.*«

»Ja«, bestätige ich. »Und ich weiß, worauf du jetzt hinauswillst.«

»*Wirklich?*«

»Ja.« Ich trete von einem Bein auf das andere. Allmählich macht sich die Arthritis in meinen Gelenken breit. Hohe Schwerkraft tut den Menschen nicht gut. »Es sind weniger als fünfzig Sterne, die Tau Ceti so nahe sind wie wir. Und in zweien dieser Systemen gibt es Leben. Das bedeutet, dass das Leben – jedenfalls dasjenige, das von Tau Ceti ausgeht – in unserer Galaxis vielleicht viel häufiger ist, als wir glauben.«

»*Ob wir noch mehr finden? Intelligente Spezies?*«

»Wer weiß?«, antworte ich. »Du und ich, wir haben uns ja schon gefunden. Das ist doch ein Anfang.«

»*Ja*«, sagt er. »*Das ist ein guter Anfang. Geh und mach deine Arbeit, alter Mann.*«

»Bis später, Rocky.«

»*Bis später!*«

Langsam humpele ich aus dem Raum und wandere an der Innenwand der Kuppel entlang. Sie haben sie ganz aus durchsichtigem Xenonit gebaut, weil sie dachten, ich wollte es so. Aber das spielt keine Rolle. Draußen ist es immerzu stockfinster. Sicher, ich kann mit einer Taschenlampe leuchten und sehe gelegentlich einen Eridianer seinen Geschäften nachgehen. Aber ich kann keine Bergpanoramen sehen oder so etwas. Nur tintenschwarze Dunkelheit.

Mein Lächeln verblasst ein wenig.

Wie schlimm ist es wohl daheim auf der Erde geworden? Haben sie zusammengearbeitet, um zu überleben? Oder sind Millionen Menschen durch Kriege und Hungersnöte umgekommen?

Offensichtlich konnten sie die Beetles bergen, meine Informationen lesen und eine Lösung entwickeln. Eine Lösung, die darauf beruhte, eine Sonde zur Venus zu schicken. Also gibt es dort eindeutig noch eine fortschrittliche Infrastruktur.

Ich möchte wetten, dass sie zusammengearbeitet haben. Vielleicht ist das nur der kindische Optimist in mir, aber wir Menschen können recht beeindruckend sein, wenn wir es wirklich wollen. Schließlich haben wir ja auch zusammengearbeitet, um die *Hail Mary* zu bauen. Das war nicht leicht.

Ich blicke nach oben. Vielleicht kehre ich eines Tages nach Hause zurück. Vielleicht werde ich mich vergewissern.

Aber nicht gleich. Jetzt habe ich etwas zu tun.

Ich gehe über den Weg zu der großen Doppeltür, die in einen anderen Treffpunkt führt. Und ich muss sagen, dieser Zugang ist mir der liebste.

Ich trete ein. Ungefähr ein Fünftel des Raumes entspricht meiner irdischen Umgebung. Auf der anderen Seite hinter der Trennwand toben dreißig kleine Eridianer umher wie die Irren. Keiner von ihnen ist älter als dreißig irdische Jahre. Der Auswahlprozess für diejenigen, die hier mitmachen dürfen ... nun ja, die eridianische Kultur ist recht kompliziert.

Mitten in meinem Bereich steht eine Orgeltastatur, wie man sie auf der Erde kennt. Wenn ich mich dort niederlasse, habe ich die Kinder im Blick. Die Orgel hat allerdings erheblich mehr Einstellungen als eine typische Tastatur auf der Erde. Sie kann Tonfall, Betonung, Stimmung und alle anderen Nuancen der gesprochenen Sprache erzeugen. Ich setze mich auf den bequemen Stuhl, lasse die Knöchel knacken und beginne mit dem Unterricht.

»So, jetzt geht es los«, spiele ich. *»Setzt euch alle auf eure Plätze.«*

Sie huschen zu ihren Pulten, setzen sich still hin und warten auf die nächste Lektion.

»Wer von euch kann mir sagen, wie groß die Lichtgeschwindigkeit ist?«

Zwölf Kinder heben die Klauen.

Danksagung

Ich möchte mich bei allen bedanken, die mir geholfen haben, die wissenschaftlichen Aspekte so genau wie möglich darzustellen. Andrew Howell unterstützte mich bei der Astronomie und der Stellarphysik. Jim Green erklärte mir die Grundlagen der Planetologie und die Funktionsweise von Atmosphären. Shawn Goldman lieferte Informationen zur Entdeckung von Exoplaneten. Charles Duba (mit dem ich sogar zur Highschool gegangen bin!) weihte mich in die komplexen Eigenschaften der Neutrinos ein. Und schließlich danke ich Cody John Reeder für wichtige Hinweise zur Chemie und weil er insgesamt ein cooler Typ war, mit dem ich E-Mails austauschen konnte.

Was die Buchproduktion angeht, so möchte ich meinem Agenten David Fugate dafür danken, dass er mir immer den Rücken gestärkt hat. Außerdem Julian Pavia, meinem Redakteur bei diesem und bei allen anderen Büchern. Sarah Breivogel hat vom ersten Tag an die Öffentlichkeitsarbeit für meine Bücher übernommen. Natürlich möchte ich auch meiner eklektischen Gruppe von Testlesern danken: meiner Mutter Janet, die alles mag, was ich mache; und Dan Snyder, der – warte mal, du hast dich einfach nicht mehr bei mir gemeldet, Dan! Bin ich etwa nicht mehr gut genug für dich?

Und ich danke meiner Frau Ashley, die wer weiß wie viele Unterhaltungen über mögliche Wendungen in der Handlung und die Struktur der Geschichte über sich ergehen lassen musste und mir immer wieder kluge Rückmeldungen gab.

TRISOLARIS

DIE WELTBESTSELLER-SAGA AUS CHINA

978-3-453-31716-1

978-3-453-31765-9

978-3-453-31766-6

978-3-453-42469-2